Knaur

Vom Autor bereits erschienen:

Der Wanderchirurg

Über den Autor:

Wolf Serno ist Mitte fünfzig und arbeitete lange als Werbetexter und Creative Director in großen Agenturen. Doch seine besondere Leidenschaft galt schon immer der Geschichte. Sein Wissen um Ereignisse und historische Zusammenhänge hat er erstmals im »Wanderchirurg« meisterhaft zu einem Roman verarbeitet. Dieser Roman wurde auf Anhieb ein Bestseller. Im Frühjahr 2003 erschien bei Droemer die Fortsetzung »Der Chirurg von Campodios«. Wolf Serno lebt mit seiner Frau und seinen Hunden in Hamburg.

WOLF SERNO

Tod im Apothekenhaus

Roman

Knaur

Bitte besuchen Sie uns im Internet:
www.droemer-knaur.de

Originalausgabe 2003

Ein Unternehmen der Droemerschen Verlagsanstalt
Th. Knaur Nachf. GmbH & Co. KG, München

Redaktion: Ilse Wagner
Umschlaggestaltung: ZERO Werbeagentur, München
Umschlagabbildung: AKG Images, Berlin
Satz: Ventura Publisher im Verlag
Druck und Bindung: Clausen & Bosse, Leck
Printed in Germany
ISBN 3-426-62533-4

2 4 5 3

Tod im Apothekenhaus

Ein criminales Geschehniss
zu Hamburg, A. D. 1716

»Apoteca fons vitae mortisque est«

Die Apotheke ist eine Quelle des Lebens und des Todes

Für mein Rudel:
Micky, Sumo, Buschmann und Fiedler († 16)

Prolog

Der Tag verspricht, schön zu werden, so schön, wie der Herrgott sich den Sonntag bei seiner Erschaffung gedacht haben mag. Gedankt sei ihm, denn das Regenwetter der letzten Wochen glich einer Sintflut und war eine Prüfung für jedermann …

Doktor Christof Gottwald, weithin bekannt als Gelehrter und Sammler, seufzte vernehmlich und tauchte die Feder erneut in das große Tintenfass, das vor ihm auf dem Schreibpult stand. Dann setzte er die Eintragung in sein Tagebuch fort:

Der erste Hahnenschrei ist eben verklungen. Mögen die Sonnenstrahlen, die so golden über den Dächern von Danzig aufsteigen, ein gutes Omen sein für das, was der Tag mir bringt. Wenn alles so eintrifft, wie ich es erhoffe, dann …

Er brach erneut ab, aus Sorge, der Gedanke würde nicht Wirklichkeit werden, wenn er ihn einfach so niederschriebe. Stattdessen endete er:

Gott verzeih mir meinen Aberglauben, aber seit der vierten Morgenstunde flieht mich der Schlaf, und ich kann an nichts anderes mehr denken als an den bevorstehenden Besuch. Er hat mein Leben die letzten Tage, gelinde gesagt, auf den Kopf gestellt, wie sehr, mag allein daran zu erkennen sein, dass ich Tagebuch führe, bevor der Tag begonnen hat. Wir schreiben heute den 6. Maius, A. D. 1716, und ich gäbe viel darum, meine nächste Eintragung bereits jetzt zu kennen.

Gottwald streute Löschsand auf das Geschriebene und rief nach der Hausmagd. »Lotte! Wie viel Uhr ist es?«
Einige Zeit verging, bevor die Magd in der Tür zu seinem Studierzimmer erschien. Sie hatte gerade das Herdfeuer in der Küche angefacht und wischte sich die rußigen Hände an der Schürze ab. »Is noch früh, Herr.«
»Das ist mir bekannt. Ich fragte nach der Uhrzeit.«
»Weiß nich genau. Wieso, Herr?«
»Darüber mach dir keine Gedanken. Geh wieder an deine Arbeit. Nein, warte, wie ist das Befinden der gnädigen Frau heute Morgen? Hast du nach ihr gesehen? Ist sie schon wach?«
»Hm ja, Herr.«
»Und? Ist sie noch immer unpässlich? Was macht ihr Fieber? Lass dir nicht jedes Wort aus der Nase ziehen!«
Lotte knetete die Hände. Sie war eine brave Magd, aber das Pulver hatte sie nicht erfunden. Ebenso wenig wie die freie Rede.
»Hm ja, Herr. Das Fieber is nich runter, un die Gnädige sacht, es geht ihr schlecht. Hm ja, vielleicht nich ganz so schlecht wie gestern, aber noch schlecht, ja, das hat sie gesacht.«
Gottwald fühlte sich einigermaßen beruhigt. In gewisser Weise war er sogar froh, dass seine Frau das Bett weiterhin hüten musste, denn das Gespräch mit dem Besuch würde sich ohne sie besser führen lassen. »Schön, geh wieder in deine Küche.«
»Ja, Herr.«
»Halt, bleib! Ist drüben alles zu meiner Zufriedenheit? Geputzt, gewischt, entstaubt? Du weißt, dass ich einen hohen Gast erwarte.«
»Ja, Herr, ja doch. Habt mich wohl hunnertmal dran erinnert.«
Lotte verschwand.

Gottwald sah ihr stirnrunzelnd nach, klappte das Tagebuch zu und verstaute es in einer Schublade unter dem Schreibpult. Er tat dies, ohne recht zu wissen, was er machte. Dann schritt er hinüber in sein Kabinett, um selbst nach der Uhrzeit zu sehen.
»Allmächtiger, schon fast halb sieben!«, entfuhr es ihm. »Aber vorhin war es doch erst ...«
Er spürte, wie ihm das Herz bis zum Hals schlug und versuchte, ruhig durchzuatmen. Er durfte sich nicht so aufregen! Noch einmal ließ er den Blick über die Schränke, die Schatullen, die Schubladen und die Regale schweifen, in denen seine Kostbarkeiten ruhten. Alles war aufs Trefflichste vorbereitet. Natürlich war es das. Seit Wochen schon, genau genommen seit dem Zeitpunkt, als der mächtige Herrscher erstmals Interesse an seiner Sammlung bekundet hatte.
Er hatte sich für sechseinhalb Uhr ansagen lassen, und es war bekannt, dass er Pünktlichkeit liebte. Wenn dem so war, musste er jede Sekunde eintreffen. Gottwald lief, die Hände auf dem Rücken, auf und ab und wurde trotz seiner guten Vorsätze immer unruhiger. Dann zuckte er jäh zusammen.
Es hatte kräftig an der Haustür geklopft.
Er stieß ein krächzendes »Ja, jaaa! Ich komme!« aus und hastete los, um zu öffnen. Fast hätte er dabei Lotte umgerannt, die ebenfalls auf dem Weg zur Tür war. »Aus dem Weg, los, los«, zischte er, »mach dich fort in deine Küche, und wehe, du lässt dich blicken!«
»Huch, Herr, ja, aua ...«
Gottwald stürzte weiter zur Tür, blieb kurz vor dem Garderobenspiegel stehen, aus dem ihm ein zierlicher Mann mit fransigem Schnäuzer entgegenblickte, und überprüfte in fliegender Hast den Sitz seiner Kleidung. So weit er es beurteilen konnte, saß alles ohne Fehl und Falten.
»Wohlan denn«, murmelte er, drückte die schwere Klinke hinunter – und riss erstaunt die Augen auf. Vor ihm stand nicht der erwartete Hofstaat, sondern ein einzelner Mann. Ein Herr

immerhin, der Haltung und der Kleidung nach, gewandet in untadeliges Tuch und gekrönt von einem Dreispitz mit goldener Kokarde, in der ein Doppeladler blitzte.

Gottwald stammelte: »Willkommen … willkommen in meinem bescheidenen Heim.«

»Guten Morgen. Ihr seid vermutlich Doktor Gottwald.« Ohne eine Antwort abzuwarten, lüftete der Fremde seine Kopfbedeckung und trat einen Schritt näher. Da er niemanden sah, der ihm den Dreispitz abnehmen konnte, klemmte er ihn sich unter den Arm. »Mein Name ist Areskin, Robert Areskin. Ich freue mich, dass wir heute Gelegenheit haben, einander persönlich kennen zu lernen. Bisher hatten wir ja nur schriftlich das Vergnügen.«

»Ja, äh … bedauerlicherweise«, sagte Gottwald, und da ihm sonst nichts einfiel, verbeugte er sich.

Der Ankömmling gestattete sich ein Lächeln. »Ich nehme an, Ihr habt jemand anderen erwartet, in diesem Fall bitte ich Euch um etwas Geduld. Es gilt, zuvor einige Dinge klarzustellen.«

Gottwald beeilte sich, zu versichern, dass er dafür vollstes Verständnis habe.

»Umso besser.« Areskin begann an den Fingerlingen seiner Handschuhe zu zupfen. Als er sich ihrer entledigt hatte, spähte er wie zuvor vergebens nach einem dienstbaren Geist und stopfte sie dann in den Dreispitz, den er sich abermals unter die Achsel schob. »Es handelt sich um den möglichen Käufer Eurer Sammlung. Wie Ihr wisst, ist er eine der am höchsten gestellten Persönlichkeiten dieser Welt – mit allen Eigenarten, die sein außergewöhnlicher Stand mit sich bringt. Eine dieser Eigenarten ist es, gerne anonym aufzutreten, um so die Lebens- und die Denkweise des einfachen Bürgers besser zu verstehen. Er hat dies schon mehrfach getan und will es auch heute wieder tun. Er weiß nicht, dass Euch bekannt ist, wer er ist. Erstarrt also nicht in Ehrfurcht, wenn er vor Euch steht, sondern benehmt Euch höflich wie zu jedermann. Fallt nicht auf die Knie, sondern verbeugt Euch nur. Tut so, als wäre er mein Begleiter.«

»Jawohl, ganz wie Ihr wünscht«, versprach Gottwald. Was Areskin da erzählte, war ihm nicht neu. Er wusste um die Marotte des Herrschers, denn er hatte so viel wie möglich über ihn in Erfahrung gebracht. Darunter auch, dass der mächtige Mann eine Zeit lang unerkannt in England auf einer Werft gearbeitet hatte – als einfacher Zimmerer, um Land, Leute und die Schiffsbaukunst zu studieren. Vielleicht hatte er bei dieser Gelegenheit auch Robert Areskin getroffen und schätzte seitdem dessen Rat. »Ganz wie Ihr wünscht«, wiederholte Gottwald.

»Dann wäre das geklärt. Da mein, äh, Begleiter befürchtet, man könne ihn an seiner Sprache erkennen, wird er die ganze Zeit über schweigen oder, falls nötig, sich flüsternd mit mir austauschen. Ansonsten findet die Unterredung ausschließlich zwischen Euch und mir statt. Jede Antwort, die Ihr gebt, richtet Ihr an mich, jede Frage, die Ihr stellt, ebenso; das gilt selbstverständlich auch für alle sonstigen Äußerungen von Euch. Habt Ihr das verstanden?«

»Ich denke, ja.«

»Erst wollte mein Begleiter heute nicht erscheinen, aber dann fesselte ihn der Gedanke, wieder einmal inkognito ausfahren zu können. Und überdies: Wer kauft schon gern die Katze im Sack.«

»Natürlich«, erwiderte Gottwald höflich lächelnd und bemühte sich um einen Bückling, der seine Bandscheiben knacken ließ. Als er sich langsam wieder aufrichtete, blickte er auf eine Reihe goldener Knöpfe. Jeder Einzelne trug einen Doppeladler von jener Form, wie Gottwald ihn schon an Areskins Dreispitz bemerkt hatte. Sie gehörten zu einem einfachen nachtblauen Gehrock, welcher wiederum einen riesenhaften Mann kleidete. Der Herrscher! Das musste er sein!

Gottwald konnte sich gerade noch zurückhalten, nicht doch auf die Knie zu fallen. Stattdessen verbeugte er sich zum dritten Mal. Er hatte gewusst, dass sein Besucher von hohem Wuchs war, aber mit derart gigantischen Ausmaßen hatte er nicht gerechnet. Er schätzte die Größe auf fast sieben Fuß. Flüchtig dachte er, dass der Eintretende mit seiner Körperlänge auf jedem Jahrmarkt eine Sensation abgeben würde, schalt sich aber sofort ob des despektierlichen Gedankens. Er machte eine Geste, von der er hoffte, dass sie ebenso elegant wie einladend wirkte, und sagte: »Wenn die Herren vorangehen möchten ...«

»Danke. Wir sind Euch sehr verbunden«, sagte Areskin. Ohne ein weiteres Wort traten er und seine Begleitung ins Haus, wobei der Riese den Kopf tief einziehen musste.

»Immer gerade durch«, rief Gottwald, »dann kommt Ihr automatisch in den letzten Raum. Das ist er!«

Im Kabinett angelangt, sahen sich die beiden Besucher um und blieben vor dem Vitrinentisch stehen. Der Hausherr beeilte sich, ihnen Plätze anzubieten.

Areskin winkte ab. »Wir stehen lieber, beginnt nur unverzüglich mit Euren Ausführungen.«

»Gewiss, gewiss ...« Gottwald glaubte ein Glitzern in den Augen des Goliath erkannt zu haben, und eine stille Befriedigung bemächtigte sich seiner. Vor seinen Steinen reagierten noch immer alle gleich. Egal, ob sie niedrigen Standes oder hochwohlgeboren waren. So mancher hatte die Kostbarkeiten erwerben wollen, aber niemand hatte sie sich leisten können. Nach wie vor gehörten sie ihm, Christof Gottwald, und für den Fall, dass sich das ändern sollte, musste ihm ein erkleckliches Sümmchen geboten werden. Nun ja, jedenfalls so viel, wie er brauchte. »... ganz wie Ihr wünscht.«

Auf das, was er nun vortragen wollte, hatte er sich penibel vorbereitet: »Zunächst gestattet mir den Hinweis, dass der vor Euch stehende Tisch nur eine kleine Auswahl meiner Sammlung präsentiert. Ich habe ihn aufbauen lassen, damit er dem Auge des Betrachters einen Überblick vermittelt, in welch unendlicher Vielfalt der Stoff, den wir den ›magischen Sonnenstein‹ oder Bernstein nennen, vorkommt.«

Die Herren wechselten einen Blick. Ihr Interesse an den ausgestellten Exponaten schien sich zu steigern. Gottwald sah es mit Freude und fuhr rasch fort: »Meine eigentliche Sammlung umfasst mehr als achttausend Einzelstücke, die alle hier im Raum gelagert werden, doch dazu komme ich später. Wie Ihr seht, ist Bernstein von höchst unterschiedlicher Farbigkeit, von hellgelb über gelbgold, gold, goldbraun bis hin zu einem tiefen Braunschwarz.« Sein Zeigefinger wies auf entsprechende Stücke. »Darunter gibt es völlig undurchsichtige Exemplare und dann wiederum absolut transparente. Man mag es kaum glauben, dass am Anfang dieser Fülle stets nur ein paar Tropfen austretendes Baumharz standen. Und doch ist es so. Bernstein begegnet uns, wie Ihr sicher wisst, als maritimer Stein am Meeresboden und an den Ufern der Ostsee, ferner als Erdbernstein an Land. Die größten Vorkommen verzeichnen wir in Samland; die Hochburgen seiner Bearbeitung befinden sich in Königsberg und hier in Danzig.«

Gottwald nahm zwei besonders schön geschliffene Stücke und gab sie seinen Besuchern in die Hand, damit diese sie näher in Augenschein nehmen konnten. »Überhaupt muss festgestellt werden, dass es kaum ein schöneres Material für den Künstler und seine Entfaltung gibt. Denkt nur daran, wie herrlich Bernstein sich für ornamentierte Wandverkleidungen ganzer Zimmer eignet und …«

»Schon recht, schon recht«, unterbrach Areskin den Redefluss des Hausherrn und legte seinen Stein zurück. »Das ist meinem Begleiter sehr wohl bekannt. Bedenkt, dass seine Zeit begrenzt ist.«

Gottwald schlug die Augen nieder und dachte flüchtig: Das habt Ihr, Robert Areskin, mir im Vorhinein bereits mehr als deutlich gemacht. Ihr teiltet mir mit, dass unser heutiges Treffen zu ungewöhnlich früher Stunde stattfinden müsse, da der Tagesablauf Eures Herrschers es so verlange: Schon um zehn Uhr würde er eine Mittagsspeise zu sich nehmen und im Anschluss daran, gegen zwölf Uhr, schlafen. Am Nachmittag pflege er

Hof zu halten und Befehle zu erteilen, um sich dann gegen sieben Uhr am Abend zur Nachtruhe zu begeben, welche am nächsten Morgen bereits um dreieinhalb Uhr beendet sei. Diesen Rhythmus wolle er stets und unter allen Umständen einhalten, selbst dann, wenn er sich auf Reisen befände. »Wie könnte ich das vergessen«, sagte Gottwald laut und musterte verstohlen den mächtigen Mann, in dessen Hand sich das Ansichtsexemplar verlor. Seine dunklen, stechenden Augen lagen unverwandt auf dem Stück und schienen es zu durchleuchten. Sie waren das beherrschende Element in einem Gesicht mit kräftiger Nase und kohlschwarzem Bart, einem Gesicht, das im Verhältnis zu dem riesigen Körper klein wirkte.

Eilig trat der Hausherr an den ersten Schrank und zog mehrere Schubladen auf. Anschließend entzündete er eine Petroleumlampe, da er sich nicht nur auf das frühe Tageslicht verlassen wollte. Das Ergebnis war ein Glänzen und Glitzern, ein Schillern und Funkeln, das einer Diamantensammlung würdig gewesen wäre. Jedes Stück in dem Laden war makellos in Reinheit und Schliff. Es gab Exponate in den Formen der Sternzeichen und in denen der Geometrie, es gab Tiere und Pflanzen, Fische und Vögel und vielerlei mehr. Es gab sogar eine Herde aus zwölf hintereinander hertrottenden Elefanten, bei der jedes Tier ein wenig kleiner als das vor ihm Gehende war.

Gottwald sah, wie der hohe Gast sich zu Areskin hinabbeugte und ihm etwas zuflüsterte. Der Engländer nickte, räusperte sich und sprach dann.

»Mein Begleiter wünscht zu wissen, ob es mit den Elefanten eine besondere Bewandtnis hat.«

»Welch scharfsinnige Frage!«, gab Gottwald sich begeistert und hoffte, dass sein Ausruf echt klang. »In der Tat ist es so! Die zwölf Rüsseltiere stellen einen Jahreskalender dar, wobei jedes Tier für einen Monat steht. Das Ganze funktioniert so: Nach Ablauf des Januar dreht man den ersten Elefanten um, nach dem Februar den zweiten, dann den dritten und so fort. Am

Ende des Jahres marschiert die gesamte Herde in die entgegengesetzte Richtung. Interessanterweise hat dann der kleinste Elefant die Spitze übernommen, was sicher auch ein Sinnbild dafür ist, wie vergänglich Macht und Führerschaft sein können.«
Im selben Moment, als Gottwald das sagte, merkte er, dass er gehörig ins Fettnäpfchen getreten war, denn der Blick des hochgestellten Besuchers verdüsterte sich. Offenbar hatte er die Analogie verstanden oder erahnt und bezog sie auf sich selbst. Gottwald lachte unsicher. »Äh ... nun, ein Jahr später ist dann ja wieder alles beim Alten! Haha!«
Der Herrscher verzog keine Miene. Vielleicht, weil er des Deutschen doch nicht so mächtig war. Nun sprach er abermals mit Areskin, und dieser sagte: »Mein Begleiter weist Euch darauf hin, dass die künstlerischen Ausdrucksmöglichkeiten bei Bernstein ihn weniger fesseln. Er ist, nun, sagen wir, mehr an den Launen der Natur interessiert.«
Der Hausherr verstand. »Ihr meint gewiss die Einschlüsse, die sich mit Glück im Bernstein finden lassen. Ihr werdet staunen, was meine Sammlung diesbezüglich zu bieten hat.« Er hoffte inbrünstig, die Scharte von eben auswetzen zu können, weil er darauf angewiesen war, seine Sammlung, oder wenigstens Teile derselben, gut zu verkaufen. Danzig war ein teures Pflaster, und das prächtige Bürgerhaus, das er seiner Frau zuliebe vor einiger Zeit erworben hatte, verschlang Unsummen an Unterhalt. Dazu die Arztkosten, die ihr Leiden verursachte ... »Geduldet Euch nur einen Augenblick.«
Er schritt zum nächsten Schrein, einem kleineren mit Holzintarsien geschmückten Kasten, und öffnete ihn vorsichtig. »Nun, was sagt Ihr dazu?«
Die Herren schwiegen. Das, was sich ihren Augen darbot, schien unspektakulär. Einige Dutzend Bernsteinstücke waren es, mehr nicht. Sie lagen auf grünem Samt, unbearbeitet und ungeschliffen, so wie der Finder sie am Ostseestrand aufgelesen haben mochte.

Gottwald nahm einen Stein zur Hand und hielt ihn ins Licht der Petroleumlampe. »Seht, was dieses Stück in sich birgt.«
Areskin und der Riese kniffen die Augen zusammen. »Sieht aus wie eine Fliege«, sagte der Engländer. Seine Stimme klang nicht sonderlich begeistert.
»Richtig. Nur eine Fliege.« Gottwald hielt eine Lupe über den Stein. »Aber sie ist vollständig erhalten, die Beine, die Augen, die Flügel, alles. Das Harz hat sie sanft, aber unentrinnbar umschlossen, und wenn Ihr ganz genau hinschaut, seht Ihr, dass sie die hinteren zwei ihrer sechs Beine aneinander reibt. Was sagt uns das? Nun, dass dieses Insekt sich gerade putzte, als der Tod es ereilte. Es war sich keiner Gefahr bewusst. Fliegen sind flink. Einem schnellen Jäger entkommen sie durch noch schnellere Reaktion. Das Baumharz hingegen ist langsam und scheinbar harmlos. Doch es klebt stärker als der beste Knochenleim, und wenn ein Bein oder ein Flügel erst daran haftet, dann gibt es kein Entrinnen.«
Gottwald gab Areskin die Lupe, damit dieser sie hielte, und vermerkte mit Befriedigung, dass seine Besucher das Insekt jetzt mit anderen Augen ansahen. Er nutzte die Gunst des Augenblicks und gab ihnen nacheinander weitere Exponate mit Einschlüssen. Darunter eine Schwebfliege, eine Wespe, mehrere Schnaken, einen Grashüpfer, Ameisen von verschiedener Größe und Farbe, einen kleinen, aber schwer gepanzerten Käfer, eine daumennagelgroße Spinne, einen kleinen Frosch, ein asselähnliches Krabbeltier, zwei ineinander verschlungene Würmer und eine haarige Raupe. Und zu jeder der seltenen Kostbarkeiten erzählte er eine Geschichte. Das Interesse seiner Besucher steigerte sich von Mal zu Mal.
Gottwald zeigte noch mehr Steine. Darin Blüten, die der Beschaffenheit nach an Löwenmaul erinnerten, dazu gezahnte und gefiederte Blätter, Bucheckern und Eicheln, Gräser, Rispen und Ähren.
»Mein Begleiter möchte wissen, wie alt die Stücke sind«, sagte

Areskin. »Wann beispielsweise ereilte diese Ameise ihr Schicksal?«
Der Hausherr holte tief Luft. Die Frage hatte er kommen sehen. Es war eine der wenigen, auf die er keine Antwort wusste. Er hätte es sich leicht machen und mit der Kirchenlehre antworten können, nach der die Erde in sechs Tagen erschaffen worden war und nur wenige tausend Jahre zählte. Er hätte daraus ableiten können, dass demzufolge auch seine Exponate nicht älter sein konnten, aber das wäre unwissenschaftlich gewesen, und er war ziemlich sicher, dass die Herren sich mit einer solchen Erwiderung nicht begnügen würden. »Es muss zu einer Zeit geschehen sein, als es an den Gestaden der Ostsee ganz anders aussah als heute«, sagte er. »Dichte Wälder standen damals hier, Nadelbäume, Bäume mit einer Rinde, aus der in dicken Tropfen ständig Harz austrat. Mal krochen sie langsam über das Geäst, mal fielen sie zu Boden – auf eine Flora und Fauna, die der unseren heute nicht unähnlich ist. Es mag zehn mal zehntausend Jahre her sein, als das passierte, vielleicht auch zehntausend mal zehntausend Jahre, wer will das wissen außer Gott.
Richtet Euer Augenmerk noch einmal auf die von Euch bezeichnete Ameise: Sie ist zweifelsohne eine Vertreterin ihrer Art, und doch weicht einiges an ihrem Körper von den bekannten Spezies ab. Ich bin sicher, dass es auf der ganzen Welt kein lebendes Tier wie dieses gibt, einfach deshalb, weil es uralt ist.«
Areskin und sein Begleiter schwiegen beeindruckt.
»Gestattet mir, das Exponat zurückzulegen. Bernstein ist lichtempfindlich, müsst Ihr wissen, zu viel Helligkeit trübt das Material. Mit dem Licht ist es überhaupt so eine Sache: Einerseits braucht man genügend davon, um seine Schätze untersuchen zu können, andererseits muss man damit geizen. Alle meine Exponate ruhen im Dunklen und unter Verschluss, und zwar nach einem bestimmten Ordnungsprinzip, das ich Euch gern erläutern will ...«
»Das wird nicht nötig sein«, fiel Areskin dem Hausherrn ins

Wort. »Jedenfalls nicht zum jetzigen Zeitpunkt. Sagt, was steckt in jenem Stein dort?« Er wies auf ein besonders großes, längliches, sehr transparentes Stück.

Gottwald zögerte. »Um der Wahrheit die Ehre zu geben: Ich weiß es nicht genau, weshalb ich Euch auch nicht besonders darauf aufmerksam machte. Der Inhalt sieht aus wie ein silbriger, ebenmäßig gebogener Zweig, der an einem Ende nadelspitz zuläuft; vielleicht ist es aber auch nur eine ungewöhnlich lange Tannen- oder Kiefernadel.«

»Meinen Begleiter erinnert der Einschluss eher an die Miniatur eines Samuraischwerts.«

»Eines Samuraischwerts? Oh, welch ein treffender Vergleich! Darauf bin ich in der Tat noch nicht gekommen«, gab der Hausherr sich erneut begeistert. Doch insgeheim gratulierte er sich. Der mächtige Herr hatte erstmals eine Meinung geäußert! Das musste ein gutes Zeichen sein. Gottwald beschloss, näher auf die Assoziation einzugehen, auch auf die Gefahr hin, von seinen Verkaufsobjekten abzulenken. »Nun, Herr Areskin, sollte Euer Begleiter sich zu fernöstlicher Kultur hingezogen fühlen, darf ich auf das hiesige Museum des Doktor Johann Breyn verweisen, das für seine ›japanische Flora‹ berühmt ist. Auf Wunsch werde ich die Herren gern mit ihm bekannt machen. Es wird ihm sicherlich eine Ehre sein, eine gesonderte Führung zu arrangieren.«

Während er das sagte, wagte Gottwald zum ersten Mal, dem Riesen direkt ins Gesicht zu sehen. Er las darin kein nennenswertes Interesse, was ihn verwunderte, denn der Herrscher galt als ein Mann, dessen beweglicher Geist sich von vielem fesseln ließ, unter anderem von Artilleriewesen, Festungsbau, Schmiedekunst, Schiffbau, Navigation, Astronomie und technischen Apparaten aller Art. Ja, es hieß sogar, er habe als Chirurg und Zahnarzt gearbeitet, und als Überbleibsel letzterer Tätigkeit verwahre er ein Säckchen voller Zähne, die er selbst gezogen hatte.

Gottwald räusperte sich und brachte die Sprache wieder auf seine Sammlung: »Wenn es gewünscht wird, kann ich zu meinen schönsten Stücken jederzeit Zertifikate der entsprechenden Künstler beibringen.«

»Nicht nötig, die Exponate sprechen für sich«, entgegnete Areskin höflich, nachdem er sich mit seinem Gebieter abgestimmt hatte. Der jedoch schien mit seinen Gedanken bereits wieder woanders zu sein, denn er starrte angelegentlich auf einen Punkt hinter Gottwalds Schulter.

Natürlich, die Standuhr!, schoss es dem Hausherrn durch den Kopf. Der Herrscher bekundet Interesse an dem Zeitmesser! Gottwald sprang einen Schritt zur Seite, um den Blick auf die Uhr freizugeben, und setzte sogleich zu einer Erklärung an: »Ein Meisterwerk, nicht wahr? Es handelt sich um eine Bodenstanduhr, die aus England stammt. Sie ist, wie ich in aller Bescheidenheit hinzufügen darf, die schönste Uhr, die ich jemals sah. Seht nur die Form! Seht nur das schwarze Lackgehäuse! Und das Gehwerk ist von Martineau in London. Es arbeitet absolut präzise.«

»Und es zeigt drei Minuten nach neun Uhr an«, ergänzte Areskin trocken. »Zeit für uns, zu gehen.«

»Ja, aber …«, stotterte Gottwald.

»Ich danke Euch, auch im Namen meines Begleiters, für Eure umfassenden Ausführungen, Doktor Gottwald.«

Dem Hausherrn lagen tausend Fragen auf der Zunge, vor allem die, was nun aus seiner Sammlung würde. Wollte der Herrscher sie etwa nicht kaufen? Kaum auszudenken, wenn dem so war. Niemand würde einen so guten Preis zahlen können wie er. Und das Geld, es war dringend vonnöten …

»Mein Begleiter kauft die komplette Sammlung.« Areskin begann sich die Handschuhe überzustreifen.

»Ja? … Ja! Gern!« Gottwald fühlte unendliche Erleichterung. Er sah zu dem Mächtigen hinüber, der, wohl zum Gruß, den Blick kurz senkte und dann das Kabinett verließ. Es geschah so

unerwartet, dass der Hausherr nicht einmal Zeit für eine Verbeugung fand.
Areskin hatte unterdessen die Handschuhe angezogen und machte ein paar Fingerübungen, um deren Sitz zu überprüfen. »Wenn Ihr einverstanden seid, suche ich Euch morgen ein zweites Mal auf, damit wir über die Kaufsumme sprechen können. Es wäre unschicklich gewesen, dies im Beisein meines Gebieters zu tun.« Er gestattete sich ein Lächeln. »Es muss ja nicht zu so früher Stunde sein wie heute. Wäre Euch elf Uhr recht?«
»Gewiss, natürlich!« Gottwald wäre jeder Zeitpunkt recht gewesen.
»Über den Preis werden wir uns einigen. Und über Details wie Zahlungsweise und Abholung auch.«
»Ja, ja, gewiss.«
»Wenn mein Gebieter etwas will, dann bekommt er es auch. Das war schon immer so.« Areskin wandte sich zum Gehen. »Bemüht Euch nicht, ich finde den Weg allein. Bis morgen also.«
Gottwald verbeugte sich tief. »Ich wünsche Euch einen guten Tag, Herr Areskin, und werde mir erlauben, schon einiges für den Transport vorzubereiten. Etliche Stücke bedürfen der besonderen Verpackung.«
»Gut, dass Ihr es erwähnt.« Der Engländer blieb noch einmal stehen. »Es gibt da etwas, das Ihr getrost behalten solltet.«
»Äh … ach ja?«
»Den Elefantenkalender.«

Die schlichte schwarze Mietkutsche, die sich kurze Zeit später dem Hohen Tor näherte, war ein Gefährt, wie es zu Dutzenden in den Straßen von Danzig vorkam. Niemand konnte ahnen, dass darin einer der mächtigsten weltlichen Herren mit seinem Berater saß. Die zwei Braunen zogen in gemächlichem Trab die Kutsche. Sie passierte das Tor, erreichte den Königsweg und näherte sich alsbald der Langgasse.

Je länger die Fahrt dauerte, desto mehr verfinsterte sich die Miene des Herrschers, da er ständig versuchte, seine überlangen Gliedmaßen in eine angenehme Sitzposition zu falten – vergeblich. Als die Langgasse ins Blickfeld kam und das alte Rechtstädtische Rathaus in einiger Entfernung auftauchte, brach der Mächtige sein Schweigen.

»Der Mann hatte Angst«, sagte er.

Areskin, der sich so klein wie möglich machte, zog verwundert eine Augenbraue hoch. »Angst? Wie meint Ihr das?« Er konnte sich die offizielle Anrede sparen, denn er hatte ein sehr vertrautes, fast freundschaftliches Verhältnis zu seinem Gebieter. Zudem war dieser noch immer inkognito. Der Kutscher vorne auf dem Bock hatte keine Ahnung, wen er beförderte. Das Einzige, was er kannte, war das Fahrziel, und das lag gut dreihundert Schritte vom Quartier des Herrschers entfernt.

»Er hatte Angst, ich würde ihm seine Sammlung nicht abkaufen. Ich las es in seinem Gesicht. Und ich hörte es an seiner Stimme. Wahrscheinlich ist er auf das Geld angewiesen. Ihr solltet das berücksichtigen, Robert, wenn Ihr morgen mit ihm verhandelt.«

Der Engländer nickte. Die Erkenntnis seines Herrschers überraschte ihn nicht. Es kam selten vor, dass dessen scharfen Augen etwas entging. »Das werde ich. Im Übrigen bitte ich um Pardon für den begrenzten Platz, aber Euer Wunsch, heute wieder einmal unerkannt …«

»Schon gut, mein lieber Robert, schon gut.« Der Herrscher steckte den Kopf zum Fenster hinaus. Die Kutsche bewegte sich nun langsamer, da immer mehr Gegenverkehr herrschte. Das Grüne Tor am Ende des Königswegs kam in Sicht. »Gott der Allmächtige hat mich mit einem riesigen Körper ausgestattet, aber gleichzeitig vergessen, die Mietkutschen dieser Welt etwas größer ausfallen zu lassen.« Er lachte freudlos, zog den Kopf wieder ein und presste die Lippen zusammen. Wiederholt bemühte er sich, ein Bein über das andere zu schlagen. Die Ver-

suche misslangen, weil sein Schuh unter Areskins Sitzbank eingeklemmt war.
»Darf ich? Wenn Ihr Euch etwas vorbeugt ... ja, so wird es vielleicht gehen.« Der Engländer befreite den Schuh, indem er ihn seitwärts nach unten drückte. Sein Gebieter dankte es ihm mit einem kurzen Nicken.
Dann sagte er: »Die Sammlung dieses Doktor Gottwald ist recht ansprechend.«
Areskin kannte sein Gegenüber gut genug, um zu wissen, das die Bemerkung erst der Beginn einer Erklärung war, deshalb fragte er vorsichtig: »Aber?«
»Sie ist in der Tat sehr umfangreich.«
»Ja, das ist sie.«
»Aber sie ist nicht das, was ich mir eigentlich wünsche. Zwar zeigt sie, wie unterschiedlich Bernstein ausfällt und was alles daraus geschnitzt werden kann, aber wie Ihr wisst, nenne ich schon eine große Zahl an *Lapides* mein Eigen. Es kommt mir, von den Exponaten mit den Einschlüssen einmal abgesehen, nicht darauf an, Bernsteinfiguren in Pflanzen- oder Tierform zu besitzen. Ich will die Natur *in realitas.«*
»Jawohl.«
»Ich will keine Bernsteinsammlung, sondern einen echten Thesaurus. Ich will *Conchilien, Amphibien, Serpentes* und *Lepidopteren.«*
»Ein Thesaurus, der sich halbwegs komplett nennen darf, ist heutzutage außerordentlich kostspielig.«
»Das ist mir gleichgültig.« Der Herrscher veränderte mit beträchtlichem Aufwand die Beinstellung. Seine Laune wurde dadurch nicht besser.
Der Engländer seufzte im Stillen. Hohe Kosten waren für seinen Gebieter noch nie ein Argument gewesen. Dank seiner gnadenlosen Steuereintreiber konnte er sich nahezu jeden Wunsch erfüllen. Dennoch war der Einwand einen Versuch wert gewesen. »Bitte, glaubt mir, es ist sehr schwierig, wahr-

scheinlich sogar unmöglich, an einen Thesaurus dieser Art heranzukommen.«
»Ich will *Lacertidae, Scorpiones, Chelicerata* und natürlich *Aves* aus tropischen Ländern, und Ihr, Areskin, werdet mir all das beschaffen.«
Der Engländer wusste, wenn sein Gebieter ihn mit dem Nachnamen ansprach, wurde es ernst. Dennoch machte er einen letzten Versuch. »Ich versichere Euch, es ist unmöglich, derzeit einen Thesaurus zu kaufen. Ich habe meine Fühler diesbezüglich schon viele Male ausgestreckt, da ich Euren Wunsch kenne. Aber, mit allem Respekt: Die Wissenschaftler und Gelehrten, die solche Thesauren besitzen, sind ein eigener Menschenschlag. Sie sind an materiellen Werten nicht interessiert, sondern gehen nur ihrer Sammelleidenschaft nach, versteht Ihr? Die Exponate haben für sie ideellen Wert, einen Wert, der nicht mit Geld oder Gold aufgewogen werden kann. Es ist schon ein einmaliges Glück, dass Doktor Gottwald sich zum Verkauf seiner Bernsteinsammlung entschließen musste.«
Der Herrscher schwieg. Eine steile Falte bildete zwischen seinen Augenbrauen.
»Soll ich die Kaufzusage rückgängig machen?« Areskin versuchte zu retten, was zu retten war. Er wusste: Ab einem gewissen Punkt wurde es höchst gefährlich, seinem Herrscher zu widersprechen. Selbst für ihn.
»Nein! Die Gelegenheit ist viel zu günstig. Sie wird genutzt. Gleichzeitig besorgt Ihr mir einen Thesaurus, einen, der diesen Namen verdient. Stück für Stück wohl präpariert und in sich komplett!«
»Jawohl ... Sire.«
»Wie Ihr das macht, ist mir gleichgültig.«

Kapitel eins,

in welchem sich erweist, dass der Schädel eines Apothekers ebenso brummen kann wie der eines jeden anderen Bürgers.

Wie ausgerechnet er zu der Ehre gekommen war, wusste Teodorus Rapp beim besten Willen nicht, aber er war der Einladung gefolgt und stand nun Auge in Auge der Gastgeberin gegenüber, einer dicklichen, ältlichen Person, die ihrem erhitzten Gesicht mit einem Fächer Kühlung zu verschaffen suchte.

»Ich bin entzückt, dass Ihr es einrichten konntet, Monsieur«, quäkte Elsa Lüttkopp, die Frau von Berendt Lüttkopp, seines Zeichens Mitglied der Erbgesessenen Bürgerschaft zu Hamburg. *»Quel plaisier, quel plaisier!«*

»Äh ... jawohl.«

»Ich weiß gar nicht, wie viele Herrschaften kommen, *mon cher*, aber wenn wirklich alle kommen würden, *pour l'amour de Dieu ...!«*

Rapp spürte, wie ihn ein Wirbel aus Unbehagen und Unsicherheit fortzureißen drohte. Er war Einzelgänger, lebte zurückgezogen und fühlte sich nur seiner Profession verbunden. Empfänge, auf denen Menschenmengen herumstanden und unwichtiges Zeug daherschwatzten, mied er gewöhnlich wie der Teufel das Weihwasser. Aber nun hatte er sich darauf eingelassen und musste die drangvolle Enge, die dünstenden Leiber und die französischen Wortfetzen um sich herum ertragen. Es widerstrebte ihm zutiefst, die Dicke mit »Madame Lüttkopp« anzureden, ja, ihr womöglich noch einen Kuss auf die Patschhand hauchen zu müssen.

»Ähm ...«, setzte er an und stellte fest, dass sie schon weiter-

geeilt war, um sich auf das Angeregteste mit einem soeben eingetretenen Paar zu unterhalten.
Rapp atmete auf und fühlte gleichzeitig einen Stoß im Rücken, der von einem Tablett herrührte.
»Coffee, Thee, Konfekt, Monsieur?«, näselte ein Bediensteter.
»Ähm ...«, machte Rapp abermals. Er nahm, wenn überhaupt, lieber Chocolate, aber von diesem Getränk war weit und breit nichts zu sehen, vielleicht, weil zu seiner Aufbereitung Honig, Vanille, Anis, Muskat, Zimt und anderes benötigt wurde.
Wie selbstverständlich drückte der Diener ihm eine Coffeetasse in die Hand. »Zucker zum Süßen, Monsieur?«
»Äh ... nein.«
»Kardamom?«
»Nein, nein!«
Der Mann verschwand.
Obwohl es mittlerweile noch voller geworden war, kam Rapp sich sehr verloren vor. Jeder redete mit jedem – nur nicht mit ihm. Allongeperücken und lange Gehröcke bestimmten bei den Herren das Bild; beim schönen Geschlecht herrschten die neuen Puderfrisuren vor, dazu tiefe Dekolletés und die wieder in Mode gekommenen ausladenden Reifröcke. Ein guter Teil des Hamburger Bürgeradels schien sich hier ein Stelldichein zu geben.
Rapp selbst trug ebenfalls Perücke, allerdings eine, die ihm geringfügig zu groß war, dazu einen Gehrock aus weinrotem Tuch mit schwarzen Knöpfen. Es war ein Stück, das schon einen Vorbesitzer gehabt hatte und demzufolge – wie seine künstliche Lockenpracht – im Sitz etwas zu wünschen übrig ließ. Doch Rapp focht das nicht weiter an; er gab sein Geld lieber für Wichtigeres aus.
Die Coffeetasse in der Hand, ließ er, so weit dies überhaupt möglich war, seinen Blick schweifen. Er befand sich in einem Raum, dessen hohe Wände mit feinster lindgrüner Seidentapete bespannt waren, eine Ausstattung, die sicher ein Vermögen gekostet hatte. Aber Berendt Lüttkopp zählte beileibe nicht zu

den Armen der Stadt, im Gegenteil, seine Tätigkeit in der Bürgerschaft ließ ihm noch genügend Zeit, ein überaus erfolgreicher Reeder und Kaufherr zu sein.
Wo ist der Mann überhaupt?, fragte sich Rapp. Auf der Karte, die ihm am Morgen durch einen Boten überbracht worden war, hatte gestanden:

Invitation
Monsieur und Madame Lüttkopp
wären entzückt über die Ehre Eures Besuchs
am Sonnabend, den 24sten October 1716,
¼ auf 8 Uhr am Abend,
Palais Lüttkopp, Große Johannisstraße

Also musste der Hausherr irgendwo sein. Doch Rapp konnte niemanden, der dafür in Frage kam, erspähen. Wahrscheinlich plauderte der Gastgeber mit irgendwelchen Honoratioren. Stattdessen fielen ihm drei in schlichtes Schwarz gekleidete Männer auf, deren olivfarbene Haut sie als Südländer auswies. Sie wirkten unsicher und nervös, und Rapp fragte sich gerade, woran das liegen mochte, als sich einer von ihnen – heftig an seiner Tonpfeife ziehend – an ihn wandte.
»*Scusi*, Signore!«, rief er mit lebhafter Stimme, »habt Ihr, äh, vielleicht Zeit für mich?«
Rapp stutzte und fühlte sich unangenehm berührt. Wieso sollte er Zeit für einen Menschen haben, der ihm wildfremd war und dessen Figur ihn an eine Kaulquappe aus der Familie der *Bufonidae* erinnerte, an eine stattliche zwar, aber trotzdem ... »Ähm, ich fürchte, ich kann Euch nicht ganz folgen.«
»Zeit von Uhr, Signore! Uhrzeit! Habt Ihr?«
»Ach so.« Rapp spürte so etwas wie Erleichterung. Er tastete mit der freien Hand nach der Taschenuhr, holte sie hervor und studierte das Zifferblatt. »Es sind noch genau neun Minuten bis acht Uhr«, verkündete er dann, nun schon etwas verbindlicher.

Der Schwarzberockte stöhnte auf. *»Mamma mia,* so spät, so spät! Gleich es geht los. Könnt Ihr vielleicht halten einen Moment meine, äh, Pfeife, *per favore?«*
Rapp blieb nichts anderes übrig, als seine Uhr zurückzustopfen und das Rauchinstrument entgegenzunehmen, wobei er sich fast die Finger am Tonkopf verbrannte. Es war ein Tonkopf, wie ihn wohl nur ein Musiker auswählte, denn er hatte die Proportionen einer Wirbeltrommel und war ebenso bemalt.
»Grazie, Signore, Ihr seid ein guter Mensch!« Die Kaulquappe nahm ein riesiges Taschentuch in beide Hände und presste es sich gegen die feuchte Stirn. Dann wischte sie sich den schweißnassen Nacken aus. »Ihr müsst wünschen mir Glück, viel Glück, *per favore ...!«*
Rapp, die Tonpfeife in der einen, die Coffeetasse in der anderen Hand, kam sich etwas lächerlich vor. »Glück? Ich verstehe nicht, mein Herr, ich ...«
»Scusi! Scusi tanto! Ich vergaß vorstellen mich. Mein Name ist Giovanni Agosta!« Der Mann, offenbar ein Italiener, wedelte mit dem Tuch in Richtung seiner zwei Begleiter. »Meine Brüder! Luigi und Pietro. Wir sind aus *Firenze,* sind *Musici,* verstehen? Wir machen Musik. Wir gleich haben unsere Auftritt.«
»Aha, ja.« Rapp dämmerte es, dass er zu einem Kammermusikabend eingeladen war. Das hatte er nicht wissen können. Davon hatte auf der Einladung der Lüttkopps kein Wort gestanden. Seine Laune, eben im Begriff, sich zu bessern, sank wieder.
Eifrig sprach Giovanni Agosti weiter: »Ihr kennt Corelli, Signore?«
»Nun ...«
»Arcangelo Corelli?«
Rapps Welt war nicht die der Töne. Niemals zuvor hatte er von einem Mann namens Corelli gehört und das, obwohl die Kaulquappe den Namen so ausgesprochen hatte, als müsse ihn jedermann kennen. Rapp vermutete, dass es sich bei dem Genannten ebenfalls um einen Musiker handelte, vielleicht um

einen Komponisten, und beschloss, sich keine Blöße zu geben. »Warum seid Ihr eigentlich so aufgeregt?«, stellte er eine Gegenfrage. »Dies ist doch gewiss nicht Euer erster Auftritt?«
Damit hatte Rapp die Schwierigkeit umschifft, denn Agosta nahm sogleich den Faden auf und sprach gestenreich über die große Bedeutung, die dieser Auftritt für ihn und seine Brüder habe; es sei das erste Mal, dass sie in »Amburgo« gastierten und die Chance, einige Bekanntheit bei den einflussreichen Bürgern zu erlangen, einmalig. Alles, wirklich alles, hinge davon ab, wie ruhig ihre Hände die Bögen führen würden.
Wenn Rapp sich auch nichts aus Musik machte, so tat ihm sein Gegenüber dennoch Leid. Die Kaulquappe war nicht unsympathisch, im Gegenteil, sie sah sogar recht passabel aus. Der Mund erinnerte an den eines lebensfrohen römischen Fauns, dazu kamen eine starke Nase und jene Fältchen um die Augen, wie sie Menschen besitzen, die gern und häufig lachen. Rapp, der im Grunde seines Herzens von hilfsbereiter Natur war, hoffte, Agosta würde nach der Vorstellung Grund zum Lachen haben. Ohne sich dessen bewusst zu werden, steckte er die Pfeife des anderen in die Rocktasche und holte im Gegenzug ein kleines Fläschchen hervor. Er überreichte es dem Musiker.
»Was ist das, Signore?«
»Lest, was darauf steht.«
»Sì, sì.« Mit einiger Mühe buchstabierte der Italiener die Aufschrift: *»Rapp'sche Beruhigungstropfen … grazie,* Signore, Ihr meint …?«
»Genau das. Trinkt nur das ganze Fläschchen leer. Ich verbürge mich für die Wirksamkeit seines Inhalts, weil ich ihn selbst hergestellt habe. Mein Name ist Rapp, Teodorus Rapp. Ich besitze das *Apothekenhaus Rapp* in der Deichstraße.«
Agosta öffnete das Fläschchen und zögerte.
»Ihr könnt die Arznei getrost einnehmen. Die Tropfen sind ausgezeichnet, ich habe sie immer dabei. Sie enthalten die Extrakte vieler segensreicher Pflanzen.«

»*Sì*, äh, *sì, sì.*« Agosta setzte das Fläschchen an die Lippen und kippte entschlossen einen Großteil der Flüssigkeit hinunter. Rapp sah es mit Genugtuung. Er wusste, dass sein Tranquilium in den wenigen Minuten bis zur Aufführung kaum zur Wirkung kommen würde – er wusste aber auch, dass der Glaube an ein Medikament Berge versetzen kann. »Die Tropfen sind nach einer bestimmten Theorie aufbereitet: der des Goldenen Schnitts, wenn Ihr versteht, was ich meine«, sagte er, und ohne die Antwort des Musenjüngers abzuwarten, fuhr er fort: »Es handelt sich dabei um eine geometrische Verhältnismäßigkeit, die ich in den Pflanzenbereich übertragen habe. Mit anderen Worten: ein Teil Melisse, ein Teil Kampfer, zwei Teile Passiflora, drei Teile Hopfen und fünf Teile Baldrian. Eine Reihung, bei der sich jede Zahl durch die Summe der beiden vorhergehenden bildet.«
Der Italiener schaute ihn mit weit aufgerissenen Augen an. Das Fläschchen, das er gerade zur Gänze leeren wollte, sank wieder herab, doch Rapp war bei einem seiner Lieblingsthemen angekommen und setzte bereits seine Ausführungen fort:
»Diese Reihung, mein Herr, die beliebig erweitert werden kann, nennt man auch Fibonacci-Folge, nach einem Mathematiker namens Fibonacci, welcher ein Landsmann von Euch war. Das Interessante dabei ist: Wenn man jede Zahl durch die nächstfolgende teilt, nähert man sich dem Wert von Null Komma sechshundertachtzehn und damit der magischen Zahl des Goldenen Schnitts. Es ist Euch ja sicher bekannt, welche Bedeutung dieses geometrische Verhältnis für die alten italienischen Meister hatte. Ich bin ganz sicher, dass die Harmonie der Teile, die dem Auge gut tut, gleichermaßen wirksam im Bereich der Drogen ist.«
Vielleicht lag es an den ablenkenden Worten, vielleicht auch daran, dass der Beruhigungssaft tatsächlich seine Wirkung tat, in jedem Fall schien Agosta nun etwas gefasster zu sein.
»Ich bin ganz sicher, dass die Harmonie der Teile, die dem Auge

gut tut, gleichermaßen wirksam im Bereich der Drogen ist«, wiederholte Rapp, und während er das sagte, fiel ihm ein, dass er den Tropfen womöglich auch seine Einladung verdankte. Er erinnerte sich, sie vor nicht allzu langer Zeit einer der Hausmägde von Elsa Lüttkopp gegeben zu haben. Ja, ja, die Tropfen. Sie erfreuten sich bei den Hanseaten großer Beliebtheit, und er hatte schon so manche Hamburgische Mark mit ihnen verdient. Mittlerweile waren sie in der Stadt bekannter als ihr Erzeuger, aber das war ihm nur recht. Er hatte schon immer wenig Aufhebens um seine Person gemacht – und sich stattdessen lieber seinen Professionen gewidmet.

Ein hell klingender Gong holte Rapp in die Wirklichkeit zurück. Agosta fuhr zusammen und stürzte mit den Worten »*Mamma mia*, es ist so weit! *Grazie, signore, grazie* und *arrivederci!*« in den Nebenraum.

Mit ihm machten sich unverzüglich alle Anwesenden auf, und der Strom der Hinüberstrebenden und dabei ohne Unterlass Schwätzenden riss Rapp mit sich und sog ihn durch die Flügeltür hinein in den gegenüberliegenden Salon. Jedermann schien zu wissen, in welcher Stuhlreihe er sich niederzulassen hatte, nur Rapp war völlig ahnungslos. Gab es eine bestimmte Sitzordnung? Wo sollte, wo durfte er Platz nehmen? Schließlich, als einer der Letzten, setzte er sich in die hinterste Reihe, dorthin, wo noch einige Stühle frei waren. Noch immer balancierte er die Coffeetasse in der Hand und fragte sich verzweifelt, wohin die vielen anderen Gäste, die ebenfalls den Türkentrank zu sich genommen hatten, diese abgestellt hatten.

Wieder meldete sich der Gong. Obwohl er ganz hinten saß, kam Rapp sich vor wie in einer Zwangsjacke – abgegrenzt von Stuhllehnen und Köpfen, von streng gescheitelten wallenden Locken, von Rüschen und Spitzenborten, Bändern und Schleifchen, von Schweiß und schweren Parfümschwaden. Ein Sprachengemisch aus Französisch, Englisch und Deutsch schwirrte in seinen Ohren. Die Stühle links und rechts neben ihm waren

frei geblieben, und Rapp fragte sich gerade, ob er auf einem der beiden seine Coffeetasse absetzen durfte, als plötzlich zwei Nachzügler herbeistürzten. Es waren kräftige, gut gekleidete Herren, die ohne zu zaudern neben ihm Platz nahmen, wobei der eine Rapp einen heftigen Rempler versetzte.
»Au!«, machte Rapp und blickte vorwurfsvoll auf. Er hatte seine liebe Not, den überschwappenden Coffee zu bändigen.
Der Verursacher des Fast-Malheurs lächelte breit. Dann sagte er: »Смотри, вот наш друг!! Serr gut, uns Freund da sein!«
Rapp verstand den Sinn des Satzes nicht, nahm aber an, der Herr habe sich entschuldigt, und war um Freundlichkeit bemüht. »Schon gut, es ist ja nichts passiert.«
Daraufhin beugte sich der andere Fremde vor und meinte: »Давайте, начнём! Endlich kann lossgehen!« Rapp, zwischen beiden sitzend, fühlte sich zunehmend unwohl.
Der erste Mann nickte.
Das schien ein Zeichen für den anderen Mann zu sein, denn er erhob sich und verschwand mit den Worten:
»Ну им там скажу. Ich sagen Bescheid.«
Einen Atemzug später ging auch der erste Unbekannte.
Der Gong rief zum dritten Mal. Rapp, noch einigermaßen verwirrt durch die fremden Männer, fuhr aus seinen Gedanken hoch und vernahm von vorn eine ihm nur zu gut bekannte quäkende Stimme. Verzweifelt murmelte er: »Bei allen Mörsern und Pistillen, mir bleibt wahrhaftig nichts erspart! Kann dieser Kelch nicht an mir vorübergehen?«
Sein Wunsch wurde nicht erhört. In der Folgezeit ließ sich Madame Lüttkopp des Langen und Breiten über die Ehre und Freude aus, die ihrem Gemahl und ihr durch den Besuch der Anwesenden zuteil würde, zählte die vielen Male auf, die das Palais Lüttkopp in diesem Jahr schon Schauplatz kultureller Ereignisse gewesen sei, erlaubte sich, in aller Bescheidenheit darauf hinzuweisen, dass ihr lieber Mann und sie dies alles aus Freude an der Kunst und mithin völlig uneigennützig mög-

lich gemacht hätten, und leitete endlich über zu dem eigentlichen Grund der abendlichen Zusammenkunft: »*Mesdames et Monsieurs*«, quäkte sie, sich ununterbrochen befächernd, »*je suis très heureuse* … Ich kündige Euch nun die phantastischen Agosta-Brüder aus Florenz an, Virtuose ein jeder, und jeder Einzelne ein Meister seines Fachs …«
Die Lobeshymne auf die drei Musiker ging noch eine Weile weiter, gerade so, als habe Elsa Lüttkopp dieselben persönlich an ihrem Busen groß gezogen und ausgebildet, wieder und wieder unterbrochen von französischen Brocken, wie *formidable … très magnifique … phantastique …*
Höflicher Applaus setzte ein, erstarb aber sogleich wieder wegen der energischen Abwehrbewegungen der Hausherrin. »*Mesdames et Monsieurs, un moment s'il vous plait* … große Ehre … einmalige Darbietung … das erste Mal in Hamburg … Italien, die Mutter aller Künste … Palais Lüttkopp … unvergleichlicher Genuss …«
Rapp wurde die Coffeetasse schwer. Er hatte einen anstrengenden Tag hinter sich, und das gleichförmige Gefasel machte ihn schläfrig. Er überlegte, ob er die Tasse neben sich absetzen durfte, nachdem die seltsamen Fremden gegangen waren und offenbar nicht wiederkamen, doch nun ergriff einer der Agosta-Brüder das Wort. Rapp erkannte, dass es sich nicht um Giovanni handelte, sondern um einen der beiden anderen. Auch dieser ähnelte im Äußeren einer Quappe der *Bufonidae*, schien allerdings ein paar Jahre älter zu sein. Luigi – oder Pietro – war zunächst mächtig aufgeregt, wie sein in raschem Wechsel auf und nieder hüpfender Adamsapfel verriet, wurde dann aber zusehends sicherer und sprudelte schließlich in einem Mischmach aus Italienisch und Deutsch hervor, dass die heutige Darbietung einzig und allein eine Huldigung des Maestros Corelli sei, jenes vor drei Jahren verstorbenen Genies, dessen Werke unsterblich wären. Der Abend sei den Triosonaten des Meisters vorbehalten; sein Bruder Pietro würde die erste Violine spielen, sein

Bruder Giovanni die zweite und er selbst – Luigi – schließlich den Basso continuo auf dem Violoncello.
Ein paar Hände klatschten erwartungsvoll.
Rapp dachte, nun ginge es endlich los, irrte sich aber, denn als Nächstes hielt Luigi ein gitarrenähnliches, mit Elfenbein-Intarsien reich verziertes Instrument empor und erklärte mit starkem Akzent, dies sei ein Hamburger Cithrinchen, wie jedermann wohl wisse. Natürlich käme es nicht für die Triosonaten Corellis in Frage, dennoch wolle er die Melodie des ersten Satzes darauf zu spielen versuchen, sozusagen als Verbeugung vor der Hansestadt und dem heimischen Publikum.
Starker Applaus setzte ein, denn so etwas hörten die Hamburger gern. Manche von ihnen schlossen die Augen und lehnten sich zurück, in Erwartung der ersten Töne.
Doch noch immer war es nicht so weit. Luigi erläuterte jetzt den Unterschied von Kirchensonaten und Kammersonaten; Erstere seien viersätzig, die anderen dreisätzig, bestehend aus dem Eingangsatz und zwei Tanzsätzen, alle drei in der Folge schnell – langsam – schnell angelegt …
Rapp zog die Taschenuhr hervor und stellte grimmig fest, dass es schon ein Viertel auf neun Uhr war. Wie lange würde man ihn noch gefangen halten? Eine halbe Ewigkeit saß er nun schon hier. Aber was war das? Musik drang plötzlich an sein Ohr! Die Darbietung hatte begonnen. Für einige Minuten konzentrierte er sich auf den unterschiedlichen Klang der Instrumente, bemühte sich vergebens, die Melodie, welche munter die Tonleiter hinauf- und hinabkletterte, zu erkennen, und versuchte, dem Ganzen einen Hörgenuss abzugewinnen. Es gelang ihm nicht. Er war und blieb unmusikalisch. Schon als Kind hatte er die einfachsten Melodien falsch gesungen, für jedermann falsch und unerkennbar …
Rapp schreckte hoch. Da war er doch glatt eingenickt! Das durfte ihm nicht noch einmal passieren. Abermals lauschte er den Tönen, die ihn so stetig berieselten, und abermals glitt er

hinab in Morpheus' Arme. Hoppla! Er blinzelte und kniff sich in den Arm. Der Schmerz hielt ihn für ein paar Minuten wach. Welcher Satz wohl gerade gespielt wurde? Die Musik hörte sich schnell an. Wie war das noch? Schnell – langsam – schnell, hatte Luigi Agosta gesagt. Demnach konnte es schon der letzte Satz sein. Aber – oh Graus – auch noch immer der erste!

Erneut lullten die Klänge ihn ein. Eigentlich hatte er spätestens um neuneinhalb Uhr wieder in der Apotheke sein wollen, ein paar wichtige Arbeiten harrten dort der Erledigung. Auch musste er noch auf den Kräuterboden steigen und den Trocknungsgrad einiger Pflanzen überprüfen. Er seufzte halb im Schlaf. Die Tätigkeit eines Pharmazeuten glich einem Fass ohne Boden und ließ für andere Professionen kaum Spielraum. Und nun hatte auch noch die kalte Jahreszeit eingesetzt, mit Niesel und Nässe und dem typischen Hamburger Nordwest, einem Wind, der durch Mark und Bein blies und so manches Zipperlein hervorrief. Die Zeit der lindernden Thees war gekommen. Es gab Dutzende Rezepturen und noch mehr Drogen, und alle wollten mit der gebotenen Sorgfalt aufbereitet sein. Rapp war stolz auf seine *Febris*-Thees gegen die übermäßige Körperhitze. Je heißer sie aufgebrüht wurden, desto besser wirkten sie …

»Herrje!« Was war das? Ihm selbst war unerwartet heiß geworden. Ein dunkler Fleck breitete sich auf seinem schönen roten Rock aus – der Coffee!

Zähneknirschend und zur Untätigkeit verdammt, musterte Rapp das Ärgernis, bevor er endlich die Tasse auf einem der freien Stühle absetzte. Warum nur hatte er das nicht gleich gemacht? Wie lange er wohl geschlafen hatte? Die Musik jedenfalls war noch zu hören. Spielten die Agosta-Brüder nun schnell oder langsam, welcher Satz war dran? Über diesen Gedanken nickte er zum wiederholten Male ein.

Doch alles auf dieser Welt hat einmal ein Ende, und so war es auch mit diesem, von Madame Lüttkopp als *Soirée* bezeichneten Abend. Rapp merkte es an dem Applaus, der ihn aus seinen Träumen riss. Pflichtschuldigst klatschte er ebenfalls. Es war geschafft! Licht am Ende des Tunnels! Er zog die Uhr hervor und schielte heimlich aufs Zifferblatt. »Donnerwetter, schon bald elf Uhr!«, entfuhr es ihm. Es wurde höchste Zeit, nach Hause zu kommen. Da die anderen Gäste sich erhoben, tat er es ihnen gleich und schob sich aus dem Raum – nicht ohne die Coffeetasse vorher mit einem wütenden Blick gestreift zu haben.

Wo war nur die Gastgeberin? Rapp reckte den Hals. Aha, da vorn stand sie ja. Sie parlierte mit den Agosta-Brüdern – umringt von einer Gruppe jener Spezies von Zuhörern, die am Ende jeder Veranstaltung glauben, sich wichtig machen zu müssen, indem sie überflüssige Fragen stellen oder Schmeicheleien von sich geben. Rapp schnaubte. Dann musste die Dame eben auf seinen Abschiedsgruß verzichten. Wenn er es recht bedachte, war er darum auch keineswegs traurig. Wo war nur der verdammte Ausgang? Ach, natürlich, dort, wo alle anderen hindrängten. Wenn er nur nicht vergaß, sich seinen Stock und seinen Dreispitz wiedergeben zu lassen. Er erinnerte sich, beides beim Eintreten einem Bediensteten überantwortet zu haben, konnte sich aber nicht an das Gesicht des Burschen erinnern.

»Euer Hut, Euer Stock, Monsieur«, schnarrte eine Stimme hinter ihm.

»Ah-hm … ja!«, fuhr Rapp herum. »Ich hatte schon befürchtet, dass ich meine Sachen nicht … nun ja …« Er ließ offen, was er befürchtet hatte, denn das ging den Diener einen feuchten Kehricht an, und rammte sich den Dreispitz auf die Perücke. Den Stock in der Hand, betrat er kurz darauf die Straße. Vor ihm und neben ihm herrschte rege Aufbruchstimmung. Die Zweispänner der reichen Herrschaften setzten sich holpernd in Bewegung. Kutscher schnalzten mit der Zunge, Peitschen knallten und Pferde wieherten nervös. Die weniger Begüterten unter den Gästen standen am Straßenrand und feilschten um die

Gunst der fünf oder sechs Laternengänger, die das Haus Lüttkopp für den Heimweg zur Verfügung gestellt hatte. Auch Rapp hätte gern einen dieser hilfreichen Begleiter in Anspruch genommen, aber selbstverständlich schnappte man ihm den Letzten vor der Nase weg. Nun gut. Er hatte es ohnehin nicht weit. Er würde nicht über den Burstah gehen, sondern den Weg über den Hopfenmarkt nehmen, vorbei an St. Nikolai. Dort standen mehrere Laternen, die den Platz erleuchteten.
Rapp steckte die Nase in den Wind und sog tief die frische Nachtluft ein. Dann setzte er sich in Bewegung. Die Große Johannisstraße lag in unmittelbarer Nähe des Rathauses, was Berendt Lüttkopp vor Jahren bewogen haben mochte, seinen Wohnsitz eben hier erbauen zu lassen. Rapp wandte sich nach Süden. Es pressierte ihm nun mächtig, in seine Apotheke zu kommen. Allein der Gedanke, dass am heutigen Tage einige Salben zur Neige gegangen waren und umgehend neu zubereitet werden mussten, ließ ihn seinen Schritt beschleunigen. Auch der Vorrat an *Oleum camphorat*, dem Öl des indischen Kampferbaums, wollte endlich in kleine Gefäße umgefüllt werden, ebenso der venezianische Theriak und einige andere Liquores. Dann war da noch das Schneidebrett zum Zerkleinern von Kräutern: Es hakte seit einigen Tagen und wartete darauf, gängig gemacht zu werden. Nicht zuletzt das große Wiegemesser konnte mal wieder eine Schärfung vertragen. Und über alledem die Kräuterbüschel auf dem Trockenboden: Es waren genau zweihundertsiebenundfünfzig, die dort hingen, und alle mussten überprüft und nötigenfalls umgehängt oder mehr ans Licht gebracht werden.
Rapp schnaubte und bedauerte, nicht drei oder mehr Hände zu haben. Mittlerweile war er auf dem Hopfenmarkt angelangt, wo St. Nikolai von rechts herübergrüßte. Die Tranlaternen spendeten schummriges Licht. Niemand war zu sehen. Die Tür des Gotteshauses war geschlossen, was Rapp allerdings nicht verwunderte. Nach seiner Erfahrung war der Hamburger Bür-

ger ein regelmäßiger, aber nicht allzu fleißiger Kirchgänger. Er hatte dafür durchaus Verständnis, denn er selbst ließ sich selten in St. Nikolai sehen. Stattdessen stand er lieber hinter dem Rezepturtisch in seiner Offizin oder saß – wenn seine knappe Zeit es erlaubte – vor seiner geliebten Sammlung überseeischer Kuriosa.

Die Kirchenglocke hoch oben im Turm begann zu dröhnen. Elf Uhr!, schoss es ihm durch den Kopf, und unwillkürlich zählte er die Schläge mit, während er weiter in Richtung Deichstraße eilte. Nach dem zehnten Schlag glaubte er linker Hand einen anderen, viel leiseren Laut wahrzunehmen. Das Geräusch klang seltsam, irgendwie verzweifelt. Was hatte das zu bedeuten? In seine Überlegungen hinein hämmerte der elfte Glockenschlag. Rapp schüttelte sich unwillkürlich, als könne er dadurch seine Ohren vom Nachhall befreien, und lauschte abermals.

Nichts.

Und doch hatte er etwas gehört. Ja, er war jetzt ganz sicher, dass es sich um einen Ruf gehandelt hatte, einen Notschrei womöglich, ausgestoßen irgendwo in einer der verwinkelten Gassen, die sich wie brüchige Adern durch die alten, baufälligen Häuser nach Osten zum Nikolaifleet hinzogen. Eine Gegend, die nicht allzu einladend war.

»Hilfe! Zu Hilfe! Oooh, oooh …«

Rapp spürte Genugtuung. Auf sein Gehör war immer noch Verlass. Und auch wenn die Häuserfront sich dunkel und drohend vor ihm aufbaute, so zögerte er keineswegs, dem Hilferuf auf den Grund zu gehen. Vielleicht konnte eine seiner stets mitgeführten Arzneien Linderung verschaffen, oder jemand benötigte einen ärztlichen Rat, den zu geben er als Apotheker ebenfalls in der Lage war.

Nein, er fürchtete sich nicht. Wozu auch? Hamburg war zwar eine Hafenstadt und demzufolge ein Ort, an dem sich viele faule, freche, geile, gottlose, versoffene Trunkenbolde, Bierbalge und Bettler herumtrieben, aber ihm war noch nie etwas passiert, und er sah keinen Grund, warum das ausgerechnet in dieser Nacht anders sein sollte. Obwohl er kaum die Hand vor Augen sah, betrat er das sich vor ihm auftuende Gässchen – die Hände weit ausgestreckt und sich auf diese Weise vorantastend. Als seine Pupillen sich besser an das Dunkel gewöhnt hatten und er etwas schneller ausschreiten konnte, rief er: »Wartet, ich komme! Wo seid Ihr?«

Wieder erklang der Hilferuf. Rapp erkannte, dass er sich schon in unmittelbarer Nähe des Verzweifelten befinden musste. Er stolperte über mehrere herumliegende Säcke, fing sich gerade noch und rief abermals: »Ich komme! Nur keine Sorge!«

Er beschleunigte seinen Schritt. Vor ihm tauchte ein schwacher Lichtschein auf. Ein trübes Fenster wurde sichtbar, dahinter schemenhafte Köpfe und betrunkene Stimmen. Fetzen von Musik erklangen. Jemand quälte die Saiten einer Fidel. Über einer windschiefen Tür erkannte er Buchstaben, von ungelenker Hand geschrieben:

Zum Hammerhai

Eine Schänke also, dachte Rapp. Gerade war er im Begriff, sie zu betreten, als abermals der Hilferuf erscholl, viel lauter diesmal und ganz gewiss nicht aus dem Schankraum kommend. Rapp machte auf dem Absatz kehrt und drang weiter in das Labyrinth aus dunklen Gassen vor. Wo war der arme Mensch nur, der seinen Beistand brauchte? Er hielt für einen Augenblick inne. »Wo seid Ihr? Meldet Euch nochm...«

Weiter kam er nicht. Ein derber Schlag hatte ihn am Kopf getroffen. Rapp fiel der Länge nach hin und blieb wie ohnmächtig liegen. Doch sei es, dass der Dreispitz die Hauptwucht des Schlages abgefangen hatte, sei es, dass der Spitzbube nicht richtig Maß genommen hatte, Rapp jedenfalls war nicht bewusstlos, im Gegenteil, helle Wut ob des feigen Überfalls loderte in ihm hoch. Er wartete einige Atemzüge, und richtig: Da näherten sich vorsichtig Schritte. Rapp spürte, wie jemand sich über ihn beugte, holte tief Luft und ließ den Spazierstock mit aller Kraft durch die Luft sausen. Ein Aufheulen über ihm bestätigte, dass er sein Ziel gefunden hatte. Er sprang auf die Füße und erkannte eine dunkle Gestalt, die sich vor Schmerzen krümmte. »Wer bist du, dass du es wagst …?«, donnerte er – und machte neuerlich mit dem Boden Bekanntschaft. Ein weiterer Schlag hatte ihn getroffen. Es musste einen zweiten Angreifer geben! Rapp biss die Zähne zusammen. Wer auch immer ihn da erwischt hatte, er hatte ihm einen äußerst schmerzhaften Hieb versetzt. Seine linke Schulter über dem Schlüsselbein tat höllisch weh. Doch er hatte keine Zeit für Selbstmitleid. Man wollte ihm ans Geld, womöglich sogar ans Leben. Hastig rollte er sich zur Seite, um hinter einer Kohlenkiste Deckung zu suchen. Keine Sekunde zu früh, denn schon bohrte sich die Waffe des neuen Angreifers knirschend ins Holz. Ein Fluch erklang. Oder jedenfalls das, was Rapp für einen Fluch hielt.

Halb hinter der Kiste kauernd, konnte er eine Gestalt erkennen, hoch aufgerichtet und einen Knüppel schwingend. Jetzt gilt's!, dachte Rapp. Er schlug dem Unhold den Spazierstock zwischen die Beine und hörte mehr, als dass er sah, wie der Mann strauchelte. Rapp sprang auf die Füße und ließ seinen Stock kräftig auf dem Körper des Burschen tanzen. Normalerweise tat er keiner Fliege etwas zu Leide, aber wenn ihm jemand so feige und hinterrücks ans Leder wollte, konnte er sich vergessen.

Rapp schlug noch einmal zu. Sein Zorn begann zu verrauchen. Da hörte er hinter sich ein Scharren. Er fuhr herum und riss den Stock hoch. Das war sein Glück. Denn so konnte er den Schlag des ersten Angreifers abwehren. Der Hundsfott hatte sich erholt und griff nun neuerlich an! Rapps Wut flammte wieder auf. Er rammte dem Burschen sein Knie in den Unterleib und stieß mit dem Spazierstock zu. Die Antwort war ein Aufschrei. Rapp hörte ihn kaum, denn er war schon dabei, weitere Streiche auszuteilen. Endlich sank sein Gegner zu Boden. Schwer atmend

richtete Rapp sich auf. Die beiden Halunken lagen zu seinen Füßen und rührten sich nicht mehr.
»Gott sei gelobt und gedankt!«, japste er. »Steht auf, ihr Galgenvögel, und trollt euch.« Er betastete die schmerzende Schulter und begann sich den Rock abzuklopfen. »So etwas Abgefeimtes! Die Hilfsbereitschaft braver Bürger auf diese Weise auszunutzen!«
Die Angreifer lagen da und rückten und rührten sich nicht.
»Los, los, hoch mit euch! Seid froh, dass die Nachtwache nicht in der Nähe war, aber wenn euch nach ihr gelüstet, will ich sie gerne holen. Und dann geht's ab hinter die schwedischen Gardinen.«
Wieder blieb eine Antwort aus. Rapp wurde unruhig. Er beugte sich zu einem der beiden Leiber hinunter. »He, Bursche, aufwachen! Tu nicht so, als hörtest du mich nicht.« Während er sprach, hielt er den Stock halb erhoben, bereit zum Schlag. Er wusste, dass dieses Gelichter zäh war – kampferprobt in unzähligen Prügeleien.
Oder sollte er doch zu fest zugeschlagen haben? Für einen Augenblick, das musste er zugeben, hatte er Rot gesehen. Da hatte er nicht gewusst, was er tat.
Rapp kniete sich neben die Körper nieder und legte den Stock ab. Es war ein schönes Exemplar aus Ebenholz mit silbernem Knauf, weshalb er es behutsam tat. Dabei spürte seine Hand plötzlich etwas Feuchtes. Eine Pfütze!, war das Erste, was er dachte. Doch das konnte nicht sein. Es hatte seit mehreren Tagen nicht geregnet, und die Flüssigkeit war sehr dunkel, fast schwarz. Er prüfte mit den Fingern ihre Konsistenz. Sie war dicker als Wasser. Und klebriger. Sie war – Blut? Ein Schauer lief Rapp den Rücken hinunter. Seine Gedanken rasten. Er versuchte, sich den Kampf nochmals vor Augen zu führen. Sollte er wirklich so stark …? Aber er hatte doch gar nicht so fest …!
Mit fahrigen Bewegungen tastete er den Boden neben dem Kopf ab. Dann hatte er die entsetzliche Gewissheit: Der Mann

lag in einer großen Blutlache. Damit nicht genug – auch der Kopf des zweiten Strolchs war voller Blut. Rapp sah sich um. In der Kneipe schien man von den Geschehnissen nichts mitbekommen zu haben. Der Geräuschpegel war unverändert hoch. Jemand hatte begonnen zu dem Gekratze der Fidel ein Lied anzustimmen, und ein anderer schien eine Zote zu reißen, denn seine Worte wurden immer wieder von Lachen und Gegröle unterbrochen.
Rapp tastete nach dem linken Handgelenk des vor ihm Liegenden, um den Puls zu fühlen, konnte aber keinen Herzschlag feststellen, weil der Bursche eine Jacke mit langen, eng anliegenden Ärmeln trug. Er war mittlerweile so aufgeregt, dass er sich nicht in der Lage sah, den Stoff hochzukrempeln. Und der andere Bursche? Er war ganz ähnlich gekleidet.
»Großer Gott!«, stieß Rapp wieder und wieder hervor, »was habe ich nur angerichtet! Gib, dass die Männer nicht tot sind, ich habe mich doch nur gewehrt. Gib, dass sie nicht tot sind. Bitte ...«
Er fing an, die beiden zu schütteln, schrie ihnen ins Ohr, stammelte irgendwelche Wortfetzen, schüttelte sie erneut mit der Kraft der Verzweiflung – allein, es war alles umsonst. Die Glieder der Angreifer waren kraft- und leblos wie die einer Stoffpuppe. Rapp konnte es noch immer nicht fassen, zwei Menschen getötet zu haben. Er, dessen ganzes Streben es von jeher gewesen war, Gesundheit und Leben seiner Mitbürger zu erhalten!
Durch den Sturm seiner Gefühle drang neuer Lärm aus dem *Hammerhai*. Was war da los? Über die Türschwelle torkelten mehrere Gestalten. Sie waren stockbetrunken, und einer von ihnen warf seinen leeren Becher hoch in die Luft. Rapp sah das Trinkgefäß und gleichzeitig Sterne am Himmel aufgehen. Für den Bruchteil eines Augenblicks wunderte er sich, wieso an einem wolkenverhangenen Himmel Sterne aufblitzen konnten, dann sah er gar nichts mehr.
Er stürzte um wie ein gefällter Baum.

Rapp hatte einen bizarren Traum. Er träumte, eine Frau sei zu ihm in die Apotheke gekommen und habe über Kopfschmerz geklagt. Sie glich aufs Haar der Witwe Kruse, die eine Stammkundin von ihm war und ein weiblicher Hypochonder dazu. Rapp fiel es wie gewöhnlich schwer, sie ernst zu nehmen. Halbherzig riet er ihr, Weidenrindentee zu trinken und kalte Wickel um den Kopf zu machen, aber das wollte der Frau nicht gefallen. Sie jammerte immerfort weiter. Der Schmerz säße mehr auf der Wange, auf der Wange säße er, und Rapp antwortete, dort käme keine Migräne vor, und das hätte er ihr schon hundertmal gesagt ... Und dann wachte Rapp auf und merkte, dass der Schmerz der Witwe Kruse sein eigener war und dass ihm ständig etwas Feuchtes über die Wange fuhr.

Er stöhnte, blinzelte und öffnete die Augen. Es war helllichter Tag. Über ihm stand ein Straßenköter mit heraushängender Zunge. Rapp wollte sich aufrichten, geriet jedoch ins Schwanken und fiel kraftlos zurück. Sein Kopf fühlte sich an, als brummten darin Schwärme von Hornissen. Ein neuerlicher Versuch, sich zu erheben, gelang nur halbherzig. Die Töle machte sich davon. Rapp spürte brennenden Durst und schmatzte mit trockenen Lippen. Dann befühlte er seinen Hinterkopf, was prompt bestraft wurde, denn die winzige Berührung löste neue Schmerzwellen aus. Rapp zwang sich, tief und ruhig zu atmen. Immerhin kannte er jetzt die Ursache seiner Martern: eine hühnereigroße Beule. Auch seine linke Schulter hatte etwas abbekommen, aber der dort sitzende Schmerz war vergleichsweise gering.

Rapp füllte die Lungen weiter mit frischer Luft. Langsam ließen die Torturen etwas nach, und die Erinnerung kam bruchstückhaft zurück. Er war überfallen worden, und er ...

»Hoho, kiek an, dor is een, hupps, de is noch duuner as ik, hoho, sprüttenvull is de!«, unterbrach eine Stimme seine Gedanken.

Trotz seines schmerzenden Schädels bog Rapp den Kopf in den

Nacken und blinzelte nach oben. Ein ungeschlachter Mann stand da. Ein Kerl, der aus allen Knopflöchern nach Schnaps stank und wie ein Rohr im Winde schwankte. Seine Behauptung, Rapp sei sturzbetrunken, schien viel eher auf ihn selbst zuzutreffen. Der Kleidung nach war er ein Seemann, und er musste Hamburger sein, denn er sprach hiesiges Plattdeutsch – eine Mundart, die Rapp nur schwer verstand. Dennoch erahnte er, was der Kerl meinte. Er beschloss, nicht darauf einzugehen, zumal ihn etwas anderes viel mehr interessierte. »Wo ... wo bin ich?«

»Hoho, dat kenn ik! Mann, mutt du en achter de Mütz hebben! Du büst ünnen an'n Kehrwedder, verstohst? Kehrwedder, ünnen an'n Haven.«

Rapp kannte die Straße Kehrwieder. Sie begrenzte einen Teil des südlichen Hafenbeckens und diente als Kai und Lagerplatz. Sie befand sich einen guten Fußmarsch entfernt vom Hopfenmarkt und von St. Nikolai.

»Ik bün Klaas. Dunnerkiel, hest du en Brummküsel.« Der Kerl sagte es fast bewundernd. »Klaas, hupps, von de *Seeschwalbe.* Kann ik di helpen?«

Rapp begann sich über den Mann zu ärgern. Nicht nur, dass der Kerl ihn hartnäckig für betrunken hielt, er ließ es auch am gebotenen Respekt mangeln. Schließlich hatte er es nicht mit seinesgleichen, sondern mit einem Herrn von Stand zu tun. Die Hilfsbereitschaft in allen Ehren, aber was zu viel war, war zu viel. Bewusst barsch sagte er: »Hau ab, Mann!«

»Hä?«

»Ich sagte: Hau ab, Mann!«

»Jo, man sinnig, ümmer sinnig, ik bün nich harthörig. Ik gah schon.« Leicht beleidigt und in gefährlicher Schräglage verschwand der Seebär.

Rapp sah ihm nach und kam mit großer Mühe endgültig auf die Beine. Dann sah er zum ersten Mal an sich herab.

Und traute seinen Augen nicht.

Kapitel zwei,

in welchem Teodorus Rapp sich selbst begegnet und für einen kurzen Augenblick an seinem Verstand zweifelt.

Die Schifferhose war schmutzig, löchrig und aus altersschwachem Leinen. Rapp starrte das kümmerliche Kleidungsstück ungläubig an. Er hatte es niemals zuvor gesehen, geschweige denn besessen. Und doch: Genau darin steckten jetzt seine Beine!

Was, zum Donnerwetter, hatte das zu bedeuten? Rapp zerrte an der Hose, die um einiges zu lang war, und stellte fest, dass er auf bloßen Füßen stand. Wo waren seine Schnallenschuhe geblieben? Wo war sein weinroter Rock? Seine Perücke? Sein Spazierstock?

Langsam dämmerte es ihm, dass sein Aufzug mit dem Überfall des vergangenen Abends zu tun haben musste. Richtig, er war niedergeschlagen worden. Daran erinnerte er sich. In der Nähe des Hopfenmarkts war es gewesen, vor einer Schänke. Wie hieß sie noch? Irgendetwas mit *Hai … Hai … Hammerhai*, ja, das war's! Und weiter? Rapp kramte in seinem Gedächtnis, fand dort aber nur eine große Leere vor. Immerhin, so viel schien klar: Im bewusstlosen Zustand hatte man ihn seiner Kleider beraubt und anschließend in die Beinlinge eines Hungerleiders gesteckt. Aber warum? Was war an einem alten Gehrock wie dem Seinen so begehrenswert? Wäre es nur um seine Barschaft gegangen, hätte er das Ganze noch verstanden. Aber so?

Rapp spürte, wie ihm die Zähne aufeinander schlugen. Es war bitterkalt. Seine warme, mit Kapok gefütterte Weste hatte man ihm ebenfalls genommen. Nur das Hemd darunter, das hatte man ihm gelassen. Mit dem Spitzenbesatz am Kragen und an den Manschetten bildete es einen höchst seltsamen Gegensatz zur Hose.

Rapp blickte sich um. Es hatte etwas aufgeklart. Niedrige Wolken zogen über die Türme der Stadt, getrieben von einem frischen Wind aus Westen. Ganz in der Nähe fegte ein Fischerknecht das Kopfsteinpflaster von Fangresten sauber. Fünf Matrosen sahen ihm grienend dabei zu, die Hände tief in den Hosentaschen vergraben. Sie machten sich einen Spaß daraus, ständig im Weg zu stehen und geizten nicht mit herausfordernden Rufen. Doch der Knecht war klug genug, sich nicht reizen zu lassen. Seelenruhig kehrte er um die Matrosen herum.

Bildete er es sich ein, oder sahen sie jetzt alle zu ihm herüber? Was sollten die Burschen nur von seiner Erscheinung halten! Rapp kam nicht mehr dazu, sich näher mit diesem Gedanken zu beschäftigen, denn plötzlich wurde ihm speiübel. Die Gerüche des Hafens, eine scharfe Mixtur aus Teer und Modder, aus Farbe, Holz und salziger Luft, waren ihm auf den Magen geschlagen. Er musste sich erbrechen. Doch wohin? Er konnte schließlich nicht einfach mitten auf … Im letzten Augenblick gelang es ihm, die wenigen Schritte zum Wasser zu tun und dort – unter dem beifälligen Gebrüll der Matrosen – das lästige Geschäft zu verrichten.

Scham und Hilflosigkeit ergriffen von ihm Besitz. Kurz darauf, als er sich etwas wohler fühlte, gesellte sich ein gewaltiger Zorn dazu. Das ganze Ausmaß seiner Situation war ihm klar geworden. Man hatte ihn nicht nur hinterrücks niedergestreckt, sondern auch seiner Kleider beraubt und damit der Lächerlichkeit preisgegeben. Eine Unverschämtheit! Und als wäre das noch nicht genug, hatte man ihn wie einen nassen Sack durch halb Hamburg geschleift. Hierher, wo man ihn abermals verhöhnte und verspottete. Diese Taten mussten gesühnt werden!

Rapp trat von der Kaimauer zurück. Ein Ewerführer, der im Begriff war, abzulegen, schrie ihm etwas zu. Seine Stimme klang erbost. Wahrscheinlich, weil ein Teil von Rapps Mageninhalt

auf seinem Boot gelandet war. »Kotz woanners hen, Dööskopp, de Haven is vull von Scheep!«
Rapp erriet, was der Schiffer meinte, und rief eine Entschuldigung. Es stimmte ja, was der Mann sagte. Ein wahrer Mastenwald beherrschte den Hamburger Hafen; er wuchs empor aus unzähligen Schiffen, die an Kais und Anlegern festgemacht hatten. An jedem Arbeitstag, den Gott werden ließ, sorgte ein Strom von Schauerleuten dafür, dass ihre dickbauchigen Leiber be- und entladen wurden. Säcke, Ballen, Fässer und tausend andere Gegenstände wechselten den Besitzer. Der Handel blühte – und Hamburg mit ihm.
Normalerweise liebte Rapp es, den Hafen zu betrachten, doch heute stand ihm der Sinn nicht danach. Er warf den immer noch lachenden Matrosen einen Blick zu, in dem seine ganze Verachtung lag, und ging davon. Ein kühler Kopf, das war es, worauf es nun ankam. Und ein Platz, an dem er ungestört nachdenken konnte. Wenig später entdeckte er im Schatten eines Speichers eine Rolle Tauwerk, auf der sich mehrere Möwen putzten. Rapp verscheuchte die Vögel und setzte sich. Wenn er es recht bedachte, rührte sein Zorn weniger vom Verlust seiner Kleider her als vielmehr von der Schmach, die ihm widerfahren war. Er wollte, dass die Halunken von gestern zur Rechenschaft gezogen wurden. Ja, das wollte er. Je eher, desto besser. Doch wessen Aufgabe war es, ihrer habhaft zu werden?
Rapp bedauerte, so wenig über die Ordnungsorgane der Stadt zu wissen. Er war kein Hamburger und hatte sich mit derlei niemals näher beschäftigt. Es gab eine Söldnertruppe, das wusste er; dabei handelte es sich um ein Kontingent von Berufssoldaten, bestehend aus Infanteristen, Artilleristen und Dragonern. Ob eine dieser Abteilungen für ihn zuständig war? Oder sollte er lieber zur Bürgerwache gehen? Wohl kaum. Als Apotheker war er vom Dienst in dieser Wehr entbunden, und demzufolge kannte er auch keinen der führenden Offiziere. Überdies stand die Truppe im Ruf, zu oft und zu tief ins Glas zu schauen. Blieb

neben den städtischen Bütteln nur noch die Nachtwache. Sie bestand aus einigen Dutzend Männern, die zu später Stunde durch Hamburgs Straßen streiften, weshalb sie vom Volk Eulen oder *Uhlen* gerufen wurden.

Rapp zitterte. Die Kälte der vergangenen Nacht saß ihm noch immer in den Knochen und lähmte seinen Gedankenfluss. Also sprang er hoch, hüpfte auf der Stelle und schlug sich ein paarmal kräftig die Arme um die Schultern. Nach einer Weile begann das Blut in seinen Adern wieder zu zirkulieren. Er setzte sich erneut. Vielleicht würde es am besten sein, sich an die Nachtwache zu wenden, nicht zuletzt, weil sie es versäumt hatte, ihn vor dem Überfall zu schützen. Irgendein Verantwortlicher saß sicher im Rathaus, und das Rathaus befand sich nur ein paar hundert Schritte hinter seinem Apothekenhaus, und zu dem musste er sowieso. Rapp stand abermals auf – und setzte sich wieder hin.

Die Erinnerung hatte ihn eingeholt.

Die ganze Erinnerung.

Zwei Menschen waren von ihm erschlagen worden! Gestern Nacht. Die Bilder des Kampfes und der am Boden liegenden Halunken standen ihm plötzlich so deutlich vor Augen, als hätte er beide eben erst getötet. Ja, es war geschehen, und niemand konnte sie wieder lebendig machen. Rapp schlug sich die Hände vors Gesicht. Unglaublich, was er da angerichtet hatte! Ein Gang zur Nachtwache verbot sich nun von selbst. Wenn er den Ordnungshütern von dem Überfall berichtete, würde es unumgänglich sein, auch seine Gräueltat zu schildern. Und wenn nicht, würde man so lange fragen und nachhaken, bis die ganze Wahrheit ans Licht gekommen war.

Natürlich war es reine Notwehr gewesen, aber wer würde ihm das glauben? Rapp schauderte. Mit Mördern machte man kurzen Prozess in der Hansestadt; sie kamen an den Galgen, und das Volk schaute lüstern zu, wie die Schlinge sich um ihre Hälse zog, wie ihre Zungen hervorquollen und ihre Füße zuckten,

hektisch und unkontrolliert, bis endlich der Tod eintrat. Welch grauenvolle Vorstellung!
Bleib ruhig!, befahl er sich. Bleib ruhig! Du bist der Apotheker Teodorus Rapp, ein respektierter Mann, und noch ist nichts verloren. Es muss doch jemanden geben, der den Überfall beobachtet hat. Jemanden, der bestätigen kann, dass du dich nur gewehrt hast. Allerdings: Die Zecher im *Hammerhai* schienen alle so blau zu sein, dass sie als Zeugen kaum in Frage kommen dürften. Aber vielleicht hat einer der Anwohner zufällig aus dem Fenster gesehen und das Ganze mitverfolgt? Ein alter Mann, der nicht schlafen konnte? Eine alte Frau, die das Nachtgeschirr leerte? Alte Menschen schlafen schlecht, wer wüsste das besser als ich, der ich ihnen häufig mit Baldrian oder einem anderen Sedativum aushelfen muss …
Solche und ähnliche Grübeleien kreisten in Rapps Kopf, während er immer unruhiger wurde. Endlich stand für ihn fest, dass er Gewissheit brauchte. Er wollte zum *Hammerhai* gehen und sich in der Gegend nach Augenzeugen umsehen. Sie würden ihm sagen, was passiert war. Sie würden wissen, ob alles, was er erinnerte, Tatsache oder nur Einbildung war. Und womöglich konnten sie ihm helfen.
Etwas zuversichtlicher erhob er sich von der Taurolle und machte sich auf den Weg.

Es war ein mühseliger Marsch gewesen, barfuß und ungewohnt, zunächst um den ganzen Binnenhafen herum und später dem Nikolaifleet folgend nach Norden. Immer wieder hatte Rapp das Gefühl gehabt, alle Welt müsse ihm an der Nasenspitze ansehen, was geschehen war, und jedermann müsse über seinen seltsamen Aufzug lachen. Doch nichts dergleichen war eingetreten. Hamburg war groß und der Anblick einer ungewöhnlich gekleideten Gestalt nichts Bemerkenswertes.
Nun stand Rapp vor der Schänke und stellte fest, dass die Fassade bei Tage noch erbärmlicher wirkte als bei Nacht. Immer-

hin hatte der Laden schon geöffnet, wie ihm ein paar herüberwehende Gesprächsfetzen verrieten. Ansonsten machte die Gasse einen düsteren, verlassenen Eindruck. Kein Mensch ließ sich blicken. Kein Hund schnüffelte herum, kein Schwein grunzte in seinem Verschlag. Rapp kam sich vor wie in einer Geisterstadt.

Er schob das unheimliche Gefühl beiseite und beschloss, den Boden abzusuchen. Er tat es sorgfältig, Zoll für Zoll, Fuß für Fuß, und kurz darauf entdeckte er, was er befürchtet hatte: Blut. Es war eingesickert, dunkel und verfärbt, aber es war unverkennbar Blut. Also doch! Er war ein Mörder. Der Beweis befand sich vor ihm. Und da waren auch die Kampfspuren, die sich gut sichtbar in der Erde abzeichneten. Und dort am Hausrand stand die Kohlenkiste, hinter der er Deckung gefunden hatte. Rapp suchte weiter, ohne genau zu wissen, nach was. Einem Stück Stoff seines Gehrocks vielleicht, einem abgerissenen Knopf oder einem Haarbüschel seiner Perücke, allein, er fand weder ein Überbleibsel seiner Habe noch einen Hinweis auf den Verbleib derselben. Dennoch bestand kein Zweifel: Dies war der Ort des Überfalls, und ebenso zweifelsfrei war klar, dass er getötet hatte.

Aber wo befanden sich die Leichen? Es musste doch jemanden geben, der sie fortgeschafft hatte, oder wenigstens einen, der das Geschehen mitverfolgt hatte, ja, bei näherer Überlegung schien es Rapp unmöglich, dass der Kampf unbemerkt geblieben war. Er erinnerte sich, wie er auf die Halunken eingedroschen und sie angeschrien hatte. Das musste doch jemand gehört haben. Es konnte nicht anders sein!

Rapps Blick wanderte die Hauswände empor. Irgendwo dort hinter den verschlossenen Fenstern saß bestimmt ein Mensch, der für ihn sprechen konnte. Er musste ihn nur finden.

Die nächste Stunde sollte für Rapp die erniedrigendste seines Lebens werden. Wo er auch fragte oder klopfte, überall wies man ihn schroff ab. Er kam sich vor wie ein Bettler, und in gewisser Hinsicht war er es ja auch. Nie zuvor war er so behandelt worden. Als schließlich sogar eine verhutzelte Alte mit dem Feuerhaken nach ihm schlug, gab er auf. Es war einfach nicht zu reden mit den Leuten. Sie waren misstrauisch und verstockt, der Himmel mochte wissen, warum.

Was blieb, war ein winziger Hoffnungsschimmer, und das war der *Hammerhai*. Er erinnerte sich an ein paar Betrunkene, die aus der Schänke getorkelt waren, bevor man ihn niedergeschlagen hatte. Vielleicht war einer von ihnen doch halbwegs nüchtern gewesen und hatte etwas gesehen? Irgendetwas, das ihm weiterhalf? Die Überlegung machte ihm Mut, wenn auch der Gedanke, die Spelunke betreten zu müssen, wenig angenehm war.

Rapp schob sich durch die quietschende Tür und spähte in den Schankraum. Seine Augen brauchten eine Weile, bis sie sich an das Zwielicht gewöhnt hatten. Dann erkannte er links und rechts zwei lange, keineswegs saubere Tische, an denen trotz der Tageszeit schon kräftig gebechert wurde. Dunkle Männergestalten saßen hinter Bierkrügen und blickten ihm finster entgegen. Zwei von ihnen, kräftige, vierkant gebaute Kerle, nahmen eine Kerze hoch, damit mehr Licht auf den Eintretenden fiel.

Rapp räusperte sich. Dann sagte er betont forsch: »Ich wünsche allseits einen guten Tag!«

Die Antwort war lediglich ein Grunzen. Es kam von einem Fettwanst, der am Ende des Raums neben einem Bierfass lehnte. Rapp brauchte einen Augenblick, um beides zu unterscheiden, Wanst und Fass, denn der Bauch des Mannes war ebenso dick wie das Behältnis des Biers.

»Bist du der Wirt von diesem, äh … Gasthaus?«

Der Fettwanst schwieg. Seine Schweinsäuglein taxierten aufmerksam den Ankömmling.

Rapp wiederholte seine Frage.

Jetzt kam Bewegung in den Dicken. »Bist du der Wirt von die-

sem Gasthaus?«, äffte er Rapp nach, und als der, sprachlos ob dieser Frechheit, wie vom Donner gerührt dastand, fuhr er übertrieben langsam und voller Häme fort: »Gewiss, Euer Durchlaucht, das bin ich wohl.«
Seine Antwort löste stürmisches Gelächter aus.
Rapp biss sich auf die Lippe. Es war heute bereits das zweite Mal, dass man ihn auslachte. Am liebsten hätte er eine gepfefferte Antwort gegeben, aber er musste gute Miene zum bösen Spiel machen, wenn er etwas erfahren wollte. Was hatte der Dickbauch gesagt? Euer Durchlaucht? Wieso sprach der ihn an, als wäre er von Adel? Er war doch Apotheker und ... und dann fiel es Rapp wie Schuppen von den Augen: Es war der Unterschied. Der Unterschied zwischen seinem Aufzug und seiner Ausdrucksweise. Beides passte nicht zueinander. Aber sollte er deshalb anders sprechen? Sich womöglich wie einer der Anwesenden geben? Abermals biss Rapp sich auf die Lippe. Er pflegte nun einmal Hochdeutsch zu reden, und davon wollte er auch nicht abgehen, schon deshalb, weil er das Plattdeutsche nicht beherrschte.
»Ich habe eine Frage an dich, Wirt«, sagte Rapp und drang entschlossen in die schummrige Höhle vor. Aller Augen ruhten dabei auf ihm. Es war das reinste Spießrutenlaufen. Flüchtig streifte sein Kopf etwas Weißes, Hartes. Es war ein Fischskelett, wie er hochblickend feststellte. Es baumelte über ihm an der Decke und war von riesigen Ausmaßen. Wahrscheinlich die Knochen eines Hammerhais, sagte er sich, während er Schritt für Schritt weiterging, bis er dem Dicken direkt gegenüberstand. Niemand im Schankraum hatte in der Zwischenzeit etwas gesagt. Die Schweinsäuglein wurden zu Schlitzen. Rapp hielt dem Blick stand. Endlich wanderten die Äuglein ab, hin zu den Zechern auf den Schemeln und Bänken, und der Fettwanst sagte mit öliger Stimme: »Mann, is dat'n Vörnehmsnacker, ik gleuv, de is hier verkehrt!«
Wieder grölendes Gelächter.

Rapp ahnte die Beleidigung und versuchte, sie zu ignorieren. »Gestern Abend soll sich vor dem *Hammerhai* ein Überfall ereignet haben. Hast du oder einer deiner Gäste etwas davon bemerkt?«

»Beer oder Snaps?«

»Es muss kurz nach elf Uhr gewesen sein. Man sagt, es wurde gekämpft. Ich bin sicher, es war so laut, dass man es weithin hören konnte.«

»Ik heff di wat froogt, Vörnehmsnacker!« Der Fettwanst stemmte die Fäuste in die Seiten. »Beer oder Snaps?«

Rapp wurde klar, dass er etwas bestellen musste, aber er konnte nicht bezahlen. In der Schifferhose, die man ihm verpasst hatte, befand sich kein einziges Geldstück. Natürlich nicht. »Ahhm ... ich will nur eine Auskunft. Bei dem Überfall soll Blut geflossen sein und ...« Rapp verstummte. Er hatte fragen wollen, von wem die beiden Leichen fortgeschafft worden waren, aber das wäre ein Fehler gewesen, denn als scheinbar Unbeteiligter konnte er nicht wissen, dass die Männer tot waren. In seiner Not log Rapp schließlich: »Zwei Burschen sollen nach dem Kampf liegen geblieben sein. Einer von ihnen ist möglicherweise mein Bruder. Er ist bis jetzt nicht nach Hause gekommen, und ich mache mir Sorgen.« Er wandte sich an die Zecher. »Hat einer von euch gesehen, was mit den beiden geschah?«

Gespannt wartete Rapp auf eine Antwort. Es kam keine. Nur zehn oder zwölf Augenpaare starrten ihn argwöhnisch an. Rapp zuckte mit den Schultern und drehte sich wieder dem Fettwanst zu. »Und du, Wirt? Wie steht's mit dir?«

Der Dicke hatte sich unterdessen eine Pfeife angesteckt, nuckelte daran und nahm einen tiefen Zug. Dann blies er Rapp den Rauch mitten ins Gesicht. »Wer büst du, Vörnehmsnacker?«

Rapps Augen tränten. Er wollte dem Dickbauch entgegenschleudern, dass der Genuss von Toback am Sonntagmorgen vor, während und nach den Gottesdiensten in jeder Schänke verboten war, aber er kam nicht mehr dazu. Hinter ihm wurde es laut. Füße scharrten, und Schemel kippten um. Die Zecher erhoben sich. Er spürte förmlich, wie sie ihm auf den Leib rückten.

»Wat spijooneerst du hier rüm? Rut mit de Sprook!«

Die Situation wurde brenzlig. »Aber ich sagte doch, ich sorge mich um meinen Bruder. Wir, äh, wir wohnen unten am Hafen, am Kehrwieder.«

»Schiet drop!« Mit einer Geschwindigkeit, die niemand ihm zugetraut hätte, stieß der Dicke seinen Zeigefinger Rapp gegen die Brust, und mit jedem Wort, das er weitersprach, wiederholte er den Vorgang. »Vertell ... mi ... nix ... du ... Snüffelnees! ... Steckst ... ünner ... en ... Deek ... mit ... de ... Uhlen!«

Was danach passierte, lief so schnell ab, dass Rapp später Mühe hatte, sich an Einzelheiten zu erinnern. Wütend über die Grobheit des Wirts schlug er dessen Hand beiseite. Der Fettwanst schrie theatralisch auf und packte ihn am Kragen. Der Kragen riss, Rapp wurde noch wütender. Sein gutes Hemd! Er trat dem Fettwanst vors Schienbein und spürte selbst erheblichen Schmerz, da er barfuß war. Der Wirt ging heulend zu Boden. Irgendeine Hand packte Rapps Schulter und versuchte, ihn festzuhalten. Ein Hieb folgte und landete zwischen seinen Schulterblättern. Das feige Gelichter! Es griff von hinten an! Rapp stieß seinen Ellbogen zurück und hörte, wie jemand aufstöhnte. Voller Genugtuung teilte er nochmals aus. Und nochmals. Nun hatte er etwas Luft. Er wirbelte herum. Er wollte den Feiglingen in die Augen sehen. Das Pack stand da wie ein lauerndes Tier. Abwartend. Gefährlich. Gierig. Die Überzahl war groß, zu groß. Es hatte keinen Zweck. Nur raus hier! Rapp täuschte einen Angriff vor. Die Meute wich zurück. Irgendwer stolperte, griff in die Luft und klammerte sich an das Fischskelett, das bedenklich schaukelte. Ein Höllenlärm brach los, als die Knochen herabregneten. Rapp spürte einen Schlag gegen die Schläfe und wusste nicht, was ihn getroffen hatte, Fisch oder

Faust. Es war einerlei. Die Sinne schwanden ihm fast, er fühlte sich schwerelos wie auf Wolken. Unter ihm zogen Tische mit Bier und Schnaps und Knochen vorbei; sie wankten und verschwanden aus seinem Blickfeld.
Und dann flog er tatsächlich. Hinaus auf die Gasse.

Rapp hatte sich wieder hinter der Kohlenkiste verkrochen. Gekrümmt wie ein Wurm saß er da, die Stirn auf den Knien, und tat etwas, das er seit frühester Jugend nicht mehr getan hatte: Er weinte. Die Verzweiflung war wie eine Woge über ihm zusammengeschlagen und hatte alle Dämme gebrochen. Was war nur geschehen mit ihm? Gestern um diese Zeit hatte er noch in der Offizin, seiner Apotheke, gestanden und Rezepturen gemixt, und heute, keine vierundzwanzig Stunden später, war er ... ein Nichts.
Alles am Körper tat ihm weh, am meisten jedoch die Zehen seines rechten Fußes. Der Schmerz rührte von dem Schienbeintritt her, den er dem Fettwanst von Wirt verpasst hatte. Rapp bewegte vorsichtig die einzelnen Zehen und fragte sich, ob etwas gebrochen war. Schon die paar Schritte zur Kiste waren eine Qual gewesen.
Was war das? Gesang drang an sein Ohr. Dahinten im *Hammerhai* feierten sie wohl ihren Sieg. Rapp spürte Bitterkeit. Immerhin lenkte ihn das Gegröle so ab, dass er mit der Heulerei aufhörte. Was hatte der Wirt zu ihm gesagt? »... Steckst ünner en Deek mit de Uhlen«? So oder ähnlich hatte es geklungen. Ob damit gemeint war, dass er mit der Nachtwache, den Eulen, unter einer Decke steckte? Rapp wurde plötzlich ganz aufgeregt. Wenn der Fettwanst annahm, er würde für die Nachtwache als Spitzel arbeiten, dann glaubte er wohl, dass diese Wind von der Sache bekommen hatte und mehr erfahren wollte. Was wiederum bedeutete, dass die Leichen aller Wahrscheinlichkeit nach nicht offiziell beiseite geschafft worden waren, sondern von unbekannter Hand. Vielleicht von jenem dritten Schand-

buben, der ihn niedergestreckt hatte? Dieser Kerl musste ein großes Interesse daran haben, dass alles, was mit dem Überfall zu tun hatte, nicht an die große Glocke gehängt wurde. Rapp grübelte weiter. Wenn dem so war, durfte er darauf hoffen, dass die Toten verscharrt oder in einem der vielen Fleete versenkt worden waren. Mord und Totschlag kamen in einer Hafenstadt wie Hamburg nicht selten vor.

Nachdenklich massierte Rapp seine Zehen. Jeder von ihnen tat scheußlich weh. Wenn seine Überlegungen richtig waren, konnte er getrost warten, bis Gras über die Sache gewachsen war. Er konnte wie zuvor als Apotheker arbeiten und die ganze Sache vergessen. Vorausgesetzt, sein Gewissen machte dabei mit.

Rapp massierte weiter. Irgendetwas zum Kühlen, das brauchte er jetzt. Er entdeckte einen Holzeimer neben der Kohlenkiste und schaute hinein. Richtig, ein wenig Wasser vom letzten Regen befand sich noch darin. Es war schwarz vom Kohlenstaub, aber Rapp konnte es sich nicht leisten, wählerisch zu sein. Er lehnte sich zurück, tauchte den Fuß in die Flüssigkeit und atmete auf. Wie wohl das tat! Er würde ein wenig warten und dann versuchen, zu seinem Apothekenhaus zu gelangen – und wenn er auf allen vieren dorthin kriechen musste. Bei der Vorstellung an die vertraute Umgebung stieg ein warmes Gefühl in ihm auf. Rapp schloss die Augen. Seine Apotheke ... Nur gut, dass heute Sonntag war und die Offizin geschlossen, so würde gar nicht auffallen, dass er eine Nacht fort gewesen war.

Rapp öffnete die Augen wieder und betrachtete die baufälligen Häuser um sich herum. Abermals fiel ihm auf, wie abweisend die Mauern wirkten. Die Menschen darin hatten ihn behandelt wie Dreck. Genau wie der Fettwanst von Wirt. Wie Dreck ...

Und dann setzte Rapp sich so abrupt auf, dass der Eimer fast umkippte. Ihm war klar geworden, dass die Ablehnung der Leute denselben Grund hatte wie die des Wirts: Sein Aufzug entsprach nicht seiner Ausdrucksweise. Da also lag der Hase im Pfeffer!

Der Gesang im *Hammerhai* wurde heftiger. Wahrscheinlich stieg mit der Lautstärke auch der Bierpegel. Rapps Gedanken wanderten zurück zu dem Fettwanst und seiner Behauptung, er stecke mit der Nachtwache unter einer Decke. Hatte er wirklich die richtigen Schlussfolgerungen daraus gezogen? Das Ganze konnte sich auch so abgespielt haben: Der Tod der beiden Halunken hatte sich wie ein Lauffeuer im Viertel herumgesprochen und die Wache war davon unterrichtet worden. Sie hatte die Leichen abtransportieren lassen und unverzüglich damit begonnen, Erkundigungen einzuziehen. Dabei waren die Ordnungshüter auch in den *Hammerhai* gegangen und hatten den Wirt befragt, dessen Antworten genauso unergiebig ausgefallen waren wie Rapp gegenüber, weshalb sie wenig später einen Spitzel einsetzten. Jedenfalls nach Ansicht des Wirts.

Rapps Zehen schmerzten plötzlich wieder höllisch. Tote, die von der Nachtwache geborgen worden waren, stellten einen offiziellen Fall dar. Weitere Nachforschungen würden unausweichlich sein. Leute würden befragt werden. Viele Leute. Auch die hartnäckigen Schweiger in den umliegenden Häusern. Und bestimmt würde sich einer an Rapp und sein Aussehen erinnern. Und dann, dann würde kein Gras über die Sache wachsen, und er würde …

Rapp kam schwankend hoch. Er wollte nach Hause, egal, wie. Er wollte das Wirrwarr in seinem Kopf vergessen, wollte sich in seiner Offizin verkriechen.

Er blickte auf die hässlichen, leblosen Fassaden, und die Fassaden starrten böse zurück. Da schrie er sie aus Leibeskräften an: »Ich kann nichts dafür, dass ich so rede!«

Rapp wusste nicht, wie lange er sich humpelnd fortbewegt hatte, als er feststellte, dass vor ihm die Trostbrücke auftauchte. Er war in die falsche Richtung gelaufen. Das war ihm noch nie passiert. Aber er hatte auch noch nie solche Schmerzen gehabt. Seine Zehen brannten, als hielte er sie ins Feuer, und sie brauchten augenblicklich Ruhe, besser noch Kühlung. Erschöpft blieb er stehen. Der Gedanke, den kranken Fuß ins Nikolaifleet zu halten, kam ihm paradiesisch verlockend vor, und das, obwohl die Hamburger Fleete häufig genug wie eine Jauchegrube stanken. Er wollte die Zehen kühlen und dann mit neuer Kraft nach Hause streben. Wenn ihm die Schritte nur nicht so schwer fielen!

»Das sieht nicht gut aus. Lass mal sehen.« Von der Seite war ein Mann herangetreten, der nun in die Hocke ging, um sich Rapps Verletzung näher anzusehen. »Die Schwellung ist erheblich. Hoffentlich ist keine der *Phalangen* gebrochen.« Vorsichtig tastete er die Zone ab.

Rapp schrie auf.

Unbeirrt untersuchte der Mann ihn weiter. »Versuche, die Zehen zu bewegen.«

Rapp gehorchte. Es gelang ihm halbwegs, wenn auch unter Tantalusqualen.

»Und nun den Fuß. Ja, so.«

Rapp keuchte. »Wer seid Ihr, dass Ihr mir helft?«

Der Mann ließ von dem Fuß ab und richtete sich auf. Er war um die Vierzig und einen Kopf kleiner als Rapp, aber mit Sicherheit genauso schwer. Seine rundliche Gestalt steckte in einem abgewetzten Gehrock, der, wie alles, was der Mann trug, von schwarzer Farbe war. Sogar die Augen waren schwarz, wie Rapp bemerkte. Sie blickten ihn prüfend an, und der Mann sagte knapp: »Ich bin Doktor Fernão de Castro. Ich bin Physikus. Und wie heißt du?«

Rapp straffte sich. Er wusste jetzt, wen er vor sich hatte. Als Apotheker kannte er den Arzt zwar nicht vom Sehen, doch immerhin vom Namen her. Er entstammte einer jüdischen Familie, deren Vorfahren aus Portugal eingewandert waren. »Mein Name ist Teo ...«, hob er an und brach sofort wieder ab. Wenn er dem Physikus erzählte, er sei Teodorus Rapp, der Apotheker, würde dieser ihm ganz gewiss nicht glauben. Und wenn doch, würde Rapp ihm eine ganze Menge an Erklärungen schuldig sein. Damit nicht genug, würde sein Retter ihm womöglich raten, den Überfall anzuzeigen. Und genau das wollte Rapp vermeiden.

»Schön, Teo, dein Fuß muss behandelt werden. Komm.« Ohne eine Entgegnung abzuwarten, legte sich der Physikus Rapps rechten Arm über die Schulter und stützte ihn auf diese Weise. »Es sind nur ein paar Straßen bis zu mir.«

»Nein, ich …«

»Die Zehen sind nicht gebrochen, aber die Prellung muss behandelt werden.« De Castro schritt aus, und Rapp musste, ob er wollte oder nicht, mitgehen. Es war inzwischen Sonntag kurz nach Mittag, und die Straßen waren wenig belebt, da die Kirchgänger heimgekehrt waren und noch zu Tische saßen. Doch die wenigen Passanten, die ihnen begegneten, machten große Augen angesichts des ungleichen Paars. Den Physikus schien das nicht im Mindesten zu stören. Er ging stetig weiter, so dass sie gut vorankamen und schon nach zehn Minuten vor seinem Haus standen. Es war ein alter Fachwerkbau, zweistöckig, mit breitem Giebel und kleinen Fenstern.

»Du wartest hier.« De Castro verschwand und war wenige Augenblicke später wieder zurück. Er hatte eine Arzttasche dabei, die er nun öffnete.

»Ich habe kein Geld«, sagte Rapp.

»Das dachte ich mir. Setz dich da auf den Stein und strecke das Bein aus.« Der Physikus begann eine dicke Salbe auf Rapps Zehen zu streichen. »Das *Unguentum* wird den Schmerz aus der Schwellung ziehen und sie abklingen lassen. Morgen oder übermorgen kannst du wieder hüpfen wie ein Frosch.«

»Danke.« Gern hätte Rapp gewusst, was die Inhaltsstoffe der Salbe waren, verkniff sich aber die Frage. Stattdessen sagte er: »Das hätte nicht jeder getan.«

»Ich bin auch nicht jeder.«

Das war Rapp klar. Die Frauen und Männer der jüdischen Ge-

meinde lebten in Hamburg ein eigenes Leben, geprägt von den strengen Vorschriften ihrer Religion. »Ich habe Euch noch nie gesehen.«
»Ich bin häufig unterwegs.«
»Auch am Sonntag?«
Statt einer Antwort musterte der Arzt Rapp missbilligend, dann schickte er sich an, einen Verband um die Zehen zu legen.
»Entschuldigung.«
Der Physikus schien versöhnt. »Ja, auch am Sonntag. Wenn es sein muss, sogar am Passahfest.«
»Ah-hm ... ja.« Rapp fiel darauf nichts ein. Jedenfalls nichts, was er als abgerissener Habenichts entgegnen konnte.
»Dafür, dass du über dich selbst kein Wort verlierst, verstehst du es sehr gut, andere auszufragen.« Auf de Castros Gesicht stahl sich ein Lächeln. »Aber ihr seid ja alle so.«
»Ja«, sagte Rapp. Offenbar hatte der Physikus ihn in eine Schublade mit Herumtreibern, Langschläfern und Taugenichtsen gesteckt. Mit Burschen, die sich Tag für Tag aufs Neue durchschlagen mussten und dabei die Ohren offen hielten, weil ihnen jede Information von Nutzen sein konnte. Wenn man bedachte, dass der Physikus einen Mann vor sich hatte, der wie eine Vogelscheuche aussah, konnte man ihm die Bemerkung kaum verübeln. »Wenn ich wieder Geld habe, komme ich vorbei und zahle. Mein Wort darauf.«
»Tu das.« De Castros Stimme klang nicht so, als würde er damit rechnen. Er sicherte den Verband mit einem Knoten und richtete sich auf. »Aber es genügt, wenn du mich gelegentlich wissen lässt, wie die Salbe wirkt. Sie ist neu und von einer Rezeptur, die ich selbst entwickelt habe.«
»Ich verspreche es.« Rapp wusste nicht, ob er die Zusicherung jemals würde einhalten können.
»Warte, ich bin gleich wieder da.« De Castro verschwand. Rapp stand auf und belastete probeweise den Fuß. Es ging schon leidlich, aber noch lange nicht gut. Also setzte er sich wieder auf

den Stein. Ein Zeit lang passierte nichts. Ein Paar kam untergehakt an ihm vorbei, beide im Sonntagsstaat, der Mann im Gehrock, seine bessere Hälfte im fischbeinverstärkten Gewand, darüber ein seidenes Schultertuch. Rapp fiel auf, dass besonders die Frau ihm abfällige Blicke zuwarf. Wo der Physikus nur blieb?

»Ich konnte sie zunächst nicht finden.« De Castro trat aus der Tür, in der Hand eine Krücke haltend. »Die nimmst du. Es geht sich damit sehr viel besser. Wenn du sie nicht mehr brauchst, bringst du sie mir zurück.«

»Danke, äh, aber das ist nicht nötig«, murmelte Rapp. Er war mittlerweile höchst verlegen ob der großen Hilfsbereitschaft des Arztes.

»Selbstverständlich ist das nötig.« Der Physikus klemmte Rapp die Krücke unter die rechte Achsel. »Sei froh, dass sie in der Höhe so gut passt. Nun versuche zu laufen.«

Rapp gehorchte. Es klappte recht gut. Viel besser jedenfalls, als er vermutet hatte.

»Und mache den Verband nicht vor Mittwoch ab. Gib der Salbe Zeit, zu wirken.«

Rapp nickte. »Ich bringe die Krücke bestimmt wieder«, sagte er und tat voller Konzentration ein paar größere Schritte.

Als de Castros Antwort ausblieb, blickte er zurück.

Der Physikus war verschwunden.

An der kleinen Bank, die ganz in der Nähe von St. Nikolai zum Sitzen einlud, hatte Rapp einfach nicht vorbeigehen können. Trotz der Krücke war eine Pause notwendig geworden. Er hatte mit der Spitze das Laub von der Sitzfläche geschoben und aufatmend Platz genommen. Eine halbe Stunde saß er nun schon hier, in die kahler werdende Baumkrone über sich starrend und ein paar Meisen beobachtend, die im nahen Gebüsch herumturnten. Immer wieder fragte er sich, ob die Nachtwache davon wusste, dass zwei Männer im Nikolaiviertel getötet worden waren. Rapp schreckte zusammen. Im Turm über ihm schlug die Glocke: fünf Uhr. Wie spät war es eigentlich gewesen, als er an diesem Morgen in den *Hammerhai* ging? Neun Uhr? Zehn Uhr? Höchstens. Unwahrscheinlich, dass die Stadtbüttel bis zu diesem Zeitpunkt schon vor Ort gewesen waren und die Leichen abtransportiert hatten. Unwahrscheinlich auch, dass sie ihre Untersuchungen schon abgeschlossen hatten, als er dort angelangt war. Nein, vieles, wenn nicht alles sprach dafür, dass die Leichen bereits in der Nacht fortgeschafft worden waren und dass die Nachtwache von alledem nichts ahnte.

Warum aber hatte der fette Wirt ihn dann der Spitzelei verdächtigt? Darauf gab es nur eine logische Antwort: Der Dicke hatte Dreck am Stecken. Er hatte etwas zu verbergen. Stand er mit dem Überfall in Verbindung? Rapp zog grübelnd die Stirn in Falten. Das war keineswegs auszuschließen. Blieb nur die Frage, was der Fettwanst und seine Helfershelfer davon hatten, ihm die Kleider zu stehlen, denn auf die paar Schillinge, die er in den Taschen gehabt hatte, konnte er es kaum abgesehen haben. Nein, das machte keinen Sinn.

Die Meisen balgten sich jetzt. Eine hatte einen Wurm im Schnabel und wurde von den anderen gejagt. Sie hatten es auf die Beute abgesehen. Auch Rapp verspürte Hunger. Er hatte gestern das letzte Mal etwas gegessen, noch vor der Mittagszeit war es gewesen, also an die dreißig Stunden her. Er erhob sich und schob die Krücke unter die Achsel. Die Meisen waren fort. Auch Rapp ging. Er humpelte über den Hopfenmarkt und bewegte sich in Richtung Deichstraße. Langsam wurde es dämmrig. Es war ohnehin kein heller Tag gewesen, und Ende Oktober ging die Sonne schon früh unter. Links und rechts in den Fenstern wurden die ersten Lichter entzündet. Kaum ein Mensch war noch auf der Straße. Rapp ging schneller, nur hundert oder hundertfünfzig Schritte, dann war er zu Hause. Da vorn, da war es schon, sein Apothekenhaus! Nein, er hatte sich geirrt. Die großen unteren Fenster waren erleuchtet, und das konnte nicht

sein. Er erinnerte sich genau, gestern Abend alle Lichter gelöscht zu haben, bevor er zum Lüttkoppschen Palais aufgebrochen war. Er musste er noch eine Querstraße weiter.
Und doch, es war unzweifelhaft sein Haus!
Im Widerstreit der Gefühle hastete Rapp voran. Irgendwer musste in seine Offizin eingebrochen sein, eine andere Erklärung fiel ihm nicht ein. Als er nur noch wenige Schritte von seinem Heim entfernt war, traten dort plötzlich zwei Männer aus der Tür. Rapp schrak zusammen. Unwillkürlich blieb er stehen und duckte sich hinter einen Mauervorsprung. Die Kerle schienen es nicht eilig zu haben, sie wechselten ein paar Worte, die er nicht verstand.
»Аптекарь будет удивлён, ха, ха, ха!«
»Да, он должен сейчас прийти.«
Dann kamen sie direkt auf ihn zu. Rapp drückte sich noch tiefer in sein Versteck. Sollte er versuchen, die Burschen aufzuhalten? Bestimmt hatten sie ihn bestohlen. In der Geheimschublade seines Rezepturtisches befand sich Geld, ein hübsches Sümmchen, das zu entwenden sich allemal lohnte. Aber konnte er das Diebespack dingfest machen? Die Frage erübrigte sich. Es stand einer gegen zwei, dazu kam sein lädierter Fuß. Und selbst wenn er es schaffte, was sollte er mit den Langfingern tun? Sie der Nachtwache ausliefern?
Unterdessen waren die Kerle vorbeigeschlendert, ohne ihn zu bemerken. Rapp bemühte sich, ihre Gesichter zu erkennen, doch es gelang ihm nicht. Zu tief hatten sie ihre Kappen in die Stirn gezogen. Wer waren sie? Irgendwie kamen sie ihm bekannt vor. Rapp spürte, dass ihm allmählich alles egal war. Er wollte nur noch nach Hause. Die letzten Schritte stolperte er fast und stand endlich vor der halboffenen Tür. Er wollte hineinstürzen – und tat es nicht. Irgendetwas, vielleicht eine innere Stimme, hatte ihn gewarnt. Vorsichtig schob er den Kopf vor und spähte in die Offizin.
Was er sah, gab es nicht.

War das ein Spuk? Ein Traum? Ein Hirngespinst?
Rapp schlug das Herz bis zum Hals. Sicher hatte er sich geirrt. Sein Hirn gaukelte ihm etwas vor. Daran lag es. Ihm war in der vergangenen Nacht übel mitgespielt worden, und er war körperlich in miserabler Verfassung. Abermals wagte er einen Blick, diesmal darauf achtend, dass er selbst nicht gesehen werden konnte.
Noch immer stand der Mann da.
Es war ein Mann von durchaus passabler Erscheinung, schlank, über dreißig, mit energischen, eigenwilligen Zügen. Er trug eine Allongeperücke und einen weinroten Rock. Er war – Teodorus Rapp.
Rapp, vor der Tür, begann an seinem Verstand zu zweifeln. Der Kerl da drin, das war doch er! Andererseits, der Mann war echt. Jeder Zoll an ihm stimmte mit Teodorus Rapp überein. Sogar der Coffeefleck auf dem weinroten Rock war vorhanden. So etwas gab es kein zweites Mal! Und wer war dann er? War er nur ein Trugbild des echten Rapp? Gab es so etwas überhaupt? Konnten Seele und Geist von Körper zu Körper wandern? Er hatte darüber gelesen, aber er hatte es nicht geglaubt. Rapp schnaubte. Sein gesunder Menschenverstand gewann wieder die Oberhand. Hatte er etwa einen Zwillingsbruder? Nein, bei allen Mörsern und Pistillen!
Es musste für alles eine plausible Erklärung geben. Fest stand, dass der Mann ihm täuschend ähnlich sah. Fest stand, dass er einen weinroten Gehrock trug. Und fest stand auch, dass der Rock Rapps Eigentum war. Der Coffeefleck bewies es. Also trug der Mann genau das Kleidungsstück, das man ihm in der vergangenen Nacht geraubt hatte. Also musste der Kerl mit dem Überfall zu tun haben!
Rapp zog sich ein wenig zurück und lugte durch ein Fenster. Der Mann stand hinter dem Rezepturtisch und blickte immerfort zur Tür. Worauf wartete er? Die beiden Unbekannten, die kurz zuvor gegangen waren, hatten nicht den Eindruck ge-

macht, als würden sie so bald zurückkehren. Nach wem konnte der Doppelgänger sonst Ausschau halten? Rapp grübelte. Und dann kam ihm die Erkenntnis, dass er es selbst war.

Er trat zurück ins Dunkel der Straße und nahm sich vor, genau das nicht zu tun, womit der Kerl rechnete. Er würde nicht in die Apotheke gehen, zumindest nicht gleich. Was wollte der Mann nur von ihm? Rapp versuchte, sich in die Lage des anderen Mannes zu versetzen:

Wenn dieser zu den Halunken des Überfalls gehört, sagte er sich, warum wartet er hier in meinen Kleidern auf mich? Um mich zu reizen? Er muss doch damit rechnen, dass ich ein großes Gezeter anstimme und sofort zur Nachtwache laufe und ... halt! Muss er das wirklich? Ja, schon. Aber nur, wenn mir nicht bewusst ist, zwei Menschen getötet zu haben. Doch dann wird er mir auf den Kopf zusagen, dass ich ein Mörder bin. Und versichern, dass er dafür mehrere Zeugen hat. Und ich? Wenn ich trotzdem die Nachtwache hole, kann er es auf eine Gegenüberstellung ankommen lassen. In meinem Aufzug werde ich bestimmt den Kürzeren ziehen. Er wird Teodorus Rapp sein und ich ein hergelaufener Herumtreiber. Und selbst wenn es mir gelingt, den Schwindel aufzuklären: Mörder bleibt Mörder.

Ich werde erpressbar sein!

Und im anderen Fall? Da geht er davon aus, dass ich um meine Tat weiß. Er wird mir kalt lächelnd erklären, dass sie auch ihm bekannt ist. Himmelherrgott, wie ich es auch drehe, ich bin in seiner Hand. Er kann mich zu seinem Werkzeug machen. Aber wofür?

Rapp presste die Lippen aufeinander. So weit war es noch nicht! Noch war er nicht in die Falle getappt. Wenn er sich seinem Widersacher nicht zeigte, konnte der ihn auch nicht erpressen.

Er fasste wieder Mut und fragte sich, ob er später in der Nacht, wenn der andere verschwunden sein würde, zurückkommen sollte, doch verwarf er den Gedanken sogleich wieder. Er wür-

de nicht in der Lage sein, das eigene Haus zu betreten, denn der Schwindler schloss gewiss hinter sich ab, und die Tür zum Hof war durch einen massiven Riegel von innen gesichert.
Trotzdem, spätestens morgen früh musste sich alles zum Guten fügen. Er würde Schlossermeister Gross von gegenüber bitten, ihm die Hintertür zu öffnen, und wenn der Doppelgänger dann, scheinheilig den roten Rock tragend, mit den Bütteln des Rates anrückte, war es an ihm, zu beweisen, dass er kein Mörder war.
Der Gedanke gefiel Rapp. Er wandte sich ab und humpelte davon.

Rapp ging hinunter in Richtung Kajen und wandte sich dann nach rechts. Wieder und wieder überprüfte er seine Gedankengänge und kam zu der Überzeugung, dass sie logisch waren. Ein Gefühl der Befriedigung bemächtigte sich seiner. Wenn alles gut ging, würde er mit einem blauen Auge aus der Sache herauskommen. Nur seinem Magen half das wenig. In seinem Gedärm wütete der Hunger. Er schmerzte mittlerweile mehr als der Fuß. Als Rapp auf Höhe Rödingsmarkt war, machte er vor der kleinen Eckschänke Halt. Er hatte dort ein paarmal seinen Abendtrunk genommen, daher wusste er, dass der Besitzer ein gutmütiger Mann war, der Bettlern schon mal den Rest einer Mahlzeit zusteckte. Er humpelte durch einen schmalen Gang zur Hintertür und stieß unversehens mit einer dunklen Gestalt zusammen. Es war ein Mann, der dort sein Wasser abschlug. Der Art nach, wie er dabei schnaufte, war er schwer betrunken.
»P… Pass op, du M… Moors!«
Rapp ersparte sich eine Entgegnung. Er überlegte sich bereits die Worte, die er an den Wirt richten wollte. Dass er sich dabei nicht als Teodorus Rapp zu erkennen geben durfte, verstand sich nach den Geschehnissen des Tages von selbst. Umso wichtiger war es, den richtigen Ton zu treffen. Da spürte er plötzlich etwas Nasses am Bein.

»Hier, s… sullst ok wat von mien P… Pisse hebben, hupps, is noog von do … hoho!«, lallte der Betrunkene.
Rapp holte aus, ohne dass er es eigentlich wollte. Doch an diesem Tag war zu vieles auf ihn eingestürzt, als dass er sich noch beherrschen konnte. Mit einem einzigen Streich seiner Krücke riss er den Pisser von den Beinen. Es gab ein gewaltiges Gepolter. Der Mann ging an einem Bretterzaun zu Boden und fing lauthals an zu jammern und zu keuchen. Rapp dachte grimmig: Wenigstens lebt er noch! Hinter ihm wurde die Tür aufgerissen, ein pausbäckiger Mann erschien im Rahmen und schnauzte: »Wat is dat för'n Gequüüüche hier?«
Rapp sah, dass es nicht der Wirt war, den er kannte. Ob er den Mann trotzdem nach etwas Essbarem fragen sollte? Er war sich nicht sicher. »Ah-hm … ich …«, begann er.
»Wat steihst du hier rüm? Schaff mi den Suupkopp von'n Hals!«
Die Tür wurde zugeknallt. Rapp stand unverrichteter Dinge da. Das Stöhnen des Betrunkenen ging in ein Schnarchen über; der Kerl begann seinen Rausch auszuschlafen. Rapp kämpfte einen schweren Kampf mit sich. Sollte er es noch einmal versuchen? Nie hätte er gedacht, dass es so schwer fiel, ein Almosen zu erbitten. Dabei wollte er nur das tun, was täglich zahllose Arme mit der größten Selbstverständlichkeit taten. Von siebzigtausend Einwohnern der Stadt, so sagte man, seien an die zehntausend Bettler.
Er konnte es nicht. Mit einem letzten Blick auf die Schnapsleiche zu seinen Füßen steuerte er den Binnenkajen an und humpelte über die Schaartorbrücke. Vom Hafen grüßte das *Baumhaus* herüber, dessen erster Stock festlich erleuchtet war. Wahrscheinlich fand dort wieder eines der beliebten Konzerte statt. Auch die Galerie, auf der bei schönem Wetter viele Hamburger bei Coffee, Thee oder Einbeck'schem Bier saßen, war im Schein der Hafenlichter gut zu erkennen. Rapp stapfte weiter, den Baumwall entlang und zu den Vorsetzen.

Was sollte er nur die ganze Zeit bis zum morgigen Tag machen? Er konnte doch nicht immerfort herumrennen, nur um sich warm zu halten? Linker Hand tauchten jetzt mehrere große Kauffahrer auf, dicke Pötte, die schon an die zwei Wochen im Hafen festsaßen, weil der Wind hartnäckig aus westlichen Richtungen hereinfegte. Rechts lag das Werftgelände, unterbrochen von Schuppen, Speichern und Lagerhallen. Rapp musste vorsichtig gehen, denn bei der feuchten Luft war das Kopfsteinpflaster glitschig. Hin und wieder versperrten ihm Kisten, Fässer und anderes Handelsgut den Weg.

Rapp setzte sich auf einen Stapel Ladeholz und verschnaufte. Die Vorsetzen waren ihm nach seiner Apotheke der liebste Ort. Er war häufiger hier, denn hier spürte man am stärksten den Puls der Stadt. Hier war die Verbindungsstelle zur Welt, der Ausgangspunkt, um Ereignisse aus fernen Landen zu erfahren, Geschichten zu hören, mitgebrachte Kuriositäten zu bestaunen und zu erstehen. Hier kannte er sich aus. Rapp genoss das gemütliche Dümpeln der Schiffsleiber, das Knarren der Taue, das Ächzen der Planken. Er liebte das sanfte Licht der Hecklaternen und den regelmäßigen Schritt der Wachgänger. Ruhe herrschte allerorten und färbte endlich auch auf ihn ab.

Nur der Hunger blieb.

Nach einiger Zeit stand Rapp wieder auf. Es half nichts, sein Magen verlangte nach Nahrung. Während er weiterhumpelte, stellte er fest, dass seine Zehen geschmeidiger geworden waren; er konnte jetzt besser gehen, und wenn ihn nicht alles täuschte, hatten auch die Schmerzen nachgelassen. Dennoch musste er etwas essen. Unvermittelt stieg ihm ein Ekel erregender Geruch nach Süße und Fäulnis in die Nase. Er kam von einem Karren, der am Straßenrand abgestellt war. Rapp ahnte, woraus die Ladung bestand und behielt Recht. Es handelte sich um Tierhäute und Abfallknochen von Pferd, Rind und Schwein. Reste dessen, was Abdecker und Schlachter verarbeiteten. An manchen der

Knochen hing noch reichlich Fleisch. Schwärme von Fliegen umsummten trotz der Dunkelheit den Karren. Rapp würgte und verwünschte alle Leimsieder und Knochenkocher dieser Welt. Zwar war am sechzehnten Oktober, dem Gallustag, der übliche Schlachttag für Ochsen gewesen, aber deshalb mussten sie ihre Wagen noch lange nicht überall stehen lassen. Konnten sie die Kadaverteile nicht unverzüglich nach Hause zu ihren Kupferkesseln bringen und einkochen? Dorthin, wo nur sie den Gestank ertragen mussten?

Rapp machte, dass er weiterkam. Ihm war der Appetit gründlich vergangen. Dafür war die Kälte wieder da. Wie quälend langsam die Zeit verrann! Wo konnte er nur hin? Vor ihm tauchte das Gelände eines Schiffsreparaturbetriebs auf. Eine Katze huschte vorbei und verschwand durch die angelehnte Tür des Werkstattschuppens. Rapp folgte ihr, vielleicht, weil sie das einzige Lebewesen weit und breit war.

Im Schuppen herrschte tiefste Finsternis. Rapp streckte die Krücke nach vorn aus und tastete nach beiden Seiten seine Umgebung ab. Unvermittelt raschelte etwas. Er brauchte einige Zeit, um zu erraten, dass es Hobelspäne waren, die da lagen, dann hörte er ein Fauchen und kurz danach kleine, fiepende Geräusche. Die Katze! Hatte sie Junge? Auf jeden Fall musste es dort, wo sie Unterschlupf gefunden hatte, einigermaßen warm sein. Rapp setzte sich vorsichtig in die knisternden Späne. Sie piekten etwas, waren aber von angenehmer Temperatur.

Die Katze schien sich beruhigt zu haben. Offenbar hatte sie erkannt, dass von dem Eindringling keine Gefahr ausging. Rapp streckte sich der Länge nach aus. Wie gut das tat! Erst jetzt merkte er, wie müde er war. Ein paar Stunden Schlaf, das war es, was er brauchte. Morgen früh musste er nur aufpassen, dass die Arbeiter ihn nicht fanden. Er hatte keine Lust auf noch mehr Begegnungen mit Leuten, die ihm übel wollten.

Morgen früh. Da würde er bestimmt besser ausschreiten können. Womöglich brauchte er dann die Krücke schon nicht mehr.

Vorsichtig begann Rapp, mit den verletzten Zehen zu spielen. Ja, es ging tatsächlich besser. Die Schmerzen hatten nachgelassen. Ein Gefühl der Dankbarkeit durchrieselte ihn, als er an den Physikus de Castro dachte. Was wohl dessen selbst entwickelte Salbe enthielt? Er vermutete *Symphytum officinale, Solidago virgaurea* und *Arnica montana,* vielleicht auch *Sanikel* und *Hamamelis,* in jedem Fall ein Wallwurz-Gemisch. Wie bei allen Arzneien kam es auch hier besonders darauf an, wie viele Teile der einzelnen Drogen verwendet worden waren.
Rapp gähnte. In seinem schläfrigen Hirn tauchte das Bild der Apotheke auf. Morgen vor dem ersten Hahnenschrei würde er schnurstracks nach Hause gehen, und der andere Mann, dieser seltsame Doppelgänger, würde nicht mehr da sein. Alles würde wieder so sein wie früher.
Mit diesem Gedanken schlief er ein.

Kapitel drei,

in welchem eine singende Kuchenfrau, eine Flickerin, ein Schnellläufer sowie andere erstaunliche Gestalten ins Spiel kommen.

Rapp war es gerade noch gelungen, aus dem Werkstattschuppen zu schlüpfen, bevor die Arbeiter kamen. Das Fauchen der besorgten Katzenmutter hatte ihn im letzten Moment gewarnt. Wie hatte er nur so lange schlafen können! Um ihn herum erklangen bereits Hammerschläge, eine Säge kreischte, Rufe, Fluchen, Gelächter wurden laut. Vorbei war es mit der sonntäglichen Ruhe. Es war Montag. Der Hafen erwachte zum Leben.

Rapp schritt kräftig aus. Er fühlte sich ausgeruht und hatte es eilig, sein Apothekenhaus zu erreichen. Zufrieden bemerkte er, dass der Zustand seiner Zehen sich weiter gebessert hatte, allerdings, ganz ohne Krücke ging es noch nicht. Nach ungefähr zehn Minuten, die ihm durch seine Ungeduld wie eine Ewigkeit vorkamen, bog er in die Deichstraße ein. Kurz vor Erreichen seines Ziels rückten die gestrigen Geschehnisse auch gedanklich wieder näher. Was mochte ihn erwarten? Nun, eines schien gewiss: Der Doppelgänger würde fort sein. Er war nicht in der Lage, den Dienst eines Apothekers zu versehen. Das war nur er, Teodorus Rapp.

Schon aus einiger Entfernung sah er, dass die Tür seines Hauses geschlossen war. Gut so. Gestern Abend hatte sie noch offen gestanden. Der Doppelgänger war also tatsächlich fort. Ob er abgesperrt hatte? Rapp hoffte, dass es nicht so war und dass der Kerl den Schlüssel nicht mitgenommen hatte. Was wohl aus seinem weinroten Rock geworden war? Rapp zog die Stirn in Falten. Die Frage war im Moment nicht so wichtig. Hauptsache, er kam in die Apotheke hinein. Alles andere würde sich finden. Er drückte die schwere Messingklinke nieder und stellte aufatmend fest, dass die Tür sich öffnen ließ. Schon wollte er endgültig eintreten, da musste er innehalten. Drei oder vier Kunden versperrten ihm den Weg. Sie warteten vor dem Rezepturtisch. Ganz vorn die Witwe Albertine Kruse, die eingebildete Kranke, von der man sagte, ihr Mundwerk würde selbst auf dem Totenbett noch nicht zum Stillstand kommen. Und auch jetzt redete sie ohne Punkt und Komma:

»Ja-Herr-Apotheker-warum-nicht-gleich-so-ja-ja-das-ist-die-Mischung-Ihr-habt-sie-doch-selbst-zubereitet-gegen-meine-Reizblase-erinnert-Ihr-Euch-nicht-Ringelblume-Schafgarbe-und-Johanniskraut-sind-drin-aber-ich-weiß-nicht-obs-hilft-Ihr-wisst-ja-selbst-wie-sehr-ich-unter-dem-Katarrh-leide-was-bin-ich-schuldig-wie-immer-ja-ja-ich-weiß-hatte-es-nur-grad-vergessen-aber-mir-geht-es-ja-auch-so-schlecht-so-schlecht ...«

Sie sprach zu Teodorus Rapp, der in seinem weinroten Rock im Hintergrund der Offizin stand und damit beschäftigt war, einer der vielen Schubladen ein Säckchen mit vorbereiteter Kräutermischung zu entnehmen.

Rapp konnte und wollte es nicht glauben. Da war dieser verdammte Doppelgänger ja noch immer! Was machte er hier? Und jetzt guckte der Kerl auch noch zu ihm herüber! Unwillkürlich duckte sich Rapp. Die Kruse rauschte mit ihrem Kräutersäckchen an ihm vorüber und verließ den Laden. Sie hatte ihn nicht erkannt. Wie sollte sie auch, in seinem Aufzug! Der nächste Kunde war an der Reihe. Seine derbe Kleidung ließ auf einen Hafenarbeiter schließen.

»Ja?«, krächzte der Doppelgänger mit seltsam angestrengter Stimme.

Der Arbeiter drehte die Mütze in den Händen und war sichtlich bemüht, Hochdeutsch zu reden. Er klang dabei, als hielte ihm

jemand die Nase zu. »Hab Schnupfen un Fieber. Un schwindlig is mir, so schwindlig.«
Der falsche Apotheker musterte den Mann. Dann, plötzlich, verzog sich sein Gesicht, und er nieste gewaltig. Ein Taschentuch hervorziehend, sagte er heiser: »Die Influenza geht um. Ich bin selbst stark erkältet.«
Rapp stellte fest, dass der Kerl ein eigenes Schneuztuch benutzte.
»Lass dir Thee von Fliederbeeren kochen und schwitze ein paar Tage tüchtig im Bette. Hier, nimm.« Er übergab dem Arbeiter ein Quantum getrocknete Beeren und schickte sich an, den nächsten Kunden zu bedienen.
Rapp konnte nur noch staunen. Es war unfassbar, mit welcher Selbstverständlichkeit der Doppelgänger in seine Rolle geschlüpft war. Und mit welcher Unverfrorenheit er sich in seiner Apotheke breit machte. Unfassbar! Rapp wollte dieser Posse umgehend ein Ende machen und wusste gleichzeitig, dass er es nicht konnte. Die Gründe, warum er es gestern Abend nicht getan hatte, galten heute Morgen noch genauso. Es war zum Verrücktwerden.
Ob er es wollte oder nicht, er musste gehen. Heimlich wie ein Dieb schlich er sich hinaus.
Draußen auf der Straße schöpfte er erst einmal tief Luft. So war das also. Aus dem Doppelgänger war ein Imitator geworden. Zwar glaubte Rapp noch immer nicht, dass der Kerl die vielfältigen Tätigkeiten eines Apothekers beherrschte, aber immerhin schien er geistesgegenwärtig genug zu sein, einfache Situationen zu meistern. Bei der Witwe Kruse war es keine sonderliche Leistung gewesen, ihr etwas zu verkaufen. Sie kannte sich in seiner Offizin fast so gut aus wie er selbst und wusste genau, wo welche Arzneien zu finden waren. Als Hypochonder und Dauerkundin wusste sie zudem, wie viel die einzelnen Medikamente kosteten. Auch dem Arbeiter mit dem Schnupfen war leicht zu helfen gewesen. Man musste kein

examinierter Pharmazeut sein um zu wissen, dass bei Schnupfen strikte Bettruhe, Schwitzen und heißer Tee angezeigt waren. Jedes Kind wusste das. Rapp schnaubte. War sein Beruf wirklich so leicht auszuüben? Wenn er ehrlich war, lautete die Antwort in vielen Fällen ja. Häufig half doch schon die Frage, was der Patient früher gegen sein Leiden eingenommen hatte, woraufhin man ihm dasselbe Präparat nochmals verkaufen konnte.

Anders, da gab es keinen Zweifel, war es, wenn es an die Herstellung von Tinkturen, Extrakten, Salben oder Pillen ging. Dazu brauchte man Erfahrung und viel Geschick. Beides besaß der Imitator mit Sicherheit nicht. Ebenso, wie er nicht die Stimme von Rapp besaß. Doch wie abgebrüht er diese Schwäche überspielt hatte! Er hatte einfach eine Influenza vorgetäuscht.

Während Rapp all dies bedachte, hatte er sich in Richtung St. Nikolai fortbewegt. Erst jetzt wurde ihm bewusst, dass seine Situation sogar noch ernster war als am Tag zuvor, denn die Hoffnung auf Rückkehr in ein normales, geachtetes Leben hatte sich zerschlagen. Diese Erkenntnis traf ihn wie die Breitseite eines Kriegsschiffs.

Gottlob war die kleine Bank, auf der er gestern gesessen hatte, abermals unbesetzt. Ein unverhofftes Glück angesichts der vielen Bettler, die ständig um die Kirche herumlungerten. Rapp ließ sich nieder und starrte Löcher in die Luft. Was soll das alles?, fragte er sich wieder und wieder. Durch die Schaffung eines Imitators wird so getan, als gäbe es mich gar nicht. Ich könnte ebenso gut verschwunden sein, niemandem würde es auffallen. Niemandem. Ist es das, was man bezweckt? Man hat mich einfach ersetzt. Der Doppelgänger hat meine Rolle übernommen. Wenn ich so unwichtig bin, warum hat man mich dann nicht getötet? Die Gelegenheit dazu war da, schließlich bin ich erst am Morgen, nachdem ich zu Boden geschlagen worden war, wieder wach geworden. Und wenn man mich nun gar nicht töten wollte? Ich wüsste allerdings nicht, warum. Nur eines weiß ich: Ich selbst habe zwei Menschen auf dem Gewissen …

Die Meisen waren wieder da. Sie flatterten und tschilpten und balgten sich wie gestern um einen Wurm. Rapp beneidete sie um ihre Unbekümmertheit. Was sollte er nur tun? Er konnte doch nicht tagelang wie ein Landstreicher in der Stadt umherziehen und so lange warten, bis es dem Imitator gefiel, das Feld zu räumen. Er musste eine Bleibe finden. Die Schwierigkeit war nur, dass er keinen in der Stadt gut genug kannte, um bei ihm Unterkunft zu erbitten. Selbst seine Apotheker-Kollegen hatte er nur ein paarmal flüchtig getroffen. Ja, wenn Witteke, sein ehemaliger Gehilfe, noch da gewesen wäre, hätte er ihn fragen können. Doch Franz Witteke hatte vor ungefähr einem halben Jahr seine Arbeit im *Apothekenhaus Rapp* von einem Tag auf den anderen gekündigt und war verschwunden. Ohne Begründung. Und ohne Gruß. Welch seltsames Gebaren! Doch wenn man es recht bedachte, hatte es zu dem undurchsichtigen Mann gepasst. Niemals hatte er etwas über sich erzählt. Nur dass er im Armenviertel um St. Jakobi wohnte, mehr nicht. Im Übrigen musste eingeräumt werden, dass Witteke ein tüchtiger Gehilfe gewesen war, der seine Arbeit verstand. Besonders in der Herstellung von Klistieren hatte er es zu hoher Meisterschaft gebracht.

Rapp änderte seine Sitzposition und streckte das Bein mit den lädierten Zehen aus. Die Salbe war wirklich gut. Ob Witteke in ihr ebenfalls *Symphytum officinale, Solidago virgaurea* und *Arnica montana* vermutet hätte? Wie alle Apotheker und Gehilfen hatte er das Lateinische nicht studiert, dennoch konnte seine Kenntnis der pharmazeutischen Bezeichnungen als allumfassend gelten. Es gab wohl kaum ein Kräutlein auf Gottes Erdboden, dessen wissenschaftlicher Name ihm nicht geläufig war.

Witteke. Wo der Mann wohl hauste? Wahrscheinlich irgendwo in einem Loch, das zu einem Spottpreis vermietet wurde, denn der Gehilfe war geizig gewesen.

Geizig, aber sehr, sehr tüchtig.

Eine halbe Stunde später hatte Rapp sich durchgerungen. Er war unterwegs zur Jakobi-Kirche. Er wollte zu Witteke. Zwar hielt er es für nahezu aussichtslos, dessen Behausung aufzuspüren, aber der Versuch musste unternommen werden. Eine andere Wahl hatte er nicht.

Wenigstens das Gehen fiel ihm leichter. Für einen Augenblick überlegte er, ob er seiner Eitelkeit nachgeben und die Krücke wegwerfen sollte, denn der Eindruck, den er machte, würde auch ohne Laufhilfe noch lächerlich genug sein. Schuld daran waren seine aufgekrempelte Hose, die nackten Füße, der Verband um die Zehen und nicht zuletzt sein Besuch im *Hammerhai*, wo der fette Wirt ihm sein gutes Hemd zerrissen hatte. Gerade eben erst hatte so ein kleiner Rotzbengel mit dem Finger auf ihn gezeigt und breit gegrinst. »Kiek mol, Modder, kiek mol dor, en Vogelschreck, en Vogelschreck, schreck-schreck-schreck ...!« Die Frau daneben, eine hübsche Person mit gestärkter weißer Haube, hatte den Finger an die Lippen gelegt und »Pssst!« gemacht, aber vorher, das war Rapp nicht entgangen, hatte auch sie gekichert.

Nein, er würde die Krücke nicht wegwerfen. Er hatte Doktor de Castro versprochen, sie zurückzubringen, und das würde er auch tun.

Rapp stand mittlerweile vor der Trostbrücke. Wenn er sie überquerte, würde sein Weg ihn direkt zwischen Rathaus, Niedergericht und Börse hindurchführen. Und im Rathaus saß gewiss ein Verantwortlicher der Nachtwache. Später dann käme er noch an der Fronerei vorbei, dem Ort, wo die kleinen Gauner eingelocht wurden. Rapp wandte sich nach links. Ihm stand nicht der Sinn nach Obrigkeit. Diese Häuser wollte er lieber weitläufig umgehen.

Kurz darauf meldete sich ein altbekanntes Gefühl wieder. Es war der Hunger. Rapp seufzte. Er hatte nun mal kein Geld, nicht den kleinsten Pfennig für eine Suppe oder einen Hering, und Betteln kam nicht in Frage. Also würde ihm nichts anderes übrig bleiben als das zu tun, was er auch gestern schon mehrere Male getan hatte: ein paar kräftige Schlucke Wasser trinken. Das würde ihm den Magen füllen. Rapp steuerte auf einen Brunnen zu, den er in einem Innenhof entdeckt hatte, und nahm den Zieheimer zur Hand, um ihn hinabzulassen.

»Dat is unser Woter. Wenn du Dörst hest, seggst Bescheed, dat is hier so Bruuk. Hest wohl keen Kinnerstuuv?«, unterbrach ihn eine Frau wütend. Sie stand da, die Arme vor dem gewaltigen Busen verschränkt, und blickte ihn empört an.

Rapp hatte nur die Hälfte verstanden. Doch war ihm klar geworden, dass die Frau ihm das Wasser verwehren wollte. »Ich will nur rasch etwas trinken«, sagte er, »dagegen spricht ja wohl nichts.« Ohne sich weiter um die Frau zu kümmern, ließ er den Eimer hinab und zog ihn gut gefüllt wieder nach oben. Dann trank er ein paar Schlucke und stellte das Gefäß zurück auf den Brunnenrand. Als er sich umdrehte, stieß er mit einem grobschlächtigen Hünen zusammen.

»Du betoolst uns dat Woter, is dat kloor?«, knurrte der Riese, der offenbar zu der Frau gehörte. Drohend schob er sich noch ein Stück vor, so dass Rapp jählings in einer gewaltigen Bierfahne stand. Der Grobschlächtige wiederholte seine Worte, diesmal Daumen und Zeigefinger unmissverständlich aneinander reibend.

Rapp versuchte, an dem Mann vorbeizukommen.

»Gau betoolst du dat! Bi'n Woterdreger betoolst dat ja ok.« In welche Richtung Rapp auch trat, stets versperrte der Riese ihm den Weg.

»Ich habe kein Geld.« Rapp wollte Streit vermeiden, besonders nach den Prügeleien, die er hinter sich hatte. Aber er wollte auch vorbei, hinaus auf die Straße. Was bildete dieser Vierschrot sich eigentlich ein? Er hatte doch nur etwas Wasser getrunken! Rapp sah keine andere Möglichkeit, als seinem Widersacher die Krückenspitze auf den Fuß zu rammen. Er tat es, und wie sich zeigte mit ungeahnter Wirkung, denn der Riese sprang wie von einer Apulischen Tarantel gestochen in die Luft und hüpfte heulend auf einem Bein herum.

Jetzt konnte Rapp passieren. Die Frau keifte irgendetwas hinter ihm her, aber das kümmerte ihn nicht weiter. Die Leute hatten selbst Schuld, warum waren sie auch so unfreundlich. *»Vestis virum reddit«,* brummte er vor sich hin, »›die Kleidung macht den Mann‹. Was die Umkehrung dieser Redensart bedeutet, erfahre ich seit gestern am eigenen Leibe.«

Nach geraumer Weile näherte Rapp sich der Steinstraße. Der Turm von St. Jakobi ragte linker Hand vor ihm auf. Hier im Viertel wollte er sich auf die Suche machen. Wollte er das wirklich? Abermals nagten Zweifel an ihm. Womöglich war Witteke in eine andere Stadt fortgezogen, in den Süden oder sonstwohin, dann nützten auch die hartnäckigsten Nachforschungen nichts. Aber, bei allen Mörsern und Pistillen, es musste trotzdem versucht werden! Er konnte doch nicht auf der Straße schlafen!

Rapp begann mit seinen Nachforschungen am Pferdemarkt, jenem großflächigen Ort, an dem schon lange nicht mehr nur Pferde, Ochsen oder Schweine den Besitzer wechselten, sondern auch allerlei andere Waren, hauptsächlich Dinge für den Haushalt oder leibliche Genüsse. Sie wurden von kleinen Händlern feilgeboten, die regelmäßig ihren festen Platz einnahmen. Bei ihnen wollte er nachfragen. Den Anfang machte er bei einer Frau in mittleren Jahren, die Esskastanien verkaufte. Sie hatte den Namen Witteke noch nie gehört. Es folgte ein älterer Mann mit triefender Nase, der Schnupftoback anbot, »feinsten Virginier«, wie er betonte. Aber auch er kannte den Gesuchten nicht. Ebenso erging es Rapp bei einer Fischfrau, die inmitten von Körben voller Heringe, Hummer und Elbaal stand.

Er ließ sich nicht entmutigen und wanderte weiter, erkundigte sich hier, fragte dort. Die Leute reagierten höchst unterschiedlich, manche waren hilfsbereit, andere misstrauisch, aber nie-

mand konnte ihm wirklich helfen. Zumindest redet man hier mit mir, dachte er, es ist nicht so wie in der Umgebung vom *Hammerhai*, auch wenn manch einer mich anstarrt, als hätte ich zwei Köpfe und drei Beine.
Eine Mostverkäuferin aus den Vierlanden wusste ebenfalls nichts. Rapp dankte ihr gerade und wollte sich abwenden, als hinter ihm eine Art Singsang laut wurde:

»Appelkoken ut de Köken,
wullt du mol'n Stück versöken,
denn griep to, denn griep to ...«

Die Stimme gehörte einer drallen, jungen Frau, die unverwandt in seine Richtung zu starren schien. Rapp trat näher. Die Frau war ärmlich, aber sauber gekleidet und ungefähr zwanzig Jahre alt. Ihr Blick war merkwürdig leer. Er sprach sie an: »Kennst du zufällig einen Mann namens Witteke? Er soll hier in der Gegend wohnen.«
Die Frau verzog keine Miene und griff in ein Gestell, das ihr wie ein Bauchladen vor dem Leib hing. Sie holte ein großes Stück Apfelkuchen hervor und hielt es ihm unter die Nase.
»Danke, nein«, sagte Rapp hastig. Er hatte mittlerweile erkannt, dass die Frau eine Kuchenfrau war, denn in ihrem Behältnis befanden sich nicht nur Backwaren, sondern auch ein paar Münzen. Offenbar verdiente sie sich auf dem Markt ein paar Pfennige zum Leben. »Ich möchte nur wissen, ob du einen Witteke kennst. Der Mann ist schon älter, schlank ...« Rapp brach ab, denn die Frau hielt ihm weiterhin das Stück entgegen. Ein köstlicher, schier unwiderstehlicher Duft drang ihm in die Nase. »Hör mal, ich habe kein Geld, das ich dir geben könnte, ich ...«

»Appelkoken ut de Köken,
wullt du mol'n Stück versöken,
denn griep to, denn griep to ...«

»Nun, wenn du meinst, aber ich kann wirklich nicht bezahlen.« Rapps Hunger war einfach zu groß. Er konnte nicht länger an sich halten und nahm der Frau das Stück ab. Als er den feinen Geschmack nach Äpfeln, Zimt und Butterteig auf der Zunge spürte, war er sicher, noch nie etwas so Köstliches gegessen zu haben. Doch leider war der Hochgenuss nur allzu rasch vorbei, und Rapp bemerkte, dass die Kuchenfrau noch immer in dieselbe Richtung starrte. »Ich danke dir, du ahnst nicht, wie gut mir das getan hat«, sagte er. »Irgendwann sollst du dein Geld dafür bekommen.«

Als sie in keiner Weise auf ihn einging, nickte er ihr noch einmal zu und blickte sich um. Er hatte nun so ziemlich jeden Menschen auf dem Markt befragt, aber keiner hatte ihm weiterhelfen können. Dennoch wollte er nicht aufgeben, was nichts weiter bedeutete, als dass er hinein musste in das Labyrinth des Armenviertels.

Und hier entdeckte Rapp winzige Gassen, verwinkelte Gänge, Pfade, die so eng waren, dass kaum ein ausgewachsener Mann sie betreten konnte. Eine willkürliche Ansammlung aus Ecken, Toren und Höfen, wie er sie nie zuvor gesehen hatte, schmutzig, rußig, ungesund. Da und dort stand ein schief in den Angeln hängender Fensterflügel offen, und ein blasses Gesicht lugte zu ihm herab. Vorkragende Stockwerke nahmen das Licht, Wäscheleinen waren von Haus zu Haus gespannt, und Rapp wunderte sich ein ums andere Mal, wie man in solcher Dreckluft überhaupt ein Kleidungsstück aufhängen konnte. Orte wie diese waren es, an denen der Nährboden für Pocken, spanischen Pyp und Schweißsucht blühte.

Er fragte wohl mehrere Stunden lang herum, so lange, bis er das Wort Witteke selbst nicht mehr hören konnte. Nur einmal hatte er seine Bemühungen unterbrochen, als er bei einem Eckhöker eine Frau erblickte, die Sauerkraut frisch vom Fass erstand. Sauerkraut! Rapp hatte sich vor Hunger schier der Magen umgedreht. Der Verzehr des Apfelkuchens schien seine Verdauungssäfte nur noch mehr angeregt zu haben. Zudem hatte das Fass in unmittelbarer Nähe gestanden. Direkt vor dem Laden. Die Frau wollte nach dem Kauf noch ein Schwätzchen halten, aber der Höker hatte dafür keine Zeit gehabt, er verschwand gleich wieder im Haus. Da war auch die Frau gegangen. Rapp hatte verstohlen nach allen Seiten geschaut und sich dann in Windeseile mehrere Hand voll des feuchtwürzigen Krauts in den Mund gestopft, geschluckt, gewürgt und wieder geschluckt, immer von der Angst beseelt, jemand könnte plötzlich auftauchen und ihn beim Raub erwischen. Aber es war gut gegangen …

Franz Witteke. Ein Mann dieses Namens war weit und breit unbekannt. Rapp hatte schon seit längerem keine Ahnung mehr, wo er sich befand. Es wurde Zeit, zurückzugehen. Die Frage war nur, in welche Richtung er sich orientieren musste. Er hielt einen kleinen Jungen an, um ihn nach dem Weg zu fragen. Doch fast automatisch richtete er zunächst die tausendmal gestellte Frage an ihn: »Wohnt hier irgendwo ein Witteke?«

Und als wäre es die größte Selbstverständlichkeit der Welt, antwortete der Kleine: »De is hier nich mehr to Huus.«

Rapp brauchte ein paar Sekunden, um zu begreifen, dass der Bengel der Erste war, der mit dem Namen etwas anzufangen wusste. Wenn er richtig verstanden hatte, wohnte Witteke nicht mehr in der Gegend. Das hieß, er hatte mal hier gelebt und war weggezogen. »Halt, Junge, warte doch!«

Das Bürschchen war schon weitergelaufen und blieb widerwillig stehen. »Jo?«

»Wo hat Witteke denn gewohnt?«

»Wo? Dor günt in Opas Hof.« Der Junge wies unbestimmt auf einen finsteren Gang, streckte Rapp die Zunge heraus und verschwand um die nächste Ecke.

Rapp zögerte. Er neigte nicht zu Platzangst, aber der Gang war so eng und niedrig, dass er fast einem Tunnel gleichkam. Als er sich bückte, um hindurchzugehen, vernahm er plötzlich vertraute Töne:

»Appelkoken ut de Köken,
wullt du mol'n Stück versöken,
denn griep to, denn griep to,
hello, hello,
probeer 'n Stück
von't groote Glück
un geev mi wat, geev mi wat
för'n Appelkoken ut de Köken ...«

Die Worte hallten in Rapps Ohren wider, während er sich durch den schmalen Gang zwängte. Endlich wurde es heller, und mit jedem Schritt, den er dem Licht entgegentrat, verstärkte sich der Geruch nach Abfällen und Urin. Er gelangte auf einen Hof, dessen Fläche er auf zehn mal acht Schritte schätzte. Auf der gegenüberliegenden Seite neben der Treppe zu einem Wohnkeller stand die Kuchenfrau. Doch diesmal hatte sie ihren Bauchladen nicht um. Sie stand nur einfach da und sang. Und schaute durch Rapp hindurch.

»... wullt du mol'n Stück versöken,
denn griep to, denn griep to,
hello, hello,
probeer 'n Stück
von't groote Glück
un geev mi wat, geev mi wat
för'n Appelkoken ut de Köken ...«

Rapp staunte. Die Frau bot Kuchen an, obwohl sie gar keinen mehr hatte. Ein gutes Dutzend Kinder schwirrte um sie herum. Jungen und Mädchen, mehr oder weniger schniefnasig und blass, in Lumpen steckend, und dennoch auf bemerkenswerte Weise lebensfroh. Wie alle Kinder schienen sie sich nur schreiend verständigen zu können. Rapp fiel auf, dass ein paar von ihnen mit außerordentlicher Geschicklichkeit Kieselsteine auf einen alten Kochtopf warfen. Kaum ein Versuch ging daneben. Abermals wanderte sein Blick zu der Kuchenfrau. Plötzlich hörte er eine piepsige Stimme neben sich. Sie gehörte einem Steppke, der wichtigtuerisch zu ihm aufsah und quäkte: »Se is'n beten mall.«

Andere Kinder näherten sich ihm neugierig. Das Kieselsteinwerfen schien auf einmal nicht mehr so wichtig zu sein. Sie umringten Rapp und riefen durcheinander »Jo, dat is se, mall!«

Rapp glaubte zu verstehen. »Wollt ihr damit sagen, die Kuchenfrau ist immer so, äh, abwesend?«

»Jo, se is dwallerig, tüterig.«

»Se hett Kreienschiet in'n Kopp, hihi!«

»Dull is se, de Koken-Marie! Maschucken, tumpig, bekloppt, weetst nu Bescheed?«

Rapp räusperte sich. »Nun, ja.« Die Frau war wohl tatsächlich nicht ganz bei Sinnen, trotzdem fand er es nicht richtig, dass die Kinder so über sie redeten. Schon gar nicht in ihrer Anwesenheit. »Einer von euch hat mir draußen einen Wink gegeben, hier hätte mal ein Mann mit Namen Witteke gewohnt. Kann mir jemand sagen, wo das war?«

Die Gören, eben noch fröhlich durcheinander plappernd, schwiegen unvermittelt. Sie musterten ihn abschätzend. Rapp spürte einen Anflug von Feindseligkeit. Vielleicht glaubten die Kinder, er wollte Witteke aus irgendeinem Grund an den Kragen? »Ich will nur wissen, wo er wohnte, glaubt mir. Damit ich nachfragen kann, wohin er gezogen ist. Ich ... muss ihn dringend um etwas bitten.« Das war die Wahrheit, und Rapp hoffte, sie würde überzeugend klingen.

Ein kleines Mädchen trat vor und krähte: »Wi seggt nix!« Der Zusammenhalt der Hofbewohner schien stark ausgeprägt zu sein.

»Aber er muss hier doch irgendwo gewohnt haben!« Rapp ließ seinen Blick schweifen. Der Innenhof wurde umschlossen von drei windschiefen Wohnbauten und einem dreistöckigen Fach-

werkhaus. Das Haus schien von allen Gebäuden noch am besten in Stand zu sein, obwohl seine Fenster blind waren und die Rahmen vor Altersschwäche schief im Mauerwerk saßen. Es maß in der Breite höchstens fünfzehn Fuß.
Die Wohnbauten wirkten dagegen verwahrlost, schief und krumm, mit Ziegeln, in denen der Schwamm saß, und Türen, die eher Löchern glichen. Sie waren der Zugang für die Buden, in denen Familien hausten, die häufig ein Dutzend Kinder oder mehr hatten. Der so genannte Sahl darüber bestand nicht selten nur aus einem einzigen Raum und beherbergte trotzdem genauso viele Menschen. Man erreichte ihn über eine gesonderte Außentreppe. Rapp riss sich von dem jammervollen Anblick los. Wer hier hauste, gehörte wirklich zu den Ärmsten der Armen.
Zwei Wohnkeller waren ebenerdig zu erkennen. Nur wenige Stufen führten zu ihnen hinab, ein Anzeichen dafür, wie niedrig sie waren. Eine der Treppen war halb von einem Misthaufen bedeckt, dahinter saß ein Kind. Rapp stutzte. Ein Kind hinter einem Misthaufen? Auf einer Kellertreppe? Er schaute noch einmal hin und erkannte, dass es ein alter Mann war, ein Greis von so kleinem Wuchs, dass er den Haufen kaum überragte. Jetzt grinste der Alte, sein Gesicht zersprang dabei in tausend Fältchen, und er nickte dazu, als wolle er sagen: Von uns erfährst du nichts.
Rapp hob die Arme. »Warum wollt ihr mir nicht helfen? Es ist doch nur eine Auskunft!« Während er das sagte, begann es jählings in seinem Darm zu grummeln. Was war das? Er konnte doch jetzt nicht müssen … wovon denn? Das Sauerkraut! Das Sauerkraut mit seiner purgierenden Wirkung! Wieso hatte er nicht daran gedacht, als er es in sich hineinstopfte? Er hätte es langsamer essen sollen. Und vor allem nicht so viel. Nutzlose Gedanken! Er spürte, dass er umgehend einen Abort aufsuchen musste, doch wo war der ersehnte Platz? Aus dem Grummeln wurde ein Rumpeln. »Sagt, habt ihr hier einen …?«

Doch Rapp hatte selbst schon den gewissen Ort entdeckt. Es war ein Klosettschuppen mit zwei Türen, der in einer Ecke des Hofs stand. Eine der Türen öffnete sich gerade, und der Benutzer, ein kleiner Junge, der sich gerade noch die Hose hochzog, entschwand in einem der Wohnbauten. Rapp mit seiner Krücke lief mehr, als dass er ging, zu der Kabine und zog aufatmend die Tür hinter sich zu. Das war knapp gewesen. Er setzte sich auf das kreisrunde Loch und ließ den Dingen geräuschvoll ihren Lauf.

»Ich hab dich die ganze Zeit beobachtet. Durch den Spalt in der Tür. Du hattest es ganz schön eilig, höhö.«

Rapp schreckte hoch. Was war das? Da verrichtete jemand direkt neben ihm ebenfalls sein Geschäft. Der Stimme nach ein Mädchen. Meinte das Kind etwa ihn? Er beschloss zu schweigen und widmete sich wieder seiner Tätigkeit.

»Ich hatt auch schon mal Durchfall. Drei Tage hintereinander. Grässlich war's. Aber dann ging's wieder weg. Auch bei dir wird's wieder weggehen.«

Rapp beschloss, das Kind, das so altklug daherschwätzte, mit Nichtachtung zu strafen. Irgendwann würde es von selbst verstummen.

»Schöner Tag heut, nicht? Opa hat auch gesagt, wenn's nicht kälter wird, muss er noch nicht heizen.«

Rapp schwieg.

»Opa, das ist der, den du hinterm Misthaufen gesehen hast. Er hat keine Beine mehr, deswegen ist er so klein.«

Himmel, bring mir das Kind zur Ruhe!

»Du kannst ganz schön schnell ohne Krücke laufen. Ich glaub, du brauchst gar keine.«

Rapp stellte fest, dass die Kleine Recht hatte. Er war wieder ziemlich gut zu Fuß.

»Der Verband ist bestimmt nicht echt, oder?«

»Doch.« Ohne es zu wollen, hatte Rapp geantwortet. Es war ihm so herausgerutscht, und es tat ihm im selben Augenblick Leid.

Das Kind ging nicht darauf ein. »Ich heiß Isi. Das kommt von Isolde, aber alle sagen Isi zu mir. Nur meine Mutter nicht. Sie sagt, sie hat sich den Namen ausgedacht. Es gäb eine Sage, Tristan und Isolde, eine Liebesgeschichte wär das. Da käm der Name her. Tristan war ein tapferer Ritter, und Isolde konnte zaubern. Wusstest du das?«
Da Rapp nun schon einmal geantwortet hatte, rang er sich zu einem bejahenden Räuspern durch.
»Ich bin schon elf. Ich kenn hier alle.«
Was hatte das Kind da behauptet? Es kenne hier alle? Dann wusste es womöglich auch, wo Witteke gewohnt hatte. Ja, das konnte sein. Er wollte die Kleine fragen, aber sie kam ihm zuvor.
»Und wie heißt du?«
»Ah-hm ... nun ja, äh ...«
»Wie denn nun?«
»Teo.«
»Ein Onkel von mir hieß auch Teo. Hat sich totgesoffen, der Arme. Säuferleber. Ist schon sehr lange her. Mindestens ein Jahr.« Isi begann, vor sich hinzusummen.
»Sag mal, Isi, wenn du hier alle kennst, dann weißt du doch sicher auch, wo Franz Witteke gewohnt hat?«
»Klar, aber der ist nicht mehr da. Ist einfach abgehauen. Aber Mine ist noch da.«
»Mine? Wer ist Mine?«
»Na, seine Tochter doch«, entgegnete Isi in einem Tonfall, als wüsste das die ganze Stadt.
»Ach so, ja, natürlich«, beeilte Rapp sich zu versichern. »Und wohin Witteke gezogen ist, weißt du vermutlich nicht?«
»Nee, keiner weiß, wo der hin ist. Nicht mal Mine, und die ist mächtig schlau.«
»Ach ja.« Alle Hoffnungen, die Rapp gehegt hatte, waren mit dieser Antwort zerschlagen. Es war zwar nur ein Strohhalm gewesen, an den er sich geklammert hatte, aber nun stand es

unverrückbar fest: Es gab keine Möglichkeit, bei Witteke unterzukommen.
»Was wolltest du denn von dem Vater von Mine? Du hast gesagt, du wolltest ihn um was bitten.«
Rapp seufzte. »Das hat sich erledigt.«
»Sag es.«
»Es hat ja doch keinen Zweck.«
»Sag es, los.«
Rapp gab auf. Gegen Isis Hartnäckigkeit war kein Kraut gewachsen. »Nun gut, ich wollte ihn fragen, ob er mich für ein paar Tage bei sich aufnehmen kann.«
»Hast du keine Wohnung?«
»Nun ja ... leider nein.« Rapp stand auf. Er war jetzt einigermaßen sicher, dass ihn kein weiterer Anfall überraschen würde.
»Mine nimmt dich bestimmt.«
»Was sagst du da?« Rapp setzte sich wieder.
»Mine nimmt dich bestimmt auf. Ist meine Freundin. Sie wohnt ganz oben im Haus.«
Was Isi da gesagt hatte, klang sehr verlockend, kam aber selbstverständlich nicht in Frage. Schließlich war die Frau ihm gänzlich unbekannt, und überdies schickte es sich nicht, mit einem fremden Weibsbild unter einem Dach zu hausen. »Das ist völlig unmöglich!«
In der Nachbarzelle scharrten Füße. Isi schien gleichfalls fertig zu sein. Rapp trat hinaus auf den Hof und stand wenige Augenblicke später seiner kleinen Gesprächspartnerin gegenüber. Sie sah ganz anders aus, als er erwartet hatte, klein für ihr Alter, zierlich und eher unscheinbar, allerdings mit großen Augen und einer lustigen Stupsnase. Noch überraschender aber war ihre Erscheinung. Sie trug eine kurze warme Wolljacke über einem feinen Schürzenkleid und dazu Schuhe aus Leder.
Isi blickte ihn ernst an und sagte: »Wenn ich's sag, kannst du es glauben. Mine nimmt dich auf.« Dann wandte sie sich mit einer so energischen Bewegung den anderen Kindern zu, dass ihre

dicken braunen Zöpfe flogen. »He, seht mal her. Das hier ist Teo. Teo ist in Ordnung.«
Die Hofkinder gehorchten. Sie unterbrachen ihr Spiel und standen etwas unschlüssig herum. Hier und da knuffte jemand dem anderen in die Seite und tuschelte etwas. Rapp, der nicht viel von Kindern verstand, wunderte sich, wie schnell bei ihnen die Stimmungen wechselten. Vorhin waren sie kiebig gewesen, dann verschlossen und nun fast scheu. Isi jedenfalls schien die Anführerin unter ihnen zu sein, denn alle hörten auf sie, sogar diejenigen, die deutlich älter waren.
»Gut, das wär's, ich muss jetzt los«, sagte Isi, und ehe Rapp sich's versah, verschwand sie in dem niederen Gang.
Er stand da und blickte ihr nach.
»Kannst du mit Steens smieten?«, fragte ein kleiner Junge von vielleicht fünf Jahren.
»Wie? Was?« Rapp musste sich erst an die neue Situation gewöhnen. »Ob ich mit Steinen werfen kann? Ich fürchte, nein.«
»Ik ok nich. Ober ik kann in'n Pott reinpien. Sull ik?«
Kaum hatte er das unanständige Angebot gemacht, stürzten die anderen Kinder sich auf ihn.
»Lot dat no!«
»Nich schon wedder!«
»Du Swinegel!«
»Du Moors!«
»Teuv, ik krieg di!«
Doch der Frechdachs war schneller. Er schlug ein paar Haken und flitzte in den niedrigen Gang hinein. Eine Gruppe Kinder jagte ihm hinterher.
Plötzlich stand Rapp ganz allein da. Selbst die Koken-Marie war fort und der Opa hinter dem Misthaufen auch, wahrscheinlich lebten sie in einem der Wohnbauten. Schade, dass Isi verschwunden war. Irgendwie hatte es ihm gut getan, mit ihr zu reden. Was hatte sie gesagt? Mine nimmt dich auf? Rapp blickte zu dem Haus hoch und erkannte unter dem Dach zwei kleine

Fenster. Sie waren heil und geputzt. Das musste Mines Wohnung sein. Ob er einfach mal hinaufging?

Nein. Das konnte er nicht tun. Aus den genannten Gründen und weil er, wie er zugeben musste, nicht den Mut hatte zu fragen. Im umgekehrten Fall, da war er ziemlich sicher, hätte er die Frau auch nicht zu sich genommen.

Eines der beiden Fenster wurde geöffnet. Eine Hand erschien und schüttelte ein Staubtuch aus. Das Fenster schloss sich wieder. Es war also jemand da. Rapp gab sich einen Ruck. Mehr als ihm eine patzige Antwort geben konnte sie nicht. Das Ganze würde die Sache von einer Minute sein, dann wäre er wieder unten und er hätte es hinter sich.

Und dann? Sollte er fortan unter Bettlern leben, in Kellereingängen schlafen, unter Brücken hausen, Schurkereien und Diebereien verüben, bis der Prachervogt ihn schnappte und ins Spinnhaus steckte, damit er dort Zwangsarbeit verrichtete?

Rapp öffnete die morsche Holztür und trat ins halbdunkle Haus. Langsam begann, er die Stiegen emporzuklettern. Zu ebener Erde roch es nach Kohl, im ersten Stock empfing ihn ein Gemisch aus Rauch und Bratheringsdüften, im zweiten stank es nach gekochten Kaldaunen, doch im Dachgeschoss roch es nach nichts. Wenn überhaupt, ein wenig nach Lavendel. Das wunderte ihn. Er verschnaufte einen Moment, nahm sich ein Herz und klopfte. Schritte näherten sich. Rapp stellte die Krücke an die Wand, denn er wollte sie nicht in den Händen halten. Im Dämmerlicht konnte sie womöglich mit einer Waffe verwechselt werden. Dann fiel ihm sein eingerissenes Hemd ein. Hastig zupfte er daran herum, um den schlimmsten Eindruck zu vermeiden.

Die Tür tat sich langsam auf. Ein Frauenkopf mit hübsch bestickter Haube wurde sichtbar. Dann die ganze Frau. Sie war gertenschlank und trug ein hochgeschlossenes Kleid aus einfachem blauem Kattun. »Jo, wat is?«, fragte sie nicht unfreundlich.

Rapp hatte sich mehrere kluge Sätze zurechtgelegt, mit denen er sein Anliegen vortragen wollte, doch nun fiel ihm kein einziger davon ein. »Ah-hm ... ich ...«

»Jo?«

Es war zum Verzweifeln! »Du ... du bist doch Mine, nicht wahr?«

Die Frau musterte ihn von oben bis unten. »Nich Mine, Hermine! Wenn di dat nix utmookt.«

»Ach so, Verzeihung, das wusste ich nicht.« Rapp zupfte weiter an seinem Hemd. »Isi sagte mir diesen Namen. Wir haben uns vorhin kennen gelernt, als wir gleichzeitig auf dem, äh, nun, jedenfalls haben wir uns kennen gelernt, und sie sagte mir, sie wäre eine Freundin von dir, und ich könnte ruhig zu dir hinaufgehen und mit dir sprechen.«

»Kiek, dat hett Isi seggt?«

»Ja, das hat sie.«

Beim Namen Isi verschwand der abwartende Ausdruck auf Mines Gesicht und machte einem Lächeln Platz. Sie trat einen Schritt zur Seite. »Na, kumm erst mol rin. Kannst mi den Rest in de Stuuv vertellen.«

»Danke. Vielen Dank.«

Rapp wollte die Krücke greifen und eintreten, doch Mine hielt ihn zurück. »Geiht dat ok ohne Krück?«

»Ja, ja, gewiss.«

»Denn blifft se buten.«

Rapp folgte Mine in einen Raum, der klein, aber penibel sauber war. Er musste dabei den Kopf einziehen, denn die Decke in der Mansarde war sehr niedrig, Das erste Möbelstück, das ihm ins Auge fiel, war der große Tisch direkt an den Fenstern. Darauf lagen allerlei Schneider-Utensilien wie Nadel und Faden, Schere, Flicken, Stoffe, Kreide. An den Fensterseiten hingen mehrere Büschel Lavendel. Daher also der angenehme Duft, dachte Rapp und sah sich weiter um. Ein Wandbrett trug irdene Teller und Krüge, dazu einen runden Stickrahmen. Daneben befand sich ein kleines Hamburger Schapp über einer Korbtruhe. Aus der Mauer zur Rechten ragte eine Stange mit Bügeln hervor, an denen mehrere Blusen und Kleider von unterschiedlicher Größe hingen. Gegenüber bullerte ein kleiner Ofen vor sich hin. Auf ihm wurde ein Plätteisen erhitzt. Alles schien seinen angestammten Platz zu haben. Rapp fühlte sich auf Anhieb wohl.

»Hest di den Foot verpeddet, wat? Denn plant di dor man hen.« Mine wies auf einen Schemel neben ihrem Schneiderstuhl und nahm selbst Platz. Ihre Augen waren dabei unverwandt auf den Besucher gerichtet. Es waren blaue Augen, die Rapp an die Farbe seiner gesammelten Amethystdrusen erinnerte. Schöne Augen, wenn auch etwas gerötet. Sie waren Teil eines schmalen Gesichts mit gerader Nase und einem Mund, der dem gängigen Schönheitsideal nicht ganz entsprach, denn er war ein wenig zu breit und ein wenig zu voll. Doch Rapp gefiel er. Auch die winzigen Fältchen in den Augenwinkeln sagten ihm zu. Zwar waren sie ein Zeichen dafür, dass Hermine Witteke nicht mehr ganz jung war, aber ebenso ein Beweis, dass sie über ihrer Arbeit das Lachen nicht verlernt hatte.

»Du hast es schön hier. Sehr gemütlich.« Rapp merkte selbst, wie er um den heißen Brei herumredete.

»Jo. Un nu kumm to Stohl. Wat hest du op'n Haarten? Ik bruuk dat Licht för mien Flickeree.«

»Äh, wie bitte? Es tut mir Leid, mein Plattdeutsch ist ziemlich miserabel. Ich muss immer genau hinhören, um etwas zu verstehen, und häufig gelingt es mir überhaupt nicht.«

»Ich hab gesagt, komm zur Sache. Ich brauch das Licht, solang es da ist. Für meine Arbeit.«

»Oh, du sprichst ja Hochdeutsch. Das ist schön ...« Rapp wusste trotzdem nicht weiter. Wenn er Mine, oder besser Hermine, bat, ihn für eine Weile bei sich zu beherbergen, musste er ihr wohl oder übel seine ganze Geschichte erzählen, und ob sie ihm die glaubte, stand dahin. Außerdem sah er nirgendwo ein

Lager, auf dem er hätte nächtigen können. Nicht einmal ihr eigenes Bett war zu entdecken.
»Mein Vater wollt das so. Und nun sag, was los ist.«
Hermine hatte ihren Vater erwähnt. Das war gut. Rapp sah darin einen Ansatzpunkt. »Dein Vater hat doch im *Apothekenhaus Rapp* gearbeitet, nicht wahr?«
Mines Blick verfinsterte sich. »Ja, warum? Was hat das mit dir zu tun?«
Rapp fingerte wieder an seinem Hemd. »Tja, nun, um es gerade heraus zu sagen, ich bin der Apotheker Teodorus Rapp, dein Vater hat bis vor einem halben Jahr bei mir gearbeitet ...«
»Du wullt Afteker sien?«
»Ja, in der Tat. Ich weiß, dass ich zur Zeit nicht so aussehe, aber ich bin es wirklich.«
»Dat kannst du een vertellen, de sich mit'n Klemmbüdel pudern deit!« Über Mines hübscher Nase bildete sich eine steile Falte.
»Ich habe mir schon gedacht, dass du mir nicht glauben wirst. Aber ich versichere dir, es ist die Wahrheit. Mir ist etwas Schreckliches passiert, ich kann zur Zeit nicht in meinem Apothekenhaus wohnen, und ich kenne niemandem außer dir, den ich fragen könnte, ob ich nicht für ein paar Tage ...«
»Dumm Tüüg!« Mine wurde es zu bunt. Sie sprang auf und griff zur Schneiderschere. »Wenn du Afteker büst, bün ik de spaansche Königin! Rut mit di!«
Auch Rapp hatte sich erhoben. Mines Schere vor der Brust, überlegte er fieberhaft, wie er sie davon überzeugen konnte, wirklich Teodorus Rapp zu sein. Endlich fiel ihm etwas ein. Er schob den linken Ärmel seines Hemdes hoch und zeigte auf eine Narbe, die so groß wie ein Portugaleser und so leuchtend wie ein Feuermal war. Sie saß innen am Unterarm. »Ich habe diese Verletzung beim Experimentieren mit *liquores* zur Konservierung davongetragen. Dein Vater war dabei, als es geschah.«
Mine zögerte.

Rapp redete weiter. Der lateinische Ausdruck hatte ihn auf eine Idee gebracht. Wenn er Hermine weitere Begriffe nennen würde, mochte sie ihm vielleicht eher glauben. Er zählte auf, was ihm als Erstes in den Sinn kam: »*Chamomilla recutita, Hamamelis virginiana, Atropa belladonna, Solidago virgaurea, Daucus carota.*«

Mine sagte noch immer nichts.

Rapp setzte nach: »Das alles sind Pflanzen, Hermine, aus denen sich Arznei für deine geröteten Augen herstellen ließe. Du hast eine leichte Bindehautentzündung, vermutlich von deiner Arbeit. Mir fiel es sofort auf. Glaubst du mir jetzt, dass ich Apotheker bin?«

Mine schien ihn nicht gehört zu haben. Sie runzelte die Stirn und deutete mit der Schere auf die Narbe. »Stimmt. Vater hat davon erzählt, ich erinner mich.« Sie setzte sich wieder.

Auch Rapp nahm wieder Platz. Er war grenzenlos erleichtert, denn sie schien nicht mehr an seiner Behauptung zu zweifeln. Ein Anfang war gemacht. »Dein Vater ist ein sehr tüchtiger Mann. Als er das Apothekenhaus vor einem halben Jahr verließ, war es zuerst nicht leicht für mich, ohne ihn auszukommen. Plötzlich musste ich alles wieder selber machen. Ein anderer Gehilfe war nicht aufzutreiben. Es war, nun ja …« Rapp brach ab, denn dies war nicht der rechte Ort, sich über Franz Witteke zu beklagen.

»Mein Vater ist tot.«

»Dein Vater ist … oh, das tut mir Leid.«

»Ist nicht nötig. He weer'n Knickerbüdel! För mi is he doot. Hab ihn aus meinem Gedächtnis gestrichen.« Mine schien nicht länger über das Thema reden zu wollen. »Warum kannst du … ich meine, warum könnt Ihr nicht im Apothekenhaus wohnen? So viel ich weiß, steht's noch.«

Rapp spürte, jetzt musste er mit der Sprache herausrücken. »Tja, nun, es ist eine lange Geschichte. Ach, übrigens, du kannst ruhig weiter du zu mir sagen. So wie ich aussehe …«

Doch Mine ließ sich nicht ablenken und blickte ihn unverwandt an.

»Wie gesagt, es ist eine lange Geschichte. Ich könnte sie dir morgen erzählen, wenn ich vorher vielleicht für eine Nacht hier irgendwo …«

»Nee, entweder oder! Du vertellst mi dat nu, oder du mookst di dünn.«

Rapp ahnte, dass es zumindest eine Gemeinsamkeit gab, die Isi und Mine zu Freundinnen machte: ihre Hartnäckigkeit. »Also gut. Aber du wirst Dinge hören, die ich selbst kaum glauben kann. Alles begann vorgestern, als ich zu einem Kammermusikabend in das Palais Lüttkopp eingeladen war …«

Es dauerte geraume Weile, bis Rapp mit seinem Bericht fertig war, denn nachdem er einmal angefangen hatte, schilderte er die Geschehnisse auf das Genaueste und ließ nicht die kleinste Kleinigkeit aus. Nur dass er die beiden Halunken bei dem Überfall getötet hatte, brachte er nicht über die Lippen.

Genau da aber hakte Mine ein, nachdem sie die ganze Zeit ruhig zugehört hatte. »Ich versteh das ja alles«, sagte sie, »aber dass du nicht gleich zu den Uhlen hin bist, versteh ich nicht. Dann hätt's diesen, diesen … Doppelmensch in der Apotheke vielleicht gar nicht gegeben?«

Rapp musste einräumen, dass sie Recht hatte. Was hatte Isi gesagt? Mine sei mächtig schlau? Das schien wahrhaftig zu stimmen. »Ah-hm … ja. Das ist richtig. Aber es ging nicht.« Er begann wieder an seinem Hemd zu nesteln.

»Du hast nicht alles erzählt.«

»Ja, nun …«

»Gib mir dein Hemd.«

»Äh, wie?«

»Zieh's aus, ich näh es dir. So kannst du nicht rumlaufen.«

Rapp genierte sich etwas, weil er darunter nur ein dünnes Leibchen trug, gehorchte aber.

Mine hatte schon Nadel und Zwirn in der Hand. Sie fädelte ein längeres Stück ein und machte einen Knoten ins Ende. »Erzähl weiter.«

»Es ist aber ziemlich schlimm, um nicht zu sagen entsetzlich. Es ist etwas, das mir die ganze Zeit nicht aus dem Kopf will. Wenn ich es sage, musst du mir versprechen, mit niemandem darüber zu reden. Versprichst du es?«

Die blauen Augen blickten Rapp abschätzend an. »Nur wenn du nichts Böses verbrochen hast.«

»Ich fürchte, genau das habe ich.«

»Erzähl.«

Es fiel Rapp schwer, darüber zu reden, wie der Überfall auf ihn abgelaufen war, wie man seine Gutgläubigkeit und Hilfsbereitschaft ausgenutzt hatte, wie er systematisch in das Labyrinth der dunklen Gassen gelockt worden war, wie er gegen die beiden Halunken gekämpft, sie angeschrien und mit seinem Stock bearbeitet hatte, denn solches Verhalten war eines umsichtigen und achtbaren Bürgers nicht würdig. Aber er war wütend gewesen, außerordentlich wütend sogar ob des hinterlistigen Angriffs, und entsprechend hart hatte er zugeschlagen. Wenn er es doch nur nicht getan hätte! Wenn er doch den ganzen Abend einfach ungeschehen machen könnte! Rapp seufzte aus tiefstem Herzen und schloss mit den Worten: »Weil ich zwei Menschen getötet habe, konnte ich nicht zur Nachtwache gehen. Und nach meiner Begegnung mit dem Doppelgänger konnte ich es erst recht nicht. Wem hätte man denn im Zweifelsfall geglaubt? Mir in meinen abgerissenen Sachen oder dem Imitator, der sich, gewandet in meinen weinroten Gehrock, in meiner Apotheke breit machte?«

»Und wenn die Kerle nun gar nicht tot sind? Vielleicht haben sie nur so getan?« Mine führte die Nadel mit schnellen, exakten Bewegungen. Stich für Stich wurde der Riss im Hemdkragen kleiner.

Rapp winkte ab. »Das ist ausgeschlossen. Sie waren völlig leblos, dazu kommt das viele Blut. Die beiden lagen in einem See von Blut.«

»Du hast dich nur gewehrt. Konntest ja nix dafür. Ich versprech, ich werd mit niemandem drüber reden.«

»Ich danke dir.« Rapp atmete auf. Wenn Hermine Witteke schwieg, konnte sich vielleicht doch noch alles noch zum Guten wenden.

»Außer mit Fixfööt, der wohnt in der Bude neben Opa. Er kommt immer zum Abendbrot. Ist ein guter Freund von mir. Aber keine Bange, Fixfööt hält dicht, pottdicht.«

»Ist recht«, sagte Rapp, dem das alles andere als recht war. Doch was blieb ihm schon übrig, als damit einverstanden zu sein. Er hatte sein Geheimnis ausgeplaudert und war nun auf die Diskretion wildfremder Menschen angewiesen. Andererseits brauchte er dringend eine Bleibe. Und überdies hatte es gut getan, sich einmal alles von der Seele reden zu können. Was für ein Bursche wohl der Freund mit dem seltsamen Namen war?

Mine setzte den letzten Stich und biss den Faden ab. Der zerfetzte Kragen hatte sich geschlossen und sah nun wie neu aus. Sie hob das Hemd gegen das Licht und entdeckte noch einen größeren Riss an der Seite. Schweigend nahm sie ihre Arbeit wieder auf.

»Du bist sehr geschickt«, sagte Rapp, und das Lob war ehrlich gemeint. »Hast du die Blusen und die Kleider dort auf den Bügeln alle selbst geschneidert?«

»Gar nichts hab ich. Ich flick nur. Will möglichst kein Böhnhase sein.«

Als Rapp sie fragend ansah, fuhr sie fort: »Böhn, das sind Dachböden. So wie meiner. Da wohnten früher oft Schneider ohne Bürgerrecht. Die durften nix tun, und wenn sie's doch taten, wurden sie gejagt. Von den Amtsmeistern. Wen sie erwischt haben, der musste saftig Strafe zahlen. Aber die meisten waren immer über die Dächer weg, sind gelaufen wie die Hasen. Deshalb

Böhnhasen. Nee, nee, mit den Amtsmeistern ist nicht gut Kirschen essen. Auch heute noch.« Mine verfiel wieder ins Plattdeutsche: »Ik snieder nix, dorüm krieg ik ok keen Schereree mit de Ämters. Ick segg ümmer: beter en Flick as en Lock. Verstohst dat?«

»Ja, so halb. Ich bin noch nicht so lange in Hamburg, darum kannte ich den Ausdruck Böhnhase nicht.«

»Wann bist du denn gekommen?« In Mines Hand schien die Nadel wie von selbst zu arbeiten.

»Es war im Sommer anno vierzehn. Kurz nach der Pest.«

»Ja, ja, die war bös. Von Schweden kam sie runter, alle Märkte mussten dauernd gefegt werden, alle Gassen, alle Höfe; alle Schweine mussten aus der Stadt, alle Altleiderhöker mussten Schluss machen. War eine schlimme Zeit. Hab drei Geschwister verloren und eine Tante, die hat vor der Stadt gewohnt. Grässlich war's, jedes Mal, wenn ich sie besuchen wollt, hieß es am Stadttor ›Ausweiskontrolle‹, und jedes Mal, wenn ich wieder reinwollt, auch. Nur mein Vater hat die Pestilenz überlebt. Er tauchte auf, als die Seuche weg war, im März anno vierzehn glaub ich. Woher er kam, weiß ich nicht. Und von woher kommst du?«

»Ich?« Rapp dachte bei sich, dass Mine ihn ziemlich zappeln ließ. Erst hatte sie die ganze Wahrheit des Überfalls aus ihm herausgequetscht, und jetzt wollte sie auch noch über seine Herkunft, ja, womöglich über sein ganzes Leben Bescheid wissen. Und alles nur für die unbestimmte Hoffnung, in diesem Raum ein paar Nächte auf dem Holzboden schlafen zu dürfen. »Aus Mühlhausen in Thüringen. Ich wuchs dort in einer Apotheke auf, man hatte mich adoptiert. Mein Vater war der Apotheker Curtius Rapp, ein freundlicher, umgänglicher Mann, der mit meiner Adoptivmutter eine sehr glückliche Ehe führte. Nur der Kindersegen hatte sich bei ihnen nicht einstellen wollen. So waren sie auf die Idee gekommen, mich zu sich zu nehmen. Sie gaben mir den Namen Teodor, den ich später, nachdem ich meinen Gesellenbrief erhalten hatte, in Teodorus latinisierte.«

»Muss man für Apotheker lange lernen?«

»Fünf Jahre. In manchen Gegenden sogar sechs. Ich lernte bei meinem Vater, was die Sache sehr vereinfachte. Normalerweise wird zwischen der Familie des Lehrlings und dem Apotheker alles aufs Genaueste abgesprochen: die Unterbringung, die Beköstigung und die Erziehung. Die Familie zahlt dafür eine festgelegte Summe an den Lehrherrn. Ist sie dazu nicht in der Lage, verlängert sich die Ausbildungszeit, denn der Lehrling muss das Geld abarbeiten. Manchmal zählt er von Anfang an mit zur Familie, gerade so, wie es mir erging, aber das ist beileibe keine Selbstverständlichkeit. In jedem Fall wird er zu Gehorsam und Fleiß angehalten, um den Reichtum seines Lehrherrn zu mehren. Ist er nicht willig, darf er auch durch Schläge zur Arbeit angehalten werden.«

»Ja, ja, das kenn ich. Und was lernt man so?« Mines Wissensdurst schien unersättlich zu sein.

»Die Ausbildung umfasst alle Gebiete der pharmazeutischen handwerklichen Kunst. Allerdings muss man als Lehrling in den ersten Jahren wie eine Magd schuften. Der Tag beginnt schon vor dem Morgengrauen, und dann heißt es Kessel putzen, Standgefäße reinigen, Zinnbehälter absanden, Regale entstauben, Fußboden scheuern und dergleichen. Das geht den ganzen Tag über so weiter mit Botengängen, Räumarbeiten und vielem mehr, nur mit der eigentlichen Pharmazie kommt man kaum in Berührung.«

»Bei dir war's, wie ich doch annehmen würde, sicher anders. Du warst ja Sohn.«

»Nein, nein, mein Vater vertrat die Auffassung, ich sollte keine Extrawurst bekommen. Ich musste dienen wie jeder andere Lehrling auch. Volle zwei Jahre putzte ich und versuchte dabei, mir die Farbe, den Geruch und die Beschaffenheit der zahllosen Arzneien einzuprägen, und abends saß ich dann beim Schein einer Kerze in meiner Kammer unter der Treppe und büffelte Latein und Botanik.«

»Wie alt bist du?«

Die Frage kam überraschend für Rapp. »Nun, vierunddreißig, warum?«

»Dann musst du schon lang Apotheker sein. Immer in diesem, äh, Mühlhausen?«

»Nein, natürlich nicht. Ich war zweiundzwanzig, als ich von meinem Vater den Gesellenbrief erhielt. Kurz darauf starb er an zwei Schlagflüssen, gegen die alle ärztliche und pharmazeutische Kunst nichts ausrichten konnten. Ich musste die Apotheke übernehmen. Es war keine leichte Zeit, mir fehlte die Erfahrung, dazu kam, dass meine Mutter mir kaum zur Seite stehen konnte, denn nach Vaters Tod wollte auch sie nicht mehr leben. Sie starb ein knappes Jahr später aus Gram. Das war Anno siebzehnhundertfünf.«

Rapp hielt inne. Er fand, dass er nun genug von seinem Leben preisgegeben hatte.

»Da war ich achtzehn«, sagte Mine. »Erzähl weiter.«

»Ah-hm ... wenn du darauf bestehst. Nun, ich führte das *Einhorn*, so hieß unsere Apotheke, noch eine Weile weiter, bevor ich das Haus und sein gesamtes Inventar verkaufte. Das Geld legte ich gut an, und dann verließ ich Mühlhausen. Ich wollte hinaus in die Welt. Die nächsten Jahre arbeitete ich in den verschiedensten Apotheken, darunter waren sogar eine in Antwerpen und eine in Leiden. Ich lernte viel. Ich erkannte, dass Lehren, die in dem einen Landstrich als unumstößlich gelten, anderswo noch lange nicht das Evangelium bedeuten müssen. Mein Horizont erweiterte sich. Vor allem aber entdeckte ich meine Liebe zum Sammeln. Bald schon besaß ich einen schönen Thesaurus. Tja, und dieser Thesaurus ist letztendlich auch der Grund, warum ich nach Hamburg kam und hier den Bürgereid leistete.«

»Thesaurus? Was ist das nun wieder?«

»Ach ja, das kannst du ja nicht wissen. Man versteht darunter eine Sammlung, die sich aus Exemplaren der Tier-, Pflanzen- und Steinwelt zusammensetzt – aus Exponaten von kurioser, bizarrer, ja, teilweise monströser Beschaffenheit.«

»Brrr, vör sowat heff ik Manschetten.« Mine schüttelte sich. Sie hatte Rapps Hemd fertig und ordnete ihre Schneiderutensilien auf dem großen Tisch.

»Hier in Hamburg, wo Schiffe aus aller Welt festmachen, kommt man gut an Kuriosa heran. Immer wieder bringen Matrosen seltsame Stücke aus Übersee mit. Hamburg ist sozusagen eine Fundgrube für Leute wie mich. Dabei habe ich besonderes Glück, denn ich bin der einzige Sammler in der Stadt.«

Mine hatte unterdessen das Hemd noch einmal einer sorgfältigen Prüfung unterzogen, aber keine weiteren Risse entdeckt. Rapp dachte, er würde es nun wiederbekommen, aber Mine stand auf und verließ den Raum durch eine niedrige Tür neben dem Ofen. »Was machst du mit meinem Hemd?«, rief er hinter ihr her, erhielt jedoch keine Antwort. Ein paar Minuten vergingen. Rapp fragte sich schon, ob er ihr folgen sollte, als plötzlich ihre Stimme erklang.

»Teo? Teo, komm mal her.«

»Ja?« Rapp erhob sich und steuerte ebenfalls die kleine Tür an, durch die Mine verschwunden war. Er kam in einen weiteren Raum, der höchstens ein Viertel der Größe des ersten ausmachte. Es war ihre Schlafkammer, wie er feststellte. Sie war gerade so groß, dass sie einer einfachen Pritsche mit Strohmatratze und Wolldecke Platz bot, dazu einem dreibeinigen Tisch mit Waschschüssel und Kruke.

»Teo?«

»Hier bin ich.« Rapp gelangte in einen weiteren Raum, der so klein war, dass er den Namen kaum verdiente. Dennoch hatte auch er eine Lagerstatt und daneben eine schmale Kleidertruhe aufzuweisen.

Mine stand davor und hielt ein einfaches rotbraunes Leinenhemd in der Hand. »Zieh das an.«
Rapp blinzelte, denn das Dachfenster über ihm spendete nur spärliches Licht. »Aber ... ich habe doch mein eigenes Hemd, du hast es mir doch gerade geflickt?«
»Deins ist schietig, als käm's grad aus dem Schweinetrog. Muss erst mal gewaschen werden. Und gestärkt und geplättet.«
Rapp fügte sich. Das Leinenhemd passte in den Schultern, nicht aber in der Ärmellänge. Seine Handgelenke standen ein Stück weit heraus.
Mine musterte ihn kritisch. Dann entschied sie: »Das wird so gehen. Wat mutt, dat mutt.«
»Von wem ist das gute Stück denn?«, fragte Rapp, den letzten Knopf schließend.
»Von meinem Vater. Ist alles von Vater, was in der Truhe liegt. Geh mal nach draußen.«
»Nach draußen?« Rapp blickte sich fragend um und erkannte eine türartige Luke in der schrägen Dachwand. »Hier hindurch?«
»Ja, mach auf.«
Rapp löste die Riegel oben und unten und stieß die Luke auf. Dann staunte er. Seinen Augen bot sich ein bemerkenswerter Blick über die Dächer des abendlichen Hamburg. Zwei Stufen führten zu einer kleinen Plattform hinaus. Rapp erklomm sie und sah, dass sie der Endpunkt eines nur brettbreiten Laufstegs war, der die gesamte Dachschräge entlanglief und an einer Leiter endete, auf der man abwärts zu den Wohnbauten klettern konnte. »Hier muss man schwindelfrei sein«, brummte er.
»Ja, das ist wohl so.« Mine war ihm gefolgt und stand nun so dicht vor ihm, dass er den Duft ihres Haars wahrnahm. Er ertappte sich dabei, dass er ihr gern die Haube abgenommen hätte, um zu sehen, ob sie auf dem ganzen Kopf so blond war, wie die sichtbaren Strähnchen es vermuten ließen. Natürlich tat

er es nicht. Der Duft war wirklich sehr angenehm. Wenn er sich nicht täuschte, handelte es sich wieder um Lavendel, aber wohl auch um ein wenig Waldmeister.
Mine packte ihn bei den Schultern und hielt ihn von sich wie eine Jacke, die man auf Schadstellen untersucht. »Die Farbe steht dir. Das wollt ich nur sehen. Bei Gelegenheit mach ich die Ärmel länger.« Sie verschwand wieder im Dachgeschoss. Rapp folgte ihr ein wenig ernüchtert.
Drinnen in der Kammer empfing sie ihn mit den Worten: »Die Ärmel sind zu kurz. Dafür ist die Hose zu lang. Ich werd sie kürzen.«
»Was, jetzt?«, entfuhr es Rapp.
»Nein, morgen früh.«
Rapp glaubte, nicht richtig gehört zu haben. »Heißt das, dass ich heute Nacht hier …?«
Mine lächelte leicht. »Ja. Kannst bleiben. Hast dich wacker gehalten vorhin, als ich dir ein Loch in den Leib gefragt hab, aber ich wollt wissen, wen ich bei mir aufnehm. Kannst das Lager von Vater haben.«
Rapp war so glücklich, dass ihm die Worte fehlten. Die letzten Stunden hatte ihn nur ein einziger Gedanke beschäftigt, nämlich der, ob er bei ihr eine Bleibe finden könnte, und nun sagte sie ganz einfach ja. Es war nicht zu glauben. »Danke!«, brachte er mühsam hervor, »danke, Hermine!«
»Kannst nu Mine to mi seggen.« Mines Lächeln verstärkte sich. »Un ruhig'n beten Platt snacken lehrn.«
»Ich werde mir Mühe geben.« Rapp hätte in diesem Augenblick alles versprochen.
»He, wat steiht hier för 'ne Krück rüm? Hest di wat breken, Mine?«
Rapp fuhr herum. Wer hatte da gerufen? Die Worte hörten sich an wie die eines Jünglings im Stimmbruch, denn ab und zu klang noch ein Kieksen durch die Laute. Wenig später erschien ein junger Mann in dem winzigen Raum.

»Oh, Beseuk?«, fragte er.
Selten zuvor hatte Rapp so rote Haare gesehen. Fast besaßen sie die Leuchtkraft eines Feuers.
»Das ist Fixfööt«, stellte Mine vor. »Und das Teo. Ihm gehört die Krücke.«
Rapp sah, dass der Jüngling höchstens siebzehn Jahre zählte. Er hatte ein aufgewecktes Gesicht, in dem sich kaum der erste Flaum abzeichnete. Stirn, Nase und Wangen waren übersät mit unzähligen Sommersprossen. Er hatte wache, intelligente Augen und ein energisches Kinn. Und er hatte, Rapp als Mann der Arzneien erkannte es sofort, einen eingefallenen Brustkorb – das Zeichen dafür, dass der Jüngling in seiner Kindheit zu wenig Nahrung bekommen hatte und zu wenig an der Sonne gewesen war. Sonst aber schien er in guter körperlicher Verfassung zu sein. Er war einen halben Kopf kleiner als Rapp, wirkte schlank und sehnig und tat überaus selbstsicher.
»Jo, ik bün Fixfööt«, sagte er gedehnt. »Wat hest du hier to söken?«
»Ich hatte eine Unterredung mit Mine«, entgegnete Rapp steif.
»So, hest du dat?«
»Sei nicht so griesmulig«, wies Mine ihn zurecht. Und zu Rapp gewandt, sagte sie: »Er denkt immer, ich wär sein Eigentum.«
»Gor nix denk ik.«
»Teo ist Schlafbesuch. Er hat's schwer im Moment. Ich will ihm helfen.«
»So, wullt du dat?«
»Ja. Mach nicht so'n Gesicht. Hast du die Heringe mit?«
»Jo, sünd ober man blots fief lütte.«
»Macht nix. Kommt mit, ihr zwei.« Mine ging zurück in den Hauptraum, und die Männer folgten ihr. Sie packte die Nähsachen in die Schublade des großen Tischs, um Platz zu schaffen, und zog die Korbtruhe als dritte Sitzgelegenheit heran. »Fixfööt, hol Messer und Löffel aus dem Schapp. Und dann setz

dich da auf die Truhe. Kannst schon mal die Heringe auswickeln. Teo, du holst Teller und Becher vom Wandbrett. Und die Wasserkruke. Die steht nebenan.«

Nachdem sie auf diese Weise die Spannung zwischen den Männern etwas abgebaut hatte, verschwand sie kurz und kam anschließend mit einem Topf voller Gerstengrütze wieder. Sie tat jedem eine Portion auf und setzte sich selbst. »Ich für meinen Teil ess nur einen Hering, dann habt ihr jeder zwei. Und nun wird gebetet:

Ut Fisch ward Fleesch,
ut Mehl ward Broot,
hebbt wi den Herrn
to uns inloodt.

Ut Fett ward Wurst,
ut Woter Wien,
lot wi den Herrn
bi Disch mit sien.
Amen.«

Sie wünschte guten Appetit. Rapp und Fixfööt murmelten ebenfalls Amen und langten zu.

Rapp versuchte, langsam zu essen, doch es war ihm schier unmöglich. Es dauerte nicht lange, da hatte er seinen Teller bis auf einen der beiden Heringe leer gemacht. Mine gab ihm Nachschlag.

Fixfööt sagte mit vollem Mund: »Hm, Mine, is ümmer lecker, dien Grütt.«

»Danke. Ich freu mich, wenn's dir schmeckt.« Mine zündete zwei Unschlittkerzen an, denn mittlerweile war es fast dunkel geworden.

»Mir schmeckt es auch sehr gut«, versicherte Rapp zwischen zwei Bissen.

»Mi smeckt dat beter.« Fixfööt schien noch immer streitlustig zu sein.
Rapp beschloss, den Stier bei den Hörnern zu packen. »Was hast du eigentlich gegen mich?«, fragte er. »Ich möchte hier doch nur ein paar Nächte schlafen, mehr nicht.«
»Lot Mine in Freeden. Se is'n fienen Keerl.«
»Ja, selbstverständlich, was denkst du dir eigentlich?«
Fixfööt murmelte etwas Unverständliches.
Rapp versuchte es anders. Vielleicht taute der Jüngling auf, wenn man ihn auf seinen Namen ansprach. »Was bedeutet eigentlich ›Fixfööt‹?«, fragte er. »Das heißt doch sicher irgendetwas.«
»Dat kann goot sien.«
»Ehrlich gesagt, hörte es sich für mich im ersten Moment wie ›Fischbröt‹ an.«
»Wat seggst du do?« Dem Jüngling fiel fast der Löffel aus der Hand. Doch bevor er eine Antwort geben konnte, lenkte ihn Mines Prusten ab. Er blickte sie vorwurfsvoll an. Sie begann zu lachen. Es war ein herzhaftes, lautes, aus der Tiefe ihrer Kehle kommendes Lachen. Und es war überaus ansteckend. Fixfööt, zunächst eher widerwillig, konnte nicht anders, als nach und nach mit einzufallen. Dabei verschluckte er sich, kröchelte und hustete und rang nach Luft.
Mine klopfte ihm kräftig auf den Rücken und füllte seinen Becher neu mit Wasser. »Trink das.«
Verwirrt fragte Rapp: »Habe ich etwas Falsches gesagt?«
Fixfööt trank ein paar Schlucke, wischte sich die Tränen aus den Augen und keuchte: »Mann in de Tünn! Fixfööt, dat sett sik tosomen ut ›fix‹ un ›Fööt‹, verstohst dat? Nee? Ik heff fixe Fööt! Ik bün ›schnell auf den Füßen‹! Flink as Hoorpuder! Hest dat nu klook kreegen?«
Rapp hatte verstanden und musste nun auch lachen. Plötzlich hatte sich alle Spannung aufgelöst. Mine sagte: »Fixfööt kann auch Hochdeutsch. Und ein bisschen Holländisch

und Englisch. Wenn er will. Er braucht's, weil er Bote ist. Trägt Briefe, Zettel, Billetts, Pakete und was weiß ich durch die Stadt. Immer von einer Adresse zur anderen. Stimmt's, Fixfööt?«

»Ja, stimmt. Hab ich mir selbst ausgedacht, die Arbeit. Da kann man gut von leben. Und man kommt viel rum.«

Rapp hatte eine Idee: »Kennst du den *Hammerhai?«*

Fixfööts Augen verengten sich. »Den *Hammerhai?* Puh, nur von außen. Der Wirt soll so'n Dicker sein. Stoffers heißt er. Hauke Stoffers, glaub ich. Ist'n ganz übler Bursche. Was ist mit der Spelunke?«

»Ach, nichts.« Rapp bereute es schon, das Thema angesprochen zu haben.

Mine schaltete sich ein. »Kannst ihm ruhig deine Geschichte erzählen, Teo. Wenn du's nicht tust, tu ich's. Vielleicht kann Fixfööt dir helfen. Er hört so manches.«

Also erzählte Rapp an diesem Tag zum zweiten Mal seine Erlebnisse. Es dauerte noch länger als beim ersten Mal, da Fixfööt ein ungeduldiger Zuhörer war, der öfter unterbrach und nicht mit Zwischenrufen sparte. Als Rapp schließlich zum Ende gekommen war – diesmal hatte er gleich über die zwei von ihm getöteten Männer gesprochen –, sagte der Jüngling: »Hast Glück, dass du bei Mine bist, Teo. Hier passiert dir nix. Die Leute von Opas Hof halten zusammen as Pick un Swevel. Aber ich an deiner Stelle würd mal in meine Apotheke kucken. Wer weiß, was da los ist.«

Rapp zuckte mit den Schultern. »Wann soll ich das denn machen? Dieser verdammte Imitator ist morgen bestimmt wieder da.«

»Wann schon! Heut Nacht natürlich. Oder bist du schlecht zu Fuß?« Fixfööt deutete auf den Verband.

»Nein, nein.« Rapp fühlte sich bei seiner Ehre gepackt. Natürlich konnte er laufen. Natürlich konnte er gleich jetzt zur Deichstraße gehen. Genauer betrachtet, hatte das sogar den

Vorteil, dass er den Imitator wohl kaum noch im Hause antreffen würde. Er fasste einen Entschluss. »Ich denke, du hast Recht. Ich werde sofort aufbrechen.«

»Wart noch, bis Nacht wird. Ist sicherer. Man kann schneller abtauchen. Und dann sehen vier Augen mehr als zwei.«

»Vier Augen?«

Fixfööt grinste. »Ich komm mit.«

Kapitel vier,

in welchem Rapp vor seinen eigenen Schnecken fliehen muss und dabei keineswegs zu langsam sein darf.

Der Imitator stand in der Offizin von Rapps Apothekenhaus und fragte sich zum wiederholten Male, wo die Männer blieben. Drei waren es, auf die er wartete, und er hoffte, sie würden zuverlässig arbeiten. Und vorsichtig, sehr vorsichtig. Damit nichts entzwei ging. Nervös blickte er durch die Fenster nach draußen auf die schwach erleuchtete Straße. Noch immer nichts. Keine leisen Schritte, keine schemenhaften Gestalten. Nur der klobige zweirädrige Karren vor der Tür, der extra mit dicken Decken ausgeschlagen worden war.

Der Imitator blickte mit einem Ausdruck der Verachtung an sich herunter. Dieser alte, schlecht sitzende Rock, dessen weinrote Farbe im Halbdunkel des Raums fast schwarz wirkte! Dass er ihn tragen musste, kam ihn sauer an. Aber er gehörte nun einmal zu der Rolle, die man ihm aufgezwungen hatte, zu dem Spiel, das für ihn vielleicht um Leben und Tod ging. Er stieß die Hände in die Rocktaschen und untersuchte zum ersten Mal genauer deren Inhalt. Ein paar Münzen waren da. Er klaubte sie heraus und hielt sie gegen das Straßenlicht. Drei Schillinge und sieben Pfennige. Nicht eben viel. Seine Information stimmte also: Der Apotheker Rapp gab sein Geld lieber für andere Dinge aus. Als Nächstes förderte der Imitator ein Fläschchen hervor. Mit Mühe entzifferte er die Frakturbuchstaben der Aufschrift: *Rapp'sche Beruhigungstropfen.* Die kannte er. Er hatte sie am heutigen Tag schon mehrfach verkauft. Der Besitzer des Rocks musste sehr von ihrer Wirkung

überzeugt sein, da er sie sogar persönlich mit sich führte. Was war das? Ein Taschentuch. Ach ja, das gehörte ihm selbst. Er hatte es eingesteckt, als er in die Verkleidung schlüpfte. Und das? Ein Papier. Es war die Einladung zu der *Soirée* im Palais Lüttkopp. Und weiter? Des Imitators tastende Finger stießen auf eine Pfeife. Er holte sie heraus und betrachtete sie. Sie sah aus, als würde sie stark benutzt, dazu stank sie zum Gotterbarmen. Der Imitator verzog das Gesicht. Er gehörte nicht zu den Jüngern der »Toback-Trinker« oder »Toback-Schlürfer«, wie sich manche Raucher noch immer nannten; er hasste den beißenden Qualm des Gesellschafts-Knasters, auch wenn es hieß, Toback sei gut zu den Fischern, den Soldaten, den Fleischhauern, den Gerbern und Kürschnern. Er tauge für Studenten und andere, die den Kopf brauchten. Er schmecke denen, die Stockfisch, Erbsen, Linsen und dergleichen unverderbliche Speisen nicht ausarbeiten könnten.
Der Imitator schob die Pfeife wieder zurück. Wo blieben nur die vermaledeiten Burschen? Alles war doch sorgfältig vorbereitet worden. Wenn sie nicht bald kamen, war der Abend verloren. Er musste unbedingt nach Hause. Zu dumm, dass der Plan am Sonntag nicht aufgegangen war. Das verdankte er einzig und allein dem verfluchten Apotheker Rapp. Warum war der Pillendreher nach dem Überfall nicht hier in seinem Haus erschienen? Was ging in dessen Schädel vor?
Der Imitator straffte sich. Im Grunde konnte ihm das einerlei sein. Er würde das Spiel noch zwei, drei Tage durchhalten, und dann wäre die Sache ohnehin erledigt.
Er begann sich wieder in der Offizin umzusehen. Es konnte nicht schaden, ein wenig besser Bescheid zu wissen, die Etiketten zu studieren, die Behältnisse, die Schränke, die vielen Schubladen. Er stellte sich hinter den Rezepturtisch und wiederholte im Stillen die Namen der Dinge, die sich darauf befanden. Da war zunächst einmal die große Waage mit den flachen Schalen und dem dazugehörigen Gewichtssatz. Jedes Gewicht

wies einen geprägten Pferdekopf auf. Dazu kam eine Holzfigur, Aesculap mit seiner Tochter Hygieia zeigend, welche eine Salbdose trug. Dies zu wissen fiel nicht schwer, weil beide Namen eingeritzt waren. Es folgten ein kleiner Mörser mit Pistille und ein Leuchter mit drei Kerzen. Und natürlich einige Flaschen der allgegenwärtigen *Rapp'schen Beruhigungstropfen.*
Der Imitator bückte sich, um die einzelnen Schubladen des Rezepturtischs in Augenschein zu nehmen. Es waren insgesamt sechzehn. Die Aufschriften konnte er nicht lesen, da der Tisch quer zur Eingangstür stand und die Schubladen deshalb im Schatten lagen. Er überlegte kurz, ob er die Kerzen entzünden sollte. Dann tat er es. Schließlich war er Teodorus Rapp, und er hatte nichts zu verbergen. Solange er nichts verkaufte, konnte niemand etwas dagegen haben, wenn er sich in seiner Offizin aufhielt.
Im Schein der Kerzen war er gleich darauf in der Lage, die einzelnen Bezeichnungen lesen. Er unterschied Aufschriften wie *Campher, Lavandula* und *Valeriana.* Nicht alle Namen sagten ihm etwas, aber häufig half ihm seine Nase, wenn er die Schubladen öffnete. So fand er heraus, das *Campher* Kampfer bedeutete, *Lavandula* Lavendel und *Valeriana* Baldrian. Ihm fiel auf, dass die lateinische Bezeichnung nicht selten der deutschen ähnlich war. Bei der letzten Lade jedoch verhielt es sich anders. Unter *Pecunia Rappis* hatte er ein Erzeugnis der Rapspflanze vermutet, aber dem Duft nach handelte es sich eindeutig um Melisse.
Wo blieben die drei Burschen nur?
Der Imitator richtete sich auf. Er ging links um den Rezepturtisch und kam an einem Stuhl, einem Schemel und der großen Standuhr vorbei. »Schon acht Uhr durch«, knurrte er. Vor ihm stand ein Pult mit dem, ja, wie hieß es noch? Richtig: *Antidotarium.* Den Begriff musste er sich unbedingt merken, denn es handelte sich um das Apothekerhandbuch, ein Kompendium, das die Sammlung der am meisten verbreiteten Rezepte enthielt.

Feder und Tinte standen dabei, falls ein Physikus eine neue Rezeptur hinzufügen wollte. Alle Ingredienzen mussten genauestens nach Mengen und Maßen aufgelistet werden. Der Imitator besah sich die Titelseite des Buchs. Wie der gesamte Einband war auch sie aus starkem, blau eingefärbtem Kaliko. Sie zeigte den Schriftzug *Antidotarium,* dazu einen geprägten Pferdekopf.

Er trat zum Fenster und spähte hinaus. Nichts.

Den Leuchter vor sich hertragend, ging er zur gegenüberliegenden Seite und wäre dabei fast über einen kniehohen Bronzemörser gestolpert. Er unterdrückte einen Fluch und fragte sich, wozu, um alles in der Welt, ein so riesiger Mörser gut sein mochte. Daneben stand ein schön verzierter Holzkasten zu seinen Füßen. Er untersuchte ihn und kam alsbald zu dem Schluss, dass es sich um eine Reiseapotheke handelte.

Blieb noch die Stirnwand der Offizin hinter dem Rezepturtisch. Sie wurde fast gänzlich eingenommen von dem großen Wandschrank, der im oberen Bereich Regale aufwies, im unteren abermals zahlreiche Schubladen. Zwischen den Regalen ragte mittig der große schwarze Pferdekopf hervor. Das Wahrzeichen der Apotheke, das dem Imitator wegen seiner großen Lebensechtheit schon am Vortag aufgefallen war. Überhaupt musste festgestellt werden, dass der Besitzer des Hauses die meisten seiner Einrichtungsgegenstände mit viel Liebe hatte anfertigen lassen. Das galt auch für die herrlichen Opalinglasflaschen in den Regalen, für die Albarellos aus Siena, die Gefäße mit Emailmalerei, die schön geformten Steinzeugkrüge, die Anthorff'schen Töpfe. Sie alle trugen seltsame Aufschriften wie *Semen Lythosperm* oder *Ol Mirban* oder *Fungus Laricis* oder *Extr: Filicis.* Immer wieder stieß er dabei auf den Rapp'schen Pferdekopf. Wahrlich ein Liebhaber und Sammler, dieser Apotheker. Letzteres sollte ihm zum Verhängnis werden. Ja, das sollte es …

Der Imitator fuhr zusammen. Schritte! Viel zu laute Schritte auf

dem Kopfsteinpflaster! Das mussten die Burschen sein. Während er sich noch über seine Schreckhaftigkeit und gleichzeitig über die Unvorsichtigkeit der Kerle ärgerte, eilte er zu Tür. Da waren sie schon. Dunkel gekleidete Gestalten mit tief in die Stirn gezogenen Mützen. »Kommt rein!«, befahl er. Als sie in der Offizin standen, stellte er den Leuchter auf den Rezepturtisch. »Ihr seid spät dran!«, herrschte er sie an.
Die drei erwiderten nichts.
»Ihr geht recht großzügig mit meiner Zeit um, sieben Uhr war vereinbart«, fügte er hinzu, doch das Einzige, was er zur Antwort bekam, war ein Schulterzucken.
Das ist Abschaum, dachte der Imitator bitter, übles Gelichter. Jedes weitere Wort wäre zu viel. »Nun, gut, aber ihr wisst, worum es geht?«
Die drei nickten.
»Dann folgt mir.« Er ging zur hinteren linken Ecke der Offizin, wo eine steile Holztreppe in die oberen Stockwerke führte. »Achtet auf eure Köpfe, auch wenn ihr sie nicht zu gebrauchen scheint.« Der Imitator gelangte in den ersten Stock, in dem, wie er wusste, dass Laboratorium eingerichtet war, und stieg zielstrebig weiter, bis er den zweiten Stock erreicht hatte. Oben angekommen, musste er erst einmal durchatmen. Zufrieden stellte er fest, dass die Burschen dies nicht taten. Wenigstens Puste schienen sie zu haben. Hoffentlich waren sie auch geschickt genug, das kostbare Diebesgut pfleglich zu behandeln.
Immerhin machten sie große Augen angesichts der Kostbarkeiten, die hier oben gelagert waren. Der ganze Raum glich einer gewaltigen Schatzkiste, in der man leibhaftig stehen konnte. Es gab Exponate an allen Wänden, auf dem Boden und sogar an der Decke: Dort hingen die ausgestopften und präparierten Körper von Alligatoren, Knochenfischen, Seevögeln und Meereshunden. Sogar ein schwimmfähiges Kajak schwebte da. An den Wänden waren Kehrwiederhölzer, Keulen und Blasinstrumente aus *Terra australis* angebracht, außerdem Pfeile,

Bögen, Speere. Ein präparierter Pygmäe aus dem Herzen Afrikas blickte seelenlos aus der Ecke. Brasilianische Schrumpfköpfe, knochenlos und nur faustgroß, grinsten verzerrt. Anderswo hingen Exotika, wie die Kleidung eines Algonkin-Indianers, dazu seine Jagdwaffen und sonstigen Gerätschaften. Zwei Panzer von riesigen Landschildkröten zierten die Wände, eine Kollektion Säugetierschädel von der Spitzmaus bis zum Bären, Geweihe, Elchschaufeln, der Zahn eines Narwals ... und überall dazwischen standen Schränke und Schreine. Darauf zylindrische Glasgefäße mit klarer Konservierungsflüssigkeit, die Schlangen, Schleichen, Vipern und Ottern bargen.

Der Imitator trat vor einen besonders breiten und hohen Schrank und öffnete ihn. Der Anblick, der sich ihm bot, entlockte selbst den hartgesottenen Burschen hinter ihm ein erstauntes »Oh ...«

Die gesamte obere Hälfte bestand aus Regalen im Panorama-Schnitt. Sie waren über und über mit bizarren Korallen belegt, Korallen der verschiedensten Formen, Farben und Größen. Den unteren Teil des Schranks bildeten sechs flache Schubladen, jede so breit wie die Armspanne eines ausgewachsenen Mannes. Der Imitator zog die Erste auf, und abermals konnten die Burschen nicht umhin, ein bewunderndes »Oh« auszustoßen. Vor ihnen lag ein Mosaikbild aus Hunderten von Schneckengehäusen. Es handelte sich, wie die Beschriftungen zeigten, um Schraubenschnecken, Flügelschnecken, Walzenschnecken, Turmschnecken, Kronenschnecken, Tritonshörner und viele, viele mehr. Sie alle bildeten ein geometrisches Muster, das in den herrlichsten Farben glänzte.

»Ihr fangt mit den Schubladen an, das ist am einfachsten«, sagte der Imitator. »Legt immer zwei nebeneinander auf den Karren und zwei darüber. Mehr nicht. Und schiebt den Wagen vorsichtig und langsam. Vor allen Dingen langsam. Für jedes Stück, das ihr kaputt macht oder das verloren geht, drehe ich euch persönlich den Hals um. Ihr werdet es nicht schaffen, das ganze Zeug heute Nacht fortzubringen. Morgen und übermorgen werdet ihr ebenfalls zu tun haben, vielleicht auch noch die Nacht darauf. Geht lieber einmal mehr und behandelt sämtliche Sachen wie ein rohes Ei. Ihr kennt das Ziel?«

»Jo, jo.«

»Gut. Erst, wenn ihr alle Schubladen weggeschafft habt, nehmt ihr euch der völkerkundlichen Dinge an. Ich meine damit die Waffen, die Kleidung und alles andere, was durch Menschenhand entstand.« Der Imitator hielt inne. Er dachte daran, dass er es mit Männern schlichten Geistes zu tun hatte. »Die Schränke lasst ihr alle hier. Ihr würdet sie komplett auseinander bauen müssen, um sie die Treppe hinuntertragen zu können, klar?« Und dazu wärt ihr ohnehin zu dämlich, fügte er im Stillen hinzu. »Also nur die Schubladen, und mit diesen sechs fangt ihr an. Auf dem Karren legt ihr über jede Lade eine Decke, bevor die zweite darüberkommt. Habt ihr alles verstanden?«

Die drei nickten.

»Dann verlasse ich euch jetzt. Merkt euch: Immer wenn ihr eine Fuhre antretet, macht ihr die Haustür hinter euch zu. Das ist wichtig, damit niemand Verdacht schöpft. Stellt euch vor, die Nachtwache käme vorbei und würde die offen stehende Tür entdecken. Passt auf wie die Schießhunde. Lasst euch auf keinen Fall erwischen! Und noch eines: Hände weg vom Apothekenraum unten. Wenn ich feststelle, dass irgendetwas darin fehlt, dann gnade euch Gott!«

Grußlos verließ der Imitator das Dachgeschoss und tastete sich vorsichtig die Treppe hinunter. Den Leuchter mit den brennenden Kerzen ließ er zurück.

Ohne Licht war nicht gut stehlen.

Wie alle Frauen, die sich um ihre Männer sorgen, hatte Mine es nicht bei einem einfachen Abschiedsgruß bewenden lassen, sondern Rapp und Fixfööt darüber hinaus eine Reihe gut gemeinter Ermahnungen mit auf den Weg gegeben. Beide hatten mehr oder weniger geduldig zugehört und sie zu beruhigen versucht, der eine mit dem Hinweis auf seine Krücke, die sich auch als Schlagwaffe eignete, der andere, indem er auf seine schnellen Beine verwies. Dennoch hatte es eine Weile gedauert, bis sie schließlich unterwegs waren, und dieser Zeitverzug sollte dazu führen, dass sie den falschen Apotheker um Haaresbreite verpassten, gerade in dem Augenblick, als sie in die Deichstraße einbogen.

Ahnungslos flüsterte Rapp, der hinter Fixfööt herschlich: »Ich weiß nicht, was ich mit dem Imitator, diesem Hundsfott, machen würde, wenn er mir jetzt im Dunklen begegnete.«

»Willst es wohl mit der Nachtwache zu tun kriegen?«, gab der Rothaarige ebenso leise zurück. »Sei froh, dass uns niemand gesehen hat. Nicht mal die Bettler von St. Nikolai, und die haben ihre Augen überall. Auch nachts.«

»Hast ja Recht.«

»Pass mit der Krücke auf. Machst ziemlichen Lärm beim Aufsetzen.«

»Ja, ja.« Das war zwar übertrieben, aber Rapp legte sich trotzdem die Gehhilfe über die Schulter. Er brauchte sie sowieso kaum noch, denn der rechte Fuß in seinem Verband war nahezu schmerzfrei. Über den linken hatte Mine ihm ein Paar Strümpfe gezogen, was von zweierlei Vorteil war: Der Fuß blieb warm, und er konnte leise auftreten. Fixfööt hatte das Problem der Lautlosigkeit auf seine Weise gelöst. Er trug die Holzschuhe links und rechts in den tiefen Taschen seines Mantels.

»He, Teo, da vorn, da ist schon dein Haus, oder?«

»Stimmt.«

»Hab's an dem Schild mit dem Pferdekopf erkannt.«

»Ja, darunter steht *Apothekenhaus Rapp.*«

»Dacht ich mir schon. Mit dem Lesen ist's nicht weit her bei mir. Brauch es nur manchmal beim Austragen.«

Rapp spähte angelegentlich zu seinem Domizil und wisperte: »Es sieht aus, als wäre niemand da … Au!«

Fixfööt war so unvermittelt stehen geblieben, dass sein Hintermann ihm fast in die Beine und regelrecht aufgelaufen wäre. »Pssst! Hast du das nicht gesehen? Im zweiten Stock ist Licht.«
Rapp musste schon genau hinblicken, um Fixfööts Beobachtung bestätigen zu können. Der Rotschopf hatte nicht nur schnelle Beine, sondern auch scharfe Augen. »Ja«, sagte er, »stimmt, da flackert Licht.« Und dann sagte er nichts mehr. Er war wie gelähmt. Denn was er die ganze Zeit befürchtet, aber nie zu Ende gedacht hatte, schien sich zu bewahrheiten: Man hatte es auf seinen Thesaurus abgesehen! War es das, was hinter der ganzen Posse mit dem Imitator steckte? Spielte dieser am Tage den braven Apotheker, um des Nachts klammheimlich die einzigartigen Exponate zu entwenden? Dem musste sofort ein Riegel vorgeschoben werden!
In Rapps wirbelnde Gedanken hinein sagte Fixfööt: »Vorm Haus steht ein Karren. Ist das deiner?«
Rapp antwortete nicht, er konnte nicht. Der Thesaurus war sein kostbarster Besitz. Ehe er den Raub seiner Schätze zuließ, wollte er sich lieber die rechte Hand abhacken. Er stürzte vor, doch Fixfööt hielt ihn mit überraschender Kraft zurück und zerrte ihn in den Schatten einer Mauer. »Büst du mall! Dor kummt een rut!« Vor Schreck war der fixe Jüngling wieder ins Plattdeutsche gefallen.
Jetzt sah Rapp es auch. Eine dunkle Gestalt war aus dem Haus getreten, blickte sich mehrfach um und verschwand. Nein, da war sie wieder. Sie schob einen Keil unter die sich nach innen öffnende Tür. Für Rapp war klar: Da wollte einer im großen Stil stehlen, warum sonst sollte die Tür vor dem Zuschlagen gesichert werden – doch nur, damit reichlich Diebesgut ungehindert hinausgetragen werden konnte. Sein Thesaurus! War der Mann allein? Hatte er Komplizen? War der Imitator dabei? Rapp spürte, dass er unbedingt Gewissheit haben musste. Abermals zog es ihn mit Macht zu seinem Haus, doch wie-

derum hielt ihn der gewitzte, auf den Straßen groß gewordene Fixfööt fest und flüsterte: »Vörsicht, Teo, loot di Tiet! Lieber einmal mehr gucken als einmal zu wenig.«

»Der Karren gehört mir nicht! Der gehört dem Kerl, der die Tür aufgemacht hat. Man will mich bestehlen!«

»Ja, sicher, was denkst du denn.«

»Aber es geht um meinen Thesaurus! Meine Sammlung! Meine Exponate! Sie sind oben im Haus untergebracht, genau da, wo das Licht hinter den Fenstern schimmert.« Rapp hielt es nicht länger aus. Er sprang vor, lief die wenigen Schritte zu seiner Apotheke und trat ein. In der Offizin, das sagte ihm ein schneller Rundumblick, schien alles so zu sein wie immer. Nichts fehlte. Gott sei Dank. Wahrscheinlich galt das auch für sein Laboratorium im ersten Stock. Aber dann ...? Rapp durfte gar nicht daran denken. Ohne nachzudenken, stieg er die Holztreppe empor, immer die schlagbereite Krücke in der Hand. Was ihn wohl in seinem Kabinett erwartete? Sein Puls hämmerte. Er musste kühlen Kopf bewahren. Wenn er es nur mit dem Mann von eben zu tun hatte, würde er mit ihm fertig werden. Wenn es mehrere Männer waren ... Nun, man würde sehen. Hinter sich hörte er ein winziges Geräusch. War das Fixfööt? Ja, er war's. Kaum sichtbar in der Dunkelheit, grinste er ihm von unten entgegen. Der brave Bursche! Er ließ ihn nicht im Stich. Aber er kannte die Treppe mit ihren Tücken nicht. Die neunte Stufe quietschte stets wie ein angestochenes Ferkel. Rapp deutete heftig auf die entsprechende Bohle, dann überstieg er sie mit demonstrativer Deutlichkeit. Fixfööt hatte verstanden. Er tat es ihm gleich. Gut, ihn bei sich zu haben!

Kurz vor Erreichen des zweiten Stocks wurde es heller. Die flackernde Lichtquelle! Gleich würde er genau wissen, was der Dieb – oder die Diebe – im Schilde führten. Rapp schob seinen Kopf langsam über den obersten Treppenabsatz und spähte in den Raum. Drei Männer waren da. Hagere Halunken in ärmlicher, schmuddeliger Kleidung. Sie standen vor dem großen

Schrank mit den *Gastropoden* und *Conchylien*. Zwei hatten eine der Schubladen in ihren dreckigen Pfoten, ein Dritter hielt den Kerzenleuchter aus der Offizin. Die verfluchten Schandbuben! Was wollten sie mit seinen Schätzen? Nie und nimmer wollten sie die für sich! Aber für wen? Für den Imitator? Warum war er dann nicht hier? Rapp knirschte mit den Zähnen und überlegte fieberhaft, wie er die drei überwältigen konnte, ohne dabei seine Exponate in Gefahr zu bringen. Er durfte keinen Fehler machen.

Und doch machte er ihn. Für einen Augenblick hatte er vergessen, dass er die Krücke in der Hand hielt, und eben diese schlug nun gegen einen der Geländerpfosten, als er sich umdrehte, um Fixfööt zu warnen. Es gab ein lautes, klapperndes Geräusch, das unmöglich zu überhören war. Die Halunken fuhren herum und entdeckten ihn. Ein Schrei der Überraschung und Wut entfuhr dem Mund des einen. Es war der Kerl, der den Leuchter trug. Mit zwei, drei Schritten stürzte er zur Treppe, doch Rapp hatte die Zeit genutzt und war ihm entgegengesprungen. Er schwang die Krücke und hielt den Angreifer so auf Abstand. Gleichzeitig sah er aus dem Augenwinkel, wie die beiden anderen Kerle die Schublade absetzten. Wartet, ihr Langfinger, zu euch komme ich gleich! Rapp vollführte eine Finte und stieß seinem Widersacher die Gehhilfe in den Leib. Der heulte auf, machte einen Satz nach hinten und tat dann etwas, womit Rapp nicht gerechnet hätte. Er schleuderte ihm den Leuchter mitten ins Gesicht. Rapp spürte heißes, flüssiges Wachs auf der Haut und verlor die Krücke.

Nahezu stockfinster war es jetzt, und Rapp brauchte einige Sekunden, um sich an das wenige verbliebene Licht zu gewöhnen. Es schien von der Straße herein, und es zeigte ihm, dass er es nicht nur mit Dieben, sondern auch mit Meuchelmördern zu tun hatte, denn einer der beiden Schubladenträger ließ nun ein langes Messer aufblitzen. Rapp wich zurück. Es grenzte an Wahnsinn, mit der blanken Faust gegen ein Messer kämpfen zu wollen. Auch der zweite Schubladenträger hielt nun eine Klinge in der Hand. Rapp bewegte sich rückwärts und stolperte über den am Boden liegenden Leuchter. Er fiel. Mit schreckgeweiteten Augen sah er, wie die Messer vor seinem Gesicht hin und her schwangen. Es machte den Halunken wohl Freude, ihn zittern zu sehen. Sie weideten sich an seiner Todesangst. Rapp glaubte, sein letztes Stündlein sei gekommen, und schloss die Augen. Er hoffte, es würde schnell gehen.

Jählings hörte er ein Sausen in der Luft und einen dumpfen Schlag. Er öffnete die Augen wieder. Einer der beiden Messerhelden lag am Boden und rieb sich den Kopf, der andere wich zurück!

»Rut hier! Blots rut hier! Kumm rut, Teo!«

Das war Fixfööt. Der tapfere Junge hatte ihn gerettet! Wo war nur die Krücke? Egal, zum Suchen blieb keine Zeit. Rapp torkelte hoch, wollte aus dem Raum eilen und stolperte abermals über den Leuchter. Doch diesmal landete er nicht auf dem Boden, sondern auf der obersten Stufe und fiel die gesamte Treppe hinunter. Im ersten Stock blieb er liegen, hörte über sich die Halunken fluchen. Sie waren ihm schon auf den Fersen! Er raffte sich auf und hetzte hinab ins Erdgeschoss. Wo war Fixfööt? Schon auf der Straße. Und er hatte die Krücke! Rapp stürzte hinterher. Als er durch die Tür lief, hatte er einen Einfall. In rasender Hast schob er den großen Bronzemörser vor die Schwelle.

Rapp lief so schnell, wie er noch nie gelaufen war, und blickte sich dabei immer wieder um. Er sah, dass der Mörser keine gute Idee gewesen war. Er hatte die Diebe kaum aufhalten können, aber immerhin, es waren nur noch zwei. Der Kerl mit dem Leuchter fehlte. Während Rapp weiterhastete, fühlte er Genugtuung. Wenigstens einen hatte er erwischt. Wo war Fixfööt? Mein Gott, da vorn schon, fast am Ende der Deichstraße. Der Bursche konnte laufen! Verzweifelt versuchte Rapp aufzuschließen, aber es gelang ihm nicht. Dafür kamen seine Verfolger immer näher. Was wollten sie noch von ihm? Sie hatten ihn doch aus seinem eigenen Haus vertrieben! Gerade bog Rapp in den Hopfenmarkt ein, da hörte er einen leisen Pfiff. Fixfööt! Der flinke Jüngling winkte ihn in eine Seitengasse hinein. Rapp gehorchte augenblicklich und kauerte Sekunden später hinter einem Regenfass. Fixfööt neben ihm legte beschwörend den Finger auf die Lippen. Rapp verstand nicht. Er sagte doch gar nichts? Dann ging ihm ein Licht auf. Er keuchte wie ein Ochse im Joch. Meilenweit zu hören! Rapp zwang sich, langsam durchzuatmen, auch wenn ihm die Lungen schier bersten wollten, und hoffte inbrünstig, dass die List gelänge. Würden die beiden Halunken weiter geradeaus laufen?

Sie taten es.

Welch ein Glück! Doch Fixfööt war schon wieder aufgesprungen und schickte sich an, den Hopfenmarkt weiträumig zu umlaufen. Warum das? Bei allen Mörsern und Pistillen! Die Halunken hatten ihren Fehler bemerkt und waren umgekehrt. Rapp hetzte hinter dem flinken Jüngling her. Lange konnte er das nicht aushalten. Er war nicht mehr der Jüngste. Gottlob, Fixfööt wurde langsamer. Er verschwand am Straßenrand hinter einem Mauervorsprung. Rapp folgte ihm. Da stand der Jüngling schon, eng und unsichtbar an die Hauswand gedrückt. Ohne lange zu überlegen, tat Rapp es ihm gleich. Die Schritte der Verfolger hämmerten auf dem Kopfsteinpflaster. Sie kamen näher. Was hatte Fixfööt vor? Hoffte er, dass die Halunken abermals in die Irre liefen und ihren Fehler diesmal nicht bemerken würden?

Nein, das hoffte Fixfööt nicht. Denn kurz bevor das Diebespack heran war, stieß er die Krücke vor, sie waagerecht ein Stück über den Boden haltend. Wie geplant bemerkten die Verfolger das Hindernis zu spät und flogen im hohen Bogen auf die Straße. Fluchend und vor Schmerzen brüllend, blieben sie liegen.

»Was ist da los? Halt, stehen bleiben, Nachtwache!«

Rapp erkannte zwei sich rasch nähernde Gestalten. Einer von ihnen hielt eine Handlaterne hoch. Dann spürte er, wie Fixfööt ihn in die entgegengesetzte Richtung fortzog. Auch die eben noch fluchenden Halunken hatten sich erhoben und flohen vor dem Arm des Gesetzes.

Wieder lief Fixfööt voraus und Rapp hinterher. Die Ordnungshüter schienen sie nicht zu verfolgen. Hatten sie das Diebespack geschnappt? Rapp wünschte es sich inbrünstig. Zu seiner Luftknappheit gesellten sich jetzt starke Seitenstiche. »Ich ... ich ... kann nicht mehr«, japste er nach kurzer Zeit.

Fixfööt hielt an. »Das hat grad noch mal geklappt«, sagte er, ohne auf Rapp einzugehen. Kaum außer Atem, fuhr er fort: »Aber wir sollten uns nicht drauf verlassen. Die Männer der Nachtwache kennen sich hier aus, und man weiß nie, ob nicht noch ein paar weitere irgendwo rumschwirren. Am besten, wir fliehen über die Dächer.«

In der folgenden Stunde lernte Rapp das nächtliche Hamburg aus einer ganz neuen Perspektive kennen: aus dunkler, schwindelnder, gefährlicher Höhe. Er stieg Treppen empor und Leitern hinab, erklomm abermals Treppen, schritt Dachböden entlang, kletterte über Simse, hangelte sich an freistehenden Geländern weiter und sprang von Dach zu Dach. So manches Mal weigerte er sich, weiter zu gehen, doch immer wieder half Fixfööt ihm, indem er ihn stützte oder aufmunterte.

Es war wohl gegen Mitternacht, als er und Fixfööt endlich Opas Hof erreicht hatten. Sie standen oben auf den Wohnbauten und schickten sich an, die steile Leiter zur Mansarde zu erklettern. Da öffnete sich in der Dachschräge die Luke, und Mine erschien auf der kleinen Plattform. Rapp war noch so angespannt, dass er sich kaum über ihren Anblick freuen konnte. Als sie fragte, wie es ihnen beiden ergangen sei, ließ er Fixfööt für sich antworten. Er war zu müde und zu erschöpft.

Er fühlte sich wie ein Böhnhase.

Kapitel fünf,

in welchem Teo seinen Thesaurus zum Teil verliert, dafür aber ein ganzes Menschenleben rettet.

Rapp stand steif wie ein Ölgötze vor dem Fenster und musste eine eingehende Untersuchung über sich ergehen lassen. Mine betrachtete jeden Quadratzoll seines Gesichts und fragte schließlich: »Tut's noch sehr weh?«

»Aber nein, nicht der Rede wert.« Selbst wenn dem so gewesen wäre, Rapp hätte es niemals zugegeben.

Mine kam zu dem Schluss: »Das Wachs hat'n bisschen deinen Bart angesengelt. Aber eigentlich ist nix zu sehen. Nur zu riechen.« Sie rümpfte die Nase. »Es mieft nach verbrannten Haaren.«

Das war Rapp peinlich. Mine hatte sich letzte Nacht und auch heute Morgen so rührend um ihn gekümmert, dass er nur den besten Eindruck auf sie machen wollte. »Tut mir Leid, Mine, ich würde den Bart ja abnehmen, aber ich glaube, es ist besser, wenn ich ihn weiter wachsen lasse. Ich sehe dann eher aus wie ein, äh, Mann aus dem Volke.« Das stimmte in der Tat, denn seit Ludwig der XIV. sich Anno 1680 von seinem schmalen Oberlippenbärtchen getrennt hatte und bis zu seinem Tod nur noch glattrasiert aufgetreten war, galt bei den Herren von Stand die Bartzier als untragbar. Umgekehrt hielten sich einfache Soldaten, Bauern und Schiffer nicht an diese Regelung.

»Die Haut muss behandelt werden«, stellte Mine fest. »Ich glaub's nicht, wenn du sagst, es tät nicht weh. Aber ich hab nix da.«

»So schlimm ist es wirklich nicht. Doch warte ...« Rapp war ein

Gedanke gekommen. Vielleicht begleitete Mine ihn zu seinem Apothekenhaus? Das hätte einerseits den Vorteil, dass sie eine Arznei für ihn erwerben konnte, andererseits würde der Besuch Aufschluss darüber geben, inwieweit der falsche Apotheker sich tatsächlich in Rapps Metier auskannte. Darüber hinaus ergäbe sich vielleicht die Möglichkeit, ein Auge auf den zweiten Stock zu werfen. »Nun, wenn du darauf bestehst, *Pingue gallinae* ist bei Hautverbrennungen ein sehr probates Mittel. Wir könnten zur Deichstraße gehen und es holen.«
»Was? Aus deiner Apotheke? Und wenn der Imitator wieder da ist? Hast du keine Angst, dass er dich erkennt?«
Rapp schürzte die Lippen. »Tja, das ist natürlich die Frage. Ob er mich erkennt, hängt davon ab, ob er bei dem Überfall dabei war. War er es nicht, brauche ich mir weiter keine Gedanken zu machen. War er es aber doch und hat mich demzufolge ohne Kleidung und Perücke gesehen, könnte es in Betracht kommen. Andererseits war es dunkel, alles ging sehr schnell, und außerdem liegt das Ganze nun bald drei Tage zurück. Mein Bart ist, wie du selber siehst, kräftig ins Kraut geschossen, was mich anders aussehen lässt, und das rotbraune Leinenhemd und die Hose von Franz Witteke tun sicher ein Übriges. Dazu die Holzpantinen aus deines Vaters Erbe, die mir, ohne den Verband um meine Zehen, Gott sei Dank passen. Nein, nein, ich glaube nicht, dass der Imitator mich erkennt.«
»Die Hose muss ich bei Gelegenheit auslassen«, sagte Mine, »aber sie ist immer noch besser als die olle Schifferbüx von gestern. Wenn ich mitkomm, kann ich zwei Fliegen mit einer Klappe schlagen. Muss am Burstah ein paar geflickte Hemden abgeben.«
Rapp freute sich. Er fragte sich zwar, warum Fixfööt diesen Botengang nicht für Mine erledigte, aber der Jüngling hatte sich seit heute Nacht noch nicht wieder blicken lassen. Wahrscheinlich erledigte er eigene Aufträge. »Fein, dann ist es abgemacht«, sagte er.

Wenig später waren sie unten auf dem Hof, wo ihnen eine Horde kreischender Kinder entgegenstürmte, gerade so, als hätten alle auf sie gewartet. Rapp, der seine Krücke nicht mehr brauchte, trug den Stapel geflickter Hemden. Die Gören riefen mit schrillen Stimmen durcheinander.

»Hööö, Mine!«

»Hest slopen bi Mine, Teo?«

»Segg mol, wo weer dat?«

»Huuu, de sün'n Poor!«

»Tüünkram, sowat deit Mine nich!«

Mine errötete unvermittelt, und Rapp, der beileibe nicht alles verstanden hatte, wunderte sich. Aus dem Hintergrund rief Opa: »Moin, Mine, wo geiht di dat?«

»Goot.« Mine blieb nichts anderes übrig, als Teo zum Misthaufen zu dirigieren, wo Opa schon Toback kauend auf sie wartete.

»Das ist Teo, Opa.«

»Weet ik«, sagte der Alte grinsend. Dann spuckte er einen braunen Strahl in den Misthaufen. »Hett Isi mi seggt. Güstern. Nich, Teo?«

»Ja … Opa«, erwiderte Rapp, der sich erst einmal an den Anblick des alten Mannes gewöhnen musste. Der Greis, den alle Opa nannten, trug eine eng geknöpfte, wollene Joppe, aus der sein kahler Schädel wie ein Schildkrötenkopf hervorlugte. Er saß auf einer Art Rollwagen, der aus einer Holzfläche mit vier kleinen Rädern und einer Stange zum Abstoßen bestand. Seine Oberschenkelstummel waren kaum zu sehen, da sie fast gänzlich von der Joppe überdeckt wurden. Es sah aus, als stehe Opa auf seinem Rumpf.

»Ich kann auch Hoochdüütsch sprechen«, sagte der Alte stolz.

Rapp versicherte höflich, dass ihm das sehr helfen würde.

»Ich tu hier schon länger wohnen wie jeder andere«, erklärte Opa unaufgefordert, »darum heißt der Hof ›Opas Hof‹, nu weißt du Bescheid.«

Rapp fiel darauf nichts Gescheites ein.

Und Opa schien auch keine Antwort erwartet zu haben. Er schob den Priem in die andere Backentasche und versenkte abermals einen Tobackstrahl im Misthaufen. »Bis später dann, Kinners.«

Als Rapp und Mine den Hof durch den niedrigen Gang verlassen wollten, schlüpfte plötzlich Isi heraus und lief winkend auf sie zu. »He, Teo! Siehst du, ich hatt Recht, Mine hat dich aufgenommen, nicht?«, rief sie fröhlich.

Die anderen Kinder plärrten irgendetwas dazwischen.

»Ihr haltet die Klappe!«, wurden sie zurechtgewiesen. Und als das nicht gleich half: »Muul hollen! Haut af!«

Wieder zeigte sich, dass Isi unter den Gören das Sagen hatte, denn sie verzogen sich tatsächlich. »Wo wollt ihr denn jetzt hin? Flickhemden wegbringen?«

»Ja, ich muss zum Burstah«, sagte Mine, die durch die unerwartete Begegnung etwas überrascht war. »Und dann geht's zu Teos Apotheke.«

So sehr Rapp Mine mittlerweile auch schätzte, für diese Bemerkung hätte er sie steinigen können. Wie er Isi kannte, würde sie nicht eher Ruhe geben, bis sie alles über ihn und sein Apothekenhaus wusste. Und so war es auch.

»Wieso? Hat Teo eine Apotheke?«

Mine, die ihren Fehler bereits bemerkt hatte, versuchte abzuwiegeln. »Ja, aber darüber können wir ein andermal reden.«

Isi schien sie gar nicht zu hören. »Wieso? Mensch, Teo, siehst nicht aus wie ein Apotheker!«

»Ah-hm … ja. Sag mal, wo kommst du denn gerade her?«

»Vom Pferdemarkt. Hab die Koken-Marie hingebracht, damit sie Apfelkuchen verkaufen kann. Nachher hol ich sie wieder ab. Bist du wirklich Apotheker, Teo?«

»Nun, ja.« Rapp unternahm einen weiteren Ablenkungsversuch. »Musst du eigentlich nicht zur Schule?«

»Schule ist aus.« Isi, die stolz war, aufs Johanneum zu gehen und dies normalerweise jedem, der es wissen wollte – und jedem, der es nicht wissen wollte –, mitteilte, fragte unbeirrt weiter: »Was machst du denn hier, wenn du Pillendreher bist? Du musst doch in der Apotheke sein?«

Rapp und Mine wechselten einen Blick. Dann sagte Mine mit einem Schulterzucken: »Erzähl's ihr ruhig.«

»Meinst du wirklich?«

»Ja, tu's nur. Isi kann schweigen wie ein Grab, nicht, Isi?«

»Ja, oh ja!«

Rapp seufzte. Die Personen, denen er seine Geschichte anvertraute, wurden von Mal zu Mal jünger. »Also gut«, sagte er, »aber lasst uns erst vom Hof gehen.« Als sie draußen waren und auch die Nachbarquartiere durchquert hatten, begann er: »Hör zu, Isi, das Ganze hängt damit zusammen, dass ich eine geheimnisvolle Sammlung besitze, ein Kabinett aus Tieren, Pflanzen und Steinen. Alle sind äußerst selten, so selten, dass man sie nirgendwo in Europa findet. Sie haben Farben und Formen, die selbst die kühnste Fantasie sich nicht ausmalen kann: kurios, bizarr, monströs. Es gibt Vögel, die wie Drachen aussehen, Wölfe mit zwei Köpfen und fünf Beinen, Fische, die so tief im Meer schwimmen, dass sie immer eine Laterne bei sich haben müssen. Es gibt Heuschrecken, die einem Zauberstab gleichen, Schmetterlinge so groß wie zwei Kehrbleche, Muscheln, in denen ein ganzes Schwein verschwinden könnte, und vieles, vieles mehr. Eine solche Sammlung nennt man Thesaurus.«

»Thesaurus ...«, wiederholte Isi andächtig. Sie hing an Rapps Lippen und hatte weder für die Straße noch für die Leute Augen.

Während sie zum Burstah gingen und Mine ihre Hemden ablieferte, sprach Rapp weiter. Er erzählte, dass es einen unbekannten Mann gäbe, der ihm aufs Haar gleiche, und dass dieser Mann es auf seinen Thesaurus abgesehen habe. Deshalb hätte er den teuflischen Plan gefasst, ihm die Kleider zu stehlen und als Teodorus Rapp in seiner Apotheke aufzutreten. Von dem Verwechslungsschwindel erhoffe er sich, den Thesaurus besser rau-

ben zu können. Er, Teo, könne gar nichts dagegen tun, weil er ja seine Kleider nicht mehr hätte und nun aussehe wie ein Mann von der Straße.
»Hm«, machte Isi. »Verstehe. Du bist Rapp. Aber wenn der andere sagt ›Ich bin Rapp‹, nützt dir das nix, weil's dir keiner glaubt.«
»So ist es«, bestätigte Rapp, der froh war, dass Isi nicht weiter nachbohrte. Auf diese Weise blieb ihm erspart, auch noch über die Morde zu sprechen. Es wäre ohnehin nicht gut für das Kind gewesen.
»Trotzdem, auf die Dauer geht das nicht so weiter«, überlegte Isi altklug. »Da müssen wir uns was einfallen lassen, nicht, Mine?«
Mine, die sich ihnen inzwischen wieder angeschlossen hatte, lächelte. »Kommt Zeit, kommt Rat.« Sie zog ihr Schultertuch fester um sich, denn es wehte ein frischer Wind.
Isi plapperte munter weiter: »Das *Apothekenhaus Rapp,* das kenn ich. Bin da schon vorbeigekommen. Öfter sogar.«
Rapp achtete nicht auf die Kleine. Er war tief in Gedanken versunken. So sehr es ihm anfangs wider die Natur gegangen war, Isi in seine Geschichte einzuweihen, so sehr konnte sich das jetzt als nützlich erweisen. Vorausgesetzt, Mine machte bei der Sache mit. Als sie in unmittelbarer Nähe der Apotheke waren, nahm er seine Begleiterinnen beiseite und erklärte ihnen, was er vorhatte.
Beide waren sofort einverstanden.

Mine und Isi betraten die Apotheke und entboten die Tageszeit, doch niemand gab ihnen Antwort, da sich kein Mensch in der Offizin befand. So blieb ihnen Zeit, sich umzusehen.
»Guck mal, das schwarze Pferd da an der Wand«, sagte Isi, unwillkürlich flüsternd. »Es sieht groß und unheimlich aus.«
»I wo, es ist nur ein Rappe. Alle Rappen sind schwarz. Und nun versteck dich hinter dem Pult mit dem Buch«, entgegnete Mine.

Sie nutzte die Zeit, um sich die Schränke und Schubladen genau anzusehen, so wie Teo es ihr eingeschärft hatte. Gerade als Isi etwas erwidern wollte, erschien der Apotheker. Es war Teodorus Rapp. Mine, die zwar einen Doppelgänger erwartet hatte, aber natürlich nur einen ähnlich aussehenden Menschen, schlug sich entgeistert die Hand vor den Mund. Dieser Mann war Teo! Es musste so sein! Aber wo war dann der falsche Apotheker? Konnte es wirklich sein, dass dieser Mann der falsche … Nein, Teo musste um das Haus herumgegangen und durch die Hintertür wieder hereingekommen sein. Und nun stand er leibhaftig vor ihr. War das Ganze ein Scherz?

»Ja, bitte?«, sagte der Mann im weinroten Gehrock.

Nein. Das war nicht Teos Stimme. Der Mann war ein Betrüger! Geistesgegenwärtig begann Mine zu husten und presste sich die Hand auf den Mund.

Der Imitator nickte, während er rasch die Kundin einzuschätzen versuchte. Sie war älter als die meisten Mägde, außerdem sehr sauber und gepflegt gekleidet. Wahrscheinlich eine Bürgersfrau. Er entschloss sich zu der geziemenden Anrede. »Ich höre, Euch plagt die Influenza. Nun, ich kann Euch versichern, dieses Zipperlein ist nicht nur unangenehm, es schlägt sich auch auf die Stimme nieder. Ich spüre es selbst gerade am eigenen Leibe.« Demonstrativ hustete er in sein Taschentuch.

»Habt Ihr was gegen rauen Hals und Heiserkeit, Herr Apotheker?«, fragte Mine, die sich Mühe gab, ihrer Stimme einen krächzenden Klang zu geben.

»Gewiss. Kocht Euch nur einen starken Tee von Fliederbeeren und schwitzt ein paar Tage tüchtig im Bett.« Der Imitator zog eine Schublade auf. »Hier, nehmt, das sind getrocknete Beeren. Ich denke, das Quantum wird reichen.«

»Aber ich hab gar kein Fieber, Herr Apotheker. Nur den dummen Husten.« Mine lachte insgeheim. So leicht wollte sie es dem Scharlatan nicht machen.

»Ach so, nun, ja.« Der Imitator blickte sich suchend um. »Vielleicht versucht Ihr es dann einmal mit Inhalieren. Hier sind getrocknete Kamillenblüten.« Er zog eine Schublade auf und tat so, als würde er die Beschriftung nicht lesen. »Die *Chamomilla recutita* ist bestens bewährt bei Eurem Leiden. Und haltet den Hals immer schön warm. Ihr seid, gestattet mir die Bemerkung, zu leicht gekleidet.«

Mine fragte scheinheilig: »Wie viel brauch ich denn davon?«

»Wie viel? Oh, haha, das ist eine gute Frage! Das hängt natürlich von der Anzahl der Anwendungen ab. Nehmt lieber ein wenig mehr als zu wenig, gute Frau.« Der falsche Apotheker schüttete eine gehörige Menge in die Schale der Waage und hantierte auf der anderen Seite umständlich mit den Gewichten. »Ja, nun, wartet. Das sind wohl zwanzig Unzen. Das dürfte reichen.«

»Danke, packt mir die Droge nur ein. Aber ich wollt noch was anderes. Mein Mann hat sich die Haut verbrannt. Was kann man da nehmen?«

Es war ganz offensichtlich, dass der Imitator keine Ahnung hatte, was in diesem Fall angezeigt war, obwohl er sich redlich Mühe gab, seine Unsicherheit zu überspielen.

Mine ließ ihn eine Weile zappeln, bevor sie ihn erlöste. »Ich selbst hatt auch mal so was. Damals habt Ihr mir Hühnerfett verkauft.«

»Hühnerfett? Ach ja, natürlich, natürlich.« Der Blick des Scharlatans huschte suchend umher. Aber er konnte nirgendwo eine Aufschrift »Hühnerfett« entdecken.

»Ihr habt's auf Lateinisch gesagt, Herr Apotheker, ich erinner mich nicht so genau«, heuchelte Mine. »Es war irgendwas mit Pinguin, glaub ich. Hab's mir gemerkt, weil's ja auch ein Vogel ist. *Pingue galli … gaellin* oder so.«

»Ja, natürlich! Warum habt Ihr das nicht gleich gesagt.« Der Imitator machte eine bedauernde Handbewegung. »Das Hühnerfett ist leider alle. Kann ich noch etwas für Euch tun? Sonst würde ich Euch gern die Kamille einpacken und …«

»Ja, recht schönen Dank. Ich brauch auch saure Molke und Kalkpulver. So was sollt man immer im Haus haben, das habt Ihr mir neulich selber gesagt.«

»So, habe ich das? Gewiss, gewiss, äh, wo war es denn nur …? Ihr müsst entschuldigen, aber die Influenza schlägt recht heftig aufs Gedächtnis.« Der Neid musste es dem Imitator lassen, er war ein großer Erfinder von Ausreden und ein nicht minder schlechter Schauspieler. Fast tat er Mine Leid.

»In den hinteren Räumen war's, glaub ich, wo die Sachen stehen.«

Der Imitator schlug sich an die Stirn. »Aber natürlich, Frau … Frau?«

»Peters«, schwindelte Mine. Es war der erste Name, der ihr einfiel.

»Ach ja, richtig. Geduldet Euch einen Moment.« Er verschwand neben der Treppe, dabei »saure Molke« und »Kalkpulver« vor sich hinmurmelnd und keineswegs daran denkend, dass er nicht einmal nach der gewünschten Menge gefragt hatte, geschweige denn, wofür seine Kundin die Arzneien brauchte.

Sowie er fort war, fing Mine an, leise vor sich hinzupfeifen. Das war das verabredete Zeichen. Isi kam hinter dem *Antidotarium* hervor, grinste spitzbübisch und huschte schnell wie ein Wiesel die Treppe empor. Mine blieb an ihrem Platz und stellte fest, dass ihre Freundin sich gar nicht so sehr hätte beeilen müssen, denn es dauerte eine geraume Weile, bis der Imitator wieder auf der Bildfläche erschien. Er hielt tatsächlich das Gewünschte in den Händen. Es waren ein gut verschlossener Steinzeugkrug und ein Standgefäß mit Deckel. Beide Behältnisse waren beschriftet und wiesen dieserart ihren Inhalt aus – wie Rapp es angekündigt hatte.

Als der Scharlatan die Arzneien auf den Rezepturtisch stellte, war ein leises Knarren von oben zu hören. Er horchte auf. »Was war das? Habt Ihr es auch gehört?«

»Das Geräusch eben?« Mine sprach so laut, dass man es im ganzen Haus vernehmen musste. »Aber sicher. Da ist draußen ein Wagen vorbeigefahren, der knarrte zum Steinerweichen. Den müsst Ihr doch gesehen haben.«
»Ja, ja.« Der Imitator schien beruhigt. »Dann darf ich annehmen, Ihr habt alles und ...«, begann er nochmals, aber Mine unterbrach ihn. Erst musste sie Isi noch die Möglichkeit verschaffen, unbemerkt wieder herunterzukommen.
»Ich brauch noch Wollfett vom Schaf und Johannisöl, Herr Apotheker. Ja, das brauch ich. Ich glaub, es ist auch hinten. Tut mir Leid, ich hätt gleich dran denken müssen, aber Ihr sagt ja selbst, das Zipperlein, das Zipperlein ...«
Der Imitator war schon unterwegs.
Mine erhob wieder die Stimme, damit sie gut hörbar war. »Ich glaub, Ihr habt zwei Sorten Johannisöl auf Vorrat, ich hatt letztes Mal das in dem grünen Glasgefäß! Lasst Euch nur Zeit!«
Während sie das rief, kam Isi auf Zehenspitzen die Treppe wieder herunter. Mine spürte, wie ihr ein Mühlstein vom Herzen fiel, und scheuchte die Kleine, die sofort berichten wollte, hinaus auf die Straße zu Teo. Dann lief sie um den Rezepturtisch herum und suchte die Schublade ganz rechts unten. Diese Lade trug die Aufschrift *Pecunia Rappis* und war sozusagen Rapps offenes Geheimfach. Ursprünglich war es nur ein Ort gewesen, an dem er unter getrockneter Melisse seine Münzen versteckt hielt, später hatte er sich einen Spaß daraus gemacht, dieses Fach *Pecunia Rappis* zu benennen, was nichts anderes hieß als »Rapps Geld«. Noch später war ihm eingefallen, dass die Kennzeichnung für jeden Dieb, der des Lateinischen mächtig war, geradezu eine Einladung bedeuten musste. Trotzdem hatte er alles beim Alten belassen, denn welcher Langfinger beherrschte schon die Sprache der Wissenschaft.
Mines geschickte Hände gruben sich unter die Kräuterschichten und fanden alsbald eine Reihe von Münzen. Rasch steckte sie das Geld ein und eilte zurück an ihren Platz. Keine Sekunde

zu früh, wie sich zeigte, denn schon erschien der Imitator wieder, eine Falte des Unmuts im Gesicht.
»Ihr müsst Euch irren. Im hinteren Vorratsraum befindet sich nicht das Verlangte.«
»Nanu?«, tat Mine überrascht. »Das wundert mich. Vielleicht habt Ihr Eure Arzneien umgeordnet? Vielleicht sind die Sachen jetzt hier vorn?« Dass dem so war, wusste sie, und es dauerte auch nicht lange, bis der falsche Apotheker die Medikamente entdeckt hatte. Mine bat, ihr alles nur ja recht sicher einzupacken, und fragte dann, wie viel sie schuldig sei.
»Nun, nun …« Der Imitator nannte nach Gutdünken einen Betrag.
Mine machte ein entrüstetes Gesicht. »Das ist aber ein stattliches Sümmchen, Herr Apotheker! Letztes Mal habt Ihr nur die Hälfte verlangt. Aber lasst gut sein, heutzutage wird ja alles teurer und nix billiger.« Sie legte einige von Rapps Münzen auf den Tisch, nahm die Medikamente und sagte im Hinausgehen: »Einen guten Tag, Herr Apotheker.«
Lieber hätte sie ihm die Pest gewünscht.

»Ich dachte schon, du kommst überhaupt nicht mehr«, sagte Rapp, der mit Isi hundert Schritte entfernt wartete. Seine Stimme klang keineswegs vorwurfsvoll, sondern eher beschwingt, was daran lag, dass die kleine Spionin ihm frohe Kunde überbracht hatte. Im zweiten Stock seines Apothekenhauses schien nichts gestohlen worden zu sein. Zwar hatte Isi einige Unordnung entdeckt, unter anderem mehrere herausgezogene Schubladen, die kreuz und quer auf dem Boden lagen, aber sonst war alles noch in schönster Ordnung gewesen. Jedenfalls, soweit ihr ungeschultes Auge das beurteilen konnte.
»Hühnerfett hatte er nicht«, sagte Mine. »Aber sonst hab ich alles gekriegt.«
»Sehr gut«, lobte Rapp. »Das mit dem Hühnerfett ist nicht schlimm, obwohl ich es selbstverständlich vorrätig habe. Es be-

findet sich in einem Albarello auf dem hinteren Schrank, allerdings in der zweiten Reihe. Habe ich das nicht gesagt?«
Mine schüttelte den Kopf.
»Nun ja, tut mir Leid. Meinst du, er hat gemerkt, dass du, äh, keine ›richtige‹ Kundin bist?«
»Bestimmt nicht.« Mine guckte spitzbübisch. »Weil er selbst kein richtiger Apotheker ist. War ja viel zu sehr mit sich selbst beschäftigt, der Scharlatan. Wusste nix und musste dauernd so tun, als wär's nicht so.«
Rapp horchte auf. Wenn dem Imitator bewusst war, dass er seine Sache schlecht machte, würde er vielleicht Sorge haben, sich selbst zu entlarven – und zukünftig fortbleiben. Was wiederum bedeutete, dass er, Rapp, endlich zurückkehren konnte in sein normales Leben. »Ist das deutlich geworden?«, fragte er hoffnungsvoll.
»Für mich, ja. Hast mir aber auch vorher alles erklärt. Andere werden's wohl nicht so merken. Die Leute sehen nur, was sie sehen wollen. Beim Schuster erwarten sie den Schuster, beim Seifensieder den Seifensieder und beim Apotheker den Apotheker, und wenn der so aussieht wie du, dann ist er's eben. Nee, ich glaub, da muss viel passieren, bis die Leute spitzkriegen, dass der Kerl ein Betrüger ist.«
Isi rief: »Der sah genauso aus wie du, Teo, genauso!« Sie schob sich zwischen Teo und Mine und ergriff deren Hände. »Kommt, wir gehen nach Hause zu Opa, und ich erzähl Mine, was ich alles oben gesehen habe. Da waren Totenköpfe von ganz vielen Tieren und Waffen und Speere und ein ausgestopfter Zwerg und ein Seehund und tausend Schnecken und Muscheln und Krokodile an der Decke …«
Gemeinsam schritten sie aus, und wer die drei nicht kannte, der hätte meinen mögen, es handele sich um eine junge Familie.
Nach einer Weile, als Isis Redestrom versiegt war, fragte Mine: »Scheint noch alles von deinem Thesaurus da zu sein, was, Teo?«

»Ja«, antwortete Rapp. »Gottlob fehlt wohl nichts.« Er dachte daran, dass die beiden Halunken, die Fixfööt und ihn in der letzten Nacht verfolgt hatten, wahrscheinlich nicht zur Apotheke zurückgekehrt waren. Sonst wäre wohl etwas gestohlen worden. Hatte die Nachtwache sie geschnappt? Oder waren die Kerle doch zurückgegangen, hatten ihren Kumpanen aufgelesen und sich anschließend aus dem Staub gemacht, weil sie für dieses Mal bedient waren? Im ersten Fall durfte er darauf zählen, dass ein nächtlicher Besuch sich nicht so schnell wiederholte, im zweiten aber ...
»Fein. Das freut mich.«
»Äh, bitte? Entschuldige. Ich habe gerade nicht zugehört.«
»Es freut mich, dass nix fehlt.«
»Ach so, ja.«
Wieder gingen sie ein Stück. Rapps Gedanken drehten sich abermals um den falschen Apotheker. Wer mochte der Unbekannte sein? Wer kam für eine solche Doppelgängerrolle in Frage? Ein Schauspieler? Vielleicht, aber woher hatte dieser dann seine, wenn auch geringen, pharmazeutischen Kenntnisse? Oder war es ein Apotheker, der sich perfekt verstellen konnte? Kaum. Rapp führte sich die wenigen Kollegen, die er vom Sehen her kannte, vor Augen und schüttelte unwillkürlich den Kopf. Keiner von ihnen konnte es sein. Niemand sah auch nur annähernd so aus wie er. Niemand schien schauspielerische Fähigkeiten zu haben. Und keiner hatte sammlerische Ambitionen. Da war er ganz sicher. Er war der einzige Thesaurus-Besitzer weit und breit.
Auch der Imitator war kein Sammler, grübelte Rapp weiter, während Isi an seiner Hand zerrte. Anderenfalls wäre er in der letzten Nacht beim Raubversuch dabei gewesen. Der Mann musste einen anderen Grund haben, warum er das Spiel mitmachte. Aber welchen?
Rapp versuchte, sich die Lebensumstände des Unbekannten vorzustellen. Wenn der Mann einem Tagewerk nachging, wieso

fand er dann die Zeit, stundenlang in einer Apotheke zu stehen? Fiel das nicht auf? Hatte der Kerl keine Familie, die nach ihm fragte? Und überhaupt: Wovon lebte er? War er Fischer? Handwerker? Kaufmann? Seemann? Soldat? Konnten ein Handwerker oder ein Fischer oder die anderen Genannten überhaupt Interesse an einem Thesaurus haben? Das war die große Frage.

Die noch größere Frage war, wie er seine Schätze schützen konnte, denn dass die Diebe irgendwann zurückkommen würden, stand für ihn fest. Nun, ein erster Schritt mochten die Arzneien sein, die Mine ihm besorgt hatte. Die Hoffnung, dass sie ihm in einer ganz bestimmten Weise helfen konnten, war sehr unbestimmt, aber immerhin bestand sie, und er würde alles tun, damit sie sich erfüllte.

»Appelkoken ut de Köken,
wullt du mol'n Stück versöken,
denn griep to, denn griep to …«

Wie der Gesang verhieß, waren sie am Pferdemarkt angelangt, wo die Koken-Marie noch immer mit ihrem Bauchladen stand. Isi sprang auf sie zu und rief: »Was singst du denn noch, Koken-Marie, hast ja gar nichts mehr zum Verkaufen! Nur noch so'n olles Krümelstück.«

Sie hakte sich bei der drallen Frau unter und drängte sie nach Hause. »Wie viel hat man dir denn heut gegeben? Lass mal zählen. Oh, das sind ja mehr als zwei Schillinge, alle Achtung, da wird sich deine Mutter freuen. Hat sie denn noch genug zum Backen in der Küche? Ich guck nachher mal nach. Komm, wir spielen ›Drei-Schritte-gehen-drei-Schritte-hinken-drei-Schritte-hopsen‹ … und los!«

Rapp und Mine folgten den beiden, und Rapp, der amüsiert die Bewegungen des ungleichen Paars betrachtete, fragte: »Was hat es eigentlich mit der Koken-Marie auf sich?«

»Sie ist ein armes Ding«, antwortete Mine, die am Knoten ihres Schultertuchs nestelte, der sich alle Naslang löste, weil es so windig war. »Sie ist nicht richtig im Kopf. Ihre Mutter sagt, es wär 'ne schwere Geburt gewesen, das Kind hätt zu wenig Luft gekriegt. Einen Vater gibt's nicht. Die alte Hille, so nennen wir die Mutter, ist gelähmt. Seit sie von der Leiter gefallen ist, ist alles taub bei ihr, von der Hüfte abwärts. Anders als Opa, sitzt sie seitdem nur noch in der Wohnung rum. Und backt Kuchen, jeden Tag. Weil sie selber früher Kuchenfrau war. Und Marie muss ihn dann verkaufen. Eigentlich kann sie's gar nicht, sie kann nur ihr Lied. Aber die Leute kennen sie schon. Sie nehmen sich ein Stück und geben ihr dafür, was sie haben.«

»Wer kauft denn die Zutaten für den Kuchen?«, fragte Rapp.

»Meistens Isi. Aber auch die anderen Kinder vom Hof. Dafür kriegen sie dann ein Stück ab, wenn was übrig ist. Du wirst's gleich sehen, wenn wir zurück sind.«

Rapp meinte nachdenklich: »Isi ist so ganz anders als die übrigen Kinder. Ich meine damit nicht, dass sie die Anführerin ist, sondern ihre Kleidung. Während die Hofgören fast in Lumpen herumlaufen, trägt sie saubere Sachen und sogar Schuhe. Und sie scheint auch sehr darauf zu achten, sich nicht schmutzig zu machen.«

»Sie ist kein normales Kind. Ich mag sie. Gibt keine Geheimnisse zwischen uns. Nur über ihre Mutter, da redet sie nicht. Und nicht über ihr Zuhause. Sie hat keine Geschwister, und der Vater ist schon lange tot. Ich glaub, lach jetzt nicht, ich glaub, sie verachtet ihre Mutter. Auch wenn die wohl viel Geld hat. Könnt sonst ihre Tochter nicht aufs Johanneum schicken. Auf jeden Fall ist Isi ein feiner Kerl und gehört zur Familie von Opas Hof.« Mine fröstelte und zog ihr Schultertuch fester um sich. »Komm durch den Gang, wir sind da.«

Im Hof gab es das übliche Geschrei, als die Vier eintrafen. Die Koken-Marie wurde bei der Hand genommen und gegen eine Wand gestellt, wo sie automatisch zu singen begann, während die Kieselsteinwerfer übergangslos ihr Spiel wieder aufnahmen. Rapp verfolgte fasziniert die Geschicklichkeit der Kinder und wunderte sich, in welch kurzer Zeit der Sieger feststand. Es war diesmal ein kleines Mädchen, das vor Freude von einem Bein aufs andere hüpfte und immerfort krähte: »Ik heff wünn, ik heff wünn!« Dann sprang die Kleine auf die Koken-Marie zu und nahm sich das Krümelstück. Schon wollte sie es in den Mund schieben, als sie unvermittelt innehielt. In ihrem Gesichtchen arbeitete es. Sie focht einen inneren Kampf aus, der, wie sich zeigte, zu Gunsten der Allgemeinheit ausging, denn Augenblicke später teilte sie das Stück mit den anderen.

Rapp schmunzelte. Es war schon beachtlich, wie der Hof zusammenhielt. Aus der anderen Ecke meldete sich eine quengelige Greisenstimme: »Hööö, wat hebbt jüm allens mitbracht?« Das war Opa, der wissen wollte, was eingekauft worden war.

Mine ging auf ihn zu, und Rapp folgte ihr langsam. Mine sagte vorwurfsvoll: »Vorhin hast du noch gesagt, du kannst Hoochdüütsch, Opa.«

»Kann ik ok.«

»Und warum sprichst du's dann nicht? Du weißt doch, dass Teo Platt nicht so gut versteht.«

»Ach so.« Opa mümmelte verlegen und setzte dann einen Tobackstrahl auf die Spitze des Misthaufens. »Mein's ja nich so. Nix für ungut, nich. Un nu vertellt mi … äh, un nu erzählt mal, was ihr da habt. Alte Leute sin neugierig.« Er grinste, und abermals zersprang sein Gesicht in tausend Fältchen, so wie Rapp es schon kannte.

Mine zeigte die im Apothekenhaus erstandenen Medikamente, und Rapp musste haarklein erklären, wozu sie nützlich waren. Als er geendet hatte, sagte Opa: »Un Hühnerfett habt ihr nich gekriegt? Ich sag dir was, Teo, Schweinefett is auch gut. Tu mich mal hochheben un trag mich runter inne Wohnung.«

Rapp spürte eine gewisse Scheu, den Alten anzufassen, überwand sich aber und hielt ihn alsbald wie einen Säugling im Arm. Opa fühlte sich offenkundig wohl in luftiger Höhe, denn er blickte vergnügt um sich und kommandierte mit durchdringender Stimme: »Drei Stufen runter un rein in die gute Stube. Sooo, un sooo, nee, nich da rein, da steht die Sau.«

»Die Sau? Was für eine Sau? Willst du damit sagen, du hast hier eine ...«

»Pssst, nich so laut, muss nich gleich jeder mitkriegen, dass ich'n büschen Lebendproviant hab, nich? Na, is egal, wissen's sowieso alle auf'm Hof, un du bist jetzt ja einer von uns.«

»Wenn du es sagst.« Rapp horchte in sich hinein und stellte fest, dass er sich tatsächlich etwas geschmeichelt fühlte. Er trug Opa an dem klapprigen Verschlag vorbei, hinter der er nun auch grunzende Laute zu vernehmen glaubte. Der stinkende Misthaufen im Kelleraufgang machte plötzlich ebenfalls Sinn.

»So, nu haltstopp. Kannst mich noch tragen?«

»Natürlich, Opa.«

Der Alte kicherte und befühlte Raps' Bizeps. »Hast tüchtig Muckis. Hatt ich auch früher, als ich noch'n junger Kerl war, aber is lange her. Is lange her.«

»Was hast du eigentlich vor, Opa?«

»Das möchtst wohl wissen, was?« Wieder kicherte der Alte und schob sich den Priem auf die andere Seite. »Mach mal die Tür da auf.«

Was Opa als Tür bezeichnete, war eher eine Ansammlung von zusammengenagelten Brettern mit einem ausgeleierten Vorreiber, aber Rapp gehorchte und schob den Hebel nach oben. Die Tür schwang nach innen auf und gab den Blick auf einen Raum frei, der gerade so groß war, dass ein Mann in gebückter Haltung darin stehen konnte. So abweisend die Kammer wirkte, so verlockend war der Duft, der ihr entströmte. Es roch verführerisch nach Schinken und Rauchspeck, und eben diese Köstlichkeiten erkannte Rapp, als er näher hinsah. Sie hingen von der niedrigen Decke herab, als warteten sie nur darauf, mitgenommen zu werden.

»Nimm dir'n Stück Speck, mien Jung, un denn reibst du dir die Schnuut damit ein. Sollst sehen, is genauso gut wie Hühnerfett. Hab mir früher auch schon mal den Pelz angekokelt. Bin Schlosser gewesen. Aufer Werft, weißt du. Ja, ja, is lange her.«

Opa guckte ein wenig traurig, riss sich dann aber von der Vergangenheit los. »Nu mach schon.«

Rapp packte mit der freien Hand eine Speckseite und drückte sie sich zögernd aufs Gesicht.

»Ja, so. Doller!«

Rapp wiederholte den Vorgang, wobei er sich reichlich albern vorkam, und wollte das Stück zurückhängen.

Doch Opa wehrte ab: »Nee, nee, is'n Geschenk von mir. Bring's Mine mit, dann habt ihr was zum Abendbrot, nich. Un nu will ich wieder rauf.«

»Ja, Opa.« Rapp, auf der einen Seite den Speck und auf der anderen Seite den Alten im Arm, kletterte wieder ans Tageslicht. Oben setzte er Opa auf dem Rollbrett ab und war überrascht, als er Mine noch immer am selben Fleck stehen sah. Sicher hatte es nichts zu bedeuten, aber er freute sich trotzdem, dass sie auf ihn gewartet hatte, umso mehr, als die Koken-Marie und Isi schon fort waren. Dafür waren alle anderen Kinder noch da. Sie hatten beim Kieselsteinwerfen eine Pause gemacht und spielten nun Seilhüpfen. Das war die Gelegenheit für den kleinen Pinkler. Er stahl sich unbemerkt davon, lief auf den alten Topf zu und pisste, ohne dass es jemand bemerkte, in hohem Bogen hinein.

Rapp und Mine stießen sich an. Die Situation war so komisch, das sie einfach lachen mussten. Prompt wurden die Kinder auf sie aufmerksam und entdeckten die neuerliche Missetat des kleinen Rackers. Einen Wimpernschlag später jagten alle hinter ihm her.

Immer noch lachend, stiegen Rapp und Mine hinauf in die kleine Mansardenwohnung.

Der Nachmittag verlief harmonisch. Mine saß am großen Nähtisch und arbeitete. Rapp hatte schräg hinter ihr auf dem Schemel Platz genommen und hing seinen Gedanken nach. Im Gegenlicht der Sonne wirkten ihre Haare wie ein goldener Kranz. Wie hübsch das aussah! Endlich konnte er sie einmal ohne Haube sehen. Sie hatte ihr flachsblondes Haar streng zurückgekämmt und hinten zu einem Knoten gebunden. Jetzt begann sie, ein Lied zu summen, eine fröhliche, leichte Weise. Rapp musste an den Kammermusikabend denken. Welch ein Unterschied zwischen den aufgedonnerten Frisuren dort und Mines natürlicher Haartracht, die ohne Löckchen und Puder, ohne Schleifen und Bändchen auskam. Welch ein Unterschied zwischen den protzigen, reich bestickten Reifröcken mit ihren Fischbeingestellen und Mines schmal geschnittenem Kattunkleid. Welch ein Unterschied zwischen dem nicht enden wollenden Gefiedel der Agosta-Brüder und Mines einfachem Lied. Er ertappte sich dabei, dass er mitzusummen versuchte, und stellte fest, dass er sich in ihrer Mansarde hundertmal wohler fühlte als in dem lindgrünen Salon der Lüttkopps. Auf die so genannte feine Gesellschaft konnte er gut verzichten. Aber das war schon immer so gewesen. Wenn er doch nur nicht in diesen grässlichen Schwierigkeiten steckte!
Mine drehte sich halb zu ihm um und sprach in seine Gedanken hinein: »Was willst du eigentlich mit dem ganzen Arzneikram, Teo? Brauchst doch nur das Hühnerfett. Und dafür hat Opa dir die Speckseite gegeben. Und nun hast du Molke und Kalkpulver und Wollfett und Johannisöl. Wozu?«
»Ach, ich weiß nicht recht«, erwiderte Rapp unbestimmt. »Ich habe da eine Idee, vielleicht sogar eine Hoffnung. Wenn ich darüber spreche, fürchte ich, wird nichts daraus.«
»Bist du abergläubisch?«

»Um ehrlich zu sein, ja. Obwohl es zweifelsfrei eine wissenschaftlich durch nichts zu rechtfertigende Eigenschaft ist.«
»Ich bin auch abergläubisch, aber nur manchmal.« Mine verglich zwei blaue Leinenstücke, um zu sehen, welches den farblich passenderen Flicken abgeben würde. »Heut Mittag war ich's, als der Scharlatan in deiner Apotheke auftauchte. Erst wollt ich sowieso nicht glauben, dass er's ist, denn ich dacht, du wärst's, aber dann hat er gesprochen, und die Sache war klar. Und dann hab ich gedacht, wenn er mich jetzt duzt, geht alles daneben, und wenn nicht, klappt es. Und dann hat er mich wie eine Dame angesprochen, und ich war beruhigt.« Mine entschied sich für das dunklere Blau und setzte den Flicken an. »Hab ihn ganz schön schwitzen lassen, den falschen Propheten, auch als ich ihn gefragt hab, was er für die Medikamente will. Er weiß ja von den Preisen nix. Ach, herrje, du kriegst noch das Geld aus der Melissen-Schublade!« Mine sprang auf und griff in die Tasche ihres Kleids.
»Nein.« Rapp war ebenfalls aufgestanden. »Behalte das Geld, bitte. Es ist nur recht und billig, wenn du es nimmst, Schließlich wohne ich hier. Betrachte es, äh, als meinen Obolus zu den täglichen Kosten.«
»Aber es ist so viel.«
»Nein, eigentlich ist es noch viel zu wenig. Aber vielleicht kann ich dir bald mehr geben.«
Sie setzte sich wieder und blickte ihn prüfend an. »Hat das was mit deiner Idee, mit deiner Hoffnung zu tun?«
»Ja.« Es tat Rapp Leid, so einsilbig sein zu müssen, aber er wollte wirklich nicht darüber reden. »Kann ich dir nicht bei irgendetwas helfen? Ich komme mir so nutzlos vor.«
Sie wunderte sich. »Wirklich?«
»Ja, wirklich. Warum fragst du?«
»So einen Satz hab ich noch nie von einem Mann gehört. Die meisten lassen sich bedienen wie die Paschas. Mein Vater war der Schlimmste von allen, er …« Mine unterbrach sich. »Wenn

du was machen willst, hol Kohlen von unten und guck nach dem Ofen, und dann kannst du dir von Opas Speck eine Scheibe fürs Einreiben abschneiden. Aus dem Rest machst du kleine Würfel. Ich hab Fixfööt gesagt, er soll heut Abend Pilze vom Markt mitbringen. Die sind jetzt billig und machen sich mit dem Speck hübsch in der Pfanne. Willst du Bier zum Abendbrot? Dann geb ich dir von deinem Geld.«

»Es ist nicht mein Geld! Es ist deines«, beharrte Rapp. »Ich will kein Bier, und ich hole jetzt die Kohlen.«

Mine schaute ihm hinterher.

Ein Lächeln umspielte ihren Mund.

»Junge, Junge, das war gut!« Fixfööt unterdrückte einen Rülpser und lehnte sich zurück. »Bin pickepackevoll.«

Auch Rapp spürte ein angenehmes Sättigungsgefühl. Die Pilze, gebraten in dem durchwachsenen Speck, hatten köstlich gemundet. Dennoch schaute er drein, als hätte er in saure Äpfel beißen müssen.

»Hat's dir nicht geschmeckt, Teo?«, fragte Mine besorgt. Sie hatte die Waschschüssel aus dem Nebenraum geholt und spülte nun die Teller ab.

»Doch, doch«, beeilte Rapp sich zu versichern. »Es sind nur die vielen Gedanken, die mir im Kopf herumgehen. Ich stelle mir vor, die Halunken kommen heute Nacht wieder und setzen das fort, was sie gestern begonnen haben. Wie kann ich den Diebstahl verhindern? Darüber grüble ich die ganze Zeit, aber mir will nichts einfallen.«

Fixfööt, der mittlerweile die Teller abtrocknete, überlegte laut: »Am besten wär's, die Langfinger kämen gar nicht erst rein. Wie kann man das schaffen?«

Rapp zuckte mit den Schultern. »Fest steht, letzte Nacht sind sie ins Haus gekommen. Da das Schloss keinerlei Beschädigungen aufweist, gibt es nur zwei Möglichkeiten: Entweder war die Tür offen oder der Imitator hat die Halunken reinge-

lassen. Schließlich hat er den Schlüssel, der in meinem Gehrock steckte.«
»Oder er hat schon'n Zweitschlüssel machen lassen.«
»Nein, das glaube ich nicht. Dafür war ja kaum Zeit bisher. Nehmen wir also an, er hat ihnen aufgemacht, dann muss er allerdings danach gegangen sein, denn wir fanden die drei Kerle allein vor.«
»Stimmt«, bestätigte Fixfööt. »Und wenn sie geklaut hätten, wie sie's eigentlich wollten, wäre hinterher die Tür ...«
»... offen geblieben!«, ergänzte Rapp voller Schrecken. »Aber auch so war sie den Rest der Nacht nicht verschlossen. Es grenzt an ein Wunder, dass nichts gestohlen wurde.«
Fixfööt stellte die trockenen Teller aufs Wandbrett. »Und wenn wir nun das Schloss austauschen? Dann kommt der Imitator mit seinem Schlüssel an, steckt ihn rein, pokelt rum, wundert sich und steht da wie der Ochs vorm Berge.« Der Gedanke schien ihn zu amüsieren.
Rapp winkte ab. »Daran habe ich auch schon gedacht. Aber es geht nicht. Das Schloss müsste mitten in der Nacht ausgewechselt werden, jedenfalls zu einem Zeitpunkt, wo weder der Imitator noch die drei Halunken anwesend sind. Und welcher Schlosser arbeitet schon zu dieser Zeit. Außerdem: Wer soll die Auswechslung veranlassen? Du? Mine? Ich? Wir alle sehen nicht so aus wie Rapp, der Apotheker, und würden uns sofort verdächtig machen. Nein, nein, Fixfööt, das neue Schloss schlag dir nur aus dem Kopf.«
Aber so schnell gab der Rotschopf nicht auf. »Dann warten wir, bis die Kerle mit ihrer Fuhre weg sind und bestehlen uns selbst. Was wir fortbringen, können die nicht mehr klauen.«
»Und wohin willst du die Exponate bringen? Wir brauchten einen Ort mit viel Platz, möglichst warm und trocken und sicher. Ich kenne keinen.«
Fixfööt kaute an seiner Unterlippe. »Tja, das ist die Frage. Da fällt mir auch nichts ein.«

Rapp quälte sich ein Lächeln ab. »Seht ihr, deshalb habe ich wohl vorhin so ein Gesicht gezogen. Ich glaube, mir bleibt nichts anderes übrig, als es nochmals mit Gewalt zu versuchen. Die Krücke habe ich ja noch. Denn eines ist sicher: Ich werde niemals mit ansehen, wie man mir meinen Thesaurus stiehlt, ohne etwas dagegen zu unternehmen.«

Mine, welche die ganze Zeit stumm zugehört hatte, erledigte die letzten Handgriffe und entzündete die zwei Unschlittkerzen. Dann setzte sie sich wieder auf ihren Nähstuhl und sagte: »Teo, ich an deiner Stelle würd gar nix machen.«

»Wie? Was?« Rapp starrte sie ungläubig an.

»Genau. Mach einfach nix. Verfolg die Halunken, und merk dir, wo sie die Sachen hinbringen. Das ist das Einfachste. Wenn die Zeit da ist, holst du sie dir wieder und versteckst sie woanders. Hab's schon mal gesagt: Kommt Zeit, kommt Rat.«

»Aber, aber ... das geht nicht. Ich kann doch nicht einfach tatenlos zusehen, wie ...«

»Warum nicht?«

»Weil, weil ... weil ich vermute, dass die Exponate zum Hafen geschafft und dann verschifft werden sollen. Es gibt keinen Thesaurus-Liebhaber in Hamburg, also muss der Interessent in einer anderen Stadt wohnen. Ein so umfangreiches Kabinett wie das meine transportiert man im Übrigen am besten per Schiff. Und wer sagt mir, dass dieses Schiff nicht morgen mit meinen Kostbarkeiten auf die Reise geht!«

»Das Wetter«, sagte Fixfööt.

Rapp verstand nicht.

»Das Wetter«, wiederholte der Flinkbeinige grinsend, »ist seit Wochen so, dass der Wind von Westen bläst. Kein Schiff kann seitdem raus. Der ganze Hafen ist voll, und vor Neumühlen drängeln sich die Kauffahrer, weil sie nicht reinkönnen. Ist 'ne vertrackte Situation, aber es ist so. Mit dem Schiff gehen deine Sachen nicht weg, jedenfalls nicht die nächsten Tage, da kannst dich drauf verlassen!«

Mine nickte. »Herbstwetter in Hamburg, Teo. Da ist's immer schwer, aus dem Hafen zu kreuzen. Im Winter, wenn die Elbe voller Eis ist, passiert dann gar nix mehr.«

»So ist es«, bestätigte Fixfööt.

Rapp rieb sich nachdenklich das Kinn. »Alle Achtung, Mine«, sagte er, »gar nichts zu tun, darauf wäre ich nie gekommen. Aber das Nächstliegende ist häufig das Beste. Vielleicht sollte ich tatsächlich den Dingen ihren Lauf lassen. Ich muss nur höllisch Acht geben, dass ich die Kerle im Dunklen nicht aus den Augen verliere. Aber das schaffe ich schon. Ich denke, ich gehe gleich los, dann verpasse ich sie auf keinen Fall.«

»Wart noch, bis Nacht wird. Ist sicherer. Man kann schneller abtauchen. Und dann sehen vier Augen mehr als zwei.«

Die Worte kamen Rapp bekannt vor. »Das hast du gestern Abend auch gesagt. Ich bin dir wirklich dankbar, dass du mich nochmals begleiten willst, aber ich möchte dich nicht in Gefahr bringen.«

Der Rotschopf grinste nur. »Ich komme mit.«

»Aber die Krücke bleibt hier«, bestimmte Mine. »Ich will nicht, dass ihr euch schon wieder prügelt.«

»Pass auf, dass die Bettler uns nicht sehen«, flüsterte Fixfööt, »die lungern überall um St. Nikolai rum.« Der flinkbeinige Rotschopf schlich im Schatten der Laternen über den Hopfenmarkt. »Hier entlang.«

Rapp eilte gebückt hinterher. »Was wäre daran denn so schlimm?«

»Gibt genug Bettler, die der Nachtwache gerne mal'n Wink geben. ›Ich hab da zwei gesehen‹, heißt's dann, ›die haben sich so komisch benommen. Haben sich immer umgeschaut und an die Hauswände gedrückt. Die sahen so und so aus.‹«

»Aber warum sollten sie das tun?«

»Weil eine Hand die andere wäscht. Taugt der Wink was, drückt die Wache mal'n Auge zu, wenn der Bettler am falschen Platz

steht.« Fixfööt äugte in alle Richtungen, bevor er in die Deichstraße einbog. »Die Stadt sieht Bettelei nicht gern, weißt du. Komm mit, die Luft ist rein.«
Rapp kam es seltsam vor, dass er, der bestohlen werden sollte, sich selbst wie ein Dieb verhalten musste. »Aber bei St. Nikolai duldet man die Bettler offenbar. Wieso?«
»Die Handaufhalter stehen bei allen großen Kirchen. Manchmal ein Dutzend. Und mehr. Der Rat kann da wenig gegen haben, weil ja Jesus auch ein Bettler war. Sonst ist mit den Stadtvätern nicht gut Kirschen essen. Sind strenge Herrn. Noch schwerer haben's die Hübschlerinnen. Wenn eine bei der Hurerei erwischt wird, kommt sie an den Pranger, nur mit 'ner Lederhose an, und dann gibt's was mit dem Knüppel. Und die Leute zeigen mit dem Finger auf sie und johlen und klatschen und schmeißen mit faulem Obst und Fischköpfen. Anschließend geht's ab ins Spinnhaus. Kannst dir denken, das ist kein Zuckerschlecken da.«
»Das glaube ich gern. Ich habe noch nie eine dieser, äh, Damen am Pranger gesehen, aber ich verlasse mein Haus auch nur selten«, gab Rapp zurück. Inzwischen hatten er und Fixfööt die Apotheke erreicht und bezogen auf der gegenüberliegenden Straßenseite hinter einem Mauervorsprung Stellung.
Fixfööt zog Rapp noch mehr in Deckung. »Ich wollt mich noch bei dir entschuldigen. War gestern pampig zu dir, aber ich hatt Angst um Mine. Kannte dich ja nicht. Den Ruf als Hübschlerin hat man schnell weg in Hamburg, weißt du, und ich wollt nicht, dass Mine gebrandmarkt wird und ins Spinnhaus kommt.«
Rapp schaute verdutzt drein. Nicht im Entferntesten hatte er an diese Gefahr gedacht. Zwar war ihm klar gewesen, dass die Leute wahrscheinlich tratschen würden, wenn er bei einer jungen Frau nächtigte, einfach, weil Kirche und Moral dagegenstanden, aber derartig drastische Folgen hatte er nicht für möglich gehalten. Das waren ja Sitten wie im finsteren Mittelalter, einer aufgeklärten Zeit nicht würdig!

Fixfööt fuhr fort: »Aber dann hab ich dran gedacht, dass Mine immer weiß, was sie tut, und dass unser Hof zusammenhält, egal, was kommt, und dann hast du mich ja auch zum Lachen gebracht.«
Rapp hatte die Sprache wiedergefunden. »Woraufhin wir das Kriegsbeil begraben haben. Und so wollen wir es in Zukunft auch halten. Einverstanden?«
»Einverstanden.« Fixfööt ergriff die ihm dargebotene Rechte.
»Du musst dich nicht bei mir entschuldigen. Eher umgekehrt, weil ich nicht die ganze Tragweite meiner Handlungsweise überblickt habe. Lassen wir es also dabei. Wir sind quitt.«
»Ist gut.«
Die leichte Verlegenheit, die sich nun beider bemächtigte, wurde durchbrochen durch ein rumpelndes Geräusch. Es rührte von einem Karren her, der durch die Deichstraße herangeschoben wurde. Es war das Gefährt vom gestrigen Abend. Und es wurde bewegt von den drei Halunken! Rapp erkannte die Männer nicht genau wieder, dafür war es zu dunkel, aber der Größe und der Art nach, wie sie gingen, konnte es kaum einen Zweifel geben.
Auch Fixfööt hatte die Kerle gesehen. Obwohl Rapp nichts sagte, legte der Rotschopf den Finger an die Lippen. Dann flüsterte er: »Du musst jetzt stark sein, wenn die Halunken dich beklauen, Teo. Halt still, bis der Karren voll ist, und sag um Gottes willen nichts. Denk immer, solang du weißt, wo die Sachen ableiben, sind sie nicht weg. Wir wollen's doch genauso machen, wie Mine gesagt hat, oder?«
Rapp nickte entschlossen: »Ja, ja, sicher.«
Trotz dieses festen Vorsatzes kostete es ihn viel Überwindung, sich mit dem abzufinden, was seine Augen sahen. Wie beim ersten Mal begannen die Räuber mit den flachen Schubladen aus dem großen Schrank der *Gastropoden* und *Conchylien*. Jeweils zwei von ihnen trugen eine Lade, der dritte leuchtete ihnen mit einem abgedunkelten Licht. Als sie die sechs Schubladen auf

den Karren gestapelt hatten – zu seiner Beruhigung sah Rapp, dass sie zwischen die Schubladen je eine dicke Decke legten –, folgte etwas, das ihm fast den Verstand raubte: Die ignoranten Kerle packten die beiden schweren Panzer der Galapagosschildkröten noch obendrauf! Über seine zarten Muscheln und Schnecken! Er schickte ein Stoßgebet zum Himmel, dass seine Kleinode diesem Druck standhielten und spürte gleichzeitig Fixfööts Hand, die sich um seinen Unterarm krallte. »Ja, ja, ich mache ja nichts«, zischte er, »ich bin ganz ruhig.«
»Wenn das man stimmt«, kam es zurück. »Guck, jetzt fahren sie los.«
In der Tat setzte sich der Karren in Bewegung; zwei der Halunken gingen hinter dem Wagen, einer davor. Es war der mit dem Licht. Er hatte es ausgemacht und sollte wohl nach vorne sichern. Die Fuhre bewegte sich in Richtung Hafen, wie Rapp schon vermutet hatte. Die Tür zur Apotheke ließen sie achtlos offen.
Rapp ballte die Fäuste. »Diese verfluchten Banditen! Am liebsten würde ich sofort hinüberrennen und die Tür zumachen, aber es ist wohl klüger, zu warten, bis die Bande außer Sichtweite ist.«
»Hast Recht, Teo, aber keine Sorge, die entwischen uns nicht.«
»Die Kerzen im zweiten Stock haben sie auch nicht gelöscht! Wo haben die Kerle nur ihren Kopf! Ich werde hinauflaufen und sie ausblasen müssen, sonst kriege ich noch den roten Hahn ins Haus!« Rapp beruhigte sich etwas. »Nun, bei der Gelegenheit bekomme ich wenigstens einen Überblick, was genau fehlt.«
»Gut, Teo, aber mach zu. Ich lauf gleich hinterher. Die gehen uns nicht durch die Lappen.«
Ungeduldig warteten beide, bis sich der Karren so weit entfernt hatte, dass er um die Straßenbiegung verschwunden war. Dann nahm Fixfööt die Verfolgung auf, und Rapp stürzte über die Straße in sein Haus. Der vertraute Duft nach Kampfer, Bald-

rian, Melisse, Süßholz und allerlei Kräutern stieg ihm in die Nase, doch er merkte es kaum. Mit rudernden Armen, immer zwei Stufen auf einmal nehmend, sprang er die Holztreppe empor, kam in den zweiten Stock und blickte sich um. Da war er, der große Schrank mit den *Gastropoden* und *Conchylien*. Er war unversehrt, doch im unteren Bereich sah er aus, als hätte man ihn seiner Zähne beraubt. Klaffende, breite Lücken taten sich dort auf, wo früher einmal die Schubladen gewesen waren. Für einen leidenschaftlichen Sammler wie Rapp ein unerträglicher Anblick. Er wandte sich ab und stellte fest, dass außer den beiden Schildkrötenpanzern nichts im Raum fehlte. Isi, das gute Kind! Sie hatte richtig beobachtet. Insgesamt machte der Raum einen ordentlichen, intakten Eindruck. Gott sei gelobt und gepriesen! Rapp atmete erleichtert aus. Ein Teil der Spannung fiel von ihm ab.

Am liebsten hätte er sich jetzt seiner *Aves*-Sammlung zugewandt, und hier besonders seinen Kolibris, denn vor gar nicht langer Zeit hatte er einen der seltenen *Eutoxeres aquila* in seinen Besitz bringen können, und dieses herrliche Exponat wartete noch darauf, der Art und der Farbe nach zwischen den Helm- und Topaskolibris platziert zu werden. Was waren das doch für prachtvolle Vögel! Sie wogen nur den Bruchteil einer Unze und galten dennoch als Meister der Lüfte. Rapp hatte es niemals selbst gesehen, aber von verschiedenen Seiten gehört, dass die winzigen Federbällchen es verstanden, sich im Schwirrflug sowohl vorwärts und rückwärts als auch aufwärts und abwärts zu bewegen – immer in dem emsigen Bemühen, Blütennektar mit ihrem langen, gebogenen Schnabel aufzunehmen …

Rapp riss sich los. Jetzt war beim besten Willen nicht die Zeit, über *Trochilidae* zu sinnieren. Er griff sich den Leuchter, wollte damit die Treppe hinunterhasten und hielt unvermittelt inne. Die drei Halunken waren zwar dumm, aber waren sie so dämlich, dass sie nicht bemerken würden, wenn der Leuchter wieder unten in der Offizin stand? Darauf wollte Rapp sich nicht

verlassen. Also ließ er den Ständer, wo er war, und blies lediglich die Kerzen aus. Allmählich pressierte es. Rapp konnte sich nicht mehr die Zeit nehmen, die seine Augen brauchten, um sich an die Dunkelheit zu gewöhnen, und hastete los. Folgerichtig stieß er sich schmerzhaft den Kopf am Treppenaufgang. Doch es blieb keine Zeit für Selbstmitleid. Verwünschungen ausstoßend eilte er die Stiege hinunter, fiel mehr, als dass er ging, langte endlich unten an und schloss die Tür zu seinem Haus.
Das war geschafft. Rapp rieb sich die Beule auf der Stirn und lief in Richtung Hafen. Von Fixfööt war keine Spur zu sehen und von den Halunken erst recht nicht. Rapp beschleunigte seine Schritte. Gedanken jagten durch seinen Kopf. Was war, wenn er die anderen nicht mehr einholte? Wo waren sie? Hatten sie sich unten an den Kajen nach links oder nach rechts gewandt? Er musste sie unbedingt einholen, bevor sich diese Frage stellte!
Da kam eine Gestalt in sein Blickfeld. Gottlob, es war Fixfööt. Der Rotschopf stand am Butenkajen Ecke Hohe Brücke und zeigte nach links in Richtung Cremon-Halbinsel. Dahin also hatte die Bande sich orientiert! Rapp schloss zu seinem Freund auf und fragte außer Atem: »Ist in der Zwischenzeit irgendetwas passiert?«
»Nein, nein, alles in Ordnung. Möchte nur wissen, wie weit die noch wollen, doch nicht etwa um den ganzen Binnenhafen rum?«
»Ich habe keine Ahnung.« Rapp wusste es genauso wenig. »Sollten wir nicht mehr Abstand halten?«
»Nein, wir sind mindestens hundert Schritte hinter denen«, antwortete der Flinkbeinige. »Das langt. Aber wir können ja zur Sicherheit beim Gehen 'n büschen schlingern. Wenn sich dann einer von den Halunken umdreht, denkt er, wir sind besoffen.«
»Und deshalb harmlos«, nickte Rapp, der schon Anstalten machte, den Vorschlag in die Tat umzusetzen. Allerdings fiel

ihm das schwerer als erwartet, weil er die Male im Leben, bei denen er zu viel gezecht hatte, an einer Hand abzählen konnte. Wenig später machten die Banditen vor ihnen Halt. Rapp und Fixfööt schlossen vorsichtig auf und hielten dann ebenfalls an. Was war da los? Die Antwort ließ nicht lange auf sich warten. Die Tür zum *Liekedeler*, einer der vielen Hafenschänken, war aufgesprungen und hatte einen groß gewachsenen Seemann ausgespien, dem es keine Mühe bereitete, das auszuführen, was die beiden Freunde nachzuahmen bemüht waren. Mit anderen Worten: Er war voll wie ein Fleet.

»Dunnerkiel nochmalto«, lallte er. »Hupps, wat bün ik duun, hoho, sprüttenvull bün ik! Kiek an, wat is dat? Hupps, 'n Koor mit twee swatte Titten dorop? Kann nich angohn! Doch, hoho, wohrhaftig, twee swatte Titten! Un so grote! Hö, Jungs, lot mi mol anfoten, so grote Dingers heff ik nie nich tasten.«

Im fahlen Licht der Außenlaterne sahen Rapp und Fixfööt, wie die Halunken den Seemann abdrängen wollten, aber dieser, beflügelt von der Hartnäckigkeit des Betrunkenen, gab nicht auf, sondern verstärkte seine Bemühungen noch.

»Scheet in Wind!« Einer der Halunken stieß den Seemann so grob zurück, dass dieser sich unfreiwillig auf den Hosenboden setzte. Wer jetzt erwartet hatte, dass die Sache damit erledigt sei, sah sich getäuscht, denn der Sturz schien den großen Mann schlagartig ernüchtert zu haben. Mit einer Behändigkeit, die ihm niemand zugetraut hätte, war er wieder auf den Beinen und griff den Halunken an. Er packte ihn mit der Faust am Kragen und schob ihn scheinbar mühelos an der Karrenwand hoch. Den zweiten Kerl, der seinem Kumpan zu Hilfe kommen wollte, wischte er wie eine lästige Fliege beiseite. Dann wandte er sich wieder dem Ersten zu und versetzte ihm einen gewaltigen Hieb. Der Geschlagene schrie auf.

Der zweite Halunke hatte sich unterdessen aufgerappelt und sprang den Riesen von hinten an. Der kam ins Wanken und ließ sich, als er merkte, dass er das Gleichgewicht nicht wiederfinden würde, einfach auf den Rücken fallen. Sein mächtiger Körper begrub den Angreifer, dem nichts anderes übrig blieb, als loszulassen. Der Seemann kam wieder frei. Zwei der feigen Burschen hatte er damit unschädlich gemacht, doch als er sich erheben wollte, war es zu spät. Der dritte Halunke hatte nur auf diesen Augenblick gewartet und stieß blitzschnell mit seinem Messer zu. Ein-, zweimal. Der Seemann stöhnte auf, griff mit den Händen ins Leere und sackte dann hilflos zurück.

Der ungleiche Kampf war zu Ende. Keuchend standen die Halunken da, sicherten wie Ratten in alle Richtungen und beeilten sich, mit dem Karren in der Dunkelheit zu verschwinden.

Rapp, der die Schandbuben fast schon überwältigt gesehen hatte und in Gedanken bereits den Wagen zu seiner Apotheke zurückschob, schreckte hoch wie aus einem bösen Traum. Er wollte den Dieben folgen, entschied sich dann aber anders. Die Menschlichkeit gebot, sich zuerst um den Verletzten zu kümmern.

»Ich hol sie leicht ein. Soll ich hinterher?«, fragte Fixfööt an seiner Seite.

»Ja … nein. Warte.« Rapps Gedanken rasten. »Beib besser hier.«

»Aber deine Sachen, Teo! Die sind futsch, wenn ich nicht hinterherlauf.«

Rapp hatte sich unterdessen schon über den Niedergestochenen gebeugt. »Das muss jetzt warten. Geh in die Schänke und frag den Wirt, ob ein Arzt oder Bader unter seinen Gästen ist. Wahrscheinlich wird es nicht so sein, aber versuch es wenigstens. Und dann sollen ein paar von den Zechern herauskommen und helfen, den Verletzten hineinzutragen.«

»Ja, Teo.« Fixfööt war schon unterwegs.

Rapp untersuchte den Seemann und merkte plötzlich, wie ein heller Lichtschein auf dessen Kopf und Oberkörper fiel.

»Wat is los? Ik will keen Scherereе mit de Nachtwach hebben.«

»Bist du der Wirt vom *Liekedeler?*«, fragte Rapp.

»Jo.«

»Ist ein Arzt unter deinen Gästen?«
»Nö. Ik will keen Scherereе.«
»Lass den Mann in die Schänke tragen, dann sieht keiner, was sich hier draußen abgespielt hat.«
In diesem Augenblick kam Fixfööt heraus, mehrere Zecher im Schlepptau. »Ist kein Dokter dabei, Teo«, sagte er.
»Ich weiß. Der Wirt hat es mir schon erzählt.« Rapp achtete darauf, dass der Körper des Seemanns richtig hochgehoben wurde, und betrat nach den Trägern die Schänke. Er nahm sich keine Zeit, die kümmerliche Ausstattung des Ladens zu betrachten, sondern widmete sich sofort wieder seinem Patienten.
»Legt ihn dort der Länge nach auf den Tisch. So ist es recht. Und nun tretet zurück, damit ich mehr sehen kann. Wirt, halte mal die Lampe hoch.«
Der Wirt tat wie ihm geheißen, dabei ständig »Ik will keen Scherereе« vor sich hin murmelnd. Aber Rapp beachtete ihn einfach nicht. Seine ganze Aufmerksamkeit galt dem Seemann, dessen Brustkorb sich schwach hob und senkte.
»Wie steht's?«, fragte Fixfööt.
»Er hat einen Schock. Die Verletzungen betreffen gottlob keine Organe. Ich fürchte aber, der zweite Stich hat die Pulsader aufgeschlitzt. Wahrscheinlich aus einer Abwehrbewegung des Mannes heraus. Auf jeden Fall blutet die Wunde stark. Die zweite in der Schulter ist nicht so schlimm. Ich brauche dringend sauberes Verbandzeug. Und eine gute Heilsalbe, dazu Pflaster und Kompressen.« Rapp senkte seine Stimme, damit keiner außer dem Rotschopf ihn hören konnte. »Du musst mir alles aus meiner Apotheke holen. Gottlob ist sie ja nicht abgeschlossen. Lauf, so schnell dich deine Beine tragen! Nein, halt, du weißt ja gar nicht, wo du alles findest …« Rasch erklärte er dem Jüngling, was dieser wissen musste. Dann lief Fixfööt davon.
»Leute, so tretet doch zurück.« Rapp, der seinen Daumen die ganze Zeit auf das Handgelenk des Verletzten gepresst hatte,

fiel es schwer, das sprudelnde Blut zu stoppen. Er überlegte, wie am besten vorzugehen sei, und staunte gleichzeitig über sich selbst. Nur drei Tage war es her, dass er sich in einer ähnlichen Situation befunden hatte, aber damals hatte er viel hektischer reagiert als heute. Nun, vielleicht lag es daran, dass er heute lediglich Zuschauer gewesen war. »Wir müssen den Arm abbinden«, sagte er mehr zu sich selbst als zu den Zechern. Und dann laut: »Hat jemand ein altes Hemd, von dem er einen Streifen entbehren kann?«

Als die Männer daraufhin nur in ihre Bierkrüge starrten, verzichtete er darauf, seine Frage zu wiederholen. »Wirt, löse mich mal ab und drücke hier auf den Puls.« Als der Mann seiner Anweisung gefolgt war, zog Rapp das braune Leinenhemd von Mines Vater aus und riss einen dicken Streifen ab. Die Zecher verfolgten sein Tun, als hätten sie derlei noch nie gesehen.

Rapp hatte keine Zeit, sich über die Stumpfheit der Männer zu ärgern, und zog einen festen Kreuzknoten um den Oberarm des Seemanns. Dann befahl er dem Wirt, den Daumen von der Wunde zu nehmen. Zu seiner Erleichterung war die Blutung fast vollends zum Stillstand gekommen. Nun konnte er die zweite Verletzung versorgen, einen Stich, der weit weniger blutete. Während er den Rest des Streifens in drei Lagen faltete und ihn als eine Art Kompresse benutzte, lief der Kampf noch einmal vor seinem geistigen Auge ab. Was hatte dieser Mann nur für Bärenkräfte! Aber nicht nur das: Einmal gereizt, hatte er sie auch wie ein Berserker eingesetzt. Woran lag das? Vielleicht an der Untätigkeit, zu der die Janmaaten an Land verdammt waren.

Hatte Fixfööt nicht erzählt, dass der Wind seit Wochen aus West blies und die Matrosen im Hafen festhielt wie die Füchse im Bau? Am Tage, da mochte es noch gehen. Da gab es den normalen Dienst. Da galt es, das Schiff in Stand zu halten, Rost zu klopfen, Segel zu flicken, Planken zu pönen und vielerlei mehr. Aber nachts, was sollten die Männer des Nachts machen, wenn sie nicht gerade schliefen oder Wache schieben mussten? Sie ergaben sich dem Trunk. Und Trunk und Raufen waren ein und dasselbe.

»Kannst du mich hören?« Rapp schlug dem Seemann ein paarmal mit der flachen Hand gegen die Wange und drehte dessen Kopf, so dass er ihm direkt ins Gesicht sehen konnte. Der Riese kam ihm bekannt vor. War er ihm schon einmal begegnet? Und dann wusste Rapp es wieder. Es handelte sich um den Seemann Klaas von der *Seeschwalbe*, der ihm so freundlich seine Hilfe angeboten hatte, als er nach dem Überfall aufgewacht war. Bei Kehrwieder, auf der anderen Seite des Binnenhafens, war es gewesen.

»Jo, kann ik. Wat is? Huiii, dat ziepelt jo bannig!« Klaas fasste sich mit der gesunden Hand an die Schulter und wollte sich aufrichten, aber Rapp verhinderte es.

»Wat is? Segg mol, ik heff di schon sehn. Wo weer dat blots wesen?«

»Streng dich besser nicht an. Und halte den Arm hoch. So ist es gut. Und du, Wirt, kannst dem Mann einen Schnaps spendieren auf den Schreck.«

Das Wort Schnaps sollte sich als Zauberwort erweisen, denn Klaas befolgte ab sofort alle weiteren Anweisungen widerspruchslos, und die Stimmung unter den Zechern besserte sich rapide, als der Wirt sich breitschlagen ließ, auch noch eine Lokalrunde zu schmeißen.

Rapp war froh, dass Klaas nicht weiter in seiner Erinnerung kramte, sondern zufrieden seinen Schnaps hinunterkippte. Die Atmosphäre in der Schänke hatte sich entspannt. Die Zecher kehrten an ihre Plätze zurück und schwangen alsbald wieder Bierkrüge und Würfelbecher.

»Büst du, äh, ich meine, seid Ihr Physikus?«, fragte der Wirt. Er hielt einen weiteren Schnaps in der Hand, den Rapp aber ausschlug. Er wollte einen klaren Kopf behalten.

»Nein, ich bin Ap …« Rapp hielt inne, denn der Wirt würde

ihm seinen Beruf sowieso nicht glauben. Ebenso wenig wie die Nachtwache oder die anderen offiziellen Organe der Stadt.

»... ab und zu dabei gewesen, wenn einer verarztet wurde, mehr nicht. Gib den Schnaps nur dem Seemann, der kann ihn brauchen.«

Doch der Wirt genehmigte sich die scharfe Flüssigkeit selbst und sagte dann: »Na, geiht mi jo ok nix an. Ober ik segg danke.«

»Gern geschehen.« Ein Luftzug in Rapps Rücken signalisierte ihm, dass die Tür sich wieder geöffnet hatte. Fixfööt war zurück.

»Schneller ging's nicht«, keuchte der Rotschopf. »Aber ich hab alles gefunden.« Er legte die einzelnen Gegenstände auf den Tisch und blickte Klaas an. »Kannst von Glück sagen, dass Teo rechtzeitig zur Stelle war. Sonst hätt's übel für dich ausgesehen.«

Ohne auf Rapps Proteste zu achten, richtete der Riese sich jetzt auf. »Teo, is dat dien Noom?« Er sprach, ohne mit der Zunge zu stolpern, als hätte der Schock und die Schmerzen seinen Rausch fortgeblasen.

»Ja«, sagte Rapp.

»Nu weet ik dat. Ik heff di bi Kehrwedder sehn. Danke, Teo.«

»Gern geschehen«, sagte Rapp abermals und begann die Notverbände auszuwechseln. Fixfööt half ihm dabei, und beiden war es nur recht, dass sie nicht mehr im Mittelpunkt der Aufmerksamkeit standen. Irgendwann kam der Wirt vorbei und fragte mit ungeduldigem Unterton, ob sie nicht bald fertig seien. Rapp antwortete, sie würden erst dann verschwinden, wenn sie sicher wären, dass Klaas wieder gehen könnte.

Der Wirt gab sich mit dieser Auskunft zufrieden und schlurfte zurück zu dem großen Bierfass, das er wie ein Zerberus hütete. Wahrscheinlich hatte er schlechte Erfahrungen mit seinen Gästen gemacht.

Wenig später waren die Lebensgeister in Klaas wieder so weit erwacht, dass er nicht mehr länger auf dem Tisch zu halten war.

Er kam hoch und wollte Kurs auf die *Seeschwalbe* nehmen, um noch eine Mütze voll Schlaf zu kriegen. Rapp und Fixfööt bestanden darauf, ihn bis zum Schiff zu begleiten. Dort angelangt, verabschiedeten sie sich voneinander, und Klaas musste Rapp versprechen, am anderen Morgen zu den Vorsetzen zu kommen, damit dieser seine Verbände überprüfen konnte.

Später, auf dem Nachhauseweg, fragte der Rotschopf: »Sag mal, Teo, wir wissen doch nun nicht, wo deine Sachen abgeblieben sind. Wurmt dich das nicht?«

Rapps Miene verfinsterte sich. »Doch, Fixfööt, erheblich sogar. Allein die Vorstellung, ich könnte meine Kostbarkeiten für immer verloren haben, ist grausam. Aber es half ja nichts. Wir konnten Klaas doch nicht einfach liegen lassen, denn er wäre mit Sicherheit verblutet. Wir mussten uns also zwischen meiner Sammlung und einem Menschenleben entscheiden, und ich denke, wir haben das Richtige getan.«

»Ja«, sagte Fixfööt.

Sie gingen weiter. Und irgendwann fragte der flinkbeinige Jüngling: »Und was willst du morgen früh an den Vorsetzen?«

Rapps Miene hellte sich ein wenig auf. »Das möchtest du wohl wissen, was? Nun, ich bin ein wenig abergläubisch, deshalb will ich erst darüber reden, wenn es geklappt hat.«

Kapitel sechs,

in welchem ein Kuriosum namens Paramuricea clavata *auftaucht und durch seine schöne Beschaffenheit allseits Bewunderung auslöst.*

Am anderen Vormittag herrschte raues Seewetter. Der Wind pfiff um Hamburgs Häuser und jagte kleine, kabbelige Wellen über die Elbe. Rapp fröstelte, während er, einen von Mine geliehenen Marktkorb tragend, die Vorsetzen entlangging und die am Kai vertäuten Schiffe beobachtete. Einige von ihnen kannte er, denn seine Sammelleidenschaft hatte ihn schon öfter hierher geführt. Besonders interessierten ihn die großen, seegehenden Kauffahrer, die nach Westindien fuhren, nach Südamerika, Afrika, Australien und in die Weiten des Pazifik, wenngleich dies ein Meer war, das zum Handel wenig taugte und zum größten Teil noch der Erforschung harrte. Manche Wissenschaftler behaupteten, in seinem äußersten Süden müsse sich ein weiterer Kontinent befinden, gewissermaßen als Gegengewicht zur riesigen arktischen Landmasse, aber Rapp war an solchen Theorien weniger interessiert, jedenfalls nicht, solange der *Antarctica* genannte Erdteil nicht entdeckt war, und schon gar nicht, wenn er keine Kuriosa bot. Vor ihm tauchte das breite Heck der *Bonaventure* auf, ein Engländer, der Toback und Coffee aus der Karibik gebracht hatte, doch niemand an Deck ließ sich blicken. Rapp schritt weiter. Das Schwierigste war immer, an Bord zu kommen. War das erst einmal geschafft, konnte sich mancherlei ergeben.

Der nächste Segler war die *Pigafetta*, ein hochbordiger Portugiese mit einer Ladung Färbeholz für die Hansestadt. Am Bug standen drei Matrosen, die so abweisend zu Rapp herunterstarrten, dass dieser sich gar nicht erst bemühte, sie anzusprechen. Außerdem war sein Portugiesisch nicht das Beste. Gleiches galt im Übrigen für sein Englisch und Französisch. Einzig das Niederländische war bei ihm, neben dem Latein, recht passabel, dies nicht zuletzt, weil er einige Zeit im Holländischen gearbeitet hatte. Vor ihm tauchte jetzt die *Valiant* auf, ein englisches Kriegsschiff der dritten Klasse mit siebzig Kanonen. Kriegsschiffe waren für Rapps Absichten denkbar ungeeignet, denn sie hatten stets einen Arzt an Bord. Darauf folgte die *Concepción,* ein weiterer Portugiese, dem Rapp schon vor einer Woche einen Besuch abgestattet hatte und von dem er wusste, dass er Gummi aus Afrika transportierte. Auch bei ihm war nichts zu holen.

Größere Aussichten bot da vielleicht die *Noordenwind*, ein Hamburger Grönlandfahrer, der auf Walfang vor Spitzbergen ging. Rapp blieb stehen und schaute hoch. Das Schiff war typisch für seine Art: stark beplankt, um dem Packeis genügend Widerstand leisten zu können, kompakt gebaut, mit großen Laderäumen für Tonnen von Speck, aus dem der für die Beleuchtung so notwendige Tran gebrannt wurde.

Am Heck stand ein Mann in abgetragener Uniformjacke, der einige Matrosen beim Teeren der Takelung beaufsichtigte. Er rauchte Pfeife und kratzte sich dabei angelegentlich im Nacken. Rapp sah näher hin. Den Mann schien es mächtig zu jucken. Er bellte irgendeinen Befehl, stieß ein paar Qualmwolken aus und kratzte sich weiter.

Etwas Besseres konnte Rapp gar nicht passieren.

Er stellte den Korb ab, bildete mit den Händen einen Trichter vor dem Mund und rief hinauf: »Ahoi, *Noordenwind!* Braucht Ihr Hilfe, Herr Kapitän?«

Der Angesprochene schaute nach unten und entdeckte Rapp. »Hilfe, wieso, Mann?«

»Weil es Euch mächtig zu zwicken scheint. Ich hätte etwas Wirksames dagegen.«

»Der Kapitän ist an Land, ich bin der Steuermann«, kam es abweisend von oben.
Rapp ließ sich nicht entmutigen. »Wie lange habt Ihr schon die Beschwerden?«
»Was geht's dich an? Bist du Arzt oder so was?«
»Ihr habt's an der Haut, und ich habe eine Arznei dagegen. Darf ich an Bord kommen?«
Der Steuermann zögerte. Dann, vielleicht, weil ihn ein neuerlicher Juckreiz überfiel, willigte er ein. »Meinetwegen, aber geh zuerst zur Wache an der Deckspforte und sag ihr, dass du meine Genehmigung hast.«
Wenig später stand Rapp dem Steuermann gegenüber, einem Mann mit wettergegerbtem Gesicht und tiefen Falten um Mund und Nase. »Am besten, wir gehen in Eure Kajüte«, schlug er vor.
»Meinetwegen«, sagte der Fahrensmann abermals und stapfte voran. Er öffnete die Tür zu einer spartanisch eingerichteten Kabine, an deren hinterer Seite ein Heckfenster Helligkeit spendete. »Hier herein.«
»Danke«, sagte Rapp und wäre beim Eintreten fast über das Süll gestolpert. Drinnen entdeckte er eine schwere Seemannskiste unter dem Fenster. »Legt bitte Eure Uniformjacke ab und öffnet den Hemdkragen. Und dann setzt Euch ans Licht, damit ich mehr sehen kann.«
Wie sich herausstellte, war Rapps Vermutung richtig gewesen. Der Steuermann litt unter einer roten, nässenden, zur Schuppung neigenden Läsion am unteren Haaransatz des Hinterkopfs. Der scheuernde Kragen des Hemdes tat ein Übriges, um das Krankheitsbild zu verstärken. Da die Stelle nässte, musste Rapp eine aufsaugende Arznei vorsehen, getreu der Erkenntnis der antiken Ärzte, nach der Feuchtes mit Trockenem und Trockenes mit Feuchtem bekämpft werden sollte.
Er griff in den Korb und kramte zwischen den Gefäßen mit Molke, Kalkpulver, Wollfett und Johannisöl.

»Was wird mich der Spaß kosten?«, fragte der Steuermann mit misstrauischem Unterton.

»Nichts.« Rapp füllte das Kalkpulver um in ein Behältnis mit siebartiger Oberfläche.

»Umsonst ist der Tod.«

»Erzählt mir einfach ein bisschen. Vielleicht von Eurer letzten Fahrt.«

»Da gibt's nicht viel zu erzählen. Sind zwischen Spitzbergen und Island herumgekreuzt und haben den Leviathan gejagt. Den Pottwal, das Ungeheuer aus der Tiefe, wenn du verstehst, was ich meine. Auch Grönlandwale und andere.«

»Ja«, erwiderte Rapp. »Die *cetacea* sind eine beachtenswerte Spezies, die in großer Vielfalt vorkommt.« Er drückte den Kopf des Steuermanns etwas nach vorn, damit er das Kalkpulver besser auf den Nacken streuen konnte. »Wart Ihr zufrieden mit Eurem Fang?«

Der Fahrensmann räusperte sich. Er hatte den lateinischen Begriff aus Rapps Mund vernommen und fragte sich nun, ob er es, wie zunächst angenommen, wirklich nur mit einem Matrosen zu tun hatte oder vielleicht doch mit einem Arzt. Er beschloss, die Anrede zu wechseln. »Warum wollt Ihr das wissen?«

Rapp antwortete mit einer Gegenfrage: »Spürt Ihr schon eine Linderung?«

»Hm, ja, es ist etwas besser.«

»Dann erzählt ruhig weiter. Die Behandlung dauert noch eine Weile.«

»Der Fang war wieder mal nicht berauschend. Es scheint, als würden die Ungetüme sich vor uns verstecken. Und die Spanier und Engländer sind ja auch noch da. Und nicht nur die. Ist noch gar nicht so lange her, da konnten wir uns bei jeder Reise mit Speck und Walrat und Fischbein bis unter die Luken vollstopfen, und das Schiff lag so tief, dass unser Schanzkleid gerade eben vom Wasser freikam. Ja, das waren noch Zeiten.«

Rapp sagte nichts und tupfte mit einem Läppchen das Pulver fest. Er tat es so behutsam, dass es keinesfalls schmerzen konnte. Wie erhofft, redete der Fahrensmann weiter.

»Hatten damals auch einen Harpunier, Kruse hieß er, der war ein Meister seines Fachs. Verfehlte nie sein Ziel, ja, das waren noch Zeiten.«

Offenbar gehörte der Steuermann zu denen, die früher alles besser fanden.

»Irgendwann ist er dann mit den Beinen in die Fangleine gekommen und wurde in die Tiefe gerissen, als der Wal abtauchte. Ist jämmerlich ertrunken, der Mann. Ein Seemannsgrab. Aber immer noch besser, als im Bett zu verenden wie eine Landratte. Ja, ja, der Kruse … Haben seitdem nie wieder einen so guten Mann gehabt.«

»Das glaube ich.« Rapp war eigentlich fertig und musste nur noch einen Verband anlegen, damit das Pulver an seinem Platz blieb, aber er wartete damit.

»Überhaupt wird's von Jahr zu Jahr schwerer, gute Männer zu finden. Die Friesen auf den Inseln werden auch immer weniger, und auf den Bäumen wachsen keine, wenn Ihr versteht, was ich meine.«

»Das tue ich.« Rapp blieb einsilbig, um den Redestrom ja nicht zu unterbrechen.

»Sind gute Waljäger, die Friesen, aber es bleiben zu viele Männer draußen. Wir müssen ja schon nach Westindien und die nordamerikanische Küste raufsegeln, um Leute zu heuern. Die Algonkin, Abenaki und Micmac können ganz ordentlich mit dem Speer umgehen und taugen zum Harpunier. Aber zu sonst gar nichts, sind eben faul wie die Sünde, die Indianer. Ein paar Engländer spielen den Waldläufer an den Küsten, wenn sie nicht zu den Herren Plantagenbesitzern gehören und Toback oder Zuckerrohr anbauen. Auch Franzosen und Spanier sind da. Wenn die es Leid sind, in der Wildnis herumzustreunen, kann man sie manchmal überreden, an Bord zu kommen. Na-

türlich mit etwas Nachdruck.« Der Steuermann grinste vielsagend. »Ich glaube, es juckt tatsächlich nicht mehr so.«
Rapp begann den Verband anzulegen. »Das freut mich. Von den Indianern sagt man, sie würden ihre Kleider mit Muscheln und Schnecken und derlei verzieren. Das muss ja seltsam aussehen?«
Der Steuermann schluckte den Köder. »Das tut es, so wahr Gott am dritten Tag das Meer erschuf! Die Wilden behängen sich mit allem möglichen Zeugs. Manche wollen sogar mit Muscheln bezahlen, man stelle sich vor! Violett und weiß sind die. Aber natürlich nichts wert.«
»Natürlich nicht.« Rapp wusste, dass es sich bei der erwähnten Muschel um die *Venus mercenaria* handelte, eine recht kleine Vertreterin ihrer Art, die dennoch hübsch anzusehen war.
»Trotzdem wollen die Heiden dafür Toback oder Schnaps. Lächerlich. Als ob meine Männer sich auch nur von einer einzigen Unze Branntwein trennen würden. Gut, ja, manche lassen sich immer mal wieder breitschlagen und tauschen ein bisschen Toback gegen eine Muschel ein, aber die muss dann natürlich was ganz Besonderes sein.«
»Ich bin ganz Eurer Meinung.« Rapp kam sich ziemlich berechnend vor, aber der Zweck heiligte die Mittel. »Ihr seid fertig, Herr Steuermann. Hier, nehmt noch ein wenig Kalkpulver in diesem Döschen, damit Ihr Vorrat habt. Wiederholt die Prozedur die nächsten sieben Tage, dann müsstet Ihr dauerhaft Linderung spüren.«
»Ich danke Euch. Sagt, was ich nicht verstehe, ist, dass Ihr Eure Dienste umsonst anbietet. Seid Ihr so was wie ein barmherziger Samariter … ja, was ist denn, bei allen Teufelsrochen, du siehst doch, Hinnerk, dass ich beschäftigt bin!«
Der mit Hinnerk Angesprochene stand in der Kajütentür und machte eine entschuldigende Geste. »De Käpten wullt jüm sehn, Stüürmann, he weer bi'n Schipputrüster, un nu is he in'n *Goldenen Anker* un kann nich betohlen, hett sien Dalers vergeten.«

»Himmelherrgottnochmal, mir bleibt auch nichts erspart.« Der Steuermann zog sich eilig die schwere Jacke an und wollte schon hinausstürzen, als er sich Rapps erinnerte. »Und Ihr …?«

»Ich finde schon allein den Weg von Bord, Herr Steuermann.«

»Gut, gut. Nochmals danke.« Der Mann verschwand eiligst, und mit ihm Hinnerk.

Rapp packte ohne Eile seine Utensilien zusammen und beglückwünschte sich ein zweites Mal. Er hatte zwar gesagt, er fände den Weg von Bord allein, aber beileibe nicht, wann. Erst würde er noch dem Mannschaftslogis einen Besuch abstatten. Wenn die *Noordenwind* tatsächlich die Ostküste Nordamerikas hinaufgesegelt war und die Männer Kontakt mit den Indianern gehabt hatten, bestand vielleicht Aussicht, ein Kuriosum einzuhandeln.

Er ging mit seinem Korb zum Bug und betrat den niedrigen, nach Nässe, Schweiß und Moder riechenden Raum. Auch ein Dunst nach Fusel war unverkennbar. Wahrscheinlich wurde hier, wie in so vielen Mannschaftsunterkünften, heimlich getrunken. Rapp erkannte sieben oder acht Männer der Freiwache, sämtlich in ihren Hängematten dösend. Er setzte sich auf die Bank vor dem flachen, festgekeilten Tisch und entbot die Tageszeit. Stille folgte. Rapp dachte schon, seine Höflichkeit wäre für die Katz gewesen, da kam aus einer Ecke die Antwort:

»Tag, Herr Apotheker.«

Rapp fuhr herum. Er hatte nicht damit gerechnet, dass irgendeiner der Männer ihn erkennen würde. Nicht nur seines Aussehens wegen, sondern auch, weil er niemals zuvor an Bord der *Noordenwind* gewesen war. »Donnerwetter, du bist Düke, nicht wahr? Oder täusche ich mich?«

»Nein, Herr Apotheker.«

»Wie hast du mich erkannt?«

»Habe ich ja gar nicht, Herr Apotheker, jedenfalls zuerst nicht, aber als Ihr gesprochen habt, da wusste ich's wieder.« Düke, der sich nun aus seiner Hängematte schälte, war ein außerordentlicher Mann. Er war von kleinem Wuchs, aber stämmig wie ein isländisches Zwergpferd. Dabei redegewandt wie ein Laienprediger, und das, obwohl er zur wortkargen Rasse der Friesen gehörte. Düke sprach Sylterfriesisch, genauer gesagt Söl'ring, dazu Plattdeutsch und sogar »Hoogdütsk«, wie er es nannte, aber das nur im Notfall. Wer bei ihm ein »Notfall« war, konnte sich etwas darauf einbilden. Rapp gehörte zu den Auserwählten, vielleicht, weil er ihm vor anderthalb Jahren auf der *Kungholm* eine wirksame Salbe gegen seine skabiös befallenen Hautpartien geschenkt hatte. Bald darauf war Düke die Krätze los gewesen und Rapp um ein paar seltene *Conchylien* reicher.

Rapp fühlte sich zu einer Erklärung bemüßigt und sagte: »Ich musste Rock und Perücke, äh, vorübergehend abgeben. Deshalb mein Aufzug.« Seine Ausführungen schienen jedoch wenig zu interessieren, wahrscheinlich, weil er dank Mine immer noch besser gekleidet war als jeder der anwesenden Matrosen. »Ah-hm … nun ja.« Er kramte in dem Korb und stellte seine Arzneien auf den Tisch. »Wird irgendwer von Flechten, Ekzemen, Pilzen oder wunder Haut geplagt? Ich habe hier wirksame Abhilfe.«

Keiner der Männer schien unter Hautproblemen zu leiden, was allerdings unmöglich war. Eine Walfänger-Besatzung mit gesunder Haut gab es nicht. Zu schlecht war die Kost, zu feucht das Logis, zu nass die Seemannskleidung, die selten oder gar nicht gewechselt werden konnte, wenn der Blanke Hans wieder einmal zum Angriff blies. Und das tat er umso häufiger, je höher man in nördliche Gewässer vordrang.

Endlich meldete sich ein junger Matrose mit olivfarbener Haut, der eine hässliche Quetschwunde an der Schulter hatte. José kam aus Bilbao, wie Düke erklärte, weshalb die Behandlung, die Rapp dem Mann angedeihen ließ, nahezu wortlos vonstatten ging. Als sie beendet war, radebrechte der Patient irgendetwas, das wie *gracias* klang und das Rapp ansonsten nicht verstand, aber Düke meinte: »Ich glaube, José will wissen, wie viel

er Euch schuldet. Er ist Baske, und er ist stolz. Er will bezahlen.«
»Hat er kuriose Dinge in seiner Seemannskiste? Du weißt schon, was ich meine: rauschende Muscheln, rote Giftfrösche, Schmetterlinge, bunte Steine, fliegende Hunde, Drachen, Schlangen, Vogelspinnen oder Ähnliches?«
»Nein, hat er, glaube ich, nicht.«
»Dann mache ihm deutlich, dass er mir beim nächsten Mal etwas geben kann, diesmal habe ich es für Gotteslohn getan.«
Ein weiterer Seemann meldete sich; das Eis schien gebrochen zu sein. Der Einfachheit halber sprach Düke für ihn, denn Rapp tat sich mit dem Plattdeutschen nach wie vor schwer. »Ihn juckt's höllisch an beiden Unterarmen, Herr Apotheker.«
»Hm, hm.« Rapp besah sich eingehend die wund gekratzten Stellen. Zog sie auseinander. Beroch sie. Dann entschied er: »Der Mann hat ein trockenes Ekzem, was ungewöhnlich ist bei der feuchten Luft hier. Andererseits gibt es auf einem Schiff nichts, was es nicht gibt, das ist jedenfalls meine Erfahrung. Düke, hol mal aus der Kombüse eine flache Schüssel oder so etwas.«
Während Düke das Gewünschte besorgte, versuchte Rapp, sich mit den Männern zu unterhalten, aber das Gespräch holperte mehr oder weniger dahin. Rapp bedauerte das und nahm sich vor, das Plattdeutsche baldmöglichst zu erlernen. Es war ja nicht so, dass er nichts verstand, aber mit dem Sprechen haperte es ziemlich. Vielleicht musste man auch in einer gewissen Stimmung sein, um sich der Sprache besser nähern zu können.
»Hier, Herr Apotheker.« Düke war zurück und stellte eine flachbodige Holzschüssel auf den Tisch. Rapp dankte ihm und goss eine gute Menge der mitgebrachten Molke hinein. »Es ist saure Molke«, erklärte er seinem Patienten. »Tauche die Arme halb unter, dann wartest du eine Weile und ziehst sie wieder heraus. Ich sage dir, wenn es so weit ist. Hat sonst wer Probleme?«
Düke schob einen Matrosen mit stark vereitertem Daumen

nach vorn, dessen Name Pitt war. Rapp untersuchte das geschwollene Fingerglied und erkannte, dass noch immer ein Holzsplitter im Fleisch saß. Die Rötung um die Wunde hatte sich bereits ausgebreitet und kroch das Handgelenk hinauf. Eine gefährliche Entwicklung, denn vergiftete Säfte durften auf keinen Fall in den Blutkreislauf gelangen. Rapp war klar, dass es hier nicht allein mit Pulvern oder Bädern oder Salben getan war. Der Mann gehörte in die Hände eines tüchtigen Arztes. »Sage Pitt, dass er zu einem Physikus gehen soll«, wandte er sich an Düke.

Der Friese sprach mit dem Mann. Der nickte bedächtig und steuerte wieder seine Hängematte an.

»Halt!« Rapp wurde energisch. »Pitt muss augenblicklich gehen, wenn ihm sein Leben lieb ist. Sage ihm das, Düke. Ich scherze nicht.«

»Aber wohin soll er denn?«, fragte der Friese, nachdem er auf den Mann eingeredet hatte.

»Ach so.« Darüber hatte Rapp sich noch keine Gedanken gemacht. »Hat er Geld?«, fragte er dann.

»Bestimmt nicht mehr. Wir sind ja schon eine Ewigkeit im Hafen, Herr Apotheker.«

Rapp rieb sich das Kinn. Das war natürlich richtig. Was also tun? Da kam ihm eine Idee. Er wusste nicht, ob sie gut war, aber es war immerhin ein Einfall. »Ich kenne einen Physikus«, sagte er, »der Pitt womöglich auch ohne Entgelt hilft. Er hat ein Haus in der Nähe von St. Nikolai. Sein Name ist Doktor Fernão de Castro.« Rapp beschrieb genau den Weg dorthin. Als er sicher war, dass der Matrose alles begriffen hatte, wandte dieser sich um und nahm erneut Kurs auf seine Hängematte. Rapp wollte schon protestieren, da kam Pitt zurück und gab ihm etwas in die Hand. Dann verließ er schnell das Logis.

Rapp betrachtete den Gegenstand. Es war ein mit Muscheln verzierter Lippenpflock – ein Schmuckstück jenes Volkes, das von den Indianern abfällig Eskimos, also Rohfleischesser, genannt wurde. Rapp wusste nicht viel über diese Menschen, nur dass sie ständig in Schnee und Eis lebten und dass bei ihnen im Winter die Sonne niemals aufging. Darüber hinaus sollten sie tüchtige Jäger und Kajakfahrer sein. Er hielt den Lippenpflock ins Licht und entdeckte darauf eine winzige eingeritzte Figur, die aussah wie ein Rentier. »Hübsch«, sagte er. »Von wem Pitt wohl den Gegenstand hat?«

Rapp hatte eigentlich keine Antwort erwartet, umso überraschter war er, als Düke sagte: »Die Sache mit dem Lippenpflock, Herr Apotheker, ist eine lange Geschichte. Pitt gewann ihn beim Würfeln von einem spanischen Seemann, der ihn wiederum von einem alten Eskimo hatte. Der Eskimo saß vor seiner Hütte, als der Spanier mit ihm ins Gespräch kam. Wie die beiden sich verständigten, weiß ich nicht, jedenfalls hatte der Eskimo das Fell eines Eisbären um seine Beine geschlungen, gegen die Kälte, wie er sagte. Der Spanier wunderte sich, denn er fand es gar nicht so kalt. Es war gerade Sommer da oben und die Temperaturen recht erträglich. Deshalb sagte er wohl so etwas wie: Er hätte immer gedacht, die Inuit, so nennen die Eskimos sich selbst, wären von allen Menschen dieser Welt am tapfersten im Ertragen von Kälte, aber nun könnte er das nicht mehr glauben.

Daraufhin erwiderte der Alte, die Inuit wären nicht nur darin die Tapfersten, sondern auch die Besten in der Fähigkeit, ohne Nahrung zu überleben.

Der Spanier bezweifelte das. Ein Wort gab das andere. Schließlich wurde der alte Eskimo ungehalten, und er sagte, er würde dem Spanier eine Geschichte erzählen, die dieser nie und nimmer glauben würde. Und trotzdem sei sie wahr.

Der Spanier sagte, etwas zu behaupten wäre das eine, es zu beweisen das andere. Darauf käme es an.

Der Alte sagte, das könnte er. Und in dem Fall hätte er gern ein Stückchen Rollentoback.

Der Spanier willigte ein. Allerdings wollte auch er etwas haben, wenn es dem Alten nicht gelänge, ihn zu überzeugen.

Dem Eskimo fiel daraufhin nichts ein. Da deutete der Spanier auf den Lippenpflock des alten Mannes und sagte, er würde sich mit dessen Mundzier zufrieden geben.
Der Eskimo war einverstanden und begann mit der Geschichte. ›Es ist viele Jahre her‹, sagte er, ›fünfmal so viele Jahre, wie jeder Mensch Finger hat. Da fuhr ein Jäger mit seinen Hunden zur Robbenjagd. Es war ein junger, starker Mann, der die Kunst des Jagens vorzüglich beherrschte. Drei Tage fuhr er nach Norden, bis er endlich sein Ziel erreicht hatte. Jene Fanggründe, die damals als die besten galten. Doch die Geister meinten es nicht gut mit ihm. Sie ließen nicht zu, dass er etwas erlegte. Nicht eine einzige Robbe. Er bot seine ganze Kunst auf, seine ganze Erfahrung, die sein Vater und der Vater seines Vaters an ihn weitergegeben hatten. Er war geschickt, erfahren, geduldig, doch es war alles umsonst. Außer ein paar Fischen fing er nichts. Er aß die Leber der Fische und die anderen guten Innereien und gab den Rest seinen Hunden.
Mittlerweile war ein Mond vergangen. Der junge Jäger war bereits abgemagert, denn das Leben im Eis ist hart. Aber er wollte nicht aufgeben. Am Abend dieses Tages zog er sich in sein selbst gebautes Schneehaus zurück und nahm sich fest vor, am nächsten Morgen etwas zu fangen.
Doch am anderen Tag konnte er sein Iglu nicht verlassen, weil ein Schneesturm über Nacht aufgezogen war. Der Sturm war so stark, wie der junge Mann es noch nie erlebt hatte. Er hatte haushohe Schneeverwehungen aufgeworfen, unter denen seine Hunde fast erstickt wären. Er grub sie mit den Händen aus, denn neben seinem Schlitten und seinen Waffen waren sie sein kostbarster Besitz. Weil der Sturm an Stärke nochmals zugenommen hatte, nahm er die Tiere mit in sein Schneehaus. Dort ließ es sich ertragen. Eine Tranlampe schenkte Licht und etwas Wärme. Die Nähe der Hunde tat ihm gut. Er musste nur noch das Ende des Sturms abwarten, dann wollte er wieder sein Jagdglück versuchen.

Doch viele Tage und Nächte vergingen, und der Sturm blies weiter mit ungebrochener Kraft. Der junge Jäger war jetzt sehr abgemagert. Er spürte, dass er essen musste, sonst würde der ewige Schlaf kommen. Da tötete er einen seiner Hunde. Er aß lange von dem Fleisch, und als nur noch Sehnen und Knorpel übrig waren, gab er sie den anderen Hunden.
Der Sturm hielt an. Der Jäger wusste bald kaum mehr, ob Tag oder Nacht war. Aber er wollte nicht aufgeben. Wieder schlachtete er einen seiner Hunde und aß ihn. Dann legte er sich hin und machte sich Mut. Der Sturm kann nicht für immer bleiben, sagte er sich, irgendwann hat auch er seine Kraft ausgehaucht. Ich schlafe jetzt, und wenn ich aufwache, wird alles gut.
Doch der Sturm blieb. Am folgenden Tag und dem Tag darauf und auch an dem Tag, der danach kam. Jeden Abend legte der junge Jäger sich zur Ruhe und hoffte auf den nächsten Morgen. Der Sturm blieb. An dem Morgen, als der Tran in der Lampe zur Neige ging, tötete der Jäger den dritten Hund. Er hatte jetzt kein Licht mehr, und mit dem Licht war auch seine einzige Wärmequelle versiegt. Er fror stark.
Später wusste er nicht mehr zu sagen, wann er die anderen Hunde getötet hatte, aber er hatte es getan und sie einen nach dem anderen gegessen. Er schätzte, dass er jetzt schon drei Monde in seinem Schneehaus gefangen war, allein in der Dunkelheit, hungernd und frierend.
Der Sturm wich nicht. Es war, als wäre er schon immer da gewesen und würde immer bleiben. Die Kälte war womöglich noch schlimmer. Erst hatte sie ihn am ganzen Körper gelähmt, jetzt begann sie, ihn langsam zu vereisen. Sie setzte an den Fußsohlen an und arbeitete sich hoch über die Zehen und Fersen bis hin zu den Fesseln. Der junge Jäger merkte es genau, aber er hatte kein Mittel, es zu verhindern, denn seine Nahrungsvorräte waren erschöpft. Es gab kein Fleisch mehr, das ihm Lebenskraft und innere Wärme spenden konnte.
Der Sturm blieb. Die Kälte blieb. Er musste essen oder ster-

ben. Da nahm er sein schärfstes Messer und trennte seinen linken Fuß ab. Es war sehr mühsam und dauerte lange, aber es schmerzte nicht, denn der Fuß war wie tot. Er nahm ihn und schob ihn sich unter die Achsel, bis er aufgetaut war. Dann aß er ihn. Er aß ihn wie ein fremdes Stück Fleisch, obwohl es sein eigener Fuß war.

Drei Tage später aß er den anderen Fuß.

Dann ließ der Sturm nach.

Seine Familie fand ihn an einem sonnigen Morgen, ohne Füße, aber lebend.‹

Tja«, fuhr Düke fort, »natürlich glaubte der Spanier dem Eskimo kein Wort, zu unwahrscheinlich klang es in seinen Ohren, dass jemand einen Schneesturm überlebt hatte, indem er seine eigenen Füße aufaß. Aber genau damit hatte der Alte gerechnet. Er tat nichts weiter, als das Eisbärfell hochzuziehen, und der Spanier sah, dass er nur noch Beinstümpfe hatte.

›Glaubst du mir jetzt, dass die Inuit die tapfersten und ausdauerndsten Menschen sind?‹, fragte er.

›Ja‹, antwortete der Spanier, ›jetzt glaube ich es.‹ Er nahm den Toback und gab ihn dem Alten. ›Ich entschuldige mich bei dir, meine Worte tun mir Leid.‹

Der Eskimo lächelte und sagte: ›Das ist nicht nötig, hier, für dich.‹ Er nahm seinen Lippenpflock heraus und gab ihn dem Spanier. ›Damit du siehst, dass ich dir nichts nachtrage.‹«

Düke machte eine Pause. Dann sagte er: »Damit endet die Geschichte, Herr Apotheker.«

»Eine Geschichte, die eher einer Fabel gleicht«, erwiderte Rapp, der sehr nachdenklich geworden war. »Vielleicht sind die Eskimos nicht nur die tapfersten und ausdauerndsten, sondern auch die freundlichsten Menschen auf dieser Welt. Nun ja, fest steht, dass der Pflock durch die Erzählung für mich einen besonderen Wert gewonnen hat. Egal, ob sie Seemannsgarn ist oder nicht.«

Er steckte den Lippenpflock in eine kleine Schatulle und verstaute sie in seinem Korb.

»Pitt glaubt sie nicht«, sagte Düke.

»Das kann ich mir vorstellen. Anderenfalls hätte er sich wohl nicht so leicht von dem Stück getrennt«, erwiderte Rapp. »Ich hoffe nur, dass Doktor de Castro ihm helfen kann. Doch nun zu dir, mein Freund.« Er wandte sich dem Matrosen zu, dessen Unterarme noch immer in der Molke steckten. »Für heute soll es genügen. Hebe die Flüssigkeit nur ja gut auf und wiederhole die Anwendung je einmal in den nächsten sieben Tagen, und zwar immer genauso lange wie heute. Danach hat die Molke ihre Kraft verbraucht und hoffentlich das Ekzem besiegt. Hast du mich verstanden?«

Der Mann nickte.

»Wie ist überhaupt dein Name?«

»Ties, Herr Afteker«, sagte der Matrose und stand auf. Er schlenkerte mit den Armen, bis sie trocken waren und machte sich dann an seinem Seesack zu schaffen. Gleich darauf war er wieder zur Stelle, in seiner Hand ein Bündel Werg haltend. Er streckte es Rapp entgegen. »Un ik segg danke.«

»Schon gut«, wehrte Rapp ab. »Willst du mir das Werg schenken?«

Ties stutzte einen Moment. Dann grinste er, wobei er ein vom Scharbock gelichtetes Gebiss entblößte. »Jo, dat will ik.«

»Nun, dann her damit.« Rapp wollte nicht unhöflich sein, obwohl altes Putz- und Dichtungsmaterial so ziemlich das Letzte war, was er sich erträumte. Aber der Seemann meinte es ja nur gut. Er nahm das Knäuel und spürte sogleich etwas Hartes. Was war das? Er griff fester zu und unterdrückte einen Ausruf des Schmerzes. Seine Finger hatten etwas Nadelspitzes berührt. Rasch entfernte er das Werg.

Und dann sagte er einige Zeit gar nichts.

Noch nie im Leben hatte er eine so herrliche Gorgonie gesehen. Sie war groß wie ein Fächer, von ebenmäßigem, makellosem Wuchs und versehen mit zahllosen filigranen Verästelungen. Ihre Farbe war von tiefem Rot.

»Dat is'n Korall«, glaubte Ties erklären zu müssen.
»Eine *Paramuricea clavata«*, murmelte Rapp, der sich von dem Anblick des Hohltiers nicht losreißen konnte. Er kannte es bisher nur von Illustrationen, aber jetzt hatte er es leibhaftig vor Augen. »Ich danke dir, Ties, du machst mir damit eine große Freude. Viel mehr, als du dir vorstellen kannst.«
»Jo, jo.« Ties geriet sichtlich in Verlegenheit und blickte zu Boden.
Mit äußerster Vorsicht verstaute Rapp das Exponat in Mines Korb. Welch ein Gewinn für seinen Thesaurus! Fast konnte das Geschenk über den Verlust der vergangenen Nacht hinwegtrösten. Aber eben nur fast. Rapp kam ein Gedanke, und er fragte in die Runde: »Hat jemand von euch gestern spätabends zufällig drei Burschen mit einer Karre gesehen?«
Wie nicht anders erwartet, wurden allseits Köpfe geschüttelt, untermalt von einem vielfachen »Nö, worüm?«. Gleichzeitig erscholl vom Kai her ein Ruf: »Ahoi, *Noordenwind!«* Und nochmals, diesmal lauter: »Ahoi, *Noordenwind!«*
Das klang nach Klaas. Rapp sagte: »Ach, nichts, ich muss nun weiter. Nochmals danke, Ties.« Er grüßte und trat hinaus ans Schanzkleid. Ja, da stand er, der Hüne, immer noch die Verbände tragend, aber bester Laune. Er winkte hinauf. »Hööö, Teo! Dor bist du, Mannomann, un ik söök di as'n Nadel in'n Hauhupen! Wo geiht di dat?«
»Goot!« Rapp merkte nicht, dass er zum ersten Mal eine Antwort auf Platt gegeben hatte. »Aber viel wichtiger ist, wie es dir geht.«
»Goot. Ober ik heff Dörst.«
»Ich komme runter.« Rapp drückte Düke, der ihn begleitet hatte, die Hand, wünschte ihm alles Gute und verließ das Schiff. Er hatte es eilig, nicht so sehr, weil Klaas auf ihn wartete, sondern weil er in einiger Entfernung den Steuermann in Begleitung eines hoch gewachsenen Mannes herankommen sah. Beide brauchten nicht zu wissen, dass er sich so lange an Bord aufge-

halten hatte. Dies umso mehr, als er nicht wusste, was der Kapitän zu seiner Arzttätigkeit sagen würde. Die nicht ganz uneigennützige Hilfe versprach zwar manchmal ein schönes Exotikum, barg aber auch Gefahren, da Rapp weder Physikus noch approbiert war.

»Ik heff'n Buddel mit«, sagte Klaas grinsend und öffnete seine Seemannsjoppe einen Spalt breit, »kiek, hier, wullt du'n Lütten hebben?«

»Nein, nein. Komm mit.« Rapp drängte den Hünen in Richtung Binnenhafen. Sie gingen am *Baumhaus* vorbei zur Schaartorbrücke, wo sie an der Uferbefestigung ein Plätzchen zum Verweilen fanden. Rapp ließ sich das verbundene Handgelenk zeigen und stellte zu seiner Beruhigung fest, dass die Blutung nicht erneut ausgebrochen war. Er beschloss, die Verletzung nicht zu untersuchen, sondern dem Heilprozess weiter seinen Lauf zu lassen. »Und was macht die Schulter?«, fragte er.

»Allerbest, allens allerbest, Teo.«

»Na, Gott sei Dank.« Rapp stand auf. Für längeres Sitzen war es zu kalt. »Gibt es jemanden, der dir morgen den Verband erneuern könnte?«

»Nö, ober dat kann ik alleen, Teo.«

»Nun, gut.« Ohne es abgesprochen zu haben, gingen sie weiter nach Osten, immer an der Nordseite des Binnenhafens entlang. Irgendwann passierten sie den *Liekedeler,* vor dem Klaas seine Verletzungen erlitten hatte, was ihn aber nicht davon abhielt, sofort wieder hineingehen zu wollen. Rapp konnte das gerade noch verhindern, indem er ihn fragte, ob er etwas über die Halunken von gestern Abend gehört hätte. Das hatte Klaas natürlich nicht, aber ihn interessierte, was daran so wichtig wäre. Es hätte doch Spaß gemacht, und die Messerstiche wären nicht mehr als Kratzer gewesen.

Rapp erklärte es mit dürren Worten, und je mehr er erzählte, desto wütender wurde der Hüne auf das Diebespack. Rapp besänftigte ihn, so gut es ging, und bat ihn, er möge die Augen offen halten. Für den Fall, dass er die Halunken oder den Karren irgendwo entdeckte, solle er im Armenviertel um St. Jakobi nach Opas Hof fragen. Dort könne er ihn, Teo, finden.

Klaas versprach alles hoch und heilig und wollte nun endgültig in den *Liekedeler*, Rapp dabei mit sich zerrend, doch dieser wehrte sich erfolgreich. »Lass gut sein, Klaas«, sagte er, »ich habe noch etwas Besseres vor.«

»So, hest du dat?« Klaas konnte sich nicht vorstellen, was das sein mochte, gab aber seinen Freund Teo frei, nahm dessen Rechte und bearbeitete sie wie einen Pumpenschwengel. »Na, denn holl di stief!«

Dann enterte er die Schänke.

Rapp eilte zu seinem Apothekenhaus. Bisher war sein Unterfangen erfolgreicher als erhofft verlaufen, und er wünschte sich sehnlichst, dass es so weitergehen möge. Nochmals beschleunigte er seinen Schritt. Der große Augenblick rückte näher. Alles würde davon abhängen, wie überzeugend er auftrat. Und natürlich von der Wirkung der *Paramuricea clavata* in Mines Korb. Vielleicht auch von dem Lippenpflock.

Mit pochendem Herzen bog er in die Deichstraße ein. Das vertraute Gebäude kam in Sicht. Ja, da stand sie, seine Apotheke mit dem schwarzen Pferdekopf. Sein Zuhause. Seine Wirkungsstätte.

Und davor stand Albertine Kruse, schimpfend und Selbstgespräche haltend.

Was hatte das zu bedeuten?

Einem ersten Antrieb folgend, wollte Rapp auf seine alte Kundin zugehen und sie fragen, warum sie nicht eintrat, aber dann besann er sich. Es war nicht ratsam für das, was er vorhatte. Also hielt er sich zurück, stellte sich in unmittelbarer Nähe hinter drei tuschelnde Weiber und spitzte die Ohren. Es war nicht leicht, dem Kruse'schen Wortgetöse zu folgen, aber er

hörte der Witwe nicht zum ersten Mal zu, und so konnte er ungefähr Folgendes verstehen:
»Unerhört-ist-das-wieso-ist-die-Apotheke-schon-zu-wieso-schon-zu?« Die Witwe rüttelte energisch an der Türklinke, aber umsonst. »Der-Herr-Apotheker-weiß-doch-dass-ich-immer-Probleme-mit-meiner-Reizblase-habe-unerhört-ist-das-vor-elf-macht-er-nicht-auf-und-um-drei-schon-wieder-zu-unerhört-unerhört!«
Diese Information war in der Tat sehr wichtig für Rapp. Der Imitator erschien also nicht vor elf Uhr, und um drei Uhr am Nachmittag verließ er bereits wieder das Haus. Hier handelte es sich um Öffnungszeiten, die keineswegs statthaft waren. Ein Apotheker hatte die Aufgabe, die Versorgung der Bürger mit Arzneien zu gewährleisten, und wenn er das nicht tat, konnte er sich erheblichen Ärger einhandeln. Das musste auch dem Imitator bekannt sein. Er hatte somit nur zwei Möglichkeiten: Entweder es gelang seinen Helfershelfern, den Thesaurus innerhalb weniger Nächte komplett zu entwenden, noch ehe Kunden wie Albertine Kruse sich bei den Behörden beschwerten, oder er musste tagsüber länger bleiben. Oder aber … nein, so weit war es noch nicht. Sein Aberglaube verbot Rapp, den Gedanken weiter zu spinnen.
Immer noch schimpfend betätigte die Witwe abwechselnd Türklopfer und Klinke und gab dann die Belagerung auf. Rapp sah, wie sie davonzog.
Da ging auch er.
Morgen früh würde er es noch einmal versuchen.

»Sie ist mächtig schön, Teo! Viel schöner als der Lippenpflock. So schön wie … wie eine Baumkrone im Winter.« Mine saß am Tisch und hielt die Gorgonie gegen das Abendlicht im Fenster.
»Aber sie ist rot«, verbesserte Isi, »und rote Baumkronen gibt's nicht.«
»Aber schwarze Korallen«, sagte Rapp.

Mine beachtete die beiden nicht. Immer noch verzaubert von dem Naturgebilde, fragte sie: »Und was willst du mit der Gorgonie machen, Teo?«
Rapp räusperte sich. »Ach, nun … mal sehen.«
»Hängt's wieder mit dem Aberglauben zusammen, dass du nix sagen willst?«
»Um ehrlich zu sein, ja.«
»Aberglaube ist was für alte Leute, meint der Pfarrer«, sagte Isi.
Fixfööt sagte gar nichts. Er war vollauf damit beschäftigt, der von Mine gekochten Abendmahlzeit zuzusprechen. Es gab einen kräftigen Reste-Eintopf, der durch Kleingeschnittenes vom Rossschlachter angereichert worden war. Dank Rapps Unterstützung der Haushaltskasse stand sogar eine Kanne Bier auf dem Tisch.
Mine erhob sich und stellte die Koralle behutsam aufs Wandbrett. Dann setzte sie sich wieder. »Schmeckt's dir, Isi?«, fragte sie. »Kannst gern mit uns essen, das weißt du, aber musst du nicht mal nach Hause?«
»Nee, Mutter denkt, ich bin bei Nachbarn.« Isi schlürfte geräuschvoll die heiße Suppe. »Krieg ich noch einen Teller? Und Holunderbeersaft?«
Mine unterdrückte ein Lächeln. Isis Appetit machte einem Scheunendrescher alle Ehre. Wie allen Kindern schien es auch ihr bei anderen Leuten besser zu schmecken als daheim. »Sicher. Aber meinst du nicht, dass deine Mutter sich ärgert, wenn du nachher keinen Hunger mehr hast? Sie hat doch sicher auch was vorbereitet?«
»Nee, nee.«
Rapp trank einen Schluck Bier, um die Suppe hinunterzuspülen. »Nur dass ihr's wisst: Ich gehe nachher noch einmal zur Apotheke. Aller guten Dinge sind drei. Heute Nacht klappt es bestimmt.«
»Und ich komm mit«, sagte Fixfööt.
Isi, die Neugier in Person, horchte auf. »Was wollt ihr denn da?«

Rapp und der Rotschopf schwiegen.
»Ach, ich weiß! Der Mann, der wie du aussieht, will deine Sammlung klauen, nicht, Teo? Kann ich auch mit?«
»Nein, auf keinen Fall«, sagte Rapp.
»Oh«, Isi sah bittend die beiden anderen an. Aber auch dort stieß sie auf entschiedene Ablehnung. »Ich könnt doch den Späher machen wie letztes Mal, wo ich mit Mine in der Apotheke war und ...«
»Nein.«
»Oh. Warum denn nicht?«
»Nein, zum Donnerwetter!« Rapps Machtwort war endgültig.
Mine antwortete für ihn: »Weil's zu gefährlich wär. Hier, nimm.« Sie gab Isi eine Kelle Eintopf auf den Teller.
Doch die Kleine schmollte. »Hab keinen Hunger mehr.«
»Aber eben wolltest du doch noch was?«
»Bin schon satt.«
Mine nahm das Essen fort. »Und willst du noch Holunderbeersaft?«
»Nee, hab keinen Durst.«
»Dann nicht.« Mine wusste, dass man Isi jetzt am besten in Ruhe ließ. Es würde ohnehin nicht lange dauern, bis ihre gute Laune wieder die Oberhand gewann. »Was ist, Fixfööt, nimmst du Isis Portion?«
»Aber klar.«
Rapp wandte sich ebenfalls an den Rotschopf: »Meinst du, wir sollten wieder die Nacht abwarten, bevor es losgeht?«
Fixfööt musste erst einen großen Bissen hinunterschlucken, bevor er antworten konnte. »Ich denk schon. Bis jetzt war's so, dass die Halunken immer zur gleichen Zeit gekommen sind. Wird auch heut nicht anders sein.«
»Ich glaube, du hast Recht. Dann machen wir's so.« Rapp trank noch einen Schluck und erhob sich, um die Kanne fortzustellen. Wenn sie ihm ständig vor der Nase stand, kam das einer dauern-

den Aufforderung gleich, noch mehr zu trinken, und er wollte einen klaren Kopf behalten.
Auch Isi war aufgestanden. Sie schien ihren Missmut überwunden zu haben, denn sie grinste schief und sagte: »Ich dank auch schön fürs Essen, Mine, aber nun muss ich los.« Wohlerzogen deutete sie einen Knicks an.
Mine freute sich. »Hauptsache, es hat dir geschmeckt. Lauf schnell, solange es noch'n büschen hell ist. Und pass auf dich auf.«
»Ja, ja, tu ich.« Isi sprang davon, ein Lied vor sich hin trällernd.
Schön, dass sie's nicht so schwer nimmt, dachte Mine.

Rapp und der Rotschopf verharrten hinter dem Mauervorsprung und blickten über die Straße zum Apothekenhaus, wo der zweirädrige Karren schon bereitstand. Die Halunken machten sich eifrig im zweiten Stock zu schaffen, wie das flackernde Kerzenlicht im Fenster bewies.
Rapp ballte die Fäuste. Die Vorstellung, schamlos beraubt zu werden und dabei tatenlos zusehen zu müssen, fiel ihm noch immer schwer. »Gott gebe, dass mir irgendwann nicht mehr die Hände gebunden sein werden«, murmelte er, »dann bringe ich die vermaledeiten Halunken ins Spinnhaus. Oder, besser noch, gleich an den Galgen.«
Statt einer Antwort gruben Fixfööts Finger sich in seinen Arm und zogen ihn noch tiefer in den Schatten. Das Diebespack erschien! Zwei der Halunken schoben sich durch die Tür nach draußen, eine weitere Lade mit Rapps Kostbarkeiten vor sich hertragend. Was sie wohl enthielt? *Animalien? Ramiden? Amphibien? Papilionen? Anthozoen?* Es war zu dunkel, um das zu erkennen. Die beiden Langfinger hoben die Lade über den Karren, während der Dritte die Decken zurechtzog, damit das Beutegut möglichst flach lag. Obwohl er umsichtig vorzugehen schien, dauerte es eine Weile, bis er fertig war. Seine beiden Kumpane murrten schon, weil ihnen die Last zu schwer wurde.

Bei den nächsten Schubladen ging es schneller, und irgendwann waren die Halunken zum Abmarsch bereit, nicht ohne vorher noch einen in Segeltuch geschlagenen Alligator auf den Wagen gepackt zu haben. Rapp vermerkte, dass sie diesmal das Licht hinter sich gelöscht hatten, ein schwacher Trost allerdings angesichts der Beutemenge, um die man ihn erleichterte.

Die Langfinger schlugen den Weg ein, den die beiden Freunde schon kannten. Es ging die Deichstraße hinunter, dann links über die Hohe Brücke, die das Nikolaifleet vom Binnenhafen trennte, und weiter am *Liekedeler* vorbei. Rapp dachte an Klaas, der sich darin vergnügte, und erwog kurz, ihn um Verstärkung zu bitten, unterließ es aber, denn der Hüne würde sicher wieder sternhagelvoll und deshalb gewiss keine Hilfe sein.

In gebührendem Abstand verfolgten er und Fixfööt die Schandbuben weiter, entlang am Neuen Krahn und der Waagen bis hin zur Brooksbrücke, der östlichen Begrenzung des Binnenhafens.

Hier machten die Halunken plötzlich Halt.

Was war da los? Die Brücke war hell erleuchtet. Arbeiter sprangen darauf herum, Rufe und Kommandos austauschend. Ein schwerer Balken, wic eine Schranke über den Fahrweg gelegt, ließ erahnen, warum hier zu nächtlicher Stunde gewerkelt wurde: Die Brooksbrücke war defekt. Irgendein Schiffsrumpf mochte sich bei dem Wind aus der Vertäuung gelöst und gegen einen der Ständer getrieben worden sein. Rapp sah, dass Bohlen und Langhölzer herbeigeschafft wurden. Die Arbeiter hatten es eilig, denn die Brücke war wichtig. Morgen früh würde sie vielleicht schon wieder befahrbar sein. Morgen früh, aber nicht jetzt. Was würden die Halunken tun? Umkehren? Nein, sie blieben stehen und schienen zu beratschlagen.

Rapp sah, wie einer von ihnen die Arbeiter ansprach. Gesten und Handzeichen folgten, dann eine unmissverständliche Handbewegung: Die Halunken wurden aufgefordert, umzudrehen. Sie zögerten, dann packten sie die Karre, wendeten sie

und schoben sie in eine Seitengasse. Rapp, der schon gehofft hatte, sie würden das Diebesgut in sein Apothekenhaus zurückschaffen, blickte enttäuscht drein. Wieder hatte sein Plan, das Versteck der Räuber zu erkunden, nicht geklappt.
»Was sollen wir machen?«, flüsterte Fixfööt an seiner Seite.
»Vielleicht geben sie auf und lassen den Wagen stehen«, entgegnete Rapp.
»Und dann?«
»Ah-hm ...« So weit hatte Rapp noch gar nicht gedacht. Es machte wenig Sinn, den Wagen für die Halunken zurückzuschieben und womöglich die Exponate wieder im Kabinett einzuordnen. Im Gegenteil, die Räuber würden dadurch nur gewarnt werden, wenn sie das nächste Mal im Apothekenhaus auftauchten. Sie würden wissen, dass ihre erste Begegnung dort mit Rapp und Fixfööt kein Zufall gewesen war, und künftig noch mehr auf der Hut sein. Ebenso wenig Sinn machte es, den Karren an einen anderen Ort zu schieben, denn es fehlte ihnen ein Versteck für ihn. »Du hast Recht«, knurrte Rapp, »es sieht so aus, als würde die Bande sich nicht vom Fleck rühren. Die Halunken bewachen meine Exponate, damit sie nicht gestohlen werden. Welch ein Hohn! Nun, was die können, können wir schon lange, und wenn wir hier bis zum Jüngsten Gericht ausharren. Irgendwann ist die Brücke wieder fertig, und dann geht's weiter.«
Der Flinkbeinige schüttelte den Kopf. »Die Arbeiter sind bestimmt nicht vor Tag fertig, Teo, und im Hellen ist die Verfolgung viel schwieriger.«
»Dann müssen wir uns eben noch mehr vorsehen.«
»Und was ist mit Mine? Die sitzt zu Haus und hat 'ne Heidenangst, wenn wir heut Nacht nicht zurückkommen.«
Rapp biss sich auf die Lippe. Was der Jüngling zuletzt gesagt hatte, war nicht von der Hand zu weisen. Er kannte Mine mittlerweile so gut, dass er sich genau vorstellen konnte, wie sie am großen Tisch saß, immer wieder ihre Arbeit unterbrach, wenn

die nahe Turmuhr schlug, weiter nähte, abermals dem Glockenschlag lauschte, die Flickerei wieder aufnahm und von Stunde zu Stunde unruhiger wurde. Nein, das durfte nicht sein. Nicht einmal, wenn es um seinen Thesaurus ging.

Widerstrebend entschied er: »Es bleibt uns wohl nichts anderes übrig, als zurückzugehen, auch wenn es mich unsagbar sauer ankommt. Wie verhext ist es! Wir können tun, was wir wollen, irgendetwas macht uns immer einen Strich durch die Rechnung. Auch diesmal werden wir nicht weiterkommen.«

Doch da, zum Glück, sollte Rapp sich sehr getäuscht haben.

Kapitel sieben,

in welchem der richtige Apotheker auf den falschen trifft und der falsche den richtigen nicht erkennt.

Isi wusste nicht, wie lange sie schon in dieser unbequemen Haltung lag, aber es war bestimmt eine halbe Ewigkeit. Am unangenehmsten waren die rumpelnden Geräusche und die harten Stöße, die ihren kleinen Körper durchrüttelten. Und natürlich die eingeklemmte Lage. Dabei hatte sie gar nicht auf dem Karren mitfahren wollen. Im Halbdunkel der Straßenbeleuchtung war sie nur herangeschlichen, um einen Blick auf das Gefährt vor dem Apothekenhaus zu werfen, denn ihr war sofort klar gewesen, dass damit Teos wertvolle Sachen weggeschafft werden sollten. Sie hatte sich gefragt, ob schon etwas geklaut worden war, und auf die Ladefläche gespäht. Dann, vielleicht, weil sie vor Aufregung einen Moment nicht aufgepasst hatte, war es passiert. Urplötzlich hatten drei fremde Männer da gestanden, zum Greifen nah, eine große Schublade in den Händen haltend. Das Diebespack! Sie hatte nicht mehr fliehen können. Nicht, ohne entdeckt zu werden.

Da war sie schnell in den Karren geklettert und hatte eine der schwarzen Decken über sich gezogen. Mit klopfendem Herzen hatte sie erlebt, wie grobe Hände um sie herum Dinge aufluden, Hände, denen sie wieder und wieder ausweichen musste, bis sie schließlich gekrümmt wie ein Winkeleisen in einer der Ecken lag und sich nicht mehr rühren konnte.

Anfangs hatte sie noch versucht, sich den Weg einzuprägen, den die Halunken einschlugen, aber nach einiger Zeit gab sie es auf. Es war schwierig, sich im Stockdunklen zu konzentrieren, zu schwierig. Auch die Glocken der großen Kirchen, die dann und wann schlugen, hatten keinen Anhaltspunkt für ihren Standort gegeben; ihr Klang schien von überallher zu kommen. Irgendwann glaubte sie, neun Schläge gehört zu haben. Neun Uhr? Sie hatte sich gefragt, ob sie tatsächlich schon so lange unterwegs war. Ob sie feststellen konnte, was Teo mit dieser Fuhre gestohlen werden sollte? Ihre Finger hatten sich an der obersten Schublade entlanggetastet, waren über den Rand geglitten und hatten den Weg ins Innere gefunden. Etwas Weiches, Elastisches war ihr zwischen die Finger gekommen, etwas, das sich anfühlte wie die Feder eines Vogels. Aber es war kein Vogel gewesen. Nochmals hatte sie getastet, und dann hatte der Schmerz ihr gesagt, was ihre Finger fühlten. Es waren die Flügel eines Schmetterlings gewesen, und der Stich hatte von der Nadel, mit der er durchbohrt war, hergerührt. Sie war auf eine große Schublade voller Schmetterlinge gestoßen …

Ein Ruck fuhr Isi durch die Glieder und riss sie aus ihren Gedanken. Der Karren hatte angehalten. Draußen waren Gesprächsfetzen zu vernehmen. Stimmen, die sie nicht kannte. Waren sie am Ziel? Nein, irgendetwas von einer gesperrten Brücke wurde da erzählt. Sie glaubte, das Wort »Brooksbrücke« gehört zu haben.

Isi nahm sich vor, so schnell wie möglich wegzulaufen, wenn die Decken über ihr fortgenommen wurden. Sie durfte sich nicht fangen lassen, dann wäre alles umsonst gewesen.

Doch es geschah nichts. Der Wagen stand einfach nur da, und das Einzige, was sie hörte, waren die Geräusche der nächtlichen Stadt und hin und wieder Rufe von Männern, die noch zu arbeiten schienen.

Isi wurde schläfrig, und obwohl sie sich tapfer dagegen wehrte, schlummerte sie nach kurzer Zeit ein.

Sie wachte auf, als der Karren sich wieder in Bewegung setzte. Es rumpelte zunächst hohl und hölzern, und sie überlegte, dass sie vielleicht über eine Brücke fuhren, wahrscheinlich die Brooksbrücke. Dann ging es eine ganze Weile so weiter. Isi stellte fest, dass ihr die Gerüche des Hafens mehr und mehr in die Nase stiegen, und zum ersten Mal bekam sie richtige Angst. Was war, wenn man den Karren auf einen Frachtsegler lud, bevor sie fliehen konnte? Sie würde in ein fremdes Land verschifft werden und niemals wieder nach Hause kommen, sie würde niemals wieder die Freunde von Opas Hof treffen, niemals wieder das Johanneum besuchen können. Isi zerdrückte eine Träne. Sogar ihre Mutter fehlte ihr in diesem Augenblick. Da hielt der Karren an.

Isi lauschte angestrengt. Sie hörte Wind, der um Häuserecken pfiff, und schwere Schritte. Sie war sich nicht sicher, aber sie hatte den Eindruck, dass die Schurken sich entfernten. Das war die Gelegenheit! Mit klopfendem Herzen hob sie die Decke und steckte den Kopf über den Laderand. Mehrmals musste sie blinzeln, dann hatten ihre Augen sich an das Licht gewöhnt. Was sah sie da? Ein großes, hell erleuchtetes Haus auf der anderen Seite des Hafens? Das musste das *Baumhaus* sein. Sie war also am Kehrwieder – und damit einen strammen Fußmarsch von zu Hause weg. Jetzt war ihr auch klar, warum die Fahrt so lange gedauert hatte.

Sie wandte den Kopf und betrachtete die Schulter an Schulter stehenden Häuser, Buden und Pferdeställe in ihrem Rücken. Kaum eines der Bauwerke war erhellt, trotzdem erkannte sie die drei Gestalten, denen sie schon vor dem Apothekenhaus begegnet war. Die Langfinger! Aber wo waren Teo und Fixfööt? Weit und breit nicht zu entdecken. Dabei hatten sie doch auch zur Deichstraße gehen wollen. Waren sie zu spät gekommen?

Isi kniff die Augen zusammen, um besser sehen zu können. Die Halunken umrundeten einen riesigen, auf dem Kopfsteinpflaster liegenden Anker und betraten einen fensterlosen Speicher. Als die Kerle außer Sicht waren, kletterte sie rasch aus dem Karren und versteckte sich hinter ein paar Körben und Ballen am Ufer. Sie wollte wissen, ob die Räuber ihre Beute tatsächlich in den Speicher brachten.

Wenig später wusste sie, dass es so war. Sie musste an Teo denken, dem diese wunderbaren Sachen gehörten, und er tat ihr Leid. Aber vielleicht konnte er sie sich ja zurückholen, jetzt, wo sie wusste, wo das Versteck lag.
Noch einmal prüfte sie, ob die Luft rein war.
Dann huschte sie schnell davon.

Den Morgen des folgenden Tages verbrachte Rapp tief in Gedanken versunken. Er war einsilbig, aß kaum etwas von den Bissen, die Mine ihm hinstellte, und setzte sich schließlich neben sie an den großen Nähtisch. »Ob es bald elf Uhr ist?«, fragte er.
Mine, die längst ihr Tagewerk aufgenommen hatte, antwortete: »Nein, ist es nicht. Vorhin war's erst neun. Seitdem hast du mindestens ein Dutzend Mal gefragt. Warum?«
»Ach, nichts.«
»Du hast doch was. Hör mal, wenn's die Sache von gestern Abend ist, nimm's nicht so tragisch. Hauptsache, euch beiden ist nix passiert. Irgendwann kriegt ihr schon raus, wo die Halunken deine Schätze hinbringen.«
»Ja«, sagte Rapp. Die Tatsache, dass die Burschen ihm schon wieder durch die Lappen gegangen waren, trug nicht gerade zur Verbesserung seiner Laune bei. Viel mehr jedoch beschäftigte ihn die Frage, ob der Imitator um elf in seiner Apotheke auftauchen würde. Zu dumm, dass Mine keine Uhr besaß. Ob es klüger war, schon jetzt zu gehen? Das hätte womöglich den Vorteil, dass er den Scharlatan abpassen konnte, bevor die Kunden kamen. Vielleicht schon draußen vor der Tür. Andererseits, sollte die Kruse wieder vor dem Haus stehen und lamentierend nach dem Apotheker verlangen, war es klüger, sie dem Doppelgänger zu überlassen. Sollte der sich doch mit ihr herumärgern.
»Hast du das auch gehört, Teo?«, fragte Mine besorgt.
»Nein.« Rapp hatte nichts vernommen. Doch er wollte nicht

unhöflich sein und spitzte die Ohren. Tatsächlich war von der Treppe her erheblicher Lärm zu hören. Jemand schien es sehr eilig zu haben, ihnen ein Besuch abzustatten.

»Ich hab Angst, Teo.«

»Brauchst du nicht.« Das Ritterliche, das jedem Mann innewohnt, brach in Rapp durch. Vorbei waren seine Grübeleien, vergessen seine Sorgen. Er sprang auf und holte aus einer Ecke die Krücke hervor. »Hier kommt niemand herein, wenn du es nicht willst.«

Es polterte, Schritte näherten sich. »Hö, Mine, hö, Teo!«, klang es durch die Wohnungstür, unterbrochen von stürmischem Klopfen. »Ich bin's, mach auf!«

»Das ist Isi!«, rief Mine, Erleichterung in der Stimme. Sie lief, um zu öffnen. »Mein Gott, was machst du für'n Krach! Komm rein. Warum hast du's so eilig? Wieso bist du nicht in der Schule? Nun setz dich erst mal.«

Isi verschnaufte und sagte dann mit hochwichtigem Gesicht: »Wo ich war, das ratet ihr nie.«

Mine und Rapp sahen sich verständnislos an. Rapp versuchte, die Krücke zu verbergen. Das Kind brauchte nicht zu wissen, welchen Schrecken es ihnen eingejagt hatte.

Mine schüttelte den Kopf. »Isi, heißt das etwa, du warst nicht in der Schule?«

»Doch, war ich.«

»Wieso kommst du dann jetzt schon?«

»Der Lehrer ist krank. Da durften wir nach Hause.«

»Schwindelst du auch nicht?«

Isis kleiner Körper bebte vor Entrüstung. »Nee, tu ich nicht. Wenn ich geschwänzt hätt, wär ich doch noch früher gekommen!«

Das entbehrte nicht einer gewissen Logik. Rapp fragte: »Und warum hattest du es eben so eilig?

Isi grinste. »Wo ich war, das ratet ihr nie«, wiederholte sie geheimnisvoll.

Mine begann etwas zu ahnen. Weibliche Intuition hatte sie auf einen Gedanken gebracht. »Du bist gestern Abend nicht gleich nach Hause gegangen, stimmt's?«
»Stimmt.« Isis Grinsen verstärkte sich.
Rapp, der keine Ahnung hatte, worauf das Ganze hinauslief, mischte sich ein. »Nun sag schon, was los ist. Spann uns nicht auf die Folter.«
Ohne auf ihn einzugehen, fuhr Mine fort. »Du bist zur Deichstraße gegangen, stimmt's?«
»Bin ich!«
»Waaaaas?« Rapp schnappte nach Luft. »Wir hatten dir doch ausdrücklich verboten ...«
»Lass, Teo«, unterbrach Mine ihn, »das ist ja nun nicht mehr zu ändern. Ich hab das Gefühl, Isi hat 'ne Menge erlebt. Erzähl mal.«
Doch bevor Isi erzählte, platzte sie mit der großen Neuigkeit heraus: »Deine Sachen, Teo, sind drüben am Kehrwieder. In einem Speicher. Hab's selbst gesehen!« Und dann berichtete sie ausführlich, was ihr in der vergangenen Nacht widerfahren war.
Als sie geendet hatte, schwiegen Mine und Rapp noch eine ganze Weile, und schließlich sagte Rapp: »Eigentlich sollte ich dir den Hintern versohlen, aber du hast es großartig gemacht. Ganz großartig. Man stelle sich vor, ein kleines Mädchen schafft das, was zwei Männer an zwei Abenden nicht zu Wege gebracht haben. Großartig, einfach großartig.«
»Ich bin nicht klein. Ich bin schon elf. Hab's dir selber im Klosettschuppen gesagt, weißt du nicht mehr?«
»Ja, ja.«
»Was willst du eigentlich mit der Krücke, Teo? Brauchst du die wieder?«
»Ja. Äh, nein, natürlich nicht.« Rapp stellte die Gehhilfe fort. Er war viel zu glücklich, um näher auf das Kind eingehen zu können. Seine trübe Laune war wie weggeblasen. Er wusste nun, wo seine Kostbarkeiten gelagert wurden, und das war

fast schon so, als hätte er sie wieder. Wie sagte Mine immer? Kommt Zeit, kommt Rat. Wie sehr sie damit Recht hatte! Er würde Mittel und Wege finden, seine Schätze vor dem Zugriff lüsterner Hände zu schützen. Doch halt, wo genau waren sie eigentlich verwahrt? Die kleine Spionin hatte von einem Speicher gesprochen, aber derlei Schuppen gab es wie Sand am Meer drüben auf der anderen Seite des Hafens. Rapps Hochgefühl erhielt einen Dämpfer. »Sag, Isi, kannst du den Speicher näher beschreiben?«

»Nee, das war ein ganz normaler.«

Rapp schätzte, dass es Hunderte entsprechender Gebäude in der Hafengegend gab. Nicht auszudenken, sie alle durchforsten zu müssen, um das Richtige ausfindig zu machen. »Denk noch einmal scharf nach.«

»Es war ein ganz normaler Speicher, Teo. Ohne Fenster, glaub ich. Die Halunken sind darauf zugegangen, um den Anker rum, und dann rein.«

»Anker? Was für ein Anker?«

»Na, der olle, rostige Anker, der da liegt.«

Die Kleine wusste nicht, wie ihr geschah, als Rapp sie plötzlich hochhob und wild in der Luft herumschwenkte. »Mensch, Isi, warum hast du das nicht gleich gesagt! Jetzt können wir den Speicher ohne Probleme finden.«

»Ja? Ach so, wegen dem Anker? Aber ich hätt den Speicher auch so wiedererkannt. Lass mich runter.«

»Natürlich, ja.« Rapp war noch völlig aus dem Häuschen. Es würde ein guter Tag werden. Daran wollte er jetzt glauben, ganz fest. Er setzte Isi auf dem Schemel ab und wandte sich an Mine: »Deine kleine Freundin hat bestimmt Hunger, hast du nicht etwas Leckeres für sie?«

Und während Mine noch überlegte, fuhr er fort: »Ich habe heute Vormittag noch etwas sehr Wichtiges zu erledigen. Drückt mir die Daumen, dass es klappt. Und fragt mich nicht, was es ist – ihr wisst schon, warum. Sag, Mine, darf ich den

Marktkorb noch einmal ausleihen? Danke. Er ist das richtige Behältnis für die *Paramuricea clavata.*«
Sprach's und verließ ohne ein weiteres Wort die Wohnung.
Mine und Isi waren so überrascht, dass sie nur noch hinter ihm herstarren konnten.

Rapp stand vor seinem Apothekenhaus, den Korb in der Hand, und fragte sich, wo der Imitator blieb. Ein Blick durch die Fenster hatte ihm gezeigt, dass der Mann auf sich warten ließ, obwohl es mittlerweile elf Uhr durch war. Rapp wurde ungeduldig, gleichzeitig fürchtete er sich vor dem Moment, den herbeizuführen er sich entschlossen hatte – den Moment der direkten Begegnung. Nicht, weil er Sorge hatte, erkannt zu werden, sondern weil er unschlüssig war, wie er sein Unterfangen am besten beginnen sollte. Immer wieder hatte er sich überlegt, was er sagen wollte, und ebenso oft war er zu der Überzeugung gekommen, dass er die richtigen Worte noch nicht gefunden hatte.
Abermals beugte er sich vor und schaute durch die Scheibe. Nein, niemand war da. Bei allen Mörsern und Pistillen, wo blieb der Kerl nur? Rapp schnaubte, trat zurück und prallte jählings mit einem Mann zusammen. »Ah-hm … entschuldigt, ich habe Euch nicht ges…« Weiter kam er nicht, zu überraschend stand er seinem eigenen Konterfei gegenüber.
»Pardon«, sagte Teodorus Rapp, oder vielmehr der Mann, der vorgab, Rapp zu sein.
Beide sahen einander an. Der falsche Apotheker den richtigen, und der richtige den falschen. Rapp bemerkte mit Befriedigung, dass der andere Mann ihn wie einen Fremden betrachtete, etwas herablassend wie einen Knecht oder Boten, bevor er, ohne ihn weiter zu beachten, die Klinke der Apothekentür hinunterdrückte.
»Halt!«, entfuhr es Rapp.
»Was ist denn noch?« Der Imitator verharrte in der Bewegung.

»Ich wollte Euch bitten ... nun, ich wollte Euch fragen, ob Ihr nicht ...«
»Ja?«
»Vielleicht hört Ihr Euch das, was ich zu sagen habe, am besten in der Offizin an.«
Der Imitator zuckte mit den Schultern. »Wenn du meinst. Folge mir. Aber ich kaufe nichts, und ich erwarte auch nichts.«
»Jawohl, äh, Herr Apotheker.« Rapp war bei der Anrede, als bisse er auf Dornen, aber sie musste wohl sein. Anderenfalls konnte er gleich wieder gehen. Er betrat nach dem Imitator das Haus und blieb, Bescheidenheit vortäuschend, kurz hinter der Tür stehen, während der Mann zum Rezepturtisch trat.
»Nun, was willst du?«
»Ich wollte Euch fragen, ob Ihr nicht einen tüchtigen Gehilfen braucht, Herr Apotheker.«
»Einen ... was?«
Schnell fuhr Rapp fort: »Ich bin erst kurz in der Stadt, und ich suche Arbeit.«
Der Imitator hatte sich von seiner Überraschung erholt. »Wenn du erst kurz in der Stadt bist, woher wusstest du dann, dass ich der Apotheker bin?«, fragte er misstrauisch.
Rapp spürte, er musste auf der Hut sein. Der Betrüger war nicht dumm. Er beschloss, es weitgehend mit der Wahrheit zu versuchen. »Ich habe ein paarmal durch die Scheibe beobachtet, wie Ihr Kunden bedientet, Herr Apotheker, aber mich bis jetzt nicht getraut, Euch anzusprechen.«
»Und warum nicht?«
Rapp spürte das Misstrauen des anderen Mannes fast körperlich, deshalb versuchte er es weiter mit der Wahrheit. »Ich bin gelernter Gehilfe, aber ich habe meinen Gesellenbrief nicht bei mir. Ich stamme aus Thüringen, wo ich meine Lehrzeit verbrachte, fünf volle Jahre habe ich meinem Lehrherrn gedient, bis ich Adept wurde.«
Der Imitator schwieg.

Rasch setzte Rapp seine Rede fort: »Nach meiner Ausbildung zog ich hinaus in die Welt, was, wie Ihr wisst, bei Jüngern der Pharmazie durchaus üblich ist. Anschließend fuhr ich eine Weile zur See, erlitt Schiffbruch und verlor dabei meine ganze Habe. Auch meinen Gesellenbrief. Als ich an Land zurückkehrte, waren meine Eltern gestorben. Nun bin ich hier, weil ich hoffe, in der großen Stadt Hamburg eine Anstellung zu finden.«

»Wie heißt du?«

Rapp atmete durch. Dass der Imitator ihm bis jetzt nicht die Tür gewiesen hatte, wertete er als hoffnungsvolles Zeichen. »Molinus Hauser, Herr Apotheker.«

»Molinus Hauser?«

»Jawohl.« Über den Namen hatte Rapp lange nachgedacht; er entsprach, zumindest verklausuliert, seiner Vaterstadt Mühlhausen.

»So, so, hm.«

Rapp sah, wie es in des Imitators Gesicht arbeitete. Ich weiß, Scharlatan, was dir durch den Kopf geht, dachte er. Einerseits überlegst du, inwieweit ein Gehilfe dir in deiner Unwissenheit zu Nutze sein könnte, andererseits wägst du ab, ob er ein Risiko beim Raub des Thesaurus wäre. »Ich würde zunächst für Gottes Lohn arbeiten, Herr Apotheker«, fügte er hinzu. »Nur eine Mahlzeit am Tag, die müsste sein. Wer vom Schicksal so gebeutelt wurde wie ich, hat keine hohen Ansprüche mehr.«

»Und wer sagt mir, dass du wirklich das Apothekerhandwerk erlernt hast?«

Rapp jubelte innerlich. Wenn der Imitator gedanklich schon so weit war, dass er sich fragte, ob er es wirklich mit einem Apotheker zu tun hatte, zog er eine Einstellung womöglich in Erwägung. »Wenn Ihr wollt, stellt mich auf die Probe, Herr Apotheker. Sagt mir, was ich tun soll, und ich will es Euch beweisen.«

»Tja, nun.« Der Imitator wirkte etwas überrumpelt. »Was könnte das sein …«

»Ich könnte ein Pflaster gegen die Gicht herstellen, wenn Ihr es wünscht, oder ein Klistier gegen den Katarrh oder ein Kollyrium für die Augen oder ein paar Pillen gegen das Schweißfieber.«

»Gut, dann ein paar Pillen.«

»Aber gern, nichts leichter als das.« Rapp stellte seinen Korb auf den Boden und tat so, als würde er sich in seiner eigenen Offizin nicht auskennen. Dazu nannte er eine ganze Reihe von Stoffen und Utensilien, die er für seine Tätigkeit brauchte. Natürlich hatte der Imitator keinerlei Ahnung, wo sich die einzelnen Dinge befanden, überspielte diesen Schwachpunkt allerdings geschickt, indem er sagte: »Wenn Ihr Gehilfe seid, kennt Ihr Euch aus in Apotheken, wisst also auch, wo das Entsprechende zu suchen ist.«

»Jawohl.« Rapp hatte Mühe, sich dumm zu stellen, doch hatte er den Eindruck, es gelänge ihm einigermaßen, wobei er darauf achtete, es nicht zu übertreiben. Endlich hatte er alles beisammen. »Ist es Euch recht, wenn ich der Pillenbeschichtung am Schluss Rosmaringeschmack gebe?«

Der Imitator nickte.

Rapp begann, ein Quantum pulverisierte Lindenblüten mit Hilfe der Waage auf dem Rezepturtisch abzumessen. Die ermittelte Menge vermischte er mit hellem Lehm und fügte sodann einige Tropfen Öl hinzu.

»Schildere, was du da tust«, unterbrach ihn der Imitator in lehrerhaftem Ton.

»Gern. Zum Herstellen der Grundmasse habe ich die Lindenblüten mit Lehm vermischt und mit einigen Tropfen *Oleum camphorat* vermengt. Dies tat ich aus zweierlei Gründen: Erstens, um den Eigengeruch des Lehms zu neutralisieren, und zweitens, um ihn geschmeidiger zu machen. Wenn Ihr wollt, gebe ich noch ein paar leuchtende Pflanzensporen hinzu.«

»Äh … nun. Was würdest du vorschlagen?«
»Ich würde es lassen, Herr Apotheker. Der Leuchteffekt mag so manchen verblüffen, wenn er die Pille versehentlich zerbeißt, in Wahrheit hilft er aber nicht. Wenn Ihr gestattet, rolle ich jetzt die Masse aus.«
Der Imitator nickte.
Unter Rapps geschickten Händen bildeten sich alsbald dünne, längliche Lehmwürstchen, die er quer auf eine gerippte Schneideplatte legte. Das Schneidebrett darüber ziehend, erklärte er: »Seht, schon ist die Rohform der Pillen entstanden.« In der Tat hatten sich durch den Ziehvorgang mehrere Dutzend kleiner, würfelförmiger Klümpchen gebildet, die er nun geschickt aus den Rillen herausklaubte. »Ihr habt sehr gutes Werkzeug, Herr Apotheker.«
Abermals nickte der Imitator zustimmend. Was sollte er darauf auch sagen.
Rapp gab die Klümpchen in den Pillenformer und strich mit der flachen Hand kreisend über sie hinweg. Kleine, runde Gebilde von hoher Ebenmäßigkeit entstanden auf diese Weise. Anschließend schüttete er die Kugeln in den Pillenbeschichter. »Seht Ihr, nun sind wir schon fast am Ziel.«
Er tat zerstoßene Rosmarinblätter in den Pillenbeschichter, verschloss ihn mit der Halbkugel aus Buchsbaum und versetzte beides in kreisende Bewegungen, damit die Rosmarinpartikel an die Kugeln gerieten und daran haften konnten. »Hier, Herr Apotheker, die fertigen Pillen. Ich hoffe, Ihr seid mit dem Ergebnis zufrieden.«
»Sehr schön.«
Rapp, der gehofft hatte, er würde die Anstellung nun bekommen, sah sich getäuscht. Noch zögerte der Imitator. »Ich kann dir keine Unterkunft bieten«, sagte er. Es klang wie: Ich kann dir keine Arbeit geben.
Doch Rapp ließ nicht locker. »Das ist mir recht, Herr Apotheker. Ich schlafe bei Freunden in der Nähe. Sie waren voll des

Lobes über Euch und Eure Apotheke, weshalb ich überhaupt den Mut hatte, Euch aufzusuchen. Auch erzählten sie von Eurer Sammlung kurioser Stücke aus aller Herren Länder. Nun, einer der wenigen Gegenstände, der mir nach meinem Schiffbruch verblieb, ist dieses seltsame Naturgewächs.« Rapp holte die *Paramuricea clavata* hervor. »Ich selbst verstehe nicht allzu viel von derlei Dingen, weiß nur, dass es sich hier um eine Rote Gorgonie handelt. Gefällt sie Euch?«

Statt einer Antwort nahm der Imitator das Hohltier auf und hielt es ins Licht. Sofort leuchtete das hundertfache Geäst in tiefem Rot auf. Rapp glaubte zu sehen, dass der Mann von dem Anblick wie gefesselt war, und dachte schon, er hätte gewonnen, da wurde die Tür heftig aufgestoßen.

Albertine Kruse, die eingebildete Kranke, stand auf der Schwelle, atemlos und voller Vorwürfe: »Herr-Apotheker-ich-war-gestern-hier-aber-Ihr-wart-nicht-da-dabei-gehts-mir-so-schlecht-aber-Ihr-wart-einfach-nicht-da-wo-ich-doch-meine-Wallungen-habe-meine-Wallungen-habe!«

Der Imitator wirkte etwas hilflos. Wahrscheinlich hatte er dem Wortschwall nicht folgen können, oder er hatte keine Vorstellung, welche Arznei bei Wallungen angezeigt war.

»Die-Wallungen-sind-ganz-schrecklich-ganz-schrecklich!«

»Ja, gute Frau, das sind sie wohl.« Der Imitator ließ suchend seine Hand über einige Albarellos gleiten, wahrscheinlich hoffte er auch heute darauf, dass seine Kundin ihm sagen würde, was er ihr verkaufen sollte. Doch diesmal schwieg die Kruse und schaute nur Mitleid heischend zur Decke.

Rapp nutzte die Gelegenheit und trat nahe an den falschen Apotheker heran. »Ich hatte auch einmal eine Kundin, die unter Wallungen litt«, sagte er so leise, dass die Witwe ihn nicht hören konnte, »sie sind eine Begleiterscheinung des Klimakteriums, jenes Zeitraums, in dem die Monatsblutung nur noch unregelmäßig auftritt. Ich habe der Kundin seinerzeit Mönchspfeffer empfohlen. Der *Vitex* ist ein Eisenkrautgewächs aus südlichen

Ländern mit kleinen gelben oder violetten Blüten, deren Stoffe hohe Heilkraft aufweisen. *Vitex* wirkt ausgleichend auf die Säfte und Körperfunktionen des Weibes und unterbindet aufsteigende Hitze.«

»Hm, hm.« Wenn der Imitator beeindruckt war, so zeigte er es jedenfalls nicht.

»Mönchspfeffer sollte jedoch nur in Form von kleinen, leicht schluckbaren Pillen aufgenommen werden, da er, wie der Name schon sagt, recht scharf auf der Zunge sein kann.« Rapp wies auf das Standgefäß, in dem die Droge sich befand. »Wie ich sehe, vertraut auch Ihr auf die eukrasierende Wirkung des *Vitex*.«

»Natürlich.« Der Imitator nahm das Gefäß und gab es Rapp in die Hand. »Da du dich recht ordentlich auszukennen scheinst, magst du die Kundin auch bedienen.«

Rapp ließ sich das nicht zweimal sagen. Er verkaufte der Kruse die Portion, die er ihr immer verkaufte, nannte ihr die Dosis, die er ihr immer nannte, und kassierte, was er immer kassierte. Fast hätte er sich dabei auch nach ihrer Reizblase und den vielen anderen Leiden erkundigt, hielt sich aber gerade noch zurück. Schließlich konnte er nichts von ihren Beschwerden wissen.

Als er ihr den entsprechenden Geldbetrag abgenommen hatte und die Kruse das ersehnte Medikament in den Händen hielt, schien sie das erste Mal in der Lage zu sein, nicht an ihren jammervollen Zustand zu denken, und sie fragte ihn: »Wer-seid-Ihr-ich-habe-Euch-noch-nie-hier-gesehen-noch-nie-hier-gesehen?«

»Nun …« Rapp zögerte, was sollte er der Frau antworten? Doch in sein Zögern hinein sagte der Imitator: »Das ist Molinus Hauser, er wird mir ab heute zur Hand gehen.«

»Was-na-das-wurde-aber-auch-Zeit-ist-ja-schon-eine-Ewigkeit-her-dass-Witteke-weg-ist-eine-Ewigkeit!«

Der Imitator erwiderte nichts darauf. Stattdessen nahm er noch

einmal die Gorgonie auf und betrachtete sie. Ihre Schönheit schien ihn alles vergessen zu lassen.
»Ja«, antwortete Rapp für ihn, »das stimmt.«
Er brauchte einen Augenblick, um zu begreifen, dass er jetzt Gehilfe in seiner eigenen Apotheke war.

Kapitel acht,

in welchem Teo zweimal mit verstellter Schrift schreibt, einmal, um anderen, und einmal, um sich selbst zu helfen.

Rapp hätte es nie für möglich gehalten, aber es machte ihm kaum etwas aus, in die Gehilfenrolle zu schlüpfen, vielleicht, weil seine neue Tätigkeit sich in nichts von der alten unterschied. Er kam vormittags um elf Uhr, betrat die Offizin nach dem Imitator und nahm seine Arbeit auf. Dabei bemühte er sich um ein freundliches, zurückhaltendes Wesen, bediente die Kunden, drehte Pillen, hackte Kräuter, stellte Salben und Klistiere her, wog Arzneien ab und tat über alledem so, als bemerke er zu keiner Zeit, wie wenig Ahnung der Imitator von der Pharmazie hatte. Alles war genauso wie immer.

Nur sein Thesaurus fehlte ihm.

Rapp hatte sich in den ersten Tagen immer wieder dabei ertappt, wie er an die Decke starrte, gerade so, als könne er durch sie hindurchschauen und einen Blick auf seine Kostbarkeiten erhaschen. Doch das war natürlich lächerlich, und er war froh gewesen, dass sein törichtes Verhalten dem Imitator verborgen blieb. Er hatte sich den Kopf nach einem plausiblen Grund zerbrochen, der einen Gang in den zweiten Stock notwendig gemacht hätte, hatte sich das Hirn zermartet, warum er den Scharlatan begleiten könnte, wenn dieser hinaufstieg, um die nächtliche Diebesausbeute der Halunken zu kontrollieren, allein, ihm war nichts eingefallen. Auch die wenigen Male, die der Imitator im hinteren Bereich des Hauses verschwand, um seine Notdurft zu verrichten, reichten zeitlich nicht aus, um hinaufzuspringen und sich umzusehen.

Ansonsten war der Mann ständig präsent, und das seit gut einer

Woche, denn heute schrieb man bereits Freitag, den sechsten November. Eine gewisse Routine hatte sich entwickelt. Kunden kamen und gingen, gegen Mittag brachte eine Mamsell Essen aus einer Garküche – es war dieselbe, die früher auch für Rapp gekocht hatte –, und um drei Uhr beendeten beide ihr Tagewerk. Wenn der Imitator ging, musste auch sein Gehilfe das Haus verlassen.

Rapp stellte fest, dass der falsche Apotheker regelmäßig abschloss und folgerte daraus, dass er irgendwann am späteren Tag Kontakt mit den Halunken haben musste – anders war es nicht zu erklären, dass diese des Nachts über den Schlüssel verfügten. Genauso mussten sie einander in den Morgenstunden wieder treffen, denn bei seinem Erscheinen war der Imitator wieder im Besitz des Schließgeräts.

Oder hatte der Scharlatan mittlerweile einen Zweitschlüssel anfertigen lassen? Nein, nach näherer Überlegung glaubte Rapp nicht daran. Es wäre unklug gewesen, den Schandbuben etwas so Wichtiges zu überlassen, und unklug war der Imitator gewiss nicht.

Der spätere Nachmittag sah für Rapp immer gleich aus: Wenn er nicht zum Hafen ging, verbrachte er die Stunden bei Mine, nahm mit ihr und Fixfööt eine Abendmahlzeit zu sich und setzte in der Nacht alles daran, seinen Thesaurus vor den Langfingern zu schützen. Da er keine Möglichkeit hatte, offiziell gegen das Diebespack einzuschreiten, musste er im Verborgenen kämpfen. Mit Fixfööt an seiner Seite, war es ihm einmal gelungen, ein Rad des Transportkarrens zu blockieren, so dass die Halunken, als sie ihre Beute fortschaffen wollten, eine böse Überraschung erlebten. Ein weiteres Mal hatten sie, unterstützt von Klaas und seinen Bärenkräften, den Karren ins Hafenbecken gekippt, nachdem die Räuber mit ihrer Beute im Anker-Speicher verschwunden waren. Danach war zwei Nächte Ruhe gewesen, bis die Halunken einen neuen Wagen aufgetrieben hatten und das Ganze von vorn begann. Es war ein zähes Ringen, doch auf die Dauer, das schien unabwendbar, würde der gesamte Thesaurus seinen Weg in den Speicher am Kehrwieder finden. Und sobald der Wind günstig stand, würde ein Schiff ihn nach Übersee bringen, einem fernen Ziel entgegen.

Wer, um alles in der Welt, steckte nur hinter diesem Raub? Der Imitator konnte es nicht sein, zu vieles sprach dagegen. Wenn er der Auftraggeber gewesen wäre, hätte er die Kostbarkeiten direkt in sein Haus bringen lassen, irgendwo in Hamburg oder Altona. Denn dass der Mann in der Umgebung wohnte, war klar. Er hätte sonst nicht jeden Tag im Apothekenhaus erscheinen können. Gegen ihn als Drahtzieher sprach außerdem, dass er beim nächtlichen Raub niemals zugegen war – undenkbar bei einem Liebhaber von Thesauren. Andererseits, wenn man bedachte, wie gefesselt er vom Anblick der *Paramuricea clavata* gewesen war …

Die Türglocke ging, Rapp wurde aus seinen Gedanken gerissen. Ein lebhafter Steppke erschien, einen Zettel in der Hand schwenkend. Es war der Botenjunge von Doktor Cordt Langbehn, einem alten Arzt aus dem Viertel, der schlecht zu Fuß war und deshalb kaum noch praktizierte. Ab und zu jedoch brauchte er noch immer eine Arznei, und in diesen Fällen schickte er Fiete.

Rapp, der den Jungen gut kannte, musste an sich halten, um ihn nicht beim Namen zu nennen. »Nun, mein Junge, was willst du?«, fragte er schließlich.

»Ik heff'n Rezept von'n Dokter«, sagte Fiete und hielt Rapp den Zettel hin.

Rapp studierte das Papier und gab es an den Imitator weiter. »Ein Rezept von einem Doktor Langbehn, Herr Apotheker. Er benötigt eine Arznei.«

»Ich sehe es. Nun, ich bin mir nicht klar, ob wir sie da haben. Zur Sicherheit sollten wir sie neu herstellen.«

»Wie Ihr meint.« Rapp wusste, dass die Arznei in der Tat nicht vorrätig war, hielt aber den Mund.

»Schön, dann zeig mal, was du kannst, Hauser. Ich nehme an, du brauchst meine Hilfe nicht.«
Rapp versuchte, sich seine Verärgerung nicht anmerken zu lassen, und sagte: »Nein, Herr Apotheker, die brauche ich nicht.«
»Gut, ich kümmere mich dann um die anderen Kunden.«
Andere Kunden gab es im Augenblick zwar nicht, aber Rapp sagte trotzdem: »Jawohl.« Er betrachtete die Anweisung und sah, dass sie wie immer sehr lang, ja geradezu umständlich war. Es handelte sich um Tropfen gegen *Conjunctivitis*, wahrscheinlich für die Eigenbehandlung gedacht, da gerade ältere Menschen zu entzündeten Bindehäuten neigten. Für ihre Herstellung hatte Langbehn neben dem ätherischen Öl des Fenchels nicht weniger als sechzehn weitere Substanzen vorgesehen. Rapp schnaubte. Er hielt lange Rezepte für wenig hilfreich, da unter den vielen Stoffen immer einige waren, die sich in ihrer Wirkkraft aufhoben. Auch für Mines entzündete Lider hatte er ein einfaches Augenwasser gemischt, welches sofort Linderung gebracht hatte. Im Übrigen stand er mit seiner Meinung nicht allein da, denn schon bei Paracelsus war nachzulesen: *Je länger Geschrift, je kleiner der Verstand, je länger die Rezepten, je weniger Tugend.*
»Un denn sull dat Rezept in dat Book rin, hett de Dokter seggt.«
»Du meinst in das *Antidotarium?*«
»Jo, dat hett he seggt.«
»Ah-hm«, machte Rapp. Was der alte Arzt da wünschte, war ungewöhnlich, denn gemeinhin galt: Ob Mediziner oder Apotheker, das eigene Rezept wurde auch mit eigener Hand in das Buch geschrieben, anderenfalls drohten Übertragungsfehler, die fatale Folgen haben konnten. Aber es war nicht das erste Mal, dass Langbehn um diesen Gefallen nachsuchte, und Rapp hatte bisher immer ein Auge zugedrückt. »Nun gut, ich schreibe das Rezept ins *Antidotarium,* die Herstellung der

Arznei dauert ohnehin etwas länger. Brauchst du sie heute noch?«

»Do hett de Dokter nix von seggt.«

Rapp schlug eine neue Seite auf und tauchte die Feder ins Tintenfass.

»Dor boben, links, wat is dat för'n Kringel?« Fiete, auf den Zehenspitzen stehend, wies mit seinem schmutzigen Finger auf einen Punkt des Rezepts.

Rapp hielt inne. Fiete war zwar ein lebhafter Junge, aber auch schlichten Geistes, weshalb er immer wieder dieselbe Frage stellte. Rapp wollte sie schon übergehen, da fiel ihm auf, dass der Imitator im Hintergrund stand und ihn beobachtete. Er beschloss, zu antworten. Mochte der Scharlatan getrost einen Nutzen daraus ziehen. »Da stehen zwei Buchstaben, *Rp.* Sie sind eine Abbreviatur, also eine Abkürzung für das Wort ›Rezept‹.«

»Jo, sowat ok!« Auch das sagte Fiete jedes Mal.

Rapp fuhr fort: »Die Anweisung des Arztes beginnt stets mit einem Imperativ, also mit einem Befehl, in diesem Fall mit dem lateinischen Wort *recipe,* welches ›nimm‹ bedeutet und der Ursprung unseres deutschen Wortes ›Rezept‹ ist.«

»Jo, sowat ok!«

»Es gibt auch noch andere Befehlswörter, zum Beispiel *misce,* was ›mische‹ heißt, und *da,* welches für ›gib‹ steht. Manche der älteren Ärzte setzen noch ein *J. j.* unter ihr Rezept. *J. j.* heißt *Jesu juvante,* ›mit Jesu Hilfe‹ also.«

Rapp begann zu schreiben, setzte aber sofort wieder ab. Gerade noch rechtzeitig war ihm eingefallen, dass er die Anweisung nicht in seiner eigenen Schrift übertragen durfte. Die Gefahr war viel zu groß, dass der Imitator irgendwann einmal im *Antidotarium* blätterte und dabei eine Übereinstimmung mit älteren Eintragungen feststellte. Daraus zu schließen, dass Molinus Hauser in Wahrheit Teodorus Rapp war, würde dann nur noch ein kleiner Schritt sein.

Rapp bemühte sich also, anders und linkischer zu schreiben, was nicht ganz einfach war, zumal Fiete während der ganzen Zeit ungeduldig auf einem Bein hüpfte. Endlich war Rapp fertig und gab dem Steppke den Rezeptzettel zurück.

Fiete brüllte: »Danke, ik kumm morgen wedder, Herr Afteker!«

»Ja, tu das«, erwiderte Rapp. »Und bitte den Herrn Doktor, er möge bald einmal selbst vorbeikommen. Er muss sein Rezept im Buch unterschreiben.«

Der Imitator hatte sich unterdessen, wie so oft, nicht vom Fleck gerührt und nur auf die Straße gestarrt. Jetzt allerdings kam Bewegung in ihn, ein menschliches Regen schien ihn zu plagen, denn er steuerte direkt den Durchgang nach hinten an. Vorher jedoch, und das war neu, zog er hastig den weinroten Rock aus und hängte ihn an einen Nagel. Er schien große Dinge vorzuhaben. Rapp grinste freudlos. Wenn es nach mir ginge, dachte er, mag der Scharlatan sich getrost totscheißen, ich würde ihm keine Träne nachweinen. Doch dann schalt er sich ob seiner Rachegelüste, und eine Idee kam ihm so plötzlich, dass es ihn förmlich durchzuckte. Der Rock! Sein Rock! Da hing er, verwaist für einen Augenblick!

Mit drei großen Schritten stürzte er hin und fuhr mit den Händen in die Taschen. Gebe Gott, dass er ein Utensil fand, das den Schein-Apotheker entlarvte! Was war das? Das große Taschentuch des Scharlatans. Rapp kannte es schon, trotzdem untersuchte er es eingehend, denn es konnte ja sein, dass Initialen hineingestickt waren. Nein, das war nicht der Fall. Die Suche ging weiter. Als Nächstes förderte Rapp eine Uhr zu Tage. Es war seine eigene, sie zeigte wenige Minuten vor drei. Da er sehr an ihr hing, steckte er sie nur widerstrebend zurück. Es folgten einige Silbermünzen. Rapp wusste nicht mehr, wie viele er an dem Abend des Überfalls bei sich gehabt hatte, und konnte demzufolge auch nicht feststellen, ob es weniger geworden waren. Nun, es war ihm ohnehin egal. Er fischte

weiter in den Taschen und fand seine Identitätskarte. Auch sie wanderte wieder zurück. Was gab es noch? Zwei Fläschchen der *Rapp'schen Beruhigungstropfen,* ein Pillendöschen und ein paar andere belanglose Dinge.
Er konzentrierte sich. Was hatte er außerdem in seinen Taschen gehabt? Richtig, die Pfeife des italienischen Musikers. Wie war noch sein Name? Agosta, genau. Giovanni Agosta. Aber wo steckte das Rauchinstrument?
Rapp überzeugte sich, dass der Imitator noch immer nicht im Anmarsch war, und durchsuchte erneut sämtliche Taschen. Er fand nichts. Der Tobackkocher war verschwunden.
Was hatte das zu bedeuten? Rapp kam ins Grübeln. Am wahrscheinlichsten war wohl, dass der Scharlatan die Pfeife fortgeworfen hatte. Doch wohin? Nun, das buchstäblich Nächstliegende war das Nikolaifleet gegenüber. Andererseits war dort die Gefahr groß, beobachtet zu werden, denn entlang des Wassers gab es zahllose Abtritte, und trotz des Verbots durch den Rat erleichterten sich darauf jeden Tag Hunderte von Menschen.
Eine unwahrscheinliche, aber nicht gänzlich auszuschließende Möglichkeit war auch, dass der Imitator die Pfeife an Agosta zurückgegeben hatte. In diesem Fall hätte er wissen müssen, dass Agosta das Rauchinstrument gehörte, was wiederum voraussetzte, dass beide sich kannten.
Rapp schaute sich um. Der Imitator war noch nicht in Sicht. Offenbar hielt er eine längere Sitzung ab. Dennoch ging Rapp vorsichtshalber zurück zum Pult mit dem *Antidotarium.* Er schlug das Buch zu, brachte Ordnung in das Schreibzeug und spann seine Gedanken fort.
Angenommen, der Scharlatan kannte Agosta, dann ergaben sich zwei weitere Denkpfade: Entweder er hatte die Pfeife, als Rapp auftretend, zurückgegeben – beispielsweise anlässlich eines Konzerts –, oder er hatte es unter seiner wahren Identität getan. Letzteres jedoch wäre ihm nicht möglich gewesen, ohne

zu erklären, wie er an das Rauchinstrument gekommen war. Es sei denn, der Italiener wusste es ohnehin. Das jedoch ließ nur einen Schluss zu: Giovanni Agosta steckte mit dem Imitator unter einer Decke!

Als Rapp so weit gekommen war, brach er ab. Zu hergeholt erschienen ihm seine Gedanken, zu konfus. Maß er nicht einer simplen Pfeife viel zu große Bedeutung bei?

Seine Frage blieb unbeantwortet, denn aufblickend wurde er gewahr, dass der Imitator vor ihm stand und bereits seinen Gehrock wieder trug. Er zog die Uhr und sagte zu Rapp: »Es ist schon nach drei, Hauser. Mach Schluss für heute, damit ich absperren kann.«

»Jawohl, Herr Apotheker«, sagte Rapp.

Er ging und fragte sich, ob alles, was er überlegt hatte, wirklich nur Hirngespinste waren. Und ob er nicht besser daran getan hätte, nach oben zu laufen und die Reste seines Thesaurus zu sichten.

Geraume Zeit später, nach einer Zwischenmahlzeit bei Mine, war Rapp noch einmal unterwegs. Er hatte beschlossen, endlich sein Versprechen wahr zu machen und Doktor de Castro die Krücke zurückzubringen. Es war ein milder Spätnachmittag, an dem sogar die Sonne noch einmal durch die Wolken gekommen war und mit ihren letzten Strahlen die Dächer in goldenes Licht tauchte. Rapp hatte keine Mühe, sein Ziel zu finden, zumal die *Mesuse,* eine kleine Kapsel, die in Augenhöhe am Türpfosten angebracht war, ihm signalisierte, dass er vor einem jüdischen Haus stand. Er betätigte den Türklopfer und stellte sich auf einen knappen Wortwechsel ein, denn er hatte keineswegs vor, den Physikus lange aufzuhalten. Er wollte nur noch einmal Dank sagen und dann wieder gehen.

Nichts rührte sich. Rapp klopfte erneut. Sollte der Doktor noch unterwegs sein? Mit dieser Möglichkeit hatte er nicht gerechnet. Sein Blick wanderte über die Vorderfront des Hauses, und erst jetzt fiel ihm auf, dass alle Fenster dunkel waren. Rapp schulterte die Krücke. Bevor er unverrichteter Dinge abzog, wollte er noch einmal nach hinten schauen. Er zwängte sich durch einen schmalen Pfad zwischen Hauswand und einem angrenzenden Schuppen und gelangte auf eine Art Hof. Er sah, dass ein hölzerner Anbau das Gebäude nach hinten erweiterte, und trat lautlos näher. Der Anbau hatte ein Fenster, und das Fenster war erleuchtet.

Rapp spähte ins Innere. Dort befand sich ein Mann, dessen Gesicht er nicht erkennen konnte, da er sich beide Hände vor die Augen hielt, die Handflächen nach außen. Der Mann stand vor einer Art Vitrine, auf die zwei Leuchter mit je einer brennenden Kerze gestellt worden waren. Er bewegte den Oberkörper vor und zurück und schien dabei etwas zu murmeln. Rapp vermutete, dass der Mann betete. Jetzt nahm er die Hände herunter. Es war Fernão de Castro.

Der Physikus schien seine Andacht beendet zu haben, denn nun trat er vor ein Bild, verweilte einen Augenblick davor und setzte sich dann an den Tisch in der Mitte des Raums. Der Tisch war gedeckt. Rapp erkannte Teller mit Brot und Käse, ein Schälchen Salz, ein Glas, eine Flasche Wein. De Castro begann zu essen.

Rapp bekam Gewissensbisse, er hatte das Gefühl, durch seine Neugier eine heilige Handlung entweiht zu haben und beschloss, sich zu entfernen. Sicher war es besser, ein anderes Mal wiederzukommen. Er bahnte sich den Weg zurück zur Straße und verschnaufte dort kurz.

Da ging die Haustür hinter ihm auf.

»Ach, du bist es. Ich glaubte, etwas gehört zu haben, während ich betete«, sprach der Physikus.

»Äh, ja«, war alles, was Rapp dazu einfiel. Er fragte sich, ob de Castro wusste, dass er ihn beobachtet hatte. Sollte er es einfach ansprechen? Schließlich war es nicht in böser Absicht gesche-

hen. Nein, vielleicht war es dem Physikus peinlich, und in diese Situation durfte er ihn nicht bringen. »Ich wollte Euch die Krücke zurückgeben und mich nochmals bedanken.«
De Castro nahm die Gehhilfe entgegen. »Ich hoffe, sie hat dir gute Dienste geleistet.«
»Das hat sie.«
»Sehr schön. Ich schlage vor, du kommst herein, und wir plaudern ein wenig.«
»Ich möchte nicht stören.«
»Du störst nicht.« De Castro drehte sich um und ging vor. Rapp blieb nichts anderes übrig, als ihm zu folgen. Nachdem der Arzt die Krücke beiseite gestellt hatte, steuerte er direkt auf den kleinen Anbau zu, in dem die Kerzen noch brannten. »Setz dich an den Tisch, was machen deine Zehen? Ich sehe, du trägst keinen Verband mehr. Hat die Salbe geholfen?«
Rapp nahm zögernd Platz. »Ja, danke, ihre Wirkung war ausgezeichnet. Aber ich bin nicht nur gekommen, um die Krücke zurückzugeben, ich möchte auch für die Behandlung zahlen. Heute habe ich Geld.«
Auch de Castro setzte sich, seine schwarzen Augen musterten Rapp aufmerksam. »Behalte deine Münzen. Meine Dienste waren umsonst. Viel wichtiger ist, dass du heute, nun, in weitaus besserer Verfassung zu sein scheinst als bei unserem ersten Treffen.«
»Ich möchte wirklich zahlen.«
»Kommt nicht in Frage. Ich habe dir gern geholfen.«
»Wie Ihr meint.« Rapp wusste für den Augenblick nichts mehr zu sagen. Er rückte auf seiner Sitzgelegenheit hin und her, und sein Blick fiel auf das Bild an der Wand. Es zeigte das Porträt einer schönen, ernst dreinblickenden Frau.
»Das ist meine Frau«, sagte der Physikus, als hätte er Rapps Gedanken erraten. »Willst du etwas essen?« Er deutete auf die Speisen. »Mein Schabbesmahl. Es ist nicht viel, aber ich teile es gern. Bevor es eingenommen wird, eröffnet die Frau des Hauses

den Schabbat, indem sie bei Sonnenuntergang die Schabbatleuchter entzündet und dazu einen Segen spricht.«
Rapp nahm ein wenig Käse. Er schmeckte sehr gut. »Wo ist Eure Frau?«, fragte er, weniger aus Interesse als aus Höflichkeit.
De Castros Gesichtszüge verdüsterten sich. »Meine Frau ist tot. Sie starb anno dreizehn an der Pest. Alle meine ärztliche Kunst war vergebens.«
»Oh, das tut mir sehr Leid.«
»Sie war der Inhalt meines Lebens. Wenn ich für sie die Leuchter entzünde und den Segen spreche, glaube ich, ihr so nahe zu sein, als stünde sie leibhaftig vor mir. Ich nehme an, du hast mich dabei beobachtet?«
»Nun ja«, Rapp versuchte, seiner Verlegenheit Herr zu werden, »ich wollte nur nachsehen, ob Ihr nicht vielleicht im hinteren Teil des Hauses ...«
Der Physikus winkte ab. »Halb so schlimm, unser Glaube steht jedermann offen. Aber nachdem wir nun so ausgiebig über mich geplaudert haben, wollen wir auch über dich reden, oder muss ich besser sagen: über Euch reden ... Herr Apotheker?«
Rapp fiel fast sein zweites Stück Käse aus dem Mund, als er jählings so angesprochen wurde. Da er nicht wusste, was er darauf erwidern sollte, sagte er zunächst einmal gar nichts.
»Ihr seid doch der Apotheker Teodorus Rapp, nicht wahr?« Ein feines Lächeln, nicht ohne Triumph, umspielte den Mund des Physikus.
»Der bin ich.« Rapp war noch immer zu verblüfft, um leugnen zu können. Nur mühsam ordnete er seine Gedanken. Woher hatte der Physikus sein Wissen? Und vor allem: Drohte Gefahr von ihm? »Wie habt Ihr mich erkannt? Wir sind uns, außer an dem Tag, da Ihr mir die Zehen verarztet habt, doch nie zuvor begegnet.«
De Castros Lächeln vertiefte sich. Es war ein Lächeln ohne Arg und Tücke. »Es scheint, dass ich nicht der Einzige bin, der

Leute verarztet. Es gibt da einen gewissen Seemann von der *Noordenwind,* der mich kürzlich aufsuchte. Pitt ist sein Name. Er hatte einen übel entzündeten Daumen, der sofort operiert werden musste. Ich sagte ihm, er könne sich gratulieren, noch rechtzeitig zum Arzt gegangen zu sein, denn einen oder zwei Tage später hätte auch der beste Chirurgus nichts mehr für ihn tun können. Daraufhin meinte er, er wäre auch gar nicht gekommen, wenn ihn nicht ein Apotheker zu mir geschickt hätte. Dieser Apotheker wäre auf seinem Schiff gewesen und hätte die Wehwehchen der Mannschaft kuriert, nur bei seinem Daumen hätte er nichts ausrichten können.«

»Ja, ich war auf der *Noordenwind«,* sagte Rapp. »Ein Splitter saß tief in der Wunde, zu tief, als dass ich ihn hätte herausziehen können. Da Pitt wie so viele Janmaaten kein Geld hatte, überlegte ich, wer ihm wohl trotzdem helfen würde. Ich verfiel auf Euch, Herr Doktor, schließlich hattet Ihr auch mir umsonst geholfen. Ich hoffe, es war Euch recht?«

»Natürlich. Ich habe den Eid des Hippokrates geleistet, und daran halte ich mich. Im Übrigen habt Ihr Euch tadellos verhalten, Herr Apotheker. Ich denke, es ist nicht übertrieben, wenn ich behaupte, dass Pitt nur durch Eure Umsicht gerettet werden konnte.« De Castro erhob sich und holte ein zweites Glas. Dann goss er von dem Wein ein. »Ein koscherer Tropfen, Herr Apotheker, also einer, der unter Beachtung der jüdischen Speisegesetze hergestellt und gelagert wurde. Trinken wir auf Pitt. *Lecháim!,* wie wir Juden sagen.«

Rapp erhob ebenfalls sein Glas. »Prosit.«

De Castro fuhr fort: »Natürlich interessierte mich der Unbekannte, deshalb ließ ich ihn mir, so gut es ging, von Pitt beschreiben. Ich gebe zu, ich bin nicht sofort darauf gekommen, dass Ihr es sein könntet. Doch irgendwann kam mir die Erleuchtung. Die Schilderung passte ziemlich gut auf jenen Burschen, dessen Zehen ich behandelt hatte. Dann fiel mir noch ein, dass dieser Bursche auf meine Frage den Namen ›Teo‹ genannt

hatte, und der Rest war einfach. Es gibt, wie Ihr wisst, nur wenige Apotheker in Hamburg, und unter diesen wenigen ist nur einer, der Teodorus heißt. Teodorus Rapp.«
Rapp nahm einen tiefen Schluck. Er brauchte ihn jetzt. »Ihr seid sehr scharfsinnig.«
»Und neugierig. Ich ging zu Eurer Apotheke und sprach mit Euch. Ihr wart durchaus freundlich zu mir, auch wenn Ihr, nun, wie soll ich sagen, ein etwas misstrauisches Gebaren an den Tag legtet. Da Ihr mir nicht bekannt wart, fand ich an Eurer Stimme nichts Besonderes, doch fällt mir auf, dass sie heute Abend gänzlich anders klingt. Ich will es kurz machen, Herr Apotheker: Ich redete nur allgemein mit Euch, sprach Euch nicht auf Eure Zehen an und auch nicht darauf, dass wir einander schon einmal begegnet sind. Danach wünschte ich einen guten Tag und ging. Doch jetzt bitte ich um eine Erklärung, warum Ihr in zweierlei Gewandung auftretet.«
Rapp räusperte sich. Er überlegte, ob es nicht am einfachsten war, aufzustehen und zu gehen und den Physikus mit seinen messerscharfen Schlüssen allein zu lassen, aber dann blieb er doch sitzen. Der Mann war freundlich und von großer Hilfsbereitschaft. Vielleicht kam irgendwann der Tag, da er ihn brauchte. Langsam sagte er: »Ich trete in zweierlei Gewandung auf, weil es mich zweimal gibt, Herr Doktor.«
Nun war es an de Castro, verblüfft zu sein. Dann lachte er auf. »Ja, natürlich, Ihr habt einen Zwillingsbruder, stimmt's?«
»Nein«, sagte Rapp und trank noch einen tüchtigen Schluck. »Ich habe einen Doppelgänger. Mehr noch: Einen Imitator, der sich für mich ausgibt, der sich in meiner Apotheke breitmacht und den Pharmazeuten spielt.«
»Das kann ich nicht glauben.« Der Physikus saß mit offenem Mund da. »Nicht glauben ...«, wiederholte er. »Aber wozu? Das ist ja eine Posse, ein derber Scherz!«
»Und doch ist es so.«
»Erzählt mir alles. Ich habe den Eindruck, Euch muss geholfen

werden. Beim Höchsten – Sein Wille geschehe! –, mir sollen die Hände abfallen, wenn ich es nicht tue!«

»Ich muss Euch aber bitten, unter allen Umständen Stillschweigen zu bewahren.«

»Das ist selbstverständlich, mein Freund. Ich vermute, Ihr habt eine Menge zu berichten, lasst mich deshalb rasch noch eine Flasche Wein holen.«

Als der Physikus wieder am Tisch saß, begann Rapp mit seiner Geschichte. Er berichtete von Anfang an, und mit dem Abstand so vieler Tage kamen ihm die Ereignisse immer unwirklicher und unglaubwürdiger vor. Aber er redete weiter, bemerkte, wie sich bei de Castro ein ums andere Mal die Haare sträubten, und schloss endlich mit einem Schulterzucken. »Ich kann nur so weitermachen wie bisher, Herr Doktor, und auf ein Wunder hoffen.«

Der Physikus rieb sich nachdenklich das Kinn. »Für Wunder ist der Allmächtige, dessen Name gesegnet sei, zuständig. Wir sollten ihn noch nicht bemühen. Erst will ich den Fall in allen Einzelheiten durchdringen. Warum, zum Beispiel, hat der Imitator – oder derjenige, der hinter ihm steht – Euch nicht einfach töten lassen?«

»Das habe ich mich auch lange gefragt. Der Dritte von den drei Halunken, die mich vor dem *Hammerhai* überfielen, hätte es ohne Weiteres tun können. Er hätte mich beiseite geschafft, der Doppelgänger wäre in meine Rolle geschlüpft, und der Thesaurus wäre innerhalb weniger Tage fortgebracht worden. Irgendwann hätte nur noch ein verwaistes Haus dagestanden, ohne Apotheker und ohne Sammlung.«

»Ganz recht. Es klingt einfach, und man fragt sich, warum es nicht so geschah. Mir fällt dazu nur ein Grund ein: Der Imitator hatte nicht die Zeit, tagelang hinter Eurem Rezepturtisch zu stehen und den Pharmazeuten zu spielen. Er hat sie ja auch jetzt nicht, was man daran sieht, dass er erst um elf Uhr anrückt und bereits um drei Uhr wieder geht.«

»Ja, es scheint ihn sauer anzukommen, dass er so viele Stunden in meiner Apotheke verbringen muss. Ich bin sicher, er strebte ursprünglich eine für ihn elegantere Lösung an. Er wollte mich an jenem Sonntagabend, als er vergebens auf mich wartete, erpressen. Er wollte mir auf den Kopf zusagen, dass ich zwei Menschen getötet hätte und deshalb in seiner Hand sei. Ich müsse mich einverstanden erklären, dass mein Thesaurus fortgeschafft würde, anderenfalls bekäme die Wache einen Wink. Er war sicher, sein Plan würde klappen, nur dass ich nicht kam, damit hatte er nicht gerechnet.«
»Ja, Ihr habt Euch seinem Zugriff entzogen. Seitdem tappen er und seine Helfershelfer, was Euren Verbleib betrifft, im Dunkeln. Wahrscheinlich ahnt er, dass die Störungen bei den nächtlichen Raubzügen etwas mit dem verschwundenen Apotheker Rapp zu tun haben. Deshalb möchte ich Euch warnen: Gebt Acht auf Euch! Wenn die Halunken Eurer jetzt habhaft würden, wäre Euer Leben keinen Pfifferling mehr wert. Aber zurück zu Eurer Erpressungsthese:
Hätte der Imitator nicht auch in seiner eigenen Kleidung auf Euch warten können? Hätte es nicht ausgereicht, wenn er Euch Euren Rock und die anderen Dinge zurückgegeben hätte? Ihr wäret dann wie zuvor Eurem normalen Dienst nachgegangen, allerdings mit einer Ausnahme: Ihr hättet den Thesaurus herausrücken müssen. Bei dieser Variante wäre ein Imitator nicht vonnöten gewesen, und man fragt sich, warum er Euch als ein solcher in der Offizin erwartete.«
»Nein, nein!« Rapp schüttelte heftig den Kopf, nachdem er eine Weile nachgedacht hatte. »In diesem Fall hätte man mich kaum erpressen können. Ich hätte die Geschehnisse jener Nacht einfach abgestritten; die Halunken jedoch wären in der Beweispflicht gewesen. Sie – oder die Stadtbehörden – hätten nachweisen müssen, dass ich zwei Menschen getötet habe, und das wäre ihnen schwer gefallen. Ich denke, bei diesem ganzen Schwindel war der Imitator als Figur von vornherein geplant.«

»Hm, hm. Da liegt Ihr wohl richtig.« De Castro stand auf und zündete einen fünfarmigen Tischleuchter an. Dann löschte er die beiden Kerzen auf der Vitrine und kam zurück. »War denn auch der Tod der beiden Halunken geplant?«
»Entschuldigt, wie meint Ihr?« Rapp verstand nicht.
»Ich meine, der Imitator wollte Euch doch, wie Ihr sagtet, erpressen.«
»Ja, und?«
»Aber er konnte doch vorher gar nicht wissen, dass Ihr zwei Menschen töten würdet.«
»Ja, nein ... richtig.«
»Ist Euch schon einmal in den Sinn gekommen, dass Ihr die zwei vielleicht gar nicht erschlagen habt?«
Rapp fasste sich an den Kopf. Seine Gedanken summten darin wie ein Bienenschwarm. Nein, an diese Möglichkeit hatte er noch nie gedacht, und obwohl sie sehr verlockend klang, kam sie keinesfalls in Frage. »Die beiden Männer waren tot, mausetot, sie lagen in einem See aus Blut und alle meine Bemühungen, ihnen ein Lebenszeichen zu entlocken, schlugen fehl.«
Statt einer Antwort schenkte de Castro noch einmal die Gläser voll. »Nun gut, Ihr wart dabei, ich nicht. Vielleicht gibt es Gesichtspunkte, die wir in unserer kleinen Analyse nicht berücksichtigt haben. In jedem Fall biete ich Euch meine Hilfe an. Ich werde mich ein wenig umhören unten am Hafen, ich habe dort, seit ich während der Pest als Armenarzt arbeitete, einige Verbindungen, auch kenne ich den Wirt vom *Hammerhai* flüchtig. Ein zwielichtiger Bursche, den ich vor zwei Jahren einmal behandelte. Er hat Wasser in den Beinen, kein Wunder bei seiner Lebensweise und seiner Fettsucht. Wir werden sehen. *Lecháim*, Herr Apotheker, möge der Allmächtige, Er sei gepriesen, Euch einen Schutzengel schicken. Ihr werdet ihn brauchen.«
»Lecháim«, antwortete Rapp. »Ich danke Euch sehr.«

Wenig später ging er.

»Nein, Mine, heute Abend bleibe ich bei dir. Es ist schon bald zehn, ein Gang zum Anker-Speicher lohnt nicht mehr. Ich werde mich damit abfinden müssen, dass die Halunken einen weiteren Teil meines Thesaurus gestohlen haben.«
Mine freute sich. »Nimm noch'n bisschen Schweinebacke, und dann erzählst du deinen Tag.«
Rapp hatte zwar das Gefühl, sein Magen sei bereits bis zum Bersten gefüllt, doch er ließ sich noch einmal auftun. Es machte Mine viel zu viel Freude, ihn zu bekochen, da konnte er schlecht nein sagen. Jedenfalls nicht immer. Er schnitt sich ein Stück Fleisch ab und erzählte von de Castro, der ihm so selbstverständlich seine Hilfe angeboten hatte.
»Er hat dir schon mal geholfen mit deinen Zehen«, meinte sie.
»Ja, er ist ein bemerkenswerter Mann. Sag mal, würdest du mich steinigen, wenn ich diesen Teller nicht ganz schaffe? Das Schweinerne schmeckt doch auch morgen noch.«
Mine ließ sich erweichen. Sie selbst hatte längst ihr Mahl beendet. Seitdem hatte sie Rapp beim Essen zugeschaut und sich über seinen Appetit gefreut. »Ist gut.« Sie räumte ab. »Fixfööt war bis vorhin hier. Dann ist er weg. Bist ja so spät gekommen.«
Ein leiser Vorwurf lag in ihrer Stimme, doch Rapp achtete nicht darauf. Es war ein langer, ereignisreicher Tag gewesen, und der Körper forderte nun sein Recht. Rapp wurde schläfrig. Er griff zur Bierkanne und spülte die letzten Bissen hinunter. Dann nickte er ein. Die Bilder der letzten Stunden tauchten vor seinem geistigen Auge auf, optische Fragmente, Wortfetzen, Situationen, die Analyse beim Physikus, das Rezept für Doktor Langbehn, Fiete, der Imitator, das *Antidotarium,* die Eintragung des Rezepts, seine verstellte Schrift – das alles wirbelte durcheinander, doch das Bild von der verfälschten Schrift tauchte immer wieder auf. Er wusste nicht, warum, fragte sich, was das solle, und dann, dann kam wie von selbst die Antwort aus der Tiefe seines Hirns ... Rapp wurde ruckartig wach. Er wusste nicht, wie lange er geschlummert hatte, aber es konnten

nur Minuten gewesen sein, denn Mine trocknete gerade die Teller ab. »Mine!«, rief er aufgeregt, »Mine!«
Sie fuhr herum, eine Hand auf den Busen gepresst. »Mann in de Tünn, hast du mich erschreckt! Was schreist du denn so?«
»Verzeihung, ich … sag, hast du Feder und Papier im Haus?«
»Ja, hab ich. Aber die Feder ist oll, und Papier hab ich nur einen Bogen oder zwei. Ich schreib ja nicht gut. Warum?«
»Ich werde einen Brief aufsetzen, Mine. Einen Brief in verstellter Schrift. An den Befehlshaber der Nachtwache. Und dadurch werde ich meinen Thesaurus zurückbekommen!«
»Da brat mir einer 'nen Storch. Jetzt willst du Briefe schreiben?«
»Hast du nicht gehört? Ich werde, so Gott will, dadurch meinen Thesaurus zurückbekommen!«
»Ja, dann.« Mine schien ihn noch immer nicht ganz ernst zu nehmen, holte aber das Schreibzeug hervor. »Ist leider nur ein halber Bogen«, sagte sie, »was soll denn drinstehen in dem Brief?«
»Das wirst du dann sehen. Lass mich nur machen.« Rapp schaffte mit Feuereifer Platz auf dem großen Nähtisch.
»Und damit willst du deine Sammlung wiederkriegen? Versteh ich nicht.«
»Wart's nur ab.« Rapp hatte sich hingesetzt und war schon dabei, die eingetrocknete Feder gängig zu machen. Er tat es, indem er sie zwischen die Lippen schob und mit Speichel befeuchtete. »Wenn der Brief fertig ist, lese ich ihn dir vor.« Dann begann er, einen absichtlich wenig geschickt formulierten Text zu schreiben:

Dem Führer der Wache zu Händen.
Es ist das 1ste Mahl, daß ich Euch schreib.
Allerley passirt in diesen Tagen, was ich Euch sagen muß.
Der Apoteker Teodorus Rapp, Deichstraße, ist ein falscher Gesell! Ein Imitathor!!!

Ihr sehts am Mal am linken Arm. Er hats nicht, der falsche Hund!!! Er raubet die Apoteke aus. Die Sammlung ist bald futsch, alles …
Die Beute ist transportirt nach Kehrwieder im Speicher wo ein Anker davor lieget. Da findet Ihr alles.
Geht hin und rekognoszirt – ich sag die Warheit!!!
Und sorget dafür, daß er sein Fett weg kriegt.

Einer der Gerechtigkeit will

Rapp legte die Feder beiseite. »Wenn der Befehlshaber oder einer seiner Männer den Brief liest, findet er darin zumindest zwei wichtige Informationen: Dass der jetzige Apotheker ein Imitator ist und dass die Diebesbeute im Anker-Speicher verwahrt wird. Ich glaube nicht, dass er umhin kommt, diesen Hinweisen nachzugehen. Mit ein wenig Glück erscheint er morgen oder Montag in der Apotheke und stellt Nachforschungen an. Auf das dumme Gesicht des Scharlatans freue ich mich schon jetzt!«
»Und warum hast du nun die Schrift verstellt?«, fragte Mine.
»Ganz einfach. Wenn ich normal schriebe, wäre es leicht, darauf zu kommen, dass der Brief-Absender mit dem eigentlichen Besitzer der Apotheke identisch ist, denn meine Schrift findet sich überall in der Offizin. Denke nur an die vielen Bezeichnungen und Abkürzungen auf den Gefäßen. Wenn der Büttel seine Arbeit gründlich macht, fragt er den Imitator nach meiner Narbe und lässt sie sich zeigen. Mal sehen, ob der Doppelgänger die hat!
Und dann fragt er sicher auch, was mit ›Sammlung‹ gemeint ist. Er wird sich in den oberen Stockwerken umsehen und den Thesaurus-Raum mit den leeren Schubfächern entdecken. Bin gespannt, was der Imitator dann zu sagen hat. Eigentlich kann er nur Dankbarkeit heucheln, wenn er erfährt, wo die gestohlenen Schätze sich befinden. Ihm wird nichts anderes übrig bleiben,

als sie zurückzuholen. Immer vorausgesetzt, es gelingt dem Scharlatan, den Büttel von seiner ›Echtheit‹ zu überzeugen. Verstehst du jetzt, warum ich plötzlich so aufgeregt war?«

»Und wer soll den Brief wegbringen?«, fragte die praktisch denkende Mine. »Weißt du denn, wo der Kommandant der Wache sitzt?«

»Ich nicht, aber Fixfööt. Ich gehe gleich runter zu ihm und bitte ihn, das Schreiben noch heute Nacht abzugeben. Wie er das macht, ist seine Sache. Er ist – wie sagt ihr in Hamburg immer? – ein ›plietscher Jung‹, ihm wird schon was einfallen.«

»Mensch, Teo, du gehst aber ran!« Langsam breitete sich die Freude auf Mines Gesicht aus. »Stell dir vor, du hättst deine Sammlung wieder!«

»Ich mag gar nicht daran denken«, lachte Rapp, »du weißt schon, warum.«

»Ja, ich weiß. Weil du so abergläubisch bist.«

Kapitel neun,

in welchem ein Frettchen im Apothekenhaus herumschnüffelt und Teo sich erfolgreich als Zauberer betätigt.

Rapp stand neben dem bronzenen Mörser an der Apothekentür und blickte auf die Deichstraße hinaus. Er tat es wohl zum hundertsten Mal, genauso wie er es vor zwei Tagen, am Sonnabend, schon getan hatte. Wo blieb nur der Büttel? Fixfööt hatte den Brief noch in derselben Nacht dem Bereitschaftsposten der Wache übergeben. War das Schreiben etwa nicht weitergeleitet worden? Nicht auszudenken, wenn das der Fall sein sollte.

Ein Geräusch ließ Rapp zur Decke blicken. Über ihm im zweiten Stock rumorte der Imitator. Wahrscheinlich bereitete es ihm Vergnügen, die kümmerlichen Reste des Thesaurus zu betrachten. Rapp schnaubte. Wenn nicht bald eine Amtsperson der Stadt erschien, war es um seine Sammlung geschehen. Dann konnte er sie abschreiben, egal, ob er wusste, wo sie verwahrt wurde oder nicht.

»Seid Ihr der Apotheker Teodorus Rapp?«, fragte eine sanfte Stimme.

Rapp fuhr herum. Er hatte den Mann nicht eintreten sehen. Doch das verwunderte nicht, denn der Mann war eher ein Männchen, eine Erscheinung von unbestimmbarem Alter mit listigem Blick und spitzen Gesichtszügen. Wenn ein Frettchen Menschengestalt annehmen könnte, würde es so aussehen wie du, dachte Rapp unwillkürlich. Er vermutete, dass er es mit dem ersehnten Büttel zu tun hatte, war aber nicht sicher, da er sich einen Vertreter der Stadt ganz anders vorgestellt hatte. Er beschloss, die Frage nicht gleich zu verneinen, sondern zunächst

eine Gegenfrage zu stellen. »Wer möchte das wissen?«, sagte er, um Freundlichkeit bemüht.
Das Frettchen lächelte, Rapp spürte, wie seine Äuglein ihn abtasteten. Dann sagte es: »Also nicht. Ihr seht bei näherer Betrachtung auch nicht wie der Apotheker aus, eher wie sein Assistent, vielleicht auch wie ein Kunde. Lasst mich raten. Ich glaube, Ihr seid der Assistent. Wisst Ihr, wo Rapp ist?«
Rapp war nicht unbeeindruckt. Das Frettchen ließ sich nicht ins Bockshorn jagen, es wirkte wachsam, klug und selbstbewusst. »Ihr habt Recht, ich bin Molinus Hauser, der Gehilfe«, sagte er, »der Herr Apotheker ist oben im zweiten Stock.« Und einer Eingebung folgend, ergänzte er: »Wenn Ihr es wünscht, bringe ich Euch hinauf.«
»Das ist sehr freundlich, Hauser. Nach Euch.«
Während Rapp vor dem Männchen die Stufen hinaufstieg, fühlte er so etwas wie Genugtuung. Bisher hatte der Imitator es immer verstanden, ihn von seinem Thesaurus fern zu halten, diesmal jedoch konnte er schlecht etwas dagegen haben, wenn er nach oben kam – einen Büttel der Stadt im Gefolge. Denn dass es sich bei dem Besucher um einen Büttel handelte, davon war Rapp mittlerweile überzeugt.
Im zweiten Stock angelangt, sagte er: »Ich bitte um Entschuldigung, hier ist jemand, der Euch sprechen möchte, Herr Apotheker.«
Der Imitator bot ein seltsames Bild. Bis eben hatte er noch den präparierten Pygmäen wie eine Puppe hochgehalten und untersucht, nun stellte er den Zwergmenschen ab. Eine steile Falte bildete sich zwischen seinen Augenbrauen. Er setzte zu einem harschen Wort an, besann sich dann aber angesichts des Besuchers. »Ja? Bitte?«
»Ihr seid der Apotheker Teodorus Rapp?« Die Frage des Frettchens war mehr eine Feststellung.
»Nun, der bin ich.« Der Imitator begann die Haare des Pygmäen in Ordnung zu bringen. »Und mit wem habe ich das Ver-

gnügen? Wenn Euch ein Zipperlein plagt, wendet Euch an meinen Gehilfen. Meine Zeit ist begrenzt.«
»Ich darf Euch versichern, die meine auch.« Das Frettchen grinste treuherzig. »Ich heiße Meinardus Schlich und bin von der Stadt.«
»So, von der ...« Der Imitator unterbrach sich. Sein Gesicht nahm einen wachsamen Ausdruck an. »... Stadt. Was kann ich für Euch tun?«
Die flinken Äuglein strichen über Wände, Schränke und Regale. »Ist das Eure Sammlung?«
»Ja, ich nenne sie meinen Thesaurus. Ich war gerade dabei, etwas aufzuräumen. Der Pygmäe war umgefallen.«
»Hier scheint einiges umgefallen zu sein«, sagte das Frettchen, und damit hatte es in der Tat Recht. Rapp an seiner Seite schluckte ein paarmal schwer. Wie sah es in dem Raum nur aus! Nichts schien mehr an seinem Platz zu sein. Ein Tohuwabohu aus Schubladen, Schatullen, Gläsern und dazwischen immer mal wieder eines seiner kostbaren Exponate. Die Gefäße mit den Schlangen und Vipern standen noch dort, die Schwämme und Korallen auf den Borden, auch einige Schaukästen mit Insekten und die Säugetier-Embryonen unter Glas waren noch vorhanden, dazu die Steine, Erze, Fossilien und die versteinerten Hölzer. Es ließ sich beim besten Willen nicht sagen, was alles bereits fort und was noch verblieben war. Aber es war nicht mehr viel übrig von den ursprünglich über dreißigtausend Stücken ...
Das Frettchen verzog sein Gesicht in traurige Falten. »Nun, Herr Apotheker, ich kann Euch gar nicht sagen, wie Leid es mir tut.«
»Wie? Was?« Der Imitator, der immer noch an den Haaren des Pygmäen nestelte, guckte verständnislos.
»Dass Ihr so schamlos beraubt wurdet. Es sieht doch ein Blinder mit dem Krückstock, dass hier Langfinger am Werk waren. Und wenn Ihr der Apotheker seid, dann muss dies ein herber Verlust für Euch sein. Ihr seid doch der Apotheker?«

Der Scharlatan brauchte einen Moment, um den Zweifel an seiner Identität zu verdauen. »Natürlich. Was soll das? Wo denkt Ihr hin!«
»Es ist nur eine Formsache, aber ich würde Euch bitten, es zu beweisen.«
Der Imitator spielte den Beleidigten. »Bitte sehr, wenn Ihr unbedingt darauf besteht. Hier ist meine Identitätskarte.« Er fischte das Papier aus der Tasche seines roten Rocks.
Meinardus Schlich, das Frettchen, nahm es entgegen und beäugte es aufmerksam. Dann gab er es zurück. »Nun, Herr Apotheker, ich will Euch gerne glauben, aber Papier ist geduldig. Habt ihr noch andere Beweise? Vielleicht eine einmalige Körperbeschaffenheit, ein Mal, eine Narbe?«
»Jetzt wird es mir aber bald zu bunt!«, heuchelte der Doppelgänger, zog den linken Ärmel seines Gehrocks hoch und die Manschette seines Hemds ebenfalls. »Hier, diese Narbe, die habe nur ich, allerdings wüsste ich keinen, der das bestätigen kann, höchstens ... nun ja. Mehr kann ich nicht tun. Ich wiederhole meine Frage: Was soll das alles?«
Rapp, der das Frettchen genau beobachtet hatte, glaubte einen Funken des Erstaunens in seinen Äuglein erkannt zu haben, eine Verwunderung, die allerdings ungleich kleiner war als seine eigene. Da konnte der Scharlatan doch tatsächlich die Narbe vorweisen! Und sogar am rechten Fleck! Sie sah zwar aus, als sei sie aufgeschminkt, aber so genau hatte er das nicht erkennen können. Wahrscheinlich ebenso wenig wie Meinardus Schlich.
»Meine Abteilung hat einen Brief erhalten«, sagte das Frettchen. Es zog Rapps Schreiben aus seinem unscheinbaren grauen Mantel. »Darin steht, dass dieses Haus bestohlen wird. Es wird doch bestohlen, oder?«
Der Imitator zögerte. Offenbar überlegte er, was er antworten sollte. Rapp hätte in diesem Augenblick nicht in seiner Haut stecken mögen. Der Scharlatan hatte unangenehme Folgen zu

erwarten, egal, ob er die Frage bejahte oder verneinte. Schließlich streckte er die Hand aus. »Kann ich das Papier mal sehen?«

»Nein. Der Brief ist an einen Vertreter der Stadt gerichtet und trägt einen ordnungsgemäßen Stempel für den Eingang. Damit ist er offiziell erfasst und nicht für jedermann einsehbar. Ich bedaure, aber ich muss meine Frage wiederholen: Seid Ihr bestohlen worden, Herr Apotheker?«

Rapp sah mit Freuden, wie der Imitator um eine Antwort kämpfte. Schließlich rang er sich zu einem »Ja« durch.

»In diesem Fall muss ich Euch fragen, warum Ihr den Verlust noch nicht zur Anzeige gebracht habt. Die Stücke, die ich hier sehe, sind gewiss nicht nach jedermanns Geschmack, aber wer sie schätzt, dem sind sie sicher einen Batzen Geld wert. Oder einen frechen Diebstahl.« Die Stimme des Büttels hatte inzwischen ihren sanften Ausdruck verloren. Das Frettchen fragte nunmehr in scharfem Ton.

»Ja, ich …« Der Imitator knetete seine Hände.

»Wie oft schon wurdet Ihr bestohlen? Die Mengen, die hier fehlen, können doch nicht mit einer einzigen Fuhre fortgeschafft worden sein?«

»Ich … ich bin nicht immer da, bin viel beschäftigt. Da entgeht mir manches.«

Rapp wusste nicht, warum er sich in dieser Sekunde einschaltete, vielleicht war es Intuition, vielleicht ein Gefühl, jedenfalls dachte er, um als Gehilfe glaubwürdig zu sein, müsse er seinem Meister unter die Arme greifen. Er sagte: »Der Herr Apotheker ist täglich nur stundenweise hier, und er schläft auch nicht im Haus.«

Die flinken Äuglein wandten sich Rapp zu. »Was wollt Ihr damit sagen?«

Rapp heuchelte den Unbedarften. »Ach, nichts weiter. Nur dass der Herr Apotheker erst heute den Diebstahl bemerkt hat. Gestern war doch Sonntag, da war er nicht hier. Und ich auch nicht.«

»So, so.« Das Frettchen schien die Erklärung zu schlucken.
»Auch könnte ich mir denken, dass die Schandbuben in der Nacht da waren. Am helllichten Tag wäre es doch aufgefallen, so viel Zeug wegzuschaffen.«
»Hm. Da habt Ihr wohl Recht, Hauser«, sagte das Frettchen. Es steckte den Brief ein und nahm den Imitator wieder ins Visier. »Sei es, wie es sei, das gestohlene Gut befindet sich in einem Speicher am Kehrwieder. Es ist ein Gebäude ohne nähere Bezeichnung, aber Ihr erkennt es an dem großen rostigen Anker, der davor liegt. Der Speicher ist zwar verschlossen, aber durch ein Loch in der Bretterwand könnt Ihr manches erkennen, das hierher zu gehören scheint.«
»Ja, äh, das ist ja großartig.« Der Imitator bemühte sich um ein freudiges Gesicht.
»Der Besitzer war nicht aufzutreiben, so bin ich erst einmal zu Euch gekommen. Natürlich ist der Mann verdächtig, die Tat begangen zu haben, zumindest an ihr beteiligt gewesen zu sein. Das kriege ich sicher bald heraus. Allerdings bin ich in dieser Sache ganz allein auf mich gestellt. Der Personalmangel, müsst Ihr wissen. Deshalb ermächtige ich Euch, in der Zwischenzeit das Schloss aufzubrechen. Holt Eure Exponate zurück. Ich werde in zwei oder drei Tagen wiederkommen, dann könnt Ihr mir sagen, ob etwas fehlt. Immerhin ist nicht auszuschließen, dass es noch andere Verstecke für das Diebesgut gibt.«
Der Imitator schaffte es, weiter zu strahlen. »Ja, ja, mit Vergnügen. Ich bin Euch sehr verbunden.«
»Dann darf ich mich für heute empfehlen. Nein, bemüht Euch nicht, ich finde den Weg allein.« Das Frettchen nickte kurz und kletterte flink die Treppe hinab.
Rapp wollte Meinardus Schlich folgen, doch der Imitator hielt ihn zurück. »Ich denke, ich muss mich bei Euch bedanken, Hauser«, sagte er. »Ich war ein wenig überrascht, als der Büttel so plötzlich vor mir stand. Ihr habt Euch geistesgegenwärtig verhalten.«

Rapp schwieg. Er wusste nicht, was er darauf erwidern sollte. Sollte er sagen, er habe dem Scharlatan gern geholfen? Nein, das brachte er nicht über die Lippen, nicht angesichts der kümmerlichen Reste seines Thesaurus. Immerhin, die Dankbarkeit des Imitators schien echt zu sein, und so antwortete Rapp nur: »Jawohl, Herr Apotheker.«
In diesem Augenblick tönte es wie ein Echo unten aus der Offizin: »Herr-Apotheker-Herr-Apotheker?«
Rapp sagte: »Ich glaube, eine Kundin ist im Laden, und ich ahne auch schon, wer es ist. Soll ich gehen?«
»Ja, tut das. Ich räume hier weiter auf.«
Rapp stieg die Treppe hinab und wünschte sich, dass der Imitator seine Worte wahr machen würde – statt Vorbereitungen für den nächsten Raub zu treffen. Allerdings hoffte er da wohl vergebens.
»Aaah-Ihr-seids-Ihr-seids!«, empfing ihn Albertine Kruse in der Offizin. Sie stand vor dem Rezepturtisch und verzog heftig das Gesicht. »Die-Schmerzen-ich-sag-Euch-die-Schmerzen …«
»Wo habt Ihr denn Beschwerden?«, fragte Rapp. Er wusste, dass die hypochondrische Frau in aller Regel über ihre Migräne, ihre Reizblase oder ihre Hitzewallungen klagte. Die Medikamente, die sie dagegen bekam, waren stets dieselben, Tinkturen, Pillen, Auflagen, Salben, die Rapp selbst herstellte und ihr verkaufte. Auch die *Rapp'schen Beruhigungstropfen* hatte sie eine Zeit lang genommen, dann aber behauptet, sie wirkten nicht mehr, und ihr Körper hätte sich daran gewöhnt – wie überhaupt an die Arzneien, die der Herr Apotheker ihr verschriebe. Rapp hatte ihr wiederholt geraten, doch einen Physikus zu konsultieren, aber sie hatte sich jedesmal geweigert. Vermutlich hatte sie Sorge, mit ihren Leiden dort nicht ernst genommen zu werden. Vielleicht wollte sie einfach auch nur das Geld sparen.
»Die-Migräne-die-Migräne!«
»Ja, die Migräne ist eine Geißel der Menschheit. Mit ihr ist nicht

zu spaßen.« Rapp gab sich Mühe, ein ernstes Stirnrunzeln zu produzieren. Als neuer Gehilfe konnte er nicht wissen, dass die Kruse fast täglich darüber klagte, und dass kein Mensch sie mehr ernst nahm. Deshalb nannte er zunächst die Arzneien, die er ihr immer verkauft hatte, doch wie erwartet, lehnte sie alles im Bausch und Bogen ab. Das nütze sämtlich nichts, behauptete sie, das hätte ihr der Herr Apotheker schon tausendfach verkauft, und es hätte kein Jota genützt. Ob der Herr Gehilfe nicht etwas Besseres empfehlen könnte?

Nun gut, wenn du unbedingt willst, dachte Rapp, diesmal sollst du eine besondere Beratung erfahren. Vielleicht vergehen dir die Schmerzen dann von selbst. Laut sagte er: »Habt Ihr es denn schon einmal mit einem Klistier versucht, gute Frau? Ein Klistier vermag Wunderdinge zu vollbringen, vorausgesetzt, es wird mit einer richtigen Klistierspritze gesetzt.«

»Einer-richtigen-Spritze-sagt-Ihr-einer-richtigen-Spritze?« Eifrig beugte die Witwe sich vor. »Tut-die-weh?«

»Nein, nicht im Mindesten, denn sie ist ja von perfekter Funktion. Die Spitze wird tief in den After eingeführt, damit der Flüssigkeitsstrahl, nun, sagen wir, sein Zielgebiet erreichen kann. Bevor die Klistierspritze erfunden wurde, wir verdanken dies übrigens dem Spanier Gatenaria, half man sich mit verschiedenen anderen Konstruktionen aus. So verwendete man beispielsweise einen Schlauch, an dem ein Schilfrohr befestigt war oder eine Kautschukflasche mit aufgesetztem Elfenbeinröhrchen.«

Die Augen der Kruse glitzerten. »Was-Ihr-nicht-sagt!«

»Ebenso wurden Tierblasen benutzt. Findige Köpfe bauten in der Folgezeit so manche Variante, wie Klysopompe und Irrigatoren. Klistierspritzen fertigte man im Übrigen aus Schildpatt, aus Horn, aus Perlmutt, aus Silber oder Gold. Sogar Sitzbänke, aus deren Mitte ein hohler Dorn hervorragte und auf den man sich setzen musste, erfand man.«

»Gott-wie-interessant-wie-interessant!«

»Ich muss hinzufügen, noch vor wenigen Jahrzehnten war es durchaus üblich, dass der Apotheker dem Patienten das Klistier persönlich verabreichte. Wenn Ihr also Bedarf habt, gute Frau ...«

»Nein-das-wird-nicht-nötig-sein-nicht-nötig!«

»Nun, wie Ihr wollt. Die eigentliche Wirkung der Spritze hängt natürlich von der Zusammensetzung der Arzneiflüssigkeit und von der Häufigkeit der Anwendung ab.«

»Ja-ja.« Die Witwe schien nicht mehr ganz so begierig, weitere Einzelheiten zu erfahren. Rapps Angebot, ihr eine Spritze in den Hintern zu jagen, hatte sie wohl etwas verstört. Sie fragte zweifelnd: »Meint-Ihr-ich-kanns-selbst?«

Rapp ging nicht auf die Frage ein, sondern sprach weiter: »Da Ihr unter Migräne leidet, will ich Euch empfehlen, was besonders in Frankreich und dort am Hofe Ludwigs XIV. dagegen verabreicht wurde. Neben warmen Kräutersuden und scharf gewürztem Zitronensaft ...«

»Zitronensaft-oh-mein-Gott-brennt-das-nicht-im ... im ...?«

»Nun, gute Frau«, sagte Rapp ernst – und lachte dabei im Stillen, »die Frage kann ich nicht beantworten, da mir ein solches Klistier noch nie appliziert wurde, ich denke aber, Weißwein, und hier ein guter Riesling, würde bei Euch keinesfalls brennen ...«

»Riesling-sagtet-Ihr-Riesling?« Die Witwe wirkte jetzt einigermaßen erschüttert.

»Ganz recht. Gleiches dürfte auch für Knabenurin gelten. Hier soll sich jener von Jungen, die kurz vor der Mannesreife stehen, als besonders wirksam erwiesen haben. Die Schwierigkeit ist natürlich nur, den richtigen Zeitpunkt abzupassen, will sagen, den Punkt, bevor der Knabe seinen ersten Erguss hatte ...« Rapp brach ab. Er brauchte auch nicht weiter zu reden.

Die Witwe hatte fluchtartig die Apotheke verlassen.

Wenig später, Rapp hatte zwischenzeitlich eine Reihe andere, ernst zu nehmender Kunden bedient, erschien der Imitator von

oben. »Hauser«, sagte er, »für heute ist das Tagewerk getan, geh heim.«
»Gern«, gab Rapp zurück. Und dann fragte er, was er sich schon seit einigen Tagen überlegt hatte: »Darf ich ein wenig Lackmuspulver mitnehmen?«
»Lackmuspulver? Aha. Was wollt Ihr denn mit diesem Pulver?«
»Ach, nichts von Bedeutung. Ich brauche nur ein wenig.«
»Nun denn, in Gottes Namen. Nehmt Euch, was Ihr wollt.«
»Danke, Herr Apotheker.« Rapp entnahm einem Albarello etwas von dem aus der Lackmusflechte gewonnenen Pulver, gab eine gute Portion Stärke hinzu, mischte beides gründlich, so dass aus dem ursprünglich blauen Pulver ein sehr helles wurde, und füllte das Ergebnis in ein kleines Döschen. Dann machte er sich schnell davon.

Opa schob gerade seinen Priem von der linken in die rechte Backentasche, als Rapp auf dem Hof erschien. »Hö, Teo, wo geiht di dat?«
»Goot, Opa. Un di? Wat mookt de Kunst?«
»Goot, goot!« Der Greis kicherte. »Dein Plattdüütsch is ja schon'n büschen besser geworden, Teo, aber langen tut das noch nich. Ich muss wohl noch 'ne Weile wie die feinen Leute snacken, damit du mich verstehen tust, nich?«
Rapp steuerte auf Opa zu, der wie immer hinter dem Misthaufen saß und von Zeit zu Zeit einen Tobackstrahl ausspie. »Ist Mine zu Hause?«
»Is sie, mien Jung. Alle sin da. Nur die Koken-Marie is noch aufm Pferdemarkt, un Isi is bei ihr.«
»Schön. Dann bis später.«
»Jo, jo.«
Rapp wandte sich nach rechts zum Klosettschuppen, neben dem sich die Eingangstür von Mines Haus befand. Plötzlich spürte er einen scharfen Schmerz in der Seite. Ein kleiner, harter Gegenstand hatte ihn getroffen. Rapp stieß eine Verwünschung

aus. Er war, ohne darauf zu achten, in die Schusslinie der Kieselsteinwerfer geraten.
»Hö, Teo, dat wullt wi nich!«
»Deit uns Leed!«
»Hest wat afkregen?«
Rapp zwang sich zu einem Lächeln. »Halb so schlimm, ihr Rotznasen, ich hätte besser aufpassen müssen.«
Opa meldete sich von hinten: »Kinners, habt ihr keine Augen nich in'n Kopp? Passt doch op!«
Rapp winkte ab. »Lass gut sein, Opa.« Und dann sah er aus den Augenwinkeln, wie der kleine Pinkler heranwieselte und übergangslos die Gelegenheit nutzte. Doch diesmal sollte er nicht davonkommen. Kaum hatte er begonnen, Pipi in den Kessel zu machen, da war Rapp schon heran und packte ihn am Kragen.
»Lot mi, lot mi!«, jammerte der Kleine, der sich mit aller Kraft loszureißen versuchte. Doch selbst wenn es ihm gelungen wäre, er hätte nicht mehr entkommen können. Die ganze Gruppe der Kieselsteinwerfer umringte ihn bereits.
»Du Swinegel!«
»Du Moors!«
»Nu gifft dat Kloppe!«
Rapp, der den Steppke eisern festhielt, musste schmunzeln, er hatte nicht gedacht, dass die Gelegenheit so schnell kommen würde, aber weil sie nun einmal da war, wollte er sie auch nutzen. Er versuchte, das Gebrüll der Kinder zu übertönen: »Ruhe, ihr Schreihälse, Ruhe! Ich werde ... sag mal, wie heißt du eigentlich, Kleiner?«
»M... Michel«, kam es weinerlich von unten.
»Gut, Michel. Du brauchst keine Angst zu haben. Niemand wird dich hauen. Schau einmal, ich habe hier Zauberpulver.« Rapp setzte eine geheimnisvolle Miene auf und holte das Döschen hervor. »Damit kannst du tolle Sachen zaubern. Was kriege ich, wenn ich es dir schenke?«
Der Kleine, der noch nicht ganz glauben konnte, ungeschoren

davonzukommen, schwieg. Doch dann regte sich bei ihm die Neugier. »Zauberpulver?«

»Ja. Weißt du, was passiert, wenn ich ein wenig davon in dein Pipi werfe?«

»Nö.«

»Dann pass einmal auf. Abrakadabra, dreimal schwarzer Kater ...« Rapp streute eine Prise in den Kessel, schwenkte ihn ein wenig, »erst gelb ich schau, doch gleich wird's ...« Und tatsächlich verfärbte sich die Flüssigkeit ins Blau.

Michel bekam Kulleraugen, und allen anderen Kindern erging es ebenso.

»Oooooh!«

»Kiek di dat an!«

»Dat gifft dat nich!«

Michel, der schon lange nicht mehr festgehalten werden musste, krähte: »Mook dat nochmol, Teo!«

»Ja, aber erst mal kippst du den Kessel im Klosettschuppen aus, und wenn du schon da bist, bringst du von dort einen Eimer mit, aber einen sauberen!«

»Jo, Teo!«

Michel lief wie ein geölter Blitz los und war im Handumdrehen wieder zurück.

»Und nun gibst du deinen Spielkameraden den Kessel wieder und machst Pipi in den Eimer.«

Unter dem Beifall sämtlicher Kinder wiederholte Rapp den Zaubertrick. Dann ließ er das Döschen mit dem Lackmuspulver in seiner Tasche verschwinden. »Du wolltest das Zauberpulver ja nicht.«

»Doch, Teo, doch!« Verlangend streckte Michel seine dünnen Ärmchen aus.

Rapp schien den Kleinen nicht zu hören, denn er fuhr fort: »Wenn du das Pulver hättest, könntest du die Kinder von den Nachbarhöfen ganz schön neidisch machen. Bauklötze würden die staunen, und du könntest bestimmt so manche Wette gewinnen, denn niemand wird dir glauben, dass gelbes Pipi sich mit dem Pulver blau färbt.«

»Teo, Mann, Teo, woll will ik dat!«

»Ach, du willst es doch? Nun, das muss ich mir erst noch einmal überlegen.« Rapp schien schwer mit sich zu kämpfen, ängstlich beobachtet von dem kleinen Pinkler. Dann sagte er: »Meinetwegen, ich schenke dir das Zauberpulver, aber nur unter einer Bedingung: Du darfst nie wieder in den Kessel machen, nie wieder! Versprichst du das?«

»Jo, Teo, jo!«

»Heiliges Ehrenwort?«

»Jo, jo!«

»Na gut, ich glaube dir. Hier, nimm.«

Michel packte das Döschen, ließ es flink in seiner Büx verschwinden und schoss davon wie ein Pfeil – durch den engen Gang hinüber zu den anderen Höfen.

Die Kieselsteinwerfer begannen wieder ihr Spiel, und Opa krähte vom Misthaufen herüber: »Dat hest du goot mookt, Teo!«

Rapp grinste. »So, heff ik dat, Opa?«

»Jo, hest du. Gröt Mine scheun!«

Mine lehnte sich über den Nähtisch und guckte in den Hof hinunter. Es war die Zeit, da Rapp nach Hause kam, und sie hatte sich angewöhnt, auf ihn zu warten. Da stand er nun, umringt von den Kindern und redete mit ihnen. Ab und zu lachte eines. Der kleine Pinkler war auch dabei. Mine verstand nicht, was da vorging, aber Michel schien irgendetwas dringend haben zu wollen, irgendetwas, das Teo in der Hand hielt. Opa kicherte hinter dem Misthaufen. Der kleine Pinkler lief zum Klosettschuppen und kam wieder zurück, einen Eimer und den Kieselsteinkessel in der Hand. Alle Köpfe beugten sich über den Eimer. Mine konnte nicht genau erkennen, was das sollte, aber Teo hielt wieder den Gegenstand in der Hand, den Michel so

gern haben wollte. Endlich bekam er ihn und lief schnell weg. Opa rief noch etwas, und Teo antwortete. Jetzt schaute er hoch zu ihr und winkte. Sie winkte zurück, trat vom Fenster weg nahm ihre Arbeit wieder auf.
Teo, dachte sie. Eigentlich Teodorus Rapp. Er konnte gut mit Kindern umgehen, die Gören mochten ihn. Das sah man. Ob er selbst welche hatte? Sie wusste es nicht. Sie wusste auch nicht, ob er jemals verheiratet gewesen war. Sicher, er hatte dann und wann über seine Vergangenheit gesprochen, und eine Ehefrau war dabei niemals erwähnt worden, aber daraus zu schließen, er habe nie den Hafen der Ehe angesteuert, war vielleicht voreilig. Sie selbst hatte auch niemals geheiratet. Wie hätte sie auch sollen. Sie war die Älteste von vier Geschwistern gewesen, und die Mutter war beim vierten Kind, einem Nachzügler, im Kindbett gestorben. Fortan hatte Mine die Mutterrolle übernehmen müssen. Und die der Ernährerin obendrein. Ja, sogar die Vaterrolle, denn Franz Witteke hatte es vorgezogen, nach dem Tod seiner Frau zu verschwinden. Angeblich, weil er den Kummer nicht anders ertragen konnte. Doch Mine wusste, dass der wahre Grund sein krankhafter Geiz gewesen war. Er hatte die Familie nicht mehr als Klotz am Bein haben wollen, hatte all sein Verdientes für sich haben wollen, hatte seine Zeit damit verbringen wollen, jeden Pfennig zehnmal umzudrehen, bis er ihn endlich ausgab.
Erst nach der Pest, als die Geißel Gottes sich in Europa totgelaufen hatte, war er wieder in Hamburg aufgetaucht und mit der größten Selbstverständlichkeit bei ihr eingezogen. Das Schicksal seiner anderen Kinder, die sämtlich dem Schwarzen Tod zum Opfer gefallen waren, hatte ihn wenig berührt. Wichtiger war ihm, Geld zu sparen und sich bedienen zu lassen wie ein orientalischer Pascha. Morgens und abends hatte er ständig am Essen herumgenörgelt, ungeachtet dessen, dass er selbst nie einen Schilling dazu beisteuerte. »Ich habe dich groß gezogen, habe mir das Geld dafür vom Munde abgespart«, hatte er immer

wieder getönt, »jetzt tu du mal was für mich.« Fast täglich hatte es Streit gegeben, bis er endlich – völlig unverhofft – eines Tages von der Arbeit nicht mehr wiedergekommen war.
Wie anders dagegen Teo. Der war nicht geizig, sondern großzügig, der half, ohne dass sie etwas sagen musste, der hörte zu, wenn sie etwas erzählte. Wenn sie es recht bedachte, hatte ihr Leben sich stark verändert, seit er da war. Mehrfach am Tage fragte sie sich, wie es ihm ginge, was er gerade machte, und was er am Abend wohl gerne äße. Nachts lag sie manchmal wach und vernahm seine ruhigen Atemzüge durch die dünnen Wände. Es war schon ein seltsames Gefühl, so nahe neben einem fremden Mann zu schlafen. Allerdings, so fremd war er ihr gar nicht mehr. Oft hatte sie das Gefühl, ihn schon Jahre zu kennen. Und genauso oft musste sie daran denken, dass er über kurz oder lang wieder ausziehen würde.
Sie war eben eine neunundzwanzigjährige Jungfer, und Jungfer würde sie auch bleiben. Die wenigen Männerbekanntschaften, die sie gehabt hatte, waren nach kurzer Zeit sang- und klanglos zu Ende gegangen. Alfred hatte der Erste geheißen. Er war ein Krahnzieher, der mit seinem zweirädrigen Karren durch die Stadt fuhr und Zuckerbroden in Fässern transportierte. Alfred litt unter ständigem Durst und damit verbundener Geldnot. Als ihr aufgegangen war, dass er ihre Schillinge mehr liebte als sie, hatte sie ihm den Laufpass gegeben.
Der Nächste war ein Elblotse gewesen, ein gut aussehender, wettergebräunter Frauenheld namens Piet, der nicht nur verheiratet war, sondern auch in Neumühlen, Glückstadt und Cuxhaven jeweils eine Braut hatte. Vielleicht sogar mehrere. Noch am selben Tag, da sie das herausfand, hatte sie ihn zum Teufel gejagt.
Knut war der Letzte gewesen, ein Färbergeselle. Er hatte ihr schöne Augen gemacht, war einen Monat lang um sie herumgeschwirrt wie die Motte ums Licht, und hatte sie endlich zum Tanz führen dürfen. Doch nachdem er gehört hatte, wie alt sie

war – sie zählte damals schon vierundzwanzig Jahre –, hatte er sich nie wieder blicken lassen. Seltsam nur, dass er sich vorher nie an ihrem Aussehen gestört hatte, im Gegenteil, unzählige Male hatte er ihr geschworen, sie sei die hübscheste Deern von ganz Hamburg.

Von allen ihren Bekanntschaften hatte Knut ihr am meisten weh getan, und sie hatte danach beschlossen, nie wieder mit einem Mann etwas anzufangen. Und das würde auch so bleiben.

Auf der Treppe erklangen Schritte. Es klopfte. Das musste Teo sein! »Komm rein, ist offen!«, rief sie, und ihr Herz begann schneller zu schlagen. »Was war denn unten im Hof?«

»Im Hof?« Rapp näherte sich schmunzelnd. »Ich habe dem kleinen Pinkler das Pinkeln abgewöhnt.«

»Wie? Was hast du?«

Rapp erzählte.

Mine lachte.

Rapp lachte ebenfalls. Dann, plötzlich, sprang er auf, griff ihr unter die Achseln und schwang sie ein paarmal ungestüm herum. »Ich bin so glücklich!«, jubelte er.

Außer Atem und leicht errötet, landete Mine wieder auf den Füßen. Wie stark er war! Ganz anders, als man sich einen Pillendreher vorstellte. Sollte sein Glück etwas mit ihr zu tun haben? Nein, das war natürlich Unsinn. Die Stube drehte sich noch ein wenig vor ihren Augen. Eine Haarlocke hatte sich aus ihrer Frisur befreit. Sie steckte sie wieder an den alten Platz.

»Warum bist du denn so glücklich?«

Rapps Augen leuchteten. »Weil es geklappt hat!«

»Was? Nun erzähl schon.«

Und Rapp erzählte. Er tat es mit einem Feuer und einer Hingabe, wie Mine es noch nie bei ihm erlebt hatte. »Meinardus Schlich hat gesagt, dass er in den nächsten Tagen wieder in die Apotheke kommt, und deshalb wird dem Imitator gar nichts anderes übrig bleiben, als meinen Thesaurus wieder zurückbringen zu lassen!«, schloss er begeistert.

»Das ist aber mal 'ne gute Nachricht!«, sagte Mine. »Musst du denn nachher auch nicht mehr los?«

Rapp überlegte kurz. Dann strahlte er wieder: »Nein. Die Diebstähle dürften erst einmal aufhören. Es würde keinen Sinn machen, etwas zu entwenden, das morgen oder übermorgen ohnehin zurückgebracht werden muss! Nein, nein, heute Abend bleibe ich bei dir.«

»Jetzt freu ich mich auch«, sagte Mine.

Kapitel zehn,

in welchem Mine sich mächtig darüber freut, dass es in Deutschland einst römische Soldatenfriedhöfe gab.

Der Schlüssel lag groß und schwer in der Hand, matt schimmernd vom vielen Gebrauch, mit abgenutztem Bart und leicht verbogenem Schaft. Alles an diesem Schlüssel war Rapp vertraut, denn es war seiner. Der Türöffner seines Apothekenhauses. Und eben diesen hielt der Imitator ihm gerade auffordernd vor die Nase. »Nimm ihn und gib gut auf ihn Acht, Hauser«, sagte er. »Ich muss für ein paar Tage fort. Doch bin ich in Bälde wieder da.«

Rapp starrte auf den Schlüssel und konnte es nicht glauben. Was veranlasste den Scharlatan, so plötzlich fortzugehen? Und wieso wollte er sich so einfach von dem Schließgerät trennen? Hatte der Mann bedacht, dass er, Rapp, dann kommen und gehen konnte, wann er wollte? Dass er einlassen und aussperren konnte, wen er wollte, im Zweifelsfalle gar die räuberischen Halunken?

»Ich muss in der Tat dringlich verreisen«, drängte der Imitator. »Nun nehmt ihn schon. Seit Ihr mir gestern so geistesgegenwärtig gegen diesen Meinardus Schlich zur Seite standet, habt Ihr mein volles Vertrauen. Im Übrigen ist mir nicht verborgen geblieben, dass Ihr die pharmazeutischen Künste aufs Trefflichste beherrscht. Ich kann also ohne Sorge fahren.«

Rapp nahm zögernd den Schlüssel. »Wie lange werdet Ihr fortbleiben?«

»Das kann ich noch nicht genau sagen. Längstens jedoch eine Woche, ich wäre dann also am sechzehnten oder siebzehnten November zurück.«

»Und was ist mit Eurem gestohlenen Thesaurus, Herr Apotheker? Ihr wolltet ihn doch holen lassen? Wenn nun der Büttel kommt und sieht, dass noch nichts in dieser Hinsicht geschehen ist …«
»Darum kümmere ich mich schon. Verlasst Euch auf mich, so wie ich mich auf Euch verlasse. Und noch eines: Haltet die Apotheke den ganzen Tag geöffnet, während ich weg bin. Das schafft Ihr doch?«
»Jawohl, sicher.«
Der Imitator schloss die beiden obersten Knöpfe seines roten Gehrocks. »Nun denn, Hauser. Bis bald.«
Sprach's und verschwand.
Rapp stand da und schaute ihm nach. Teodorus Rapp ging, und Molinus Hauser blieb zurück. Er musste an das Gespräch mit Doktor de Castro denken und stellte sich vor, der Scharlatan hätte ihm nicht nur den Schlüssel, sondern auch den roten Rock überlassen. Er hätte dann das Kleidungsstück anziehen und so tun können, als sei nichts geschehen. Doch halt: Hätte er das wirklich? Nein, zu vieles war seit der Nacht des Überfalls passiert. Er hatte zwei Menschen getötet und ein neues Leben begonnen. Ein Leben unter falschem Namen. Er war Molinus Hauser, der Gehilfe, und wohnte bei Mine. Und dass diese in die ganze Sache hineingezogen würde, das wollte er zuallerletzt. Nein, er musste so weitermachen wie bisher. Es war wie verhext.
Und dennoch: Welch wunderbares Gefühl, die ganze Offizin nur für sich zu haben! Sein Haus! Seine Arzneien! Sein Thesaurus! Niemand konnte ihm für die nächste Zeit hineinreden, genau wie früher. Er beschloss, die Situation in vollen Zügen zu genießen, wenigstens in den paar Tagen, da der Parasit seiner Apotheke fern bleiben würde.
Kunden kamen. Rapp bediente, beriet und verkaufte mit neuem Schwung. Gegen Mittag schloss er ab und eilte zu Mine, deren Essen ihm ohnehin besser schmeckte als die Kost aus der Gar-

küche. Er erzählte ihr brühwarm die große Neuigkeit und fragte sie, ob sie vielleicht Lust habe, ihn am Nachmittag zu besuchen. Dann könne er ihr den Rest des Hauses und die verbliebenen Stücke des Thesaurus zeigen. Mine freute sich und willigte sofort ein.

Am Nachmittag arbeitete er weiter und konnte es kaum erwarten, bis Mine endlich erschien. »Da bist du ja«, begrüßte er sie, »willkommen in ›meiner‹ Apotheke!«

»Na, 'n büschen kenn ich das hier ja schon«, sagte sie.

»Stimmt«, lachte er, »aber noch lange nicht alles. Warte, ich sperre ab, dann kommt uns kein Kunde in die Quere.« Er verschloss die Tür und kam sich dabei vor wie ein Verschwörer. »Hier in der Offizin warst du ja schon ›als Kundin‹, neulich mit Isi, aber ich sage noch ein wenig mehr zu den Gegenständen, pass auf …«

Wie sich zeigte, dauerte das, was Rapp unter »ein wenig mehr sagen« verstand, über eine halbe Stunde, bis er sich endlich erschrocken selber bremste. »Mein Gott, Mine, ich rede und rede, und es wird schon bald dunkel! Du musst sagen, wenn ich dich langweile!«

Mine lächelte. Sie hatte die ganze Zeit aufmerksam zugehört, auch wenn sie dabei häufiger auf Rapp selbst und seine lebhafte, ja überschwängliche Art geachtet hatte, als auf die vielen Namen und Einzelheiten. »Tust du nicht, Teo, tust du wirklich nicht.«

»Dann ist es ja gut. Ich dachte schon … nun, ich zünde rasch einen Leuchter an.« Er tat es und zog sie, die Lichtquelle in die Höhe haltend, in den Gang, der zum hinteren Teil des Hauses führte. »Als Erstes zeige ich dir mein Kontor, ich …«

»Moment. Was ist denn das da an der Wand?« Mine deutete auf ein kalligraphisches Schriftstück in feinem Blattgoldrahmen.

»Ach das. Das ist mein Lehr- und Gesellenbrief.«

»Oh, der ist aber schön. Und so was versteckst du hier im Flur?

Was steht denn da? Ich könnt's besser lesen, wenn die Schrift nicht so schnörkelig wär.«
»Warte, ich lese es dir vor:

Hiermit wird bestaetiget und für richtig befunden:
Teodorus Rapp, welcher am 13. Maius anno 1682
zu Mühlhausen geboren wurde, hat 6 volle Jahr lang
seine Lehrzeit rühmlichst erstanden und die wohllöbliche
Apothekerkunst gezimlich erlernet –
und darob noch ein viertel Jahr als Gesell servirt …
Auch hat er sich befleißiget, der lateinischen Sprache
Kenntnisse zu erwerben.

Darunter findest du Ort, Datum, die Unterschrift und das Siegel von Curtius Rapp, meinem Adoptivvater, von dem ich schon erzählt habe.«
»Und die Türme und Häuser dahinter?«
»Das ist Schmuckbeiwerk. Es stellt eine Panoramaansicht von Mühlhausen dar.« Rapp war es ein wenig unangenehm, dass so ausgiebig über sein Zeugnis geredet wurde, dies umso mehr, als er nicht wusste, ob Mine etwas Deartiges besaß. »Komm weiter. Dies ist mein Kontor.«
Mine blickte in eine kleine, lichtlose Kammer, deren Einrichtung von einem Stehpult mit zahllosen Papieren darauf bestimmt wurde.
»Hier, wo es nach Arbeit riecht, scheint der Imitator sich niemals aufzuhalten. Gleiches gilt nebenbei auch für meine Schlafkammer. Viel ist daran nicht zu sehen.«
»Hm«, machte Mine nur. Aber mit Befriedigung stellte sie fest, dass die Bettstatt schmal war und lediglich einer Decke und einem Kopfkissen Platz bot. Für die Bedürfnisse der Nacht standen ein Pisspott und für die körperliche Reinigung eine große Wasserkanne mit Schüssel zur Verfügung.
»Sieh mal dort, in der Gangecke.« Rapp wies mit dem Leuchter

auf einen großen Schrank mit drei Fächern. Er zog das unterste hervor und erklärte: »Hier schlief in früheren Zeiten der Lehrjunge. Du siehst, als angehender Apotheker durfte man nicht zu groß gewachsen sein.«
Nachdem er ihr die kleine Küche, den Abort und den Innenhof gezeigt hatte, letzteren nicht ohne den Hinweis, wie schade es doch sei, dort nicht einen eigenen Kräutergarten anlegen zu können, stieg er mit ihr in den ersten Stock hinauf. »Darf ich vorstellen: Mein Labor, wie du vielleicht an den Gerätschaften erkennst. Da steht die Destillieranlage mit den verschiedenen Alambics, hier meine Presse, und dahinten sind die Apparate zur Analyse durch Extraktion, Sublimation und Einäscherung. Und da links in den vielen Schubladenregalen verwahre ich weitere Arzneien auf Vorrat.«
»Junge, Junge«, Mine war schwer beeindruckt, »das sieht ja aus wie 'ne Folterkammer!«
Rapp wehrte ab. »Halb so wild. Die Schneid- und Hackmesser dienen nur der Kräuterverarbeitung. Genauso wie die Wiegemesser und die hölzernen Tabletts, in denen die Heildrogen mit Steinen zerrieben werden. Die flüssigen Arzneistoffe hebe ich, je nach Eigenart, in Flaschen, Krügen oder Kannen auf. Ganz oben unterm Dach befindet sich noch der Trockenboden für die Kräuter. Es ist der beste Ort, da er sich einerseits gut lüften lässt, andererseits von unten mit aufsteigender Wärme versorgt wird. Außerdem verwahre ich dort leere Gefäße aller Art. Doch nun habe ich dich lange genug mit meinem Apothekerkram gelangweilt.«
»Hast du nicht.« Mine sah sich noch immer staunend um. »Stimmt, es ist keine Folterkammer«, sagte sie dann, »aber unheimlich ist es schon, 'n büschen jedenfalls. Was ist denn da in der Nebenkammer?«
»Meine Bibliothek und meine Lesemaschine, beides zeige ich dir ein andermal. Nun zu meinem Thesaurus, meinem Schatz. Es ist von ihm zwar nur noch ein Bruchteil vorhanden, trotz-

dem hoffe ich, er wird dich nicht weniger fesseln. Erlaube, dass ich vorangehe.« Rapp kletterte die Stufen zum zweiten Stock empor, stellte den Leuchter auf dem großen Arbeitstisch ab und entzündete weitere Kerzen. »Die Exponate sind teilweise sehr klein, man braucht viel Licht«, erklärte er. »Setz dich. Womit soll ich anfangen?«
Mine zuckte mit den Schultern. »Weiß nicht. Da steht ja so vielerlei. Die Korallen sind hübsch. Guck, da ist ja auch diese Paramuridingsbums, die Rote Gorgonie mein ich, ja, lass uns mit den Korallen anfangen.«
Rapp nahm eine Kollektion von den umstehenden Schränken herunter und zog sich einen Schemel heran. »Es sind ganz besondere Geschöpfe der Natur«, sagte er fast ehrfürchtig. »Je mehr man sich mit ihnen beschäftigt, desto mehr unterliegt man ihrer Faszination. Vielleicht kommt es auch daher, dass die Wissenschaft sich bis heute nicht darüber einigen kann, ob sie zu den Tieren, Pflanzen oder Steinen gehören.«
»Und was meinst du?« Mine strich mit den Fingern über die raue Oberfläche einer fahlgelben Gehirnkoralle.
»Ich meine, Korallen sind Tiere, winzige Lebewesen, die im Meer herrliche Gebilde aus Kalk bauen, und das in einer Vielfalt, wie sie die kühnste Phantasie nicht erdenken könnte.«
Nacheinander zeigte Rapp die schönsten Exponate dieser Spezies: Er begann mit der Schwarzen Gorgonie, da Mine die Rote schon kannte, zeigte dann die Lederkoralle, die Seepeitsche, die Warzenkoralle, die Blumenkoralle, die Doldenkoralle, die Fingerkoralle und viele mehr – allesamt in herrlichsten Farben und Formen. Es folgten Schwämme von unterschiedlichster Art und Gestalt, die unendliche Zahl der Weichtiere, Fische aus tropischen Gewässern in vielerlei Glasbehältnissen, Seesterne und Seeigel, Krebse, Garnelen, Hummer, Seespinnen und Langusten, ferner das verschwenderische Vorkommen der Krabben: Wollkrabben, Dreieckskrabben, Landkrabben, Springkrabben, Winkerkrabben, Schwimmkrabben, Steinkrabben, Schamkrab-

ben, Langarmkrabben. Dazu Kraken, Sepien und Pfeilkalmare, Dutzende von Quallen, bis hin zu einem winzigen Exemplar der Portugiesischen Galeere …

»Brrr, Quallen sind eklig«, meinte Mine, »aber alles andere ist wunderschön, sogar die kleinen Tintenfische.«

»Ja, die Natur ist ein Füllhorn«, sagte Rapp, »was man von meiner Sammlung leider nicht mehr behaupten kann. Ich schätze, drei Viertel, vielleicht sogar sieben Achtel sind bereits gestohlen.«

»Was? Und dann ist immer noch so viel da?«

»Ja, aber der Hauptteil ist fort.«

»Du tust mir so Leid.« Mine schob die Gläser mit den Quallen zur Seite und sagte halb im Scherz: »Wenn es nach mir ginge – die brauchtest du nicht zu sammeln.«

Statt einer Antwort schleppte Rapp einige Schaukästen heran, die wohl der Aufmerksamkeit der Diebe entgangen waren. »Und was hältst du hiervon?«

»Ja, die kenn ich«, sagte Mine lebhaft, »das sind Gottesanbeterinnen.«

»Richtig. Die Wissenschaft nennt sie *Mantodea.«* Er zeigte ihr eine Reihe prächtiger Exemplare aus Afrika. »Und das sind Libellen, auch Wasserjungfern genannt. Sieh nur, *Odonata* zeichnen sich grundsätzlich durch die vier netzartig geäderten Flügel aus, den beweglichen Kopf und die halbkugelförmigen Augen.«

Als Nächstes kamen Stabheuschrecken an die Reihe, von denen die größte fast zehn Zoll in der Länge maß und ein erstauntes »Oh« bei Mine hervorrief. Dann traten die Käfer an, allerdings in kümmerlicher Zahl, da ein Großteil der Exemplare schon geraubt worden war, Gleiches galt für die Fliegen und die Bienen. Besonders die fleißigen Honiglieferanten hatten es Mine angetan, doch schließlich sagte sie: »Ich glaub, für heute ist's genug, Teo, lass uns nach Hause gehen. Oder hast du keinen Hunger?«

»Doch, doch, ich will nur noch schnell die Kästen wegschaffen. Morgen räume ich dann gründlich auf. Nein, lass nur, du brauchst mir nicht zu helfen, du weißt ja nicht, was wo verstaut werden muss. Geh nur schon hinunter in die Offizin, ich komme sofort nach. Und nimm ein wenig Geld aus der *Pecunia-Rappis*-Schublade, dann kannst du morgen auf den Markt.«

»Du sollst doch nicht immer so viel Geld fürs Essen geben, Teo.«

Er grinste, während er schon eifrig aufräumte. »Ich weiß, nimm es trotzdem. Nun geh.«

»Na gut, wenn du drauf bestehst.« Mine nahm sich eine Kerze vom Tisch und lief summend die Treppe hinunter.

Rapp blickte ihr nach und kniete sich dann rasch vor ein niedriges, unscheinbares Schränkchen hin. In schneller Folge drückte er auf drei unterschiedliche Punkte. Ein Geheimfach sprang auf. Rapp griff hinein und holte eine silberne Gewandspange hervor, ein besonderes, einmaliges Stück. Er steckte die Fibel ein und blickte sich um. »Nun ja, morgen ist auch noch ein Tag«, murmelte er vor sich hin. »Dann mache ich den Rest.«

Unten in der Offizin stand Mine und wartete auf ihn.

»Hast du dir Geld genommen?«, fragte er.

»Nein, Teo.«

»Aber warum denn nicht?«

Sie druckste herum. Schließlich sagte sie: »Ist doch dein Geld, da geh ich nicht bei.«

Kopfschüttelnd nahm er einige Münzen aus der Lade. »Aber du hast doch neulich, als du beim Scharlatan die Arzneien für mich kauftest, auch Geld aus diesem Fach genommen?«

»Das war was anderes.«

»Unsinn. Dir steht Geld zu, weil du davon Speise und Trank kaufst, damit ich nicht verhungere. Von der Schlafstatt, die ich bei dir habe, einmal ganz abgesehen.« Er gab ihr das Geld, und sie nahm es widerstrebend an. »Komm«, sagte er, »wir gehen nach Hause.«

»Meinst du, zu mir?«

Er wunderte sich. »Ja, natürlich. Warum?«

»Weil du doch hier zu Hause bist. Und wo du jetzt deinen Schlüssel wieder hast ...«
»Ach so.« Bei allen Mörsern und Pistillen! Mit keiner Silbe hatte er daran gedacht, in der Apotheke zu bleiben. Vielleicht, weil es bei Mine viel gemütlicher war. Vielleicht auch, weil sie so gut kochte. Und weil er sie ... Oder wollte sie am Ende, dass er nicht mitkam? »Tja, also, wenn es dir lieber ist, dass ich hier schlafe ...«
»Nein, nein«, sagte sie hastig.
Rapp konnte sich täuschen, aber er meinte zu sehen, wie eine leichte Röte ihr Gesicht überzog. Da wurde auch er verlegen. »Tja, äh, wie ich schon mal sagte, die Diebstähle dürften erst einmal aufhören. Mein Thesaurus ist nicht in Gefahr. Kein Grund also, hier zu bleiben.« Er löschte die Kerzen im Leuchter und stellte ihn auf den Rezepturtisch.
»Dann komm.«
»Ja«, sagte er, und schloss seine Apotheke ab.

Opas Hof war gähnend leer, als Rapp und Mine einige Zeit später dort ankamen. Nur der Greis selbst, wie immer priemend, saß hinter seinem Misthaufen. »Seid ihr das, Kinners?«, fragte er und deutete gleichzeitig auf eine einsame Tranfunzel an der Hauswand. »Kannst ja die Hand nich vor Augen sehn, so duster is das.«
»Ja, Opa, wir sind's.«
»Dann is gut. Ihr kommt bannig spät.«
»Wir waren noch solange in der Apotheke«, sagte Rapp, »ich hatte Mine viel zu zeigen.«
»Na, was das wohl gewesen is!« Der Greis drohte scherzhaft mit dem Finger.
Mine sagte entrüstet: »Opa! Was du immer denkst! Teo hat mir seinen Thesaurus gezeigt.«
»So, hat er das?« Das Greisengesicht zersprang in tausend Fältchen. »Als ich so alt war wie er, hätt ich das auch getan, hihihi!«

Rapp rettete die Situation, indem er seinen Schlüssel hervorzog und dem Alten hinhielt. »Das ist der Schlüssel zu meinem Apothekenhaus, Opa«, erklärte er. »Kannst du mir davon einen zweiten machen? Du warst doch Schlosser.«
»Ich bin immer noch Schlosser, mien Jung, so was verlernt man nich. Gib mal her den Knochen.« Opa beäugte das Schließgerät von allen Seiten. »Hm, ganz schöner Kaventsmann, aber ich hab noch große Rohlinge, da is wohl einer bei, der passt. Un Feilen hab ich auch noch'n paar, un der Schraubstock is bei der Sau im Stall.«
»Danke, Opa! Heute scheint mein Glückstag zu sein. Sag, wann könntest du den Schlüssel fertig haben?«
Der Greis setzte einen Tobackstrahl in den Misthaufen. »Wann? Morgen früh, natürlich. Wenn Opa sagt, er macht das, dann macht er das gleich. Kann ja sowieso nich schlafen, nich. Aber ich mach's nur unter einer Bedingung.«
»Ja, Opa?« Rapp fragte sich, was der Alte wohl wollte.
Der Greis griente. »Dass du mich noch mal bitten tust. Aber auf Platt!«
»Oh, mein Gott!« Rapp rang die Hände. »Viel mehr als ›Wo geiht di dat?‹ und ›goot‹ kann ich doch nicht, Opa.«
»Dann musst du das üben tun.«
»Also gut, Opa, aber lach nicht. Hm, lass mich nachdenken. Vielleicht so: Ik bruuk ... nein, warte: Opa, kannst du ... so geht's auch nicht, ich weiß nicht, was ›zweiten‹ heißt, und ich weiß auch nicht, was ›Schlüssel‹ heißt.«
»Tschä, denn ...« Der Greis ließ sich nicht erweichen.
Schließlich, mit Mines flüsternder Hilfe, die Opa großzügig überging, gelang es Rapp doch noch, den Satz zu bilden: »Kannst du mi 'n tweeten Slötel moken, Opa?«
»Jo, kann ik, un du kannst op eenmol Platt, is ja gediegen, nich?«
Alle lachten.
»Jo, dat is gediegen«, sagte Rapp.

Immer noch lachend, hakte Mine sich bei ihm unter, und sie gingen nach oben in ihre Mansarde.

Rapp lag wach. Die Geschehnisse des Tages wollten ihm nicht aus dem Kopf. Immer wieder fragte er sich, was wohl dahintersteckte, dass der Imitator so plötzlich fortbleiben wollte. Oder musste er es? Hatte er anderweitige Aufgaben, die es ihm nicht erlaubten, Präsenz im Apothekenhaus zu zeigen? Würde er die Halunken veranlassen, morgen oder übermorgen den Thesaurus zurückzubringen? Würde er in der kommenden Woche, am Montag oder Dienstag, wieder erscheinen? Was wäre, wenn er es nicht täte?
Rapp wälzte sich auf die andere Seite. Mochte der Scharlatan bleiben, wo der Pfeffer wuchs. Er konnte seine Apotheke auch so weiterführen. Genau wie früher. Nur die Fragen, die er Meinardus Schlich zu beantworten hätte, wenn dieser den Imitator vermisste, die würden unangenehm sein. Das Frettchen war schlau und gerissen. Ob es mit seiner Hilfe gelingen konnte, denjenigen oder diejenigen, die hinter dem Imitator standen, zu entlarven? Vielleicht. Vielleicht auch nicht. Wenn überhaupt, ließ es sich nicht umgehen, dem Frettchen reinen Wein einschenken, und das bedeutete, er musste die Morde beichten. Und er musste Mine in die ganze Sache mit hineinziehen.
Mine … Hatte sie sich eben nicht auch umgedreht? Konnte auch sie nicht schlafen? Natürlich, sie lag noch wach. Für sie war der Tag ähnlich aufregend verlaufen wie für ihn. Dazu kam die viele Arbeit, die sie hatte. Sie rackerte sich von früh bis spät ab und hatte doch immer ein gutes Wort für alle. Und sie war außergewöhnlich hübsch, ja, das war sie. Er konnte sich nicht daran erinnern, jemals eine Frau mit so wundervollem blondem Haar gesehen zu haben. Und ihr Gesicht mit den blauen Augen, der kurzen, geraden Nase und dem vollen Mund! Eigentlich ein Wunder, dass eine so hübsche Frau wie sie ihn bei sich aufgenommen hatte. Ob sie etwas für ihn empfand? So wie er für sie?

Nein, auf keinen Fall. Sie war freundlich zu ihm, mehr nicht. Mehr konnte er auch nicht erwarten. Was war schon Besonderes an ihm? Er war ein Eigenbrötler, hatte keine kostbaren Kleider, besaß keine Kutsche und keine Pferde, kannte niemanden in der Gesellschaft. Gut, ein wenig Geld, das hatte sich im Laufe der Jahre angesammelt, aber Geld schien ihr nicht so wichtig zu sein, nicht einmal die paar Münzen aus der *Pecunia-Rappis*-Schublade hatte sie nehmen wollen …

Hatte sie sich eben nicht schon wieder umgedreht?

Er lauschte. Dann hörte er ihre Stimme von nebenan: »Teo, schläfst du?«

Sie hatte ihn angesprochen! Was sollte er antworten? »Äh, ja … ich meine, nein. Und du?«

»Ich find keine Ruhe. Hab so viele Gedanken.«

»Ich auch.«

»Erzähl mir, was du denkst.«

»Ach, nichts.« Abermals wälzte er sich herum. »Nichts Wichtiges.« Er konnte ihr schlecht sagen, wie sehr sie ihm gefiel. Und wie gern er in diesem Augenblick bei ihr wäre. Das würde sie nur falsch verstehen. Aber irgendetwas musste er sagen. Etwas Unverfängliches. »Ich habe eine Überraschung für dich«, rief er schließlich.

»Eine Überraschung?«

»Ja. Ich gebe sie dir morgen früh.«

Eine Pause folgte. Rapp dachte schon, Mine wäre eingeschlummert, da kam es leise zurück: »Warum nicht … jetzt?«

Rapps Herz begann zu klopfen. Einen Augenblick lang wollte er ihren Vorschlag rundweg ablehnen, doch dann besann er sich. Er konnte sich rasch anziehen, überlegte er, und hinübergehen, dann wäre dem Anstand Genüge getan. Nein, das war Unsinn. Mine im Nachtgewand und er in voller Bekleidung, das würde der Situation zu viel Gewicht verleihen. Er sollte ja nur die Überraschung abgeben.

»Nun gut, ich komme!«, rief er und wunderte sich über seine

belegte Stimme. Er stand auf, entzündete eine Kerze und suchte seine Hose. Da war sie schon. Er nahm die Gewandspange heraus und umschloss sie mit der Faust, damit Mine sein Geschenk nicht vorzeitig erkennen konnte. In der anderen Hand die Kerze haltend, ging er langsam hinüber. »Da bin ich«, krächzte er.

»Ich seh es.« Mine lag auf ihrem Bett, die Decke bis zum Kinn hochgezogen, und lächelte.

Rapp stellte fest, dass er bei seiner Aufzählung, was alles hübsch an Mine war, ihre Zähne vergessen hatte. Sie waren wie eine Reihe Perlen. Da er sonst nichts zu sagen wusste, hielt er ihr die Faust hin und öffnete sie langsam. »Hier.«

Mines Lächeln erstarb. Ungläubig schaute sie auf das kostbare Schmuckstück. Dann flüsterte sie: »Für mich?« Sie sah dabei so fassungslos aus, dass Rapp lachen musste.

»Ja, natürlich. Es ist eine Gewandspange, eine Fibel, wie man sagt. Ich habe sie schon lange. Jetzt ist sie dein.«

»Oh, Teo. Die ist ja aus Silber. Das ist zu viel.«

»Nein, nein. Nimm sie nur. Ich habe mich schon so lange gefragt, womit ich dir eine Freude machen könnte, und neulich fiel es mir endlich ein. Weißt du noch, wie wir die Flickhemden zum Burstah gebracht haben? Es war ein windiger Tag, und der Knoten deines Schultertuchs löste sich ständig, da wusste ich, die Fibel wäre genau das richtige Geschenk.«

»Oh, Teo, wo hast du die denn bloß her?« Mine schlug die Decke zurück und nahm das Kleinod in die Hand.

»Ach, das ist eine eigene Geschichte.«

»Komm setz dich zu mir und erzähl sie mir. Ich muss alles über die Spange wissen.«

Rapp ließ sich vorsichtig auf den Matratzenrand nieder, wobei er die Kerze hochhielt, damit Mine die Fibel von allen Seiten betrachten konnte.

»Ist die schön! Mann in de Tünn ...!«

»Ich freu mich, wenn du dich freust.«

»Und nun erzähl.«
»Ach, viel gibt es da nicht zu berichten. Es war im Sommer meines letzten Lehrjahres, da kam eines Tages der alte Görbitz in die Apotheke meines Vaters. Er war ein Wasserbrenner, einer der …«
»Was ist ein Wasserbrenner?« Mine untersuchte das Hülsenscharnier der Spange.
»Das ist ein Olitätenhändler. So nennt man die Krämer aus Thüringen, die auf Schusters Rappen durch ganz Deutschland ziehen und dabei ihre Ware auf dem Rücken tragen. Unter Olitäten versteht man Heilmittel wie Öle, Spiritusse, Tinkturen und Balsame.«
»Die Fibel ist bestimmt ganz aus Silber, nicht?«
»Das ist sie. Görbitz kam also in die Apotheke und fragte, ob wir etwas brauchten. Das war ungewöhnlich, denn der Wasserbrenner ist ein Konkurrent des Apothekers. Ebenso wie es die vielen Gewürzhändler und Theriakmischer sind. Mein Vater runzelte die Stirn und meinte, er benötige nichts, alles, was Görbitz anzubieten habe, hätte er selber. Dann ging er nach oben auf den Trockenboden. Görbitz jedoch blieb stehen und sagte, es sei schlecht um ihn bestellt, ganz schlecht, niemand kaufe ihm etwas ab. Er sah so verzweifelt aus, dass ich mich erweichen ließ und etwas Ameisenöl und *Balsamus sulfuricus* von ihm erwarb. Als Lehrling hätte ich das eigentlich nicht dürfen, aber ich tat es trotzdem. Görbitz war so dankbar, dass er mir beim Hinausgehen die Spange schenkte.«
»Sie ist wirklich wunderschön.«
»Ja. Görbitz sagte, sie stamme aus der Nähe von *Mogontiacum*, wie Mainz früher hieß, und dort aus dem Grab eines römischen Soldatenfriedhofs. Sie ist also schon um die vierzehnhundert Jahre alt.«
»So alt schon? Und von einem Soldatenfriedhof? Oh, Teo, Friedhöfe haben immer so was Düsteres. Aber ich freu mich trotzdem, ich freu mich mächtig!«

»Nun kennst du die ganze Geschichte.«
»Du bist ... so lieb. Und ich hör so gern deine Stimme.« Mine ergriff Rapps Hand und begann sie zu streicheln.
»Ah-hm ...«
»Ob wir die Spange mal anstecken? Da an mein Hemd?« Sie wies auf die Stelle zwischen ihren Brüsten. »Komm, hilf mir mal. Ja, sooo ... Wie sehe ich aus?«
»Du bist ... du bist ... wunderschön«, stammelte er. Er wollte seine Hand fortziehen, doch sie hielt sie fest.
»Sag das noch mal.«
»... so wunderschön!«
»Oh, Teo, mach doch die dumme Kerze aus.«

Kapitel elf,

in welchem eine Zeit des Glücks und der Gelehrsamkeit folgt, auch wenn am Horizont schon dunkle Wolken aufziehen.

In den nächsten Tagen fühlte Rapp sich großartig. Das Leben, die Menschen, ja, sogar das Hamburger Wetter – all das kam ihm viel freundlicher vor, und auch die Arbeit schien sich wie von selbst zu machen. Der Grund dafür: Er war verliebt.

Seit der Nacht, in der Mine und er zueinander gefunden hatten, waren sie unzertrennlich. Jeden Tag freute er sich auf den frühen Abend, denn dann erschien sie im Apothekenhaus, brachte ein paar leckere Bissen mit und lauschte anschließend seinen Erklärungen zu dem Thesaurus. Sie tat dies gern und mit wachsendem Interesse, und niemand auf der Welt hätte glücklicher darüber sein können als Rapp.

»Sieh nur«, sagte er an einem dieser Abende, »diese kleinen Federbällchen wollte ich dir schon immer zeigen.«

Mine stieß einen Ruf des Entzückens aus. »Oh, sind die süß! Wo kommen die denn her?«

»Aus vielen tropischen Ländern. Es sind Kolibris. Leider habe ich nur noch ein paar Doppel-Exemplare. Der Hauptteil ist von den Halunken gestohlen worden.«

Mine strich ihm mit der Hand über die Stirn. »Mach nicht solche Kummerfalten, Liebster.«

»Du hast Recht. Ich frage mich nur häufig, warum die gestohlenen Stücke noch nicht zurückgebracht wurden. Der Imitator wollte es doch veranlassen.«

»Das wird schon noch. Guck mal, was die Kleinen für lange, gebogene Schnäbel haben.«

»Der Schnabel ist noch nicht einmal das Bemerkenswerteste an ihnen. Kolibris sind in der Lage, sich in jede beliebige Richtung zu bewegen; sie können sogar in der Luft stehen. Wie ein Raubvogel, der rüttelt. Allerdings schlagen die *Trochilidae* dabei ihre Flügel so schnell, dass kein menschliches Auge es verfolgen kann. Sie sind geboren, in der Luft zu leben, und wenn sie vor einer Blüte stillstehen, senken sie ihren langen Schnabel tief hinein, um den Nektar aufzusaugen. Gleichzeitig sorgen sie damit auch für die Bestäubung.«

»Was so ein Vogelbällchen wohl wiegt?«

»Nur wenige Gran, ich habe es einmal festgestellt. Aber um auf den Schnabel zurückzukommen: Stell dir vor, er wäre geformt wie der eines Adlers, dann hätten die kleinen Kerle niemals die Möglichkeit, in die Blütenröhren hineinzutauchen.«

»Stimmt, ja. So hab ich's noch nie gesehen. Meinst du, Gott hat das mit Absicht so gemacht?«

»Vielleicht. Vielleicht hat es auch die Natur so gewollt. Alles in ihr entwickelt sich weiter, und es mag sein, dass der Schnabel eines Kolibris irgendwann einmal kurz gewesen ist, ich meine, zu einem Zeitpunkt, als auch die Blüten noch flacher waren. Als diese sich dann röhrenförmig ausbildeten, wurden auch die Schnäbel der Kolibris länger.«

»Das klingt komisch.«

»Vielleicht. Warte, ich zeige dir eine andere Spezies, nicht viel größer und ebenfalls flugtüchtig. Doch das ist schon das Einzige, was beide Arten verbindet.« Rapp schlug den Deckel eines flachen Kastens auf und deutete auf die darin befindlichen Exemplare. »Fledermäuse haben keinen Schnabel, sondern Zähne, sie haben keine Flügel aus Federn, sondern aus Haut, sie gehen nicht tagsüber auf die Jagd, sondern nachts, sie schlafen nicht im Sitzen, sondern hängen sich an ihren Krallen auf. Und trotz dieser ganzen Gegensätzlichkeiten können sie fliegen – wie die Kolibris. Vielleicht können sie es nur deshalb, weil sie es vor langer Zeit lernen mussten, um ihr Nahrungsangebot zu vergrößern. Sie waren sozusagen gezwungen, sich in die Luft zu erheben.«

»Sie sehen aus wie Mäuschen mit Flügeln.«

»Ja, das tun sie. Vielleicht gehe ich mit meinen ganzen Überlegungen zu weit, aber alles in der Natur, davon bin ich überzeugt, steht in einer Beziehung zueinander. Das hat übrigens auch schon Paracelsus gesagt. Erinnerst du dich an ihn?«

»Ja, ein Schweizer Arzt, der schon lange tot ist. Du hast von ihm erzählt.«

»Ich besitze ein paar bemerkenswerte Schriften von ihm. Komm, ich zeige sie dir. Bei der Gelegenheit lernst du auch einmal den Nebenraum kennen.« Er betrat die benachbarte Kammer und blieb vor einem vielbordigen Regal stehen. »Hier haben wir es schon.«

Er zog ein schmales Büchlein hervor und zeigte darin mehrere Stellen mit Illustrationen unterschiedlicher Pflanzen und den dazugehörigen Erläuterungen, während er weitersprach: »Paracelsus, der Name ist übrigens aus dem Griechischen abgeleitet und soll ›mehr als Celsus‹ bedeuten, wobei man wissen muss, dass Celsus ein berühmter Arzt der Antike war. Paracelsus also vertrat die so genannte Signaturenlehre, das heißt, er glaubte, dass die Natur durch bestimmte Zeichen, durch *Signa naturae,* in einer Beziehung zur therapeutischen Anwendung steht: Pflanzen mit herzförmigen Blättern sollten gegen Herzkrankheiten wirken. Der Saft des Blutwurzes sollte Krankheiten des Blutes lindern, und die Walnuss, die im Aussehen an ein menschliches Gehirn erinnert, sollte gegen Kopfschmerzen helfen.«

»Und das glaubst du auch, Liebster?«

»Offen gesagt, ich bezweifle es. Weil allzu häufig die Logik nicht stimmt. Nimm nur *Crataegus monogyna*, den Weißdorn: Er ist die Grundlage eines wirksamen Herztees, dennoch besitzt er keine herzförmigen Blätter. Oder eine Walnuss: Hast du jemals damit deinen Kopfschmerz vertreiben können?«

»Dann stimmt das mit der Beziehung also doch nicht?«
»Ja und nein. Es gibt einfach zu viele Widersprüche. Es müssen noch andere Zusammenhänge existieren, unbekannte und ungleich kompliziertere. Vielleicht dauert es noch hundert oder mehr Jahre, bis die Wissenschaft sie erkennt.«
»Aber so lange können wir jetzt nicht warten.« Mine wurde, trotz aller Liebe, energisch. »Wir müssen nach Haus. Fixfööt kommt zum Essen, und ich hab nix vorbereitet.«
Rapp, der noch gern ein wenig länger doziert hätte, fügte sich. »Schön, wenn du meinst, Liebste.«
»Ja, das meine ich. Großer Gott! Da fällt mir ein, dass ich kein Salz mehr hab! Was mach ich bloß?«
Rapp schob das Paracelsus-Bändchen zurück ins Regal. »Salz, normales Salz?«
»Ja, natürlich, zum Kochen! Steckrüben ohne Würze schmecken fad.«
Er lächelte. »Mal sehen, was sich machen lässt. In einer Apotheke ist mancherlei aufzuspüren. Wir schauen mal unten nach.« Er nahm sie bei der Hand und ging voran, die Treppe hinunter und durch den Flur nach hinten. In der Küche nahm er ein Standgefäß vom Regal und gab es ihr. »Steinsalz. Damit werden deine Steckrüben köstlich munden.«
»Steinsalz?« Mine nahm das Behältnis zögernd entgegen. »Mit so was hab ich noch nie gekocht.«
Rapp unterdrückte ein Schmunzeln. »Oh, ich denke schon.«
»Aber Teo! Woher willst du das wissen? Nachher ist das Zeug zu scharf? Oder zu bitter? Hast du nicht normales Küchensalz?«
»Probier erst einmal.«
Mine befeuchtete mit der Zunge eine Fingerspitze, tauchte sie ins Gefäß und leckte daran. »Schmeckt ganz normal, vielleicht ist gar kein Steinsalz drin?«
»Doch, doch.«
Sie schüttelte den Kopf. »Steinsalz, das wie Küchensalz schmeckt. Das gibt's nicht!«

»Des Rätsels Lösung ist ganz einfach.«
Mine probierte noch mal. Plötzlich erhellte sich ihr Gesicht. »Steinsalz ist nur'n anderer Name dafür, stimmt's?«
Nun konnte Rapp nicht mehr an sich halten, er musste laut lachen.
Mine stemmte die Arme in die Hüften. »Da hast du mich ja schön aufs Glatteis geführt, Teodorus Rapp, du Schuft, ich werde ...«
Doch weiter kam sie nicht.
Rapp hatte ihr den Mund mit einem Kuss verschlossen.

Viel später, Fixfööt war schon lange wohl gesättigt nach unten gegangen, lag Rapp im Dunkel seiner winzigen Kammer und schalt sich für seine Feigheit. Mit jeder Faser seines Körpers sehnte er sich nach Mine, aber er fand nicht den Mut, hinüberzugehen und sich zu ihr zu legen. Er hatte ihr beim ersten Mal weh getan, daran lag es, aber wer hätte auch ahnen können, dass ihre mehrfache Äußerung, sie sei eine alte Jungfer, kein Spaß gewesen, sondern wörtlich zu verstehen war. Schließlich fasste er sich ein Herz, entzündete eine Unschlittkerze und stapfte an ihr Bett.
Sie lag da und lächelte ihm entgegen.
»Nun ja, Liebste ...« Mindestens ein Dutzend Sätze hatte er sich zurechtgelegt, mit denen er ihr sagen wollte, wie Leid es ihm tat, aber nun fiel ihm rein gar nichts mehr ein.
Mine lächelte weiter. »Ja?«
»Ah-hm ...«, er setzte sich wild entschlossen auf ihre Bettkante. »Liebste, ich habe heute zwar keine Gewandspange dabei, aber was hältst du davon, wenn ich trotzdem die dumme Kerze ausmache?«
Statt einer Antwort blies sie das Licht aus.
Wenige Augenblicke später, tief in ihr, wusste er, dass er sich keine Vorwürfe mehr machen musste.

Am Freitag, wenige Tage vor der Rückkunft des Imitators, stand Rapp hinter dem Rezepturtisch und beriet Doktor Cordt Langbehn bei einer Rezeptur gegen die Gicht. Das Unterfangen war nicht ganz leicht, da der alte Arzt nicht nur schlecht zu Fuß, sondern auch halb taub war und sich standhaft weigerte, ein Hörrohr zu benutzen. Endlich schien Langbehn zufrieden und sagte mit brüchiger Stimme: »Und denn tragt mir das man ein, nicht Hauser. Wo ist eigentlich Rapp? Macht sich rar, der Mann. Kenne ihn gar nicht so. Na ja, nützt ja nichts. Tragt Ihr mir das ins Buch ein, Hauser?«

»Jawohl, Herr Doktor!« Rapp hatte das Gefühl, als könne man seine Stimme drei Häuser weiter hören.

Fiete, der mitgekommen war, kicherte.

»Was schreit Ihr denn so, Hauser? Was ich noch sagen wollte, die Rezeptur tragt Ihr mir doch ein, nicht wahr?«

Rapp schonte seine Stimme, stattdessen nickte er. »Ihr müsst auch noch das Rezept gegen *Conjunctivitis* unterschreiben, Herr Doktor. Fiete brachte es neulich zum Übertragen. Die Arznei selbst hat er ja schon abgeholt.«

»Hä?« Langbehn hielt die Hand hinter die Ohrmuschel.

Rapp ersparte sich eine Wiederholung, sondern deutete lediglich auf die Stelle, wo die Unterschrift hingehörte.

»Ach, ich soll unterschreiben? Warum sagt Ihr das nicht gleich?« Langbehn setzte mit kratzender Feder seinen Namen unter die Anweisung im *Antidotarium*. »Noch was?«

»Ja, setzt dort unten noch eine Blanko-Unterschrift dazu, ich schreibe dann das Gicht-Rezept darüber.«

»Hä?«

Rapp gab es wohlweislich für heute auf und verbeugte sich abschließend.

Fiete kicherte und zog den Alten hinaus auf die Straße. »He is bannig harthörig, nich?«

»Ja, ja.« Rapp stieß einen Seufzer der Erleichterung aus und beschloss, sich ein Stichwort im Rezeptbuch zu machen, damit er die Eintragung nicht vergaß. Doch kaum hatte er die Feder ins Tintenfass getaucht, da hörte er draußen Kindergeschrei.

»Blöde Ziege!«

»Torfkopf!«

»Doofe Kuh!«

»Moorsgesicht!«

Rapp sah auf und erkannte Mine mit Isi, die sich mit Fiete einlautstarkes Wortgefecht lieferte. Warum, blieb unklar, schien aber auch nicht so wichtig zu sein. Auf jeden Fall streckten sich beide gegenseitig die Zunge heraus und schnitten dabei Furcht erregende Grimassen. Mine gelang es, die Streithähne zu trennen und Isi in die Apotheke hineinzuzerren. Aufatmend schloss sie die Tür von innen. Draußen zog Doktor Langbehn, der von alledem kaum etwas mitbekommen hatte, mit Fiete ab.

»Wie du siehst, hat Isi darauf bestanden, heute mitzukommen«, sagte Mine.

»Oh, Liebste.« Rapp freute sich, sie zu sehen, und beendete rasch seine Notiz. »Was war denn das für ein Gezanke eben?«

Isi drängte sich vor. »Fiete denkt immer, er wär was Besonderes! Bloß weil er vom Doktor ab und zu 'ne Münze kriegt, der Hornochse! Sag, Teo, kann ich auch mal mitgucken beim Thesaurus? Mine erzählt immer so viel, und ich bin ja sooo gespannt!«

Rapp musste lächeln. Er hatte Isi die letzten Tage nicht gesehen und fast vergessen, wie lebhaft und wissberierig sie war. »Im Augenblick geht es schlecht. Es ist zwar nicht viel Betrieb heute, aber ich kann die Offizin nicht verlassen. Vielleicht in ein, zwei Stunden. Vorher nicht.«

»Oooch, und ich hatt mich schon so gefreut …«

Mine mischte sich ein. »Ich hab's dir doch gleich gesagt, so früh kann Teo noch nicht. Am besten, du gehst wieder nach Hause.«

»Ich möchte aber hierbleiben!«
Rapp hatte eine Idee. »Pass auf, Isi, wir machen es so: Du setzt dich hier auf den Schemel hinter dem Rezepturtisch, und wenn ein Kunde eintritt, klingelst du mit diesem Glöckchen, dann komme ich schnell herunter.«
Isi schmollte. »Dann bin ich ja ganz allein hier, und ihr schmust da oben rum, das ist gemein.«
Rapp setzte ein strenges Gesicht auf. »Wir machen es so oder gar nicht. Nachher sperre ich ab, dann kannst du mit raufkommen. Vielleicht zeige ich dir dann ein Mikroskop.«
»Ein Mikroskop? Was ist das?«
»Ein Gerät wie ein Vergrößerungsglas, nur viel stärker. Es bewirkt, das kleine Dinge ganz groß erscheinen.«
»Was denn für Dinge?«
»Vielerlei. Nun setz dich da hin. Und denk daran, wenn jemand kommt, klingelst du.«
»Ja, Teo.« Isi klang nicht sehr begeistert.

Eine halbe Stunde war vergangen. Rapp hatte Mine zu küssen versucht, war aber auf entschiedene Ablehnung gestoßen. »Willst du, dass Isi Recht behält, du Schwerenöter?«, hatte sie geflüstert und sich seinen Armen entwunden. »Glaub ja nicht, dass ich gekommen bin, um ein Schäferstündchen mit dir zu halten.«
»Auch nicht ein ganz kurzes?«, hatte er gefragt.
»Auch nicht. Allerdings, wenn ich's recht bedenk …«
Jetzt standen beide vor der Lesemaschine in der Nebenkammer, und Rapp war mit Feuereifer dabei, den Apparat zu erklären. »Es gibt nichts Praktischeres als diese Maschine«, rief er, »besonders, wenn man sich wie ich der Wissenschaft verschrieben hat. Um zu verstehen, muss man erkennen, und um zu erkennen, muss man verstehen, wie ich immer sage. Bücher sind dafür die wichtigste Grundlage. Viele Bücher mit vielen Informationen, auf die man im Idealfall gleichzeitig Zugriff hat. Deshalb

erlaubt es meine Lesemaschine, bis zu acht Bücher simultan einzusehen.«

»Sieht aus wie ein Schaufelrad von 'ner Wassermühle«, meinte Mine.

»Genau, genau! Du hast es erfasst. Aber es war ein langer Weg bis zu dem ›Schaufelrad‹, wie du es nennst. Zunächst hatte ich mir nämlich eine Lesehilfe in Form eines achteckigen Tischs bauen lassen. An einer Kante konnte ich sitzen und arbeiten, während an den anderen sieben Kanten jeweils ein aufgeschlagenes Buch bereitlag. Ich brauchte den Tisch nur wie ein Karussell zu drehen, um bequem die anderen Werke vor Augen zu bekommen. Allerdings hatte der Karusselltisch einen entscheidenden Nachteil: Er brauchte in der Fläche sehr viel Platz, und wie du siehst, ist die Kammer sehr klein. Ich entschied mich deshalb für eine der berühmten Lesemaschinen von Ramelli, bei denen die Bücher auf den einzelnen ›Schaufeln‹ liegen. Der Studierende kann sich davorsetzen und an der Maschine wie an einer Schwungscheibe drehen.«

Rapp demonstrierte es. Nacheinander rückten schwere, aufgeschlagene Bücher in sein Blickfeld, wobei ein kompliziertes Zahnradgetriebe dafür sorgte, dass sie trotz des Umlaufs stets auf dem Rücken liegen blieben. Auf einem Beistelltischchen lagen Feder und Papier für Notizen bereit.

»Oh, Teo, lass mich auch mal da sitzen.« Mine nahm mit einer anmutigen Bewegung Platz und gab der Maschine einen Stoß. Die Folianten wanderten weiter. »Das ist wirklich gut«, sagte sie nach einer Weile, »der Apparat spart bestimmt viel Lauferei und Blätterei. Was ist denn das da für ein dickes Buch, das ist anders, das hat ja ein richtiges Schloss, damit man's abschließen kann.«

»Ja«, sagte Rapp, »es ist ein ganz besonderes Werk. Der Verfasser war sich wohl bewusst, dass es – vorausgesetzt, es gelangt in falsche Hände – sehr gefährlich sein kann wegen der vielen Giftpflanzen, die darin aufgeführt sind. Andererseits mag es

von großem Segen sein, wenn man die Anweisungen strikt befolgt. Es kommt eben wie bei allem auf die richtige Dosis an.«
»Das Buch sieht mächtig alt aus.«
»Ist es auch. Sieh mal, was hier auf den ersten Seiten steht. Soll ich es dir vorlesen?«
»Ich kann selbst lesen. Vater hat's mir beigebracht. Aber es ist lang her, und ich bin nicht so in Übung.«
»Dann lass mich das machen:

> *… dieses Werk ist darum das Werk von vielen. Eines, welches die wichtigsten Entdeckungen der Wissenden in einem gesammelten medizinischen Komplex erfasst, auf dass es dem Arzte Rat gebe, dem Studierenden zur Verfügung stehe und dem Kranken Linderung bringe.*
> De morbis hominorum et gradibus ad sanationem *ist ein mehrgeteilt Werk, gegliedert in die Lehre von den Kräutern als Quelle aller Heilkraft, gefolgt von der Lehre über die Pharmakologie und den Kapiteln zur Wundchirurgie und Geburtshilfe …*

Unterschrieben hat den Einleitungstext ein gewisser Pater Thomas, der auch Herausgeber des Kompendiums ist. Er hat es in einem spanischen Zisterzienserkloster namens Campodios geschaffen, und zwar im Jahre 1575. Das Werk ist also über hundertvierzig Jahre alt. Aber die Beiträge darin sind viel älter. Alle bekannten Ärzte der Antike sind in ihm vertreten: Susruta, Hippokrates, Aristoteles, Galenos, Dioskurides, Soranos, um nur einige zu nennen. Und dann natürlich der dir schon bekannte Paracelsus.«
Mines Stimme bekam etwas Ehrfürchtiges: »Und wie heißt das Buch nun?«
»*Über die Krankheiten der Menschen und die Schritte zur Heilung*. Manchmal frage ich mich, wem es wohl einst gehört haben mag, aber das wird wohl auf ewig ein Geheimnis bleiben. Eines

aber weiß ich genau: Neben den vielen anderen Werken, die ich über Arzneikunde besitze, ist es mir das Liebste ... Sag, hörst du das auch?«

»Was?« Mine lauschte ebenfalls.

Von unten drangen Gesprächsfetzen herauf. Isis Stimme, hell und klar, war zu vernehmen, unterbrochen von einer dunkleren, die wie ein Wasserfall rauschte. Rapp ging zur Treppe und konnte nun Worte unterscheiden: »Isi-was-machst-du-hier-mein-Gott-mein-Gott?«

»Nichts. Ich sitz hier. Siehst du doch, Mutter.«

»Ja-das-seh-ich-das-seh-ich-du-solltest-zu-Hause-sein-und-lernen-lernen-ja-das-solltest-du!«

»Hab meine Hausaufgaben längst gemacht, Mutter.« Der Tonfall, in dem Isi das sagte, klang verdrießlich. »Plagt dich mal wieder ein Zipperlein?«

»Sei-nur-froh-dass-du-die-Schmerzen-nicht-hast-oooh-die-schrecklichen-Schmerzen!«

Rapp war unterdessen die Treppe hinuntergestiegen, nachdem er Mine bedeutet hatte, sie möge oben bleiben. In der Offizin bot sich ihm ein Bild, wie es fremdartiger nicht sein konnte: auf der einen Seite die Witwe Kruse, Hände ringend, hektisch, aufgelöst; auf der anderen Seite Isi, kühl, unbeteiligt, verschlossen. Hatte Isi zu der Frau mit den dauernden Leiden wirklich »Mutter« gesagt? »Kann ich helfen, wo plagt der Schmerz Euch heute?«, fragte er laut.

»Mit-Euch-rede-ich-nicht-mit-Euch-nicht-wo-ist-der-Apotheker-Rapp-Teodorus-Rapp?«

Isi, die manchmal schneller sprach, als sie dachte, setzte an: »Aber der steht doch vor ...«

»... einem großen Problem«, unterbrach Rapp sie geistesgegenwärtig. »Er hat, nun ... einige Stücke zu transportieren, und das dauert seine Zeit. Ihr müsst mit mir, Molinus Hauser, vorlieb nehmen. Also, wo plagt der Schmerz Euch heute?«

Bei diesem für sie wichtigsten Stichwort überhaupt verblassten

alle anderen Interessen der Witwe augenblicklich, und sie klagte: »Die-Blase-die-Blase-immer-die-Blase!«
»Eure Reizblase?«, fragte Rapp nach.
Isi sprach dazwischen: »Ja, natürlich, seit neuestem ist es wieder die Reizblase, morgen ist's vielleicht wieder die Migräne.« Ihre Stimme klang verächtlich.
»Sei-du-still-sei-du-still-oh-Hauser-Ihr-müsst-mir-helfen!«
»Natürlich.« Rapp begann der Witwe die üblichen Pillen und Tinkturen vorzuschlagen, und wie üblich lehnte sie alles ab. Sie wäre ein ganz besonderer Fall, ein nie dagewesener, deshalb müsse sie auf einem ganz besonderen Medikament bestehen.
Nun gut, dachte Rapp, wenn du darauf bestehst. Des Menschen Wille ist sein Himmelreich. »Dann rate ich Euch zu einem Theriak, aber ich warne Euch, jede Unze wird Euch eine Hamburgische Mark kosten.«
Die Witwe hatte den Rest des Satzes schon nicht mehr gehört. Sie war noch bei dem Zauberwort »Theriak«, einem Trank, von dem Rapp nicht sonderlich viel hielt, weil er aus nicht weniger als achtzig Ingredienzen bestand und die Stoffe sich – allein schon ihrer großen Anzahl wegen – in ihrer Wirkung zum größten Teil aufhoben. Aber Rapp war nicht nur Apotheker, sondern auch Kaufmann, und nicht zuletzt deshalb bot er das Arkanikum feil.
»Was-ist-denn-drin-was-ist-denn-drin?«, fragte die hypochondrische Frau begierig.
»Unter anderem Pflanzenextrakte, Opiummilch, Drogen, Gewürze und kleingehacktes Schlangenfleisch.«
»Iiiiiii!« Die Witwe fasste sich an den Hals, als müsse sie sich erbrechen. »Iiiiiii-Schlangenfleisch-wie-grässlich!«
»Ja«, bestätigte Rapp ungerührt, »beste venezianische Viper. Viele Ärzte sind der Meinung, dass gerade sie die besondere Wirkkraft ausmacht.«
»Meint-Ihr-meint-Ihr-wirklich?«
»Ja, das Medikament birgt beruhigende, entspannende, schmerz-

lindernde Kräfte.« Rapp konnte dieses Versprechen guten Gewissens geben, nicht so sehr wegen der Viper, als vielmehr wegen des hohen Opiumanteils.

Die Witwe beugte sich vor. Rapp sah an ihrem begehrlichen Blick, dass sie sich schon fast zum Erwerb entschieden hatte. »Und-wie-schmeckt-der-Trank-ist-er-genießbar-genießbar?«

»Jeder Theriak hat seine eigene Note, da jeder Apotheker seine eigene Rezeptur zur Anwendung bringt. Mein Trank schmeckt hauptsächlich nach Kräutern, ein wenig wie *Garum*, die Würztunke der alten Römer, wenn Ihr wisst, was ich meine. Allerdings müsst Ihr Euch den Fischgeschmack wegdenken, denn Meerestiere sind in meinem Theriak nicht enthalten.«

»Oh-das-ist-gut-das-ist-gut-ich-mag-keinen-Fisch-ich-nehme-drei-Unzen!«

»Wie ich bereits sagte: Der Theriak ist nicht ganz billig. Aber wie Ihr wollt.« Rapp füllte die Menge in einen kleinen Steinkrug ab. »Nehmt morgens und abends je einen Löffel voll. Dann müsstet Ihr sieben Tage auskommen, lange genug, um den Heilprozess abzuschließen. Trinkt darüber hinaus viel Brunnenwasser, und haltet den Unterleib stets warm. Das Bier lasst am besten weg, und verzichtet auch auf Wein. Viel Wasser und reichlich Wärme, beides ist wichtig.«

Rapp hielt inne. Er hatte diese Empfehlungen wohl schon ein Dutzend Mal abgegeben, denn es waren die probaten Ratschläge bei einer empfindlichen Blase, doch er war nahezu sicher, dass die Witwe sie ebenso oft in den Wind geschlagen hatte. Es war bei ihr wie bei so vielen Patienten: Das Einfache, Naheliegende galt nichts, im Gegenteil, je teurer eine Arznei war, desto mehr wurde ihr zugetraut. »Das macht dann drei Mark«, sagte er.

Unter Isis missbilligenden Blicken klaubte die Witwe die stattliche Summe zusammen. »Oh-mein-Gott-ob-ich-so-viel-dabeihabe-weiß-ich-gar-nicht-weiß-ich-gar-nicht!« Nacheinander

kullerten zwei einzelne Markstücke, viele Schillinge und zuletzt kleine Münzen auf den Rezepturtisch.
Rapp zählte nach und stellte fest, dass sieben Pfennige an der Summe fehlten. »Es sind nicht ganz drei Mark«, sagte er, »aber ich lasse Euch den Theriak auch so.«
»Danke-danke!« Die Kruse wandte sich Isi zu. »Und-du-kommst-mit-du-hast-hier-nichts-verloren!« Gebieterisch streckte sie die Hand aus und packte die Kleine am Kragen. Isi zappelte wie ein Wurm am Haken, hatte aber gegen die angeblich so von Schmerzen geplagte Witwe keine Möglichkeit, sich loszureißen. Augenblicke später waren beide fort.
Rapp wunderte sich. Gegensätzlicher als die Frau und das Kind konnten zwei Menschen nicht sein. Waren sie dennoch verwandt? Bestand wenigstens eine äußerliche Ähnlichkeit zwischen ihnen? Er wusste es nicht. Für so etwas hatte er keinen Blick. Da er mit seinen Gedanken nicht weiterkam, setzte er den Deckel wieder auf die Kanne mit dem Theriak und stellte sie weg. Dann schaffte er auf dem Rezepturtisch Ordnung und steckte das Geld der Witwe ein. Gerade überlegte er, ob er für heute abschließen sollte, um wieder nach oben zu Mine zu können, da ging die Tür auf.
»Ich hätt dich fast verraten, nicht, Teo?«, sagte Isi.
»Donnerwetter, da bist du ja schon wieder!«, entfuhr es Rapp.
»Bin ausgebüxt. Mutter ist es sowieso egal, ob ich mitkomm oder nicht. Die denkt doch an nix anderes als an ihre Blase.«
»So ist sie also wirklich deine Mutter?«
»Ja, ist sie.«
Rapp entging nicht, dass Isi bei diesem Thema einsilbig wurde. Deshalb sagte er nur: »Ihr seid sehr verschieden.«
»Sie ist auch bloß meine Stiefmutter.«
»Aha.« Rapp spürte, es wäre falsch, jetzt weiter zu fragen. Wenn Isi reden wollte, würde sie es tun, ansonsten nicht.
»Vater war Walfänger, der beste Walfänger den es gab. Aber er ist tot … ist draußen auf See geblieben.« Isi sprach nun mit sto-

ckender Stimme. »Aus Amrum war er, wo ich auch geboren bin. Dann starb Mutter, meine richtige Mutter, mein ich, und er hat die Kruse geheiratet. Die Kruse wollt ihn erst nicht, aber als sie gemerkt hat, dass Vater reich war, hat sie ihn doch genommen.« Isi verstummte. »Und mich«, fügte sie leise hinzu.

Rapp schwieg. Die sonst so freche Göre tat ihm auf einmal schrecklich Leid. Dann kam ihm ein Gedanke: »Dein Vater war nicht zufällig Harpunier bei den Grönlandfahrern?«

»Doch, wieso?«

»Ach, nichts.« Es stimmte also. Der tote Harpunier Kruse, den der Steuermann der *Noordenwind* erwähnt hatte, war niemand anderes als Isis Vater. Und das bedeutete: Seine kleine Freundin war in jungen Jahren schon arg vom Schicksal gebeutelt worden. Sie hatte keine leiblichen Eltern mehr, nur noch eine Stiefmutter, eine fremde Frau, die sich um nichts anderes als ihre eingebildeten Zipperlein kümmerte, die Geld für nicht benötigte Arzneien zum Fenster hinauswarf und die, um alles das bezahlen zu können, die Hinterlassenschaft eines tüchtigen Seemanns verbrauchte. Nun erklärte sich auch, warum Mutter und Kind so gegensätzlich waren und warum Isi sich am liebsten in Opas Hof aufhielt.

»Was ist denn nun mit dem Mikroskop, Teo?«

»Mikroskop? Ach so, ich wollte dir ja eines zeigen. Warte, ich sperre rasch ab, dann kann niemand mehr herein, und wir sind oben ungestört.«

Im zweiten Stock empfing Mine sie mit einem Ausruf des Erstaunens: »Hat man jemals ein solches Huhn gesehen, Mann in de Tünn!« Sie wies auf einen ausgestopften Vogel mit einem blauschimmernden, wulstartigen Höcker auf dem Kopf.

»Ein Hammerhuhn«, erklärte Rapp. »Dass es dir seltsam vorkommt, glaube ich. Es stammt von den malaiischen Sunda-Inseln. Ein holländischer Matrose der Vereinigten Ostindischen Kompanie brachte es mit. Ich erwarb es in meiner Leidener Zeit.«

Isi befühlte den Höcker. »Der ist aber hart.«
»Er ist hart, und gleichzeitig schützt er«, antwortete Rapp. »Ihr müsst wissen, dass diese Hühner auf Vulkanen leben, und dort ...«
»Was sind Vulkane?«, unterbrach Isi.
»Vulkane sind Berge mit einem runden Loch an der Spitze. Aus diesem Loch bricht von Zeit zu Zeit Lava hervor, und diese ...«
»Was ist Lava?«
Rapp seufzte. »Lava ist flüssiges Gestein, das aus dem Erdinneren emporschießt. Es ist hundertmal heißer als Feuer, entsprechend lange dauert es, bis es sich abgekühlt. In dieser Umgebung leben die Hammerhühner, und der Höcker dient dazu, das Gehirn vor der Hitze zu schützen.«
»Haben Hühner denn ein Gehirn?«
»Sicher. Es ist nur kleiner als das eines Menschen. Diese Vögel legen ihre Eier in die Asche des Vulkans, damit die Wärme sie ausbrütet.«
»Dann sind Hammerhühner schlauer als unsere, weil sie sich weniger Arbeit machen. Kann man die Eier essen?«
»Ich weiß es nicht genau. Ich nehme an, ja.« Rapp griff sich den Vogel und stellte ihn wieder an seinen Platz. »Kommt, ich zeige euch jetzt ein Mikroskop«, sagte er und hoffte, Isi würde ihn bei seinen Erklärungen nicht ständig mit Fragen unterbrechen. Andererseits, das musste er einräumen, war dies nur ein Zeichen ihres Wissensdurstes, und den wollte er auf keinen Fall unterbinden.
»Seht her, das ist ein solcher Apparat.« Rapp hielt ein Ding hoch, das auf den ersten Blick nicht viel anders aussah als ein dünnes, längliches Holzbrettchen. Wer näher hinschaute, bemerkte jedoch im oberen Bereich ein winziges Loch mit einer Glaslinse darin. Davor befand sich das spitze Ende einer Gewindeschraube, die in Höhe und Abstand verstellbar war. Auf die Spitze der Schraube kam der zu betrachtende Gegenstand,

anschließend wurde die Feineinstellung beim Hindurchblicken vorgenommen.
»Kann ich mal durchgucken?«, fragte Isi.
Rapp gab ihr das Gerät.
»Oooch, da ist ja nix, nur so was Ähnliches wie 'ne blaue Fingerkuppe.«
Rapp lachte. »Da kannst du mal sehen, wie stark das Mikroskop vergrößert. Deine ›Fingerkuppe‹ ist nichts anderes als die Spitze der Schraube. Warte, gleich erkennst du mehr.« Er nahm aus einem Schaukasten eine Fliege und spießte sie auf die Spitze der Schraube. »Nun?«
Isi schwieg und starrte angestrengt durch die Linse. Schließlich platzte sie heraus: »Mensch, Teo, die Fliege hat Augen wie ... wie zwei kleine Siebe! Aber sonst kann ich nicht viel sehen.«
»Lass mich auch mal.« Mine nahm Isi das Vergrößerungsgerät ab und schaute nun ihrerseits hindurch. »Stimmt«, sagte sie dann, »wie ein Sieb. Und die Beine sind haarig. Ich wusst gar nicht, dass eine Fliege so interessant sein kann. Es müsste Mikroskope mit Licht geben, dann könnt man noch mehr sehen. Licht ist immer wichtig.«
»Das wusste sicher auch Antoni van Leeuwenhoek, als er vor dreißig Jahren diesen Apparat erdachte«, entgegnete Rapp, »aber ich denke, er war zunächst froh, die Erfindung überhaupt gemacht zu haben. Dafür gebührt ihm aller Respekt, denn er war kein Wissenschaftler, sondern beschäftigte sich nur zum Spaß mit der Glasschleiferei. Ich hatte die Ehre, ihn in meiner Holland-Zeit kennen zu lernen. Bei der Gelegenheit überließ er mir auch diesen von ihm selbst gebauten Apparat. Im Gegenzug gab ich ihm ein paar Exemplare meiner südamerikanischen Kerbtiere zur näheren Beobachtung. Kommt mal ans Fenster, dann könnt ihr sicher ein paar Einzelheiten mehr erkennen.«
Sie schauten und diskutierten noch eine Weile, bis Rapp meinte, er wolle für heute Schluss machen, im Übrigen habe er noch auf

dem Pferdemarkt ein paar Einkäufe zu erledigen. Auf die neugierigen Fragen seiner Besucherinnen hin schwieg er jedoch geheimnisvoll.

Geraume Zeit später, die meisten Buden und Stände auf dem Markt waren schon abgebaut, erwarb Rapp unter anderem ein großes Stück köstlicher Kaninchenpastete, einen Laib frisches Brot und herrlich duftende goldgelbe Butter. »Auf dem Weg zu Opas Hof kommen wir an einem Weinhändler vorbei. Dort werde ich für uns noch zwei Flaschen Rotspon kaufen«, verkündete er.

»Aber Teo, wieso denn? Wozu das alles?«, fragte Mine kopfschüttelnd. »Ich wollt doch die Kohlsuppe noch mal warm machen, du sagst doch selbst, dass sie dann am besten schmeckt. Gibt's denn was zu feiern?«

»Natürlich, Liebste«, antwortete er leichthin, »ich habe heute drei Hamburgische Mark eingenommen, ein stattliches Sümmchen, und deshalb wird einmal richtig getafelt.« Er erzählte ihr, wie und wofür er der Witwe Kruse das viele Geld abgeknöpft hatte, und dass diese eine unverbesserliche eingebildete Kranke sei, die selber Schuld habe, wenn man sie dafür schröpfe. Dann erklärte er ihr, dass die Kruse Isis Stiefmutter sei und die Kleine keinen Vater mehr habe. Er konnte dies alles ohne Sorge sagen, denn Isi war zur Koken-Marie gelaufen, die einsam und stumm in einiger Entfernung stand, um ihr nach Hause zu helfen.

»Oh, Teo, die arme Isi, jetzt versteh ich auch, warum sie immer so gern bei uns ist. Ich denk, es ist besser, wir reden nicht mehr drüber, denn da kommt sie schon wieder, mit der Kuchenfrau im Schlepptau.«

Wie immer schaute die Koken-Marie durch alle hindurch, aber Rapp ließ sich dadurch nicht abschrecken. Er warf ein paar Münzen in ihren Bauchladen und sagte: »Du wirst dich nicht mehr erinnern, Koken-Marie, aber es ist noch gar nicht so lange her, da hast du mir mit einem Stück Apfelkuchen das Leben gerettet. Damals hatte ich kein Geld. Heute ist das anders.«

»Appelkoken ut de Köken,
wullt du mol'n Stück versöken,
denn …«

»Ja, ja, ist gut, nun komm man«, sagte Isi und drehte die Frau in die Richtung, in der es zu Opas Hof ging.
Rapp und Mine folgten lächelnd.

Auf Opas Hof hatten die Kieselsteinwerfer schon ihr Spiel eingestellt, obwohl es noch nicht ganz dunkel war. Der Platz war verwaist, bis auf Opa, der wie immer an seiner Lieblingsstelle hinter dem Misthaufen saß, und einen hünenhaften Mann, der sich aufs Angeregteste mit dem Greis unterhielt: Klaas von der *Seeschwalbe*.
»Hö, Teo, das is Klaas, er wollt nach dir gucken, aber du warst ja nich da, un da hab ich mit ihm 'n büschen klönsnackt. Wo geiht di dat?«
»Goot, Opa, goot. Hö, Klaas, wo geiht di dat?«
»Fien, Teo. Allerwegen fien. De Verband is af. Ik wullt nur seggen, ik heff nix rutkreegen, gor nix. Weetst Bescheed, wat ik meen?«
»Jo, Klaas, weet ik. Aber das hatte ich mir schon fast gedacht.« Rapp verfiel wieder ins Hochdeutsche, da er sich im Plattdeutschen noch keinesfalls sattelfest fühlte. »Willst du mit uns essen, Klaas? Oh, entschuldige, du bist doch einverstanden, Mine?«
»Klar, bin ich. Ich hab ja schon einiges von ihm und seinen Taten gehört, nicht?« Sie blickte den Hünen schelmisch an, und dieser wurde prompt verlegen.
»Jo, hm … jo.«
»Nee, Kinners, kommt nich in die Tüte«, protestierte Opa, »Klaas tut bei mir essen, ich hab 'ne Buddel Schnaps un Speck von der Sau, das langt für'n Seemann, nich, Klaas?«
Der Hüne grinste. »Den Speck kannst wegloten.«

Rapp griff in seine Tasche. »Ist auch recht, nebenbei: Ich habe hier noch etwas für dich, Opa.« Er gab dem Greis ein kleines, in Schmuckpapier eingewickeltes Päckchen.
»Was is das, mien Jung?«
»Mach's auf.«
Der Alte nestelte am Papier. »Dünnerslag ok! Das is ja Toback!«
Rapp schmunzelte. »Ja, Opa, echter *Mascarol* aus Sevilla, das Feinste, was die Spanier an Kautoback fabrizieren. Probier doch mal.«
»Meinst du, mien Jung?« Der Greis war unschlüssig. »Hab noch nie nich so was Teures gepriemt. Na, eh er schlecht wird.« Er biss ein großes Stück ab, kaute die Fasern mit den wenigen verbliebenen Zähnen gründlich durch und setzte endlich den üblichen Strahl in den Misthaufen. »Mannomann, der is gut, danke, Teo, vielleicht is er 'n büschen mild, aber gut is er, bannig gut. Wofür, Teo, wofür denn bloß?«
»Weil du mir doch den Zweitschlüssel gemacht hast, Opa. Dat is mien Dank, verstehst du?«
»Oh, Mann, nu mach mal nich so'n Wind, bloots wegen den blöden Slötel! Na, bis morgen, Kinners, Klaas un ich nehmen jetzt 'n Kleinen zur Brust, in meiner guten Stube, nich, Seemann?«
Augenblicke später standen Rapp und Mine allein auf dem Hof, denn Isi hatte die Koken-Marie zu Mutter Hille hinaufgebracht und schien noch dort zu bleiben.
»Gehen wir, Liebste«, meinte Rapp, »ich bin gespannt, wie dir der Rotspon schmeckt.«
»Oh, Teo, ich trink aber nur'n kleinen Schluck, sonst bin ich gleich duun!«
Er lachte: »Wenn du duun bist, bist du bestimmt noch hübscher!«
Rapp behielt Recht. Das leichte Rot auf Mines Wangen, das der Wein dorthin gezaubert hatte, stand ihr ausgezeichnet. Er

wollte ihr noch einmal nachschenken, doch sie lehnte energisch ab.
»Nee, nun ist Schluss, ich trink nix mehr«, sagte sie, »sonst hab ich morgen früh 'n Brummküsel.«
Fixfööt, der beim Essen kräftig mitgehalten hatte, grinste. »Das wollen wir ja nicht, was, Teo? Da nehmen wir lieber einen für dich mit.«
»So ist es.« Rapp fühlte sich leicht beschwingt, zumal er auch an diesem Abend davon ausgehen durfte, dass sein Thesaurus nicht weiter dezimiert werden würde. Es machte keinen Sinn, etwas zu stehlen, das anschließend wieder zurückgekarrt werden musste. »Spülen wir die Pastete hinunter, und genießen wir den Abend!«
Er und Fixfööt stießen noch einmal an, und der Flinkbeinige nahm einen kräftigen Schluck. »Eigentlich trink ich lieber Bier, aber der Rote hier ist wirklich gut, Teo. Haben die Halunken denn nun endlich deine Schätze zurückgebracht?«
Rapps Stimmung, eben noch voller Harmonie, bekam einen Dämpfer. Er setzte das Glas ab. »Nein, noch immer nicht. Und ich frage mich, woran das liegt. Der Imitator sagte Dienstagmorgen, er müsse verreisen, aber er würde dafür sorgen, dass der Thesaurus zurückkäme. Heute haben wir schon Freitag, und nichts ist geschehen. Wenn er Wort gehalten hätte, müsste er doch den Rücktransport noch vor seiner Abreise in die Wege geleitet haben. Alles andere macht keinen Sinn. Ich bin sicher, da ist etwas faul. Wenn ich nur wüsste, was.«
Mine sagte: »Warum holst du dir die Sachen nicht selbst vom Anker-Speicher, Teo? Da kann der Scharlatan doch nix gegen haben, wenn er wieder da ist? Ich denk, er muss sogar so tun, als würd er sich freuen. Und loben muss er dich auch, weil du ja so'n tüchtiger Hilfsmann bist.« Sie nahm ein Stück übrig gebliebene Pastete und deckte es mit einem Teller ab. Isi sollte es morgen bekommen.

Rapp starrte sie an. Dann schlug er sich mit der Hand vor die Stirn. »Mine! Wieso bin ich nicht selbst darauf gekommen? Was du sagst, ist absolut einleuchtend. Aber, Moment … ich habe ja gar keinen Wagen.«
»Wenn's weiter nix ist.« Fixfööt trank aus. »Den könnt ich wohl besorgen.«
»Du?«
Fixfööt grinste. »Klar. Da ist ein Fuhrmann, den ich kenn. Der transportiert mit seinen Leuten Fässer von den Zuckerbäckern, und deshalb hat er fünf oder sechs Krahnzieherkarren. Der schuldet mir noch'n Gefallen.«
»Und wann könntest du einen solchen Karren bekommen?« Rapp versuchte, seine Aufregung zu verbergen.
Der Rotschopf überlegte. »Morgen nicht, da braucht er seine Wagen selbst, weil ja Sonnabend ist. Aber Sonntag, da ging's. Wir könnten hingehen und zwei holen. Ist ja wohl klar, dass ich mitkomm.«
»Du bist ein guter Freund. So machen wir's!« Rapp spann eifrig den Gedanken fort: »Wenn es dir recht ist, gleich am Vormittag.«
Fixfööt runzelte die Stirn. »Meinst du, es wär richtig, die Sachen am helllichten Tag zu holen? Ich denk, zwei Wagen mit so komischen Dingen wie Schubladen und Schildkrötenpanzern und Alligatoren, die würden auffallen. Und ich wette, wir müssten 'ne Menge Fragen beantworten, wenn die Büttel uns über'n Weg laufen.«
Rapp winkte ab. »Nein, nein, du hast mich falsch verstanden. Ich will die Karren morgens in die Deichstraße schaffen, damit sie am Abend in jedem Fall schon vor Ort sind. Nachmittags werde ich mich noch einmal meinem Thesaurus widmen und alle Vorkehrungen für die Rückführung der Exponate treffen. Anschließend fahren wir dann zum Anker-Speicher und holen die geraubten Stücke.«
Der Flinkbeinige nickte. »Aber lass uns nicht so spät los, Teo,

wir müssen bestimmt vier- oder fünfmal fahren, auch wenn wir zwei Karren haben.«
»Einverstanden.« Rapps gute Laune kehrte zurück. »Eine halbe Flasche Wein haben wir noch, die wird jetzt geleert!«
»Aber Liebster ...«
»Doch, auch du, Mine, nimmst noch ein Tröpfchen! Denn jetzt trinken wir auf den Rücktransport meines Thesaurus. Möge alles unbeschadet wieder dorthin gelangen, von wo es gekommen ist!« Rapp schenkte ein. »Prosit!«
»Prosit, Teo!«
»Oh, Liebster, ich weiß wirklich nicht ... nun, also gut: prosit!«

Am Sonntagmittag, nach einem guten Mahl, legte Rapp sich – ganz gegen seine sonstigen Gewohnheiten – für eine Weile zur Ruhe, denn der Sonnabend war ein Tag voller Hektik gewesen. Halb Hamburg schien plötzlich von Husten, Schnupfen, Heiserkeit befallen zu sein, und die Kranken hatten sich die Klinke seines Hauses in die Hand gegeben. Alle Hände voll zu tun hatte er gehabt, um die zahllosen Wünsche nach Fiebertees und Gurgelwässern, nach Heublumensäcken und Kampfersalben, nach Hustensäften und Nasenspülungen zu erfüllen. Am Abend hatte er nicht einmal mehr Lust verspürt, Mine, die wie jeden Tag treu gekommen war, die weiteren Geheimnisse seines Thesaurus zu erklären.
Der Sonntagvormittag hatte ebenfalls keine besinnlichen Stunden für ihn bereitgehalten, musste er doch, zusammen mit Fixfööt, die beiden Karren zur Deichstraße bringen.
Doch nun schlief er, eingelullt von Mines Summen und der friedlichen Atmosphäre in der Mansarde. Er schlief lange und fest, denn Mine dachte nicht daran, ihn aufzuwecken. Sie hatte sich mit einem Büchlein aus Rapps Bibliothek ans Fenster gesetzt und las darin, genauer gesagt, sie bemühte sich darum, denn Lesen war nicht ihre Stärke. Das kleine Werk stammte von

einer Nonne des Ordens der Franziskanerinnen, ihr Name war Maria von Wildungen. Sie hatte all ihr Wissen über die Klosterheilkunde in dem Büchlein zusammengefasst, nicht nur mit einfachen Worten, sondern auch mit vielen schönen, farbigen Illustrationen. Geordnet waren die Blätter nach dem Alphabet, beginnend bei Anis und Arnika und endend bei der Zwiebel. Die Texte waren kurz und aufschlussreich, und Mine merkte, dass ihr das Lesen mit der Zeit immer leichter fiel.

»Mein Gott, Liebste, wie lange habe ich nur geschlafen? Es wird ja schon ganz dämmrig draußen!« Rapp erschien gähnend in der Tür. »Weißt du, wie spät es ist?«

»Vorhin hat es fünf geschlagen.« Mine lächelte. »Ich wollt dich nicht stören.«

»Was denn, schon nach fünf? Ich habe mich doch für sechseinhalb Uhr mit Fixfööt im Apothekenhaus verabredet! Du hättest mich wecken müssen! Ich wollte doch noch die Reste des Thesaurus richten. Nun ist die Zeit vertan.«

Mine stand auf. »Gar nix ist vertan. Du musst deinen Schlaf haben, das ist wichtiger. Und dafür sorg ich.« Sie küsste ihn, und wie nicht anders erwartet, war er augenblicklich besänftigt.

»Na schön, aber ich muss jetzt sofort los.«

»Willst du nicht vorher noch was essen?«

»Liebste!« Er sah sie in so komischer Verzweiflung an, dass sie lächeln musste.

»Gut, gut, ich hab's verstanden.«

Erleichtert umarmte er sie. »Du musst mir Glück wünschen, wenn du mir Glück wünschst, wird alles klappen.«

»Das tu ich doch.«

»Und warte nicht auf mich.« In Windeseile zog er eine dicke Joppe an, setzte eine Mütze auf, und ehe sie sich's versah, war er fort.

Sie blickte ihm nach und seufzte. Irgendwie war ihr alles zu schnell gegangen.

Und irgendwie hatte sie ein ungutes Gefühl.

Kapitel zwölf,

in welchem ein Toter des Lesens mächtig zu sein scheint und Kupfersalz, Flusssäure sowie Königswasser eine nicht unerhebliche Rolle spielen.

Rapp hastete mit geschlossenem Kragen und hochgezogenen Schultern vorwärts. Typisches Hamburger Nieselwetter herrschte an diesem frühen Sonntagabend, ein Wetter, bei dem man keinen Hund vor die Tür jagen mochte.
Er verschnaufte einen Augenblick, eilte weiter, während er an die Stunden dachte, die er durch unnützes Schlafen vergeudet hatte. Er würde kaum noch Muße finden, die verbliebenen Stücke seines Thesaurus so herzurichten, dass ein Zurückordnen des Hauptteils der Sammlung problemlos durchzuführen war. Nun ja, es musste trotzdem irgendwie gehen, und Mine hatte es nur gut gemeint, als sie ihn schlafen ließ.
Endlich bog er in die Deichstraße ein, wo ihm Pfützen, Schlamm und Unrat entgegenstarrten. Keine Menschenseele war zu sehen; die Stille zwischen den Häusern schien ihm fast unheimlich. Doch, Gott sei Dank, da standen sie noch: die beiden Krahnzieherkarren, die Fixfööt und er am Morgen vor seinem Apothekenhaus abgestellt hatten. Der Anblick der Wagen beruhigte ihn. Es waren solide Karren, starkbödig und zweirädrig, geschaffen für den Transport schwerer Güter durch einen einzelnen Mann.
Alles würde heute Nacht gut werden.
Schritte unterbrachen Rapps Gedanken. Mittlerweile war es so dunkel, dass er die sich nähernde Gestalt nicht sofort erkannte.
»Bist du es, Fixfööt?«

»Guten Abend, Herr Apotheker«, sagte Doktor Fernão de Castro.
»Donnerwetter, das ist aber eine Überraschung!«, entfuhr es Rapp. »Wolltet Ihr zu mir, Herr Doktor?«
Statt einer Antwort trat der Physikus näher und musterte prüfend die Gesichtszüge seines Gegenübers. »Euren Zehen geht es weiterhin gut?«
»Aber ja, wieso fragt Ihr? Eure Salbe war ausgezeichnet, ich sagte es Euch doch schon neulich Abend.«
Der Arzt begann zu lächeln. »Da Ihr mir diese Antwort gebt, darf ich davon ausgehen, dass Ihr der ›richtige‹ Apotheker seid. Die Ähnlichkeit zwischen Euch und Eurem Imitator ist wirklich verblüffend. Doch um auf Eure Frage zurückzukommen: Ja, ich wollte zu Euch. Zwar habe ich noch nichts herausgefunden, was Euch in Eurer Situation helfen könnte, aber wenn Ihr erlaubt, würde ich gern einen Blick auf Euren Thesaurus werfen.«
»Nichts leichter als das! Ich freue mich, Euch zu sehen«, rief Rapp, und er meinte es ehrlich.
»Dann passt es also? Wunderbar. Ich gebe zu, der Zeitpunkt meines Besuchs ist etwas ungewöhnlich, aber ich komme gerade von einem Patienten, der ganz in der Nähe am Rödingsmarkt wohnt. Da bot sich der kleine Umweg an.«
»Ich hätte mich sicher auch schon mit Euch in Verbindung gesetzt, aber in der Zwischenzeit sind so viele Dinge passiert, dass ich einfach nicht die Zeit dafür fand.«
Der Physikus zog die Augenbrauen hoch. »Ach? Was denn?«
»Das erzähle ich Euch besser im Haus.« Rapp schloss auf und bat den Gast herein. »Seid willkommen. Wartet, ich entzünde einen Leuchter.«
Als es hell in der Offizin wurde, blickte der Physikus sich neugierig um. »Ich war noch nie in Eurer Apotheke, aber was ich sehe, beeindruckt mich. Alles wirkt gediegen und verlässlich und von guter Profession. Und nicht zuletzt der Geruch ist, wie

ich ihn liebe: ein Gemisch aus guten, würzigen Kräutern. Vielleicht sollten wir, wenn sich der ganze Schwindel mit diesem Doppelgänger aufgeklärt hat, eine Zusammenarbeit in Erwägung ziehen?«

»Mit Freuden, Herr Doktor! Doch nehmt zunächst einmal Platz. Nein, nicht da auf dem Schemel, sondern dort auf dem Stuhl.«

Der Physikus tat, wie ihm geheißen, und ließ seine Blicke weiterhin über Schränke und Regale schweifen.

»Entschuldigt mich.« Rapp eilte in die Küche und holte eine Kruke mit Brunnenwasser und zwei Becher. »Ich würde Euch gern etwas Besseres anbieten, aber ich muss gestehen, als Junggeselle ist meine Speisekammer immer recht verwaist.«

Der Arzt winkte ab. »Wem sagt Ihr das.« Er nahm einen gefüllten Becher entgegen, trank und meinte: »Als Jude müsste ich ohnehin Euer Bier oder Euren Wein ablehnen. Wasser hingegen ist koscher.« Er setzte das Trinkgefäß ab. »Was ist denn in der Zwischenzeit geschehen?«

»Eine Geschichte, die Ihr kaum glauben werdet.«

»Machen wir die Probe aufs Exempel, mein Freund. Erzählt.«

Und Rapp erzählte. Er berichtete von Meinardus Schlich, dem schmalen, listigen Büttel, und seinem Auftritt im Apothekenhaus. Er beschrieb die hilflose Figur, die der Imitator bei seiner Befragung gemacht hatte, und schilderte die Begebenheit am nächsten Morgen, als der Scharlatan ihm so überraschend den Schlüssel ausgehändigt hatte, um anschließend auf Reisen zu gehen. »Ich habe bis heute nicht begriffen, warum der Imitator so plötzlich fortblieb und warum er nicht vorher die Rückführung der gestohlenen Stücke veranlasste«, schloss Rapp.

»Hm«, sagte der Physikus nachdenklich. »Das Ganze hört sich an, als hinge das Auftreten des Meinardus Schlich mit dem Verschwinden des Imitators zusammen. Anders gesagt: Wenn der Büttel nicht erschienen wäre, hätte der Scharlatan nicht das Feld geräumt.«

Rapp nickte. »So kommt es einem vor.«
»Warum wundert Ihr Euch eigentlich darüber, dass Eure Thesaurus-Stücke noch nicht zurückgebracht wurden?«
»Nun, äh ...« Rapp war leicht verwirrt. »Weil der Imitator sie zurückbringen muss. Er kann ja gar nicht anders. Schließlich weiß er, dass Meinardus Schlich sich in jedem Fall davon überzeugen wird.«
Der Arzt sinnierte weiter. »Und wer sagt Euch, dass der Scharlatan überhaupt zurückkommt? Nehmen wir an, er tut es nicht: Dann findet der Büttel weder ihn noch den Thesaurus vor, und er hätte eine Fülle von Fragen an Euch.«
Rapp zuckte zusammen. Von dieser Seite hatte er den Fall noch nicht betrachtet. »Ah-hm ... das wäre höchst unangenehm für mich, aber es würde keinen Sinn machen. Der Thesaurus muss doch wieder herbeigeschafft werden.«
»Vielleicht. Vielleicht auch nicht. Ihr sagtet doch selbst, dass nur noch ein Rest im Haus verblieben ist. Der Imitator könnte auch ihn noch stehlen lassen.«
»Ja, schon, doch das Versteck des Thesaurus ist bekannt, der Speicher mit dem Anker davor ...«
»... kann schon morgen ausgedient haben«, unterbrach de Castro. »Es dürfte dem Imitator und seinen Komplizen nicht allzu schwer fallen, eine andere Unterbringung für die Exponate zu finden. In diesem Falle hättet Ihr gar nichts mehr, außer den Befragungen durch Meinardus Schlich.«
Rapp schnaubte: »Ungeheuerlich, dieser Gedanke! Aber ich werde es nicht so weit kommen lassen. Noch heute Nacht plane ich, die gestohlenen Stücke zurückzuholen – mit jenen zwei Karren, die Ihr vor der Tür gesehen habt. Ein Freund von mir, Fixfööt genannt, wird beim Transport behilflich sein. Egal, ob der Imitator zurückkommt oder nicht, mein Thesaurus wird sich schon morgen wieder am alten Platz befinden.«
»Ihr ergreift also die Initiative.« De Castro nahm noch einen Schluck Wasser. »Das höre ich gern. Unter den gegebenen Um-

ständen scheint es mir das Klügste, was Ihr machen könnt. Denn sollte der Imitator tatsächlich wieder auftauchen, müsste er sich selbstverständlich mit Eurer Vorgehensweise einverstanden erklären. Wenn auch mit zusammengebissenen Zähnen.«

»So ist es, Herr Doktor. Doch bevor mein Freund erscheint, erlaubt mir, Euch die kümmerlichen Reste des Thesaurus zu präsentieren. Sie befinden sich im oberen Bereich meines Hauses. Bitte folgt mir.«

Im zweiten Stock stellte Rapp den Leuchter auf den Tisch und zündete weitere Kerzen an. »Was interessiert Euch am meisten? Nennt mir das Gebiet, und ich will sehen, was ich Euch noch zeigen kann.«

Der Physikus ließ sich mit seiner Antwort Zeit, denn trotz der Klagen Rapps, wie dezimiert seine Sammlung sei, war ein ansehnlicher Teil übrig, und dieser ansehnliche Teil stand, lag oder hing an den verschiedensten Orten im Raum. »Nun, Herr Apotheker, was ich sehe, ist noch immer überwältigend. Aber um ehrlich zu sein, mich fesseln von jeher am meisten die Dinge, die im Verborgenen wachsen: die Moose, die Flechten und die Pilze, denn nicht selten vermögen sie ungeahnte Heilkräfte zu entwickeln.«

»Oh, das trifft sich schlecht.« Enttäuschung breitete sich auf Rapps Gesicht aus. »Gerade in dem Bereich wies mein Kabinett nur Weniges auf, und dieses Wenige wurde bereits geraubt. Doch wartet …«, seine Miene hellte sich wieder auf, »ich habe eine recht umfangreiche Literatur darüber, drüben in der Nebenkammer.«

Sie gingen hinüber, und nachdem Rapp kurz auf seine Lesemaschine und deren Sinn verwiesen hatte, deutete er mit einer ausholenden Geste auf die große Regalwand. »Meine Bibliothek. Neben der Vervollkommnung meines Thesaurus sammle ich leidenschaftlich Literatur.«

»Faszinierend!«, rief de Castro aus. »Ihr seid zu beneiden. Es muss wunderbar sein, in dieser Büchervielfalt schwelgen zu können.« Er trat einen Schritt zurück, um den Gesamteindruck des geballten Wissens besser genießen zu können, und stolperte dabei über einen kleinen Gegenstand. »Hoppla, was war das?« Er blickte zu Boden und riss erstaunt die Augen auf.

Der Gegenstand war ein Finger.

»Der Finger gehört zu einer Hand!«, rief Rapp entsetzt. Er bückte sich und spähte unter die Radkrümmung seiner Lesemaschine. »Bei allen Mörsern und Pistillen! Schaut nur, und die Hand gehört zu einem Arm, und ...« Er warf sich der Länge nach auf den Boden und bemerkte dabei mehrere Blutstropfen. »Es ist ein menschlicher Leib, der da liegt! Ein Toter! Mein Gott, eine Leiche unter meinem Leseapparat!«

»Wartet.« De Castro machte nicht viele Worte, sondern ergriff den großen Leuchter und stellte ihn auf den Boden neben Rapps Kopf. »Könnt Ihr erkennen, wer es ist?«

»Nein, der Kleidung nach ist es ein Mann. Er liegt in gekrümmter Haltung auf dem Rücken, eingeklemmt unter dem Gestänge, und scheint nach oben zu blicken, so als wolle er die Buchtitel von unten lesen.«

»Wir müssen ihn herausziehen, schnell!«, befahl der Arzt. »Vielleicht ist er nur ohnmächtig, und ich kann ihn retten.«

Rapp glaubte nicht an diese Möglichkeit, doch er gab dem Arzt Recht. Auch wenn alles darauf hindeutete, dass der Mann tot war, so musste der Versuch doch unternommen werden. Er schätzte den Raum zwischen der Radkrümmung und den schweren Standfüßen links und rechts ab. »Wir können ihn nicht seitlich hervorholen, er ist zwar klein, aber es wird nicht gehen. Wir müssen ihn anders befreien.«

»Und wie?« Der Physikus war in die Knie gegangen und versuchte nun selbst, mehr zu erkennen.

Rapp überlegte. Dann war er sicher, dass es nur einen Weg gab. »Wir müssen ihn so herausholen, wie er hineingelangt ist: von der Seite, zwischen dem Boden und der untersten Buchauflage.«

»Buchauflage? Ihr meint damit eine dieser Schaufeln?«
»Richtig. Die Spalte ist zwar klein, aber es wird schon gehen.« Rapp stand auf und trat an die schmale Seite. Wir müssen das Rad ein wenig nach oben drehen, damit die Öffnung groß genug wird. Dann ziehen wir den Toten an den Füßen hervor. Packt mal mit an.«
Sie zerrten an den Schnallenschuhen, langsam streckte sich der Körper und kam Zoll für Zoll unter dem Rad hervor. Es ging nicht einfach, denn irgendwo hatte der Mantel des Bedauernswerten sich im Gestänge verfangen. Rapp keuchte: »In umgekehrter Richtung hat man ihn hineingeschoben, tief hinein, und am Schluss hat man ihm noch die Knie angewinkelt, damit der Betrieb der Lesemaschine weiterhin möglich ist. Wer immer das getan hat, er muss ein Teufel voller List und Tücke sein.«
»Oder der Imitator«, gab der Physikus zurück.
Beide zogen noch einmal mit aller Kraft, und plötzlich gab der Mantelstoff nach. Der Körper des Unbekannten schoss ruckartig unter der Maschine hervor. Das Gesicht des Toten wurde sichtbar. Es gehörte – dem Frettchen.
»Kennt Ihr den Mann?«, fragte der Physikus.
»Nur zu gut.« Rapp musste erst einmal tief durchatmen. »Es ist der Büttel, der am vergangenen Montag hier war und dem Imitator unbequeme Fragen stellte. Derselbe, der auch sein Wiedererscheinen ankündigte.«
Der Arzt schürzte die Lippen. »Meinardus Schlich?«
»Genau der.«
»Er ist wirklich tot. Der Allmächtige, Sein Name sei gepriesen, erbarme sich seiner Seele. Das Hervorziehen war nicht nur wegen des verfangenen Stoffs so schwer, sondern auch, weil die Totenstarre eingesetzt hat.« De Castro untersuchte den Büttel eingehend. Er betastete die Lider, die Kaumuskulatur, die kleinen Gelenke, anschließend Rumpf und Extremitäten. Dann konstatierte er: »Der Körper zeigt alle Merkmale einer vollständigen Starre.«

»Und was bedeutet das?«, fragte Rapp.
»Nun, mein Freund« – de Castro richtete sich ächzend auf – »dass Meinardus Schlich seit mindestens acht Stunden tot ist, so lange nämlich braucht die Leichenstarre, um sich komplett auszudehnen. Wenn Ihr mich fragt, liegt sein Dahinscheiden aber länger zurück. Ich denke, er starb in der letzten Nacht.«
»Und woran, Herr Doktor?«
»Das herauszufinden bedarf einer weiteren Untersuchung.« Der Physikus, der ins Schwitzen gekommen war, legte seinen Mantel ab und beugte sich wieder über den Toten. Meinardus Schlich sah auch jetzt noch wie ein Frettchen aus, allerdings wirkte sein Gesicht noch spitzer, und in seinen seelenlosen Augen lag stumme Anklage. De Castro schloss ihm die Lider. »Wir müssen ihn auf den Rücken drehen. Wahrscheinlich sitzen dort die Verletzungen, die zu seinem Tode führten.«
Mit einiger Anstrengung gelang ihnen das Vorhaben, wobei sie von einem merkwürdig knackenden Geräusch abgelenkt wurden, als die Leiche auf die Bauchseite rollte. »Was war das?«, fragte Rapp.
»Ich habe keine Ahnung.« Der Physikus beschäftigte sich mit zwei blutdurchtränkten Schlitzen im Stoff. Nach einer Weile deutete er auf den linken. »Hier drang die Waffe ein, die zum Tode führte, denn der Einstich sitzt genau auf Herzhöhe. Ich wünsche dem armen Büttel, dass es der erste Stoß war, denn in diesem Fall musste er nicht lange leiden. War jedoch der andere Stoß der Erste, wird er sich noch so lange gequält haben, bis der tödliche Stoß erfolgte.«
Rapp schauderte. Wer war so feige, dass er einem Menschen auflauerte und ihn hinterrücks ermordete?
»Die Waffe muss eine Klinge gewesen sein, schmal, scharf, spitz. Und nicht zu lang, denn auf der Brustseite haben wir kein Blut gesehen.«
»Aber wir haben etwas gehört. Diesen seltsamen knackenden Laut beim Drehen der Leiche.«

Der Physikus antwortete: »Richtig, um der Sache auf den Grund zu gehen, müssen wir den Mann wieder auf den Rücken wälzen.«

Als das geschehen war, betrachtete der Arzt den Toten aufs Neue. »Äußerlich ist nichts zu sehen. Nichts, dass zerbrechen könnte und ein solches Geräusch verursacht.« Er begann den Mantel des Toten zu öffnen. »Das Kleidungsstück ist schief und unregelmäßig zugeknöpft«, stellte er fest, »vielleicht von fremder Hand.« Dann schlug er den Stoff zurück. Darunter kam eine Jacke hervor, dann eine Weste. »An dieser Stelle können wir zweierlei festhalten, Herr Apotheker: Erstens, Meinardus Schlich war ein Mann, der leicht fror, sonst hätte er sich bei dem vergleichsweise milden Wetter nicht so dick angezogen; zweitens, der Mörder muss über erhebliche Kraft verfügt haben, sonst hätte er die Klinge nicht durch so viele Stoffschichten stoßen können.«

Rapp schluckte und dachte: Von den drei Halunken, die meinen Thesaurus fortgekarrt haben, besitzen mindestens zwei ein Messer. Damit haben sie damals auch erbarmungslos auf den armen Klaas eingestochen, obwohl er nicht nur betrunken und wehrlos, sondern auch unbewaffnet war. Ihnen traue ich alles zu.

»In der Weste stecken ein paar persönliche Habseligkeiten und ein Stück Papier, ich glaube, ein Brief«, konstatierte der Physikus.

Rapp besah sich das Schreiben und sagte: »Es ist der Brief, den ich verfasst habe, um Meinardus Schlich in mein Apothekenhaus zu locken.«

De Castro nickte. »Ja, das habt Ihr geschickt eingefädelt. Ein guter Schachzug! Doch lassen wir das Papier, wo es ist. Jetzt nur noch das Hemd … wenn wir darunter nichts finden, müssen wir ihm auch die Hose ausziehen. Aber dann seid Ihr dran.«

Doch sie fanden etwas. Etwas so Ungewöhnliches, dass Rapp kaum in der Lage war, einen Ausruf zu unterdrücken. Es war

die *Paramuricea clavata,* die Rote Gorgonie, die auf der Brust des Frettchens lag und sich teilweise ins Fleisch eingedrückt hatte. Einen Großteil ihrer Makellosigkeit hatte sie eingebüßt, denn durch den Aufprall beim Umdrehen waren zahllose ihrer kleinen Spitzen und Verästelungen abgeknickt. Rapp war, als wäre in ihm selbst etwas zerbrochen, als er die Koralle behutsam an sich nahm. »Wozu?«, murmelte er. »Ich verstehe das nicht. Was soll das alles?« Er legte das Hohltier auf den Tisch und musste sich erst einmal setzen.
Auch der Physikus war ratlos. Er blickte auf die zerstörte Gorgonie und sagte langsam: »Wir müssen darüber nachdenken, müssen alles analysieren, Herr Apotheker.« Er nahm den Kerzenleuchter auf und leuchtete damit den Boden ab. »Dachte ich mir's doch: Es gibt noch mehr Blutflecken, sie sind zwar klein, aber bei näherer Betrachtung nicht zu übersehen.« Immer weiter leuchtend schritt er hinüber in den Thesaurus-Raum und kam wenige Augenblicke später zurück. »Die Flecken bilden eine Spur, die nach unten in die Offizin führt. Sie ist der Beweis für das, was ich schon vermutete: Meinardus Schlich wurde nicht hier ermordet, sondern an anderer Stelle. Wo, lässt sich schlecht sagen, dafür sind die Spuren an den Sohlen seiner Schnallenschuhe zu allgemein, die trockenen Schlammreste können von überallher stammen.«
»Wenigstens wissen wir, wann er gestorben ist«, erwiderte Rapp, kummervoll die lädierte Koralle betrachtend.
Der Arzt setzte sich neben ihn. »Ja, ich sagte, vermutlich in der vergangenen Nacht. Aber um es wissenschaftlich präzise auszudrücken: Der Tod des Meinardus Schlich liegt mindestens acht Stunden zurück, denn so lange braucht die Leichenstarre, um – ich erklärte es schon – sich komplett auszubilden. Aber, und das sagte ich noch nicht, die Starre kann bis über neunzig Stunden anhalten, so dass auch ein viel früherer Zeitpunkt für den Mord in Erwägung gezogen werden muss. In jedem Fall können wir aus diesen Überlegungen ableiten, dass der Tote

bereits vermisst wird, woraus wiederum der Schluss zu ziehen ist, dass man nach ihm sucht.«

Rapp nickte schwer. »Ich fürchte, da habt Ihr Recht, Herr Doktor. Und ich fürchte noch mehr, dass man hier in meinem Hause suchen wird. Meinardus Schlich war zwar allein mit der Untersuchung des Thesaurus-Raubs beauftragt, aber ganz sicher tauschte er sich mit seinen Kollegen aus, bevor er die Nachforschungen aufnahm.«

»Dem kann ich schwerlich widersprechen.« De Castro stand auf, zog seinen Mantel an und setzte sich wieder. »Ihr müsst damit rechnen, dass schon morgen die Büttel hier erscheinen, um nachzufragen, ob Ihr etwas über den Verbleib des Vermissten wisst. Und Ihr müsst ferner damit rechnen, dass die Herren sich gründlich in Eurer Apotheke umsehen werden.«

»Und dabei den Toten finden. Wenn das geschehen würde, könnte ich gleich freiwillig zum Henkersplatz marschieren.«

»So ist es. Aber so weit sind wir noch nicht. Die Frage ist doch, warum der Büttel ermordet wurde. Darauf gibt es wie immer zwei Antworten. Die Erste: Dem Imitator und seinen schmutzigen Helfern wurde Angst und Bange bei dem Gedanken, Meinardus Schlich könnte in Zukunft öfter hier herumschnüffeln. Das musste in ihren Augen auf jeden Fall verhindert werden, denn es hätte den gesamten Raub zum Scheitern gebracht. Die Zweite: Irgendwer, wahrscheinlich der Imitator selbst, ahnt, dass der Gehilfe Molinus Hauser in Wahrheit Teodorus Rapp ist, und will sich Eurer auf diese Weise elegant entledigen.«

»Ich glaube nicht, dass der Scharlatan mich erkannt hat«, warf Rapp ein.

»Mag sein, doch selbst wenn er den Verdacht nicht hegte, käme es ihm gelegen, Euch gewissermaßen zu opfern, denn je länger Ihr in diesem Hause arbeitet, desto mehr bekommt Ihr von den Geschehnissen mit und desto größer wird die Gefahr durch Eure Person.«

Rapp presste die Lippen zusammen. »Mit der zweiten Antwort muss ich leben, ich war mir über die Gefahr, erkannt zu werden, von vornherein im Klaren. Die Hauptsache ist, dass meine Freunde von Opas Hof nicht in die Sache hineingezogen werden.« Im Stillen fügte er hinzu: Und um Gottes willen nicht Mine! »Aber zu etwas anderem. Jetzt verstehe ich auch, warum der Imitator so plötzlich für Tage verschwinden musste: Eine Leiche sollte in meinem Haus gefunden werden, und ich sollte den Sündenbock spielen, denn der feine Herr war ja auf Reisen, hatte somit einen Nachweis seiner Abwesenheit und gleichzeitig einen unwiderlegbaren Unschuldsbeweis. Wenn ich nur daran denke, wie heuchlerisch er mir den Hausschlüssel ›anvertraute‹, könnte ich ihn erwürgen.«

»Ja, Eure Lage ist nicht rosig. Aber keinesfalls verloren«, setzte de Castro die gemeinsamen Überlegungen fort. »Denn wir haben nicht nur rechtzeitig die Leiche gefunden, sondern auch die in ihr versteckte Koralle.«

Rapp runzelte die Stirn. »Wie meint Ihr das?«

»Nun, die Verbrecher gingen von zwei Annahmen aus: Entweder die Büttel würden die Leiche unter der Lesemaschine entdecken – mit allen erwähnten Konsequenzen für Euch –, oder sie würden es nicht. In diesem Fall setzten sie voraus, dass Ihr den Toten entdecken und fortschaffen würdet, um die Tat zu vertuschen. Allerdings, und das scheinen sie zu wissen, gibt es kaum eine Leiche, die für immer verschwindet, fast alle finden sich wieder, sogar jene, die steinbeschwert ins Wasser geworfen werden. Sie nahmen also an, die fortgeschaffte Leiche würde alsbald wieder auftauchen, und dafür verbargen sie die Koralle unter dem Hemd. Nun sagt selbst, Herr Apotheker: Wenn Ihr ein Büttel wärt, wer käme für Euch als Mörder am ehesten in Frage? Richtig. Natürlich der, dem das Korallentier gehört!«

Rapp wurde der Mund trocken. Er sehnte sich nach einem Schluck Wasser, aber das Nass war unten in der Offizin geblieben, und er wollte nicht hinuntergehen und die scharfsinnige

Analyse des Arztes unterbrechen. »Wenn ich es recht verstehe, wollten die Halunken also ganz sichergehen, dass der Verdacht auf mich fällt. Egal, wo. Der ganze Plan ist so abgefeimt, dass ich nur eine Rettung sehe.«
»Welche, mein Freund?« Erwartungsvoll beugte der Physikus sich vor.
»Wir müssen die Leiche fortschaffen und an einem anderen Ort auflösen.«
»Auflösen?«
»Ja. Und zwar so vollständig, dass nichts, aber auch gar nichts von ihr übrig bleibt. Kein Knorpel, kein Knochen, kein Zahn.«
»Beim Allmächtigen, dessen Name gepriesen sei! Ihr spracht von Auflösen! Womit denn? So etwas gibt es nicht. In meiner langen Praxis als Physikus habe ich noch nie von einem derart starken Mittel gehört.«
Rapp musste, ob er wollte oder nicht, lächeln. »Ihr seid ja auch Arzt, doch ich bin Apotheker.«
»Zweifellos, aber ...« Weiter kam de Castro nicht, denn in diesem Augenblick erklang unten in der Offizin die Türglocke, und eine Stimme rief: »Teo! Teo, Bist du oben? Ich bin's, Fixfööt!«
»Ja, ich bin hier! Komm herauf, aber erschrick nicht, dir steht ein übler Anblick bevor!«
Trotz der Warnung musste der Rotschopf ein paarmal schlucken, als er Augenblicke später der Leiche gegenüberstand. Rapp stellte die Männer einander vor und erklärte dann mit dürren Worten, was geschehen war. Er schloss: »Mit dem Zurückholen des Thesaurus wird es also nichts heute Nacht. Der Doktor und ich werden ohnehin schon alle Mühe haben, die Leiche spurlos verschwinden zu lassen. Wie wir das genau machen werden, weiß ich noch nicht, doch kannst du mir einen großen Gefallen tun.«
»Was liegt an?« Fixfööt mit seinem flinken Kopf hatte sich schon auf die neue Situation eingestellt.

»Beseitige alle Blutflecken, die du im Haus finden kannst, scheure die Bohlen von unten bis oben, und vergiss die Treppe nicht. Wasser, Schrubber, Seife, Sandpaste, Lappen, alles das findest du in der Küche.« Rapp erhob sich. »Herr Doktor, bitte fasst mit an, wir tragen die Leiche nach unten.«
Wie sich herausstellte, war der Transport des Toten leichter gesagt als getan, auch wenn seine Glieder durch die Starre nur wenig nachgaben. Doch schließlich langten sie in der Offizin an, wo sie Meinardus Schlich zunächst hinter den Rezepturtisch platzierten, damit ihn kein neugieriges Auge von der Straße aus entdecken konnte. Fixfööt, der die ganze Zeit den Leuchter gehalten hatte, lief in Küche, nachdem Rapp zwei weitere Kerzen entzündet hatte. Er war gerade im Begriff, nach einem Standgefäß mit der Aufschrift *Flussspat* zu greifen, als Fixfööt schon wieder erschien, diesmal mit sämtlichem Reinigungsgerät bewaffnet.
»Wo soll's losgehen?«, fragte der Flinkbeinige.
»Oben im zweiten Stock. Von dort arbeitest du dich herunter. Am besten, du stellst den Leuchter auf den Boden, dann siehst du am meisten.«
»Mach ich.« Fixfööt war Feuer und Flamme. Dies war ein Abenteuer nach seinem Geschmack. Er wollte hochlaufen, doch Rapp hielt ihn noch einmal zurück und sagte: »Hier gebe ich dir etwas Kupfersalz mit.« Er reichte ihm ein Behältnis, auf dem *Sal: cuprum* stand. »Nimm das Salz für die eisernen Teile der Lesemaschine, falls das Blut dort schlecht abgeht. Und, ganz wichtig, drehe das Rad ein paarmal leicht vor und zurück, im Gestänge muss noch ein Stück Mantelstoff von Meinardus Schlich klemmen. Nicht auszudenken, wenn die Büttel es fänden.«
»Kannst dich auf mich verlassen, Teo!«
»Das wusste ich. Du ahnst gar nicht, wie dankbar ich dir bin.«
Rapp wandte sich wieder de Castro zu. »Entschuldigt die Unterbrechung, aber ich denke, es ist ein Segen, dass Fixfööt da ist.

Ohne ihn müssten wir das Apothekenhaus ungereinigt verlassen, und wer weiß, wann ich heute Nacht wiederkomme.«
»Ihr scheint gute Freunde zu haben. Sehr gute.«
»Ja, die habe ich, und wenn mich nicht alles täuscht, gehört auch Ihr dazu.«
»Nun, ja«, hüstelte de Castro.
Rapp redete weiter, ehe der Arzt vollends in Verlegenheit geriet: »Was wollte ich noch? Ach ja, den Flussspat herunternehmen ... da ist er schon.« Er stellte das Gefäß auf den Rezepturtisch.
»Was habt Ihr vor?«, fragte der Physikus.
»Ich beabsichtige, Flusssäure herzustellen, Herr Doktor. Es handelt sich dabei um die einzige der *Aciden,* die in der Lage ist, Stoffe schnell und gänzlich aufzulösen. Allerdings brauchen wir dazu ein Nönnchen.«
»Ein Nönnchen? Jetzt wollt Ihr mich auf den Arm nehmen!«
»Keineswegs. Unter einem Nönnchen versteht man ein verschließbares, birnenförmiges Enghalsglas, und eben dieses brauchen wir für den chemischen Prozess.« Rapp gab eine gute Portion Flussspat in das Gefäß, das er mit konzentrierter Schwefelsäure aufgoss. Sofort entstand eine stark rauchende Flüssigkeit, deren Tätigkeit er aber kurz darauf unterband, indem er einen gläsernen Stopfen auf das Nönnchen setzte.
De Castro schüttelte den Kopf. »Ihr seid mir ein *Apotecarius* voller Rätsel: Wie, um alles in der Welt, wollt Ihr mit einer so geringen Menge Flusssäure einen ausgewachsenen Körper beseitigen?«
»Es ist noch keine Flusssäure, Herr Doktor, sondern lediglich eine Vorstufe. Flusssäure entsteht erst in Verbindung mit Wasser, und genau da scheint mir das Problem zu liegen. Wir müssten Meinardus Schlich in eine Art Wasserbad werfen, in das ich den Inhalt des Nönnchens schütten könnte. Dann erst entstünde die alles zerstörende chemische Verbindung.«
»Ein Wasserbad, ein Wasserbad, wo in Hamburg mag so etwas

zu finden sein, noch dazu mitten in der Nacht?«, grübelte der Arzt.
»Ja, wo?«, wiederholte Rapp, der sich die ganze Zeit ob dieser Schwierigkeit den Kopf zermartert hatte. Doch jetzt kam ihm ein Geistesblitz: »Ein Fass, Herr Doktor! Ein großes Wasserfass! Da hinein sollte die Leiche passen.«
Noch ehe de Castro antworten konnte, erschien Fixfööt auf der untersten Stufe der Treppe. »Muss frisches Wasser haben!«, verkündete er.
»Wie kommst du voran?«, fragte Rapp.
»Gut!« Der Rotschopf gab Rapp ein Stück Stoff in die Hand.
»Was soll ich mit dem Lappen?«
Fixfööt griente. »Wieso Lappen? Das ist der Fetzen aus dem Leseapparat, Teo.«
»Ach so, Gott sei Dank! Du hast ihn gefunden.« Rapp steckte das Stoffstück in die Tasche.
»Bin oben schon fast fertig. Ich guck aber noch mal nach. Vielleicht hab ich was übersehen.«
»Ja, tu das.« Rapp packte den Flinkbeinigen an der Schulter. »Aber tu es nicht nur einmal. Versprich mir, dass du dreimal hinguckst. Höre erst auf, wenn du wirklich sicher bist, dass alles sauber ist.«
»Geiht kloor!«
»Goot.« Rapp hielt Fixfööt weiterhin zurück. »Wenn du mit allem fertig bist, räume die Putzsachen weg und schließ die Haustür hinter dir. Der Doktor und ich schaffen derweil die Leiche fort. Dazu brauchen wir natürlich nur einen der beiden Wagen. Sei so gut und fahre den anderen schon zum Fuhrmann zurück, er braucht ihn ja morgen. Ich bringe unseren dann nach.«
»In Ordnung, Teo. Soll ich dann noch mal herkommen?«
Rapp ließ den Rotschopf los. »Nein, nein, geh nur anschließend nach Hause. Und solltest du Mine zufällig noch treffen, sage ihr, dass alles in Ordnung wäre, ich würde ihr morgen alles erzählen.«

»Ist gut. Mensch, Teo, pass bloß auf dich auf!«
»Das werde ich. Und nun schwirr ab.« Rapp gab dem Flinkbeinigen einen Klapps, und dieser war im Nu wieder nach oben verschwunden.
»Ich hab's! *Kroogmann's Gerberei«*, rief der Physikus, der unterdessen scharf nachgedacht hatte.
»Äh, wie meint Ihr?« Rapp verstand nicht.
»Ich meine, wir brauchen doch ein großes Wasserfass, und auf dem Hof von *Kroogmann's Gerberei* stehen mindestens ein Dutzend davon. Dorthin sollten wir die Leiche bringen.«
»Wo ist das?«
»Brauerknechtsgraben, eine Straße westlich der Schaartorbrücke, es wird einige Zeit dauern, bis wir dort sind, aber ich denke, der Platz ist ideal. Der Hof ist verlassen, seit der alte Kroogmann das Zeitliche gesegnet hat. Genau ein halbes Jahr ist es jetzt her, dass er an einem *Aneurysma* der Herzwand starb. Es war ein schneller Tod, so schnell, dass meine Hilfe leider zu spät kam.«
»Also, auf zur Gerberei«, entschied Rapp und steckte das Nönnchen ein. »Ich nehme den Oberkörper, Ihr die Beine, gemeinsam werden wir auch die letzten Schritte schaffen.«
Sie wuchteten den Toten auf die Karre und deckten ihn mit einem schwarzen Laken ab. »Das Nieseln ist stärker geworden«, stellte Rapp leise fest, »nicht gerade das Wetter, das man einem Toten für seine letzte Fahrt wünscht, doch andererseits hat es sein Gutes: Der Regen wird auch den letzten Blutfleck von der Straße waschen.«
De Castro brummte: »So ist der ewige Regen endlich einmal zu etwas nutze. Doch bevor wir losmarschieren, sollten wir noch Eure hölzerne Reiseapotheke, den großen bronzenen Mörser und einige andere Utensilien aufladen.«
»Nanu? Wozu denn das?«, wunderte sich Rapp.
»Ich hoffe, es erweist sich als unnötig. Lasst es uns einfach tun.«
Rapp zuckte mit den Schultern. »Wie Ihr wollt.«

Wenig später machten sie sich auf den Weg. Da sie zu zweit waren, ließ sich der Gang nicht schwer an. Dennoch bewegten sie sich langsam, damit die Räder des Karrens nicht quietschten. Die Fahrt ging nach Süden die Deichstraße hinunter und dann rechts ab in den Binnenkajen. Kein Mensch ließ sich blicken, nicht einmal ein Bettler oder ein betrunkener Zecher, nur die Geräusche der Nacht umfingen sie: ab und zu das Bellen eines Hundes, ein Schnarchen hinter Hauswänden, vereinzeltes Gelächter – dazu das stete Rumpeln des Wagens und die eigenen, seltsam hohl klingenden Schritte, deren Gleichklang fast etwas Einschläferndes hatte …

Unvermittelt wurden sie aus ihren Gedanken gerissen. Vor ihnen, im Schein der schwach erleuchteten Schaartorbrücke, hatten sich zwei Männer aufgebaut. Der linke hielt eine Laterne hoch. »Halt, Nachtwache!«, brüllte er. »Wer seid ihr? Was wollt ihr jetzt noch auf der Straße?«

Rapp war so erschrocken, dass es ihm vorübergehend die Sprache verschlug, aber der Arzt an seiner Seite zeigte sich weniger beeindruckt. Mit ruhiger Stimme antwortete er: »Ich bin Doktor Fernão de Castro, Physikus und Armenarzt dieser Stadt, und das ist ein Gehilfe.«

»So, so.« Misstrauisch trat der Mann näher und hielt dem Physikus die Laterne vors Gesicht. Dann, plötzlich, brach es aus ihm hervor: »Ich werd verrückt! Ihr seid es wirklich, Herr Doktor, ich erkenn Euch!«

»Ach? Wo habt Ihr mich denn schon gesehen?«

»Im Hospital war's, Herr Doktor, Anno dreizehn, als ich auf den Tod lag, ich hatt die Beulenpest, und Ihr habt mich kuriert. Hannes Schwiers heiß ich.«

»Natürlich, natürlich, Hannes Schwiers. Ihr seid damals dem Tod nur um Haaresbreite von der Schippe gesprungen.« De Castro konnte sich keineswegs an den Mann erinnern, was angesichts einiger tausend Krankheitsfälle nicht verwunderlich war, aber er hielt es für klüger, das nicht zu zeigen. »So sieht man sich also wieder. Wie ich schon sagte, dass ist ein Gehilfe, Molinus Hauser mit Namen.«

Schwiers und sein Kamerad achteten kaum auf Rapp, sondern nickten ihm nur kurz zu. Dann räusperte Schwiers sich umständlich. »Tja, Herr Doktor, ich komm nicht drumrum, Euch zu fragen, was auf dem Karren ist, Ordnung muss sein, wenn Ihr versteht …«

»Aber selbstverständlich, mein lieber Schwiers!«, gab der Physikus sich jovial. »Ich bin der Letzte, der kein Verständnis dafür hätte.« Er schlug das Laken zurück, und die mit Perlmutt-Intarsien verzierte Reiseapotheke wurde sichtbar. »Da, seht.« Er zog ein paar Schubladen auf. Schröpfkugeln, Flaschen und einfache chirurgische Instrumente rückten ins Licht. »Und hier: weitere Teile aus meinem Besitz.« Er lüftete das Laken am anderen Ende des Karrens, woraufhin der große Mörser erkennbar wurde. »Ein Mörser«, erklärte er, griff nach unten und holte den bronzenen Stössel hervor, »und hier ist der dazugehörige Pistill.«

»Ja, Herr Doktor, ich seh's, aber mit Verlaub …«

»Ich ziehe um«, erklärte de Castro mit größter Selbstverständlichkeit.

»Was? Mitten in der Nacht?«

Der Physikus runzelte die Stirn. »Erstens, mein lieber Schwiers, haben wir noch Abend, und zweitens: Wann sollte ich wohl sonst umziehen! Ihr wisst selbst, welch viel beschäftigter Arzt ich bin. Und als ein solcher karre ich selbstverständlich die medizinische Ausrüstung zuerst an meinen neuen Wohnort.«

»Sicher, Herr Doktor, sicher, nix für ungut, es war ja nur wegen der Vorschrift.« Kleinlaut trat Schwiers mit der Laterne beiseite, um den Weg über die Brücke frei zu machen. »Ich wünsch dann noch einen recht schönen Abend, Herr Doktor.«

»Danke, Schwiers, ebenso.«

Erst hundert Schritte weiter fand Rapp die Sprache wieder: »Donnerwetter, das war knapp«, sagte er. »Deshalb also wolltet Ihr ein paar Dinge aus der Offizin mitnehmen.«

»Ganz recht, Herr Apotheker.« De Castro wirkte vergnügt. »Selbst ich als Physikus hätte meine liebe Not gehabt, eine Leiche auf dem Wagen zu erklären. Aber so, mit Euren Utensilien, wirkte doch alles recht glaubhaft.«

»In der Tat.«

»Dass der Wachtposten mich kannte, war natürlich zusätzliches Glück. Ich muss gestehen, ich erinnere mich nicht an den Mann, obwohl es beileibe nur wenige waren, die ich damals retten konnte. Ja, ja, die Pestilenz ist eine Geißel …«

Schweigend gingen sie weiter, bis sie in den Brauerknechtsgraben einbogen und de Castro auf ein düsteres Gelände zusteuerte. Der Hof von *Kroogmann's Gerberei* war erreicht. Er maß wohl zehn mal fünfzehn Schritte im Geviert und wurde von einem alten, unbewohnten Holzhaus und einer fünf Fuß hohen Mauer begrenzt. Er war gänzlich unbeleuchtet. Nur ein auf der anderen Straßenseite gelegenes Gebäude sandte mit seiner Außenlaterne ein paar schwache Strahlen herüber, doch auf der lichtabgewandten Seite der Mauer war es stockfinster.

Und genau dort standen die Fässer. Der Physikus schien sich gut auszukennen. Geschickt dirigierte er den Karren durch das Tor, herum um Abfall und Gerätschaften, bis er an den hölzernen Behältnissen angelangt war. Er tat es, ebenso wie Rapp, in gebückter Haltung, denn auf diese Weise konnten sie von der Straße aus nicht gesehen werden.

De Castro flüsterte: »Wir müssen die Deckel der Fässer lösen und prüfen, in welchem sich Wasser befindet.« Sie nahmen die Abdeckungen nacheinander herunter, was in manchen Fällen nicht ganz einfach war, und streckten die Finger prüfend nach unten in die hölzernen Bäuche. Nicht jedes Fass barg noch seinen Inhalt, denn in dem halben Jahr seit dem Tod des alten Kroogmann hatte sich niemand um den Hof gekümmert, und in der Sommersonne war ein Großteil des Wassers verdunstet.

»Wozu braucht ein Gerber nur so viele Wasserfässer?«, fragte

Rapp, während seine Hand sich eine weitere Holzwand hinabtastete.
»Das weiß ich auch nicht, mein Freund. Ich weiß nur, dass Gerbstoffe in Wasser gelöst werden, bevor sie zum Einsatz kommen. Hoppla, ich glaube, wir haben gefunden, was wir suchen. In diesem Fass scheint sich genau die Menge zu befinden, die notwendig ist, um den armen Toten vollends zu bedecken.«
»Wohlan denn.« Rapp atmete einmal tief durch, holte das Nönnchen hervor und goss seinen Inhalt in das Fass. Dann griff er sich die bronzene Pistille und rührte das Gemisch einmal gut durch. »Fertig, Herr Doktor.«
»Ja, gut.« Die leise Stimme des Arztes klang belegt. »Ich muss gestehen, Herr Apotheker, die Planung, einen Menschenleib restlos zu zerstören, ist das eine, das andere ist die Ausführung. Und die fällt mir im Augenblick recht schwer. Sagt, wenn diese Flusssäure so ein Teufelszeug ist, wieso zerstört sie nicht die Wand des Fasses?«
»Sie wird es, Herr Doktor, schon in wenigen Tagen oder Wochen, doch bis dahin dürfte der Leichnam bis zur Unkenntlichkeit aufgelöst sein, von Meinardus Schlich ist dann wohl nur noch Brei übrig.«
»Beim Höchsten – Sein Wille geschehe –, welch schauderhafter Gedanke! Aber ich denke, wir müssen tun, was getan werden muss.«
Die beiden Männer hoben den Leichnam vom Karren und legten den toten Körper vor dem Fass ab. Dann schoben sie mit einiger Anstrengung die Beine so zusammen, dass die Knie unter das Kinn gelangten. Rapp untersuchte noch einmal die Hände der Leiche und sagte: »Ich nehme dem Mann seinen Ring ab.« Dann fügte er schnell hinzu: »Nicht dass Ihr denkt, ich wollte mich bereichern, aber Gold trotzt sogar der Flusssäure.«
»Tut das.«

Rapp drehte den Ring vom Finger. »Einzig Königswasser ist in der Lage, Gold aufzulösen.«
»Ach, ja?«
»Königswasser ist eine Mixtur aus konzentrierter Salz- und Salpetersäure.«
»Wenn Ihr es sagt.«
»Ja, das ist sie, das ist sie. Vielleicht sollte ich den Ring darin entmaterialisieren.«
»Vielleicht.«
»Oder ich werfe ihn auf dem Rückweg von der Schaartorbrücke.«
»Meint Ihr?«
»Ja.«
»Es wäre schade drum. Aber es muss wohl sein. Ob der Tote Frau und Kinder hatte?«
»Ich weiß es nicht, Herr Doktor.«
»Ich wünschte, es wäre nicht so. Es ist immer grausam, einen Menschen zu verlieren.«
»Ja, ganz gewiss.«
»Grausam, ganz grausam.«
Rapp gab sich einen Ruck und sagte: »Die Unterhaltung bringt uns nicht weiter, Herr Doktor, Ihr wisst es genauso gut wie ich. Seid versichert, mir fällt es ebenso schwer, den Körper der Zerstörung auszuliefern, aber wie sagtet Ihr selbst? ›Tun wir, was getan werden muss.‹ Aus dem Leichnam des Meinardus Schlich mag werden, was die Chemie will, doch seine Seele ist unsterblich. Ich denke, das sagt auch Eure Religion.«
Der Physikus nickte unmerklich. »Ja, das sagt sie. Nun denn, es hilft nichts. Fasst mit an.«
Sie stemmten den schmächtigen Körper wie ein Paket hoch und ließen ihn Zoll für Zoll in das chemische Bad gleiten. Sie taten es behutsam und langsam, denn sie wollten um jeden Preis vermeiden, dass die Flusssäure spritzte und ihnen Haut oder Kleider zerfraß. Als die sterblichen Überreste von Meinardus

Schlich mit einem leisen Glucksen komplett verschwunden waren und nur noch ein paar Luftblasen aus der Flüssigkeit emporstiegen, warf Rapp den Stofffetzen von des Büttels Mantel hinterher.

»Leb wohl in einer anderen Welt«, flüsterte er.

De Castro begann zu beten, und Rapp tat es ihm gleich. Jeder sprach zu seinem Schöpfer, der doch Ein und Derselbe war und ihnen gleichermaßen die Einhaltung der Zehn Gebote auferlegt hatte.

»Es ist ein Frevel, den ich begangen habe«, sagte de Castro, »ein Frevel, denn dieser Leib wird niemals in geweihter Erde ruhen; ich habe Schuld auf mich geladen, doch möge die Schuld auch auf all jene fallen, die diesen Mann gemeuchelt haben.«

»Amen«, bekräftige Rapp. »Ich denke, mein Christengott würde Eure Worte genauso gutheißen.«

»Würde er das?« Über das Gesicht des Physikus huschte ein Lächeln. »Ich glaube fast, Ihr habt Recht.«

»Ah-hm ... ich bringe dann den Wagen zurück zur Apotheke, lade die Sachen aus und schaffe ihn anschließend zum Fuhrmann.«

»Ich komme mit. Es ist zwar unwahrscheinlich, dass Ihr der Wache nochmals begegnet, und noch unwahrscheinlicher ist es, dass Schwiers erneut wissen will, was unter dem Laken steckt, aber sicher ist sicher. Wenn ich dabei bin, wird er seinem ›Lebensretter‹ gegenüber keine Faxen machen.«

Und so geschah es. Die weitere Unternehmung verlief ohne jegliche Zwischenfälle. Endlich, weit nach Mitternacht, hatten sie den Karren zum Fuhrmann zurückgeschafft. Alles war erledigt. Sie hätten sich voneinander verabschieden können, doch sie taten es nicht. Stattdessen standen sie einander stumm gegenüber. Rapp fielen tausend Worte des Dankes ein, doch er verwarf sie alle. Worte konnten nicht annähernd das ausdrücken, was er empfand. So hob er nur hilflos die Hände. »Ich weiß nicht, wie ich es sagen ...«

De Castro lächelte. »Dann sagt einfach nichts.« Er trat vor und umarmte Rapp. »Ihr hört von mir, Herr Apotheker. Gebt Acht auf Euch.«
»Ja«, murmelte Rapp, »ja, danke. Ihr auch auf Euch, Herr Doktor, Ihr auch auf Euch.«

Mine schlief gottlob, als er gegen drei Uhr morgens neben ihr Bett trat. Ihr Gesicht war so friedvoll und entspannt, dass er es einfach nicht übers Herz brachte, sie zu wecken. Also bewegte er sich wie auf rohen Eiern, doch wie immer, wenn man etwas ganz besonders gut machen will, gelingt es nicht. Rapp bildete da keine Ausnahme. Er stieß mit dem Fuß gegen ihren Holzschuh, und prompt gab es ein infernalisches Gepolter.
Mine blinzelte.
»Ich bin's, Liebste, entschuldige, schlafe nur weiter«, wisperte er.
Zu seiner grenzenlosen Erleichterung schien sie ihn kaum gehört zu haben, sie seufzte nur ein bisschen und drehte sich auf die andere Seite. Rasch zog er seine Kleider aus und legte sich neben sie. Wie zart ihr Haar unter der Nachthaube duftete! Und wie gut sich ihr weicher, vom Schlaf warmer Körper anfühlte! Er entspannte sich. Die Nacht hatte zwar nicht den gewünschten Erfolg gebracht, doch war er mit dem Ergebnis nicht unzufrieden. Man hatte ihm einen Mord in die Schuhe schieben wollen, und das war mit Hilfe des Physikus verhindert worden. Eine Leiche gab es nicht mehr. Der Imitator und seine Komplizen wussten es nur noch nicht. Wahrscheinlich konnten sie es kaum erwarten, ihn am Galgen zu sehen. Und wahrscheinlich würde der Scharlatan bereits heute, am Montag, wieder im Apothekenhaus erscheinen.
Rapp grinste, schon halb im Schlaf.
Auf das Gesicht des Imitators freute er sich schon jetzt.

Kapitel dreizehn,

in welchem der Stehler zum Bestohlenen wird und darüber nicht nur höchst entrüstet, sondern auch höchst beunruhigt ist.

Rapp stand am Fenster der Offizin und blickte zur Deichstraße hinaus. Es war Montagvormittag, elfeinhalb Uhr, das Wetter hatte sich nicht gebessert, und der Imitator war noch immer nicht da. Ob er erst morgen kommen würde?

Rapp beschloss, noch eine Weile zu warten. Er überprüfte das Türschloss zum wiederholten Male, ob es auch abgesperrt war, und spähte erneut die Straße hinunter. Da! Da kam er ja doch, der Scharlatan, gemessenen Schrittes aus Richtung Hopfenmarkt. Und natürlich in seinem roten Rock, mit seinem Dreispitz, seiner Perücke und seinem Stock. Als sei das die normalste Sache der Welt.

Rapp schnaubte und begab sich in die Küche. Während er das Fenster zum Hinterhof öffnete, lauschte er angestrengt nach vorn. Schlüsselgeklapper war zu vernehmen, dann erklang das Türglöckchen. Der Imitator besaß also einen Zweitschlüssel. Nun war es erwiesen. Und wenn dem so war, hatte auch das Diebespack vermutlich noch einen. Welch unangenehmer Gedanke! Schritte scharrten in der Offizin und unterbrachen Rapps Überlegungen. Dann das Ächzen der Treppe und kurz darauf das Quietschen der neunten Stufe. Kein Zweifel, der Imitator war auf dem Weg in den zweiten Stock. Rapp grinste grimmig, während er sich in Bewegung setzte und dem Scharlatan nacheilte, hinauf in den Thesaurus-Raum und dann, immer langsamer werdend, bis zur Nebenkammer.

Der Imitator wandte ihm den Rücken zu. Er stand gebeugt vor der Lesemaschine und hatte den Kopf zwischen zwei der hölzernen Buchauflagen gesteckt, ganz offensichtlich nach irgendetwas Ausschau haltend.
Rapp genoss den Anblick eine Weile, dann sagte er betont ruhig: »Sucht Ihr etwas, Herr Apotheker?«
Der Scharlatan fuhr herum, als hätte ihm jemand eine Nähnadel ins Gesäß gestoßen. »Herrgott noch mal ... hast du mir einen Schrecken eingejagt!«
»Oh, das tut mir Leid.« Rapp freute sich über das entsetzte Gesicht und hatte Mühe, sein eigenes unter Kontrolle zu halten. Du Schwindelapotheker!, dachte er, du wunderst dich, wieso der Tote spurlos verschwinden konnte, und noch mehr erstaunt dich, dass ich leibhaftig vor dir stehe. Du glaubtest doch, die Büttel hätten mich längst geschnappt, damit ich aus dem Weg wäre. Sicher, anfangs war es dir recht, einen Gehilfen zu haben, doch das änderte sich, nachdem Meinardus Schlich hier herumschnüffelte. Der Büttel musste weg, und da erschien es dir probat, mir die Schuld zuzuschieben, zumal du glaubtest, dann um so leichter die Reste meines Thesaurus rauben zu können. Aber so weit ist es noch nicht. Noch lange nicht! Laut sagte er: »Ich hatte Euch heute noch gar nicht erwartet.«
Der Imitator hatte seine Fassung einigermaßen wiedergewonnen. »Wieso war unten abgesperrt?«, fragte er unwirsch.
»Oh, ich bitte um Entschuldigung«, tat Rapp devot. »Es roch heute Morgen so übel im Hause. So eklig und widerlich und verfault, fast möchte ich sagen, nach Leiche.« Er stellte mit Genugtuung fest, dass der Schreck in die Augen des Imitators zurückkehrte.
»Ach! ... äh, und?«
»Ich ging der Sache auf den Grund und fand alsbald die Ursache heraus: Es handelte sich um ein verdorbenes Stück Schweinebauch, das Ihr in Eurer Speisekammer vergessen hattet. Ich habe mir erlaubt, es zu beseitigen und die Borde gründlich mit

Essigwasser zu reinigen. Das dauerte natürlich seine Zeit, weshalb ich die Tür absperren musste.«

»Ja, nun gut. Ich danke dir für deine Umsicht.«

»Das Fenster in der Küche steht noch offen. Soll ich es schließen?«

»Nein. Aber gib mir den Hausschlüssel zurück.« Fordernd streckte der Imitator die Hand aus.

Rapp legte das Schließgerät ohne Bedauern hinein. Dank Opas Hilfsbereitschaft besaß er ja ein Duplikat. Der Gedanke, dass es jetzt wahrscheinlich schon vier Schlüssel zu seiner Haustür gab, beunruhigte ihn allerdings.

»Danke …«, sagte der Imitator und wurde vom Läuten der Türglocke unterbrochen. »Wer kann das sein?«, fragte er.

»Ich nehme an, ein Kunde«, antwortete Rapp, um dann scheinheilig nachzufragen: »Oder erwartet Ihr jemand anderen?«

»Äh, selbstverständlich nicht.«

Doch es war kein Kunde, wie sich herausstellte, es war ein Büttel, der die Offizin betreten hatte. Ein stattlicher Mann in einer großen, mit Kapok gefütterten Kattunjacke, schwarzen Hosen und derbem Schuhwerk. Er hatte die regennasse Kappe vom Kopf genommen und schlug sie mehrmals auf seinem Unterarm aus. »Ladiges ist mein Name«, sagte er mit tiefem Bass und wies auf seine Begleiter, zwei Gestalten, die ähnlich gekleidet, aber wesentlich unscheinbarer waren. »Meine Assistenten, die Herren Rammer und Göck. Wir führen im Auftrag des Rates eine Untersuchung durch. Eine sehr wichtige Untersuchung. Ich darf annehmen, Ihr seid der Apotheker Rapp?«

»So ist es«, sagte der Imitator steif. »Und das ist mein Gehilfe Molinus Hauser. Was kann ich für Euch tun?«

»Nun«, Ladiges suchte nach Worten, »die Sache ist delikater Natur. Ich habe Euch einige Fragen zu stellen und würde mich auch gern im Hause umsehen.«

»Ich will Euch gerne helfen. Doch müsste ich vorher schon Genaueres wissen. Worum also geht es?« Der Scharlatan ver-

schränkte die Arme vor der Brust und spielte den wehrhaften Hausherrn. Rapp bewunderte, wenn auch widerstrebend, einmal mehr seine schauspielerischen Qualitäten.
»Tja, nun.« Ohne es zu merken, setzte Ladiges seine Kappe wieder auf. »Ich will Euch reinen Wein einschenken. Ein Kollege von uns, Meinardus Schlich, wird seit Donnerstag vermisst. Der wichtigste Fall, mit dem er sich gerade beschäftigte, war ein Raub, der hier im Haus passiert sein soll. Kollege Göck, der von uns als Letzter mit ihm sprach, sagt, Schlich wäre fest davon überzeugt gewesen, einer großen Sache auf der Spur zu sein.«
»So isses, so isses«, nuschelte Göck.
Ladiges fuhr fort: »Ich frage Euch also direkt, Herr Apotheker: Wurde Euch etwas gestohlen, und wenn ja, was? Und weiter: Wann habt Ihr Meinardus Schlich zum letzten Mal gesehen?«
»Zum letzten Mal gesehen …?« Der Imitator zog die Wörter in die Länge, als denke er scharf nach, während er zur Tür schritt und sie abschloss. »So werden wir ungestört sein, Meister Ladiges. Aber um Eure Frage zu beantworten: Es muss heute vor einer Woche gewesen sein, ja, am Montag.«
»Am Montag«, brummte Ladiges. »Und was war der Gegenstand Eures Gesprächs?«
»Nun, äh, es ging um den Raub meines Thesaurus.«
»The…saurus?«
»Ja, dabei handelt es sich um eine Sammlung exotischer Tiere und Pflanzen. Große Teile davon wurden gestohlen.«
»Aha. Gab es schon irgendwelche Hinweise auf den Verbleib der Stücke?« Ladiges klang jetzt etwas flüchtig, offenbar interessierte ihn das Schicksal seines vermissten Kollegen viel mehr. So entging ihm auch, dass er gerade eine Frage von größter Bedeutung gestellt hatte. Rapp jedoch hatte es sehr wohl bemerkt. Wenn der Imitator jetzt verneinte, weil er die Büttel vom Aufbewahrungsort des Diebesguts fern halten wollte, log er in Gegenwart seines Gehilfen – und machte sich damit von ihm ab-

hängig; nannte er hingegen den Anker-Speicher, würde der Thesaurus früher oder später wieder im Apothekenhaus landen – ob er wollte oder nicht.

»Nun, die Rede war von einem Speicher im Hafen, am Kehrwieder, glaube ich.«

Wie geschickt der Imitator doch war! Er hatte nicht gelogen, sondern die Wahrheit gesagt. Allerdings nicht die ganze Wahrheit, nur gerade so viel, dass es echt klang und dass es Ladiges und seinen Männern nahezu unmöglich war, das Versteck zu finden. Dabei war es doch bekannt. Na warte, die Suppe werde ich dir versalzen, du falscher Prophet!, dachte Rapp. »Ich kann mich noch erinnern, dass vor dem Speicher ein schwerer Anker liegen soll«, schaltete er sich ein, »aber mehr weiß ich auch nicht.«

Der Imitator schluckte; seine Augen verdunkelten sich. Niemand sah es außer Rapp.

»Ach!« Ladiges wollte sich am Kopf kratzen, bemerkte die Kappe und nahm sie wieder ab. »Ein Anker liegt vor dem Speicher, sagt Ihr? Demnach wart Ihr bei dem Gespräch dabei?«

»Ganz recht, Meister Ladiges. Aber mehr weiß ich wirklich nicht.« Rapp tat, als könne er kein Wässerchen trüben und musterte verstohlen den Imitator. Eine leichte Röte überzog dessen Gesicht. Rapp rieb sich innerlich die Hände.

Ladiges setzte die Kappe wieder auf. »Ich nehme an, Herr Apotheker, das Diebesgut wurde mittlerweile wieder zurückgebracht? Versteht mich nicht falsch, aber in diesem Fall, wo Euch gewissermaßen kein Schaden entstanden ist, nun, könntet Ihr Euch mit einer Einstellung der Nachforschungen einverstanden erklären? Die Suche nach dem vermissten Kollegen Schlich scheint mir viel wichtiger, und angesichts der angespannten Personallage ...«

»Das Diebesgut wurde noch nicht zurückgebracht«, antwortete Rapp für den Imitator.

»Was? Noch nicht? Wieso nicht?«

Der Scharlatan hob bedauernd die Hände. »Ich wollte mich ja darum kümmern, Meister Ladiges, zumal Euer Kollege Schlich es mir anempfahl, aber wie es der Zufall wollte, musste ich einen Tag später dringlich nach auswärts verreisen. Eine Reihe gut beleumdeter Bürger kann das bezeugen. Erst heute Morgen bin ich zurückgekehrt.«

»Aha.« Ladiges' Gesicht wurde immer länger. »Das heißt also, dieser Thesaudingsda ist immer noch am Hafen, und den Kollegen Schlich habt Ihr auch nicht mehr gesehen?«

»Richtig, so Leid es mir tut. Doch mein Gehilfe Hauser war die ganze Zeit hier. Er hatte die Vertretung.«

Ladiges wandte sich Rapp zu. »Ist das so?«

»Jawohl, das ist so.«

»Und warum habt Ihr dann nicht diesen The... The... na, Ihr wisst schon, warum also habt Ihr den nicht zurückgeholt?«

»Wie hätte ich das können? Ich musste doch den ganzen Tag hier in der Offizin sein.«

»Ach so, ja.« Gegen Rapps Argument war wenig einzuwenden. »Habt Ihr denn den Kollegen Schlich nach dem letzten Montag noch einmal gesehen?«

»Nein«, log Rapp.

»Habt Ihr etwas gehört?«

»Nein.«

»Ist Euch etwas verdächtig vorgekommen?«

»Nein.«

»Tja ...« Ladiges grübelte nach weiteren Fragen. Da ihm keine einfielen, stieß er seinem Nachbarn in die Seite. »He, Rammer, sag doch auch mal was!«

»Was?« Rammer, der halb eingeschlafen war, schreckte auf.

»Ach, nichts.« Ladiges' Stimme klang resigniert. Rammer war wohl ein hoffnungsloser Fall. Er nahm einen neuen Anlauf: »Herr Apotheker, so weit scheint alles seine Ordnung zu haben. Ich muss Euch dennoch bitten, mit einer Hausdurchsuchung einverstanden zu sein.«

Der Imitator verschränkte wieder die Arme. »Warum? Habt Ihr eine entsprechende Order?«
»Tja, nun.« Ladiges wand sich ein wenig. »Ich will Euch nichts vormachen, Herr Apotheker, es gibt Ermittlungen, die sind offiziell, und andere, die sind halb offiziell, sie beruhen sozusagen auf einem Wink, den wir bekommen, und ...«
»Schon gut«, gab sich der Imitator großzügig, »waltet Eures Amtes.« Rapp dachte: Tu doch nicht so, du Schwindler, du weißt doch von diesem »Wink«! Bestimmt hast du ihn selbst veranlasst, ebenso wie den Mord an Meinardus Schlich. Nur schade für dich, dass die Leiche nicht mehr oben unter der Lesemaschine liegt, so kannst du mir nichts mehr in die Schuhe schieben.
Wie er vermutet hatte, stieg Ladiges mit seinen Mannen zielstrebig in den zweiten Stock, wo er sich nicht lange umsah, sondern gleich nach der Lesemaschine fragte. Die Tatsache, dass er »Lesemaschine« sagte und damit ein Wort benutzte, das er bisher mit Sicherheit nicht kannte, wertete Rapp als weiteren Beweis für das Intrigenspiel des Imitators.
Nachdem die Büttel den Apparat einer eingehenden Betrachtung unterzogen, aber nichts gefunden hatten, wobei Ladiges mehrmals den Kopf schüttelte, Rammer etwas wacher wirkte und Göck hin und wieder Unverständliches nuschelte, widmeten sie sich den anderen Teilen des Hauses. Offenbar glaubten sie selbst nicht mehr daran, Hinweise auf den Verbleib ihres Kollegen zu finden, denn ihre Untersuchung fiel recht flüchtig aus. Als Ladiges einen letzten Blick unter die Treppe warf, verrutschte ihm die Kappe, was ihn veranlasste, sie abzunehmen. Danach verabschiedete er sich mit den Worten: »An diesem Ort haben wir keine Anhaltspunkte finden können, aber es kann sein, dass wir noch einmal wiederkommen, Herr Apotheker. Noch geben wir die Suche nicht auf. Was nun Euren The... nun, Eure Sammlung betrifft, so werden wir versuchen, den Besitzer des Speichers ausfindig zu machen. Vermutlich steckt er mit den

Dieben unter einer Decke. Lasst die Sammlung ruhig morgen schon zurückholen, sagen wir, am Nachmittag, und gebt mir rechtzeitig Bescheid, dann stelle ich einen Mann ab, damit alles seine Richtigkeit hat.«

Der Imitator gab sich zerknirscht. »Morgen, sagt Ihr, Meister Ladiges? Oh, ich weiß nicht, ob ich das schaffe, nachdem in der letzten Woche hier doch einiges liegen geblieben ist. Aber ich will es versuchen.«

»Tut das. Einen schönen Tag wünsch ich noch.«

Ladiges, gefolgt von seinen Männern, stapfte barhäuptig in den Regen hinaus.

Weil ihm nichts anderes einfiel, sagte Rapp: »Ich versichere Euch, dass während Eurer Abwesenheit nichts liegen geblieben ist, Herr Apotheker.«

»Ja, ja, ich weiß. Ich wollte die Büttel nur loswerden.« Der Imitator setzte sich auf den einzigen Stuhl in der Offizin.

»Wenn es Euch recht ist, helfe ich gern beim Zurückholen der Thesaurus-Stücke. Ich könnte einen Fuhrmann beauftragen und den Transport beaufsichtigen.«

Der Scharlatan winkte ab. »Langsam, langsam, nichts wird so heiß gegessen, wie es gekocht wird. Um den Rücktransport kümmere ich mich schon selbst. Trotzdem, vielen Dank, Hauser.«

Rapp hätte am liebsten gefragt, wann der falsche Herr Apotheker denn gedenke, die Stücke endlich wiederzubeschaffen, aber er konnte sich selbst die Antwort geben: gar nicht. Der Imitator dachte nicht daran. Jetzt, wo auch Ladiges und seine Assistenten wussten, wo die Kostbarkeiten gelagert wurden, hatte er nur noch die Möglichkeit, den Thesaurus in ein anderes Versteck zu bringen. Daran hatte Rapp nicht gedacht, als er vorhin so genussvoll die Adresse ausplauderte. Und je länger er überlegte, desto klarer wurde ihm, dass dem Imitator dazu nicht viel Zeit blieb, wollte er Ladiges nicht misstrauisch machen. Wenn der Büttel dann irgendwann feststellte, dass der Anker-Speicher

leer geräumt war, konnte der Scharlatan scheinheilig den neuerlich Bestohlenen spielen.
Doch was bedeutete das alles für ihn, Rapp? Nicht mehr und nicht weniger, als dass er dem Imitator und seinen Komplizen zuvorkommen musste. Am besten schon in der kommenden Nacht. Wagen mussten her, Helfer, ein Versteck, mein Gott, wie sollte das alles nur so schnell gehen? Rapp tat so, als überprüfe er den Inhalt der Kräuterschubladen, während er heftig grübelte. Dann blickte er auf und sagte: »Der gebrechliche Doktor Langbehn hat ausrichten lassen, jemand möge ihm Arznei gegen seine *Conjunctivitis* vorbeibringen. Der Junge, der ihm sonst hilft, ist krank.«
Der Imitator schien mit seinen Gedanken ganz woanders zu sein. Wahrscheinlich stellte er ähnliche Überlegungen an wie sein Gehilfe. Rapp konnte nur hoffen, dass der Scharlatan wirklich nach auswärts gereist war und die Kontaktaufnahme zu seinen Helfershelfern nicht schon heute passieren würde. »Wie? Was?«
Rapp wiederholte seine Notlüge.
»Ja, ja, geh nur …«
»Ich beeile mich.« Rapp ergriff das erstbeste Medizinfläschchen und hastete nach draußen.
Er wollte Fixfööt suchen.

Rapp hatte wirklich treue Freunde. Als es ihm gelungen war, den Rotschopf in der Stadt aufzutreiben, war anschließend alles wie von selbst gegangen. Der Flinkbeinige hatte dafür gesorgt, dass der Fuhrmann noch am selben Abend seine Karren ein zweites Mal zur Verfügung stellte, Klaas hatte Bescheid bekommen, er möge den Abend ausnahmsweise nicht im *Liekedeeler* verbringen, und Opa hatte ein Vorhängeschloss mit Schlüssel und eine schwere Hebelzange zum Knacken der Speichertür bereitgestellt. Sogar das Problem mit dem Versteck war gelöst worden. Rapp selbst hatte die Idee gehabt. Ihm war eingefallen, dass *Kroogmann's Gerberei* nicht nur aus dem Hof bestand,

sondern auch aus einem verlassenen Holzhaus, in dem der Alte gewohnt hatte.
Und genau dorthin brachten sie jetzt die Kostbarkeiten. Es war bereits ihre dritte Fuhre, obwohl es ein weiter Weg war vom Kehrwieder um den ganzen Binnenhafen herum bis hin zum Brauerknechtsgraben. Vor ihnen tauchte gerade wieder die Schaartorbrücke auf, als ihnen plötzlich zwei Gestalten den Weg versperrten.
»Sull ik, Teo?« Klaas, der keiner Prügelei aus dem Weg ging, wollte sich der beiden schon annehmen, als Rapp die Männer erkannte. Es war Schwiers in Begleitung seines Kameraden.
»Nein, Klaas, warte.« Rapp ging auf den Wachtposten zu. »Erkennt Ihr mich nicht?«
Schwiers hielt die Laterne hoch. »Müsste ich das?«
Rapp unterdrückte seinen Ärger. Wo hatte der Mann am gestrigen Abend nur seine Augen gehabt? »Ich bin der Gehilfe von Doktor de Castro, Eurem Lebensretter. Erinnert Ihr Euch jetzt?«
Langsam dämmerte es dem Posten. »Ach ja, natürlich. Der Herr Doktor zog ja um. Und was macht Ihr heute Nacht schon wieder hier, wenn ich fragen darf?« Schwiers begann mit der Laterne die Karren abzuleuchten. »Wo ist der Doktor überhaupt?«
»Bei einem Patienten. Eine Krankheit fragt nicht, wann sie ausbrechen soll.«
Schwiers nickte gnädig, das hatte er am eigenen Leibe erfahren. Er lüftete eine der Abdeckplanen. Mehrere breite Einzelschubladen, die Behältnisse Hunderter von *Gastropoden* und *Conchylien,* wurden sichtbar. Da sie jedoch übereinander standen, konnte er den Inhalt nicht sehen. »Es scheint so, als hättet Ihr letzte Nacht den Umzug nicht geschafft.«
Rapp bejahte und hoffte, Schwiers würde nicht weiterforschen. Schildkrötenpanzer und Straußeneier ließen sich schwerlich als Möbelstücke bezeichnen. Doch der Wachtposten hatte genug

gesehen. Er trat zurück an den Straßenrand, wo sein Kamerad sich die ganze Zeit frierend die Beine vertreten hatte, und sagte knapp: »Passieren!«
Rapp fiel ein Mühlstein vom Herzen. Rasch gingen er und seine Freunde weiter. Sie waren schon fast außer Sicht, da rief Schwiers ihnen hinterher: »Und einen schönen Gruß auch an den Herrn Doktor!«

Sie legten die Strecke nur noch einmal zurück in dieser Nacht, unbehelligt und ohne jegliche Störung. Das Zurückstehlen des Thesaurus erschien ihnen so einfach, dass es fast schon lächerlich war. Rapp fragte sich wiederholt, warum er es nicht schon längst getan hatte, doch zu seiner Beruhigung konnte er sich sagen, dass es vorher einfach nicht möglich gewesen war – schon allein deshalb, weil er keinen Aufbewahrungsort für seine Schätze gekannt hatte.
Er fragte sich auch, ob es nicht besser sei, den Thesaurus direkt ins Apothekenhaus zu bringen – und gab sich selbst die Antwort: Es machte keinen Sinn, denn damit würde er dem Imitator nur die Möglichkeit geben, die Kostbarkeiten erneut stehlen zu lassen. Wer war der Imitator nur? Dieser Scharlatan, dieser Schein-Apotheker? Rapp konnte es nicht herausfinden, ihm waren die Hände gebunden. Aber vielleicht würde der Mann sich eines Tages selbst entlarven? Das war Rapps große Hoffnung.
In den frühen Morgenstunden, nachdem sie das Kroogmann'sche Haus absperrt und die Karren zurückgebracht hatten, trennten sie sich. Klaas wollte noch einmal dem *Liekedeeler* einen Besuch abstatten, und Rapp und Fixfööt strebten Opas Hof zu. Der Thesaurus war zurückgeholt. Zwar noch nicht in die eigenen vier Wände, aber zurückgeholt.
Rapp war glücklich. Er wusste nicht, wie alles weitergehen würde. Aber er war glücklich.
Und er hatte Mine.

Es war Dienstag, ein Tag, nachdem Ladiges mit seinen Assistenten das Apothekenhaus durchsucht hatte, und der Imitator hatte denkbar schlechte Laune. Gegen Mittag, der Gehilfe Hauser war gerade losgelaufen, um in der nahe gelegenen Garküche einen Mittagsbissen zu holen, waren sie gekommen: die beiden Männer, deren hartes Deutsch er so schlecht verstand. Sie hatten ihm gesagt, dass der Speicher am Kehrwieder aufgebrochen und der Thesaurus gestohlen worden war. Und sie hatten kein Hehl daraus gemacht, dass sie die Hilfe des Imitators beim Wiederbeschaffen der Stücke erwarteten. Er hatte geantwortet, dass sein Einsatz nur begrenzt sein könne, rein zeitlich schon, und dass er durch seinen Aufenthalt außerhalb Hamburgs bereits Verluste genug habe hinnehmen müssen.
Sie hatten nur mit den Schultern gezuckt und ihn aus stechenden Augen angestarrt.
Er hatte versucht, seine Angst zu verbergen, und gefragt, was aus Meinardus Schlich geworden sei und warum dieser nicht, wie vorher abgesprochen, tot unter der Lesemaschine gelegen habe. Abermals hatten sie mit den Schultern gezuckt. Schließlich hatte der eine »Негодяи« gerufen und gemeint, die drei Diebe hätten ihre Leiche wohl anderswo verscharrt oder in den Hafen geworfen. Wahrscheinlich seien sie es auch, die den Thesaurus gestohlen hätten, denn sie seien die Einzigen gewesen, die den Aufbewahrungsplatz gekannt hätten, natürlich außer ihnen und einigen wenigen aus dem *Hammerhai*. Wahrscheinlich würden sie nun das Diebesgut verkaufen wollen. Die drei würden zur Rechenschaft gezogen werden, genauso wie er, wenn er nicht mehr zum Gelingen der Aufgabe beitrage …
»Da bin ich wieder.« Molinus Hauser hielt eine Kanne mit warmer Grütze und zwei Bücklinge hoch. »Haltet Ihr mit?«
»Nein, iss nur selbst, ich habe keinen Hunger.« Dem Imitator war der Appetit gründlich vergangen. Was konnte er nur tun,

um die Thesaurusstücke zurückzubekommen? Ihm fiel nichts ein, außer sich am Hafen umzuhören. Es gab da immer ein paar Herumtreiber, die für eine Münze oder zwei die Ohren aufsperrten. Er spürte selbst, dass dieser Weg nicht sehr Erfolg versprechend war, aber was sollte er machen. Ob die drei Diebe, die für ihn gearbeitet hatten, den Thesaurus wirklich nochmals geraubt hatten? Diesmal für sich selbst? Er wusste es nicht. Missmutig beobachtete er Hauser, dem es gut zu schmecken schien.

Nach einer Weile griff er in den weinroten Rock und zog Rapps Taschenzeitmesser hervor, ein Viertel auf zwei Uhr schon, stellte er fest, auch die große Standuhr neben dem Rezepturtisch zeigte nichts anderes. Er überlegte, ob er gehen könnte, schließlich war Hauser ja da, aber in diesem Augenblick bimmelte die Türglocke. Meister Ladiges mit seinen Mannen trat über die Schwelle. Er tippte zum Gruß gegen seine Kappe und sagte mit wichtiger Miene: »Ich muss Euch dringend sprechen, Herr Apotheker.«

Der Imitator erhob sich. Er hatte wie so oft auf dem Stuhl der Offizin gesessen und vor sich hingestarrt. Auch Hauser war von seinem Schemel aufgestanden; er blickte dem Büttel neugierig entgegen. Der Imitator seufzte. »Ich höre?«

Ladiges zog sein Gesicht in Kummerfalten. »Ich muss Euch eine traurige Mitteilung machen.«

»Ja?« Der Imitator ahnte, was kommen würde.

Doch so leicht ließ der Büttel sich die Neuigkeit nicht entlocken. »Es tut mir wirklich Leid für Euch.«

»Sagt nur, was es ist. Sprecht frei heraus.«

Ladiges nahm die Kappe ab. »Ich muss Euch leider sagen, dass die Stücke Eures The… äh, Eurer Sammlung, in der letzten Nacht aus dem Speicher am Kehrwieder entwendet wurden. Ein paar Matrosen machten Meldung, weil die Tür sperrangelweit offen stand. Die Diebe haben das Schloss mit einer starken Zange durchschnitten und alles ausgeräumt.«

Göck nuschelte irgendetwas wie: »So isses, so isses.«
Der Imitator tat überrascht. »Ach? Das ist ja nicht zu glauben! Wer tut nur so etwas? Habt Ihr schon eine Spur?«
»Nein, leider nicht. Aber ich muss Euch fragen, ob Ihr jemanden kennt, der für die Tat in Frage kommt.«
»Ich? Nein.«
»Das dachte ich mir.« Ladiges drehte an seiner Kappe. Es sah aus, als würde er ein Wäschestück auswringen. »Wir sind noch dabei, den Besitzer des Speichers herauszufinden, vielleicht ergibt sich dann mehr. Ist Euch denn gestern noch etwas aufgefallen? Irgendetwas Verdächtiges oder Ungewöhnliches?«
Der Imitator schüttelte den Kopf.
»Und Euch, Hauser?«
Der Gehilfe verneinte ebenfalls.
Abermals sagte Ladiges: »Das dachte ich mir. Nun, ich bin überzeugt, dass jemand, der den Löwenanteil eines, äh ..., stiehlt, sich auch den Rest holen will. Ich werde deshalb von nun an die Apotheke Tag und Nacht beobachten lassen.«
Der Imitator wollte aufbegehren, wollte deutlich machen, dass dies nicht nötig sei, doch der Büttel sprach schon weiter: »Macht Euch keine Sorgen um Euer Geschäft, niemand wird die Observierung bemerken, niemand wird es erfahren.«
Der Imitator nickte und unterdrückte einen Fluch. Seine Gedanken rasten, krampfhaft suchte er nach einem gescheiten Grund, warum die Bewachung der Apotheke nicht nötig sei, doch es fiel ihm keiner ein.
Der Büttel wandte sich zum Gehen. »Ihr sollt wissen, dass alles Menschenmögliche getan wird, damit Ihr Eure Sammlung wiederkriegt. Leider sind meine Männer und ich zur Zeit sehr eingespannt, der Fall Meinardus Schlich, wisst Ihr. Ihr habt nicht zufällig etwas gehört, dass uns weiterhelfen könnte?«
Der Imitator zwang sich zur Freundlichkeit, obwohl er seit der

Ankündigung, das Haus würde künftig überwacht werden, seine Felle davonschwimmen sah. Wie sollte er jetzt noch den Rest des Thesaurus stehlen lassen! Mühsam brachte er hervor: »Ich habe nichts gehört.«
»Da kann man nichts machen.« Ladiges war schon halb aus der Tür, da drehte er sich noch einmal um. Er tat es so plötzlich, dass Rammer gegen ihn lief. Der Schläfrige murmelte eine Entschuldigung, doch der Meister ging nicht darauf ein. »Es gibt da noch etwas, Herr Apotheker, das ich Euch sagen will. Ein gut gemeinter Rat ist es: Haltet Euer Apothekenhaus immer so lange offen, wie die Vorschrift es will. Auf dem Weg hierher traf ich eine gewisse Witwe Kruse, grässliche Frau übrigens, kaum zu verstehen, aber sie beklagte sich bitterlich über Eure Öffnungszeiten.«
»Aber ich war doch die ganze letzte Woche …«
»Lasst nur. Wenn etwas Wahres dran ist, richtet Euch danach. Einen guten Tag noch, Herr Apotheker. Wenn sich etwas Neues ergibt, lasst es mich umgehend wissen.«
Ladiges verschwand, und der Imitator musste sich erst einmal setzen. Der Zeiger der Standuhr wanderte auf die Zwei; der Besuch des Büttels hatte also nicht einmal eine Viertelstunde gedauert und dennoch nur Unerfreuliches mit sich gebracht. Der Imitator fühlte sich wie zerschlagen. Vor allem aber ratlos. Wie sollte er jetzt noch ein einziges Stück des Thesaurus an sich bringen? Er beschloss zu gehen. Um drei Uhr musste er sowieso die Apotheke verlassen, da konnte er es auch jetzt schon tun. Hauser würde dableiben müssen. Gut, dass er ihn hatte, nur dumm, dass er dem Gehilfen den Schlüssel zurückgeben musste. Aber es half nichts, er hatte noch andere Verpflichtungen, und von irgendetwas musste er schließlich leben.
Er stand wieder auf und gab Hauser das Schließgerät. »Nimm den Schlüssel, ich muss fort. Bleibe so lange wie notwendig, das ist dir doch möglich?«

Der Gehilfe schien überrascht, machte aber keine Ausflüchte.
»Jawohl, Herr Apotheker.«
»Gut. Wir sehen uns morgen um elf Uhr wieder.«
Aufatmend verließ der Imitator die Apotheke.
Er hatte das Gefühl, dass sich seit seiner Rückkehr alles gegen ihn verschwor.

Kapitel vierzehn,

in welchem Meister Ladiges
eine Schnecke nicht von einer Muschel unterscheiden kann
und dennoch messerscharfe Schlüsse zieht.

Du brauchst keine Angst zu haben, mien Jung«, sagte Rapp. Er stand am Vormittag des nächsten Tages auf Opas Hof und blickte auf den kleinen Pinkler herab, der vor Schmerzen das Gesicht verzog. Äußerlich jedoch war ihm nichts anzusehen, und auch die Gliedmaßen schienen alle intakt. »Dein Leib fühlt sich hart an. Hast du Bauchschmerzen?«

Der Kleine schniefte und nickte.

»Und übel ist dir auch?«

Erneutes Nicken.

»Ich vermute, du hast etwas Falsches gegessen.«

Die anderen Kinder standen in einer Traube um ihn herum, das Kieselsteinwerfen war für den Augenblick vergessen. Aufgeregt schrien sie durcheinander.

»Jo, dat hett he!«

»He freet allens!«

»He hett Röttengift freten!«

»Vörhin, jo, in'n annern Hof!«

»Jo, dat hett he!«

»Rattengift? Um Gottes willen!« Jetzt glaubte Rapp, auch eine Verfärbung des Gesichtchens zu erkennen. Eile war geboten. Sollte er mit dem Kleinen rasch zu Doktor de Castro laufen? Nein, die Entfernung war zu groß, und vielleicht war der Arzt auch gar nicht daheim. Sollte er die Mutter holen lassen? »Holt seine Mutter, schnell!«, rief er.

»He hett keen Mudder mehr.«
»Nur'n Vadder, un de warkelt in'n Haven.«
Plötzlich tippte ihm jemand von hinten auf die Schulter. Mine! Sie hatte die Aufregung am Fenster mitbekommen und wie immer das Richtige getan. »Hier, Teo, dein Arzneikasten.« Sie hielt ihm die flache Holzkiste hin.
»Du bist ein Engel!« Irgendwann hatte er das Behältnis mit nach Hause gebracht, da die Kinder im Hof öfter über kleine Wehwehchen klagten: Mal war ein Pflaster für aufgeschürfte Knie notwendig, mal Tropfen für die Augen, mal Puder für juckende Stellen. Doch eine Vergiftung war noch nie vorgekommen. Wenn es denn eine Vergiftung war. Rapp hoffte es inbrünstig, während er dem kleinen Pinkler, der mittlerweile gar kein Pinkler mehr war, eine Portion Brechweinstein verabfolgte. Der Junge keuchte und schluckte, während Mine ihn hielt und beruhigend auf ihn einsprach.
»Das wird schon, Teo«, ließ Opa sich vernehmen. Er hatte, was ganz selten vorkam, seinen Platz hinter dem Misthaufen verlassen und war in die Mitte des Hofs gerollt. »Die Kinners von mein'n Hof sin zäh.« Und zu dem kleinen Pinkler: »Nu bitt mol de Tähn tosomen, nich, Opa will doch stolt sien op di.«
Und das Wunder geschah.
Der Kleine erbrach sich heftig, wieder und wieder quoll breiartiges Essen aus seinem Mund hervor, bis schließlich nichts mehr zu kommen schien und Mine ihm einen Becher frisches Brunnenwasser gab. Der Junge lebte auf, seine Gesichtsfarbe wurde wieder rosig.
Doch die nächste Aufregung nahte bereits. Isi kam durch den engen Hofzugang herbeigestürzt, laut etwas von »toten Männern« rufend.
»Tote?«, fuhr Rapp herum. »Wer? Wie viele? Wo?«
Isi war vom schnellen Laufen noch ganz außer Atem. »Am Hafen unten, Teo. Drei Mann. Erstochen, sagt man. Von hinten.«

»Dünnerslag nochmalto!«, rief Opa.
Rapp ahnte etwas, und auch Mine erging es so, denn sie wurde unvermittelt blass.
»Was sind das für Leute?«, hakte Rapp nach. »Weiß man das?«
»Nee, nicht genau. Hab aber gehört, wie einer gesagt hat, das wär Gesindel vom *Hammerhai.*«
»Großer Gott!«, entfuhr es Rapp. Ein Widerstreit von angenehmen und unangenehmen Gefühlen brach in seinem Inneren aus. Wenn die Gemeuchelten die Thesaurus-Diebe waren – und nicht zuletzt die Tatsache, dass es drei waren, sprach dafür –, dann musste er sich um den Rest seiner Sammlung kaum noch sorgen; es würde gewiss eine Zeit dauern, bis neue Langfinger in seinem Apothekenhaus auftauchten. Wenn überhaupt. Welch erfreulicher Gedanke! Andererseits hatte niemand, und sei er noch so schlecht, einen so grausamen Tod verdient. »Ich muss zur Deichstraße!«, rief er. »Ich bin ohnehin schon spät dran. Kann ich dir den kleinen Pinkler anvertrauen, Liebste?«
»Kannst du, Teo. Aber pass auf dich auf!« Mine streichelte unablässig den blonden Schopf des Kleinen und spitzte die Lippen, um einen Abschiedskuss anzudeuten. »Komm heute mal früher.«
»Ja, Liebste.«
Rapp achtete nicht auf die Hofgören, von denen einige über den Ausdruck »Liebste« kicherten, und hastete in Richtung Gang, doch kurz davor blieb er noch einmal stehen. Ein Einfall war ihm gekommen. »Isi? Isiii!«
»Was ist, Teo?« Die freche Göre rannte zu ihm hin.
Rapp nahm sie beiseite. »Kannst du mich zum Apothekenhaus begleiten?«
»Klar, warum, Teo?«
Rapp erklärte es ihr. Es dauerte eine Weile, bis alles gesagt war, doch dann nickte Isi begeistert.
Ein neues Abenteuer bahnte sich an.

»Du kommst spät.« Die Stimme des Imitators war ein einziger Vorwurf.
Rapp schloss die Tür der Apotheke hinter sich. »Es tut mir Leid.«
»Schon gut. Es geht bereits auf zwölf Uhr, was denkst du dir eigentlich?«
Rapp schwieg.
Der Imitator schien auch keine Antwort zu erwarten. Er war dabei, die Anweisung zur Herstellung der *Rapp'schen Beruhigungstropfen* zu studieren, allerdings vergeblich, wie seinem Gesichtsausdruck zu entnehmen war. »Heute Morgen ist wiederholt nach, äh, meinen Beruhigungstropfen gefragt worden. Die vorbereiteten Fläschchen sind aber fast aufgebraucht. Ich will gerade einen neuen Vorrat herstellen, doch meine Augen wollen nicht mehr so. Das Lesen kleiner Buchstaben fällt mir schwer. Übernimm du das.«
»Gerne, Herr Apotheker«, sagte Rapp und dachte: Damit du wieder auf meinem Stuhl sitzen und Löcher in die Luft starren kannst, aber die Suppe werde ich dir versalzen.
Zunächst jedoch spielte er den braven Apothekergehilfen. Er tat so, als lese er die Rezeptur genauestens durch und maß dann Melisse, Kampfer, Passiflora, Hopfen und Baldrian in den vorgeschriebenen Teilmengen ab. »Ja, ja«, sagte er irgendwann wie nebenbei, »dies ist ein Tag, an dem man wahrlich ein Tranquilium brauchen kann.«
Der Scharlatan reagierte nicht; er war mit seinen Gedanken ganz woanders.
Rapp wiederholte seine Bemerkung.
»Wie meinst du das?«
Rapp blickte ungläubig. »Ja, habt Ihr es denn noch nicht gehört?«
»Nein, wovon redest du?«
»Die ganze Stadt spricht darüber.« Es bereitete Rapp nicht wenig Vergnügen, den Scharlatan unruhig werden zu sehen.

»Worüber? Heraus damit!«
»Über die Toten, Herr Apotheker. Ich kann gar nicht glauben, dass Ihr noch nicht von ihnen gehört habt.«
»Himmeldonnerwetter noch mal!« Der Imitator sprang auf. »Willst du wohl endlich Näheres sagen! Oder weißt du nicht mehr?«
Rapp spürte, jetzt musste er mit der Sprache heraus, wollte er den falschen Apotheker nicht ernstlich verärgern. »Drei Männer sind am Hafen tot aufgefunden worden. Sie wurden ermordet.«
»Drei Männer?« Der Imitator musste sich erst einmal wieder setzen.
»So heißt es. Die Spatzen pfeifen es von den Dächern.«
»Und woher willst du wissen, dass sie ermordet wurden? Es wäre nicht das erste Mal, dass jemand in der Elbe ertrinkt oder Opfer eines Unfalls wird.«
Rapp nickte und dachte: Du klammerst dich noch an einen Strohhalm, Scharlatan, aber auch das wird dir nichts nützen. »Wenn die Männer ertrunken oder verunglückt sind, dann hat ihnen jemand anschließend ein Messer in den Rücken gestoßen, Herr Apotheker, aber das würde wohl wenig Sinn machen. Nein, nein, es war heimtückischer Mord, und zwar gleich an drei Burschen. Ich frage mich, was sie auf dem Kerbholz hatten, und die halbe Stadt fragt sich's auch.«
»Die halbe Stadt«, bestätigte ein dröhnender Bass, »und der hochwohllöbliche Rat ebenfalls.« Ladiges und seine Mannen traten zur Tür herein. Der Büttel war barhäuptig, vielleicht, weil das Wetter an diesem Tag sonnig war. Sonnig und kalt, denn ein frischer Südost blies aus den Vierlanden in die Stadt. »Die Toten wurden halb im Wasser unter der Hohen Brücke gefunden, keine hundertfünfzig Schritte von hier.«
»So?« Der Imitator hatte sich eisern in der Gewalt, nur die Knöchel seiner Hände, mit denen er sich an den Rezepturtisch

klammerte, schimmerten weiß. »Ich bin Euch sehr verbunden, dass Ihr mir das mitteilt, Meister Ladiges, aber was habe ich damit zu schaffen?«
»Vielleicht mehr, als Ihr denkt.« Ladiges zog bedeutungsvoll die Brauen hoch.
»So isses«, nuschelte Göck.
»Ich verstehe nicht.«
»Dann seht Euch das einmal an.« Der Büttel holte umständlich ein Tuch hervor, das er auf dem Tisch entfaltete. Drei Schneckengehäuse traten zu Tage. Rapp erkannte eine Schraubenschnecke, eine Flügelschnecke und ein Tritonshorn. Unwillkürlich musste er schlucken. Da hatte er den Beweis, dass es sich bei den Toten tatsächlich um die Thesaurus-Diebe handelte, denn es waren zweifelsfrei seine Exemplare.
»Das hatte einer der Ermordeten in der Tasche. Wahrscheinlich wollte er die Dinger verkaufen. Was sagt Ihr dazu, Herr Apotheker?«
Der Imitator räusperte sich. »Das sind Schnecken oder Muscheln.«
»Nanu?« Ladiges kniff die Lider zusammen. »Ihr als kenntnisreicher Sammler müsstet es doch genau wissen?«
»Was? Ja, ha ha, natürlich!« Der Scharlatan lachte etwas gequält. »Aber das fällt nicht immer leicht. Die Übergänge sind manchmal, äh, fließend. Doch es sind sehr schöne Stücke, sehr schöne Stücke ...«
Rapp registrierte mit Schadenfreude, dass der Imitator sich beinahe selbst entlarvt hatte. Für einen Wissenschaftler lagen Welten zwischen einer Schnecke und einer Muschel. Allerdings schien Ladiges das nicht zu wissen, denn er bemerkte nichts und griff stattdessen die Worte des Imitators auf.
»... sehr schöne Stücke, deren Zugehörigkeit zu Eurer Sammlung ich beweisen werde. Dann kennen wir die Diebe und sind mit unseren Nachforschungen ein großes Stück weiter. Ich schlage vor, wir begeben uns sofort in den zweiten Stock und

suchen nach den Lücken, die diese Exemplare zweifellos hinterlassen haben.«
Dem Scharlatan blieb nichts anderes übrig, als einverstanden zu sein, und kurz darauf war Ladiges mit Rammer und Göck auf der Suche nach ähnlichen Stücken. Doch trotz aller Sorgfalt fanden sie keine. Rapp hätte es ihnen gleich sagen können, denn er wusste, dass die Laden mit den *Gastropoden* und *Conchylien* allesamt nicht mehr da waren.
Der Büttel schien denselben Gedanken zu haben, denn er sagte: »Im ganzen Stockwerk ist nichts Ähnliches zu finden. Das hättet Ihr mir auch vorhin schon mitteilen können, Herr Apotheker. Oder habt Ihr etwa den Umfang des Diebesguts noch nicht festgestellt?«
Abermals lachte der Imitator gequält. »Nun, ha ha, Meister Ladiges, wie ich Euch bereits sagte, ich war eine ganze Woche fort und …«
Der Büttel winkte ab und wandte sich der Treppe nach unten zu, wobei er mit Rammer zusammenstieß. »Ja, ja, das habt Ihr.«
»So isses«, nuschelte Göck.
Sie stapften im Gänsemarsch hinunter. Unten in der Offizin sagte Ladiges: »Nun ja, nach meiner festen Überzeugung stammen die drei Schnecken – oder Muscheln – aus Eurer Sammlung. Wie Ihr wisst, befinden sich die anderen Exemplare nicht mehr in dem Speicher am Kehrwieder, sondern an einem unbekannten Ort. Irgendwer hat sie gestohlen und dorthin gebracht. Vielleicht handelt es sich bei den Dieben und den Mördern um ein und dieselben Personen? Vielleicht wurde gemordet, weil die Getöteten den Dieben selbst etwas gestohlen haben, wie die Schnecken – oder Muscheln – es anzeigen …?«
Verwirrt durch die eigene Gedankenflut brach der Büttel ab. »Jedenfalls ist für mich klar, dass die drei Getöteten mit dem Raub Eurer Sammlung in Zusammenhang stehen. Was nicht

klar ist, sind ihre Namen, aber die werden wir noch herausfinden. Ein paar Matrosen wollen die Toten im *Hammerhai* gesehen haben. Eine üble Spelunke, Herr Apotheker, aber der Arm des Gesetzes reicht weit. Ich bin zuversichtlich, demnächst mehr zu wissen. Ach, übrigens, Ihr habt nicht zufällig etwas über den Verbleib unseres geschätzten Kollegen Meinardus Schlich gehört?«

Der Imitator, der beim Wort *Hammerhai* zusammengezuckt war, hatte sich wieder in der Gewalt. »Nein, Meister Ladiges, nicht das Geringste.«

»Nun, das stand auch nicht zu erwarten. Wir empfehlen uns jetzt. Lebt wohl, Herr Apotheker.« Der Büttel griff in die Tasche, förderte das Tuch mit den *Gastropoden* hervor und wollte es sich auf den Kopf setzen. Dann bemerkte er seinen Irrtum und stopfte es zurück. Er hatte heute keine Kappe dabei. »Äh, die Schnecken – oder Muscheln – muss ich als Beweisstücke verwahren, ich hoffe auf Euer Verständnis.«

»Sicher, sicher«, murmelte der Imitator. »Lebt wohl.« Er trat ans Fenster und beobachtete, wie der Büttel und seine Assistenten sich entfernten. Als sie um die nächste Hausecke verschwunden waren, sagte er das, was Rapp schon erwartet hatte: »Ich muss auch fort, Hauser. Bleib hier und halte den Laden offen. Den Schlüssel hast du ja.«

»Jawohl, Herr Apotheker.«

»Bis morgen.«

»Bis morgen.« Rapp widmete sich weiter der Herstellung seiner Beruhigungstropfen und beschloss, nicht allzu spät heimzukehren.

Er war gespannt auf das, was Isi zu erzählen haben würde.

Isi trat von einem Bein aufs andere und dachte schon, der Imitator würde gar nicht mehr kommen, als er endlich in der Tür erschien, kurz nachdem drei Männer gegangen waren. Sie duckte sich noch tiefer hinter den Mauervorsprung und beobachtete mit flinken Augen die an diesem Mittwochmittag sehr belebte Deichstraße.

Nachdem der Imitator sich in Richtung Hopfenmarkt gewandt hatte, folgten ihm zwei plappernde Mägde mit großen Einkaufskörben, dann trabte ein vornehmer Reiter daher, gefolgt von einem schweren Transportkarren mit vier Gäulen, der geräuschvoll über das Kopfsteinpflaster rumpelte; er rammte dabei fast ein paar torkelnde, lauthals singende Janmaate, vermutlich späte Heimkehrer nach durchzechter Nacht, die einander stützend ihrem Schiff zustrebten.

Isi wartete ab, bis sie vorbei waren, und spähte noch einmal nach allen Seiten, dann nahm sie die Verfolgung auf. Da sie klein und wieselflink war, fiel es ihr nicht schwer, sich an die Fersen des Scharlatans zu heften. Sie ging einfach dicht hinter den Mägden, deren Sinne so mit neuestem Klatsch beschäftigt waren, dass sie alles andere um sich herum vergessen hatten.

Aber der Scharlatan ging schnell und die Mägde langsam. Auf Dauer konnte Isi nicht hinter ihnen bleiben; der Abstand vergrößerte sich zu sehr. Sie wechselte auf die andere Straßenseite und sagte sich, dass sie keine Angst haben brauchte. Der Imitator kannte sie ja nicht. Er hatte sie nie gesehen, auch neulich nicht, als sie mit Mine in der Apotheke gewesen war und die schaurig-schönen Sachen im zweiten Stock angeschaut hatte: die Totenköpfe von den Tieren, den ausgestopften Zwerg, den Seehund, die Krokodile an der Decke ... und alles das wollte der Kerl da vorn Teo stehlen.

Teo hatte gesagt, es sei sehr wichtig, endlich zu wissen, wer der Mann in Wirklichkeit war. Er wohnte ja nicht in der Apotheke, sondern woanders, und wenn man seine Adresse herausfand, wüsste man auch seinen richtigen Namen. Und dann würde sich vielleicht das ganze Rätsel lösen.

Der Scharlatan hatte jetzt den Rand des Hopfenmarkts erreicht, und eine Hand voll Bettler, die vor St. Nikolai herumgelungert hatten, stürzte auf ihn zu, die Arme fordernd ausgestreckt. Er wehrte sie unwirsch mit dem Stock ab und marschierte nach rechts weiter. Die Straße dort hieß Neue Burg. Isi beeilte sich, den Imitator nicht aus den Augen zu verlieren. Zu ihrer Erleichterung nahm er nicht den Weg zum *Hammerhai*, denn dorthin hätte sie ihm nicht folgen dürfen. Teo hatte es strikt verboten, »zu gefährlich«, hatte er gesagt und hinzugefügt: »Ich würde es mir nie verzeihen, wenn dir etwas passiert.« Das hatte ihr gefallen. Es hatte so besorgt geklungen und irgendwie auch ritterlich. Isi liebte Rittersagen. Die Helden waren so tapfer, und oftmals träumte sie davon, ein edles Burgfräulein zu sein, das aus den Fängen der bösen Feinde befreit wurde.

Wo war der Imitator? Ach ja, da vorne. Er ging über die Brücke zum Rathaus. Nein, doch nicht. Er bog vorher rechts ab und eilte auf ein anderes Gebäude zu. Isi wusste nicht, auf welches, aber es sah sehr groß und wichtig aus. Gut gekleidete Herren kamen aus ihm heraus, und ebenso gut gekleidete Herren betraten es. Auch der Imitator ging hinein.

Isi blieb in dreißig Schritt Entfernung stehen und überlegte, was sie als Nächstes tun sollte. Sie fragte einen vorbeilaufenden Jungen, ob er wisse, was das für ein Haus sei, und wer da wohne.

»Büst du mall?«, brüllte der. »Dat is de Börse!«

Die Börse. Das hatte sie nicht wissen können. Obwohl ihr bekannt war, dass reiche Herren mit der Börse zu tun hatten. War der Imitator reich? Wo blieb er nur? Isi beschloss, zu warten. Der Mann war hineingegangen, also würde er auch wieder herauskommen. Irgendwann.

Sie stand eine halbe Ewigkeit da.

Was machte der Mann nur so lange in der Börse?

Isi war zäh. Sie harrte aus. Die Glocken von St. Nikolai zeigten ihr an, dass Stunde um Stunde verrann. Sie wartete weiter.

Doch dann wurde es dunkel und der Strom der heraustretenden feinen Herren immer spärlicher. Schließlich kam niemand mehr.

Isi sagte sich, dass es nur zwei Möglichkeiten gab: Entweder

wohnte der Scharlatan in der Börse oder sie hatte ihn beim Verlassen übersehen.
Wahrscheinlich hatte sie ihn übersehen. Mit hängendem Kopf schlich sie zurück zu Opas Hof.
Fast hätte sie geweint.

Kapitel fünfzehn,

in welchem ein Karpfen namens Gottwald auftaucht und allerlei Gastropoden *verschenken will.*

Rund zwei Wochen waren vergangen. Eine Zeit, in der sich kaum Bedeutendes ereignet hatte, wenn man davon absah, dass der Imitator mit jedem Tag ein wenig nervöser geworden war, weil es ihm weder gelang, Rapps Thesaurus-Versteck ausfindig zu machen noch die Reste desselben aus dem zweiten Stock stehlen zu lassen.

Aber auch Rapp war mit seinen Nachforschungen nicht weitergekommen. Noch immer lag die wahre Identität des Scharlatans im Geheimen, und das, obwohl ihm sogar Fixfööt mehrfach bis zur Börse gefolgt war – jedesmal mit demselben enttäuschenden Ergebnis. Es schien, als würde der Imitator sich dort in Luft auflösen.

Man schrieb den dritten Dezember, Rapp stand in der Offizin und schätzte sich einmal mehr glücklich, dass in der vergangenen Nacht keine Langfinger nach seinem Thesaurus gegriffen hatten. Vielleicht lag es an der Bewachung durch Ladiges' Männer, vielleicht auch daran, dass es dem Imitator schwer fiel, neues Diebespack zu rekrutieren, vielleicht auch an beidem – Rapp war es gleichgültig, Hauptsache, er wusste, wo seine Schätze lagerten, Hauptsache, er konnte viel Zeit in seinem Apothekenhaus verbringen, Hauptsache, er hatte Mine. Das Verhältnis zu ihr war – wenn überhaupt möglich – noch inniger geworden. Ja, manchmal schien sie ihm schon mehr zu bedeuten als seine Sammlung.

An diesem Vormittag war es ruhig in der Offizin. Rapp beriet ausführlich einen älteren Seemann, der über Ohrensausen klag-

te. Er füllte ihm etwas aus dem *Bal: Opium*-Gefäß ab und empfahl, den Balsam dreimal täglich in den Gehörgang zu träufeln, dies die üblichen sieben Tage. Auch Knoblauchwickel im Nacken sollten hilfreich sein. Der Janmaat brummte einen Dank, zahlte und verließ mit einem Seitenblick auf den Imitator, der wie stets auf seinem Stuhl saß, die Offizin. Matrosen kamen jetzt seltener, seit ein Großteil der Schiffe den Hamburger Hafen verlassen hatte. Auch der trinkfeste Klaas war fort, seine *Seeschwalbe* hatte Kurs auf die Nordsee genommen, sowie die Winde es zuließen. Rapp und seinen Freunden war der Abschied nicht leicht gefallen.
Rapp seufzte. Wie sollte das alles noch enden? Gewiss, er fühlte sich einigermaßen sicher in seiner Haut, und das Zusammenleben mit Mine hätte harmonischer nicht sein können, aber trotzdem …
Rapp kehrte in die Wirklichkeit zurück und räumte das Standgefäß mit dem Opiumbalsam fort. Dabei verfolgte er mit den Augen den sich entfernenden Matrosen. Ein kleiner Mann mit Schnäuzer begegnete ihm, und Rapp dachte gerade, er würde vorbeigehen, da blieb er stehen. Er blickte nach oben, schien den Pferdekopf zu studieren und den Schriftzug *Apothekenhaus Rapp* zu lesen. Dann trat er entschlossen ein.
»Mein Name ist Doktor Christof Gottwald«, stellte er sich vor und neigte höflich sein Haupt. »Habe ich das Vergnügen mit dem Herrn Apotheker Teodorus Rapp?«
Rapp hätte am liebsten mit Ja geantwortet und den zierlichen Mann auf das Herzlichste empfangen, denn er hatte ihn soeben erkannt. Nicht dem Aussehen, sondern der Beschreibung nach. Gottwald war ebenso ein Thesaurus-Jünger wie er selbst. Er lebte in Danzig und stand in ständiger Korrespondenz mit seinesgleichen – natürlich auch mit Rapp. So wie dieser einen regen Briefwechsel mit Sir Hans Sloane, dem Präsidenten der Wissenschaftsorganisation Royal Society in London, pflegte, mit Johann Jakob Scheuchzer, dem Naturforscher und Stadt-

arzt in Zürich, mit Johann Jacob Baier, dem Präsidenten der Akademie von Naturforschern Leopoldina, mit Albertus Seba, dem bekannten *Apotecarius* aus Amsterdam, und vielen anderen. Sie alle vereinte die Liebe zu Naturalienkabinetten und die Leidenschaft des Sammelns. Über Länder und Grenzen und Stände hinweg tauschten sie Erfahrungen und Exponate aus und pflegten einander bisweilen zu besuchen. Dieserart bildeten sie eine eigene, von ihnen als Gelehrtenrepublik bezeichnete, liberale Gemeinschaft – und in eben dieser war Gottwald als »Cyprinus« bekannt. Cyprinus wie Karpfen, denn die Fransen seines Schnäuzers erinnerten an Barteln.

»Ich bin Teodorus Rapp.« Der Imitator erhob sich zögernd. Rapp kannte ihn mittlerweile gut genug, um zu erkennen, wie wenig angenehm ihm die Situation war.

Gottwald sprang auf den vermeintlichen Apotheker zu und schüttelte ihm lange und kräftig die Hand. »Das hättet Ihr nicht gedacht, was, dass der alte Cyprinus noch einmal leibhaftig vor Euch stehen würde? Ich kann Euch gar nicht sagen, wie sehr ich mich freue!«

Der Imitator versuchte, seine Hand fortzuziehen, aber der kleine Mann hielt sie eisern fest. »Wie lange korrespondieren wir schon? Zehn, elf Jahre? Ja, die Zeit vergeht! *Tempi passati,* was, Herr Kollege? Vor einer Woche wusste ich noch gar nicht, dass ich Hamburg einen Besuch abstatten würde, und nun bin ich hier! Bürgermeister Matfelds Gemahlin ist eine entfernte Verwandte meiner Frau, müsst Ihr wissen, und beide Damen wollten sich endlich einmal wiedersehen, da bin ich einfach mitgekommen, sozusagen als *Appendix*, haha! Ich habe auch etwas für Euch, stellt Euch vor. Nur eine Kleinigkeit, aber was es ist, das wird noch nicht verraten, sonst freut Ihr Euch am Ende nicht darüber. Wir Gelehrten sind ja alle abergläubisch, nicht wahr?«

Endlich gab Gottwald die Hand des Imitators frei, der rasch einen Schritt zurücktrat und auf Rapp wies. »Das ist Molinus Hauser, mein Gehilfe.«

Die Prozedur des Händeschüttelns wiederholte sich, wenn auch nicht ganz so lange, wofür Rapp dankbar war.
Danach zog Gottwald ein geheimnisvolles Gesicht und griff in die Tasche seines Rocks. Er holte eine kleine Schachtel hervor und forderte den Imitator auf, sie zu öffnen.
»Nun, wenn Ihr meint.« Zögernd löste der Scharlatan den Faden vom Papier. Hervor kam eine Reihe bunter Schnecken. Rapp erkannte eine Kopfschildschnecke, eine Stachelschnecke und eine Spitzkreiselschnecke, auch eine der hochgiftigen Kegelschnecken aus dem Indopazifischen Ozean war dabei. Ein seltenes, wertvolles Exemplar, was Rapp beinahe dazu veranlasst hätte, einen Freudenruf auszustoßen.
Ganz anders erging es dem Imitator, der sichtlich Mühe hatte, einen Dank hervorzuquetschen.
»Aber nicht doch, nicht doch.« Die Barteln des Cyprinus wippten. »Nehmt die Exponate als Zeichen der Wiedergutmachung dafür, dass Ihr mich auf den Pfad der *Gastropoden* gelenkt habt! Im Juli war es, glaube ich, dass Ihr mir einige Exemplare zum Aufbau eines Naturalienkabinetts sandtet, hier nun ist das Gegengeschenk. *Manus manum lavat,* wie es so schön heißt! Ich muss sagen, die Schneckensammelei ist bei mir zur wahren *Gastropodomanie* geworden! Welche Farben, welche Formen! Ganz anders als das ewige Gelb des Bernsteins.«
»Sehr schön, sehr hübsch«, murmelte der Imitator, der etwas hilflos wirkte.
»Ich freue mich, wenn Ihr Euch freut. Wie findet Ihr diesen *Bolinus cornutus,* ist das nicht ein herrlicher Schneck, ein wahres Prachtexemplar?« Gottwald wies flüchtig auf die Stachelschnecke.
Der Imitator fühlte sich bemüßigt, das Stück in die Hand zu nehmen, doch nahm er versehentlich die Spitzkreiselschnecke auf und tat so, als bewundere er sie. »Ihr sagt es, mein lieber Doktor, wirklich sehr schön.«

Gottwald war leicht verwirrt. »Äh, ich meinte eigentlich den *Bolinus cornutus.*«

»Den *Boli*… ach ja, natürlich.« Der Imitator wurde nervös, seine Ohren färbten sich rot. Er legte das Stück zurück und fuhr suchend mit dem Finger über die einzelnen Exemplare. Er hatte keine Ahnung, welches von ihnen der *Bolinus cornutus* war, denn er konnte kein Latein, und selbst wenn er es gekonnt hätte, wäre er an dieser Stelle damit am Ende gewesen, einfach, weil er auch die Fachausdrücke nicht beherrschte. Hätte Gottwald »Stachelschnecke« gesagt, wäre es leicht gewesen, weiter den Kenner zu spielen, so aber blieb ihm nichts anderes übrig, als das Geschenk wieder einzupacken und nochmals einen Dank zu murmeln.

Der Cyprinus war etwas ruhiger geworden. Wahrscheinlich fragte er sich, wie ein Kollekteur, der in der Gelehrtenrepublik als Koryphäe galt, den wissenschaftlichen Namen einer Schnecke vergessen konnte. »Nun, äh, ja. Herr Apotheker, wäre es sehr vermessen, wenn ich Euch bäte, einen Blick auf Euren Thesaurus werfen zu dürfen? Ihr habt mir so viel darüber geschrieben, dass ich es kaum erwarten kann, ihn in Augenschein zu nehmen.«

Der Imitator gab sich bedauernd. »Sehr gern, sehr gern, aber ich muss Euch leider sagen, dass ich beraubt worden bin. Ein großer Teil meiner Sammlung ist verschwunden.«

»Waaas?«

Der Imitator wiederholte seinen Satz.

Der zierliche Mann stand wie vom Donner gerührt. Seine Barteln erzitterten. »Wie entsetzlich! Wer würde denn so etwas tun? Ich verstehe das nicht. Was für uns Kollekteure *Mammalien, Aves* oder *Lepidopteren* sind, sind für normale Sterbliche doch nur Säuger, Vögel oder Schmetterlinge. Ich meine, unsere Exponate haben mehr ideellen als materiellen Wert. Oder glaubt Ihr am Ende an einen Täter aus der Gelehrtenrepublik?«

Das war eine Frage, die Rapp sich auch schon gestellt hatte, viele Male sogar, doch immer wieder war er zu derselben Antwort gekommen, und die hieß: Nein. Es war einfach undenkbar, dass ein seriöser Wissenschaftler derart skrupellos vorgehen konnte. Unabhängig davon war er gespannt, was der Imitator entgegnen würde, denn zweifellos wusste er nicht um die Bedeutung des Begriffs.

»Äh, wie meintet Ihr?«

Aha, dachte Rapp, der Scharlatan hofft also, dass Gottwald die Frage ein zweites Mal anders und verständlicher an ihn richtet. Doch die Hoffnung sollte sich nicht erfüllen. »Denkt Ihr an einen Täter aus der Gelehrtenrepublik?«, wollte der Cyprinus nochmals wissen, und Rapp fragte sich, ob es Absicht war. Hatte Gottwald womöglich vorhin Verdacht geschöpft, als der Imitator sich die Blöße mit den Schnecken gegeben hatte? Ahnte er, dass ihm kein Wissenschaftler gegenüberstand?

»Ich muss gestehen, ich war noch nie in der Gelehrtenrepublik«, gab der Imitator zurück und versuchte es mit einem entwaffnenden Lächeln. »Ihr wisst ja selbst, mein Lieber Doktor, wie viel unsereins zu arbeiten hat, aber irgendwann werde ich bestimmt hinfah… nanu, was zieht Ihr plötzlich für ein Gesicht?«

In der Tat hatten sich die Züge des zierlichen Mannes versteinert, und er schleuderte dem Scharlatan nun entgegen: »So sicher, wie die Sonne im Osten auf- und im Westen untergeht, verehrter Herr, weiß ich, dass ich Wissenschaftler und Forscher bin, und ebenso sicher weiß ich nun, dass Ihr es nicht seid! Glaubt nicht, mich für dumm verkaufen zu können. Ich habe sehr wohl bemerkt, dass Ihr keineswegs in der Lage seid, *Gastropoden* auseinander zu halten, und selbst wenn man den Vorfall noch als kleinen *Faux pas* werten wollte, so hat Euch spätestens Eure Unkenntnis der Gelehrtenrepublik entlarvt. Ihr mögt Apotheker sein, Herr, ein Wissenschaftler seid Ihr nicht. Den Teodorus Rapp, den ich suchte, habe ich hier nicht gefunden.«

Der Cyprinus streckte sich, strich seine Barteln glatt und ging, grußlos und hoch aufgerichtet.
Er hinterließ einen sprachlosen Scharlatan und einen heftig grübelnden Rapp. Wenn der falsche Apotheker glaubt, auch ich würde jetzt an seiner Identität zweifeln, dachte er, würde es gefährlich für mich werden. Er müsste sich dann meiner entledigen. Aber ich will nicht durch einen Messerstich in den Rücken sterben. Deshalb darf der Hundsfott auch nicht den leisesten Zweifel haben, dass ich ihn weiterhin für echt halte – und Christof Gottwald für einen Betrüger.
»Hoho!«, lachte Rapp so laut, dass der Imitator zusammenzuckte. »Der komische Vogel war wohl von Sinnen? Kommt hier herein, faselt irgendetwas von Stacheln und Schnecken und Republiken und wundert sich, dass Ihr ihn nicht versteht. Wenn Ihr mich fragt, war das ein kleiner Gauner, der einen neuen Bettelkniff bei Euch ausprobieren wollte. Nach dem Wahlspruch: Ich gebe dir ein paar Schnecken, und du gibst mir gutes Geld dafür, und wenn du mir kein Geld gibst, stehle ich es dir eben in einem unbewachten Moment. Wir sollten sicherstellen, Herr Apotheker, dass wir nicht beraubt worden sind. Auf dem Rezepturtisch liegt gottlob noch der Obolus des Matrosen, aber schaut lieber auch in die Taschen Eures roten Rocks, wer weiß, vielleicht war dieser Gottwald – wenn er denn überhaupt so heißt – nichts anderes als ein kleiner Trickdieb.«
Der Scharlatan antwortete nicht, forschte nur tief in seinen Taschen nach und sagte dann: »Ich muss heute etwas früher fort, Hauser, fast hätte ich es vergessen. Bleibe so lange wie immer und schließe dann wie gewöhnlich ab.«
»Jawohl, Herr Apotheker.«

Niemand folgte an diesem Tag dem Imitator, doch wenn es so gewesen wäre, hätte sich ergeben, dass er nicht zur Börse ging, sondern den *Hammerhai* aufsuchte. Dies allerdings nicht, ohne sich auf seinem Weg häufig und vorsichtig umgesehen zu haben.

Er drückte dem Fettwanst Stoffers ein nicht zu kleines Geldstück in die Hand und nahm ihn beiseite. Dann redete er auf ihn ein. Später kamen noch zwei schwarzhaarige Gestalten hinzu. Gemeinsam beratschlagten sie, was zu tun war. Der Scharlatan wusste, dass sein Auftrag nicht die Lösung des Problems war und dass die Zeit immer knapper wurde. Aber was sollte er machen? Zahllose Speicher und Schuppen hatte er schon nach dem Thesaurus durchsuchen lassen, im ganzen Hafen, und immer war es vergebens gewesen. Außerdem musste er sich um andere Dinge kümmern, dringlich sogar, denn er hatte eine Profession, die an vielen Stunden des Tages seine Anwesenheit erforderte. Er war in einer schrecklichen Zwickmühle.
Auch der beschlossene Tod des Doktor Christof Gottwald würde daran nichts ändern.

Rapp hatte lange überlegt, ob er es tun sollte, doch dann hatte sein Entschluss festgestanden. Er musste das Anwesen von Bürgermeister Bernhard Matfeld aufsuchen und den Cyprinus warnen, das war er seinem Wissenschaftskollegen schuldig. Wie er Gottwald dazu überreden sollte, noch am selben Tag nach Danzig zurückzufahren, wusste er nicht. Aber eines war sicher: Solange Gottwald in Hamburg weilte, schwebte er in Lebensgefahr.
Am Sonnabendmorgen, es war erst ein Viertel auf acht Uhr, eilte Rapp deshalb zu seinem Apothekenhaus, schloss auf und holte das Päckchen mit den *Gastropoden* heraus. Er wollte es dem Cyprinus zurückgeben und auf diese Weise ein Gespräch anknüpfen. Zu erkennen geben wollte er sich nicht, er hatte beschlossen, als Molinus Hauser aufzutreten. Am wichtigsten war, dass Gottwald ihn ernst nahm und schnellstens mit seiner Frau verschwand. Rapp wusste nicht, wie weit er gehen musste, um das zu erreichen; er hatte sich lediglich vorgenommen, so wenig wie möglich und so viel wie nötig über die Morde an Meinardus Schlich und den Halunken preiszugeben. Und noch

etwas hatte er sich überlegt: Sollte der Imitator später nach dem Päckchen mit den *Gastropoden* fragen, wollte er antworten, dass der angebliche Doktor Gottwald noch einmal wiedergekommen sei und die Schnecken zurückverlangt habe.
Während Rapp das alles überdachte, rückte das Haus des amtierenden Bürgermeisters allmählich in sein Blickfeld. Es war ein schönes Gebäude, dem man ansah, welch wichtige Persönlichkeit in seinen Mauern wohnte. Der hochherrschaftliche Eindruck bestätigte sich auch durch das Vorhandensein eines Nebeneingangs für Personal und Lieferanten. Auf eben diesen steuerte Rapp zu, betrat das Haus und landete wenig später in der großen Küche. An die zehn Gestalten saßen dort an einem langen, hell gescheuerten Tisch und nahmen ihr zweites Frühstück ein: Räucherheringe, mit Erbsen angereichertes Brot, Gänseschmalz und Grütze, wobei die Grütze aus einer großen Gemeinschaftsschüssel gelöffelt wurde. Rapp sah alte und junge Gesichter in bunter Reihe, manche voller Runen aus einem langen Arbeitsleben, andere, wahrscheinlich Kutscher und Gärtner, von rosiger Hautfarbe, dritte wiederum blass und käsig, weil sie vermutlich kaum an die frische Luft kamen. Nur wenige der Leute ließen sich beim Essen unterbrechen. Ein älterer Knecht blickte auf und brummte: »Wat wullt du?«
»Moin«, gab Rapp zur Antwort, sprach dann aber auf Hochdeutsch weiter: »Ich bin Molinus, der Gehilfe im Apothekenhaus Rapp. Gestern war ein gewisser Doktor Christof Gottwald bei uns im Laden, er hat das hier vergessen.« Rapp hielt die Schachtel mit den Schnecken hoch.
»Un wegen de poor Muscheln klabasterst du extra her?« Eine ungemein dicke, mütterlich aussehende Frau war hinter Rapp aufgetaucht und schüttelte den Kopf. »Tz, tz, de jungen Lüüt! Ik bün Anni, de Kööksch von'n Herrn Börgermeester, wullt du wat eeten, wo du nu schon mol hier büst?«
Rapp wollte nichts essen. »Nein, ich bin nur gekommen, um zu fragen …«

»Mit leeren Mogen sullst nich frogen, so heet dat doch, nich? Nu sett di dorhen.«
Rapp blieb nichts anderes übrig, als sich neben den Knecht zu setzen und einen Löffel von Anni in Empfang zu nehmen.
»Wullt du noch'n Töller dorto un Metz un Gobel för'n Fisch?«
»Nein, danke.«
Anni watschelte hinaus.
Rapp probierte ein paar Löffel von der Grütze und stellte fest, dass sie sehr gut schmeckte und mit Honig gesüßt war. »Doktor Gottwald ist doch hier zu Besuch?«, vergewisserte er sich.
»Dat is woll so«, kam es von irgendwo her. Das Matfeldsche Gesinde schien maulfaul zu sein. Rapp nahm einen weiteren Löffel und überlegte, ob er jemandem am Tisch das Päckchen mit den Schnecken anvertrauen sollte.
Da kam Anni zurück. Sie hatte ein großes Tablett in der Hand und steuerte damit einen Nebenraum an. »Beer, Speck un Speegeleier heff ik«, rief sie hinein, »un wittes Broot un Botter, is dat topass för de italieenschen Herrn?«
Rapp fasste einen Entschluss. Er wollte zunächst Anni fragen, ob sie wusste, wo der Doktor steckte. Sie schien gesprächiger zu sein als das andere Personal. Er legte den Löffel zur Seite und ging hinter der Kööksch her. Im Nebenraum lud sie gerade ihre Köstlichkeiten vom Tablett herunter, begleitet von den hungrigen Blicken dreier südländisch aussehender Burschen. Einer von ihnen sog genüsslich an seiner Tonpfeife. Rapp brauchte einen Augenblick, um die Agosta-Brüder zu erkennen, jene lebhaften, an Quappen aus der Familie der *Bufonidae* erinnernden Musiker. Doch der Pfeifenkopf, der in Form einer Wirbeltrommel gestaltet war, ließ keinen Zweifel zu.
»Grazie, signora, grazie, Ihr seid eine gute *Cuoca!«,* rief Giovanni und legte sein Rauchinstrument beiseite. »Euer Essen ist *fantastico, bellissimo!* Ich zugenommen habe schon Pfunde!«
»Sì, sì!«, nickten Luigi und Pietro und begannen, sich an den Speisen zu laben.

Rapps Gedanken überstürzten sich. Was sollte er zuerst tun? Die Brüder ansprechen oder die Köchin? Er entschied sich für Letztere. »Anni, wie gesagt, ich habe hier ein Paket für Doktor Gottwald. Ich würde es ihm gern persönlich übergeben.«
»Büst du all satt?«
»Ja, Anni, danke. Doktor Gottwald ist hier doch gerade zu Besuch. Ich möchte ihn sprechen.«
»Dat geiht nich.«
»Nanu, warum denn nicht? Sieht er sich zu dieser frühen Stunde schon die Stadt an?«
»Nee.« Die Kööksch wurde immer einsilbiger.
»Dann ist er also doch hier?«
»Nee, is er nich.«
»Anni, bitte antworte mir: Wo ist Doktor Gottwald?«
»Ik sull nix seggen, hett de Börgermeester seggt. Sull nich den Hund inner Pann mall moken.« Die Köchin fühlte sich erkennbar unwohl. Sie wandte sich zur Seite, so dass nur Rapp sie verstehen konnte, und flüsterte. »He keem nich wedder torück güstern, sien Fruu is schon ganz dörchenanner.«
Rapp ahnte Schreckliches, versuchte aber, sich nichts anmerken zu lassen. »Vielleicht ist ja alles ganz harmlos, Anni«, flüsterte er zurück und stieß ihr vertraulich in die Seite. »Die Hübschlerinnen in Hamburg sind nicht die Hässlichsten.«
»Och wat, Tüünkram!« Anni war keineswegs beruhigt. »Du weetst von nix, un ik heff nix seggt, verstohst?«
»Sicher, sicher«, nickte Rapp, »es geht mich ja auch überhaupt nichts an.«
»Ik heff nix seggt, un nu mutt ik wedder …«
Rapp nickte nochmals, steckte die Schachtel ein und sah Anni in die Küche entschwinden. Das gab ihm Gelegenheit, sich den italienischen Musikern zu widmen, die in der Zwischenzeit kräftig zugelangt hatten, allerdings nicht ohne ihn dabei mit neugierigen Blicken zu bedenken.

»Ihr seid die Agosta-Brüder, nicht wahr?«, fragte er, um das Gespräch zu beginnen.

»*Sì, sì, signore*«, erwiderte Giovanni für seine Brüder, die mit vollem Mund weiterkauten.

»Ihr braucht mich nicht mit ›Herr‹ anzureden«, entgegnete Rapp. »Ich bin nur Molinus Hauser, der Gehilfe im *Apothekenhaus Rapp.*« Er sagte es in der Hoffnung, die Brüder würden weniger steif auf seine Fragen antworten. Außerdem wollte er wissen, ob Giovanni sich an den Namen Rapp oder die Beruhigungstropfen erinnerte.

»*D'accordo, amico.* Wenn du willst. Ich bin Giovanni und das sind Luigi und Pietro.«

Rapp fragte sich, ob sein Name dem Italiener tatsächlich entfallen war. Bei den vielen Bewunderern, derer sich die Musiker erfreuten, war es nicht ganz auszuschließen, andererseits stellte die Quappe sich vielleicht nur dumm. Auf jeden Fall stand eines fest: Der Scharlatan hatte die Pfeife nicht fortgeworfen. Das einmalige Stück war wieder in Giovannis Besitz gelangt. Doch wie?

Rapp stöberte rasch in seinem Gedächtnis und rief sich seine früheren Schlussfolgerungen in Erinnerung. Wenn der Imitator das Rauchinstrument an Agosta zurückgegeben hatte, sagte er sich, musste er gewusst haben, dass es ihm gehörte, was wiederum voraussetzte, dass er ihn zumindest vom Sehen kannte. Aber wie war die Rückgabe erfolgt?

Hatte der Scharlatan sein Inkognito gewahrt und sie als Rapp auftretend vorgenommen? Oder hatte er es unter seinem richtigen Namen getan, in seiner eigenen Kleidung?

Nein, nein, die zweite Möglichkeit kam nicht in Betracht. Der Imitator hätte sich in diesem Fall fragen lassen müssen, wie er an das Rauchinstrument gekommen war, denn Giovanni hätte sich, wenn überhaupt, nur an Rapp erinnert.

Oder? Vielleicht hatte der Scharlatan die Pfeife doch in seiner eigenen Kleidung zurückgegeben, weil er sicher sein konnte,

die fälligen Fragen würden gar nicht erst gestellt werden. Das allerdings setzte voraus, dass die Antwort bekannt war. Und bedeutete: Giovanni Agosta, und wahrscheinlich auch seine Brüder, steckten mit dem Imitator unter einer Decke.
War das überhaupt vorstellbar? Rapp schalt sich ob seiner krausen Gedanken. Er hatte sich wieder einmal verrannt. Ihm fielen eine Menge Fragen ein, die er sich aber alle verkneifen musste, wollte er weiterhin als einfacher Gehilfe auftreten. Schließlich sagte er: »Das ist aber eine bemerkenswerte Pfeife, eine solche habe ich im Leben erst ein einziges Mal gesehen. Der Apotheker Teodorus Rapp, bei dem ich arbeite, trug sie in seiner Rocktasche.«
»Der Apotheker Teodorus Rapp, *mio amico?«* Giovanni schien langsam etwas zu dämmern. Er wischte sich einen Rest Ei aus dem Mundwinkel und fragte: »Er, äh, hat eine rote Rock, *rosso, sì?*, mit schwarze Knöpfe, *sì?«*
»Ja, ganz recht.«
»O, mamma mia, jetzt ich weiß! Er hat mir gesagt Uhrzeit und gegeben Tropfen für, äh, *calmante.* Ein freundlicher Mann!« Giovanni sprang temperamentvoll auf und breitete die Arme aus. »Jetzt ich weiß wieder alles! Es war der Abend, wir haben gespielt *musica da camera* bei diese Lüttkopps, *sì?«*
»Ich glaube, ja. Der Herr Apotheker war ganz erstaunt, als er die Pfeife später in seiner Tasche fand, er sagte, es sei nicht die seine«, log Rapp und dachte, jetzt kommt es darauf an: »Wann hat er sie dir denn zurückgegeben?«
»Er mir zurückgegeben?« Giovannis Gefühlsausbruch endete. Er setzte sich wieder neben seine Brüder, die ununterbrochen weitergegessen hatten.
»Ja, du hast sie doch wieder.« Rapp hielt den Atem an. Gleich würde er klüger sein, vielleicht sogar den Namen des Imitators erfahren. Und dann …
Die Quappe hob den Finger. *»No, no, amico.* Es ist gewesen anders. Nach der *musica da camera* ich habe gemerkt, dass meine

Pfeife ist futsch, ich wollte rauchen, aber Pfeife war futsch. Dann ich habe gesucht den Apotheker, aber der Apotheker war auch futsch, schon weg. Ich konnte nicht rauchen. Es war, äh, *terribile!*«

»Du hättest sie dir einfach wiederholen können, du wusstest doch, dass der Apotheker Rapp heißt?« Die Frage machte Sinn, denn Giovanni war in der ganzen Zeit nicht zur Deichstraße gekommen.

»Ich brauchte nicht, ich habe sie ja bekommen wieder.«

»Dann hat der Apotheker Rapp dir die Pfeife also doch zurückgegeben?«

»Sì, äh, *no!«*

»Was denn nun?« Rapp konnte seine Ungeduld kaum noch verbergen.

Giovanni zuckte entschuldigend mit den Schultern. »Es war so, *mio amico:* Luigi, Pietro und ich haben gemacht noch mehr *musica da camera* bei andere Herrschaften, verstehen, *sì?* Ein paar Tage später es war, ich glaube in das Haus von dem Kaufmann Johannes Findteisen, da haben wir gespielt, und als wir waren fertig, ich habe die Pfeife gefunden neben meine, äh, Noten. Sie lag da, ich war glücklich!«

Rapp musste sich einen Augenblick fassen. Auf diese einfache Möglichkeit war er überhaupt nicht gekommen. Der Imitator hatte offensichtlich einen weiteren Kammermusikabend besucht und das Rauchinstrument an einen Ort gelegt, von dem er wusste, dass Giovanni es dort auf jeden Fall finden würde.

»Hast du denn an dem Abend den Apotheker unter den Zuhörern entdeckt? Er muss ja da gewesen sein.«

»No, mio amico, das ist es ja, ich habe gesucht ihn, aber nicht gesehen. Und Luigi und Pietro auch nicht.« Die Brüder nickten einträchtig. *»Strano, non è vero?«*

»Ah-hm … nun«, murmelte Rapp gedankenvoll.

Die Quappe wischte mit einem Stück Brot ihren Teller aus.

»Warum willst du wissen das alles? Wie geht's dem Apotheker Rapp, *mio amico?*«
»Ach« – Rapp winkte ab – »du hast Recht, Giovanni, es ist nicht so wichtig, ich fragte nur, weil die Pfeife ein so schönes Exemplar ist. Dem Apotheker geht es übrigens gut. Ich fürchte, ich muss nun gehen. Solltet ihr heute Abend spielen, wünsche ich euch viel Erfolg. Alles Gute!«
»*Grazie, mio amico*, so ist es. *Arrivederci.*«

Etwas später, es war bereits zehneinviertel Uhr, schritt Rapp alles andere als glücklich zu seinem Apothekenhaus. Er hatte gehofft, Gottwald anzutreffen, aber der Doktor war nicht da gewesen, schlimmer noch: Er war gestern nicht zurückgekehrt in das Haus seines Gastgebers. Wenn man der Kööksch Anni glaubte, war dem Bürgermeister das Verschwinden des kleinen Wissenschaftlers unangenehm. Hatte das etwas zu bedeuten? Nein, wohl nicht. Es war normal, dass ein Hausherr sich um seinen Gast sorgte.
Ob Gottwald schon tot war? Rapp hoffte aus ganzem Herzen, dass es nicht so sein möge. Er hatte den zierlichen Gelehrten nur ein paar Minuten erlebt, ihn aber trotz der kurzen Zeit menschlich schätzen gelernt. Nicht jeder hätte so mutig und offen seine Meinung gesagt. Rapp stand noch genau der empörte Gesichtsausdruck vor Augen, mit dem der Cyprinus dem Imitator seine Erkenntnis entgegengeschleudert hatte: »Ihr mögt Apotheker sein, Herr, ein Wissenschaftler seid Ihr nicht. Den Teodorus Rapp, den ich suchte, habe ich hier nicht gefunden.«
Gottwald hatte nur ein paar Minuten gebraucht, um den Imitator als Nicht-Wissenschaftler zu entlarven, und er, Rapp, stocherte noch immer mit der Stange im Nebel herum. Noch immer wusste er nichts über die wahre Identität des Scharlatans. Nun gut, vielleicht ein wenig mehr als nichts. Er hatte herausgefunden, dass der Imitator zu einem Kammermusikabend gegangen war, um dem Musiker Giovanni Agosta die Pfeife zurück-

zugeben. Nein, das stimmte so nicht. Vielmehr war anzunehmen, dass der Scharlatan eine Einladung zu einem solchen Abend erhalten und bei dieser Gelegenheit das Rauchinstrument zurückgegeben hatte. Und es schien auch festzustehen, dass der Imitator an jenem Abend nicht als Imitator, also in Rapps Kleidung aufgetreten war, sondern in seiner eigenen. Anderenfalls hätte Giovanni ihn entdeckt.
Rapp schnaubte unzufrieden und eilte weiter. Die Ausbeute seiner Grübeleien war dürftig. Er musste annehmen, dass der Imitator der besseren Gesellschaft Hamburgs angehörte, sonst wäre er nicht zu Johannes Findteisen eingeladen worden, und er konnte ausschließen, dass die Agosta-Brüder mit ihm unter einer Decke steckten. Die Quappen waren harmlos. Sie versuchten, sich einen Namen zu machen, indem sie in den herrschaftlichen Häusern Hamburgs aufspielten, mehr nicht. Sicher, der Imitator kannte sie, wahrscheinlich von einem ihrer Auftritte, aber sie kannten ihn nicht, und er wollte, dass dies so blieb, sonst hätte er die Pfeife nicht neben die Noten gelegt. Ja, die Agosta-Brüder waren harmlos.
Ein anderer Gedanke kam Rapp. Wenn der Imitator Kammermusikabende besuchte, würde er womöglich auch heute Abend bei Bürgermeister Matfeld eingeladen sein. Ebenso, wie er es vielleicht bei Lüttkopps und anderen schon gewesen war? War er ein Musikliebhaber? Spielte er ein Instrument? War er ein bekannter Künstler?
Rapp ging die wenigen Personen durch, die er auf diesem Gebiet kannte, und merkte, er kam so nicht weiter. Dann, plötzlich, fiel ihm etwas ein: Er konnte versuchen, dem Musikabend bei Matfeld beizuwohnen und dabei Ausschau nach dem Scharlatan zu halten. Doch nein, das konnte er nicht. Er hatte keine Einladung, und überdies war er Molinus Hauser, ein kleiner Apothekergehilfe.
Er biss die Zähne zusammen. Es war zum Verzweifeln.
Wer, in drei Teufels Namen, war der Imitator?

Kapitel sechzehn,

in welchem Doktor Fernão de Castro eine wüste Nacht im Hammerhai *verbringt, ohne sich auch nur im Geringsten zu amüsieren.*

Am nächsten Tag, es war Sonnabend, der fünfte Dezember, befand Rapp sich ganz oben auf dem Dachboden des Apothekenhauses und ordnete seine zweihundertsiebenundfünfzig Kräutersorten um, eine längst überfällige Tätigkeit, denn die Drogen waren empfindlich gegen Feuchtigkeit und Zugluft. Der Imitator war unten in der Offizin geblieben, wo er wie üblich auf dem Stuhl saß und lustlos auf die Deichstraße hinausstarrte. Es war ihm zunächst nicht recht gewesen, dass Rapp ihn vorübergehend verließ, da er in dieser Zeit die eintretenden Kunden bedienen musste, aber Rapp hatte ebenso höflich wie bestimmt deutlich gemacht, dass die Arbeit auf dem Boden keinen längeren Aufschub duldete.

Wie herrlich doch die Kräuter dufteten! Die großen Büschel der gelben Schafgarbe sollten demnächst klein gehackt werden, aber zunächst mussten sie noch mehr durchtrocknen. Gleiches galt für das Zinnkraut und den Roten Sonnenhut. Andere Drogen wiederum waren bereits arid genug, bei ihnen musste nur darauf geachtet werden, dass sie nicht unbeabsichtigt wieder feucht wurden. Rapp hängte sie um. Weißdorn, Nieswurz, Wolfstrapp, Sanddorn, Johanniskraut und eine Menge anderer Pflanzen harrten ebenfalls noch ihrer Behandlung.

Rapp pfiff eine Melodie vor sich hin, mehr schlecht als recht, aber er fühlte sich wohl und er liebte seine Arbeit. Genau wie Mine, die bei ihrer Flickerei stets summte. Er war so vertieft,

dass er die Männerstimmen unten in der Offizin zunächst überhörte.
Rapp spitzte die Ohren. Worte konnte er nicht unterscheiden, aber dem Klang nach handelte es sich um Ladiges und seine Mannen. Was war da los? Gab es neue Erkenntnisse? Er musste hinunter!
»... zwei waren Brüder«, sagte der Büttel gerade zum Imitator, als Rapp auf der Bildfläche erschien. »Der Große Häns und der Kleine Häns wurden sie genannt, obwohl der Kleine höchstens einen Zoll kürzer war. Der Dritte des Diebsgesindels hieß Beule, sicher ein Spitzname, aber sein richtiger Name war nicht herauszufinden, obwohl wir auf den dicken Stoffers eingeredet haben wie auf einen kranken Gaul. Ja, es ist schon ein übles Gelichter, das sich im *Hammerhai* herumdrückt, Herr Apotheker.«
Göck nuschelte etwas Zustimmendes. Rammer wirkte womöglich noch verschlafener als sonst, weil er mit seinem Kollegen jede Nacht das Apothekenhaus beobachten musste.
»Nun, ja«, redete Ladiges weiter, »jedenfalls waren die Häns-Brüder und auch Beule keine Waisenknaben. Diebereien im Hafen, Betrügereien auf Märkten, Prügeleien und Saufereien in Schänken, dazu immer schnell mit dem Messer zur Hand, so kannte man sie. Das Ärgerliche war nur, dass sie sich selten auf frischer Tat ertappen ließen, und, wie gesagt, im *Hammerhai*, wo die Nichtsnutze verkehrten, redet man gegen eine Wand, wenn man rekognoszieren will.«
Der Imitator nickte. »Gewiss, gewiss. Kann ich sonst noch etwas für Euch tun, Meister Ladiges?«
Der Büttel zog seine Kappe aus der Tasche, prüfte, wo hinten und vorne war, und setzte sie dann richtig herum auf. »Vielleicht, Herr Apotheker. Doch gestattet mir zunächst die Frage, ob Ihr zum Verschwinden unseres Kollegen Meinardus Schlich etwas gehört habt.«
»Nein, nichts. Leider.«

»Nun, das hatte ich schon befürchtet. Offen gesagt, tappen auch wir da völlig im Dunkeln. Wenn die drei The... Thesaurus-Diebe noch leben würden, wären wir vielleicht klüger. Aber sie tun es nicht, und die Erkenntnis, dass der Raub Eurer Sammlung der Dreh- und Angelpunkt bei diesem Fall ist, hilft uns auch nicht weiter.«

Der Scharlatan fragte: »Ich nehme an, Ihr habt keine Hinweise zu dem neuen Versteck meines Thesaurus?«

»Nein, haben wir nicht. Ich bin zwar überzeugt, dass der dicke Stoffers viel mehr weiß, als er vorgibt, aber ich kann ihn nicht zum Reden zwingen. Glaubt mir, am liebsten würde ich ihn zur Fronerei schleppen und dort nach Strich und Faden ausquetschen – wie einen Apfel beim Mosten –, aber ich darf es nicht. Solange der Mann seine Steuern zahlt und sich sonst nichts zuschulden kommen lässt, habe ich nichts gegen ihn in der Hand. Es ist zum Verrücktwerden. Doch zurück zu Eurer Frage, ob Ihr etwas für mich tun könnt.«

»Ja, bitte?« Der Imitator kniff die Augen zusammen. Rapp sah, dass er auf der Hut war.

»Es ist ein weiterer Mord geschehen, Herr Apotheker.«

Der Scharlatan erbleichte. Rapp spürte, dass es ihm gleichfalls so erging. Der Cyprinus war tot! Wer sonst konnte es sein! Der Imitator, dieser Teufel in Menschengestalt, hatte ihn meucheln lassen! Es kostete Rapp unerhörte Kraft, nicht vorzuspringen und auf den Hundsfott einzuschlagen.

Der Büttel nahm die Mütze ab und steckte sie in die Tasche. »Es handelt sich um Doktor Christof Gottwald, einen Gelehrten aus Danzig, der mit seiner Frau bei Bürgermeister Matfeld logierte. Ihr kanntet doch Gottwald?«

»Nun, ja, äh, natürlich.«

»Erzählt mir von ihm.«

»Was soll ich sagen? Entschuldigt meine Verwirrung, das ist ja entsetzlich! Ja, ich kannte ihn. Er sammelte Schnecken und Muscheln und so etwas.«

»Fällt Euch sonst nichts ein?«
»Äh, doch, natürlich, er war ein Gelehrter, von kleinem Wuchs …«
»Warum erwähnt Ihr nicht seinen Besuch in Eurer Apotheke? Es ist erst zwei Tage her, dass er bei Euch war. So jedenfalls lautet die Behauptung seiner Frau. Sie erzählte mir, ihr Mann hätte einen alten Freund, den Apotheker Teodorus Rapp, besuchen und ihm ein paar seltene Schnecken schenken wollen. Also: War Gottwald hier?«
»Aber ja, das war er.«
»Und?« Ladiges beugte sich vor. Vielleicht spürte er, dass der Imitator mehr wusste, als er zugeben wollte. Doch er sollte enttäuscht werden. Und ebenso Rapp. Der Hundsfott hatte sich eisern in der Gewalt.
»Er wollte mich besuchen, wir, äh, standen in ständigem Schriftverkehr, aber hatten einander noch nie persönlich kennen gelernt. Auch hat er mir freundlicherweise ein Geschenk mitgebracht.«
»Ein Geschenk. Wo habt Ihr es?«
»Ich … ich hatte es …«
Rapp beglückwünschte sich, die Schachtel nicht im Matfeldschen Haus gelassen zu haben, denn dann hätte Ladiges dort sicher gefragt, von wem sie zurückgebracht worden sei. So aber konnte er – wenn auch widerstrebend – dem Scharlatan aus der Patsche helfen. Er ging zum hinteren großen Wandschrank und entnahm einem der Regale das Päckchen. »Hier ist es, Meister Ladiges«, sagte er. »Ich räumte es fort, nachdem der Herr Apotheker das Haus verlassen hatte.«
Der Büttel betrachtete die *Gastropoden*. Dann fragte er den Scharlatan: »Ihr seid also nach Erhalt des Geschenks weggegangen?«
»Nun, ja …«
Rapp schob ein: »Ich blieb zurück, um die Kunden zu bedienen.«

Ladiges kümmerte sich nicht um die Bemerkung. »Seid Ihr mit Doktor Gottwald zusammen weggegangen?«
»Nein, er verließ vorher das Haus.«
»Aha. Wie viel früher?«
»Ich weiß es nicht mehr, vielleicht eine Stunde.«
Rapp wusste es besser. Nur ein paar Minuten waren vergangen, aber er hielt den Mund. Es war klüger, dem Imitator nicht in den Rücken zu fallen. Zumindest zum jetzigen Zeitpunkt.
»Wäre es nicht logischer gewesen, Ihr hättet mit Gottwald gemeinsam etwas unternommen, hättet ihm Hamburg gezeigt oder Ähnliches, ich meine, wo ihr euch doch zum ersten Mal persönlich begegnet wart?«
Der Imitator knetete die Hände. »Nun, Gottwald musste plötzlich weg, es wäre unhöflich gewesen, ihn aufzuhalten.« Sein Blick streifte Rapp. Angst, Sorge, Verzweiflung lagen darin, fast konnte der Hundsfott einem Leid tun. Rapp sagte sich erneut, dass es besser war, dem Imitator die Stange zu halten, denn zu tief steckte er selbst mit drin in dem ganzen Schwindel. Außerdem hatte er zwei Männer erschlagen … »Ich fand es auch seltsam, dass der Doktor so unvermittelt ging«, log er, »aber vielleicht hatte er noch eine andere Verabredung, schließlich leben viele Gelehrte in Hamburg, und der Aufenthalt des Doktors war sicher zeitlich begrenzt.«
Ladiges rieb sich das Kinn. »Hm ja. Das stimmt. Die Gottwalds wollten nur vier Tage bleiben, das hat mir die arme Witwe unter Tränen erzählt. Übrigens, ihr Mann wurde ebenfalls von hinten erstochen und tot am Hafen aufgefunden, genau wie die Häns-Brüder und Beule. Das deutet auf dieselben Täter hin – wenn es denn mehrere waren.«
»Ach?«, gab sich der Imitator unwissend.
»Ihr habt richtig gehört, Herr Apotheker, und diese Tatsachen sind ein Hinweis darauf, dass der Mord an Gottwald ebenfalls mit dem Raub Eures Thesaurus in Zusammenhang steht. Wir wissen noch nicht, wie, aber wir werden es herausfinden.«

»So isses«, nuschelte Göck.
»Für heute wünsche ich Euch einen guten Tag.« Ladiges schob sich an Rammer vorbei zur Tür, öffnete sie, woraufhin das Glöckchen bimmelte. Dadurch aufgeschreckt, folgte Rammer seinem Vorgesetzten auf dem Fuße, und auch Göck setzte sich in Bewegung.
Als die Tür zuschlug, ließ der Imitator sich auf seinen Stuhl fallen. Ein paarmal atmete er tief durch, dann sagte er: »Es war sehr anständig von dir, mir zu helfen, Hauser.«
Rapp spürte erst jetzt, wie weich auch seine Knie waren. Er setzte sich auf den Schemel. »Das musste ich doch«, gab er zurück und kam sich ungeheuer scheinheilig vor. »Ich arbeite bei Euch, und die Tätigkeit möchte ich mir gerne erhalten. Außerdem wollen die Büttel immer viel wissen, wenn der Tag lang ist. Die glauben am Ende noch, Ihr hättet diesen Gottwald auf dem Gewissen.«
»Ja, ja«, sagte der Scharlatan. »Danke.«
»Ich habe es gern für Euch getan«, entgegnete Rapp und wäre für diese Antwort am liebsten im Boden versunken.
Wie mies und verlogen er doch war.

Doktor Fernão de Castro stand vor dem *Hammerhai,* die Arzttasche in der Hand. Es war Dienstag, der achte Dezember, und er hatte einen anstrengenden Arbeitstag hinter sich. Eigentlich hatte er der Spelunke schon viel früher einen Besuch abstatten wollen, aber immer war etwas dazwischen gekommen. Meist ein eiliger Fall wie heute, wo er einen kleinen Jungen nur um Haaresbreite vor dem Erstickungstod hatte retten können. Der Knirps litt unter der Bräune, und der Physikus hatte als letztes Mittel eine *Tracheotomie* vornehmen müssen und anschließend ein Holzröhrchen in die Luftröhre geschoben. Bald würde der Kleine wieder wie früher atmen können. Die Mutter, eine arme Waschfrau, war überglücklich gewesen. Nur Geld hatte sie keines gehabt. Stattdessen hatte sie angeboten, ihm seine Wäsche

für ein halbes Jahr umsonst zu machen. Vielleicht würde er darauf zurückkommen.
Es ging bereits auf neun Uhr, wie immer um diese Zeit herrschte Hochbetrieb im *Hammerhai*. Gegröle von Betrunkenen und das Gekratze auf einer Fidel drangen nach draußen. Irgendwer sang laut und falsch. Angewidert schüttelte der Physikus den Kopf. Doch es half nichts, er musste hinein in die Räucherhöhle, wollte er seinem Freund Teodorus Rapp helfen und sich umhören. Das hatte er schließlich versprochen. Die Arzttasche umklammernd, riss er die quietschende Holztür auf. Beißender Tobackqualm, so dicht, dass er die Hand nicht vor Augen sehen konnte, umfing ihn drinnen. Er ließ die Tür offen, damit die Schwaden sich verziehen konnten, und blinzelte heftig. Gestank nach fadem Bier, Schweiß und Pisse schlug ihm entgegen. Er ging ein paar Schritte vor, in der Hoffnung, besser sehen zu können. Das Brüllen und Gejohle hielt unvermindert an. Es wurde sogar noch lauter und klang jetzt wie Anfeuerungsgeschrei.
Dann herrschte jählings Stille. Einige schmierige Gestalten rückten in de Castros Blickfeld. Dazu torkelnde Zecher und am Boden liegende Bierleichen.
»Mook de Döör to!«, schrie eine Stimme.
Der Physikus dachte nicht daran. Im zusehends lichter werdenden Nebel hatte er gesehen, dass eine der Bierleichen ihren Zustand nicht dem Alkohol, sondern einer Schlagwaffe verdankte. Der hochaufgeschossene Kerl, der sie benutzt hatte, stand unmittelbar daneben, noch halb über sein Opfer gebeugt.
De Castro zögerte keinen Augenblick. »Lasst mich durch!« Er stieß die Gaffer beiseite und erkannte, dass es sich bei dem Schlaginstrument um einen riesigen Knochen handelte. Flüchtig dachte er an das gewaltige Skelett des Hammerhais, das früher an der Decke baumelte. Er hatte es beim Eintreten nicht bemerkt. »Ich bin Physikus.«

»Mook de Döör to, verdammich!«, erklang es abermals. »De Nachtwach is ünnerwegs!«
Hauke Stoffers, der Fettwanst, war hinter seinem Fass hervorgewatschelt, in seiner Begleitung zwei vierkant gebaute, schwarzhaarige Männer, von denen einer ein unverständliches Kauderwelsch ausstieß: »Что он здесь потерял?«
Es waren Burschen von der Sorte, der man ungern im Dunkeln begegnet. Wahrscheinlich hatte der Wirt mit ihnen gerade eine neue Untat ausgeheckt.
Irgendjemand schloss die Tür.
»Büst du dat, oder büst du dat nich?«, fragte der Dickbauch misstrauisch.
»Ich bin Doktor Fernão de Castro, derjenige, der dir vor zwei Jahren deine Wasserbeine behandelte. Wenn ich dich so anschaue, kann es damit nicht besser geworden sein. Aber es ist ja dein Leben. Im Übrigen scheinst du wirklich ein schlechtes Gedächtnis zu haben. Schon damals sagte ich dir, dass ich auf einer standesgemäßen Anrede bestehe. Und nun lass mich nach dem Verletzten sehen.«
Als Armenarzt legte der Physikus nicht sonderlich Wert auf Förmlichkeiten, und es machte ihm wenig aus, auf Plattdeutsch mit »du« angesprochen zu werden. Aber es gab Ausnahmen. Und Hauke Stoffers war so eine. Ohne sich weiter um den Fettwanst zu kümmern, kniete er nieder, öffnete die Arzttasche und untersuchte den Bewusstlosen. Er fühlte den Puls, hörte mit dem Rohr das Herz ab, zog ihm die Augenlider hoch, untersuchte den Kopf und den gesamten Körper. Danach wanderten seine kundigen Hände wieder zum Kopf. »Es ist, was ich befürchtet habe«, sagte er, sich aufrichtend. »Eine Impressionsfraktur der *Kalotte,* oder, damit es jeder versteht: ein Bruch des Schädeldachs. Damit ist keineswegs zu spaßen.« Er wandte sich an den Kerl mit dem Knochen: »Ich hoffe für dich, dass der Mann überlebt. Er muss sofort in ein Hospital.«
»Nee, dat mutt he nich!« Stoffers schob seine Körpermassen

zwischen de Castro und den am Boden liegenden Mann. Seine Schweinsäuglein schossen Blitze.
»Wenn er hier bleibt und nicht behandelt wird, sind seine Überlebensaussichten sehr viel geringer.«
»Na un? Dat is mi schietegool. Bückel is'n Sabbelpott. He weet toveel.«
»Bückel?«
»So heet he.«
»Aha.« Der Physikus betrachtete den Verletzten, der kaum zwanzig Jahre zählte, und fragte sich, was an dessen Aussehen wohl an einen geräucherten Hering erinnerte. Er fand es nicht heraus. Er sah nur ein schmales, spitzes Gesicht unter dünnem Blondhaar. Beim Allmächtigen, dessen Name gepriesen sei, dachte er, wie kommen die Gauner nur immer zu ihren blödsinnigen Spitznamen? Laut sagte er: »Bückel muss in ein Hospital.«
»Nee, dat mutt he nich.« Stoffers und die beiden schwarzhaarigen Halunken kamen drohend näher. Und plötzlich konnte der Fettwanst auch Hochdeutsch: »Der Mann bleibt. Behandelt ihn hier, wenn Ihr wollt, oder lasst es. Ist das klar, Herr Doktor?«
De Castro resignierte. Was tue ich hier eigentlich?, fragte er sich. Statt zu helfen, streite ich mich mit diesem adipösen Ungeheuer. Er gab sich einen Ruck und sprach die herumstehenden Gaffer an: »Hängt eine Tür aus und hebt den Verletzten vorsichtig darauf. Er muss flach auf dem Rücken liegen.« Dann wandte er sich an Stoffers. »Gibt es hinten einen abgeteilten Raum mit Bett?«
»Ja«, brummte der Dickbauch, »gibt es.«
»Dann lass Bückel dorthin schaffen. Und besorge eine warme Decke, besser zwei.«
Wenig später saß der Physikus in einer dunklen, zugigen Kammer, allein mit sich und dem Verletzten. Die Tür zum Schankraum war fest geschlossen worden. De Castro hatte es so ge-

wollt. Ebenso wie die Zecher, wenn auch aus anderem Grund: Sie mochten ihr Gemüt nicht mit dem Elend eines Einzelnen belasten.
Das Gegröle und Gefiedel hatte wieder eingesetzt, als sei nichts geschehen. De Castro fröstelte und hielt die Hände über eine armselige Kerze. Die Flamme wärmte ein wenig. In ihrem Schein wirkte Bückels blasses Gesicht wie das eines Toten. Er war in beide Decken eingepackt, damit er nicht auskühlte. Der Physikus gähnte. Er hatte einen langen Tag hinter sich und wäre gern nach Hause gegangen. Aber das kam selbstverständlich nicht in Frage. Hin und wieder fühlte er den Puls und sprach beruhigend auf den Verletzten ein. Mehr konnte er nicht tun. Es war wenig genug.
Trotz des immer stärker werdenden Lärms hinter der Tür musste er für eine Weile eingenickt sein, denn als er wach wurde, sah er, dass Bückel bei Bewusstsein war. Er hatte die Augen geöffnet und bewegte die Lippen. De Castro hatte Mühe, ihn zu verstehen.
»Ich werd krepieren«, flüsterte der Kranke.
»Oh, nein, das wirst du nicht. Du bist jung und kräftig, morgen geht es dir wieder besser. Ich bin Doktor de Castro, verlass dich auf mich.« Der Physikus schluckte. Wie er diesen vorgetäuschten Optimismus hasste! Andererseits konnte er dem Verletzten schlecht die Wahrheit sagen. Eine Impressionsfraktur war höchst gefährlich, denn sie ging häufig mit inneren Blutungen einher. Zu der äußeren Verletzung kam dann der Schlag im Hirn, es folgten Lähmungen oder Sprachstörungen oder beides. Wen der Schlagfluss richtig traf, dem konnte man nur einen schnellen, gnädigen Tod wünschen.
»Mein Kopf … tut so weh.«
»Ich weiß.« De Castro betrachtete die Schlagwunde. Sie sah unspektakulär aus, nur ein wenig Blut klebte zwischen den Haaren, mehr nicht. »Versuche zu schlafen.« Er tauchte ein Tuch in eine Wasserschüssel, wrang es aus und wickelte es dem Kranken

um den Kopf. Dann fühlte er nochmals nach dem Puls. Er war gleichbleibend schwach.
»Ich will nich sterben …« Bückel begann zu wimmern. Der Physikus nahm seine Hand und streichelte sie beruhigend. Eine Zeit lang schwieg der Verletzte. Dann setzte das Wimmern wieder ein. »Ich will nich so sterben, so nich …«
»Versuche zu schlafen, oder denke an etwas Schönes.«
»Hab nix Schönes, an das ich denken könnt. Hab alles falsch gemacht … Es tut so weh, wird schlimmer …«
»Ich gebe dir etwas.« De Castro holte ein Fläschchen mit etwas Laudanum aus der Arzttasche und hielt es Bückel an die Lippen. »Du musst im Liegen trinken und darfst dich dabei nicht bewegen, das ist das Wichtigste.«
Der Verletzte schlug die Augen nieder, zum Zeichen, dass er verstanden hatte. Dann trank er einen kleinen Schluck.
»Es wird dir gleich besser gehen.«
»Da… danke.«
Der Physikus nahm wieder die Hand, streichelte sie und beobachtete Bückels Gesichtszüge. Nach ein paar Minuten entspannten sie sich. Er atmete auf. Der Patient würde eine Weile schlafen, Gelegenheit für ihn, sich selbst zu entspannen. Viel würde davon abhängen, ob die Schmerzen beim Aufwachen erträglicher waren oder nicht. Wenn ja, bestand Hoffnung, zumal alle Gliedmaßen frei von Taubheit oder Lähmung zu sein schienen.
Irgendwann später zog de Castro seine Uhr aus der Tasche. Die Zeiger standen bereits auf elfeinhalb, die Kerze flackerte müde, sie war fast herabgebrannt. Er griff wieder zur Hand des Verletzten, denn sie war ihm entglitten, während er geschlafen hatte. Die Zecher im Schankraum lärmten unvermindert weiter. Gottloses Pack.
Bückel murmelte etwas.
»Was hast du gesagt?«
»Ich spür, ich sterb.«

»Ist der Kopfschmerz stärker geworden?«
»Ja … ja, Herr Dokter. Das Fläschchen … kann ich noch'n Schluck …?«
»Nein, leider ist das Laudanum alle.« De Castro sorgte sich. Er hätte seinem Patienten gern noch etwas von der hilfreichen Tinktur gegeben. »Bleibe vor allem ruhig.«
»Wie lange muss ich so … liegen?«
»Mehrere Tage, bis dein Schädel nicht mehr brummt. Ich wollte dich ins Hospital bringen lassen, aber der Wirt hat es verhindert.«
»Hauke Stoffers, der Fettsack … will mich los sein. Wollt mich erschlagen lassen, der Hund … sagt immer, ich wär'n Sabbelpott …«
»Wie heißt der Mann, der dich niederschlug?«
»Das war Krahl. Der lange Krahl … mein Gott, wenn ich gesund werd, will ich'n anderes Leben anfangen, das schwör ich.« Bückel verzog das Gesicht vor Pein. »Hab alles falsch gemacht, alles.«
Die Kerze verlöschte.
De Castro sagte: »Wenn du willst, erzähle mir von deinem Leben. Es wird dich ablenken. Wir brauchen dazu kein Licht.«
»Ja … ja, ich will.« Langsam begann Bückel zu reden. Erst stockend, dann flüssiger, das Sprechen schien ihm tatsächlich gut zu tun. Der Physikus erwies sich als ein geduldiger Zuhörer. Und als ein aufmerksamer dazu. Er erfuhr, dass sein Patient durch eigenes Verschulden, aber auch durch eine Verkettung unglücklicher Umstände in den Strudel des Verbrechens hinabgezogen worden war. Er hatte ein anständiges Elternhaus gehabt, war als Junge sogar für einige Zeit aufs Johanneum gegangen, doch dann in schlechte Gesellschaft geraten und später, nachdem er Hauke Stoffers kennen gelernt hatte, endgültig auf die schiefe Bahn. Er hatte gestohlen, betrogen und geschmuggelt. Meistens waren es kleinere Vergehen gewesen, weil, wie er sagte, Stoffers ihm keine größeren zutraute. Während er berich-

tete, bewegte er den Kopf dann und wann zu stark, was von dem Physikus jedes Mal unterbunden wurde.

»Vergiss nicht: Du musst ruhig liegen!«

Bückel versuchte, sich daran zu halten, und erzählte weiter. Er berichtete von den üblen Gestalten, die im *Hammerhai* verkehrten, betonte, dass der dicke Stoffers der Drahtzieher allen Übels sei – Stoffers und neuerdings zwei schwarze Kerle, die ihren Namen noch nie genannt hätten. Er wisse nur, dass sie ein hartes Deutsch sprächen, und glaube, sie seien Kosaken.

Bückel redete und redete, und zwischendurch flocht er Sätze ein wie: »Wenn ich jetzt alles sag ... kann ich später nich mehr zurück, un das is gut so, Herr Dokter ... ich mach Schluss, fang'n neues Leben an, ja, das mach ich ... das Knastbrummen wird immer böser, is nich doch noch was im Fläschchen drin?«

»Nein«, antwortete de Castro jedesmal blutenden Herzens und erneuerte in stockdunkler Finsternis den Kopfwickel. »Verhalte dich ruhig, vermeide heftige Bewegungen. Wenn du willst, erzähle mir mehr.«

Und der Verletzte sprach weiter. Über einen Großen und einen Kleinen Häns und einen Burschen namens Beule. Die drei, die zu Stoffers' Leuten gehört hätten, wären mehrmals zum *Apothekenhaus Rapp* gefahren und hätten dort eine Sammlung komischer Sachen geklaut, Tiere, Muscheln, Pflanzen und sowas, und er, Bückel, hätte den Karren dafür besorgt. Jedoch wär das Stehlen sehr schwierig gewesen, weil sie häufig dabei gestört worden seien. Letztendlich wäre es nicht gelungen, alles zu entwenden, was einem Herrn im roten Gehrock, der manchmal im *Hammerhai* auftauchte, gar nicht recht gewesen sei. Wenn er es richtig sähe, hätte der den Fettwanst Stoffers auch mit dem Klau beauftragt. So ein feiner Herr ...

Später dann hätte Stoffers wutschnaubend erzählt, er und der feine Herr, der im Übrigen ein Doppelgänger des richtigen Apothekers sei, wären von den Häns-Brüdern und Beule über den Löffel barbiert worden. Die Sachen wären weg, wahrscheinlich, weil sie selbst sie verkaufen wollten. Dafür gäb's nur eine Strafe. Kurz danach hätten die drei tot am Hafen gelegen. Bückel machte eine Pause. Die Schmerzen übermannten ihn wieder. De Castro erneuerte den Wickel, sprach ihm gut zu, und der Kranke redete sich weiter die Untaten von der Seele. Er glaube, sagte er, dass die beiden Kosaken die drei getötet hätten, denn der Fettbauch Stoffers mache sich mit so was die Hände nicht schmutzig. Trotzdem seien die geklauten Sachen bis heute nicht wieder aufgetaucht. Der feine Herr wäre schon sehr nervös deswegen und plane jetzt, Stoffers und die Kosaken wenigstens den Rest der Sammlung stehlen zu lassen.

»Wann soll das denn geschehen?«, fragte de Castro möglichst gleichgültig.

»In der Nacht von Sonnabend auf Sonntag.«

Der Physikus ging nicht darauf ein. »Du hast vorhin erwähnt, der feine Herr sei ein Doppelgänger des richtigen Apothekers?«

»Ja, Herr Dokter. Oh, was gäb ich drum, wenn ich noch von den Tropfen kriegen könnt.« Und obwohl de Castro es zu verhindern suchte, presste Bückel sich plötzlich die Hände an den gemarterten Kopf.

»Lass das, ich bitte dich.« Der Physikus nahm eine der Hände und begann sie wieder zu streicheln. »Rede einfach weiter, wenn dir danach ist. Wer ist denn eigentlich dieser feine Herr?«

»Weiß nich. Hab keine Ahnung. Weiß nur, dass er immer zur Börse geht un sich da umzieht, zweimal am Tag, Stoffers hat's mal gesagt … un den anderen, den kenn ich auch nich.«

»Welchen anderen?«

»So'n Unscheinbarer … sagt selten was, soll'n Kräuterheini sein.«

»Kräuterheini? Hm, hm. Zurück zu dem feinen Herrn: Wenn er, wie du sagst, ein Imitator des richtigen Apothekers ist, woher hat er denn die Kleidung, die er dazu benötigt?«

»Die Kleidung?« Bückel musste trotz seiner Schmerzen grinsen. Dann erzählte er, wie die Häns-Brüder und Beule den roten Gehrock, die Perücke und die anderen Kleidungsstücke besorgt hatten, und während er berichtete, nickte der Physikus ein ums andere Mal, und am Schluss lächelte er sogar.

Er hatte genau das gehört, was er hören wollte.

Er stand auf und tastete sich zur Tür, um frisches Wasser zu holen, da flog diese auf, eine Welle aus Licht, Lärm und Gestank ergoss sich in die kleine Kammer. De Castro fuhr zurück und wurde fast von dem hereintorkelnden Stoffers umgerannt. Alles schien jetzt auf einmal zu passieren: Hinter ihm ertönte ein Schrei, so markerschütternd und anhaltend, wie er noch nie einen vernommen hatte, gleichzeitig musste er heftig wegen der ungewohnten Helligkeit blinzeln, und Stoffers, sturzbetrunken und an ihm Halt suchend, lallte »Wattis, D… Dokter … isser, hupp, noch nich doot? Hett he w… wat seggt?«, während der schreckliche Schrei immer kläglicher klang und schließlich verstummte. Der Physikus sprang zurück zum Lager, auf dem Bückel jetzt kerzengerade saß, beide Hände an den Kopf gepresst, die Augen fest geschlossen, die Lippen stumm bewegend. Kein Laut drang aus ihm hervor. Dann begann der Mund zu zucken, verzog sich fratzenhaft und erstarrte in dieser Stellung, während der Kranke kraftlos zurücksank.

De Castro versuchte, Bückel anzusprechen, aber es war vergebens, sein Patient lag da, die Augen noch immer geschlossen, bewegungslos, nur die verzerrten Lippen zitterten. Wollte Bückel etwas sagen? Der Physikus beugte sich vor, um besser hören zu können, denn während sich alles dies ereignete, hatte das Gegröle in der Schankstube keinen Augenblick ausgesetzt, da wurde er abermals von dem Fettwanst bedrängt.

»He … hett he sabbelt?«

»Nein«, antwortete de Castro scharf, »und er wird es, fürchte ich, auch niemals mehr können. Er hat eine Gehirnblutung, und daran trägst allein du die Schuld, mache es mit deinem Gewissen ab, wenn du eines hast.«

Stoffers schwankte und stieß einen Rülpser aus. »He kann nich, hupp, nich m… mehr sabbeln?«
Der Physikus hätte am liebsten seine Faust in das hinterhältige, teigige Gesicht gerammt, aber das hätte Bückel auch nicht geholfen. Deshalb bezwang er sich. »Nein, er wird wahrscheinlich nie wieder sprechen können. Vorausgesetzt, er überlebt den Schlagfluss überhaupt. Vermutlich hält die innere Blutung noch an.«
»Dat is … goot!« Stoffers wirkte jetzt weniger betrunken und wankte zurück in die Schankstube. Der Physikus folgte ihm und ließ sich Kerzen und frisches Wasser geben. Dann zog er sich wieder zurück.
Er versuchte immer wieder, ein Gespräch mit Bückel zu beginnen, forschte nach einer Geste, dem Zucken eines Lids, einer winzigen verstehenden Bewegung, doch eine Reaktion blieb aus.
Der kleine Gauner, der gelobt hatte, er wolle ein besserer Mensch werden, wenn er gesund würde, hatte verloren. Er starb am Mittwochmorgen gegen fünf Uhr in der Früh. De Castro stellte die notwendigen Papiere aus und sorgte dafür, dass der Tote abtransportiert wurde.
Er beschloss, sich nicht mehr zur Ruhe zu legen, sondern so bald wie möglich das Rathaus aufzusuchen.
Dort wollte er seine Aussagen machen.

Kapitel siebzehn,

in welchem die Reste des Thesaurus wie ein Eintopf behandelt werden und Teo einem Toten hinterherläuft.

Am selben Abend, da Doktor Fernão de Castro im *Hammerhai* um Bückels Leben kämpfte, begegneten sich zwei Männer im feinen, festlich erleuchteten *Baumhaus* am Hafen. Es war dort ähnlich voll wie in Stoffers' Spelunke, doch grölte und soff man nicht, sondern trieb vielmehr Konversation, trank gutes Bier, gewürzten Coffee oder Chocolate und ergötzte sich an Flötenmusik.

»Auch wenn es gegen die Gebote der Höflichkeit steht, mein Lieber, so solltet Ihr doch vermeiden, mich beim Namen zu nennen. Wände haben bekanntlich Ohren, besonders in Häusern wie diesem.« Der Erste der beiden Männer, ein vornehm gekleideter Herr, lächelte schmal. »Ist das der Ecktisch, den Ihr für Euch und mich reservieren ließet?«

»Jawohl, ganz recht«, bestätigte der Imitator. »Es ist nicht leicht, im *Baumhaus* einen so guten Platz zu bekommen.«

»Ich sehe es. Und ich merke die Auswirkungen. Kein dienstbarer Geist weit und breit.« Der Herr ließ sich ächzend nieder und warf seinen Dreispitz auf den Tisch, die offene Seite nach oben. Dann begann er, sich die Handschuhe von den Fingern zu zupfen.

»Ich hoffe, unser Hamburger Bier wird Euch munden«, sagte der Imitator, nachdem er sich ebenfalls gesetzt hatte.

»Ein würziges *Ale* aus Dorchester wäre mir lieber.«

»Bedaure, damit können wir an der Elbe nicht dienen, aber auch das Einbeck'sche Bier ist sehr empfehlenswert. Man bekommt es nur hier und im *Kaiserhof* am Ness.«

Der untadelig gekleidete Herr winkte ab und stopfte seine Handschuhe in den Dreispitz, dessen Vorderseite eine goldene Kokarde mit Doppeladler schmückte. »Dann lieber einen Thee aus Darjeeling. So etwas wird es doch geben?«

»Gewiss, ich nehme auch einen. Erlaubt, dass ich rasch ordere.« Der Imitator hob den Arm und reckte den Hals, dennoch dauerte es geraume Weile, bis es ihm gelang, die Bestellung aufzugeben. Während seiner Bemühungen schwiegen beide, und da sie einander kaum kannten, wurde ihnen die Zeit ziemlich lang. Endlich, als das dampfende Getränk vor ihnen stand, sagte der Besucher: »Nun, da wir schon gemeinsam Thee trinken, will ich das, worüber ich mit Euch zu reden habe, ›Theestrauch‹ nennen. Er ist ein sehr großes, umfangreiches Gewächs, und ich möchte wissen, was Ihr zu tun gedenkt, damit er endlich komplett abgepflückt wird.« Er pustete in die Tasse und schlürfte vorsichtig einen Schluck. »Sehr gut, wirklich sehr gut. Ich sage immer, das Geheimnis eines guten Thees ist sein Wasser. Wasser ist das A und O, mein Lieber, meint Ihr nicht auch?«

»Sicher, gewiss. Nun, um auf Eure Frage zu antworten, Ihr wisst, ich selbst pflücke nicht, aber ein Anfang ist bereits gemacht worden, ein guter Anfang.«

»Papperlapapp. Verzeiht, wenn ich das so offen sage. Ihr wisst genauso gut wie ich, dass Euch der Hauptteil der Ernte, äh, sagen wir, abhanden gekommen ist. Niemand ahnt auch nur, wo er sich befindet. Und der Rest wartet noch immer an Ort und Stelle. Ich darf Euch daran erinnern, dass wir heute schon Dienstag, den achten Dezember schreiben und die Gesamtausbeute in wenigen Tagen zur Begutachtung vorliegen muss. Und Ihr redet von einem Anfang!«

»Es tut mir Leid. Es sind gewisse Schwierigkeiten aufgetreten. Große Schwierigkeiten. Der Theestrauch wird nachts scharf bewacht. Was soll ich machen? Dadurch hat sich meine Aufgabe unerhört erschwert. Dazu kommt, dass sie mich täglich Zeit kostet, sehr viel Zeit, die ich eigentlich nicht habe.«

Der Herr schlürfte einen weiteren Schluck und musterte den Scharlatan durchdringend. »Wir alle haben wenig Zeit, mein Lieber. Bei Euch allerdings kommt erschwerend hinzu, dass Ihr hohe finanzielle Verpflichtungen habt, und das seit mehreren Jahren. Die Geduld Eures Gläubigers ist erschöpft. Ich rate Euch im Guten: Zahlt, oder seht zu, dass die abhanden gekommene Menge des Theestrauchs wieder heranschafft wird. Und unterstützt selbst die Pflückarbeit, wenn die vorhandene Mannschaft es nicht alleine schafft, sonst, nun ... ich muss nicht weitersprechen.«

Bei den letzten Worten seines Gegenübers war der Imitator blass wie ein Leichentuch geworden. »Ich mache das, was ursprünglich besprochen wurde, mehr nicht«, presste er hervor. »Mehr kann ich nicht tun, versteht das doch. Denkt an meine Verpflichtungen ...«

»Das mag alles sein, und ich weiß das auch alles. So wie ich vieles über Euch weiß. Zu vieles vielleicht für Euren Geschmack. Ich sage nur, die Zeit verrinnt, und die Ernte muss eingebracht werden. Ich nehme Euch hiermit nochmals in die Pflicht. Lasst Euch etwas einfallen. Im Übrigen: Könnt Ihr mit dem Namen Teo etwas anfangen?«

»Teo?« Der Imitator schüttelte den Kopf.

»Der Name soll beim ersten oder zweiten Pflücken gefallen sein. Wenn er Euch nichts sagt, interessiert mich das Ganze nicht weiter. Ich will nur, dass es vorangeht.«

»Ich verspreche, es zu versuchen.«

»Das ist doch wenigstens etwas. Ich hoffe für Euch, dass es reicht.«

Ohne ein weiteres Wort nahm Robert Areskin seinen Dreispitz und war Sekunden später fort.

»Ist die Heilerde auch frisch, Hauser?« Doktor Cordt Langbehn stand, auf einen Stock gestützt, vor dem Rezepturtisch und stellte die Frage bereits zum fünften Mal. Und zum fünften

Mal antwortete Rapp: »Jawohl, Herr Doktor, wenn sie nicht frisch wäre, dürfte ich sie Euch gar nicht verkaufen.«
»Hm, hm, das sagtet Ihr schon. Ihr wiederholt Euch. Und was ist mit dem *Natrium sulfuricum?*«
Auch diese Auskunft hatte Rapp bereits mehrfach gegeben. »Das Glaubersalz ist ebenfalls tadellos.«
»Hä?« Langbehn hielt die Hand hinter die Ohrmuschel.
»Tadellos, Herr Doktor!«
»Ja, ja. Warum schreit Ihr nur immer so? Rapp schreit bei weitem nicht so laut. Wo steckt er nur wieder? Macht sich rar, der *Apotecarius,* sehr rar.«
»Jawohl«, sagte Rapp, der wusste, dass der Imitator gleich nach seinem Erscheinen in den zweiten Stock hinaufgestiegen war. Was er dort tat, wusste er allerdings nicht, und das beunruhigte ihn.
Langbehn wechselte das Standbein. »Heilerde und Glaubersalz, Hauser, es gibt nichts Besseres gegen Morgendurchfall und Blähungen.«
»Sicher, sicher.« Rapp portionierte rasch das Salz und die Erde und gab beides Fiete, der den alten Arzt wie immer begleitete. Er tat es eilig, denn hinter Langbehn, der alle Zeit der Welt zu haben schien, hatte sich bereits eine lange Schlange gebildet. »Ich wünsche Euch noch einen guten Tag.«
»Blähungen sind eklig, Hauser, ganz eklig. Und wenn der *Sphinkter* im Alter nicht mehr die Schließkraft besitzt, muss die Umgebung darunter leiden. Ich rede nicht von mir, beileibe nicht, brauche die Rezeptur nur für einen Nachbarn.«
Rapp fiel es schwer, das zu glauben. Die Luft um den alten Herrn herum sprach entschieden dagegen. Nicht zuletzt deshalb wünschte er sich, der Arzt möge gehen.
»Die *Flati methani* haben natürlich auch ihr Gutes, wenn man so will, denn blieben sie im Darm, würde man früher oder später als Ballon herumlaufen, nicht war? Na ja, nützt ja nichts, wir werden alle nicht jünger.«

Mit diesen Worten schob Langbehn sich endlich zur Tür hinaus, gefolgt von dem auf einem Bein hüpfenden Fiete. Rapp atmete auf. Er verstaute den Topf mit der Heilerde und tat das Standgefäß mit der Aufschrift *Natr: sulf.* an seinen Platz zurück. Erst dann wandte er sich dem nächsten Kunden zu, eine Angewohnheit, die ihm half, stets Ordnung und Übersicht zu bewahren.
Das übliche Gemisch aus Wünschen, Klagen, Zweifeln prasselte in der Folge auf ihn herab, und Rapp gab sein Bestes, um zu raten, zu trösten, zu helfen, auch wenn er sich die ganze Zeit fragte, was der Imitator wohl oben in seinem Thesaurus-Raum trieb. Gerade versicherte er einer hutzligen Frau, dass die Warze auf ihrer Nase gewiss nicht durch Besprechen verschwände, vielmehr müsse sie die Wucherung wegbrennen lassen oder auf die Wirkkraft des Thujaöls vertrauen, als ein weiterer Kunde die Offizin betrat: Doktor Fernão de Castro.
Der Physikus blickte sich um, dann winkte er unauffällig, als wolle er sagen: Macht nur weiter, was ich mitzuteilen habe, hat keine Eile, bedient erst alle Kranken. Doch Rapp freute sich viel zu sehr, als dass er den Physikus hätte warten lassen wollen. Er murmelte eine Entschuldigung und zog ihn in den Gang nach hinten, wo sie ungestört reden konnten. »Das nenne ich eine Überraschung!«, sprach er mit gedämpfter Stimme. »Was führt Euch zu mir?«
In den Augen des Arztes stand ebenfalls die Freude des Wiedersehens. »Ich habe Nachrichten, mein Freund. Interessante Nachrichten!«
»Was Ihr nicht sagt.«
»Da Eure Offizin so voll ist und so viele Menschen Eurer Arzneien bedürfen, will ich mich kurz fassen. In der Nacht von Sonnabend auf Sonntag, in drei Tagen also, soll der Rest Eures Thesaurus gestohlen werden. Nein … sagt jetzt nichts. Es würde zu weit führen, Euch zu erklären, woher ich das weiß. Doch ich habe es aus sicherer Quelle. Der Büttel Ladiges wurde

schon unterrichtet. Er ist wild entschlossen, das Diebespack auf frischer Tat zu ertappen.«
»Dann, dann ...« Rapp fehlten für einen Augenblick die Worte. Zu viele Gedanken wirbelten durch seinen Kopf.
»... werden wir endlich wissen, wer der Imitator ist, und der ganze Spuk hat ein Ende«, ergänzte der Physikus für ihn. »Das Wichtigste, mein Freund, aber ist, dass Ihr kein ... nanu?« Er unterbrach sich, denn über ihm auf der Treppe waren knarrende Schritte zu vernehmen.
»Das ist der Imitator!« Rapps Stimme war voller Schrecken. »Schnell, er braucht Euch nicht unbedingt zu sehen!«
Aber es war schon zu spät. Der Scharlatan trat in die Offizin, sah die zahlreichen Kunden, vermisste seinen Gehilfen und entdeckte ihn und de Castro schließlich im Gang.
»Guten Tag, Herr Apotheker«, sagte der Physikus geistesgegenwärtig, »ich bin Doktor de Castro, wir beide hatten neulich schon einmal das Vergnügen. Hier in Eurem Apothekenhaus war es. Erinnert Ihr Euch?«
Der Imitator blickte befremdet. »Ja, ja ... und?«
»Nun, damals hatten wir eine kleine Plauderei, heute hingegen brauchte ich einen handfesten Rat.«
»Ach?«
»Ich ... ich habe einen neuen Patienten und wollte wissen, welche Kräuter neben dem Schöllkraut bei zu viel Galle angezeigt sein könnten, und Euer Gehilfe war so freundlich, mir Thees von Galgantwurzeln und Artischockenblättern zu empfehlen. Ich nehme an, Ihr würdet mir zu denselben Drogen raten, oder?«
»Ja, hm ... natürlich.« Noch immer schien der Scharlatan zu überlegen, ob hier alles mit rechten Dingen zuging. »So viel ich weiß, finden sich beide Kräuter aber nicht hier im Gang!«
Rapp merkte, wie ihm Schweißperlen auf die Stirn traten. Was hatte ihn nur geritten, den Physikus beiseite zu nehmen! Er hätte die anderen Kunden erst bedienen und anschließend am

Rezepturtisch ein Beratungsgespräch vortäuschen sollen. Und nun stand er hier und musste sich herausreden! »Da habt Ihr ganz Recht, Herr Apotheker«, sagte er und versuchte, seinen Worten einen festen Klang zu geben, »aber Rettichwurzeln liegen in der Speisekammer, und diese sind, wie Ihr wisst, ebenfalls zur Therapie vonnöten.«

»Hm ja, natürlich, Hauser.« Der Imitator schien beruhigt. »Ja dann ... geh nur und hole die Wurzeln.«

Während Rapp nach hinten in die Küche eilte, verwickelte der Physikus den Scharlatan in ein Gespräch über das Wetter und dessen Auswirkungen auf die Gesundheit, und als Rapp wenig später zurück war, die Rettiche in der Hand, sagte er: »Dann habe ich ja alles beisammen, Gott sei Dank, was bin ich Euch schuldig?«

Rasch antwortete Rapp für den Imitator, und de Castro zahlte. Dann, schon halb in der Tür, drehte er sich noch einmal um: »Je besser die Arznei, desto sicherer die Genesung, nicht wahr, Herr Apotheker? Nun wird sich für meinen Patienten alles zum Guten wenden. Keine Sorge!«

Die letzten Worte, so schien es Rapp, hatten nur ihm gegolten.

Nachdem der Scharlatan wie immer um drei Uhr die Offizin verlassen hatte, konnte Rapp es kaum erwarten, bis auch der letzte Kunde gegangen war und er das Apothekenhaus abschließen durfte. Er tat es von innen, denn er wollte noch bleiben.

Er musste wissen, was der Imitator so lange im zweiten Stock getrieben hatte.

Er sollte es früh genug erfahren.

Auf den ersten Blick deutete nichts auf die stundenlange Tätigkeit des Scharlatans hin, bis Rapp das erste Schränkchen öffnete – und statt der erwarteten Heuschrecken nichts darin vorfand. Nichts? Das konnte nicht sein. Noch vor wenigen Tagen war es doch bestückt gewesen, und die Räuberbande hatte sich seitdem nicht wieder sehen lassen! Er blickte in jede Ecke, spähte in jede Fuge. Nein, nichts. Das Schränkchen war völlig leer.

Kopfschüttelnd zog er die Türen des nächsten Schreins auf – und sprang erschrocken zurück. Die Regale waren bis oben hin vollgestopft, so dass ihr Inhalt sich wie ein Schwall auf seine Schuhe ergoss. Ein Sammelsurium aus Libellen, Fliegen, Merresspinnen, Fossilien, Seesternen, Schwämmen und Gottesanbeterinnen breitete sich auf dem Boden aus, ein Anblick, der für das ordnungsliebende Auge eines Kollekteurs schier unerträglich war.

Der nächste Schaukasten sah ähnlich jammervoll aus. Pflanzen, Vögel und Fische steckten darin in drangvoller Enge, Flora wie Fauna in zähem Gewirr und von roher Hand hineingepresst, ohne jeden Sinn und Verstand! Rapp kämpfte mit den Tränen. Der nächste Kasten war wieder leer. Und der übernächste auch. Langsam dämmerte ihm, was das alles zu bedeuten hatte: Der Imitator, dieser Ignorant, hatte die Zahl der zu transportierenden Behältnisse reduzieren wollen, damit der Diebstahl schneller vonstatten gehen konnte. Dieser Hundsfott! Und dazu hatte er sämtliche Stücke zusammengeworfen, wie die Reste in einen Eintopf.

Rapp ballte die Fäuste. Wann sollte der Raub erfolgen? Was hatte der Physikus gesagt? Richtig, in der Nacht von Sonnabend auf Sonntag. Blieb nur zu hoffen, dass Ladiges und seine Mannen geschickt vorgingen und die verdammten Langfinger schnappten, doch das war jetzt nicht so wichtig. Das Tohuwabohu vor seinen Augen konnte so nicht bleiben. Das hielt er nicht aus.

Rapp machte sich daran, alles an seinen ursprünglichen Platz zu stellen, in Reih und Glied zu bringen, zurückzuordnen. Sepien, Kalmare und Kraken verschwanden wieder aus den Glasgefäßen der Schlangen und Vipern, die Säugetier-Embryonen wurden von Quallen befreit, Fliegen wanderten zu Fliegen, Bienen zu Bienen, Hornissen zu Hornissen. Erze und versteinerte Hölzer wurden von Käfern und Kolibris getrennt. Und auch der Pygmäe, der in einen Kasten voller Korallen gequetscht worden war, bekam wieder den Raum, der ihm gebührte. Rapp wusste nicht, wie lange er arbeitete, aber irgendwann war er fertig, und das schlechte Gewissen begann ihn zu plagen.

Mit einem letzten Blick auf die nun wieder mustergültige Ordnung lief er hinunter in die Offizin, wo er feststellte, dass es schon elf Uhr durch war. Mine! Sie wartete bestimmt seit Stunden auf ihn! Hastig überprüfte er, ob kein Fenster mehr offen stand, pustete die Kerzen aus und schloss zweimal ab, bevor er das Haus verließ.

In der Deichstraße war es in dieser Nacht noch dunkler als sonst. Das schummrige Licht der wenigen Laternen wurde durch Nebel und Niesel fast gänzlich geschluckt. Rapp nahm die Beine in die Hand und eilte nach Norden in Richtung Hopfenmarkt, vorbei an einer Gruppe von Fässern, hinter denen sich, wie er wusste, Rammer und Göck verbargen, um das Apothekenhaus unbemerkt beobachten zu können. Dennoch nahm er aus dem Augenwinkel eine Gestalt wahr, einen Mann, der um die Fässer herumschlich.

Unwillkürlich verlangsamte Rapp seinen Schritt. Ein Gefühl sagte ihm, dass da etwas nicht stimmte. Er drückte sich hinter einen Mauervorsprung, um nicht gesehen zu werden. Was hatte der Unbekannte vor? Es schien so, als observiere er die Observierenden. Konnte das sein? Rapp schnaubte. Dem Verhalten nach gehörte der Kerl jedenfalls nicht zu Ladiges' Mannen. Aber was bedeutete das?

Und dann fiel es ihm wie Schuppen von den Augen: Der Unbekannte musste zu dem Diebespack gehören! Ja, es konnte nicht anders sein. Vielleicht sollte der Halunke auskundschaften, von wann bis wann die Büttel auf ihrem Posten waren, vielleicht auch, wie man sie am besten unschädlich machte in der Nacht von Sonnabend auf Sonntag. Oder wollte der Kerl sie womöglich schon heute töten? Bei allen Mörsern und Pistillen! Das musste verhindert werden. Wieso merkten Rammer und Göck nicht, dass sie belauert wurden? Schliefen sie? Bei Rammer wäre das nicht verwunderlich, der Bursche befand sich ja ständig in Morpheus' Armen, und das sogar im Stehen. Und Göck war sicher vom vielen Dienst übermüdet. Sie mussten gewarnt werden.

Rapp bückte sich, hob einen Stein auf und warf ihn zwischen die Fässer. Der Unbekannte zuckte zusammen und duckte sich. Aber was war mit den beiden Bütteln? Das Geräusch konnten sie doch nicht überhört haben! Rapp warf einen zweiten Stein. Nichts geschah. Vielleicht waren Rammer und Göck gar nicht vor Ort? Schwänzten sie den Dienst? Doch da! Eine Gestalt entfernte sich eilig. Es war der Kerl, der die Fässer bespitzelt hatte. Ohne darüber nachzudenken, folgte ihm Rapp, sich dabei immer im Schatten haltend. Der Unbekannte bewegte sich vorsichtig, schaute sich des Öfteren um, aber Rapp war auf der Hut. Ein neuer Gedanke kam ihm. Ob der Halunke ihn direkt zum Imitator führte? Bislang war es dem Scharlatan jedes Mal gelungen, seine Verfolger bei der Börse abzuschütteln, vielleicht war das heute anders.

Irgendwie kam ihm der Unbekannte gar nicht so unbekannt vor. Während Rapp weiter hinter dem Mann herschlich, grübelte er, um wen es sich handeln konnte. An wen erinnerte ihn der Kerl, der über den Hopfenmarkt strebte, der St. Nikolai links neben sich ließ und jetzt rechter Hand in eine der verwinkelten Gassen eintauchte?

Rapp wollte es nicht einfallen. Dafür wurde ihm schlagartig etwas anderes klar: Das Ziel des Halunken, der gerade um die nächste Ecke bog, war der *Hammerhai!* Mittlerweile war es stockfinster, wie immer in diesem Labyrinth aus Bruch und Baufälligkeit, das von keiner einzigen Tranlaterne erhellt wurde. Rapp tastete sich weiter. Er wollte um keinen Preis den Anschluss verlieren. Da vorn brannte irgendwo ein Licht.

Richtig, die Fassade von Stoffers' Spelunke kam in Sicht. Aber wo war der Unbekannte? Er schien wie vom Erdboden verschluckt.
Rapp spürte die Gefahr fast körperlich, als er sich Schritt für Schritt näherte. Hatte der Verfolgte etwas bemerkt?
»Da, Leute! Das ist er!« Urplötzlich war die Tür zum *Hammerhai* aufgeflogen und der Halunke, den Rapp verfolgt hatte, auf der Schwelle erschienen. Er zeigte direkt auf ihn. »Das ist das Schwein, das hinter mir her war!«
Rapp war so erstaunt, dass er wie gelähmt dastand.
Er wusste nun, warum der Kerl ihm so bekannt vorgekommen war, denn bei dem Rufer handelte es sich um niemand anderen als Franz Witteke. Doch blieb ihm weiter keine Zeit, über diese Ungeheuerlichkeit nachzusinnen, denn schon sprangen zwei schwarzhaarige, vierkant gebaute Männer hinter Witteke aus der Tür, unverständliche Worte brüllend.
»Мы его поймаем!«
»Давай, мы его помайем ещё.«
Rapp drehte sich auf dem Absatz um und machte, dass er wegkam, zurück in die Finsternis der Gassen und Gänge. Er stolperte, fing sich wieder und hastete weiter. Wenn sie ihn erwischten und zurückbrachten und Witteke ihn erkannte … nicht auszudenken! Sein Atem ging stoßweise. Die Schwarzhaarigen hinter ihm kamen näher. Was waren das nur für Schandbuben? Auch sie hatte er schon gesehen! Wer waren sie? Einerlei, er durfte sich nicht einholen lassen …
»Au!« Er war gegen eine Hausecke gerannt, ein heißer Schmerz durchzog seine Stirn, er kam ins Wanken, griff Halt suchend um sich, stieß gegen einen Stapel Kisten, oder was immer es war, und riss ihn um. Das war sein Glück, denn die Schandbuben fielen kopfüber in das Holzgewirr.
»Гавно! Ах чёрт возьми!«, erklang es hinter ihm. Der Abstand war wieder etwas größer geworden. Rapp hetzte weiter, sich verzweifelt Fixfööt an seine Seite wünschend. Der Rot-

schopf hätte gewusst, was jetzt zu tun war, wie er entkommen konnte. Über die Dächer? Nein, dazu musste man das Viertel wie seine Westentasche kennen. Aber vielleicht …
Während Rapp weiterhastete, nahm der Gedanke immer mehr Gestalt an. Er konnte nicht länger laufen, er musste verschnaufen, unbedingt verschnaufen. Und sich gleichzeitig verstecken, so dass niemand ihn zu finden vermochte. Ja, da vorn war schon die kleine Holzbrücke, die das Nikolaifleet mit dem Cremon verband. Gottlob, sie war nur auf einer Seite erleuchtet! Rapp keuchte und stieg, ohne zu zögern, in die dunkle, stinkende Brühe des Fleets. Die Tide meinte es gnädig mit ihm. Der Wasserstand maß gerade an die fünf Fuß, so dass er, die schwarzen Brückenbohlen über sich, in den Fluten stehen konnte.
»Где он?«
»Чёрт возьми, я его не вижу!«
Da waren die Schandbuben schon! Schritte polterten über seinem Kopf, suchend, forschend, dann verstummend. Sie würden ihn finden! Rapps Puls flog, mühsam zwang er sich, tief einzuatmen und die Luft anzuhalten. Dann ging er in die Hocke, tief und tiefer, bis sein Kopf gänzlich von Wasser bedeckt war. So würden sie ihn nicht sehen können! Die Brühe war so dreckig, dass sie ihn selbst mit einer Laterne nicht entdecken konnten.
Über ihm setzte wieder dumpfes Gepolter ein. Schritte, die klangen, als wären Stiefel mit dicken Lappen umwickelt. Er hatte gar nicht gewusst, dass man unter Wasser so viel hören konnte. Schritte, das bedeutete auch: Die Schandbuben wichen nicht. Hatten sie Verdacht geschöpft?
Rapp nahm sich vor, im Geiste langsam bis hundert zu zählen, ja, bis hundert, eine unendlich lange Zeit, wenn man unter Wasser war, aber hoffentlich auch eine Spanne, in der die Schandbuben die Verfolgung aufgeben würden. Eins … zwei … drei … vier … fünf …
In seinem Schädel dröhnte es. Ein Bild erschien vor seinen Augen. Witteke. Der geizige Witteke. Woher kam der Mann so

plötzlich? Wo hatte er sich die ganze Zeit herumgetrieben? Hatte Mine nicht gesagt, er sei tot?

... siebenundzwanzig, achtundzwanzig, neunundzwanzig ... dreißig ...

Natürlich hatte sie es gesagt. Er erinnerte sich genau. Wieso hatte sie ihn belogen? Was hatte sie für ein Interesse daran, ihn glauben zu machen, ihr Vater sei tot?

... neunundfünfzig ... sechzig ... einundsechzig ...

Rapp sehnte sich nach Luft. Frischer, reiner Luft, Atem schöpfen, Sauerstoff ... nein, er durfte noch nicht auftauchen, er musste sich ablenken, dann würde es noch eine Weile gehen. Witteke. War er es wirklich gewesen? Ja, ein Zweifel schien ausgeschlossen. Oder hatte er nur einen Doppelgänger gesehen, wie der Imitator einer war? Lächerlich. Der Imitator. Es gab nur einen Menschen auf dieser Welt, der ihm das Rüstzeug für seine Rolle hatte beibringen können, und der hieß Franz Witteke. Witteke, sein ehemaliger Gehilfe, der sich von einem Tag auf den anderen aus dem Staub gemacht hatte. Ein Mensch, der quicklebendig war, ganz im Gegensatz zu der Behauptung seiner Tochter.

... zweiundneunzig ... dreiundneunzig ...

Nein, es ging nicht mehr, es war unmöglich! Rapps Kopf schien fast zu bersten. Er musste hochkommen!

... siebenundneunzig ...

Doch über ihm erschollen immer noch dumpfe Laute. Schritte, hin und her. Egal! Rapp schoss nach oben, gab einen gurgelnden Laut von sich und sog mit aller Macht die herrliche Luft in seine Lungen. Luft, Luft, Luft ... Er presste die Hände gegen die Brust und genoss es, einfach nur zu atmen. Über ihm war es still geworden. Nur etwas entfernt hörte er ein paar unverständliche Laute.

So waren die Schandbuben doch abgezogen? Als sein Puls sich halbwegs normalisiert hatte, fasste er sich ein Herz, stieg unter der Brücke hervor und blickte vorsichtig zum Cremon hinüber, wo mehrere torkelnde Gestalten einen Laternenmast umklammerten: Matrosen. Harmlose Matrosen! Fast hätte Rapp aufgelacht, so erleichtert war er. Die Schandbuben waren also schon viel früher verschwunden; er hatte ganz umsonst so lange gezählt.

Ganz umsonst? Immerhin war ihm die Erkenntnis gekommen, dass der Imitator von Franz Witteke geschult worden war. Tagelang, womöglich wochenlang. Was mochte der Scharlatan dem Geizkragen dafür gegeben haben? Nun, das war jetzt nicht wichtig. Auch musste er sich keine Vorwürfe machen, dass er die Zusammenhänge erst heute erkannt hatte. Schließlich war er von Wittekes Tod überzeugt gewesen.

Mine würde ihm viele Fragen zu beantworten haben.

Kapitel achtzehn,

in welchem Rapp sich zornig, zynisch, tapfer, traurig, kleinlaut und ratlos zeigt. Und das alles in hohem Maße.

»Mann in de Tünn! Wie siehst du denn aus?« Mine schlug sich vor Schreck die Hand vor den Mund. »Wie aus dem Wasser gezogen! Weißt du eigentlich, wie spät es ist?«

»Ja, das weiß ich, es ist zwei Uhr durch.« Rapp stand wie eine tropfende Vogelscheuche vor Mines Bett. »Und man hat mich nicht aus dem Wasser gezogen, sondern ich bin freiwillig hineingegangen, genauer gesagt, ins Nikolaifleet, noch genauer: Ich musste mich in der Drecksbrühe verbergen, weil ich auf der Flucht vor zwei schwarzhaarigen Häschern aus dem *Hammerhai* war.«

»Waaas?« Mine richtete sich im Bett auf. »Was wolltst du denn da? Ich mach mir Sorgen, ich warte und warte, und du bist in dieser ... dieser Schnapshöhle! Fixfööt wusste auch nicht, wo du bist. Keiner wusste es. Oh, Liebster, wie konntest du nur! Ist dir auch nix passiert?«

»Nein.«

Mine schlug die Decke zurück und stand auf. »Gott sei Dank! Na, zieh erst mal die nassen Sachen aus, holst dir ja sonst den Tod.«

»Nein«, sagte Rapp erneut und wich einen Schritt zur Seite. Mine sah mit ihrem langen weißen Nachtgewand und den offenen Haaren zwar unwiderstehlich aus, aber er zwang sich trotzdem, ihr zu widersprechen. Erst mussten einige Dinge geklärt werden. Mine stutzte. »Nein? Wieso?« Sie griff nach den Knöpfen seiner Jacke, aber Rapp schob ihre Hand beiseite.

»Ich war nicht im *Hammerhai.* Ich habe lange im Apothekenhaus gearbeitet, zu lange, wie ich zugebe, und als ich nach Hause gehen wollte, fiel mir eine zwielichtige Gestalt auf, die sich in der Nähe herumdrückte. Der Kerl benahm sich verdächtig, überdies kam er mir seltsam bekannt vor. Ich verfolgte ihn. Er ging in Richtung *Hammerhai.* Als ich dort ankam, war er verschwunden, aber plötzlich sprang die Tür auf, und er stand auf der Schwelle. Er hatte bemerkt, dass ich ihn verfolgte und hetzte die zwei Häscher auf mich. Und nun rate einmal, wer dieser freundliche Mensch war.«

»Ich weiß nicht.«

»Es war dein Vater.«

Mine zuckte zusammen, als hätte Rapp sie geschlagen.

»Hörst du? Es war dein Vater!«

»Ja, ich hab's gehört«, flüsterte sie.

»Ist das alles, was du dazu zu sagen hast?«

Mine sank zurück aufs Bett. »Ich hab mir so gewünscht, er würd nie wieder auftauchen.«

Rapp merkte nicht, welch drohende Haltung er mittlerweile eingenommen hatte. »Du hast mir erzählt, dein Vater sei tot!«

»Ich hab gesagt …«

»Du hast gesagt, er sei tot, und eben sagst du, du hättest gehofft, er würde nie wieder auftauchen! Also wusstest du die ganze Zeit, dass er am Leben ist.«

»Aber ich hab doch …«

»Du hast mich belogen. Und ich Hornochse habe dir geglaubt. Dabei ist doch sonnenklar, dass er leben muss. Wer sonst hätte dem Imitator so haarklein meine Eigenschaften und Angewohnheiten erklären können! Wer sonst hätte ihn auf meine Narbe am linken Unterarm hinweisen können! Wer sonst hätte ihm seine wenn auch dürftigen Apothekenkenntnisse vermitteln können!«

»Schrei mich nicht so an.«

»Ich schreie ja gar nicht! Du hast mir wissentlich die Unwahr-

heit gesagt, und ich frage mich, was du damit bezwecken wolltest.«
Mines Unterlippe begann zu zittern. »Ich hab gesagt, er ist tot, für mich ist er tot, und dass er'n Knickerbüdel ist, hab ich gesagt, und dass er aus meinem Gedächtnis gestrichen ist, genauso war's.« Ihre Lippe zitterte stärker, und sie begann zu weinen.
Rapp sah es, und normalerweise wäre er dahingeschmolzen und hätte augenblicklich um Verzeihung gebeten, aber diesmal war er zu aufgebracht. Zu sehr hatte er sich in den Gedanken verbohrt, dass mehr hinter ihren Worten stecken müsse. »Ach, du hattest ihn aus deinem Gedächtnis gestrichen, aber gleichzeitig seine Sachen aufgehoben, die ich dann später auftragen durfte, was?«, brüllte er.
»Teo! Teo, bitte …«
»Ich wette, du hast ihn in der Zwischenzeit auch ein paar Mal gesehen, warum auch nicht, er ist ja immerhin dein Vater. Hat er dich auch über die Pläne zum Raub meines Thesaurus eingeweiht? Wahrscheinlich ja! Wahrscheinlich hast du auch damit gerechnet, dass ich nach dem Überfall als armes Würstchen bei dir aufkreuzen und um Unterkunft bitten würde. War es nicht so? Nun, hat es Spaß gemacht, den Apotheker Teodorus Rapp nach allen Regeln der Kunst über seine Vergangenheit auszuquetschen?« Er hielt inne, um Luft zu holen, und sah, dass sie aufgehört hatte zu weinen. Ihre Gesichtszüge waren jetzt wie aus Stein.
Sie sagte nur ein Wort: »Raus!«
Ernüchtert blickte er sie an. »Mine, ich war vielleicht ein bisschen …«
»Raus!«
Er stand mit hängenden Schultern da. »Mine, vielleicht habe ich mich eben ein wenig vergaloppiert, aber du musst doch zugeben, dass du gesagt hast, er sei tot, wortwörtlich hast du es gesagt, und ich …«

»Raus, du verdammter Kerl! Raus, raus, raus!«
»Ich gehe ja schon«, murmelte er, »ich gehe ja schon.« Widerstrebend verließ er die Mansarde und stieg die Treppe hinunter. Ihr hemmungsloses Schluchzen begleitete ihn.

Rapp trat hinaus in den Hof. Noch immer fiel feiner Nieselregen aus Hamburgs nächtlich verhangenem Himmel. Er schnaubte. Das Wetter hätte nicht schlechter sein können, um seiner Stimmung zu entsprechen. Hatte er Mine Unrecht getan? Vielleicht. Andererseits: Ihre Erklärung, sie hätte gemeint, Witteke sei für sie gestorben, hatte in seinen Ohren allzu fadenscheinig geklungen. Und wenn sie nun doch stimmte? Einerlei, er war wie ein Racheengel aufgetreten und hatte den Karren gründlich in den Dreck gefahren. Nicht einmal ausreden hatte er sie lassen. Kein Wunder, dass sie ihn hinausgeworfen hatte.
Und nun konnte er zusehen, wo er heute Nacht schlief. Es würde ihm nichts anderes übrig bleiben, als zum Apothekenhaus zu gehen und dort in seiner Kammer zu übernachten.
Wie fremd ihm seine Bettstatt mittlerweile war.
Er seufzte und setzte sich in Bewegung. Morgen wollte er versuchen, die Sache mit Mine wieder einzurenken. Vielleicht hatte sie ja wirklich nicht gewusst, dass Witteke lebte. Oder sie hatte es einfach verdrängt. In jedem Fall war er für sie gestorben. Da! Da hatte er doch gerade selbst diese Worte gedacht …
»Na, Teo, dicke Luft?«
Rapp fuhr herum. Unter der trüben Funzel des gegenüberliegenden Wohnbaus erkannte er die Umrisse von Opas Kopf. Der Greis saß wie immer hinter dem Misthaufen und kaute Toback. »Woher weißt du das, Opa?«
»Seh ich dir anner Nasenspitze an, mien Jung. Ärger mit Mine, was? Na, mach dir nix draus, das wird schon. Wenn die Deerns einen erst mal lieben tun, kommt allens wieder inne Reihe. Morgen is auch noch'n Tach. Sollst sehn.«

Opas Trost tat Rapp gut, auch wenn er nicht recht glauben konnte, dass Mine ihn nach allem, was passiert war, noch liebte.

»Was machst du eigentlich mitten in der Nacht hier draußen, Opa? Noch dazu, wo es nieselt?«

»Konnt nich schlafen. War noch zu hibbelig. Genau wie die Sau.«

»Die Sau?«

»Die war krank. Hab geschwind den Dokter geholt, un der hat sie kuriert.«

»Was? Wie? Ein Physikus, der eine Sau kuriert? So etwas gibt es nicht.«

»Auf Opas Hof gibt's das.« Die Stimme des Alten war nicht ohne Stolz. »Da war grad'n Dokter im Nachbarhof, dem hab ich gesacht, ich hätt bannig Schmerzen in meine Stümpfe, un da hat er mir 'ne Salbe gegeben.«

»Ja, und?«

Opa setzte einen Strahl Tobacksaft in den Haufen, bevor er fortfuhr: »Da hab ich ›Danke, Herr Dokter‹, gesacht, ›wo Ihr nu schon mal da seid, könnt Ihr ja auch mal nach der Sau gucken, die scheißt seit zwei Tagen nich, da is irgendwas mit los‹, un da hat er der Sau 'ne Spritze ins Moorsloch gejagt, un sie hat 'ne halbe Stunde lang wie'n Wasserfall geschissen, un alles war wieder best, un soll ich dir was sagen, Teo?«

»Na, was denn?«

»Der Dokter wollt noch nich mal Geld.«

Rapp begann etwas zu ahnen. »Wie hieß denn der Doktor, Opa?«

»Weiß nich mehr genau, Dastro oder so, un er hat auch nach'm Afteker gefragt, hier müsst einer wohnen, hat er gemeint, aber ich hab nix gesagt, man weiß ja nie, nich?« Das Schildkrötengesicht grinste listig.

»Ja, ja.« Rapp furchte die Stirn. Der Physikus war also dagewesen und hatte nach ihm gefragt. Es war schon das zweite Mal, dass er ihn sprechen wollte. Was hatte er gestern Morgen in der

Apotheke angedeutet? Es gäbe noch etwas Wichtigeres als der geplante Raub am Wochenende?

»Füüüüür! Füüüüüür!«

Rapp, aus seinen Gedanken gerissen, dachte im ersten Augenblick, Opa hätte den Ruf ausgestoßen, aber der Greis war genauso überrascht wie er. Und schon erscholl es wieder: »Füüüüür!«

»Düwel ok, Teo! Dor brennt dat!« Opas dürrer Arm wies nach Norden über die Wohnbauten, wo sich ein schwacher rötlicher Schein am Himmel abzeichnete.

»Ich muss hinüber und helfen!« Rapp war zwar erst wenige Jahre in Hamburg, aber er hatte schon eine Reihe von Bränden miterlebt und wusste, wie gefährlich die Flammen waren, besonders in den Armenvierteln, wo die morschen Hütten und Häuser wie Zunder brannten. »Opa, bleib besser hier und halte Abstand zum Misthaufen!«, rief er, während er in Richtung Gang hastete. Hinter ihm wurden Rufe laut. In den Wohnbauten rings um Opas Hof waren die Schläfer erwacht und stürzten nach draußen, die Kinder zuerst. Überall brach jetzt ein Höllenlärm los. Glocken läuteten, Sirenen erklangen, der Türmer von St. Jakobi gab Alarm: Dumpfe Trommelschläge hallten durch die Nacht. Kein Mensch sollte im Schlaf vom Feuer überrascht werden! Rapp hastete zur Ecke Rosenstraße/Alstertor, dorthin, wo der Schein am hellsten war. Ja, da züngelten Flammen gleich aus mehreren Häusern. Menschentrauben standen frierend davor, Männer der Bürgerwache trieben sie vom Brandherd fort, stellten Laternen und Fackeln auf, um für die Helfer den Weg zum Feuer zu markieren. Vier stämmige Burschen zogen, schoben, zerrten eine Hebelpumpspritze heran, andere rollten bereits die Druckschläuche aus. Trotz all der Hektik schien jedermann seine Aufgabe zu kennen, denn Hamburg hatte – wie jede größere Stadt – leidvolle Erfahrung mit Feuersbrünsten.

Ein knorriger Mittfünfziger, die Uniformjacke schief über das

Nachtgewand gezogen, stand inmitten des Geschehens und bellte Befehle: »Hööö, Männer, flott, flott, flott, das Feuer wartet nicht auf euch, los, packt mit bei der Spritze an. Ja, du da mit dem Buckel auch!«
»Ik kann nich, mutt to mien Fru un de Kinner!«, brüllte der Angesprochene zurück und wollte weiterhasten, doch da war er bei dem Knorrigen an der richtigen Adresse.
»Wat wullt du? Du hest hier gor nix to seggen! Die Befehle gebe ich! Ich bin Johannes Vock, der zuständige Feuerschauer, wenn dir das was sagt. Und wenn jeder hier bei seiner Familie rumglucken würde, läg Hamburg bald in Schutt und Asche. Und nun ab mit dir!« Er gab dem Buckligen einen Stoß und wandte sich einigen herbeistürzenden Wachen zu. »He, ihr! Holt den Löschwasserwagen vom Spinnhaus her, ihr anderen lauft nach St. Petri, St. Nikolai und St. Katharinen, wir brauchen mehr Ledereimer, mindestens dreihundert Stück. He du da, ja, dich meine ich! Wie heißt du?«
»Teo.«
»Gut, Teo, du siehst aus, als wärst du nicht auf den Kopf gefallen. Da sind zwanzig oder fünfundzwanzig Eimer, siehst du die? Gut, jeder deiner Leute schnappt sich einen, und dann bildet ihr eine Löschkette von der Binnenalster her.«
»Aber ich habe doch gar keine Leute!« Rapp musste schreien, um sich in dem Tumult verständlich zu machen.
Vock grinste flüchtig. »Noch nicht. Aber gleich ... hööö, jeder, der mindestens eine Bierkanne stemmen kann, zu mir. Ja, kommt ran, kommt ran, Leute!« Während sich Frauen und Männer, Jung und Alt, ja, sogar manche Halbwüchsige und Kinder zögernd um ihn versammelten, erklärte er Rapp, was zu tun war: »Das Wohnhaus da vorn und die beiden Speicher daneben brennen lichterloh. Sie sind nicht zu retten. Wir können nur verhindern, dass die Flammen auf die Nachbarhäuser übergreifen, aber wenn das gelingt, haben wir gewonnen. Zum Glück ist es nahezu windstill, und es nieselt. Wenn das nicht wäre, gäb's

kaum Hoffnung. Bekämpft das Feuer von beiden Straßen aus, und gießt das Wasser direkt in die Flammen, niemals in den Rauch, hast du das verstanden?«

Rapp nickte nur.

»Die Kinder sollen die leeren Eimer zur Alster zurücktragen, mehr nicht, sie sollen sich keinen Bruch heben, klar?«

»Klar.« Rapp war schon dabei, die Gefäße an die Helfer zu verteilen. Er war es nicht gewöhnt, unbekannte Menschen zu kommandieren, aber jetzt war nicht die Zeit, darüber nachzudenken. Er machte es Vock nach und brüllte laut: »Los, wir laufen alle hintereinander, und immer wenn ich ›Halt!‹ rufe, bleibt der Letzte stehen. So entsteht automatisch die Kette!«

Sie liefen los, wohl an die vierzig Menschen mit Eimern, Kisten und anderen Schöpfgeräten. Rapp immer vorneweg, sich mit Mühe den Weg durch die ständig dichter werdende Menge der Gaffer bahnend. Hinter sich hörte er Vock mit seiner Stentorstimme: »Hööö, Bürgerwache, wie viele gehören eigentlich zu eurem Haufen? Tausend? Zweitausend? Dreitausend? Ich sehe nur ein paar Dutzend! Wo sind die anderen? Holt Handspritzen von den Nachbarkirchspielen, holt weitere Löschwasserwagen, holt den Rat, sagt den Bürgermeistern Bescheid, bildet Stoßtrupps, um Alte und Kranke herauszuholen, ja, mein Gott, muss ich denn alles alleine machen! Wo ist eigentlich Mewes, der zweite Feuerschauer? Glänzt mal wieder durch Abwesenheit …«

In der ersten Viertelstunde glaubte Rapp, ihm würden schier die Lungen platzen. Das Laufen, das Schleppen, das Einatmen des schweren schwarzen Qualms, der sich durch die Straßen wälzte, all das führte dazu, dass er ein ums andere Mal den Eimer fortwerfen und nach Hause flüchten wollte. Aber er hielt durch. Was andere konnten, konnte er auch. Viele seiner Mitstreiter waren sogar älter oder schwächer als er. Da durfte er nicht aufgeben! Verbissen kämpfte er als Erster in der Kette unten am Alsterufer. Er bückte sich, schöpfte den Eimer voll, lief zehn Schritte hinauf zum nächsten Posten, gab den Eimer weiter, eilte zurück, erhielt von einem der Kinder einen neuen Eimer, bückte sich, schöpfte ihn voll, hastete damit wieder vor, lief zurück, vor, zurück ... Später ließ er sich am Ufer ablösen und ging in die Flammen, um sie direkt zu bekämpfen. Der gleiche Trott begann von vorn, nur dass er sich nicht mehr so qualvoll bücken musste. Später wurde die Kette dichter, die Wege wurden kürzer. Vock, der Stimmgewaltige, schickte ihnen jede freie Hand. Wie stand es eigentlich um das Feuer? Schien es wirklich zu weichen? Rapp wusste es nicht. Er arbeitete wie eine Maschine. Schließlich war er so erschöpft, dass er die Arme nicht mehr heben konnte.

Es half nichts, er musste eine Pause einlegen, ob er wollte oder nicht. Er trat aus der Kette heraus und stellte erleichtert fest, dass seine Hilfe nicht mehr unbedingt vonnöten war. Die Löschmannschaft war eingespielt, sie funktionierte genauso gut ohne ihn. Auch die Rauchwolken schien nicht mehr so dicht zu sein. Rapp verschnaufte und beschloss, den Feuerschauer aufzusuchen.

Vock war auf den ersten Blick kaum wiederzuerkennen. Er sah aus, als hätte man ihn der Länge nach durch einen Kamin gezogen; Mund und Nase bedeckte ein verrußtes Schutztuch, seine Stimme war nur noch ein Krächzen. Doch immer noch stand er seinen Mann. Als Rapp auf ihn zuging, blitzten seine Augen auf. »Ah, Teo. Gut gemacht! Ich lasse gleich die Arbeiten beenden. Es ist noch mal glimpflich abgegangen, mein Junge. Die letzten Feuernester werden gerade gelöscht.«

»Oh, das ist gut.« Rapp jubelte innerlich, hatte aber nicht die Kraft, dem Ausdruck zu verleihen.

»Das ist es wahrhaftig. Nur die da« – Vock wies auf eine Reihe von am Boden liegenden Gestalten – »werden den neuen Tag nicht mehr erleben. Sie sind tot. Erstickt oder verbrannt. Schrecklich. Um den Physikus tut's mir besonders Leid, so ein tapferer Mann, hat drei Menschen aus den Flammen geholt ... Hööö, Leute, Löscharbeiten einstellen, und dann ...!«

Rapp riss den Feuerschauer am Ärmel herum. »Ein Physikus, sagt Ihr? Wisst Ihr seinen Namen?«

»Was? Ja. De Castro, Doktor de Castro, der Armenarzt. Und nun lass mich weiter meine Arbeit tun.«

Wie benommen ging Rapp hinüber zu den Toten, die man flüchtig abgedeckt hatte. Mehrere Köpfe ragten unter den Laken hervor. Es kostete ihn große Überwindung, sie anzusehen. Die Gesichter waren durch die Flammen grausam zugerichtet, überall sah er verkohltes Fleisch, verbrannte Haare, Haut, die in der Hitze Blasen geschlagen hatte. Der letzte Kopf in der Reihe kam ihm, trotz der Entstellungen, bekannt vor. Das konnte der Doktor sein. Rapp kniete nieder und blickte forschend in das Gesicht. Plötzlich begannen die Lider des Toten zu flattern, sie öffneten sich, und die schwarzen Augen des Physikus blickten ihn an.

»So seid Ihr es also wirklich«, stammelte Rapp, »und Ihr lebt ja! Großer Gott, Ihr lebt ja!«

De Castro nickte unmerklich. Die Lider schlossen sich erneut. Rapp dachte schon, er hätte sich alles nur eingebildet, da begannen die Lippen einzelne Worte zu formen: »Nicht ... mehr lange mein ... Freund.«

Rapp fiel darauf nichts Gescheites ein. Angesichts der furchtbaren Verletzungen musste jeder Widerspruch lächerlich klingen. »Ihr habt sicher Schmerzen, große Schmerzen. Wartet, es gibt einen Wagen mit Notarzneien, mit Brandsalben, Verbänden und so weiter, ich springe eben hin und bin gleich wieder zurück.«

»... nein ... zu spät.«

Rapp blieb. Eine Weile verging. Er wollte die Decke lüften, um die Hand des Physikus zu nehmen, aber eine winzige Abwehrbewegung machte ihm deutlich, er solle es lassen. Vermutlich waren die Verbrennungen am Körper noch schlimmer als die am Kopf. De Castro wollte ihm den Anblick ersparen. Ein Gefühl der Verbundenheit durchströmte Rapp. Irgendwann er-

schien eine Frau, die frisches Wasser an die Helfer austeilte. Er hielt sie an und erbat sich einen Becher.
»Nehmt wenigstens etwas Brunnenwasser, es wird Euch gut tun«, wandte er sich an das leblose Gesicht. Unendlich vorsichtig schob er seine Hand unter den Kopf und hob ihn an. »Öffnet den Mund.«
Es dauerte lange, bis es ihm gelang, dem Physikus ein paar Tropfen von dem Nass einzuflößen, doch endlich war es geschafft, und er begann wieder zu sprechen: »Ihr ... seid kein Mörder, mein Freund ... kein Mörder.«
»Was sagt Ihr?« Rapp fiel fast der Becher aus der Hand.
»... kein Mörder ... alles nur ... vorgegaukelt.«
Rapp konnte nicht glauben, was er da hörte. Eine ähnliche Bemerkung hatte der Physikus schon einmal gemacht, damals in seinem Haus, als er die Krücke zurückgenommen hatte. Er hatte Rapps Schlussfolgerung, der Imitator habe ihn zur Herausgabe des Thesaurus erpressen wollen, aufgegriffen und angedeutet, dass der Erpressungsgrund, nämlich Rapps Mord an zwei Halunken, nicht stichhaltig sei. Einfach deshalb, weil der Scharlatan vorher nicht wissen konnte, dass die Tat geschehen würde. Und dann hatte er ihn gefragt: Ist Euch schon einmal in den Sinn gekommen, dass Ihr die zwei vielleicht gar nicht erschlagen habt?
Konnte es wirklich sein, dass die Tat von vornherein nur vorgetäuscht werden sollte? Hatten die beiden Halunken nur die Getöteten gespielt?
In Rapps Hirn überschlugen sich die Gedanken. »Aber das viele Blut!«, sagte er laut. »Das viele Blut! Woher soll es denn gekommen sein?«
»... Tierblut ... wahrscheinlich ... alles vorgekaukelt, alles ... glaubt mir.«
Rapp sank auf das schmutzige, regennasse Pflaster und merkte es nicht. Die Bilder des nächtlichen Kampfes standen ihm wieder vor Augen, so deutlich, als sei es erst gestern gewesen. Man

hatte ihn heimtückisch in eine Falle gelockt und ihm einen Schlag versetzt, gezielt und so bemessen, dass er nicht ohnmächtig wurde. Ja, das mochte sein. Er hatte sich gewehrt und die Halunken ebenfalls getroffen. Alles war sehr schnell gegangen, daran erinnerte er sich genau, und auch daran, dass er zunächst nicht glauben konnte, zwei Menschen getötet zu haben. So rasch und endgültig starb es sich nicht. Aber dann hatte er das Blut am Boden gefühlt, eine richtige Pfütze war es gewesen. Eigentlich, wenn er es recht bedachte, viel zu viel. Schlagwunden mit einer stumpfen Waffe wie seinem Spazierstock riefen nicht so starke Blutungen hervor.

Und doch war er die ganze Zeit der felsenfesten Überzeugung gewesen, er habe gemeuchelt. Blieb die Frage: Was hätte sich anders entwickelt, wenn er gleich am Morgen mit reinem Gewissen zur Wachstation gerannt wäre, seine Geschichte zum Besten gegeben hätte und anschließend zu seinem Apothekenhaus zurückgekehrt wäre? Der Imitator hätte ihn hinter dem Rezepturtisch erwartet und ihn wahrscheinlich trotzdem als Mörder bezeichnet. Mindestens jedoch als Lügner und Hochstapler. Vielleicht hätte er auch die Büttel holen und ihn einlochen lassen. Letzteres wäre ihm sehr zupass gekommen, denn er hätte den Thesaurus dann umso leichter fortschaffen können.

Nein, es war so oder so alles vertrackt. Rapp merkte, dass seine Gedanken sich wieder einmal drehten. Aber gab es denn überhaupt einen Ausweg aus seiner Situation? Eine Rettung, jetzt, wo es sicher schien, dass er keine Schuld auf sich geladen hatte? Er überlegte hin und her und kam zu der Erkenntnis, dass der Imitator nach wie vor alle Trümpfe in der Hand hielt. Der Imitator war Rapp, und Rapp war Hauser. Diese Konstellation richtig zu stellen war ein hoffnungsloses Unterfangen. Es zu versuchen, hätte schon am Anfang nicht geklappt, und jetzt, nach Wochen, würde es erst recht nicht mehr gehen. Aber wer, in drei Teufels Namen, verbarg sich hinter der Figur des Imitators?

Rapp wurde aus seinen Grübeleien gerissen, denn die Lippen des Physikus bewegten sich wieder. Die Worte kamen so leise, dass sie kaum zu verstehen waren: »Der Imitator ... ich ... weiß nicht, ob es wichtig ...«

»Ja?« Rapp beugte sich so weit herunter, dass sein Ohr fast die Lippen de Castros berührten.

»Der Imitator zieht sich ... in der Börse um ... zieht sich um da ... ja.«

Der Sterbende schwieg. Rapp wollte ihm weiteres Wasser verabreichen, unterließ es aber, weil er spürte, dass es nicht mehr möglich war. Was hatte der Physikus da eben geflüstert? Der Imitator zog sich in der Börse um? Nun, dass er jeden Tag dorthinging, war bekannt, aber dass er sich dort umzog? Und dann wusste Rapp plötzlich, warum Isi und Fixfööt immer nur beobachtet hatten, dass er ins Gebäude hineinging, aber niemals, dass er wieder herauskam. Der Mann wechselte die Kleidung. Und verließ als ein anderer das Haus. Aber wer war er dann?

Abermals bewegten sich die Lippen. De Castros schwarze Augen blickten Rapp unverwandt an. *»Scha... Schalom ... Teo.«*

»Leb wohl, Fernão.« Rapp spürte, es ging zu Ende. Er schluckte, merkte, wie ihm die Tränen kamen und schämte sich ihrer nicht.

Die schwarzen Augen starrten ihn noch immer an.

Dann brachen sie.

Rapp drückte sie zu und schluchzte auf. Ein großherziger Mensch hatte die Erde verlassen, ein selbstloser Arzt, ein wahrer Samariter. Sie hatten einander nur wenige Male gesehen, aber er empfand tiefe Trauer, einen nie gekannten Schmerz, wie er wohl nur entsteht, wenn man seinen besten Freund verliert.

»Ich habe dir so vieles zu verdanken«, murmelte er, »so vieles. Ich werde es nie wieder gutmachen können. Aber ich werde dich besuchen. Auf dem Jüdischen Friedhof werde ich dich besuchen und mit meinen Gedanken bei dir sein, das verspreche ich dir.«

Lange saß er so, und erst als ein Leichenwagen herangeschoben wurde, um die Toten fortzukarren, gab er seinen Platz auf. Er erhob sich und schlug, ohne nach links oder rechts zu blicken, den Weg zu Opas Hof ein.

An der nächsten Straßenecke stand sie. Er hatte sie zunächst nicht erkannt, aber sie war es tatsächlich. Mine stand da und schien auf ihn zu warten, ruhig und gefasst, die blonden Haare von einem rußgeschwärzten Kopftuch geschützt, die übrige Kleidung so schmutzstarrend, als hätte sie sich in Staub und Asche gewälzt.

Er blieb stehen und wusste nicht, wohin mit seinen Händen. Schließlich krächzte er: »De Castro ist tot.«

»Ich weiß«, antwortete sie.

»Aber …« Er verstand nicht. »Wieso kannst du das wissen?«

»Hab dich beobachtet. Die ganze Zeit.«

»Ja, aber …?«

»War ja auch die ganze Zeit in deiner Nähe, hab sogar mit in der Kette gestanden. Oder glaubst du, ich würd zu Haus rumsitzen, wenn's drei Straßen weiter brennt?«

»Nein … äh, natürlich nicht.« Wenn er nur wüsste, wohin mit seinen Händen! Sie wollten Mine bei den Schultern packen und sie ganz nah heranziehen, aber das war natürlich nicht möglich, nicht mehr. »Mine, ich … ich habe mich benommen wie ein Narr. Wie konnte ich nur an dir zweifeln! Ich verstehe es nicht. De Castro ist tot, auch andere Menschen sind gestorben, erstickt, verbrannt, elendig verreckt, da kommt mir unser Streit so klein und unwichtig vor, und trotzdem war es nicht recht, wie ich mich verhalten habe, aber ich war die letzten Tage so angespannt, so verzweifelt und unsicher. Verzeih mir.«

Mine schwieg.

»Verzeih mir, wenn du kannst. Ich bitte dich.«

Sie antwortete noch immer nicht, doch ein winziges Lächeln

umspielte ihre Lippen, und sie trat auf ihn zu, stellte sich auf die Zehenspitzen und küsste ihn.
»Komm mit nach Hause«, sagte sie.

Rapp und Mine lagen am selben Abend nebeneinander im Bett und starrten beim schwachen Schein einer Unschlittkerze an die Decke. »Ich weiß nicht mehr, wie es weitergehen soll«, seufzte Rapp. »Die Hintergründe zu dem Raub an meinem Thesaurus sind weitgehend bekannt. Es ist sicher, dass der Fettwanst Stoffers vom *Hammerhai* seine Finger bei den fünf bisherigen Morden im Spiel hatte. Ebenso darf als sicher gelten, dass er für den Imitator arbeitet, denn umgekehrt ist es kaum denkbar. Der Imitator wiederum, der sich, wie ich dir erzählte, täglich in der Börse umzieht, um wieder in die Rolle des normalen Bürgers zu schlüpfen, muss sich in dem Gebäude sehr gut auskennen, was den Schluss zulässt, dass er ein Kaufmann oder Handelsherr ist. Jedoch: Der Hauptdrahtzieher ist er nicht, denn ein solcher hätte sich bestimmt nicht hinter den Rezepturtisch einer Apotheke gestellt. Außerdem hat er nicht das Herz eines Sammlers. Bleibt also die Überlegung: Wenn der Imitator ein Mann mit gewissem Einfluss ist, wie mächtig muss erst derjenige sein, der ihn dazu veranlasst, ja, vielleicht sogar zwingt, eine Doppelgängerrolle zu spielen? Wer kann das sein?«
Mine kuschelte sich an ihn. »Mach dir nicht so viele Gedanken, Liebster. Kommt Zeit, kommt Rat.«
»Vielleicht hast du Recht. Aber in mir ist eine schreckliche Unruhe. Ich frage mich immer wieder, wie ich den Imitator zur Rechenschaft ziehen kann, wie ich ihm beikommen kann, und jedesmal pfeife ich mich zurück und denke, ich würde mich dabei in Lebensgefahr bringen.«
»Das darfst du auf keinen Fall!«
»Ich will es ja auch nicht. Manchmal bin ich sicher, der Imitator steht unter höherem Schutz. Irgendwo ganz oben muss es je-

manden geben, der sein Treiben deckt, ja, sogar wünscht, vielleicht sogar befohlen hat. Aus welchem Grund auch immer.«

»Meinst du wirklich?«

Rapp ging nicht auf Mine ein, sondern spann seinen Faden weiter: »Erst vorhin habe ich mich gefragt, ob jene beiden schwarzhaarigen Halunken, die mich aus dem *Hammerhai* heraus verfolgten, nicht nur im Dienste Stoffers oder des Imitators stehen, sondern eines anderen, weit höher Gestellten.«

»Aber wer könnt das sein?«

»Das weiß ich eben nicht. Vielleicht sind die beiden Häscher ja Russen. Ihre Gesichter, die Haarfarbe und die Sprache deuten darauf hin. Aber sicher bin ich mir keineswegs.« Rapp wischte sich mit einer ungeduldigen Bewegung eine Haarsträhne aus dem Gesicht. »Auf jeden Fall bin ich ihnen schon ein paarmal begegnet. Es ist auch gleichgültig. Wenn alles so weitergeht, und ein Ende ist nicht abzusehen, werde ich den Thesaurus wohl nie wieder in mein Haus zurückschaffen können, im Gegenteil, in der Nacht von Sonnabend auf Sonntag soll der Rest entwendet werden. Aber auch das habe ich dir ja schon erzählt.«

»Das hast du.« Mine strich ihm mit einer liebevollen Bewegung die Strähne, die sich abermals selbstständig gemacht hatte, aus der Stirn.

»Was kann ich überhaupt anderes tun, als jeden Tag in meinem eigenen Haus dem ›Herrn Apotheker‹ zu helfen und gute Miene zum bösen Spiel zu machen?«

Mine antwortete nicht. Sie wickelte die Haarsträhne um ihren Finger und überlegte.

»Siehst du, dir fällt auch nichts ein. Wie sollte es auch. Die Situation ist einfach zu verzwickt. Ich kann nun mal nicht zur Nachtwache oder zum Rathaus rennen und die ganze Sache aufklären. Nicht mehr. Wenn ich es überhaupt jemals konnte. Ich stecke mittlerweile selbst – als Molinus Hauser – viel zu tief mit drin. Soll ich als Hauser zu dem Büttel Ladiges laufen und sagen: ›Ich bin in Wahrheit gar nicht der Gehilfe, ich bin der richtige Apotheker, mein Name ist Rapp, Teodorus Rapp, alles ist nur eine Verkettung unglücklicher Umstände, die ich Euch aber gern erklären will?‹ Nein, nein, es ist, als hätte mich jemand in den Schwitzkasten genommen und wollte mich niemals wieder loslassen.«

Mine blieb stumm. Nur ihr Finger drehte weiterhin an der Strähne.

»Am liebsten würde ich alles vergessen und mit dir in eine andere Stadt gehen. Fort von der ganzen Doppelgängerposse, den Ränkespielen, den Morden. Weit fort von hier, wo ich noch einmal ganz von vorne anfangen kann. Mit dir zusammen. Als Apotheker finde ich überall Arbeit, weißt du, vielleicht in Holland, ich war gerne dort, damals, und ...«

»Nein, Liebster.« Mines Finger kam abrupt zur Ruhe. »Wir bleiben. Ich hab eine Idee.«

»Eine Idee?«

»Ja, eigentlich eine ganz einfache Idee. Warte, ich erzähl sie dir.«

In den folgenden Minuten hörte Rapp, was Mine sich ausgedacht hatte, und das, was sie sagte, war so einfach, so genial, dass er es zunächst weder glauben mochte noch für durchführbar hielt. Schließlich sagte er: »Aber ist das nicht viel zu gefährlich, Liebste?«

»Nein, find ich nicht.«

»Hm ... wenn du meinst.«

Sie dachten noch einmal in jede Richtung, malten sich jede mögliche Situation aus und kamen endlich zu dem Schluss, dass die Verwirklichung der Idee auf alle Fälle einen Versuch wert war.

»Wir machen es«, sagte Rapp.

Kapitel neunzehn,

in welchem Meister Ladiges stolz auf seine Mannen sein kann, auch wenn, wie häufig im Leben, eine Schlafmütze dabei ist.

Große Ereignisse werfen ihre Schatten voraus – ein Umstand, der auch an Rapp nicht spurlos vorüberging und sich bei ihm durch Nervosität und Unkonzentriertheit bemerkbar machte. Es war um die Mittagszeit des nächsten Tages, er befand sich in der Offizin und versuchte mehr schlecht als recht die Kunden zu bedienen. Nachdem er mehrmals einige Drogen um Haaresbreite verwechselt hatte, so Brennessel- mit Borretschpulver, Johanniskraut mit Johannisbeere und Lavendel mit Liebstöckel, entschloss er sich, dem ein Ende zu setzen. Er trank ein ganzes Fläschchen seiner *Rapp'schen Beruhigungstropfen* und fühlte sich danach gleich viel besser.

Der Imitator hingegen schien mit sich und der Welt im Reinen zu sein. Er saß, Rapps Schwierigkeiten nicht im Mindesten beachtend, wie immer auf seinem Stuhl.

Er schreckte erst auf, als die Witwe Kruse lauthals stöhnend die Apotheke betrat. »Furchtbar-furchtbar-die-Schmerzen!«

Während sich der Scharlatan bereits wieder abwandte, fragte Rapp: »Wie kann ich Euch helfen?«

»Das-Feuer-das-schreckliche-Feuer-habe-mir-eine-Rauchvergiftung-zugezogen-eine-Rauchvergiftung!«

»Eine Rauchvergiftung? Damit ist nicht zu spaßen. Warum seid Ihr nicht schon gestern gekommen?«

Die hypochondrische Frau überging die Frage und ächzte: »Und-immer-der-Husten-immer-der-Husten!«

Rapp, dem auffiel, dass die Witwe noch kein einziges Mal gehustet hatte, ihr Zustand mithin nicht allzu Besorgnis erregend

sein konnte, sagte: »Ihr solltet hinaus auf den Wall gehen und einen ausgedehnten Spaziergang unter den Ulmen machen. Die frische Luft wird Eure Schleimhäute und Lungen reinigen. Darüber hinaus empfehle ich Euch einen Kaltwasserauszug von Spitzwegerichblättern. Gurgelt damit täglich mehrmals oder schluckt ihn in kleinen Mengen.«
»So-etwas-wirkt-doch-nicht-bei-mir-nein-nein!« Albertine Kruse schüttelte energisch den Kopf.
Rapp musste wieder einmal feststellen, dass der Frau nicht zu helfen war. Nun gut, schließlich schien Hilfe auch nicht vonnöten zu sein. Da sie ihn aber so verlangend anstarrte, sah er sich veranlasst, ihr ein paar Blätter der *Nicotiana*-Pflanze zu verkaufen. Er holte sie aus einem Steingutgefäß.
»Was-ist-das-das-habe-ich-noch-nie-gesehen?«, fragte sie begierig. »Wie-nimmt-man-es-ein-wie-nimmt-man-es-ein?«
»Die Blätter des Tobacks werden bekanntlich im getrockneten Zustand geraucht, aber sie haben auch eine arzneiliche Wirkung, beispielsweise als Auflage«, belehrte er sie. »Diese hier sind noch grün und feucht und eignen sich deshalb ideal als Wirkschicht in einem heißen Halswickel. Der Wickel muss mindestens ein halbes Dutzend Mal am Tag erneuert werden. Normalerweise sieben Tage lang, wie bei jeder guten Therapie, aber versucht es zunächst mit einem oder zwei Tagen. Stellt sich keine Linderung ein, müsst Ihr noch einmal kommen.«
Er blickte sie abwartend an und dachte, dass die Frau eigentlich zu bedauern war. Ihre ganze Welt drehte sich nur um Krankheiten, von morgens bis abends, und es war nicht einmal auszuschließen, dass sie manchmal sogar tatsächlich litt – ob durch Einbildung oder durch Beschwerden war in diesem Falle einerlei.
»Ich-nehme-die-Blätter-ich-danke-Euch-ich-danke-Euch-der-Theriak-war-auch-so-gut!«
»Das freut mich.« Es war Rapp etwas peinlich, der Witwe eine Droge verkauft zu haben, von der er nicht wusste, ob sie bei

Rauchvergiftung wirkte, aber letztendlich wollte Dummheit bestraft werden, und überdies traf es keine Arme. Er wurde durch das Türglöckchen aus seinen Gedanken gerissen. Ladiges und seine Mitstreiter Rammer und Göck standen auf der Schwelle.

»Ich wünsche allseits einen guten Tag«, sagte der Büttel mit seinem tiefen Bass, betrat die Offizin und setzte sich seine Kappe auf. »Dies ist gewissermaßen ein Besuch, der Euch, Herr Apotheker, ein wenig Mut für die Zukunft machen soll!«

Der Imitator hatte sich, der Höflichkeit gehorchend, mittlerweile erhoben. »Ach?«, meinte er, nicht sonderlich interessiert.

»Ja, ein wenig Mut machen«, wiederholte der Büttel. »Wir haben Hoffnung, weiterzukommen.«

»Was meint Ihr damit?« Der Scharlatan, so schien es, hatte plötzlich große Ohren bekommen. Rapp war sicher, dass des Büttels Bemerkung auf die Aussage des toten Physikus anspielte, nach der in der übernächsten Nacht ein erneuter Raubzug geplant war. Er hoffte inbrünstig, Ladiges würde den Zeitpunkt nicht nennen und den Imitator auf diese Weise warnen. Doch seine Sorge war unbegründet, denn der Büttel fuhr fort:

»Das kann und darf ich Euch nicht sagen. Tut mir Leid. Ich habe Euch nur aufgesucht, weil Ihr wissen sollt, dass wir in Eurem Fall nicht untätig sind, auch wenn die Untersuchung der Feuerursache gestern unsere ganze Aufmerksamkeit erforderte. Ihr wisst ja selbst, wie oft in dieser Stadt gezündelt wird ...« Der Büttel schob seine Kappe hoch, um sich besser das Haupthaar kratzen zu können, und rückte sie anschließend wieder zurecht. »Ihr habt nicht zufällig etwas über unseren Kollegen Meinardus Schlich gehört? Ich meine in der Nachbarschaft oder an anderer Stätte?«

»Nein, bedaure. Ich dachte, Ihr hättet schon überall herumgefragt?«

»Das haben wir selbstverständlich. Aber ein Mensch verschwindet nicht so einfach. Selbst wenn er tot ist, müssen seine sterblichen Überreste irgendwo geblieben sein, egal, ob sie versteckt, vergraben, verbrannt oder ins Wasser geworfen wurden. Ihr habt also nichts in dieser Richtung gehört?«

»Nein, wie ich bereits sagte.« Die Stimme des Imitators klang leicht gereizt.

»Gut, gut, es war ja nur eine Frage.«

»Und Ihr könnt mir wirklich nichts Näheres anvertrauen? Ich meine, es geht doch um mich, um, äh, meine geraubten Sammlerstücke, und wir sind doch sozusagen unter uns, kein Sterbenswörtchen wird aus diesen Mauern dringen, nicht wahr, Hauser?«

»Oh, nein, gewiss nicht«, beeilte Rapp sich zu versichern. Gleichzeitig betete er, der Büttel möge sich nicht weichkneten lassen.

Ladiges nahm die Kappe ab und steckte sie in die Tasche. »Ihr scheint zu den Hartnäckigen im Lande zu gehören, Herr Apotheker, nichts für ungut, aber es bleibt dabei: Ich kann Euch nichts sagen. Und nun, Männer, ist es Zeit zu gehen. Das Verbrechen in dieser Stadt schläft nicht.«

Er hinterließ einen nachdenklichen Imitator und einen erleichterten Rapp.

Rund fünfunddreißig Stunden später, in der Nacht von Sonnabend auf Sonntag, hatte Ladiges in einem Versteck gegenüber dem Apothekenhaus Stellung bezogen. Rammer und Göck, sonst zwischen den Fässern observierend, waren bei ihm, verstärkt noch durch zwei Männer der Uhlen namens Schwiers und Saggau. Sie warteten seit Stunden auf die Langfinger und sehnten sich danach, ihnen die Suppe gründlich zu versalzen.

Der Büttel fragte sich zum soundsovielten Mal, ob er auch wirklich an alles gedacht hatte, aber ihm fiel kein Versäumnis ein. Ihr Versteck war ideal, sie befanden sich in einer Art Verschlag, der von außen absolut uneinsehbar war. Nein, da konnte nichts passieren. Seine Männer und er würden das Überraschungsmoment auf ihrer Seite haben. Auch die Anzahl der Leute würde ausreichen, den Gegner zu überwältigen. Nicht zu vergessen die Bewaffnung: Es waren ein handfester, an die drei Fuß langer Eschenknüppel für jeden von ihnen, dazu die Steinschlosspistole in seiner Tasche, deren kühler Stahl sich sehr beruhigend anfühlte. Die Pistole war geladen und schussbereit.

Wo das Diebespack nur blieb? Ladiges ertappte sich dabei, dass er seine Kappe abnahm und gleich danach wieder aufsetzte, nur um sie sich wenig später abermals vom Kopf zu ziehen. Eine Gedankenlosigkeit, die er sich endlich einmal abgewöhnen musste! Was sollten nur seine Männer von ihm denken! Nun, wenn er sich recht besann, war es ihm ziemlich egal. Er war der Vorgesetzte, und was er sagte, wurde gemacht. Plötzlich fühlte er einen Stoß in der Seite, Göck zu seiner Linken hatte ihm den Knuff verpasst. Was war los? Ladiges spähte durch den winzigen Bretterspalt vor sich und erkannte vier Gestalten, die zwei Karren heranzogen. Der Größe und der Statur nach glaubte er zwei von ihnen schon im *Hammerhai* gesehen zu haben, ein dritter, hochaufgeschossener Mann kam ihm ebenfalls bekannt vor. Der Vierte im Bunde sagte ihm nichts, er wirkte eher unscheinbar. »Pass auf«, raunte der Büttel zu Göck hinüber. Er senkte dabei die Stimme, soweit sein Bass dies überhaupt zuließ. »Wie besprochen greifen wir erst zu, wenn alle im Haus sind. Wär ja gelacht, wenn wir das Pack nicht schnappen.«

»Jo, jo. So isses.«

Die anderen murmelten ebenfalls etwas Zustimmendes. Ladiges nickte. Er hätte sich auch gewundert, wenn es nicht so gewesen wäre. Wieder und wieder hatte er mit ihnen die einzelnen Schritte durchgekaut, bis er sicher war, dass jeder seine Aufgabe bis ins Kleinste kannte.

Er wartete ungeduldig, bis die Karren vor dem Haus standen und die Männer im Eingang verschwunden waren. Diesmal hatte Göck seine Sache gut gemacht. Ob das bei ihm allerdings immer der Fall war, stand dahin. Gleiches galt für Rammer, die Trantüte. Wahrscheinlich waren beide in den vergangenen Nächten nicht immer auf ihrem Posten gewesen, aber das ließ sich schwerlich beweisen, wollte man es nicht ständig selbst kontrollieren.

Mittlerweile, so des Büttels Einschätzung, waren zwei oder drei Minuten vergangen. Die Räuberbande musste oben im zweiten Stock angelangt sein. Zeit, sie auf frischer Tat zu ertappen!

»Los geht's, Männer«, knurrte er, und sprang auf. So schnell es seine schwere Gestalt zuließ, hetzte er über die Straße, gefolgt von seinen vier Gehilfen. Schon wollte er durch die Tür in die Offizin eindringen, da verharrte er. Im letzten Moment war ihm das Glöckchen eingefallen. Das laut bimmelnde Glöckchen! Wenn es in Aktion trat, würde es die Halunken warnen! Ladiges bedeutete seinen Mannen, sie sollten warten, und schob unendlich vorsichtig die Tür auf. Gleichzeitig tastete er mit der Hand nach dem bronzenen Signalgerät. Aaah, da war es. Er drückte es nach oben und öffnete die Tür darunter hindurch. Geschafft! Er verschnaufte und zog den großen Mörser geräuschlos heran, bis er auf der Schwelle stand. So sorgte er einerseits dafür, dass die Tür nicht zuschlagen konnte, andererseits hatte er ein Hindernis aufgebaut für den Fall, dass ihnen doch einer der Langfinger entwischte.

Über ihm rumorte es. Stimmen erklangen. Was hatte das zu bedeuten? Langfinger pflegten ihre Tätigkeit lautlos zu verrichten. Rasch entzündete Ladiges eine mitgebrachte Laterne. »Wir stürmen den Raum zu viert, du, Göck, du, Schwiers, und du, Saggau, ihr haltet euch dicht hinter mir. Rammer, du bleibst hier beim Mörser und rückst und rührst dich nicht, für alle Fälle.«

Ohne ein weiteres Wort stürmte Ladiges die Holzstiege hinauf, dabei nicht geringen Lärm verursachend, aber das war ihm jetzt egal. Er wusste aus Erfahrung, dass ihn, einmal in Fahrt, so schnell niemand aufhielt. Er war ein Rammbock, der jede Gegenwehr zermalmte. Oben angelangt, blickte er wild um sich,

mit der einen Hand die Laterne abstellend, in der anderen seinen Knüppel schwingend. »Halt, im Namen der Stadt!«, donnerte er. »Ergebt euch! Keine Bewegung!«
Letzteres hätte er gar nicht befehlen müssen, denn die Halunken standen in der Tat wie die Ölgötzen da, gerade so, als hätte jemand die Zeit angehalten. Der Lange war wohl gerade im Begriff gewesen, einen Meereshund von der Decke abzuhängen, drohte nun aber mit einem schweren Knochen in der Hand, der Unscheinbare drückte sich im Hintergrund herum, und am Tisch standen die beiden Kerle, die Ladiges bekannt vorkamen. Einer von ihnen, schwarzhaarig wie der andere, hielt eine Klinge in der Hand; sein Kumpan einen Schaukasten mit Seesternen, Seeigeln und Dornenkronen. Aber er hielt ihn nicht allein, ein fünfter Mann half ihm dabei, und dieser fünfte Mann war Teodorus Rapp.
Ladiges blinzelte. Täuschte er sich, oder wollte der Apotheker tatsächlich den Kasten tragen helfen? Nein, er hatte wohl darum gekämpft, etwas anderes war nicht denkbar. Auch sein anschwellendes Auge sprach dafür.
Ladiges blinzelte erneut. Für näheres Nachsinnen blieb ihm keine Muße, denn schon drehte das Rad der Zeit sich weiter. Die beiden finsteren Burschen stürzten sich auf ihn, aber er dachte nicht daran, zu weichen. Das hier war eine Sache nach seinem Geschmack. Endlich war Bewegung in den Thesaurus-Fall gekommen, und diese Gelegenheit wollte er nutzen! »Kümmert euch um die beiden anderen«, brüllte er seinen Kollegen zu und schlug dem Messerhelden die Klinge aus der Hand. Seinem Kumpanen versetzte er einen Faustschlag ins Gesicht.
Göck, Schwiers und Saggau keuchten in seinem Rücken. Sie mussten allein fertig werden, denn er hatte jetzt alle Hände voll zu tun. Die Schwarzhaarigen waren aus festerem Holz geschnitzt, als er angenommen hatte. Sie hatten sich erholt. Einer versuchte, ihn festzuhalten, während der andere schon wieder

das Messer in der Hand hielt. In höchster Not trat Ladiges ihm zwischen die Beine. Der Kerl heulte auf, die Klinge flog davon. Doch sein Kumpan war ein zäher Bursche, der wie eine Klette an ihm hing, eine Klette, die ihn zu würgen versuchte. Ladiges stieß ihm den Knüppel in den Leib, womit er fürs Erste Ruhe hatte. Er verschnaufte. Das schwarzhaarige Pack krümmte sich vor Schmerzen, doch schon richteten die Halunken sich wieder auf, um weiterzukämpfen. Ladiges konnte nicht umhin, sie zu bewundern. Tapfere Männer waren das, auch wenn sie auf der falschen Seite standen. Nun allerdings würde er die Auseinandersetzung beenden. Er sprang einen Schritt zurück und holte die Pistole hervor. »Auf den Boden mit euch«, keuchte er, »Gesicht nach unten. Los, los, ich spaße nicht!«

Die beiden Schandbuben gehorchten. Als sie der Länge nach auf den Holzdielen lagen, atmete Ladiges auf. Erst jetzt fand er Zeit, sich ein Bild der Gesamtlage zu machen. Der Apotheker stand neben dem großen Tisch in der Mitte des Raums und hielt den Schaukasten wie ein Kleinod an die Brust gepresst, dabei vorsichtig sein Auge betastend. Göck, Schwiers und Saggau hatten den Hochaufgeschossenen überwältigt. Wie es aussah, hatten sie ihn mit seiner eigenen Waffe, dem Knochen, niedergestreckt.

»He, Göck, binde der langen Latte die Hände«, befahl der Büttel. »Und ihr beide fesselt die schwarzhaarigen Halunken, aber nach allen Regeln der Kunst, wenn ich bitten darf. Wo ist eigentlich der Vierte von den Kerlen, ich meine den Unscheinbaren?«

Es stellte sich heraus, dass der Mann im Kampfgetümmel verschwunden war.

»He, Rammer!«, brüllte der Büttel nach unten, »hast du einen entkommen lassen?«

»Nein«, erscholl die Antwort.

»Hm, hm. Bleib, wo du bist!«

Ladiges wandte sich wieder an das Verbrecherpack. »Ihr liegt da

schön weiter, bis ich euch erlaube, aufzustehen. Und ihr, Kollegen, durchsucht sämtliche Stockwerke, irgendwo muss der Hundsfott ja sein. Sagt, Herr Apotheker, darf ich Euch zumuten, meinen Leuten zu helfen? Ihr kennt Euch schließlich am besten in Eurem Haus aus?«
»Aber gern.« Der Pillendreher stellte den Schaukasten auf den Tisch und folgte Ladiges' Mannen.
Als er fort war, machte der Büttel es sich gemütlich. Er setzte sich auf einen Stuhl und überdachte die Situation. Der Fischzug ist durchaus erfolgreich verlaufen, sagte er sich, selbst wenn der Unscheinbare entkommen sein sollte. Außerdem darf ich darauf hoffen, dass weitere Kollegen zur gleichen Zeit den dicken Stoffers im *Hammerhai* eingefangen haben. Gern hätte ich den Fettbauch selbst geschnappt, aber man kann eben nicht an zwei Orten gleichzeitig sein. »He, du« – er stieß den Langen mit dem Fuß an – »wie heißt der Bursche, der entkommen ist?«
Der Hochaufgeschossene schwieg.
Ladiges stieß stärker zu. Diesmal so kräftig, dass der Angesprochene fast auf den Rücken rollte. »Antworte, oder ich werde ungemütlich.«
Der Lange knirschte mit den Zähnen. »Franz Witteke«, erwiderte er endlich.
»Aha. Franz Witteke. Gut, den Namen werde ich mir merken. Und wie heißt du selbst?«
Wieder blieb die Antwort zunächst aus, aber als er drohend den Fuß hob, kam sie doch: »Krahl.«
»Der lange Krahl?«
»Ja.«
»Das dachte ich mir.« Ladiges ließ sich zurücksinken. Er hatte das Protokoll über die Aussage des toten Doktor de Castro gelesen und wusste, dass ein Kerl, der »langer Krahl« genannt wurde, einen Burschen namens Bückel erschlagen hatte. »Nun, ich kann dir versprechen, dass du demnächst noch länger wirst, besonders am Hals.«

Der Hochaufgeschossene gab einen unterdrückten Laut von sich, aber Ladiges kümmerte sich nicht darum. Seine Aufmerksamkeit galt nun den beiden finsteren Gesellen, die sich so standhaft gewehrt hatten. »Und ihr beide? Wie heißt ihr? Heraus mit der Sprache!«
Sie schwiegen, als sei er überhaupt nicht im Raum. Auch als er ihnen ein paar kräftige Tritte versetzte, blieben sie stumm. Ladiges merkte, dass er auf diese Weise bei ihnen nicht viel ausrichten würde. Er versuchte es anders. Er fragte, woher sie kämen, wollte wissen, ob sie Familie hätten, einen Beruf ausübten und vieles mehr.
Allein, die Burschen waren wie die Austern. Nur einmal sagten sie etwas, und er hatte Mühe, ihre harte Aussprache zu verstehen: »Kosaken! Wirr Kosaken!«
Offenbar waren sie stolz darauf, denn ihre Augen blitzten, als sie es verkündeten.
»Eher regnet es grüne Heringe, als dass ihr euer Maul aufmacht, so scheint's«, brummte der Büttel verdrießlich. Das Stichwort Kosaken war für ihn nichts Neues. Es hatte ebenfalls im Protokoll gestanden. Näheres allerdings nicht. »Na, von mir aus, vielleicht unterhaltet ihr euch lieber auf dem Stachelstuhl oder dem Streckbett.«
Als die beiden Finsterlinge ihn nur verständnislos anschauten, ergänzte er: »Ich lasse euch in die Fronerei sperren, ihr Halunken, habt ihr das kapiert? Die Fronerei, das ist ein Loch mit Gittern davor, kalt und feucht und zugig ist es da, und zu fressen gibt's alleweil Luftklöße und Windsuppe, wenn ihr versteht, was ich meine. Das Lustigste aber sind die Marterinstrumente, die man dort antrifft. Die werden euch schon das Sprechen lehren.«
Bei seinen letzten Worten war der Suchtrupp wieder in den Raum getreten, und Göck erstattete Meldung: »Haben nix gefunden, Meister Ladiges, der Mann is weg.«
»Habt ihr auch das ganze Haus durchkämmt?«

»Jo, so isses.«
Der Apotheker schaltete sich ein: »In der Tat haben wir die Kammern und Räume von unten bis oben durchsucht und auch jedes Fenster und jede Tür überprüft, sogar auf dem Kräuterboden sind wir gewesen, aber alles leider ohne Erfolg. Der Kerl muss sich in Luft aufgelöst haben.«
»Hm, hm.« Oder gemächlich an Rammer, der Schlafmütze, vorbeispaziert sein, fügte der Büttel im Stillen hinzu. Dieses Ergebnis hatte er schon fast erwartet. Mit Rammer ging es so nicht weiter. Er würde ihm mal gründlich die Leviten lesen müssen. Doch nicht jetzt und nicht heute Nacht. Laut sagte er: »Schnappt euch die drei Halunken, Männer, und schafft sie nach unten. Sie sollen auf einen der beiden Karren klettern. Dort bindet ihr ihnen die Füße, aber schön stramm, wenn ich bitten darf. Es wird sich hübsch machen, wenn sie auf ihrem eigenen Diebeswagen hinter schwedische Gardinen gebracht werden.«
Seine Leute lachten pflichtschuldigst und führten den Befehl umgehend aus, wobei sie nicht sonderlich zimperlich vorgingen, sondern tüchtig Gebrauch von ihren Knüppeln machten.
»Ich komme gleich nach, Männer.« Ladiges wandte sich an den Apotheker, der sich ein wassergetränktes Tuch auf das lädierte Auge drückte. »Mit dem Bluterguss seid Ihr noch glimpflich davongekommen«, sagte er. »Wenn wir nicht rechtzeitig erschienen wären, hätte weit mehr passieren können. Mit dem Diebespack ist nicht gut Kirschen essen, besonders die beiden schwarzhaarigen Teufel scheinen mir über Leichen zu gehen. Nun ja, aber ich wollte Euch noch etwas fragen. Verzeiht, wenn ich so direkt bin, aber was hattet Ihr eigentlich hier oben zu suchen?«
Der Apotheker nahm das Tuch vom Auge, wendete es, und drückte es erneut auf das Hämatom. »Ihr scheint zu vergessen, dass ich hier wohne, Meister Ladiges.«
»Sicher, sicher, ich frage mich nur, was Ihr zu nachtschlafender

Zeit in diesem Raum getrieben habt, ich meine, wenn ich nicht irre, ist Eure Bettstatt doch unten?«

Der Pillendreher runzelte die Stirn. »Ich merke schon, Ihr seid mehr ein Mann der Tat als ein Wissenschaftler. Die *Animalien*, die *Pisces*, die *Aves*, die *Planta*, aber auch die *Hexapoden*, wie *Mantiden*, *Lepidopteren* oder *Koleopteren* fragen nicht nach der Uhrzeit, wenn sie ihre Geheimnisse preisgeben. Ich will damit sagen, dass ich häufiger nachts arbeite, da ich tagsüber nicht dazu komme.«

»Hm, ja, natürlich, natürlich.« Ladiges, um einiges verwirrt, fuhr mit der Hand zum Kopf, stellte fest, dass er die Kappe nicht trug, forschte in der Tasche nach ihr, fand sie, wollte sie aufsetzen und ließ es dann doch. Er konnte es nachholen, später, wenn er auf der Straße war, was im Übrigen auch viel mehr den guten Sitten entsprach. Beschwingt von diesem weiteren Erfolg, sagte er: »Erinnert Ihr Euch an gestern, Herr Apotheker? Da besuchte ich Euch, um Euch ein wenig Mut zu machen und äußerte dabei die Hoffnung, in Eurem Fall weiterzukommen.«

»Ich erinnere mich.«

»Nun, jetzt sind wir weiter. Dass wir die drei Halunken hinter Schloss und Riegel bringen können, gibt uns die Möglichkeit, alles, was sie wissen, aus ihnen herauszuquetschen. Und ich denke, das wird nicht wenig sein. Ich glaube, Ihr werdet Euch in Kürze wieder an Eurer kompletten Sammlung erfreuen können!«

Der Apotheker Rapp lächelte.

»Das glaube ich auch, Meister Ladiges, das glaube ich auch.«

Kapitel zwanzig,

in welchem die Witwe Kruse den Gehilfen Hauser aufs Schmerzlichste vermisst, am Ende aber doch mit Teodorus Rapp vorlieb nimmt.

Es war Montagmorgen, der vierzehnte Dezember; die Witwe Kruse hatte wieder einmal eine Nacht ohne Schlaf hinter sich. Stundenlang hatte sie wach gelegen und in sich hineingehorcht, immer auf der Suche nach dem Schmerz, der ihr an so vielfältigen Körperstellen zusetzte. Mal glaubte sie ihn im Unterleib zu spüren, was ihr Anlass gab, an Blasenentzündung, Magengeschwüre und Koliken zu denken, mal weiter oben, was Brustfraß, Katarrh und Gallensteine befürchten ließ, mal im Kopf, was auf Migräne, Geschwülste und Vereiterung der Nasenhöhlen hindeutete.

Und zwischendurch immer die Hitzewallungen und die Schweißausbrüche! Die Standuhr in ihrem teuer möblierten Schlafzimmer zeigte bald achteinhalb Uhr, und sie hatte noch immer kein Auge zugetan. Draußen dämmerte es. Sie war ganz allein im Haus, Isi hatte sich schon vor geraumer Zeit fröhlich pfeifend auf den Schulweg gemacht, und die Zugehfrau war seit Tagen einfach fortgeblieben. Wie alle anderen vor ihr auch.

Die Kruse seufzte kläglich. Was hatte sie nur verbrochen, dass ihr das Leben so übel mitspielte? »Ich-weiß-es-nicht-ich-weiß-es-nicht«, antwortete sie sich selbst.

Sie beschloss, aufzustehen, zuvor aber griff sie neben sich, schob die zahllosen Töpfchen, Döschen und Fläschchen mit Medikamenten beiseite und schenkte sich ein großes Glas Madeira aus der bereitstehenden Karaffe ein. Sie trank. »Ah-das-tut-gut«, stöhnte sie und ließ sich wieder in die Kissen zurückfallen. Alsbald wärmte ihr der Wein das Gedärm, und Schweißperlen traten ihr auf die Stirn. Schon wieder eine Hitzewallung! Ihr blieb auch nichts erspart. Sie zog die dicke Daunendecke hinauf bis ans Kinn, aus Angst, sie könne sich nach Abklingen der Wallung erkälten. Dabei war es angenehm warm im Zimmer, eigentlich zu warm. Aber ein Öffnen der Fenster kam nicht in Frage. Die bloße Vorstellung, ein Kranker könne auf der Straße vorbeigehen und sie mit seinem Leiden anstecken, trieb ihr das Fieber in die Adern.

Sie goss sich nochmals ein.

Dann erhob sie sich ächzend. Sie musste etwas gegen ihre Schlaflosigkeit unternehmen, gewiss war sie die Ursache all ihrer körperlichen Pein. Und vielleicht auch der Verstopfung. Sie war seit zwei Tagen nicht zu Stuhle gekommen und machte sich ernsthaft Sorgen.

Nachdem sie sich angekleidet hatte, ein Unterfangen, das seine Zeit brauchte, trank sie abschließend noch ein Gläschen, wobei sie Schluckbeschwerden zu spüren glaubte. Waren das noch Auswirkungen ihrer Rauchvergiftung? Sie hatte die Tobackwickel doch so sorgfältig angelegt und auch Linderung verspürt? Es würde gut sein, gleich jetzt zum *Apothekenhaus Rapp* zu laufen und um arzneilichen Rat zu bitten. Der Gehilfe Hauser, der seit einiger Zeit dort arbeitete, machte wirklich einen tüchtigen Eindruck, er würde wissen, was zu tun war.

Bevor sie das Haus verließ, überprüfte sie ihr Äußeres in einem Spiegel und kam zu der Erkenntnis, dass sie grauenhaft aussah. Hohle Wangen, spitzes Kinn, trübe Augen, dazu eine Gesichtsfarbe, die an einen Aschekasten erinnerte. Höchste Zeit, zur Apotheke zu eilen!

Mit schnellen Schritten, denen man ihren schrecklichen Zustand keineswegs ansah, verließ sie ihr Haus und machte sich auf den Weg in die Deichstraße. Es war ein Tag mit durchwachsenem Hamburger Wetter, und sie war froh, in letzter Minute neben ihrem Ridikül noch einen Schirm mitgenommen zu haben. Als sie ihr Ziel fast erreicht hatte, fiel ihr plötzlich etwas Entsetzliches auf: Es war erst zehneinhalb Uhr, und das bedeutete, sie musste noch eine halbe Stunde warten, bis die ersehnte Tür sich öffnete. Zu dumm, dass der Apotheker Rapp seine Ladenzeiten so drastisch gekürzt hatte, und obendrein eine Rücksichtslosigkeit, wenn man bedachte, wie schlecht ihr Befinden war!

Unschlüssig verharrte sie, während um sie herum die längst erwachte Stadt emsig ihrer Arbeit nachging. Nein, sie würde nicht umkehren, das lohnte sich nicht. Dann würde sie eben ausharren, bis es elf Uhr war. Entschlossen schritt sie weiter. Doch als sie das *Apothekenhaus Rapp* erreicht hatte und durch eines der Fenster in die Offizin lugte, erlebte sie eine Überraschung: Der Herr Apotheker war bereits da und der Laden geöffnet!

Freudig erregt betrat sie das Haus – und erlebte die zweite Überraschung. Anstelle des Gehilfen Hauser stand dort eine Frau, eine hübsche Frau sogar, die nicht besonders elegant, aber adrett gekleidet war und ein Schultertuch umgelegt hatte, das von einer silbernen Spange zusammengehalten wurde. Die Spange sah aus, als hätte sie ein stattliches Sümmchen gekostet, und passte eigentlich nicht zu ihrem übrigen Aufzug.

Der Apotheker selbst trug wie immer seinen weinroten Gehrock mit den schwarzen Knöpfen. Er saß auf dem Stuhl, auf dem er in letzter Zeit stets gesessen hatte, und – das war die dritte Überraschung – las Zeitung. Die Frau blickte ihm dabei über die Schulter.

»Meine-Schlafstörungen-meine-Schlafstörungen!«, rief die Kruse anklagend. »Was-mache-ich-nur-wo-ist-der-Gehilfe-Hauser-er-weiß-doch-immer-Rat-immer-Rat?«

»Einen Augenblick.« Der Apotheker studierte das Blatt in Ruhe weiter.

Die Witwe trat von einem Bein aufs andere. »Was-lest-Ihr-denn-da-was-lest-Ihr-denn-da?«

»Die Montagausgabe des *Hamburger Relations-Couriers.*

Schaut selbst.« Er stand auf und reichte ihr die Zeitung, nachdem er sich vergewissert hatte, dass die Frau ebenfalls zu Ende gelesen hatte.
Hastig griff die Witwe nach dem Blatt und bemerkte erst jetzt das stark geschwollene Auge des Apothekers. Für einen Moment kam ihre Wissensgier ins Schwanken. War die Ursache des blau schillernden Hämatoms womöglich noch sensationeller als der unerhört fesselnde Zeitungsartikel? Nein, wohl doch nicht. »Wo-soll-ich-denn-lesen-wo-denn?«
»Dort.« Sein Zeigefinger wies auf einen Beitrag, der mit einem großen, verschnörkelten A begann.
Die Kruse las:

Am vorgestrigen Tage, Sonnabend, den 12. December, ¼ nach 3 Uhr am Nachmittage, so wurde bekannt, soll ein Überfall nahe der Börse auf ein Mitglied der Erbgesessenen Bürgerschafft zu Hamburg, Berendt Lüttkopp mit Namen, geschehen seyn. Lüttkopp ward aufgefunden nur mit einer Schifferhose und einem Spitzenhemd angetan, barfüßig und in schlechtem Zustande, was die Identifikation seiner Person erschwerte. Kopf und Leib zeigten mancherley Wunden, davon allerdings keine ernsthafte Gefahr ausging. Einem gerufenen Büttel gab er zu wissen, man habe ihn mit Kieselsteinen tractiret, geschleudert von schreienden Kindern, eine Kuchenfrau habe durch ihn hindurchgeschauet und dazu seltsame Gesänge angestimmt, ein beinloser Greis habe ihn überrollt und mit Galle bespuckt, ein Jüngling, rothaarig wie der Satan höchstselbst, habe ihn wie von Furien gehetzet umkreist und dergestalt jede Fluchtmöglichkeit zunichte gemacht. Lüttkopp, so die Information, wäre völlig von Sinnen gewesen, weshalb seine Worte nicht allzu ernst genommen werden dürften, zumal sich kein einziger Kieselstein am Boden fand und auch sonst keine Indizes für ein Verbrechen zu Tage traten.

Lüttkopp ward anschließend in sein Contor transportiret, wo seine Erscheinung großes Wehgeschrei, aber auch Gelächter hervorrief. Der Relations-Courier *wird seinen Lesern weiter Bericht erstatten.*

»Ach-Gott-der-arme-Mann-der-arme!« Die Witwe, die den Artikel halblaut und mit sich ständig bewegenden Lippen gelesen hatte, gab die Zeitung zurück. »Sicher-schreckliche-Verletzungen-die-der-Mann-erlitten-hat-schrecklich-schrecklich!« Das Leid des Berendt Lüttkopp hatte allerdings auch eine angenehme Seite: Es gab ihr die Möglichkeit, umgehend wieder auf ihre eigenen Nöte überleiten zu können. Sie wandte sich an die Frau: »Seid-Ihr-die-neue-Gehilfin-für-Hauser-könnt-Ihr-mir-helfen?«
»Entschuldigt, ich hab nix verstanden.«
Die Kruse wiederholte ihre Worte, und der Apotheker mischte sich ein: »Nein, sie ist nicht meine Gehilfin, aber ich will Euch gerne beraten, wo also zwickt es?«
»Die-Schlafstörungen-sie-sind-an-allem-Schuld-an-allem!«
»Nun, gegen Schlafstörungen gibt es ganz einfache Mittel: eine Unze Baldrian, ein Tee von Hopfenpulver oder einfach ein Glas Milch.«
»Nein-nein-nein-das-wirkt-doch-alles-nicht-alles-nicht!«
»Das sagt Ihr immer, meine Liebe. Dann versucht es mit einem Fläschchen meines Tranquiliums, das hat Euch noch immer geholfen.« Der Apotheker schob ihr die *Rapp'schen Beruhigungstropfen* über den Rezepturtisch.
»Meinetwegen-aber-ich-sage-Euch-der-Hauser-würde-mir-was-Rechtes-geben-was-Rechtes-und-Wirksames!«
»Aber Molinus Hauser hat die Arznei persönlich hergestellt, und zwar nach einer ganz besonderen Methode, der des Goldenen Schnitts, falls Ihr davon schon einmal gehört habt. Es handelt sich dabei um eine geometrische Verhältnismäßigkeit, die er in den Pflanzenbereich übertragen hat. Mit anderen Worten:

Er nahm ein Teil Melisse, ein Teil Kampfer, zwei Teile Passiflora, drei Teile Hopfen und fünf Teile Baldrian. Eine Reihung, bei der sich jede Zahl durch die Summe der beiden vorhergehenden bildet.«

»Ach-das-ist-ja-hochinteressant-hochinteressant!« Die Witwe wollte nach dem Fläschchen greifen, aber der Apotheker hatte es schon wieder an sich genommen. Er fuhr fort: »Diese Reihung, meine Liebe, die bis ins Unendliche erweitert werden kann, nennt man auch Fibonacci-Folge, nach einem italienischen Mathematiker namens Fibonacci. Das Geheimnisvolle dabei ist: Wenn man jede Zahl durch die nächstfolgende teilt, nähert man sich dem Wert von null Komma sechshundertachtzehn und damit der magischen Zahl des Goldenen Schnitts. Ja, es ist eine magische Zahl, vielleicht sogar eine magische Kraft, die diesem Trank innewohnt.«

»Ich-muss-die-Tropfen-haben!« Die Kruse riss das Fläschchen förmlich an sich, nachdem der Apotheker es endlich freigegeben hatte. »Ich-nehme-gleich-zwei-Fläschchen-ja-gleich-zwei!«

Nachdem sie beide Glasbehältnisse hastig in ihr Ridikül gestopft hatte, rief sie begeistert: »Hauser-dieser-Tausendsassa-wo-ist-er-überhaupt-wo-ist-er-überhaupt?«

»Wo er ist, wollt Ihr wissen? Nun …« Teodorus Rapp, der Apotheker, lächelte fein und blickte die Frau neben sich auf eine Weise an, wie es nur ein Mann tut, der verliebt ist.

Und die hübsche Frau antwortete für ihn: »Nehmt einfach an, er steht vor Euch.«

Epilog

Berendt Lüttkopp, so war bald darauf zu lesen, sei in Amsterdam zu Tode gekommen, wobei niemand genau zu sagen vermochte, wie und wodurch. Manche schworen Stein und Bein, er habe seinem Leben selbst ein Ende gesetzt, andere wollten wissen, er sei in einer Gracht ertrunken. Wieder andere verstiegen sich zu der Behauptung, Zar Pjotr I., der als Peter der Große in die Geschichte eingehen sollte, sei im Spiel gewesen. Er habe sich anlässlich einer Europa-Reise im Dezember mit Lüttkopp in Hamburg getroffen, und diese Begegnung sei alles andere als erfreulich für den Kaufmann verlaufen. Den Rest könne man sich zusammenreimen, da ja bekannt wäre, wie hoch Lüttkopps Schuldenberg gegenüber der russischen Krone gewesen sei.

Die Anhänger der letzten Version vertraten ihre Meinung am hartnäckigsten, konnten aber, wie alle anderen, weder Endgültiges noch Beweiskräftiges vorbringen. Vielleicht lag auch in jedem der Gerüchte ein Körnchen Wahrheit.

Hauke Stoffers, der Fettwanst, erlag im Gefängnis seiner Wassersucht, noch ehe er zusammen mit dem langen Krahl gehenkt werden konnte. Vorher jedoch hatte er seine Schandtaten gestanden: Die Rädelsführerschaft bei den Morden an Meinardus Schlich, am Großen Häns, am Kleinen Häns, an Beule und an Dr. Christof Gottwald aus Danzig. Auch gab er zu, dass alle seine Meucheltaten mit dem Raub der Kuriositäten aus dem

Apothekenhaus Rapp im Zusammenhang standen. Diesen habe er geplant und ausführen lassen auf Betreiben eines Mitglieds der Erbgesessenen Bürgerschaft zu Hamburg, nämlich keinem Geringeren als Berendt Lüttkopp, welcher als Doppelgänger in der Apotheke aufgetreten sei.
Die beiden letzten Behauptungen nahm das Gericht ihm nicht ab, und auch die Zeugen Ladiges, Rammer und Göck hielten sie für völlig aus der Luft gegriffen. Der Fettwanst allerdings blieb bei seinem Unsinn und schrie sogar unter der Folter immer wieder, Lüttkopp sei die Wurzel allen Übels gewesen. Außerdem könne man ihn tortieren, so lange man wolle, ihm wäre ums Verrecken nicht bekannt, wo sich der Hauptteil des Thesaurus befände; ebenso wenig wisse er, wo die Leiche des Meinardus Schlich verscharrt sei, und im Übrigen würde er jetzt überhaupt nichts mehr sagen.
Teodorus Rapp kümmerte das alles wenig. Er sorgte dafür, dass Ladiges einen Wink bekam, wo der Thesaurus verborgen sei, und gab sich freudig überrascht, als der Büttel bei ihm erschien, um mitzuteilen, die Exponate befänden sich im verlassenen Kroogmann'schen Haus.
Wieder im Besitz der kompletten Sammlung, schwebte er auf Wolken des Glücks, fasste sich ein Herz und hielt um Mines Hand an. Beide heirateten zum Jahresende in St. Nikolai.
In den folgenden Monaten war die frisch gebackene Frau Apotheker nicht nur eine willkommene Hilfe in der Offizin, sie verstand es auch mit viel Geschick, die Sammlung um das eine oder andere Exponat zu erweitern. Dies jedoch war nicht immer leicht, da in Europa kaum mit Naturalien gehandelt wurde.
Umso erstaunter war die Gelehrtenrepublik, als sie Anfang 1717 erfuhr, Zar Peter habe dank der Vermittlung seines Beraters Robert Areskin kostbare Kuriosa in Amsterdam erwerben können: eine treffliche Sammlung von anatomischen Präparaten, an der ein Wissenschaftler namens Friedrich Ruysch vierzig Jahre lang gearbeitet hatte, dazu eine beträchtliche Anzahl

illustrierter Blätter der berühmten Tier- und Pflanzenmalerin Sybilla Merian und nicht zuletzt den großen Thesaurus aller bekannten Land- und Meerestiere, der dem Apotheker Albertus Seba gehörte. Seba sagte man nach, er habe keinerlei Bedenken gehabt, sich von seinen Exponaten zu trennen. Im Gegenteil, er habe seine Schätze dem Zar sogar schriftlich angeboten, und zwar mit den vollmundigen Worten: ... *und sind keine Cabinets in ganz Europa, worinnen solche viele rare Stücke gefunden werden!*

Glück, so groß es auch sein mag, ist dennoch vergänglich. Das musste auch Teodorus Rapp erfahren. Denn am Weihnachtstag desselben Jahres wurde ganz Norddeutschland von einer schweren Sturmflut heimgesucht, bei der Mine zum grenzenlosen Kummer ihres Gatten ertrank.

Rapp selbst lebte noch viele Jahre, zurückgezogen und ausschließlich seiner Sammelleidenschaft frönend.

Zeit seines Lebens konnte er Mine nicht vergessen. Der einzige Mensch, dem er sich uneingeschränkt verbunden fühlte, war Fixfööt, der mit ihm unter einem Dach wohnte. Rapp verschied hochbetagt Anno 1764.

Albertine Kruse, die Frau mit den eingebildeten Leiden, überlebte ihn sogar noch. Sie wurde bei guter Gesundheit neunundachtzig Jahre alt und starb friedlich im Schlaf. Ihre Stieftochter Isi war nicht dabei, sie hatte ihr schon Jahre zuvor den Rücken gekehrt und war nach Amrum, dem Geburtsort ihres leiblichen Vaters, gegangen.

Das *Apothekenhaus Rapp* und die darin befindliche einmalige Sammlung fielen, da ihr Besitzer keine Erben hinterließ, an die Stadt, die beides an einen neuen Eigentümer veräußerte. So überdauerten die liebevoll zusammengetragenen Stücke noch weitere Generationen, bis sie im Jahre 1842 beim großen Hamburger Brand ein Raub der Flammen wurden.

Den beiden namenlosen Kosaken schließlich gelang die Flucht aus der Fronerei, noch bevor man ihnen die Daumenschrauben

anlegen konnte. Wie sie es anstellten und wer ihnen dabei half, sollte niemals ans Licht kommen; ebenso wie im Unklaren blieb, woher Franz Witteke so plötzlich auftauchte und warum es ihm gelang, wieder so spurlos zu verschwinden.
Es sind die Geheimnisse einer großen Stadt.

Leseprobe

aus Wolf Serno

Der Chirurg von Campodios

Knaur

Der Examinator Banester

»Donnerwetter, schon so spät? Nun, ich muss gestehen, dass ich mich eines leisen Hungergefühls nicht ganz erwehren kann.«

Harvey Blossom war ein kleiner Mann mit einer Gesichtshaut, der man ansah, dass sie nicht häufig mit dem Tageslicht in Berührung kam. Seine Hände, mit denen er gestenreich zu reden pflegte, waren knochig, sein Gesicht faltig und sein Kopf nahezu kahl. Er zählte dreiundvierzig Jahre, und einen Großteil dieser Jahre hatte er als Hausdiener des Sehr Ehrenwerten John Banester verbracht – seines Zeichens Lizenziat von Oxford, Professor in London und Cirurgicus Ihrer Majestät Königin Elisabeth I. von England.

An diesem trüben Morgen, da wieder einmal Nebel die Ufer der Themse einhüllte, näherte sich Harvey vorsichtig der Tür zum Allerheiligsten seines Herrn. Er wusste, dass Banester zu unwirschem Gebaren neigte, wenn er in seinem Arbeitsraum gestört wurde, dies umso mehr, wenn er unpässlich war.

Der Diener klopfte und trat, ohne eine Antwort abzuwarten, ein. »Sir, ich darf Euch melden …«, hob er an und brach augenblicklich wieder ab. Zu ungewöhnlich war der Anblick, der sich seinen Augen bot. In der Mitte des Raums, einem Felsblock gleich, saß Banester unter einem riesigen, ihn zur Gänze bedeckenden Tuch. Seine sich abzeichnenden Ellbogen standen weit gespreizt auf dem Arbeitstisch vor ihm. Keine Bewegung verriet, ob Leben in dem Felsblock wohnte, doch einige mühsam schniefende Laute, die unter dem Tuch hervorklangen, sprachen dafür.

»Was gibt's Harvey?«, krächzte eine Stimme, die klang, als

würde ihrem Besitzer die Nase zugepresst. Banester schlug das Tuch zurück. Wabernde, aus einer Schüssel aufsteigende Inhalationsdämpfe wurden sichtbar. Sie umspielten ein verquollenes Gesicht, das an das Aussehen eines Ochsenfrosches erinnerte. Kein Zweifel: Der Professor war schwer erkältet.
»Sir, ich darf Euch melden, dass der Prüfling soeben eingetroffen ist. Er befindet sich bereits im Examiniersaal, wo auch die Herren des *Collegium medicum* schon auf Euch warten.« Der Diener deutete vage hinter sich, um anschließend mit einer dramatischen Geste fortzufahren: »Oh, Sir, bei meiner armen Seele! Wenn ich auch nur geahnt hätte, wie schlecht Euer Befinden heute Morgen ist, hätte ich …«
»Schon gut, lass die Faxen.« Banester stand auf, wickelte sich mit einiger Anstrengung aus dem Tuch und schritt zur Tür. Er war, wenn nicht gerade eine Erkältung sein Gemüt belastete, ein Mann von freundlicher Wesensart. Er hatte einen klaren Verstand und kleine, scharf beobachtende Augen, in denen dann und wann ein guter Schuss Humor aufblitzte. Banester war erst Ende dreißig und hatte trotz seiner verhältnismäßig jungen Jahre schon eine Reihe beachtlicher Erfolge auf dem Gebiet der Cirurgia erzielt. Unter anderem als Dreiundzwanzigjähriger, als er in der englischen Flotte beim Angriff auf Le Havre diente. In London, diesem Pfuhl der Klatschmäuler und Alleswisser, waren seine Taten seit Jahren in aller Munde, nicht nur bei der Admiralität und im Navy Office, sondern auch im St. Bartholomew's Hospital und anderen Krankenhäusern – eine Reputation, die letztlich sogar die Königin veranlasst hatte, sich seiner Künste zu versichern.
»Mein Befinden ist in der Tat schlecht, Harvey. Wir schreiben heute den 7. Oktober, und nicht weniger als 1577 Jahre sind seit unseres Heilands Geburt vergangen, doch noch immer hat es die medizinische Wissenschaft nicht verstanden, ein Mittel ge-

gen etwas so Lächerliches wie den Schnupfen zu finden. Dennoch: Eine Absage des Prüfungstermins kommt nicht in Frage, zumal, wie du sagst, Clowes und Woodhall schon eingetroffen sind. Können's wohl kaum abwarten, die beiden, unsere Aspiranten zu zwiebeln.«

Banester hielt inne, um den ordnungsgemäßen Sitz seiner Kleidung zu überprüfen. Er war nicht eitel, doch legte er Wert auf ein gepflegtes Äußeres. An diesem Tag trug er, einer Gewohnheit zufolge, bauschige englische Seemannshosen, die kurz unter dem Knie endeten, dazu ein Hemd mit Spitzenkragen, Weste, Wams und Schnallenschuhe – alles gut sitzend und aus feinsten Materialien zugeschnitten. Und alles, bis auf das weiße Hemd mit Kragen, in glänzendem Schwarz.

Harveys Hände hoben sich, als wollten sie wogende Wellen glätten. »Oh, Sir, mit Verlaub. Wie ich bereits sagte, haben wir es heute Morgen nur mit einem einzigen Examinanden zu tun, sein Name ist, äh … Vitus, glaube ich. Den Nachnamen habe ich vergessen.«

»Richtig, jetzt fällt's mir wieder ein. Vitus von Campo… Camposowieso. Ich kann mir den Namen nicht merken. Der verdammte Katarrh raubt mir noch den Verstand.« Neben seiner unzweifelhaften Tüchtigkeit hatte der Professor eine weitere lobenswerte Eigenschaft: Er konnte Fehler und Schwächen eingestehen.

Er wandte sich um und schritt zu seinem Arbeitstisch zurück, auf dem neben der Inhalationsschüssel und Stapeln von Papieren ein in kunstvollen Frakturlettern abgefasster Brief lag. Das Schreiben war neun Wochen alt, es datierte vom 2. August, und sein Absender war ein Zisterzienserpater namens Thomas. Banester ergriff den Brief und überflog noch einmal seinen Inhalt. Nach mehreren Seiten, in denen der Absender, der ebenfalls Arzt war, ihn seiner Hochachtung versicherte, sowie ausführlichen Erläuterungen über das Kloster Campodios, welches sich im Nordspanischen befand, war Pater Thomas endlich auf das zu sprechen gekommen, um dessentwillen er den Brief offenbar geschrieben hatte:

> … Ich erlaube mir, Sehr Ehrenwerter Professor, Euer Augenmerk auf einen jungen Mann zu lenken, den ich persönlich in der ärztlichen Kunst unterrichtet habe:
> Vitus, so sein Name, wurde auf Campodios seit frühester Jugend in den Artes liberales unterwiesen, wobei er sich ein ums andere Mal auszuzeichnen wusste. Seine besondere Passion jedoch gilt einem Fach, welches gemeinhin nicht den Artes liberales zugeordnet wird: Es ist die Cirurgia. Hier war er mein vorzüglichster Schüler, der zu den größten Hoffnungen Anlass gab.
> Doch es hat dem Allmächtigen in seinem unergründlichen Ratschluss gefallen, den Jüngling nach Abschluss des Studiums zweifeln zu lassen, was unter anderem dazu führte, dass er die Ordensgelübde nicht ablegte und stattdessen in die Welt hinauszog. Dieses trug sich im Jahre 1576 zu, und seitdem ist von ihm nur selten Kunde nach Campodios gedrungen. Dennoch weiß ich, dass er so bald nicht wieder in den Schoß der Kirche zurückkehren wird, vielmehr sich sehnlichst wünscht, auch von weltlicher Seite den Grad seiner ärztlichen Kunst bestätigen zu lassen. Dies am liebsten als Schiffschirurg …

Banester ließ den Brief sinken und zog vernehmlich die Nase hoch. Was glaubt das Jüngelchen eigentlich, wie es auf einem englischen Schiff zugeht?, dachte er grimmig. Besonders, wenn es eine Schlacht zu schlagen gilt? Da fließen Blut, Schweiß und Tränen! Da wird geschrien, gelitten und gestorben! Und der Schiffschirurg ist immer mittendrin. Er schient, renkt, kautert

und amputiert! Alles Tätigkeiten, die ein bisschen anders sind, als den Furunkel an einem Mönchshintern aufzustechen!
Sein Sinn für Gerechtigkeit meldete sich und sagte ihm, dass es einem Gentleman nicht gut anstand, den Stab über einen Prüfling zu brechen, nur weil er aller Wahrscheinlichkeit nach ein verweichlichter Klosterjüngling war. Der Bursche hatte sich ordnungsgemäß zum Examen angemeldet, und eine Ausbildung hatte er auch, denn an den Worten seines Fürsprechers. war nicht zu zweifeln. Im Übrigen konnte er, Banester, froh sein, dass es überhaupt Männer gab, die sich einem Examen zum Schiffschirurgen stellten. Noch immer konnte sich jeder hergelaufene Knochenflicker ungestraft Wundchirurg nennen, was dazu führte, dass nach wie vor mit der Gesundheit der englischen Seefahrer Schindluder getrieben wurde.
Ein anerkannter Abschluss musste endlich her, doch sein Ruf nach offiziellem Studium und Examen war zwar gehört worden, aber, wie überall auf der Welt, im zähen Mahlstrom der Behörden untergegangen. Nicht einmal die Tatsache, dass Ihre Majestät seinen Forderungen wohlwollend gegenüberstand, hatte daran etwas ändern können.
Also hatte er selbst die Initiative ergriffen und zusammen mit Clowes und Woodhall ein *Collegium medicum* gegründet, das regelmäßig Prüfungen durchführte. Sie nannten das Ganze Einschiffungsexamen – eine Prozedur, die in den weitläufigen Räumen von Banesters Haus stattfand und, dank des hervorragenden Leumunds der drei Examinatoren, zumindest halboffiziellen Charakter erlangt hatte. Dass ihr Bemühen sich mittlerweile bis nach Spanien herumgesprochen hatte, gab Banester neuen Schwung.
»Wirst du ein paar Kerle von den Kais auftreiben können, Harvey?«, fragte er und begab sich erneut zur Tür. »Du weißt schon, wozu wir sie brauchen.«

»Aber natürlich, Sir, das wird mir gelingen!« Der Diener klatschte theatralisch in die Hände. »Ich werde sie über Mittag beschaffen. Falls Ihr sie erst später am Nachmittag braucht, sperre ich sie solange in die Abstellkammer!«
»Schön, heute Vormittag magst du der Prüfung folgen. Aber stumm wie ein Fisch, wenn ich bitten darf. Und wehe, du machst Faxen!«

»Guten Morgen, Gentlemen!« Banester betrat, Harvey im Gefolge, gemessenen Schrittes den Examiniersaal, einen schmucklosen Raum, der fünfundzwanzig mal dreißig Fuß im Geviert maß und auf der Südseite drei hohe, zur Themse hinausgehende Fenster aufwies. An der hinteren Wand standen lange Bänke, auf die man Gegenstände von unterschiedlichster Größe und Beschaffenheit gelegt hatte. Die Gegenstände waren nicht genau zu erkennen, denn große Stoffbahnen deckten sie ab.
Der Hausherr nickte den Anwesenden zu. Wie angekündigt saßen da bereits Clowes und Woodhall, seine beiden Co-Examinatoren. Sie wirkten noch etwas schläfrig zu dieser Stunde und nickten deshalb nur kurz zurück. Man kannte sich. Einige Schritte entfernt saß der Prüfling Vitus von Campodios.
Der Mann, das fiel sofort ins Auge, entsprach in seinem Äußeren keineswegs dem Vorstellungsbild eines Klosterbruders. Banester, der schwammige Gesichtszüge und einen von reichlicher Speise gerundeten Leib erwartet hatte, runzelte überrascht die Stirn. Der Bursche war von fester Statur mit gut proportionierten Gliedmaßen. Er hatte blonde Locken, eine gerade Nase und einen ausdrucksstarken Mund. In der Mitte des Kinns saß ein Grübchen, das gewissermaßen den Abschlusspunkt unter den klaren Gesichtslinien bildete.
Auch seine Kleidung durfte als bemerkenswert bezeichnet wer-

den. Zwar fiel sie nicht aus dem Rahmen, denn eine gepolsterte Oberschenkelhose und ein gut sitzendes ausgestopftes Wams waren auf Londons Straßen nichts Ungewöhnliches, doch war sie aus kostbaren Tuchen hergestellt. Banester hatte ein Auge für so etwas.

Zu seiner Verwunderung wurde sein Blick ganz offen erwidert. Im Gegensatz zu den meisten Prüflingen, die ängstlich und aufgeregt waren und den direkten Blickkontakt mieden, musterte dieser Examinand ihn genauso sorgfältig. Wobei weder Anmaßung noch fehlender Takt in seinen grauen Augen lag, lediglich eine gute Portion Neugier.

Banester fühlte sich bemüßigt, etwas zu sagen. »Nun, Sir«, sprach er mit voller Nase, »ich nehme an, Ihr seid Vitus von Campodios.«

»So ist es, Professor. Ich freue mich, Eure Bekanntschaft zu machen.« Der Mann sprang auf und verbeugte sich höflich. »Den beiden anderen Herren habe ich mich bereits vorgestellt.«

»Sehr schön. Ihr habt Euch also entschlossen, vor diesem Prüfungsausschuss das Einschiffungsexamen abzulegen – warum?«

Banester nahm ächzend zwischen Clowes und Woodhall Platz. Ein schwerer Eichentisch, auf dem ein Totenschädel mit kreisrunden Trepanationslöchern lag, trennte ihn jetzt von dem Examinanden.

»Nun, wenn Ihr gestattet, Professor, hole ich dazu etwas aus: Noch vor gar nicht langer Zeit, innerhalb der Klostermauern, galt meine ärztliche Kunst ganz selbstverständlich als gutes, gottgefälliges Werk – heute jedoch, außerhalb der Mauern, wird sie häufig schief angesehen. Man misstraut meiner Arbeit, ja, man beschimpft mich mitunter sogar. Warum ist das so?, habe ich mich immer wieder gefragt und endlich die Ursache erkannt: Mir fehlt ein Titel, Sir, denn ohne Titel gilt niemand etwas in diesem Land. Einen Medicus, als welchen ich mich dem

Wissen nach verstehe, darf ich mich nicht nennen, und alle anderen Titel kommen für mich nicht in Frage, denn als Bader, Feldscher, Schneidarzt, Bruchschneider, Wundstecher, Zahnbrecher oder sonst wie kann sich jedermann bezeichnen, ohne eine Ausbildung nachweisen zu müssen. Etwas Schriftliches in der Hand zu haben, das ist es, worauf es meiner Meinung nach ankommt.«

»Sehr wahr«, meldete sich William Clowes zu Wort. Er war ein kleiner, unscheinbarer Mann mit Halbglatze und schmalen Schultern. Dass er einer der besten Militärchirurgen und Anatomen Englands war, sah ihm niemand auf den ersten Blick an. »Doch wenn Ihr Euch als Medicus versteht, solltet Ihr wissen, dass die Kunst eines solchen mehr darin zu sehen ist, den menschlichen Corpus in seiner Gesamtheit zu erkennen: das Funktionieren der Organe beispielsweise, ihre Verflechtung miteinander und ihr Zusammenwirken mit den Aductsträngen, der Muskulatur, den Nerven et cetera, et cetera – der Cirurgicus indessen ist eher für das Grobe, das Äußere zuständig. Bei ihm fallen Dinge wie Diagnose, Therapie und Indikation kaum ins Gewicht, von den Geheimnissen der Vier-Säfte-Lehre oder der Harnschau gar nicht zu reden … Nun, all das sind Gründe, warum ein Medicus an der Universität aus der *Anatomie* des Galenos zwar liest, aber keinesfalls die entsprechenden Schnitte am Körper des Leichnams vornimmt. Diese Arbeit überlässt er seinem Gehilfen, dem Prosektor. Oder dem Cirurgicus.«

»Das ist mir bekannt, Sir«, antwortete der Examinand respektvoll. »Ich darf wohl behaupten, dass ich in Theorie und Praxis gleichermaßen bewandert bin. Mein Herz jedoch schlägt für die Praxis. Ich operiere lieber eine Hasenscharte, als dass ich eine lange Vorlesung halte, doch gebe ich zu: Beides hat seine Berechtigung.«

»Wenn ich Euch recht verstehe«, bemerkte nun Woodhall

scheinbar nebenbei, »habt Ihr das Wissen eines Medicus, wollt aber lieber mit Blut und Eisen arbeiten. Heißt das nicht Perlen vor die Säue werfen?«
Das war eine kleine, wohl überlegte Provokation.
Sie war Teil des Examens und typisch für Woodhall. Dem sechs Fuß langen, mit seinen hängenden Armen an eine Trauerweide erinnernden Arzt machte es diebische Freude, derartige Pfeile abzuschießen. Doch hatte das Ganze auch einen konkreten Hintergrund, denn die Gentlemen wollten wissen, wie leicht ihre Prüflinge aus der Fassung zu bringen waren. Brausten sie auf oder wurden sie gar laut, war das kein gutes Zeichen, sondern ein Indiz dafür, dass sie sich auch bei anderer Gelegenheit nicht unter Kontrolle haben würden – zum Beispiel bei einem chirurgischen Eingriff. Man durfte gespannt sein, wie dieser Vitus von Campodios reagieren würde. Banester und Clowes beugten sich neugierig vor.
»Keineswegs, Sir.« Die grauen Augen des Examinanden blitzten, während sein Mund lächelte. »Wie ich bereits sagte, ist mir das Praktizieren lieber als das Theoretisieren. Wobei ich der Meinung bin, dass ohne Theorie keine praktische Arbeit möglich ist – und umgekehrt. Beides ist gleich wichtig einzuschätzen. Wenn also der Medicus seinen Prosektor ob dessen Arbeit geringer achtet, ist er in meinen Augen selber gering zu achten. Oder, um es mit dem großen Doctorus Paracelsus zur sagen: ›Wo er nit ein Chirurgus darzu ist, so steht er do wie ein Ölgöz, der nichts ist als ein gemalter Aff.‹«
»Hört, hört!«, entfuhr es Banester. Der Prüfling hatte nicht nur den Pfeil abgewehrt, sondern es gleichzeitig verstanden, einen eigenen in Richtung Woodhall abzuschießen. Gerade so, als hätte er geahnt, dass der lange, dürre Mann derjenige unter ihnen war, der sich am ehesten etwas auf seinen Status einbildete.
»Es gibt noch einen weiteren Grund, warum ich ein exami-

nierter Schiffschirurg werden möchte«, fuhr der blonde Mann freundlich fort, »es ist der Wunsch meines Großonkels, denn wir kommen aus einer Seefahrerfamilie.«
»Und wie heißt Euer Großonkel, wenn man fragen darf?« Woodhalls Stimme klang säuerlich; er hatte sich noch nicht von dem Treffer erholt.
»Lord Collincourt, Sir. Wir leben zusammen auf Greenvale Castle, einem kleinen Schloss an der Kanalküste.«
»Lord Collincourt? Das ist nicht Euer Ernst!«, platzte Clowes heraus. »Seine Lordschaft habe ich persönlich vor ein paar Jahren von den Qualen eines *ulcus* befreit ... äh, nebenbei, Herr Prüfling: Ihr wisst doch, was ein *ulcus* ist?«
»Ja, Sir, ein Magengeschwür.«
»Wenn der Herr Prüfling mit Lord Collincourt verwandt ist, wird er wahrscheinlich ebenfalls Collincourt heißen – und nicht ›von Campodios‹. Sehe ich das richtig?« Woodhall blickte fragend in die Runde. Man hörte ihm an, dass er langsam wieder Oberwasser bekam. Dann wandte er sich direkt an den Examinanden: »Warum habt Ihr Euch für diese Prüfung unter dem Namen Vitus von Campodios angemeldet, wenn Ihr in Wahrheit anders heißt?«
»Nun, Sir«, der Prüfling zögerte kurz, »wie Ihr wisst, wuchs ich im Kloster Campodios auf. Ich war als Findelkind anno 1556 von dem alten Abt Hardinus, dessen Seele der Allmächtige gnädig sein möge, vor dem Haupttor gefunden worden. So wuchs ich unter Mönchen auf, betete, lernte, studierte viel, und die Kirche war Vater und Mutter zugleich für mich. Doch als ich zwanzig Jahre zählte und immer sicherer wurde, dass ich kein Mönch werden wollte, machte ich mich auf, meine Herkunft zu ergründen. Auf einer langen, gefahrvollen Reise, deren Einzelheiten zu erzählen hier zu weit führen würde, fand ich heraus, dass ich ein Collincourt bin. Es muss so sein. Denn alles, was

dafür spricht, habe ich Punkt für Punkt zusammengetragen. Und dennoch fehlt mir das letzte Beweisstück in der Kette, eine Winzigkeit, die weder mich noch Seine Lordschaft stört, aber letztlich der Grund dafür ist, warum ich nicht offiziell den Namen Collincourt führe.«

»Und was ist das für eine Winzigkeit?«, bohrte Woodhall nach, doch Banester, der endlich mit der Prüfung beginnen wollte, unterbrach: »Lasst es gut sein, Woodhall. Wir wollen nicht die Namen dieses jungen Mannes erforschen, sondern sein medizinisches Wissen. Er heißt Vitus von Campodios, so viel ist sicher, schließlich habe ich den Brief von diesem Pater Thomas aus dem Kloster. Alles andere soll uns hier nicht interessieren. Fangen wir an.«

Banester schnaufte, zog ein großes Schnupftuch hervor und schnäuzte sich geräuschvoll. Dann, das Tuch wieder wegsteckend, hob er an: »Nun, Vitus von Campodios, lasst mich Euch zunächst erklären, wie das Ganze abläuft. Wir werden Euch viele Fragen stellen: Fragen zur Medizin im Allgemeinen und zur Cirurgia und ihren Instrumenten im Besonderen, ferner zum menschlichen Körper und seinen Funktionen und nicht zuletzt zur Kräuterheilkunde und ihrer praktischen Anwendung. Doch wird das Collegium seine Fragen nicht immer in Komplexen stellen, sondern mitunter auch bunt durcheinander, ganz wie es ihm beliebt. So wollen wir gleichzeitig Eure Geistesgegenwart prüfen – eine Eigenschaft, die dem Schiffschirurgen in vielerlei Hinsicht zugute kommt. Wohlan, zu Beginn eine aktuelle Frage: Sicher habt Ihr gehört, dass der *Morbus gallicus,* jene Plage aus Neu-Spanien, die auch als Lues oder Syphilis bekannt ist, immer weiter um sich greift. Was wisst Ihr über sie, und wie bekämpft Ihr sie?«

Der Prüfling schien etwas überrumpelt, fing sich aber rasch. »Nun, Professor, die Syphilis ist eine tückische Krankheit, die den Patienten über viele Jahre hinweg quälen kann. Man sagt, sie werde durch die, äh ... Fleischeslust übertragen und begänne sich zuerst in Form eines scharfrandigen dunkelroten, feuchten Geschwürs am Geschlechtsteil zu zeigen, doch sind diese Erkenntnisse keineswegs unumstritten. Fest steht, dass der *Morbus gallicus* nach mehreren Jahren zu nässenden, juckenden Pusteln am ganzen Körper führt und später zu Verblödung, Lähmung und Tod.«

»Gut.« Banester klang knapp. »So weit zu den Symptomen. Nun zur Therapie: Welche Maßnahmen könnt Ihr ergreifen, um das Leben des Patienten zu retten?«

»Nur wenige, und diese wenigen helfen kaum, denn die Syphilis ist praktisch unheilbar. Und wenn sie von Fall zu Fall doch kuriert werden kann, dann nur unter Inkaufnahme anderer Krankheiten. In concreto: Ich verordne Quecksilberschmierungen. Dabei wird der Patient am ganzen Körper mit Quecksilbersalbe eingerieben, eine Prozedur, die über kurz dazu führt, dass schwärende Wunden in Rachen und Gaumen entstehen, zudem bilden sich Geschwüre an den Lippen, und die Zähne fallen sämtlich aus. Von den wenigen Patienten, die auf diese Weise geheilt werden, stirbt jeder vorher tausend Tode.«

Woodhall mischte sich ein: »Wie viele Syphiliskranke habt Ihr schon behandelt, Herr Prüfling?«

»Keinen, Sir.«

»Keinen?« Woodhall schnaubte misstrauisch. »Und woher habt Ihr dann Euer Wissen?«

»Aus einem Werk namens *De morbis hominorum et gradibus ad sanationem.* Es ist ein Buch, das die wichtigsten Erkenntnisse aller großen Ärzte der Vergangenheit und der Gegenwart zusammenfasst. Pater Thomas ist der Herausgeber, doch muss ich hinzufügen, dass er selbst ebenfalls eine Reihe hervorragender Heilvorschläge beigesteuert hat. Im Falle der Syphilis sind es

Abkochungen vom Guajakholz sowie die Verordnung der Salsarparriwurzel.«

»Ein interessanter Therapieansatz«, nickte Clowes beifällig. »Es wäre reizvoll, sich mit dem Pater darüber auszutauschen. Doch zurück zu Euch. Ihr habt die Quecksilberkur trefflich beschrieben. Dem, so denke ich, ist nichts hinzuzufügen. Lasst uns deshalb zu etwas kommen, bei dem wir Ärzte mehr ausrichten können.« Er wandte sich um und blickte auf die Wand in seinem Rücken. »Seht Ihr diese große Bildtafel, Herr Prüfling?«

»Jawohl, Sir.«

»Dann sagt mir, worum es sich dabei handelt.«

»Gern, Sir. Die Tafel zeigt einen so genannten Wundenmann – eine Figur zur Demonstration verschiedener durch Waffengewalt verursachter Verletzungen.«

»Richtig erkannt. Es ist eine Abbildung, die der berühmte Anatom und Cirurgicus Hanns von Gersdorff für sein Werk *Feldtbuch der Wundartzney* anfertigen ließ. Ein Werk von Anno 1517, sehr beachtlich, auch wenn es seinerzeit nur auf Deutsch erschien.« Clowes erhob sich und trat an die Bildtafel heran. Sie zeigte die Strichzeichnung eines Mannes, der nackt bis auf einen kleinen Schurz dastand. In seinen Gliedmaßen steckten die unterschiedlichsten Waffen. »Ich weise auf die Verletzung hin, und Ihr, Vitus von Campodios, sagt mir, ob sie, normalen Heilverlauf vorausgesetzt, *curabilis* oder *incurabilis* ist. Ich nehme an, Ihr wisst, was diese Ausdrücke bedeuten?«

»Selbstverständlich, Sir. Zu den Fächern, die jeder Klosterschüler erlernen muss, gehört auch die lateinische Sprache. *Curabilis* bedeutet heilbar, *incurabilis* unheilbar.«

»Hm. Nun gut.« Clowes wurde sich bewusst, wie überflüssig seine Frage gewesen war. Dennoch: Es gab viele Examinanden, die ihren *Caesar* nicht gelesen hatten und sich in der Sprache der

Wissenschaft nicht ausdrücken konnten. Dass manche trotzdem das Examen bestanden hatten, stand auf einem anderen Blatt. Clowes wies auf den Oberschenkel des Wundenmannes, in dem ein Pfeil mit eiserner Spitze steckte. »Was haltet Ihr von dieser Verletzung, Herr Prüfling?«

»*Curabilis.* Rechtzeitige und fachmännische Behandlung vorausgesetzt, um dem Gangrän vorzubeugen.«

»*Recte!*« Clowes registrierte zufrieden, dass der Examinand die Hauptgefahr bei dieser Art Verletzung, den Wundbrand, unaufgefordert erwähnt hatte. »Und was sagt Ihr zu diesem Oberarm, der von einer Keule getroffen wird?«

»*Curabilis.* Stumpfe Schlagwaffen erzeugen meistens einfache Frakturen. Der Oberarmknochen dürfte sauber zusammenheilen, vorausgesetzt, eine ordentliche Bruchlade kommt zur Anwendung.«

»Ihr könnt mit einer Bruchlade umgehen?«

»Jawohl, Sir.«

»Was unternehmt Ihr, wenn Ihr nur eine Lade habt, aber zwei Brüche versorgen müsst?«

»Ich gehe nacheinander vor. Erst versorge ich den leichteren Bruch, ziehe mit der Lade die Knochen wieder in ihre Position, schiene sie und lege einen festen Verband an. Dann setze ich die Lade beim zweiten Bruch ein.«

»Warum kümmert Ihr Euch zuerst um die leichtere Fraktur? Wäre es umgekehrt nicht besser?«

»Pragmatische Gründe, Sir. Bei einem schweren Bruch kann das Armstrecken und Einpassen der Knochen langwierig sein. Kümmere ich mich aber zunächst um den leichteren Bruch, habe ich die erste Behandlung schon geschafft. Außerdem mag sich der Verletzte mit dem schwereren Bruch dadurch ermutigt fühlen.«

»Hm. Zurück zum Wundenmann: Dieser Dolch steckt tief in seiner Brust, was sagt Ihr dazu?«

Der Prüfling zögerte. »Wenn Ihr gestattet, schaue ich mir die Abbildung aus der Nähe an.« Er trat an die Tafel und studierte·eingehend den Sitz der Wunde. »*Incurabilis.* Der Dolch sitzt so, dass die Lunge mit Sicherheit getroffen ist. Wahrscheinlich auch die eine oder andere Ader. Der Verletzte verblutet innerlich, oder aber er erstickt.«

»Dieser Armbrustpfeil im Hals?«

»Nun, der Pfeil steckt etwas seitlich. Vielleicht *curabilis,* sofern nicht der Kehlkopf oder Hauptadern getroffen sind. Da dies aber selten der Fall ist, wohl *incurabilis.*«

»Die durch den Morgenstern eingedrückten Rippen?« Clowes fragte jetzt immer schneller.

»*Curabilis.* Ein Streckverband und einige Wochen Ruhe genügen in der Regel.«

»Das Handgelenk, das von diesem Schlachtmesser nahezu durchtrennt wurde?«

»Die Hand ist nicht zu retten, wohl aber der Mann. Deshalb: *curabilis.*«

»Was tut Ihr im Einzelnen?«

»Ich trenne mit dem Skalpell die Hand ganz ab, dabei lasse ich ...«

»Halt! Habt Ihr nicht etwas vergessen?«

»Äh ... wie meint Ihr?« Der Prüfling war für einen Augenblick verwirrt. Dann fasste er sich. »Natürlich! Ich binde dem Verletzten als Erstes den Arm ab, damit der Blutfluss unterbrochen wird.«

»Und dann?«

»Dann trenne ich mit dem Skalpell die Hand ganz ab, wobei ich einen Hautlappen überstehen lasse ...«

»Wozu?«

»Damit ich die Wunde später besser vernähen kann. Vorher jedoch brenne ich die blutführenden Gefäße aus.«

»Womit macht Ihr das?«

»Mit dem Kauter.«

»Gut. Wenn Ihr die Wunde kauterisiert und vernäht habt, was macht Ihr dann?«

»Ich trage eine Honigsalbe auf und verbinde sie. Anschließend lege ich den Arm in eine Schlinge, um ihn ruhig zu stellen.«

»Ist das alles?«

»Ja.«

»Nein. Ihr habt vergessen, dass der Arm noch immer abgebunden ist.«

»Verzeihung, äh … Selbstverständlich habe ich den Abbinderiemen vorher gelöst.«

»In der Cirurgia, mein Bester, ist nichts selbstverständlich.«

Der Prüfling schluckte. »Jawohl, Sir.«

»Welche Vorteile bietet ein Verband?«

»Ein Verband?«

»Ihr habt recht gehört, ein Verband.«

»Nun, Sir«, in den Gesichtszügen des Mannes arbeitete es, doch er brauchte nicht lange, um sich zu besinnen, »ein Verband schützt die Wunde vor äußeren Einflüssen, zum Beispiel vor Staub und Ausdünstungen, ferner saugt er die Wundausscheidungen auf und hält Salben oder sonstige Auflagen an ihrem Ort.«

»Ist das alles?«

»Nein, Sir, zu den Aufgaben des Verbands gehören außerdem das Ausüben von Druck oder Zug auf das kranke Glied und das Ruhigstellen beweglicher Teile.«

»Recte.« Clowes zeigte sich zufrieden. »Wenden wir uns wieder dem Wundenmann zu: Sein linkes Auge wird durch glühendes Eisen geblendet. *Curabilis?*«

»Das Auge leider nicht, Sir. Doch denke ich, dass die Wunde geheilt werden kann. Ich empfehle eine Behandlung mit abgekochtem Leinsamen.«
»Warum Leinsamen? Warum nicht einfach ein gutes Unguentum?«
»Eine Salbe nimmt der Wunde nicht genug Hitze.«
»Wieso?«
»Nun, Sir, die Hitze durch Feuer ist immer eine besondere: Sie ist besonders stark und besonders wild. Nach der Vier-Säfte-Lehre des Galenos bekämpft man sie am besten durch einen Stoff, der gegensätzlich wirkt – in diesem Fall durch den Lein, denn Lein ist warm und sanft. Man kocht Leinsamen in Wasser und durchtränkt mit der so gewonnenen Flüssigkeit ein Tuch. Das Tuch legt man auf die Wunde, dann wird der Lein sämtliche Giftstoffe herausziehen und dafür sorgen, dass die Hitze entweicht.«
»Recte.« Clowes war nicht unbeeindruckt.
»Wohl gesprochen.« Auch Banester blickte zufrieden. Er hatte seinen massigen Leib hochgewuchtet und war neben den Prüfling getreten. »Und weil das so ist, will ich Euch aus den Fängen von Clowes erretten. Folgt mir.« Der schwere Mann schritt zum anderen Ende des Saals, wo die Bänke mit den verhüllten Gerätschaften standen. »Harvey! Komm her!«
Der Hausdiener, der bislang still in einer Ecke gesessen hatte, wieselte heran und hielt sich die Hand hinters Ohr. »Ich höre, Professor?«
Banester wies auf die linke Bank. »Nimm die Stoffbahn herunter, aber vorsichtig.«
Harvey tat wie ihm geheißen. Metall blitzte auf. Eine Fülle prächtiger medizinischer Instrumente wurde sichtbar.
Der Prüfling staunte.
»Nicht wahr, das ist ein hübsches Sortiment!«, schnaufte Banes-

ter. »Ich möchte sehen, ob … ob …« Er hielt inne. Seine Nase kräuselte sich, seine Oberlippe zitterte, und in seine Augen traten Tränen. »… ob … haaatschschschä!«

»Gesundheit!«, lächelte der Examinand, während Banester sich abwandte und in höchster Not sein Schnupftuch hervornestelte.

»Er möchte sehen, ob Ihr wisst, was da im Einzelnen vor Euch liegt«, ergänzte Clowes, der mit Woodhall gefolgt war.

»Sie sind wunderschön.« Fast andächtig wanderten die Augen des Prüflings über die blitzenden Geräte. »Es geht nichts über gutes Werkzeug.«

»Nicht wahr!« Banester, der sich ausgiebig geschnäuzt hatte, wischte sich abschließend die Nase. »Doch bevor Ihr ins Schwärmen geratet, werdet Ihr mir sagen, wie dieses Instrument heißt.« Er griff nach einem Gerät, das an einem Ende in ein längliches, zungenförmiges Blatt mündete. »Was ist das?«

Der Prüfling zögerte nicht einen Augenblick. »Ein Spatel, Sir. Man kann ihn für vielerlei verwenden. Der Form nach eignet dieser sich am besten, um die Zunge herunterzudrücken, damit der Blick in Gaumen und Rachen frei wird.« Er wies hinüber zur Bank. »Ich sehe, Ihr habt eine ganze Reihe davon. Spatel werden in erster Linie zum Herunter- und Auseinanderdrücken verwendet, man kann mit ihnen aber auch Arzneien verrühren oder verreiben, ja, sogar zum Kauterisieren eignen sie sich.«

»Fürwahr, Ihr lasst mir kaum Gelegenheit zu fragen, wenn Ihr die Antworten stets vorwegnehmt«, knurrte Banester. Doch insgeheim gefiel ihm die Art, wie der Mann sich für die Instrumente begeisterte. Wer sein Werkzeug liebte, ging auch gern und geschickt damit um. »In der Tat sind es eine ganze Menge Spatel. Aber wie Ihr seht, sind auch andere Instrumente reichhaltig vertreten.«

Nacheinander hielt er Sonden, Skalpelle, Nadeln, Sägen, Knochenmeißel, Wundhaken, Zangen, Lanzetten, Trepane und viele andere Werkzeuge hoch, und jedes Mal wusste der Prüfling nicht nur ihre Bezeichnung, sondern kannte auch genau ihre Beschaffenheit und Einsatzmöglichkeiten.
Endlich nahm der Examinator ein besonders merkwürdiges Werkzeug auf. Es hatte drei eiserne, abgerundete Stäbe, die so dicht beieinander standen, als würden Daumen, Zeige- und Mittelfinger zusammengepresst. An einem der Finger befand sich, rechtwinklig abgehend, ein Gewinde. Die beiden anderen waren durch Schenkel mit dem Gewinde verbunden. »Wisst Ihr, was das ist?«
»Jawohl, Sir.« Der Prüfling nahm das Instrument und deutete auf die drei Finger. »Diese Konstruktion nennt man *priapiscus.* Einer der Finger kann über das Gewinde zurückgeschraubt werden, wobei sich die beiden anderen mittels der Schenkel automatisch auseinander bewegen. Das Ganze ist ein Spreizapparat und nennt sich Speculum.«
»Sehr schön. Wo kommt das Speculum zum Einsatz?«
»Im Anus und in der Vagina. Es gibt verschiedene Größen, meistens besteht der *priapiscus* aus zwei oder drei Fingern, manchmal aber auch aus vier. Immer jedoch ist die Spreizstellung zu fixieren, damit der Cirurgicus in Ruhe arbeiten kann.«
»Das vierfingrige Speculum ist das stärkste. Wisst Ihr, wobei es häufig Verwendung findet?«
»Äh ... offen gesagt, nein, Sir.«
»Bei der Geburt. Habt Ihr schon einmal einer Frau in ihrer schwersten Stunde geholfen?«
»Nein, Sir.«
»Nein? Nun ...«
»Nun, lieber Banester, das dürfte bei einem Schiffschirurgen

kaum ins Gewicht fallen«, schaltete Clowes sich unerwartet ein. Er hatte sich in den letzten Minuten zunehmend gelangweilt und wollte nun für Abwechslung sorgen. »Es gibt keine weiblichen Matrosen, und die wenigsten Männer sind jemals niedergekommen. Schon gar nicht auf See!« Er kicherte über seinen eigenen Witz.

»Wie meint Ihr?« Banester verstand im ersten Augenblick nicht. Dann lachte auch er. »Männer, die auf See niederkommen! Abstruser Gedanke, hahaha!«

Woodhall grinste mühsam.

»Nun kommt schon, Woodhall!« Banester knuffte dem langen Mann in die Seite. »Das ist doch komisch, oder?«

»Gewiss, Banester, gewiss. Doch würde auch ich noch gern ein paar Fragen stellen. Wisst Ihr, was eine *Spongia somnifera* ist, Herr Prüfling?«

»Jawohl, Sir. Ein Schlafschwamm.«

»So ist es.« Woodhall lebte auf. Die Kräuterkunde, und hier insbesondere die betäubenden und schmerzstillenden Mittel, war eines seiner Steckenpferde. Er wollte gerade zu einer eingehenden Befragung ansetzen, da klopfte es an der großen Flügeltür des Saals. Ein junger Bursche, der Kleidung nach ein Küchengehilfe, trat ein und verbeugte sich scheu in Richtung Banester: »Ich soll von der Köchin sagen, dass in Kürze ein Mittagsmahl bereitsteht, Sir.« Nach einer abermaligen Verbeugung verschwand er hastig.

»Donnerwetter, schon so spät? Nun, ich muss gestehen, dass ich mich eines leisen Hungergefühls nicht ganz erwehren kann.« Der Hausherr strich sich über seinen ausladenden Leib. »Clowes und Woodhall, bitte folgt mir in mein Speisezimmer, ein herzhaftes Mahl wird uns gut tun.« Im Hinausgehen wandte er sich noch einmal dem Examinanden zu. »Vitus von Campodios, bitte entschuldigt uns, solange wir zu Tisch sind. Ich rate Euch, ebenfalls etwas zu essen, vielleicht in einem der Wirtshäuser hier in der Nähe. Dann habt Ihr die rechte Grundlage für den zweiten Teil des Examens. Seid so freundlich und findet Euch gegen drei Uhr am Nachmittag wieder hier ein.«

»Jawohl, Sir, ich …« Der Prüfling verstummte, wollte noch etwas sagen, unterließ es dann aber. Stattdessen verbeugte er sich höflich. »Dann empfehle ich mich.«

»Ja, tut das.« Banester war in Gedanken schon bei Pastete und Braten.

»Du wirst den Hund nicht kämpfen lassen!«, befahl der kleine, drahtige Mann mit überraschend tiefer Stimme. In seinem Auftreten lag eine Sicherheit, wie sie bei Männern seiner Größe selten war.

»Wer sagt das?« Der Angesprochene reckte sein Kinn. Er war ein grobschlächtiger Kerl mit dem roten Gesicht eines Säufers. Ein Schläger, mit dem man sich besser nicht anlegte, denn er hatte Fäuste, die aussahen, als könnten sie Eisen verbiegen. Die eine hielt einen Kampfhund, ein großes, stumpf dreinblickendes Tier, das ein kehliges Knurren vernehmen ließ. Die andere schoss jetzt vor und wollte den kleinen Mann packen, doch plötzlich trat ein weiterer, noch kleinerer Mann dazwischen.

»Nich so rapid, Tierschächter! Willst gneißen, wer dir die Abkoche vermasselt? So will ich's dir stecken: 's is der berühmte Ramiro García, Magister der Rechte aus La Coruña im Spanischen – studiert, gelehrt und hochverehrt!«

»Wa-was?« Dem Grobschlächtigen, der nicht gerade das Pulver erfunden hatte, fiel die Kinnlade herab. Der Winzling vor ihm war nicht nur zwergenklein, er hatte auch einen fassähnlichen Buckel. Dazu rötliche Haarbüschel auf dem Kopf, die in selt-

samem Gegensatz zu seinem himmelblauen Rock standen. Der Mund, der so befremdliche, rotwelsche Worte formte, glich dem eines Fischleins.
»Halt's Maul!«, sagte der Grobschlächtige endlich, denn derlei pflegte er bei solchen Anlässen immer zu sagen.
»Schränk die Labbe! Halt's selber, Protzpup!«, fistelte das Fischmündchen zurück.
Abermals fehlten dem Grobschlächtigen die Worte. Mit der Scheu, die viele Menschen angesichts verkrüppelter, verwachsener oder monströser Leiber befällt, trat er einen halben Schritt zurück. Der Winzling hüpfte vor, griff zum Halsband des Kampfhundes und nahm ihn beiseite. Zur Verblüffung der Neugierigen, die sich mittlerweile um die Streitenden geschart hatten, ließ der Hund sich dies wie selbstverständlich gefallen. Ja, man hatte sogar den Eindruck, dass er dem Zwerglein freudig folgte.
»Mach Sitz!«, befahl der Bucklige, und wiederum staunten die Leute, denn der Hund gehorchte aufs Wort. Er setzte sich und gähnte gelangweilt, so, als ginge ihn das alles nichts mehr an. Dann beugte er den Kopf und leckte sich ausgiebig den Brust- und Bauchbereich, wo große, kaum verheilte Bisswunden erkennbar waren.
»Am besten, mein Freund, du gehst deiner Wege«, sprach jetzt wieder der kleine, als Magister Garcia vorgestellte Mann. »Ich kenne mich im Londoner Gesetzeswald nicht gut aus, aber ich bin sicher, dass die hiesigen Stadtväter nicht viel für Hundekämpfe übrig haben.« Er wies auf eine Grube, die in einiger Entfernung ausgehoben worden war und in der die Kämpfe stattfinden sollten. Sie lag am Ende der schlammigen Gasse, unweit der Themse, und war halb verdeckt von einigen baufälligen Hütten. Der faulige Gestank des Flusses wehte herüber
Langsam fand der Grobschlächtige seine Sprache wieder. »Ich

schlag dir die Fresse grün und blau«, drohte er, während er in seine Pranken spuckte.
»Eben deswegen, mein Freund.«
»Hä?«
»Eben deswegen, mein Freund, dürften deine Stadtväter etwas gegen Hundekämpfe haben: Weil sie immer zu Schlägereien führen.«
Einige der Umstehenden lachten. Die Sache begann spannend zu werden. Nichts ging über eine deftige Rauferei. Rufe wurden laut.
»He, Pigger, in die Hände spucken kann jeder, wo bleibt deine gefürchtete Rechte?«
»Er hat Angst vor dem Paragraphenreiter, hahaha!«
»Uuuh, gleich macht er sich in die Hose!«
»Seht nur, Leute, der Hund neben dem Zwerg – lammfromm! Und damit wollte Pigger einen Kampf gewinnen!«
Der grobschlächtige Pigger lief purpurrot an. Es durfte nicht sein, dass er zum Gespött der Leute wurde! Daran war nur dieser aufgeblasene Rechtsverdreher schuld! Der blöde Fatzke trug ein Gestell auf der Nase, wie man es jetzt manchmal in London sah. Es sollte die Sehkraft stärken, und dieser Gernegroß schien das auch nötig zu haben, denn immer wieder blinzelte er heftig. Pigger nahm sich vor, als Erstes das Gestell herunterzuschlagen. Das würde ihm einen Vorteil bringen. Mit Prügeleien kannte er sich aus. »Grün und blau schlag ich dir die Fresse!«
Doch dann, plötzlich, erstarrte der große, starke Pigger.
Der kleine Mann hatte ein Messer hervorgezogen. Kein gewöhnliches Messer, sondern ein besonders langes. Genauer betrachtet sogar ein Entermesser, eines, wie es auf den Kriegsschiffen Ihrer Majestät Verwendung fand.
»So läuft der Hase also. Du kleine Mistratte willst Pigger dro-

hen?« In die Augen des Grobschlächtigen trat ein tückischer Glanz. »Na warte! Das werden wir gleich haben!«
Er steckte zwei Finger in den Mund und pfiff mehrere Male gellend. Kurz darauf kam Leben in die baufälligen Hütten neben der Kampfgrube. Männer traten heraus, zwielichtige Gestalten mit Utensilien in den Händen, die erkennen ließen, dass sie soeben ihre Hunde für die Kämpfe präpariert hatten. Töpfe mit Rinderfett waren darunter, um die Gliedmaßen ihrer Schützlinge glitschiger und schlechter anpackbar zu machen, spitze Stachelhalsbänder, um den Gegner zu verletzen, und sogar Wacholderschnaps, mit dem die Aggressivität der Tiere gesteigert werden sollte.
»He, Kumpels, hier ist einer, der was gegen Hundekämpfe hat. Will mich mit 'nem Messer bedrohen, das Schwein!«, schrie Pigger.
»Waaas? Mit 'nem Messer?«, tönte es zurück. Die Männer ließen alles stehen und liegen und stürzten herbei. Augenblicke später waren sie da, drängten die Neugierigen beiseite und bildeten einen Kreis um den kleinen Gelehrten. Urplötzlich war er in höchster Gefahr. Der Kreis wurde enger. Klingen blitzten auf. Ein Qualster landete dicht vor des Magisters Füßen.
»Du kleiner Wichser«, kam es von irgendwoher. »Mischst dich in Angelegenheiten, die dich einen Scheißdreck angehen.«
»He!«, rief ein anderer. »Der kleine Wichser will nicht, dass unsere Hunde kämpfen, vielleicht will er lieber selber in die Grube?«
Pigger, der sich jetzt sehr stark fühlte, brüllte: »Ja, ja! Stoßen wir ihn rein! Mal sehn, ob er dann immer noch so'n großes Maul hat!«
Der Magister richtete sich zu voller Höhe auf. »Aber vorher, ihr feiges Gelichter, müsst ihr mich da hineinkriegen!« Er ließ sein Entermesser durch die Luft sausen. Jeder Unparteiische hätte

ihm an dieser Stelle ein bewundernswertes Maß an Unerschrockenheit bescheinigt, denn er besaß nicht den Hauch einer Chance. Er war dem Pack auf Gedeih und Verderb ausgeliefert.
»Nun, wer will es versuchen?«
»Niemand!«
Jählings war der Kreis gesprengt worden. Ein kräftiger Mann mit blonden Locken sprang in die Mitte, genau dorthin, wo der Magister stand. Er stellte sich neben ihn und stieß die Spitze seines langen Degens gegen Piggers Kehle. »Dieser Mann, der meinen Freund in die Grube zu den Hunden schicken will, ist des Todes, wenn auch nur einer von euch sich muckst: So wahr ich Vitus von Campodios heiße!«
Das Gesindel wich zurück. Die Männer guckten böse und steckten trotz der Warnung die Köpfe zusammen. Sie waren zwanzig oder dreißig, und dies hier war nur einer, wenn man von der halben Portion des Magisters einmal absah. Schließlich blickten sie wieder auf, und in ihren Augen stand Mordlust. Sie zogen den Kreis wieder enger zusammen.
»Halt, sage ich!« Der Blonde nahm die Degenspitze von Piggers Kehle und hielt die Waffe halbhoch vor sich. »Glaubt mir, ich verstehe damit umzugehen.«
Der Ring schloss sich noch weiter.
Und dann ging alles blitzschnell.
Der Blonde schoss vor, und ehe die Halunken sich's versahen, hatte ein kreisförmiger Hieb ihnen die Hemden aufgeschlitzt. Niemand wurde dabei ernsthaft verletzt, doch aus mehreren Schnittwunden sickerte Blut. Pigger, der ebenfalls getroffen war, schrie auf und wandte sich zur Flucht. In seinem Bemühen, schnell von dem Blonden fortzukommen, prallte er gegen einen baumlangen Seemann, der von hinten einen Blick zu erhaschen suchte.
»Du Tölpel!«, schrie der Lange. »Erst verdeckst du mir die

Sicht, und jetzt trittst du mir noch auf die Füße!« Er versetzte Pigger einen mächtigen Haken.

Pigger schüttelte sich, um den Schlag zu verdauen. Die Angst vor dem Blonden war für einen Augenblick vergessen. Dies war eine Situation, wie er sie kannte – und gern hatte. Er duckte sich und schlug zurück. Es war ein tückischer Schlag, mitten in die Magengrube. Der lange Seemann klappte nach unten wie eine Falltür. Pigger atmete durch und wollte seine Flucht fortsetzen, doch ein weiterer Seemann stellte sich ihm in den Weg. Der Neue machte nicht viel Federlesens. Ohne ein Wort zu sagen, schlug er zu. Pigger taumelte. Endlich kamen ihm seine Kumpane zu Hilfe und prügelten auf den langen Seemann und seinen Kameraden ein. Der keilte zurück. Der ursprüngliche Streit war vergessen. Fäuste flogen. Flüche und Verwünschungen wurden laut. Im Nu war eine Massenschlägerei im Gange.

Der kleine Gelehrte packte seinen Retter am Ärmel. »Komm, Vitus, man scheint auf unsere Anwesenheit keinen Wert mehr zu legen!« Zielstrebig bahnte er sich einen Weg aus dem Getümmel.

Hundert Schritte weiter, als der Kampflärm nur noch wie durch einen Filter zu ihnen drang, verschnaufte der Magister kurz. »Danke, Vitus, das war knapp! Hätte mich vielleicht nicht einmischen sollen, aber diesem Mistkerl Pigger wollten Enano und ich unbedingt das Handwerk legen.«

»Es ist ja noch mal gut gegangen. Wo ist Enano überhaupt?« Vitus blickte sich suchend um.

»Ja, wo steckt er denn schon wieder?« Auch der kleine Gelehrte machte einen langen Hals. »Egal, den Tag, an dem der Wicht verloren geht, muss Gott der Allmächtige erst noch werden lassen. Enano versteht's wie kein anderer, auf sich selber aufzupassen. Wahrscheinlich sitzt er längst wieder im *Black Swan* und fragt sich grienend, wo wir bleiben.«

The Black Swan, ein Wirtshaus der besseren Sorte, dessen Eigentümer auch Zimmer vermietete, lag in der Thames Street, Ecke Water Mark Lane, unweit des Towers. Hier hatten Vitus und seine Freunde Quartier bezogen, als sie vor zwei Tagen eingetroffen waren. Die Unterkunft hatte den Vorteil, dass sie einerseits ganz in der Nähe von Banester House lag, andererseits nur wenige Yards von den Kais und Anlegern entfernt war, einem Gebiet, wo das Leben Tag und Nacht pulsierte.

Eigentlich, so war es abgesprochen gewesen, hatten der Magister und der Zwerg im großen Gastraum warten sollen, bis Vitus mit seiner Prüfung fertig war, doch hatte ihnen das zu lange gedauert, und sie waren zum Themse-Ufer gegangen, um sich die Beine zu vertreten. Dass sie dabei in Lebensgefahr geraten würden, hätten sie sich nicht träumen lassen – und doch war es so gekommen.

Nur der Tatsache, dass Vitus sie so schnell aufgespürt hatte, verdankten sie ihr Leben.

Wolf Serno

Der Wanderchirurg

Im Jahre 1576 stirbt im nordspanischen Kloster Campodios der alte Abt. Kurz vor seinem Tod gesteht er seinem Lieblingsschüler Vitus, dass dieser ein Findelkind ist. Vitus lässt dieses Geständnis nicht mehr los: Er will das Geheimnis seiner Identität lüften, und des Rätsels Lösung vermutet er in England. Auf seinem Weg quer durch Spanien muss er zahlreiche Abenteuer bestehen und macht sich als begnadeter Chirurg einen Namen.

»Ein Buch, das durch seine atemberaubende Erzählweise jeden Fan historischer Romane fesselt, ein Buch, das man mit dem Herzen liest und das alles um einen herum vergessen lässt.«

Thüringer Allgemeine

Knaur

Wolf Serno

Der Chirurg von Campodios

Oktober 1577. Vitus, der junge Wanderchirurg aus Spanien, hat sich nach London zu seinen adligen Verwandten durchgeschlagen. Dort gilt schon bald sein ganzes Bestreben der Suche nach Arlette, jener schönen, unerschrockenen Frau, die er auf der Überfahrt nach England kennen gelernt, dann aber aus den Augen verloren hat. Die einzige Spur, die er von ihr findet, weist in die Neue Welt, zu einer Insel jenseits des Atlantischen Ozeans. Erst nach langem Bemühen gelingt es Vitus, sich als Schiffsarzt auf einer Galeone zu verdingen; und so begibt er sich auf die gefahrvolle Passage nach Übersee …

Nach dem Bestseller »Der Wanderchirurg« kommt hier die lang erwartete Fortsetzung der abenteuerlichen Reise des spanischen Medicus Vitus von Campodios!

Droemer